梦在初遇时

叶暮寒／著

文化发展出版社
Cultural Development Press

图书在版编目（CIP）数据

梦在初遇时 / 叶暮寒著 .— 北京 ：文化发展出版社，2021.7

ISBN 978-7-5142-3515-9

Ⅰ．①梦… Ⅱ．①叶… Ⅲ．①长篇小说－中国－当代 Ⅳ．①I247.5

中国版本图书馆 CIP 数据核字（2021）第 122044 号

梦在初遇时

作　　者：叶暮寒

责任编辑：司　璐

特约策划：白　丁

出版发行：文化发展出版社有限公司（北京市翠微路 2 号　邮编 100036）

网　　址：www.wenhuafazhan.com

经　　销：各地新华书店

印　　刷：香河县闻泰印刷包装有限公司

开　　本：700mm×980mm　1/16

字　　数：536 千字

印　　张：27

版　　次：2021 年 8 月第 1 版

印　　次：2021 年 8 月第 1 次印刷

I S B N ：978-7-5142-3515-9

定　　价：59.80 元

本书若有质量问题，请拨打电话：010-82069336

自序

这本书的由来

2010年的毕业季，叶暮寒一个人坐在暑意正浓的大学寝室里，思考着未来十年要完成的事。在这些目标中，有想考上研究生的，有想收获一段唯美爱情的，有想好好孝敬父母的，有想成为职场精英的，还有想出版一本书的。

而今已是2021年，回首往昔定下的flag，做到的和没做到的大约各占一半。其中，想要出书的计划经久未变，这既是他在成长过程中思想感悟的结晶，也是他记录青春心路的画卷。

遥想十一年前的夏季，他眼看着同学们纷纷参加工作，而自己却因七分之差和读研失之交臂，不由思索起自己的出路。痛定思痛，他决定再考一年，而这一次他成功了！两年半以后，当他专心学术的硕士生涯将要圆满结束时，却叛逆地放弃了留校的大好机会，渴望冲出象牙塔，到社会的大江大河中乘风破浪。

2014年夏，就业竞争格外激烈，寒没能如愿进入向往的500强企业。但是，这并没有使他后悔当初做出离开学校的决定，而是尝试跳出机械专业，先谋生后择业。于是，他在一家教育机构从零起步，虚心向前辈们学习，仅用半年的时间就得到了老板的高度赞赏，可就在即将升职前不久，他却辞职了。

如果说第一份工作是一次试错，那么在这里遇见露便是一种机缘。她身为公司人事，温柔体贴、小鸟依人，而带有读书人气质的寒正符合她的择偶观。工作上的交集使得两人互生好感，从而走到了一起。然而，耿直粗心的寒却始终不懂露大龄愁嫁的焦虑，两人的感情也随着小事磕磕绊绊、分分合合。

就在这时，雪的出现注定了她将在寒的心中留下浓墨重彩的一笔。她热情开朗、时尚洒脱，又不乏抚弦清心、舞步轻盈的才气，很快就与喜好作诗填词、吟风弄月的寒产生了心灵上的共鸣。只叹世事无常，深受宗教洗礼的她最终选择了离开，而寒依旧会回到他们曾仰望星空的松树下，兑现着答应为她创作的诗篇。

生活是公平的，当人将注意力过度集中在一处时，另一处可能正酝酿着天翻地覆的巨变。

叶是寒的母亲，她为这个家含辛茹苦了二十多年，寒的独立和成功便是她此生最大的心愿。一场恶疾打破了原本生活的平淡，使叶的身心受到了巨大的创伤。2015年夏末，刀伤初愈的叶顺利出院了，可是她等来的不是儿子带着女友上门，却是经年未变的婆媳矛盾与夫妻不和。

还未熬到术后第六个月，叶的背部竟接连两次复发了恶性肉瘤，她不得不再次面对可怕的手术和放化疗。幸好，病友们、医护们还有远在他乡的雪都给她带来了人间的温暖，每日来探望的儿子也让她看到了活下去的希望，而焦虑暴躁的丈夫却使她倍感失落。半年间，她曾热泪盈眶，也曾痛心啜泣，而现在，沉默的她忽然意识到自己已经时日无多……

2016年6月，侵入颅脑的肿瘤正疯狂地摧残着叶本已羸弱的病躯，伤心的寒奋力寻医却收效甚微。颅痛、胃出血、昏迷、骨转移、肺转移，沉痛的打击接踵而来，但叶在病苦中欣慰地想通了，寒是自己生命的延续，而他已在磨难中长大。时间快到了，叶在生前的日记里留给了寒七个字——坚强，坚强，再坚强！

2016年秋，送别母亲的寒和父亲挑起了家庭的重担，他不仅要抚平悼念母亲的悲伤，也需要在和父亲的观念分歧中找到自己的定位。短短几个月，他参加了表妹的婚礼，亲手落葬了母亲，助父亲度过了骨折的康复期，换了更好的工作，还见到了雪即将披上婚纱。一切似乎都在告诉他，他得重新出发。

2020年的春节是一场史无前例的严峻考验。新型冠状病毒疫情暴发期间，寒的父亲喉痛消瘦、粥水难进，竟被三甲医院怀疑为喉癌！随着各院内窥镜室的封闭，诊治进度被一拖再拖。一面是灰心丧气的父亲，另一面是母亲的遗像，他彻底尝到了祸不单行的滋味。那他是接受惨痛的现实，还是冷静地维持不屈的意志？

时光悄然翻过了承载十一年记忆的书页，总会沉淀下一些自我思索的结晶。在终章中，寒总结了自己看病的经验和教训，记录了和弱势群体的互动和感触，剖析了自己当下的职业发展，思考了对幸福的定义。回首往昔的十年间，他一直记得亲人、友人和爱人留下过的肺腑之言，是大家互相交汇的生命之歌编织成了这部诗词风故事集。

纵观往昔，每一个故事宛如岁月凝成的明珠，而原创的诗词仿佛是将它们穿起来的线。在这当中，真正对个人历程产生过重大影响的莫过于“叶露寒雪”这四件事，因此这本书的原名取的是《叶露寒雪集》，也以此为题陈设章节。笔者希望读者朋友们可以在“叶”的抗癌故事中看到一位平凡而伟大母亲的坚强，思考生命的意义；可以在“露”的故事中意识到爱需要珍惜、理解和呵护；可以在“雪”的故事中明白放手和祝福的意义；可以在“寒”曲折的故事中获得某种启示或参考，从而能更好地把握各自的人生抉择。

此外，这本书是基于第一人称而写，给人以身临其境的体验。由于时隔数年，笔者对于部分细节的记忆难免模糊，所述人物的言行举止并非和现实如出一辙，但绝大多数都是真实发生过的。若是允许一小部分的文学加工和润色，书中的“我”便不再是笔者对自己的称谓，而是笔者投影在文字世界中的一个人物形象。通过这样一个普通人物，读者朋友们可以借鉴这段不同于自己的成长经历，结合各自当前的情况，做出更合理、更明智的抉择。当然，以这本书为纽带，读者和笔者都会发现，其实自己绝不是在孤军奋战。原来在生活中，至少还有一个人和自己风雨同行，同样经受着生活的洗礼，默默坚持着起初的梦想。

谢谢您读到这里，希望这本书能够在您犹豫时提供一些启发，能够在您迷惘时带来及时的鼓励，能够在您怀疑生活时带给你坚守下去的勇气，但凡书中的只言片语能够助君一二之处，笔者已深感欣慰。

此外，由于笔者学识尚浅，通篇词句并非典丽精工，偏于白描直叙；穿插的业余诗歌也较为佶屈聱牙，意境欠佳。因此，如果拙作中存在错误和不足，衷心感谢广大读者朋友和业界方家批评指正！

最后，本书在诞生的过程中，白丁老师和出版社编辑老师们提供了大力支持和帮助，不仅给予了专业的指导，还付出了宝贵时间编排审校。在此，笔者对各位老师表示由衷的感激！

现在，我们不妨将时光的指针拨回到2010年吧。

叶暮寒

2021年2月28日

第❶章

离开校园去追梦

有人说，大学像一座纯洁无瑕的象牙塔，塔内的世界没有社会复杂；也有人说，大学像一片欣欣向荣的花园，培育着祖国千千万万的栋梁之材；还有人说，大学像一个迎来送往的码头，远行的船只可在此多次停泊和出港。那么，身为寒门学子，大学之于我又如何？

一个影响一生的起点。

毕业礼的歌声中，我壮志满怀地迈出这所书卷的殿堂，一心决定入社会历练。这也就开启了我成与败、聚与散、爱与恨、悲与喜重重交叠的青年篇章。

1.毕业季的决意

天下无不散之筵席。大学四年转眼即逝，和大多数人一样，摆在我面前的只有两条路：要么找工作，要么考研深造。

说起考研这条路，主要源于我对现状的不满和迷惘，既渴望在专业学识上更上一层楼，也朦胧地觉得这一定能提升我今后的职场竞争力和待遇。

2010年3月，当考研成绩公布后，我震惊了——因为自己基础不扎实，临场发挥又欠佳，我距离最低录取线还差7分，连调剂的机会都没有。同时，班里其他一起考国内院校的同学们竟无一人出线。很快，众人便转而找工作去了，而我却对此不死心，想要复考的念头在心中蠢蠢欲动。

说起找工作，我也有多次尝试。无论是校内的招聘会、校外的招聘会，还有辅导员老师推荐的企业，我都投了不少简历，面试了几家。虽然前后取得 offer 的也有一两家，但我最终还是没去。毕竟，当时我心智还不够成熟，或多或少还留恋着校园里安逸的生活状态，对进社会工作确实有一些困惑。

2010年7月初的一天上午，我们班同学来到教学楼的某教室，班主任给我们每人发了一张复印纸，上面印着《毕业歌》的简谱和歌词。待大家唱熟后，便到室内体育馆披上学士服，准备参加毕业典礼。

典礼的现场本是一个标准的室内篮球场。这四年来，我在此观摩了多场校际联赛，往日那些来去如风的运动健将的身影和摇旗助威的呐喊声，都仿佛还是上星期的事。而今，我就要在此走向大学生涯的终点了，这令我不禁反思自己在过去的四年里虚度了多少光阴。

等不及我细想，全班同学已被辅导员老师从座位上叫起，排起一字长队，接在上一个班的队列后。我一边挪动着步子，一边从席间向球场方向望去，只见对面的观众席上也是人头攒动。

明亮耀眼的聚光灯下，尊敬的 W 校长身披红色博士服，微笑着站在球场中央，热情地和毕业生们逐个握手。场面在一片隆重的乐曲声中好不令人热血沸腾！

轮到我时，W 校长接过一旁递来的学位证，亲切地向我道贺：“同学你好！祝贺你顺利毕业！”说罢，她便将我学士帽上的流苏轻轻拨到了另一边。

“啊，”我有些拘束，心中有句话想说，却欲言又止，只是双手接过了证书，感动地望着对方，“谢谢您！校长！我……”

假如有缘的话，我还想考回来深造！

我一时语塞，犹豫了一两秒，直到广播里响亮地喊出了下一位同学的名字，我方才意识到自己该离场了。

真没想到，大学四年就这样结束了，我得离开校园这个温室了，可我接下来又该何去何从？工作吧，暂时没这打算；深造吧，可分明已宣告考研失败。我不禁心中迷惘，此刻只想在美丽的校园里散散心。

从体育馆的东门出来，在解锁自行车的同时，我不由得向北面望去。看，隔着那条蜿蜒的人工河，我还能越过岸边郁郁葱葱的柳树叶，一眼望见熟悉的图书馆大楼。再见了，我最爱去的图书馆三楼——那里有一间阅览室，其中某一排书架上满是关于世界未解之谜的科普读物曾经可以让我在那儿泡上一整个下午。

收回依依不舍的目光，我并没打算骑车，而是推着它缓缓向寝室楼群一路南归。虽然当头的烈日强光照得我汗流浃背，而两旁的风景却在我心中激起了回忆的涟漪。

瞧右边，还记得那个网球场吗？在大二那年，我、阿杰和阿委三人一起选修了网球课，不正是在此练球的吗？当时，阿杰正在追《网球王子》，经常模仿片中的各种绝技，发球时不仅摆造型，还不忘高呼招式名称。他倒是过瘾了，而我和阿委为了接那球简直是疲于奔命，好不欢乐！

看，沿着左边这条大道一直过去，便是那一片教学楼。这些年来，多少个早晨，我们骑着车从这里飞驰而过？又是多少个夜晚，我们下了晚自习，骑着车从这里悠哉而归，还顺便绕到校外的美食街，点上一份诸如汤包的夜宵回去？

我沿着水泥大道走上了一座拱桥，在桥的中间短暂驻足。看那里，在桥的尽头，有一条小路可以拐到师生活动中心。就在那栋建筑里，除了那几场难忘的晚会经历之外，我还在那里参加过多次社团活动。如今想来，当时我真该响应班里几位学生干部的号召，一起积极参加学生会，就当是拓展下阅历或是扩大些人脉也好。如今，我得走了，反倒觉得留下遗憾了。

待我回到寝室时，其余三位室友早已人去床空。两旁的床如今只剩下一具具铁架子和一排毛糙的木板，灰蒙蒙的蚊帐还系在天花板的墙钉上。

看，小 A 的写字桌上还残留着泡面的酱包颗粒，零星地散落在泛黄的合成木板上。而阿委的写字桌抽屉已被向外拉出，里面虽然空无一物，但桌后的墙上依旧贴着那张高达 Seed destiny 的海报——阿斯兰、基拉和真飞鸟的英姿仍旧跃然纸上，这可是他大一时常看的动漫。再往里走，就是老张的地方了，床上散乱地弃置着几份专业课试卷，桌上扔着一只磨破了的帆布背包和几张散落的魔兽世界点卡，场面显得有些狼藉。

曾经热闹的寝室，如今却像刚经历过一场浩劫似的，一切都变得如此陌生！

我有些无奈地在靠椅上小歇，汗珠不断从额头流淌下来。不经意朝阳台上望去，心中便想起了曾经有个夏夜，我们四人刚洗完衣物，乐呵呵地在那儿抢着晾干。那时，小 A 的衣服总是故意不拧干，说是这样会拧坏面料，于是阳台的半边都在滴滴答答地“下着雨”。

我在回味中微微一笑，随意俯视着地面，不由感慨：想当年，我们还心血来潮地推广什么“脱鞋寝室”，把地板打扫得一尘不染。而今，这里却被废纸和塑料袋弄得面目全非。

算了，各奔东西吧，大家都必须往前走。

我起身整理完行李，提着偌大的包裹，煞是费力地下楼而去，正巧在寝室楼外的阶梯处遇到了匆匆回来的阿杰。

“哟，阿杰，忘拿东西了啊？”

“是啊，× 哥，你准备回去啦？”

“对啊，没想到大学就这么结束了，”说着说着，我忽然想起他准备去英国留学，略有不舍地把手搭在他的肩膀，“这次要去多久？”

剑眉星目的阿杰微微一怔，但又迅速淡淡一笑道：“这不好说，快则两年，慢就不知道了。那你呢？”

“我？”

“唉，这次是挺可惜的，那几分其实也就两道选择题……”他说到一半，便不再继续下去，脸上露出了遗憾的神色。

见他为我的失败而惋惜，我心中原本的挫败感反倒淡去了一大半，只觉一股温暖的欣慰涌上心头，回道："谢谢你关心！这次是考砸了，没关系的，来年我会再考，我认定的事就一定要去实现！"

阿杰闻言后，目光一闪，爽朗一笑道："哈哈，好，这就对了！其实，我刚才还在想，无论你选择去工作还是复考，我都支持你的。现在你既然决定再考，我相信你来年一定没问题的！加油！"

"好哥们，你也加油，早日学成，回国效力！到时候我请你喝一杯！"

阿杰握起拳头轻轻击了我一拳，扬眉笑道："那必须的！"

告别阿杰后，我拖着沉甸甸的行李包继续向宿舍区的大门走去，心中不再为第一次考研失败而迷惘，也不再为离校而感慨。的确，正是他的鼓励使我心情激昂，我忽然在回家的车上想起杜甫写给李白的那句"渭北春天树，江东日暮云"，于是就把这时的感受记录了下来。

五律·毕业别阿杰

北岛春天树，申城日幕晴。
祝君登硕返，励我考研成。
气定烟峰小，心坚柳岸明。
架虹霜雨过，松醒入霄擎。

我坚信：通过我的努力，我一定能再回来深造。这既是我与阿杰的约定，也是我对未来发展的需求，更是一次人生走向的决意。

2.备考再战的半年

2010年春考研失败后，我并不觉得这条路走不通，于是在家开始了大半年的复习备考。

记得有个关于清朝大臣曾国藩的励志故事，说是当年他奉命组建湘军，和太平天国的军队交锋数次，胜少败多，甚至险些丢了性命。就在他准备上书请罪时，其幕僚建议，将奏折中的"屡战屡败"一词改为"屡败屡战"。经此一改，朝廷念其顽强抗敌、忠心可嘉的分上，非但没有严惩，反而更加重用他。事后，曾国藩大受鼓舞，重整军务，东山再起，最终攻破了天京。

没错，我也只是败了一次而已，下一次，我一定能成功!

为了最大限度地提高成功率，我彻底放下了找工作的念头，甚至连兼职也没考虑过。我总结了自己上一次失败的经验，结合新一年的考试大纲，明确了复习要点，预留一个月的历年真题突击期。接着，我将余下的复习周期分成两轮，再把每个月的大进度细分到每个星期的小进度。

客观地讲，我的决定是有些冒险的。所幸的是，这种破釜沉舟的做法得到了父母的理解和支持，使我能够在没有后顾之忧的情况下专心复习。

在埋头复习的几个月里，母亲对我的饮食搭配提供了无微不至的照顾。

我每日早起，她总已准备好一份丰盛的营养早餐，有时是很有嚼劲的里脊肉手抓饼，有时又是香酥可口的葡式蛋挞。午饭时，餐桌上总少不了一碗排骨汤面、炒年糕或蛋炒饭。而晚上的菜色就更多了，常常是四五个色香味俱全的大鱼大肉。

虽然，母亲对我在家复习的决定全力支持，却不提倡我整日待在家中，她生怕我足不出户太久会和社会脱节。于是，每逢街道里有组织什么志愿者活动，她都建议我参加。

起初，我觉得这样浪费一天时间会影响复习进度，但后来，我反而从外出社交中获得了充分的放松，也开阔了眼界。那年9月，我参加了街道的中秋晚会；10月，我随退休职员在烈士陵园祭奠英灵；11月，我在街道的礼堂听了一场关于国史的讲座；12月，我穿上红马甲，挥起小旗子，当了一回路口的志愿者。这一次次的社会实践也使我认识了不少新朋友，大家互相勉励。我能感受到众人对各自小理想的满心憧憬，也被每一个人朝气蓬勃的努力所感染。

在一次次社会实践和一轮轮复习中，半年转眼即逝，考研在即。

尽管我已准备充分，但我仍然在临考的前一晚辗转难眠，对第二天的到来既兴奋又担忧。我等这一天已经大半年了，而我也不允许自己再失手。若再失败，我岂不是既耽误了青春，又辜负了家人的期望吗？

第二天一早，我背上书包准备赴考，母亲察觉到了我的紧张，居然执意与我同去，说是要目送我到考场门口，权当是为我助阵。呼啸的北风中，我转身向校门外的她举起握紧的拳头，心想：妈，多谢您为我打气，我这次势在必得！

后来的结果也印证了那句话：功夫不负有心人。

感谢母亲，也感谢所有鼓励和支持过我的亲人和朋友们。他们使我得到了莫大的鼓舞，从而再战告捷。

3.暗流涌动的导师见面会

初试后的三个月里，我一边准备着复试，一边通过各种途径大致了解了各位导师的课题方向。最终，有两位教授的研究方向我比较感兴趣。

一位是C导师，她早年致力于研究柴油机降低碳排放的课题，已从教20余年，时任副院长。此时，她正致力于研究某项柴油机尾气净化技术课题。由于涉及内燃机原理、燃烧学、流体力学、化学反应动力学和电气控制等多个交叉学科，所以该课题在学术上具有可观的探索空间，已成为国内外的研究热点之一。

另一位是L导师，已从教22年，时任副院长。他不仅致力于燃烧与传热的研究，现也同时开展着车辆节能技术的研究，尤其是某低品位热量的回收和再利用技术的研究。该研究涉及机械设计、流体力学和传热学等学科，国内外该技术多处于理论和实验阶段，截至当时尚未得到广泛的工程应用。

考虑再三后，我的初步决定是：优先考虑C导师。

2011年8月底的一天下午，我赴校报到并参加了学院组织的讨论会。其形式是讨论会，其实质旨在促成师生间的双向选择。参会的有班上30多位同学和数十位教授，大家几乎是初次见面，而齐聚一堂，场面难免有些严肃。

在院系领导还没到齐前，同学们分成两排落座于会议室内一侧的墙边静候，而我也借此机会观察了下四周的布置。这间会议室有六七十平方米，房间中央放着一张透亮漆面的红木会议桌，其四周已整整齐齐地摆放好了黑色皮质坐垫和靠背的座椅。在桌的上方，还配有一台吸顶式投影仪。随着一束青光直射出来，十米开外的白墙上已映上了一张大红色背景的PPT主页，上面滚动播放着学院取得的各种学术成就。

见诸位教授均已到齐，方才正襟危坐的C导师便起身主持，微笑地向我们介绍了学校和学院的概况，之后便从自己开始依次介绍各导师的研究方向。

在庄严肃穆的气氛下，我察觉到一个细节——这些教授之间似乎正进行着一种无形的博弈。他们不时强调着各自课题的前沿性，像是想吸引到最优秀的学生加入。其实这也十分正常，台下聚精会神的我们不是也想追从最优秀的导师？虽然这不会颠覆我既定的选择，但也不妨体会一下其中的弦外之音。

W院长早年在国外读博，学成回国后，就以高端人才的身份聘入高校工作。他一身正气，措辞严谨，介绍时颇有学者风范，且给人一种平易近人的亲切感。院长发言还没结束，下面的同学里已有好几个低声表示想去投奔。

在W院长右手边的E导师则是儒士风格。他大约40岁，梳着三七开的复古式刘海，戴着一副圆框眼镜。他虽然话不多，但句句直击要点。我旁边有几位同学又窃窃低语了几句，说是从在读学长口中得知，他平日在校痴迷算法，甚至废寝忘食，回家还继续理论推导，不务家事，完全是一位醉心科研的学术狂人。

靠近窗户边坐着那位G导师，看上去45岁左右。他一头板寸，满脸堆笑，说话时双目扫视四周，营造的气场感较强。才一会儿工夫，只听他越说越快，说得来劲时，常配以重音和手势，性格十分鲜明。他毫不忌讳地公开表示，若要当他的学生的话，除了回寝室睡觉，其他时间都得在实验室干活。

靠近门边的是一身黑色正装的Y导师，他眉目冷峻，刘海反包在额头，全程像个冰块似的不苟言笑。我原本以为他会一直保持着这份不太亲切的距离感。不料，待他介绍完课题后，竟破冰一笑道：“现在我的毕业生出去找工作的，待遇很不错，第一年月薪最起码八千，比我这个教授高多了，哦呵呵！”

下一位是和Y导师邻座的U导师，他生着一张忠厚温和的国字脸，眼镜横架，额头露光。据说，他早年硕士毕业后就进了企业从事技术开发，位至高级工程师，接着脱产读博，毕业后便在高校投身教学至今。他娓娓道完自己的研究方向后，连W院长都笑着为其粉饰道："U老师的课题含金量还是很高的，他的学生已经好几个去××公司（某机械行业大型国企）工作了。"

U导师闻后，推了推鼻梁上的眼镜，连忙谦虚道："哪里哪里，说到企业和学校合作，Y导师的学生也很优秀，有的毕业后去了×××公司（某交通行业大型国企）。"话音刚落，台上传来一记闷响，只见Y导师将左手掌搭在其旁边的U导师肩上，挤了挤眉头，立即向对方使了个眼色。

坐在距离院长较远处那位长者，是退休返聘的X导师，他头发苍白，两眼却很雪亮。他在介绍时显得面有难色，底气略有不足，还不时翻动着手里的烟盒，以一句"我的情况大致是这样"结束了发言，随后仿佛又变回了一尊石像端坐在那里，再也不发一言。我曾从网上了解过，他的研究成果大多集中在五到十年前，而这几年却没有像样的进展。我估计可能是退休在即，无心科研，又或是出于某种原因，申请不到项目和经费而无力科研。

最后一位发言的是L导师，他是位年过五旬的老教授，早年在北方读大学，毕业后留校任教，随后在职完成了硕博的攻读，数年前来上海发展。他有着北方人的豪迈，说话中气十足，嗓音浑厚，卷曲的短发是其独一无二的标志。他出言精练而简明，态度严谨，只抛出三言两语，便将研究方向的国内外现状和关键技术说得通俗易懂。随后他又话锋一转，迅速切入到自己的课题，对目前已落实的和计划探索的部分做了高度概括。

趁着院长做总结性发言之际，我在心里迅速地评估了一遍：我是要跟着院长从事自己毫无基础的课题研究；还是跟着E导师，做一个学术狂人，以他门下那位三年发表十几篇期刊论文的学长为榜样？还是跟着里里外外更像私企老板的G导师？还是从零开始，跟着U或Y导师做控制技术的研究？还是跟着年龄、威信和科研都在走下坡路的X导师？

想来想来，我最初的判断依旧适用——C导师和L导师的课题，其更贴近我目前所学的知识，我也更感兴趣。此外，C导师谈吐风雅谦和，而L导师言行持重严谨，想必都是良师之选。

散会后，我先去找了C导师。但出乎意料的是，早在一个月前就已有若干名考生联系过她，而那时，C导师有限的几个名额已用完了！我不禁有些后悔，原来自己之前想得太天真，还以为可在开学后的某次双向选择会后再敲定此事。

不过，天无绝人之路。我立即去找了L导师，所幸他还留有一个名额，并愿意辅导我攻读学位。这既是当下最好的选择，也在我原计划范围内。

我很庆幸自己在选择导师的问题上没有一波三折，同时也抱着一份珍惜的心态，常常自问：好不容易争取来的读研生涯该如何充实地度过？

4.悉心栽培我的导师

L 老师在科研和教学上一直严谨专注，对学生又很真诚健谈。若非他引路，我在读硕过程中，定然会走不少弯路。因此，我至今难忘他对我的谆谆教导。

我和 L 老师第一次见面是在2011年4月。当时我参加复试，他和 C、Y 三位教授是面试官。长桌的对面，他给我的第一印象就是，头顶蓬松的鬈发，一副黑框眼镜，浅咖啡色的外套，还有身上散发着一股持重沉稳的气场。

2011年9月，学院正式统计每位导师的学生分配情况。由于我没争取到 C 导师的名额，于是转而投奔 L 老师。但在原来的名额分配中，L 老师只准备带1名学生，而我和阿平却碰巧同时申请。原本我以为只有一人会被留下，没想到 L 老师最后竟破例同时收下了我们。

回想短短两年半的学校生涯，每一个阶段都有一两件令我难忘的事。

研一上学期，L 老师安排我们组装和测试一款他研制的设备，希望在那年秋天的工业博览会上展出，最好能赢得一些企业的关注，从而带来转产合作的机会。不过，我和阿平在参展那几天里发现了一个问题：我校一半以上的参展设备都得不到游客的青睐。这些游客不乏来自国内同行企业的技术人员，只提了几个转产问题，我们便显得捉襟见肘，无法正面回答，只得将问题拉回到理论范畴。而这样一来，竟引来了问客们的不屑一笑。事实胜于雄辩，事后来找我们洽谈的企业是少之又少，这从侧面反映了我们的方案还不成熟。

不过，L 老师也在事后指点了我的疑惑，使我逐渐意识到两点：一个是自己的知识面并不全面，学的理论也不够扎实；另一个是感觉自己的课题还较大程度地停留在理论层面，既没达到可转化为生产力的地步，也缺乏通往量产化的途径和经验。所以，真正要让一个在大学内孕育的方案走向市场，唯有坚持企校合作这条路。但即便如此，依旧不会颠覆现有的分工，毕竟大学注重教育和基础研究，而企业注重市场和利润。正如 L 老师所言，这款设备的意义是完成理论上的探索，剩下的还需要企业密切配合才能真正将知识转化为生产力。

研一下学期刚开始，L 老师交给我们两项大学生创新科研项目，由阿平搭建一款新型淋浴器，我则制作一款红外线感应装置。事实上，这是两个上一届毕业生半途而废的项目，由于人已离校，眼看就要终期答辩了，L 老师便请我们帮忙收尾。由于我对红外线和电路知识不熟悉，只得翻阅大量文献资料，又跑北京东路的赛格广场选购元器件，还请教了专攻电路设计的同班同学。经过多次调试后，我终于顺利完成了结题答辩所需的设备成品和课题报告。

经过这件事，我对科研的观念产生了转变。起初，我以为既然自己主专业是机械，对于电气类的知识只需了解，不必精通。后来，我意识到当今学术界的大多数课题都不是单一的学科，而是两门甚至多门学科的交叉，如要在前人的基础上做深做细，不得不兼备其他学科的知识。想到这里，我反而很感谢 L 老师当时给我这次学习新事物的机会。

此外，我还认识到一点：本科阶段也好，硕士阶段也罢，培养的都是一种学习的方法，而不是单纯地学会某个理论或技术。因此，一旦有了良好的学习方法和习惯，今后再遇到其他领域的问题，也能自己找到探索的路。也许，这才是教育的最终目标，而非为了一纸文凭。

研二开始后，我们通过了学院组织的开题答辩，投入了大量精力和时间到各自的毕业课题中。学校对于毕业生有一定的学业要求，除了要求通过必修课程外，还规定每个学生要在国内外核心期刊上发表至少一篇论文，这在同学们中俗称为“小论文”。

在接下来的一年里，我们按照申报选题、开题答辩、写期刊论文、写毕业论文的顺序按部就班地准备着。每周五下午1点，我和阿平都需要前往办公室汇报进度，并请教导师遇到的学术难点。对此，L 老师向来一丝不苟，即使再忙，他都会放下手上的工作为我们耐心指导。

几个月过去了，我终于完成了第一篇期刊论文的初稿，毕恭毕敬地将打印件递到 L 老师手里。他大致阅览一遍后，示意我搬一把椅子去，一同逐条提炼。两个小时过去了，纸上已列满了他的红字批注，密密麻麻的。从引言到摘要，从模型建立到数据分析，老师既对通篇结构做了调整，也斧正了一些学术用词。

令我印象最深的是他在开篇部分的指导，他语重心长地说：“记住，你这是学术论文，不是散文。学术论文有清晰的结构，先介绍下什么技术，存在什么研究热点，本文讨论什么问题，用什么理论，用什么实验方法，实验数据反映什么规律，最后还要总结你的工作成果。而且，你的用语既要讲逻辑性，也要讲目的性，每一句话尽可能言简意赅，前后句之间也要环环相扣。就拿你这个摘要来说吧，太啰唆，应该在寥寥数语之后就马上聚焦到你的结论上才行！”

逻辑、目的、清晰和聚焦，这是我那时牢牢记下的四个关键词。在我第一篇论文发表后，我便开始第二篇的准备工作。而这次我牢记他的八字箴言，请教他批注的次数和用时大大减少了。我想，自己能有这样的长进，有很大一部分都要感谢他的教导有方！

研三那年的岁末，L 老师趁着元旦前一晚的机会，请我和阿平两位研三弟子带上师弟师妹们去他家里包饺子。当时老师的儿子也在，众人就其乐融融地围在一起共进晚餐。令我们感动的是，导师从培养自己儿子的经历说起，一直说到我们这些年的成长经历。真没想到，他能把每个人点点滴滴的小故事记得这么清楚。

趁着酒兴，早已几杯下肚的 L 老师望着我，忽然半开玩笑道：“小徐啊，你还记不记得当年你请我批的第一篇论文？那可让我大伤脑筋啊！”

我先是一怔，听出了他打趣的语气，彻底地放松下来，幽默地回答道：“是啊，当年学生不才，好好的一篇论文写成了散文，幸得老师您悉心指点！”

“哈哈哈哈！”桌上众人一阵大笑，气氛变得更加轻松起来。

这一年来，大家好久没如此放松惬意地闲聊了，L老师也喝得兴致盎然。见一坛黄酒见底，他又开了两瓶葡萄酒。待葡萄酒喝完后，他又不知从哪个橱里摸出一瓶白酒，顺带取来一组专门喝白酒的小杯。

我一见这架势，心中不由得一惊："这……好吧，讲究！”

L老师不容分说，一个劲儿地为我们斟酒，我们几个男生一见盛情难却，也只得硬着头皮和饮。待到晚上10点多，我们几个实在不胜酒力了，一个个东倒西歪，而来自东北的他才刚刚是半醉状态。

阿平困意十足，暗中推了我好几次，希望我带头提议早点回寝室。可是，这次聚餐实属难得，而且老师平时待大家都很好，此刻他正喝到兴头上，现在告辞的话，多少会扫了他的兴致。犹豫之中，我忽然想起自己近日在撰写毕业论文时，文末的致谢辞中拟过一首小诗。

也好，就用这首小诗来表达感谢他栽培的恩情，然后顺便告辞，大家都体面。

我和红透了脸的阿平互使了一个眼色，执杯起身，对老师恳切道："L老师啊，今天您这般招待我们，真的太谢谢了！时间也不早了，不如我就吟诗一首，代表各位师兄弟向您表示感谢，您看可以吗？”

“好啊！”说着，他两眼一亮，放下酒杯，并伸手做了个邀请的手势。

于是，我醉眼迷离地望着导师，端起酒杯致了一敬，抱杯即诵。

杂体・岁末酒诗谢导师

俯仰一世为人子，
沉浮不忘拜师门。
同窗三载勉共进，
凡尘岁岁学海人。

背完前两句时，导师目露赞许，似乎在期待着什么。而在后两句时，我将酒杯先后端到阿平和师弟面前，想表达对阿平近三年来互相勉励的谢意以及对师弟下一年学业的期望。

待我诵完这首打油诗，大家一致鼓掌和喝彩，随即收拾东西起行，聚会就这么在欢声笑语中结束了。

这晚回到寝室，红酒的后劲上来了，我一醉不醒，2013年就这样过去了。这元旦一过，很快就是新春，而毕业答辩就在年后。

虽然，我的硕士阶段很快要结束了，但我觉得自己各方面都比本科时强了不少。回忆这两年半来的学习生涯，L老师稳健求是的学术风格、渊博的学识、平易近人和严于律己的治学态度一直积极影响着我。在他严格的要求下，我不断进取，不断实现自我突破，培养了独立思考的能力。

在此，我再次向L老师表示最衷心的感谢和最崇高的敬意！

5.学术同门

阿平是我在读研时的同班同学。来自江西的他有着典型的狮子座性格，为人阳光开朗、自信幽默。在两年半的学习中，我和他一同参与导师的科研项目和研究生会的工作，受益良多。

记得第一次和他认识时是在2011年4月的复试后，我们沿着行政楼前通往大食堂的道路，一路聊到他的宿舍外。可能是因为这次聊得比较投机，双方印象较深，以至于9月开学后仍能在人群中认出对方。兴许是巧合，他也投到了L导师门下，于是我们成了学习中的好友、科研中的好搭档。

两年半里，我们一同去过大小二十多场学术报告会，也参观过两次工业博览会，还顶着酷暑在实验室调测设备，同心协力地完成了数个课题。课余时间，我们常在宿舍区外的某桌球店一较高下。他的球技很精湛，我常输多赢少，但却心服口服。比起输赢，我更看重一边聊天一边推杆的那份悠闲。在研究生会工作期间，我们又是部长的左膀右臂，一起策划和筹办了一场场精彩的文体活动。

回顾往事，我有几件事印象较深。

第一件事，是我第一次对他的思想境界大为感触。

研一下学期的某天黄昏，我们在图书馆结束了一下午的自习后，准备冒雨骑车回寝室。但还没骑出去多远，阿平就刹车停下，并转头望向图书馆外的旗杆。我这才发现，在阴霾的半空中，那面鲜红的国旗已被雨淋湿，且大部分已经卷在旗杆上了。出乎我意料的是，阿平立即翻身下车，喊上我一块去降国旗。雨水随风肆意地横吹过来，我的脸上顿时飞来一片凉意，镜片外的世界瞬间模糊了起来。

他利索地解开系在把手上的麻绳，说道："别让国旗淋湿了！"

"收下的这旗子放哪里？"降旗中，我不解地问道。

兴许是太专注的缘故，他似乎没听到我的话，只是干脆利落地叠好红旗，扭头望了眼河对岸的教学楼，才道："先送学院办公室吧。"

风雨中，我紧随其后，快步走在曲折的木桥上，对他如此上心的举措有些好奇，忍不住问道："阿平，假如我们不管，是不是待会儿也会有同学来收旗？"

"赶紧，"阿平将红旗护在腋下，见雨势变大，改为小跑，"国旗淋湿了就弄脏了。"

淋了雨就是弄脏了旗？

急促的呼吸中，我顿时明白了，不禁心生感触：小学时，老师常教导说，国旗之所以是红色的，那是无数的革命先烈用鲜血染红的，何其神圣！想到这里，我不由得对他的思想境界肃然起敬。

第二件事，主要是我们对校内职务的不同选择。

研二上学期，当时他在竞选班长时还有些顾虑，既想当班长，但又生怕自己不能胜任这份工作。我看得出他是个能力和责任心兼备的人，于是一方面给他鼓励，另一方面在投票竞选时鼎力支持。他当选班长后，做事也的确勤恳务实，逐渐得到所有同学的好评和拥护。

此后，阿平在校研究生会文体部的工作也渐入佳境，工作能力得到了很大提高，继而决定竞选研究生会主席。竞选大会在图书馆一楼的报告厅举行，西装革履的他站在演讲台上，显得朝气蓬勃，意气风发，言行举止之间不乏成熟和稳健。结果，他虽然以几票之差没能如愿，但当上了校研究生会副主席。

事后，他有一次反而来问我，当初为何不竞选校研究生会的文体部部长，反而去做学院研究生会的宣传部副部长？我说我对抛头露脸不感兴趣，况且学院宣传部正缺人，我受邀去当副部长也得身兼干事的活，写一些有关学术讲座的新闻稿。虽然这是一份默默无闻的工作，但我只想把它做好。

阿平认可了我的想法，在随后的日子里更加积极地在校内推行各种文体活动，总不忘叫上我一同参与。每逢这种机会，我都很愿意前去帮他出谋划策，他也常托我写活动的新闻稿。于是，我们一个总不愁活动筹备会缺人手，另一个总不缺院内的新闻素材，研究生会的活动一路筹办得有声有色。

第三件事，是我和他对进企业实习的不同选择。

研二下学期刚开始，班上大多数同学都已至少发表过一篇期刊论文，满足了毕业的条件之一。此时，包括阿平在内的大部分同学开始踊跃向各大机械零部件供应商投递简历，并陆续获得了实习机会。而我则和剩下的一部分人选择暂不实习，先忙于下一篇期刊论文的撰写。

大家对实习看法的差异，最终集中体现在了毕业后的求职结果上。经常去实习的同学，花在毕业论文上的精力相对较少，答辩评分普遍不高，而没去实习的我们则刚好相反。

待到临近毕业时，我由于还停留在书本的理论上，又缺乏工作经验，在几次面试时碰了壁，这才意识到实习的重要性。而阿平早在一年前就已提醒过我，可我没有听进去，只是一个劲热衷于采集实验数据做分析。最终，他以测试工程师的身份入职了那家实习了一年的世界500强企业，而我仍然在苦等着面试通知。

两年半的时间匆匆而过，转眼又到了似曾相识的毕业季，这也意味着大家必须为了前程各奔东西了。

2014年4月的某个阳光明媚的午后，我和几位同学在公交车站为阿平送行。那时，他上身着一件轻薄的蓝色竖纹校服，下身穿一条崭新的浅蓝色牛仔裤，脚上是一双刷得洁白的运动鞋，好不神气！

阳光下，他伸手扶了扶肩上沉甸甸的旅行包，另一只手牵着一只拉杆箱，在空车旁停下了脚步，回头对我们道："我准备上车了，我们有缘再见吧！"

我第一个上前告别，感慨道："送君千里，终须一别，保重了！"

阿平动容一笑后，带着鼓励的语气道："你也保重！祝你早日找到好工作！"

"谢谢，借你吉言，我一定会继续找的。"听他说得如此关切，我欣慰地笑着，顺手拍了拍他坚实的肩膀，而他也心照不宣地做了同样的动作。

在场的全是平日里的好友，阿平和大家一个个道完别后，眼睛里已明显流露出了不舍。他见众人都望着自己，竟迅速侧过脸去，尴尬地眨了眨眼，勉强对我们挤出了一个灿烂的微笑。如此掩饰说不出的离别愁绪，这倒挺像他好强的个性。

望着越来越远的公交车，我留在空荡的车站里，心中浮现出一连串的问题：一方面，我们都是学工科出身的，又都将第一份工作的目标定在工程师一职，那多年后呢？我们会一辈子坚持这条道路走下去吗？另一方面，今日告别时，你我都是相差无几的大学生，那多年后呢？我们会不会成为阶层迥异的社会人？我们究竟是殊途同归，还是同途殊归？

虽然我现在不知道，但假如我们还可以重逢，或许那会是我们各自在社会中功成名就的时候吧？而一个普通的大学生要打拼到功成名就，究竟需要多久？

"这一去，也不知道什么时候再见了……"这时，不知是谁在我背后道出了我的心声。

我闻声回首，定睛一看，原来是阿平的室友阿英。

"不过，男儿志在四方嘛！"阿英眨了眨眼，一边说着，一边从烟盒里抖出两支KENT薄荷烟，顺手递上一支，"来，抽完咱就回去。"

我谢绝了，转而拍了拍他的肩膀，感慨道："从五湖四海而来，又分道扬镳而去。离别，正是人生常态吧？"

"嗯，人这辈子，一直都是有聚有散，但说不定哪天我们还会再相聚呢？"阿英应了一句，若有所思地望着飘出去的圈圈青烟在半空中消散。

我深吸了一口，借着空气中清透冰爽的薄荷香驱赶着刚才离别的无奈，笑道："你说得没错，短暂的离别，不就是为了将来能更好地重逢吗？"

那么，阿平，后会有期了。

6.毕业前夕，有朋自远方来

2014年4月2日早晨，距离毕业典礼只剩下不足24小时了，而就在此时，阿杰不辞辛苦地越过大半个城市，专程来向我道贺。

记得上一次见面已是2013年的暑假前了。那天，他和阿委带着网球拍来找我，三人顶着烈日在球场上挥汗如雨，好不快活！如今一晃眼，一年又过去了，他已成为了一个拥有一年多工作经验的职场人士，而我才是个刚要毕业的学生。所以这次见面，注定了我们有许多话要聊，有许多旧要叙。

上午10点，我顺着学生宿舍区的大道向外走去，这都还没到预约地点呢，我就远远地从人堆里一眼认出他来。他穿着黑色纯棉薄外套和浅灰色运动长裤，头戴一顶故意压低了的鸭舌帽，双手则反扣在背后，故作老成持重伫立在人群中。

好家伙！想让我认不出你？

才刚一见面，我俩便“扑哧”一声笑了出来，稍微问候了几句，就称兄道弟地边走边聊，仿佛时间从不会使我们变得生疏。

我们顺着宿舍区的中央大道，准备先回寝室楼看看，再去校园里故地重游。

步入寝室区后，向东走五六分钟便是本科时我们住过的宿舍楼，而此时站在门外的宿管大叔早已换人，这使我不由得对此处产生几分陌生感。

还未等我开口，只听阿杰先感慨了一句：“都好几年没来了，没想到宿管都换了，不过楼面倒是还和以前一样嘛！”

物是人非事事休？不，我反倒觉得这叫“与时俱进事事新”。

于是，我朝阿杰朗声笑道：“虽说铁打的营盘流水的兵，但我们都比当年又向前迈进了一步了啊！也好！”

我们走进宿舍楼下的自行车棚，眼前的景象和当年没啥大区别——两处停车区内，横七竖八地停放着各式各样的山地车。再往车棚深处望去，尽是些积满灰尘、倒地堆叠的废旧自行车，看来已有好久没人来收拾了。

我和他各自找了部结实的自行车，用手擦去了车架上的灰尘，靠着车小歇。

“× 哥，还记得本科时我们一起下了课回到这里停车的时候吗？”阿杰用手指潇洒地向后梳了一下刘海，语气中颇有调侃的意味，“那时，你小子骑车总比我慢一拍，哈哈！”

我见状，心中暗笑：好家伙，自从去英国留学，没带个洋妞回来为国争光也就算了，反而养成了长刘海的习惯？

“哈哈，说得是，那时班里谁不知道你是‘最快的男人’？”我调皮地反嘲道，顺便观察着他的反应。

阿杰先是哈哈一笑，随即掩饰道：“毛，你胡说，你才最快！”

“我可没瞎说，当年你骑着那部黄色的GIANT，还一路双脱手吹口哨撩妹，我可赶不上你那速度！”

“哈哈，我想起来啦！我还记得你总是骑那辆破自行车，自己搞了罐喷漆，把车架改成黑色。而且，大家都知道你有个怪癖，就是每天书包里总揣着扳手和螺丝刀去上课！不知道的人还以为你干架去的呢！”

“哈哈，没办法啊，那老爷车质量不好，老是掉链子啊，我不得不半路停下来修嘛！”

“可不是吗，我记得有一次，×× 问你借那部‘神车’，他在小食堂前那座桥上一路下坡，颠得快吓尿了！”

“你一说我想起来了！那时支架上刚好掉了个螺母，但他急着要借去用……”

“哈哈哈哈！”我们同时看着对方，一起捧腹大笑起来。

离开车棚，我们穿过一条马路步入母校内，一路回忆着这条烂熟于心的自行车道上的无数个早晨——睡眼惺忪的阿杰、阿委和我一只手啃着包子，另一只手扶着自行车龙头，赶着同学们上课的早高峰，蛇行般地绕过密集的人群。当时，阿杰总是急吼吼地一冲在前，而我和阿委则紧随其后。吃早饭、赶路、比谁快，不得不承认，这条路练就了我们过硬的骑车技术。

沿着校内的走道直行十分钟，眼前便是教学楼群了，我们一口气登上五楼，来到昔日的绘图室，又聊起了那时一块学画工程图的情景。

“你还记得当年我们学机械制图课吗？那时还没接触 AutoCAD 呢，全是老师教着手工画。”我抚着一张已被架起的绘图桌，不禁回忆道。

阿杰把双手扣在背后，一边在教室中央踱着步子，一边感慨：“是啊，后来大二开始，我们每个寒假前都有机械课程设计，拿那么大张的 A0图纸画那个变速箱。我当时画得手都冻僵了，好不容易才拿了个 A。”

“不错，我记得你当年成绩可好了，我和阿委都望尘莫及啊，我追了你四年，好像也就那门制图测绘成绩比你高了一点点啊。”我回忆着说道。

阿杰转身一笑，摆摆手道：“你又谦虚了不是？我又不是所有课都比你高，况且你本科时很挑食。你喜欢的课嘛，我考不过你，你不喜欢的课嘛，就是瞎混个及格分。”

“瞎混？哈哈，难道管理、马哲那种晦涩难懂的课你不是混？”

“那些课本来就枯燥乏味。当年下面各干各的，玩手机、听音乐、撩妹、看书和睡觉的，什么样的人没有？”

“呵呵，好一副芸芸众生相。我记得，当年台下是这样，台上的老师嘛，纯粹是自由发挥。一个人在台上说书，反正只要我们不妨碍他上课，他也不管的。”

“是的。现在我工作了，那几门课的东西我就从没用到过，但当时为了学分，你说，哪个同学不用小抄？”

“也是，不过同样是看小抄，我唯独对你的‘特殊’能力叹为观止啊！”

“这话怎么说？”阿杰不解地问道。

我轻轻一笑，略带调侃地解释道：“就是作弊能力嘛。还记得吗？有好几次考试，我们都把小字条揣兜里。可那监考老师一直盯着我，我怎么拿出来？你坐我旁边，胆子倒挺大，两手放桌上让监考老师麻痹大意，居然能用腿在裆部翻字条。我当时真的佩服得五体投地了！”

“哈哈，× 哥，你不说我都快忘了啊。你还好意思说我那些破事？那你呢？当年大一上高数课，你每回躲最后一排睡觉。后来，老教授要求你每节课坐到第一排去。你小子也是个人才，前一晚去了网吧通宵，第二天一早居然敢坐在第一排睡觉，当时老教授脸都绿了！”

“哈哈，对对，说来惭愧，是有这回事。要知道高数课后面就要考一千米了啊，我总得缓一缓吧！不过，我好歹人是去了，但你旷过的课比我多多了。其实我也是真服你了，你每次旷的都是老师没点名的那节，你是先知啊？”

“你懂的，我会掐指一算！”阿杰做了个一边掐指一边向上翻白眼的表情，逗得我大笑起来。

对于点名一事，由于会记入到期末成绩，我们都希望能拿满考勤分，但我们的做法一直是不同的。我是不管教授点不点名，即使那课再乏味，我每次人都会去。而阿杰总能根据前几次上课是否点名，号称是用概率论和数理统计的方法估算出下一节课教授点名的可能性。当年我觉得他的说法纯属扯淡，但奇怪的是，他通常都很准。现在看来，他的确有个天生混生意场的脑子，总懂得用最小的投入来换取最大的回报，所以能在现在的公司里混得风生水起。

走出最北面那栋教学楼，不远处就是一座九曲十八弯的木桥。我们站在木桥的一端，隔着一条绿波涟漪的小河，便可以清楚望见对岸那座巍然耸立的图书馆。

四年来，我们可是那里的常客，有时是晚上来此自习，有时则是偏好这里安宁的环境，仅泡一杯茶坐在落地窗边，图个午后的清静。若要问在这里最别具一格的摆设，恐怕要数二楼大厅里的那台钢琴。曾有多次，我们选坐在三楼走廊的椅子上刷着习题。如此，便可在学习之余聆听二楼某位同学饱含热情、行云流水的演奏，真可谓袅袅余音弹指间，考场得失疲尽消！

我们在图书馆一坐就是几个小时，等出来时已是傍晚。于是两人回忆了几处本科时常光顾的餐馆，对其中一家火锅店一拍即合，欣然前往回味一番。

饭桌上可真是男人间互动的好地方。把菜点完后，我俩就先叫来两瓶啤酒，也不客气啥，开瓶即吹，待半瓶下肚，汤底也刚好端上来，这顿饭才算进入正题。

尝罢几筷涮羊肉后，阿杰先是抛出自己这一年多来的工作感言，例举了公司里诸多不合理或看不惯的现象，而我作为一个还未毕业的学生，也只能根据常识泛泛而谈。纵使我绞尽脑汁地思索，又设身处地地为他考虑，没有工作经验始终是硬伤，所说的建议很多都不在调上，心中竟然升起一种没能帮上好友的歉意。然而，阿杰倒不介意这些，转而问我毕业后的职业选择。

关于毕业后就业一事，我是准备去企业找工作的，而家父则另有安排。他有个工作上的朋友刚好认识我校的一位老教授，而这位教授和我学院院长私交甚笃。于是，家父就托了关系，叮咛我务必留校做一名实训大楼里的教辅，工作内容是为本科生提供实验器材的操作指导。虽然我顺利通过了院级和校级两次面试，但当了解到该岗位非学校正式编制、三年内不得考博或换岗、月薪只有税前四千等鸡肋信息后，我又开始犹豫了。我把自己的想法和父母反馈，母亲对于我留校或进企业都全力支持，而父亲则一再坚持留校是金饭碗。这使我更加犹豫了，留校到底是不是我想要的路。

对此，阿杰并没有倒向任何一种选择，只是十分有条理地罗列和分析了留校和入企业两条路的利弊，他建议我：先明确个人计划发展的方向和需求，再去看两条路的优缺点，才能选出那条最合适的道路。

我不禁感慨：若换成是本科时期快人快语的阿杰，准不会说出这么建设性的意见。看来，进社会工作真的会重新塑造一个人，我对进社会历练产生了越来越浓厚的好奇，心中有种十年寒窗苦读后跃跃欲试的期盼。

那我又想把自己塑造成一个什么样的人呢？洗掉满身的书生意气、提高社会适应能力和提升工作能力，这是我给自己定的三个目标，若要达到这些，去企业工作似乎更具可行性。

晚9点的校外小吃街上，我目送着他坚实的背影消失在熙熙攘攘的学生群中，这才回寝室楼去。途中，一家家载满上学时回忆的小商铺都灯火通明，铺内的大叔阿姨们在烧烤的香雾中打包着各种小吃，而门口则挤满了刚下晚自习的学弟学妹们。望着他们朝气蓬勃的青春面容，我仿佛回想起了多年前的自己——骑着一部翻修无数次的自行车，背着厚实的A1绘图板和长长的丁字尺，顶着北风排队买夜宵。时过境迁，铁打的商铺流水的学子，从某种意义上说，我已“老”了，“老”得应该出去闯一闯了。

是的，就在明天，我的大学生涯就要在毕业典礼中画上句号了。正如阿杰所说的，这不是结束，而是我人生又一个崭新的起点。

7.毕业决不失业，我该何去何从

三年前，我本科毕业时告别过熟悉的校园，当时虽然很不舍，但心想将来还会再回来，也便释然了。而现在，我正经历着一种莫名失落的心情。这份失落里，不仅有对校园的留恋，也有告别同学们的无奈，更有对自己前途未卜的焦虑。

2014年4月的硕士毕业典礼后，我穿着一身蓝色的硕士服走出图书馆一楼的报告厅，心中忽然回忆起本科毕业典礼上异常激动的情景。

那年，本科的毕业典礼是在学校室内的体育馆隆重举行的。那时，正逢尊敬的 W 校长亲自为我们每个人颁发学位证书。

校长：“同学你好！祝贺你顺利毕业！”

我：“啊，谢谢您！校长！我……”

身穿红色博士服的 W 校长微微一笑，伸手将我学士帽上的流苏轻轻扶到另一边，那一刻，她阳光般的微笑和热情的握手使我备受鼓舞。我心潮澎湃地暗暗发誓：今天的毕业只是短暂的告别，我一定会通过努力再回校园深造。

三年后的现在，我又毕业了。那这次我是该留校，还是去企业工作呢？

关于留校一事，我应父亲的要求，有幸通过了学院和学校两次面试，且近期院方已多次催我办理入职。虽然，我离留校只差最后一步了，但我对这个人生转折点上的重要抉择存有困惑，因此迟迟没有行动。值得考量的因素主要有两点。

第一，岗位的发展前景。由于是实验室的教辅，并非讲师，也非事业编制，而是属于第三方劳务派遣。此岗位晋升前考察期约三年。在这期间，院方原则上不批准申请在职读博或转岗。三年后，若考评合格，基本上有两条路可走：一个是在原岗位申请入编制，继续做教辅，另一个则是花三到五年读博士之后转讲师。

从纵向来看，我不考虑前者。毕竟教辅一职不是长久之计，要在高校谋得较大的发展，则不得不走从讲师到副教授到教授的路线。而对于后者，我花三年从劳务派遣转入编制，又预留一年用于考博复习，再花三到五年读完博，这个过程需要七至九年的时间，我才方能达到比较基础的讲师阶段。思来想去，我对这么长的时间跨度有些没把握。毕竟对我个人而言，同样花这些时间在企业工作的话，得到的锻炼和成长空间应该更大些。

从横向来看，也有一些前车之鉴摆在眼前。前几届毕业的几位学长和学姐至今还在编制外望眼欲穿，不知多少次萌生过退意。教辅的前景在哪儿，他们也很迷茫，只是单纯地为了落户而接受现状。再往上看，还有好几位接近退休的老师傅，岗位数十年如一日，薪资待遇远低于社会上类似的技术岗。

我似乎看到了自己未来的某一种可能，并对这种一成不变、温水煮青蛙的前景产生了抗拒心理。我觉得自己应该趁着年轻，多去社会上闯荡和磨炼，拒绝在自己20岁时就活出五六十岁的样子。

第二，薪资待遇。根据往年已经留在这个岗位的几位学长学姐信息，如今做了一年多，月薪是税前四千元。我又去找了本科时关系较好的辅导员老师，至今七年多了，他也才刚刚爬上讲师一职，目前月薪是税前五六千。

我不禁在想，自己同样花这点时间去企业，是否有信心赚得比这个数多？对此，我很有信心。考虑到七年多之后，我也超过30岁了，差不多为婚后的小家庭忙碌的时候了，经济压力自然会很大。届时，我若以月薪五六千应对，又怎么足够买房和养家糊口呢？

综合岗位发展、个人喜好和薪资待遇，我更倾向于进企业工作的路线。我也更倾向于一种说法：人的前路有时会像雾里看花般地迷离，此时只有听从内心的呼声选择其中一条走下去，才会知道究竟选对了没有。

4月的一天上午，我看完图书馆内举办的招聘会后，骑着车从图书馆前往行政楼，途中见林荫大道两侧的空地上正举办着一场小规模招聘会。我投了几份简历后，上楼拜访L老师去了。这是我临走前最后一次见他，一方面和他道别，另一方面是为了再次向他请教自己出路的问题。

对此，我曾在2013年12月的一个傍晚请教过他。当时，外面刮着大风，我在实训楼的大门外遇到他，顺便问问他对我是否适合读博的看法。L老师说了一番模棱两可的话，只是告诉我，若继续深造是需要在各方面有更多的积累和要求的。我也有自知之明，意识到自己暂时还不具备读博的实力。

而现在，我举棋不定地站在他办公室里，透过明亮的玻璃窗向下俯视着刚才的招聘现场。五花八门的展位，熙熙攘攘的人群，现场犹如市井菜铺一般热闹非凡。人群中，同学们拿着一沓沓简历游走在各个展位间。我忽然从衣着样貌上认出了几人——那不是我研一时在本科生学生会里认识的大二同学吗？他们都在寻找着各自的出路，而我呢？从本科至今，我在大学里一待就是近七年，都26岁了。难道我打算一辈子将自己封闭在象牙塔里吗？不，我不是一直嫌自己书生气太重吗？我不是一直想去看看校园外的世界吗？我不是一直想在职场上大显身手吗？那么，此时不出去闯荡一番，更待何时呢？

"小徐啊，当你放下学历和专业的束缚后，才算是真正适应了现在的社会！"这时，导师意味深长地对我缓缓劝道。

"嗯，谢谢您，L老师！我知道自己该怎么做了。"

4月17日，我再次告别了校园，回家继续找工作。

在接下去的一个月里，我不仅在网上投简历，还去了虹口足球场、上海体育馆、娄山关路周边和上海人才大厦等多个招聘现场。最后，在所有面试通知中，有两家我比较中意的公司。可能是临场发挥不佳，这两家从事机械零部件生产的大型企业都再无音信。

日子一天天过去，父亲的神色越来越不悦，言语中充满了催促和责怪，并反复质疑我大学白读了。他既因为我违抗他的安排而发怒，也因为我暂时没找到工作而感到在亲友面前脸上无光。与此同时，学校为了统计毕业生的就业率，派学生干部多次来电话，催问我的去向。

就这样，我回家后的日子过得十分狼狈，只有母亲一直在鼓励我，劝我不要气馁。

又一个星期过去了，我网上投的简历大多石沉大海，零星的几个面试机会又越来越偏离我择业的初衷。难道说，真的是百无一用是书生？我开始怀疑自己是不是能力不济，或是眼高手低，常在夜里失眠的焦虑中怀疑自己的抉择对错。就这样，我的想法开始出现了变化。

起初，我认为自己应该找一份研发设计的岗位，而现在我反而更渴望找个能自食其力的工作，首先要摆脱这份每日的煎熬。于是，我突破了专业的界线，接受了父亲一直以来想让我当教师的要求，也开始关注起教育类的工作机会。

2014年5月25日周日一早，我穿戴整洁，带上修改多次的新简历，再次来到上海体育馆的招聘会现场。

一圈观望下来，我在几家机械类企业处投了几份简历。虽然，我也心知这几家待遇、地点和发展空间并不太理想，但又不甘心白来一次，只得聊胜于无，权且当是增加面试经验了。就在我正准备离开时，不经意发现在出口处，有一家教育培训类的公司在挂牌招人。

就这么回去？难道这不也是一个就业机会吗？

这么一想，我顿时好奇心起，于是就抱着试试的心情走上前去。

那展位上坐有一男一女，男人看上去25岁左右，肥胖老成，而女人看上去稍长个两三岁，纤瘦文静。两人读过我的简历后，对我求职的动机有些费解。

没聊几句，男人从女人手里接过简历，返还给我道："不好意思，我们只招大专和本科的，而且您的学历和专业不对口，我建议你再考虑考虑吧。"

我脑海忽然闪过一幅回家后又被父亲指责无能的灰色画面，颇为忧虑地接过那份简历，正准备起身离开时，那女人突然喊住了我："哎，等等。"

"嗯，您请讲。"说罢，我好奇地望着挽留我的她，这才下意识打量起对方的样貌，耐心地坐回了椅子，洗耳恭听起来。

那女人披着一头光泽秀丽的长直黑发，戴一副深色边框的眼镜，柔婉的眉梢忽然一皱，疑惑地和我对视了一下，自信地从盒里取出一张名片，又在上面快速补上了几个字，这才递过来道："假如您已经考虑清楚了，那可以明天这个时间来我们公司试试。"

周一，3:00，PM。

我看了眼名片上写的字，向她点了点头，笑道："好的，谢谢！"

站在回家的地铁上，我从钱包里取出那张做工和排版都很精致的名片，将上面的中英文默读了好几遍，心中不禁感慨："难道你能读懂我的难言之隐？"

好吧，无论如何，先谢谢你给的面试机会！那就明天见，尊敬的Human Resources，Lena！

第❷章

坚持走自己的职场路

我在人生的分岔路口，不再循规蹈矩，终于还是违背了长辈的意见，第一次自主地做了一个重大决定——谢绝留校，入企工作。

这一去，我是否能在职场上磨炼闯荡，大展身手？我是否能在工作中洗去一身的书生气，剔腐生新，脱胎换骨？

时光如朝阳冉升，照向我征途的尽头，一切都还未可知。

1.歧途或新径，认真对待第一份工作

毕业后，我究竟如何从一个青涩的学生转变为一个自食其力的职场人呢？为此，我选择的是一条新径，还是一段歧途呢？

我想，这取决于我对职场的认识、对自己的定位和对工作的态度。

2014年，我在C公司开始了人生中第一份正式工作。虽然，这不是我理想的去处，但可算是一个暂时的落脚点。

该公司是一家从事中小学及幼儿园英语口语培训的教学机构，它以派遣欧美外籍教师入堂授课为营业立足点，同A区和周边区域的数十所学校展开合作。公司由数位美籍台胞投资，并在美国某州注册成立，并将办事处设在上海。截至2014年，它虽然已历时12年，但规模仍很小，中方员工和外籍教师各约20人。

公司的组织构架比较简明，最高层是以Frank和George等美籍台胞为首的董事会，中层是销售、助教和外教人事组的负责人，基层多为实习的在读大学生或刚毕业不久的青年。

Frank是C公司的CEO兼董事会成员，虽然我报到时他恰好身在台北休假，未见真人，但从同事们口中可知，他年逾50，为人精明多疑、手腕强硬，工作上更是雷厉风行、说一不二。更有小道消息称，像他这样一位上了年纪的男人，年轻时也颇为活跃。他出生在台北，因得益于母亲是三线歌手，故而曾在校园里玩吉他弹唱，可谓出尽了风头。后来他留洋到了

美国，毕业后到微软做了软件工程师，中年时回台湾创业，一下便将英语培训办得风生水起，不久便想将成功的经验移植到上海。不过，也许是年轻时忙于事业，他的婚姻一直没有着落，到上海发展后便把老母接来赡养，再偶尔和几个波兰、乌克兰的外教谈谈恋爱，权且当是排遣工作的疲惫。

公司的二把手是董事会成员 George，他年过60，据说是 Frank 的亲戚，而且是新中国成立前某陆军中将之子，为人随和健谈、老成持重。

销售组是 C 公司的重要部门，其组长是一位名为 Crystal 的中年女士，大约年长我8岁，在此有十年的工作经验。她通晓业务、励精图治，是除了上述二人外最举足轻重的骨干成员，在员工中颇得人心。

我作为 Crystal 的下属，每学期要负责大约十所学校的培训项目，涉及合同签订、款项结算、处理客户投诉和开发新客户。该岗位对内是销售，而对外则称为课程顾问，有时遇到人手缺乏，也需要兼任助教，进学校随堂翻译。

2014年6月4日是我入职第一天，George 一早把我唤到经理室闲谈。我初来职场，不曾想入职第一天就被公司二把手的高层约谈，只是在玻璃门外一行礼，便站在门边静候吩咐，显得有些拘束。

George 先生坐在那把真皮扶手椅上，随着他朝我友好一笑，他脸上那饱经风霜的皱纹居然也愈加明显，给人一种持重且有阅历的第一印象。见我仍愣在原地，他大方地伸出手掌指向他对面的座椅，招呼我对坐而谈。

事实上他对我是已有了解的，在一周前的面试上，他已和 Crystal 问清了我的在校经历和求职意向。我记得 Crystal 在面试的最后环节，请示过他对我的评价。George 望着我，思考了片刻，缓缓给出了五个字："有一定潜力"。

此刻，从机械跨行而来的我心中依旧对未来的路充满了疑惑，于是在面对他通透而老辣的目光时，似乎隐约可以察觉出他对我来意的考量。

果不其然，几句寒暄后，他立马将话锋锁定在敏感话题上。

"我看你算是个高才生，之前学的理工科，你决定来这里工作，我估计你可能是想先熟悉社会，然后再骑驴找马，对吧？"他表情温和，但一针见血地问道。

"呃……"

虽然他语气恳切，目光中也带着诚意，但我出于谨慎，还是把话咽了回去。

George 的目光微微一闪，淡然地笑道："没关系的。其实你不说我也了解，现在大学生出来工作，有几个是在一家公司待一辈子的？何况，老实说我们这里平台不大，你又是硕士生，终究要去大平台才能体现自身价值。你说是不是？"

我心中念着曾在书本上了解到的职场大忌：有时，要警惕领导有意无意的套话。对此，我与其说错，不如想清楚再说；与其谈主观感受，不如只说客观事实。

他见我有些沉默，便换了个话题，问道："听说你是学机械出身，正好，我年轻时对这个也挺感兴趣的，今天我们不妨聊聊。不知道你是如何看待当今的汽车行业发展的？我听听你们年轻人的见解，呵呵。"

"George 先生，见解不敢当，我也仅仅是懂些皮毛而已。"我发现他一脸认真，目光中绝无刁难之意，想必真的是闲聊而已。那我对这个问题就不必闪避，于是便就事论事道："汽车是个集机械、电子和化学等多个学科的复合型产业，常常体现了一个国家的工业水平。对此，我们国家很重视这一块的发展，已经通过和国外知名企业合资办厂来逐渐实现汽车国有化进程。在这个背景下，这个行业注定不同于传统机械行业，它有着更高更远的发展空间。"

说到这里，我略作停顿，见 George 先生正聚精会神地听着，还不住地点头表示默许，于是便接着往下说。

"就上海这边的汽车市场需求来说，这个市场是很客观的，家家户户都想买一部车，有的家庭甚至夫妻两人各一部。而从就业选择上说，我们学校很多工科生毕业后都想进车企工作，而那些多年从事传统制造业的工程师，也有不少人转行去汽车行业，以谋求更高的待遇和更长远的发展。再从技术层面说，虽然这里有好几个家喻户晓的合资企业以及一大批外资零部件供应商，但大多核心零件的研发都在国外。而国产品牌常存在研发水平不够、加工精度不够和技术封锁等问题，目前还做不出某些关键零件，不得不依赖进口。"

George 闻后，默许地点了点头："嗯，那你觉得今后的汽车技术会主要集中在哪些方面呢？"

"这个我说不准，只能是个人猜想。"

"没事没事，反正今天也没什么要紧事，正好我们可以探讨探讨，说错也没关系的。"

见他态度十分诚恳，一点也没有老板的架子，我的警惕心渐渐收了起来。

"我个人观点吧，一个是节能减排，这个都已经喊了好多年了，混合动力和纯电动取代内燃机是大势所趋。还有一个是轻量化，也就是在满足强度和疲劳寿命等安全需求的同时，减轻整车重量。无论今后烧油还是用电，更轻的车重就意味着更节能和更低的使用成本，很值得一做。再一个就是智能化，就好比现在的进排气都用电控取代了原来的凸轮机构，依赖人力驾驶的现状也会逐步被电脑控制所取代。也许在不久的将来，无人驾驶的汽车会全民普及呢？"

George 听罢，露出了颇感兴趣的神情，首肯道："呵呵，想不到你了解得挺多的，看来你挺喜欢汽车的啊？"

"是啊。"我说。

"嗯，你刚才说的第一点我听到过，第二、第三点我倒是第一次听说，挺有意思的。那你当时为何不找汽车行业里这两个方向的工作呢？”他接着问道。

此言一出，着实令我暗暗一惊，没想到他随时都可能切回刚才的敏感话题。我本已放下的警惕心被再次提起。若如实说自己一时没找到合适的工作，这才穷则思变、尝试跨行，岂不是显得自己来此是为了骑驴找马？若是说自己不偏好汽车类的工作，岂不是和前面说的自相矛盾？

“George 先生，其实我对汽车有一些小顾虑。”

“哦，说来听听。”

“您看，近年来，汽车行业不仅有民营化的趋势，而且每年的产量一直在上升。但回想几十年前，电视机、缝纫机、冰箱和自行车何等风光，而如今这些都已变得十分普及。我担心选择汽车行业后，等我到中年，汽车会不会变得和现在的自行车一样烂大街？我到时候是否会遇到职业发展的‘瓶颈’？”

“嗯……”George 听后，若有所思地点了点头，“你现在就能考虑到未来是很不错，但考虑得太远又容易忽视眼下，而太看重眼前又容易迷失方向。你才刚毕业，又很年轻，我建议你不要太在意眼前得失。其实，我很希望你能在这里多做几年。”

原来，最后这一句才是他想说的话。

就在我沉默不语的时候，他又补充道：“我在像你这个年纪时，就常常告诉自己：要有一颗报国之心。我觉得，年轻人将来无论做什么工作，都应该学而优则商，商而优则仕。”

“商而优则仕？”我有些不解，为何在学而优则仕的过程中，他要引入一个从商的阶段。

George 见我有些好奇，就此话题侃侃而谈：“学以致用，知识转化为生产力才能成为财富，才能解决个人温饱问题。当你从商富有后，要懂得身边还有很多人过得很艰苦，这时如果能从政，就要设法改善国民的生活质量。但可惜，现在社会上有些风气是学而优则仕，仕而优则商。”

听完他一席话，我开始对眼前这位早已退休却仍关心国情的长辈刮目相看。但出于在校期间导师教导的“对任何学说要有批判的精神”的考量，我并未全盘肯定这番话的正确性，但受其这次点拨，一个想法开始在我心中成型。

6月13日周五下午是全公司的开会时间，管理层、销售、中方人事、外教人事和助教等小组悉数参加，二十多个人在约十五平方米的会议室中围坐成环形，刚从台湾回沪的 Frank 一身正装，得意地跷着二郎腿，稳坐在中间主持大局。就在会议临近尾声时，他紧接着企业价值的议题，向众人又抛出了另一个问题。

“大家觉得，我们 C 公司是什么样的企业？”Frank 洪亮的声音充斥着这间封闭的会议室，周围顿时一片沉寂。

见大家面面相觑，谁也没有接话，他睁圆了质疑的双眼，向四周的年轻人们扫视了一圈，过了好一会儿才点名道："那么，Crystal，你先说！"

见老板首先要自己发言，久经职场风浪的Crystal丝毫没有尴尬的神色，只是迎着众人投来的目光，迅速振臂一笑，掷地有声道："美国企业！"

既没拍马奉承，也没描述失真，还表现出了一份对企业的自豪，这短短的四个字还真让老板抓不到任何把柄。我心里暗暗对她的回答赞叹不已，但却忽然有疑问在心中浮起。

像Crystal这样主管级别的职场精英，在需要简短描述公司时，居然不落于行业和排名等常见词汇，非要用"美国"二字？难道，她觉得这两个字是老板Frank爱听的吗？假如她真的在投其所好，那Frank以美籍华人的身份在中国开办C公司，所持的是什么样的价值观，所推行的又是什么性质的教育？而我在这样移花接木的运营模式下，又会实现怎样的个人价值？

思索中，我望见Frank闻后得意一笑，继而将身子转向另一侧的外教人事Peter，笑问道："怎么样？Peter，你怎么看？"

胖胖的Peter推了下鼻梁上的眼镜，嘴角微微上扬，似笑非笑道："业界知名企业。"

"嗯，这个回答我还不满意，"老板移开了视线，望着坐在Crystal旁边的那位销售同事，"Vanness，那你呢？"

那位同事本来正在记事本上写字，听Frank唤他，便不慌不忙地将钢笔插回笔套中，随着一声清脆的咔嚓声，他挺直了腰板，竖起大拇指，忽然睁亮了双眼，咧嘴诙谐道："老板您一手带大的企业！"

绝了，这哥们太逗！室内顿时一阵爆笑，连Frank和George都乐不可支了。

玩笑过后，众人按照坐席顺序依次表态。轮到我时，我既紧张又迟疑，想说点什么，又有些忌惮自己说错——到底是说一句废话明哲保身呢，还是存心打个哈哈，娱乐大众了事呢？

"这新来的小伙子挺腼腆的嘛。既然刚来，估计对公司不太了解，这也正常的，可以不说。"说着，Frank从我身上抽离了目光，顺势打了个圆场，准备继续提问下一位同事。

"不，Frank，他一定知道！"突然，Crystal的话从对面传来，会议室的氛围瞬时又严肃了起来，而我又成了众目关注的焦点。

这下，Frank认真了起来，两腿一用力，将座椅向我这边挪了过来，把距离拉近到了半米，盯着我好奇道："哦？假如有的话，不妨直说，说错也没关系。"

我和远处的Crystal交换了一下眼色，见她投来的是鼓励的眼神，心想："组长为何坚持要我发言呢？她到底是想借此了解我的见地，还是希望我以此机会让Frank认识我？也罢，既然一样是说，那就直击要害吧。"

“老板，我们公司应该是回报社会的企业。”我放慢语速，尽量保持沉着地答道。

Frank 颇为疑惑，露出一副没听清的神色，问道：“什么？再说一遍？”

“回报社会的企业！”

这次他听清了，顿时睁大了双眼，露出惊讶的神色，若有所思地仰起头，接着向后靠在了椅子的靠背上，竟独自沉默了好一小会儿。而与此同时，众人哗然，场面刚才还是一潭死水，现在竟忽然成了一锅沸水。在此起彼伏的交谈声中，我望见 George 笑着和 Crystal 一边点头，一边轻语了几句。

虽然那天的会议结束了，但我常想起自己在会上说的话。我如何才算是回报社会呢？假如 George 先生说的“学而优则商”是正确的话，那这个“商”并非指一定要从商，也可以举一反三地理解为职业出路的方式之一。那么下一句“商而优则仕”的“仕”，我倒不将之局限于做官做领导的层面，不如将它理解成德才兼备的楷模，或许更为贴切。

如果这样去理解，那么，我当下最重要的不是计较职业选择的得失，而是确信自己能做好什么工作、怎么做好工作，继而再决定将来做什么更好。我相信，在这个过程中，我终会看清自己为社会建设增添一臂之力的途径。

当你放下学历和专业的束缚后，才算是真正适应了现在的社会！

回想起 L 老师在几个月前所说的话，我顿有所悟。

也对，我可以暂时放下自己的学位和专业，不应过于计较工资高低，也不应过于计较专业的不对口。无论工作内容是否和机械相关，也无论接下去的这条路是歧途还是新径，我都得认真对待人生的第一份工作，这种态度将会是贯穿我职场生涯的基调，也是谢绝留校的我进社会谋生的依靠。

2.你若盛开，蝴蝶自来

从我入职后的三周来，我的顶头上司 Crystal 在工作上对我多有关照，我很感谢她对我的重视和指点。

早在面试我时，她考过我一个问题。她问，假如我将来身为公司派往学校的联络人员，听到校长的抱怨和要求后，会如何处理。我当时说，既然自己代表公司前去，我的立场就应该从公司利益的角度出发去协商解决方案，绝不能因为对方的偏见或无理要求，让公司被客户牵着鼻子走。当时她听后，满意地点了点头。

入职后，Crystal 为了使我尽快熟悉业务，除了亲自培训我电话开发新客户的技巧，还派我多次前往数所本市重点小学客串助教一职。事实上，过了6月中旬，大部分学校都已临近放假了，因此公司的助教人手是很充足的。但即使如此，她还是将这样外出锻炼的机会提供给我。几次下来，我不仅在和小朋友们同堂上课中感受到了这份工作的乐趣，也在和多位外教的交流中提升了英语听力。

2014年6月26日，我需要送一份课程可行性报告给上次拜访过的H小学校长评阅。经验尚浅的我恳请Crystal和我同去，尽全力促成下学期的合作。

我本以为，她作为一名资深销售，也会像Frank一样展开暴风雨般的推销演说。但出乎我预料的是，在校长办公室里，她语气诚恳地和对方围绕课程问题交流了几句后，便热情地双手递上名片，随后竟主动告辞。我有些不解，直截了当地问她为何不效仿Frank的做法，她表示这样只会弄得对方反感，且合作应该建立在双方平等、互信和互利的基础上，而不是单纯靠说教能达成的。况且，今日留下好印象，不怕以后没机会合作。

这话的确有道理，但我回头一想，又很疑惑：她身为Frank的骨干员工，可他们两人对待客户的说话风格却截然不同。像Frank这样一位苛求下属、过于自负的老板会允许这种工作方式上的差异？对此，我暂时还不清楚，只得多加观察。

下午4点，我们沿着林荫道向南一边走，一边留意着出租车。但天公不作美，这都还没走几步路，就下起了一场雷阵雨。我们只好暂留在一家饭店门外的屋檐下躲雨，顺便聊了起来。

“你专业是机械，明明可以去做机械设计，可你却来了我们公司。你真的想好今后要做什么了吗？”

Crystal在闲谈中忽然话锋一转，聊到了我的职业选择。

我想了想，考虑到她平时对下属丝毫没有领导架子，常以朋友姿态相待，这才放下戒心，对她坦言道：“不瞒您说，毕业时我面试过几家机械类的公司，但结果都不尽如人意。所以我想突破专业的界限，看看自己将来做什么最适合。我觉得既然来了，那就先把手头的事做好再说吧。”

她善意地微笑道：“嗯，之前学机械，出来不一定非要做机械的。我跟你说过，我也是读机械专业出身，但我的理想是做一名市场营销培训师。为此，我业余时间也在看相关的书，不断充实自己。所以，你也要找到你的方向！”

她的话虽带有几分豪情，但我明白，她是在反复确认我留在C公司的决心有多大。可以预料，她若将两个月后的新学期合作交到一个很快跳槽的销售手里，她本人和公司将会冒多大风险。

也是，去就去，留就留，把话讲清楚也好。

于是，我干脆摊牌了，说道：“其实，我这么选也是一种尝试。假如我发现自己还是适合原路，那我将来要么考虑考博深造，要么做一名工程师。无论走哪条路，我得认清自己的方向，并提升工作能力。但你放心好了，既来之则安之，我不会马上走的，我打算先工作一学期，在经济上自食其力。往后，还请您多多指教！”

Crystal 笑着点了点头，双目炯炯有神，说道：“你客气了，不过我很支持你这个想法。无论你去哪里，你要牢牢记得我的话，拼搏是你目前的主旋律！”

我原以为她听完我志不在此的实话会感到失望，没想到她的目光中多了几分欣赏之色。

“好的，这句话我铭记在心！”我向她微笑着答道。

谈完我的个人发展方向，我对她的情况更好奇了，不由得问道：“对了，您说想做市场营销培训，那您在这里工作了十年还在做销售，这种求之未得的距离感会让你感到遥不可及吗？”

“人要有目标，有目标就有希望。你一开始会觉得这事太难，你做不到，没关系，只要你持之以恒，路都是一步步走出来的。你看我，虽然工作很忙，但我每晚都抽一个小时看书，只要我每天都进步了一小点，我就很快乐。”

听她说完这番话，我感触地望着她看似单纯的眼神，不禁心想：一个35岁上下的中年女人，白天打拼着事业，晚上回去还得相夫教子。这样本已不易，她还时刻不忘提升自己去实现心中的理想，这份坚持着实让我敬佩。可是，背负着这种生活和理想的人活得虽然很充实，但真的快乐吗？

这时，我脑海中闪过了销售会议上 Frank 责问她的情景。这种情况并不少见，每一次，Crystal 都默默担负起下属办事不力的后果，忍受着 Frank 的冷嘲热讽，事后想尽办法收拾残局。

“Crystal，您真的快乐吗？”

“我很快乐啊！”她立即答道，但两眼并未看我，而是呆呆地望着对面的商铺，面上则掠过了暗淡的神色，这使她的眼袋和法令纹愈加明显。

看来，不必再问了，人和人都是要留点尊严的。

我抬起头，望着屋檐上滴落下来的雨水，想起自己刚毕业回家那会儿，因为一时找不到工作，也没少受父亲的质疑和责备。而今，我从事着一份低薪的工作，指不定哪天我又会因此被说没出息。顿时，我心生烦闷，长叹了一口气，对现状颇为感慨：“哦……是吗？”

“你还很年轻，将来的路还很长。但你要记得，职场上只以成败论英雄，你不能靠别人，要靠自己努力。还有，你要趁年轻多学点东西，等工作忙起来后，就很少有机会像学校里那样真正静下心学习了。”

“好的，谢谢！不过，请恕我有不同的观点。成王败寇只是人的主观意识形态，但其实仔细想想，历史上某件事做成功的人就一定是英雄？某件事做失败的人就一定是狗熊吗？”

Crystal 顿时显得很好奇，问道：“那你的意思是？”

“全力以赴，不忘初心。”我微笑道。

“嗯，我也送你八个字。”

“愿闻其详。”

“你若盛开，蝴蝶自来。你以后无论到哪儿，遇到什么事，都要牢记。”

“多谢您指点，那前后连起来就是：你若盛开，蝴蝶自来，全力以赴，不忘初心。你说呢？”

“哈哈，对！和你说话真有意思！”

在回去的出租车上，我和她坐在后排继续闲聊时，她的手机响了，她警觉地向我展示了下屏幕上的“Frank”字样，示意我不要出声。

“喂，Frank，我们已经在回来的路上了。”Crystal 的声音压得有些低，对着电话那头小心翼翼道。

“Crystal，这么近的学校都去了这么久？我问你，A、B 和 C 这几个学校上学期的尾款到现在还没要到，那是哪个销售负责的？”电话那头责备的音量突然升了上来，迫使 Crystal 按了一下侧面的音量键。

她无奈地瞥了我一眼，对着电话那头努力解释道：“那是 Vanness 负责的学校，他也正在催款。”

“啊？又是还在催，到底能不能拿到钱？你们再拖拖拉拉的，别怪我下个月发不出薪水，大家大不了一拍两散得了！”

近在咫尺的距离，我仍旧听得见电话那头的吼声，但为了避免领导尴尬，我下意识地掏出手机，随意点开了个 App。

“老板，我知道了，这事我来和对方谈，放心。”说着，Crystal 的声音变得很轻，像是对应允之事把握不大，但又碍于老板的威严不得不做出让步。

电话那头明显发怒了，开始嘶吼了起来：“还有！ D 学校下学期还能合作吗？这事 Weber 到现在才和我说？早点不说，到现在一盘死棋了让我去救火？你是怎么带的销售组？一个组长不像个组长的样子！”

“这事有点复杂，回来后我和你解释吧。”

“解释，解释，可以啊！我等着！”

放下被对方忽然挂断的手机，Crystal 无奈地把手机放回那只红色 LV 皮包里，神色尴尬又无奈，对我说：“哎，刚才的话你都听到了？”

她这组长可真是不好当，老板严苛暴躁，自己事务又多，还时不时为下属背锅。此时问我这话，会不会想了解我到底站在哪一边？基于自保的考虑，我一时不敢随意表态。正巧，我抬眼看见车外的雷阵雨大滴大滴地拍打在车窗上，并留下一条流淌的水迹，心中顿时灵光一闪，笑着打趣道：“刚才你打电话时，这雨打在窗上的声音可真是震耳欲聋啊！”

Crystal先是一愣，但很快会意了，只见她眉间一松，释然一笑："你很聪明，这我挺欣赏。我不妨告诉你，其实我不会因为某些人的质疑而停滞不前，因为那只会使我对自己的初心更加坚定。"

我微微一怔，随即会意一笑后，便静静地靠在椅背上，侧头望着窗外的大雨，心中不由得在想："Crystal，我们每一个人都像是这部小小的出租车吧，任凭外面世界的风雨声再怎么喧嚣，我们都得继续聆听自己的心声吧？"

既来之，则安之，前面的路只有先走起来才能逐渐看清。

你若盛开，蝴蝶自来，若不历练出一个绽放的自己，又谈何去迎接属于自己的鸟语花香？

我想，职场上的曲折颠簸、风风雨雨和荣辱得失皆是小事，而秉持的那份初心才是最珍贵的。有了这份坚持，一个人的运势才能熬得过严寒，并在暖春绽放，最终迎来美好的未来。

Crystal，多谢你的指点！

3.帝王与上将的博弈

人在职场打工，纵使功劳再大，工龄再长，若无法和老板达成共识，也可能会竹篮打水一场空。

时至2014年7月，C公司已连续走了三年下坡路了，不但保持合作的学校只剩约20所，而且部分学校还拖欠了总额可观的尾款，公司营业状况已岌岌可危。所幸的是，值此紧要关头，Crystal通过这些年在A区教育界积累的人脉，成功取得了下学期在该区38所学校提供外教课程的良机。一时间，同事们无不叫好称快，情绪一片乐观。

这个新项目采用三方合同的形式，即由甲方单位牵头和督查，我司（乙方）派外籍教师至各个学校（丙方）授课。由于此案涉及营业额有80余万，这对像C公司这样的小企业犹如雪中送炭，老板Frank甚为高兴。在随后每天的销售会议中，他都会精神亢奋地与众人讨论此项目的人员编配和实施方案。但好景不长，没过几天，Frank就收到了甲方发来的合同稿，而他对其中不少严格的条款十分抵触。于是，他一连数日卷着那份纸质文件，在销售会议上任性地抱怨一通。

7月24日的销售例会上，老板Frank面色阴沉地反复揉卷着掌中的那份纸质合同，坐在会议室中间的靠椅上默默不语。而众销售、外教人事和助教也人手一份合同，紧张地分坐在外侧的长桌前细读条款。

说是请众人一起评估合同，实则大家心里都清楚，对这份合同的可行性有拍板权的不外乎一人——那就是老板。于是，十五分钟过去了，不少人早已对密密麻麻的条款心生厌烦，一个个要么面面相觑，要么偷偷玩手机，全都在等待老板的一锤定音。

只见 Frank 跷着招牌式的二郎腿，又猫着腰，正低头翻看着文稿，其光秃秃的头顶上反射着油亮的光，竟惹来对面几个调皮女同事的暗中讥笑。而一旁的 Vanness 只用寥寥数笔，就在本子上照着他画了一张卡通像，悄悄拿给我看，还附上了一个夸张的挑眉眼神。我定睛一看，哈，这哪是人，分明像是只蜷缩着的虾嘛！啧啧，这哥们又把老板玩坏了不是？

“这 TM 算哪门子狗屁合同？”忽然，Frank 猛一抬头，一声抱怨惊得众人一个哆嗦，额头上皱起了好几道烦躁的折痕，“这么多处罚条款？！全都是制裁我的，制裁他们的条款就一笔带过？”

见众人投去了目光，Frank 边说边将那份合同在大家面前甩了甩，一阵短促的翻页声随即响起，而在近处的我分明望见他手里的纸被捏得皱巴巴的。

面对老板的问话，有些人低头冥想，有些人无辜地望着他，大家或是因为事不关己，抑或是因为不想说错话，故终究没有一人去接他的话。

Frank 有些失望，瞪圆了眼环视了四周，接着大声呵斥道：“各位！今晚6点，我就要和 A 区领导面谈这份合同了，而这个就是对方给出的霸王条款，你们对此就无动于衷吗？！”

四周的石像依旧保持着无声无息。

“TM 我养你们这么多人，这就是你们对工作的态度？！”

他的这句话说得没错，连我这个初来乍到的新人都觉得 C 公司缺乏的不仅是工作的热情，还缺乏工作的计划和执行力。在 Frank 一手遮天的管理下，各部门不是在混日子，就是抱着一种“我虽然有不同意见，但万事都是老板说了算，我逸我劳都拿这么少工资，不如闭嘴明哲保身”的心理。相比而言，我那时的心态更倾向于后者，于是也就保持缄默了。

“Crystal！你听着，”Frank 见众人依然无动于衷，只得将矛头转向知根知底的 Crystal，“这就是你拉来的所谓大项目？这么多霸王条款！对不起，这份合同我是决不会签的！”说罢，他朝对方瞪圆了眼珠，一把将那份合同摔在地毯上，然后一脸不满地靠在座椅靠背上，不自然地挪了挪领口系得偏紧的领带结。

忽然遭此怒喝，Crystal 的脸色大变，涨红着脸解释道：“老板，这次机会难得。过去十年，我们一直是一对一地和 A 区的学校合作，现在管理严了，所有学校的课外开支都归给甲方管辖了。下学期，甲方准备把 A 区近百所学校的外教课一分为三，给三家企业来做，我们是其中一家。假如这次放弃了，那恐怕今后我们在 A 区的市场也就丢了。而失去了 A 区市场的话，我们公司就危险了。”

“这还用你提醒我？”Frank 从靠背上腾地弹起，反唇相讥的同时，太阳穴的青筋越发凸显，“我也知道啊，假如吃下这些学校，可以有将近一百万的营业额，是爽啊！可是你想过没有？这帮学校抱团而来，难道就不会抱团跑路？到时候，我们为了吃下这些学校扩招来的外教和员工怎么办？公司这点老本养得起这么多人？到时候裁员吗？再说了，你看看这合同上的单价，这能给我多少利润？条款还这么多，每条动不动就罚款罚款！我们那帮外教有几个能做到一次都不迟到？照这么罚款，我赚的钱还不全都赔进去？！”

“我们是用人单位，外教也是我们的员工。我们出问题，甲方罚我们，那外教自己不遵守公司规定，我们也能扣他们工资。”

“你想得太天真！那帮洋鬼子真要是这么听话，我可要谢天谢地了！你们也知道的，这群人经常给公司惹麻烦。前一晚，William 还在新世界的酒吧里玩摇滚，今天早上就睡懒觉旷工。前一晚，Joe 还和我们外教人事确认第二天上课没问题，结果到上课时都没人影了。后来一问，他居然是因为那晚和女朋友分手了，给我玩失踪。上次，Lee 请个病假，我们好不容易临时找了个代课外教去学校，在有助教去接应的情况下，竟然都还会双双迷路？说出去，简直要被学校笑掉大牙了！够了，真是够了！”

Crystal 默不作声，Frank 说的是事实，比起中方员工，外教的管理问题确实是个难啃的骨头。就拿我最近见到的那个外教 Patrick，只因在授课内容上未按大纲去教，被助教指出后恼羞成怒，课上到一半居然一走了之。而今，Frank 再次提起此类问题，就连经验丰富的 Crystal 也说不出彻底杜绝该现象的办法。

“你以为多找几个外国人就行了？你看看，”说着，Frank 不屑地用手指把那份纸质合同弹得巨响，“这上面要求我们派出去的外教都有专家证！这东西你问问 Peter，暑假两个月里能出得来？再说了，我辛辛苦苦付了钱给这帮人申请办证，等证件下来了，一个个翅膀硬了，一口气跳槽了好几个，谁来补偿我的损失？所以我说嘛，编这份合同的人就是死脑筋！你叫我怎么签？！”

Crystal 的脸色沉了下来，显然是忍着隐怒，但还是不卑不亢地回应道：“老板，关于这些问题，一会儿还是我和您一起去和对方协商好了。”

“废话！你当然得去！你是销售组组长，你都不去，那谁去？”

Frank 情绪激烈地反讥了一句，随手抓起桌上半瓶百岁山矿泉水，咕咚咕咚地大口喝了起来，颈侧骤然跳动起一根青筋。待他匆匆灌下那半瓶水，重新拿起那份合同，忽然换了种轻蔑的语气，对 Crystal 补充道：“你以为我想去？我告诉你，我最讨厌这种没完没了的应酬。”

“可是，出去做生意的，饭桌上反而容易谈得拢。”原本低着头的 Crystal 悄悄抬眼观察着老板的神色，小心翼翼道。

“我都说了多少次了，我们做项目靠的是过硬的实力！正因为我们能提供行业内最优质的服务，价格也适中，别人才会选我们。而不是像你们某些人，把销售做成了公关，靠和客户吃饭喝酒来拉业务！”

Frank 这番话，使我隐约察觉到了些许蹊跷。前面那句姑且算他自吹自擂，而后面那句则似乎另有深意。

“可是，我们做销售的，也得和客户保持良好互动啊。”Crystal 在众人的关注下，勉强维持着平静，欲与他据理力争。

“放屁！”Frank 一听，恼得口无遮拦，粗话都来了，“TMD 今天客户和某个销售关系好，所以还和我们合作！哪天这人滚蛋了，那客户也会跟着一起走！这是我最不愿意看到的！”

话说到这里，在场包括我在内的许多人都听出了老板的言外之意，但都只是继续沉默，谁都知道这是两人在彼此较劲。

Crystal 被老板几句粗鄙不堪的话冲得暗暗生气，脸上顿时青一块紫一块的，只见她神情沉重，双目火辣辣地注视着对方，过了好一会儿，这才强稳下情绪，但也不再接话。

谁知，Frank 见她没再顶回来，竟依旧不愿就此罢休，随即重拾起地上的那沓纸，卷在手里，得意地环视了一圈，对众人得意道：“所以，我要提醒在座的每一位，公司只有一个中心，这个中心永远在我这儿，不在别的地方。都给我牢记了啊！”

趁着老板和其他同事目光接触的空隙，我迅速观察了下会议桌对面的其他人：外教人事 Peter 眉头一挑，摆出一副事不关己的神色；老成的销售 Weber 事不关已地在玩手机；组长 Crystal 神色凝重地若有所思；活泼的销售 Alice 显然对此氛围反感透顶，一脸不悦；而剩下的助教年纪都很轻，也许是第一次见此场面，一个个表情僵硬。最令我意外的是旁边的 Vanness，玩世不恭的他居然又在本子上涂鸦着什么新“作品”。

发作过后，Frank 也似乎累了，抬头一望，见那面浅绿色墙上的时钟已到4点半，便抓紧时间埋头念起合同上的条款，还不时地表达自己的见解或抗议——所谓的会议又恢复到了最初的“独角戏时间”。

会议又持续了半个小时，这期间，我一边翻阅了桌上的合同复印件，一边在脑海中整理着头绪。我虽不打算主动发言，但有三个问题想弄清楚。

第一，这个项目中我公司有没有商机?

正如 Crystal 所言，其中的商机是显而易见的，也是不可错失的。

十年前，C 公司在 A 区的业务主要是通过公司和学校双方签署的，谈下了 A 区大部分学校，不仅在业内树立了品牌，在校方那儿也赢得了较好的口碑。而十年后的今天，甲方作为有教育局背景的事业单位，具有为区内所有公立学校指派、监管和撤换外来课程的权利。事实上，据 Crystal 私下表示，过去 Frank 常在学校间强推他引以为豪的美式教学方法，而甲方领导觉得这种课程没有本土化，不适用于中国的教育土壤。上次磋商中，Frank 出言偏激，双方很不愉快。于是，这次甲方的本意是借改革的机会，将 C 公司彻底驱逐出 A 区市场的。不过，由于 Crystal 多番争取，这才得到了三分之一的客户。假如此次不参与，相当于自毁长城，C 公司很可能会永远失去在 A 区市场的立足点，十多年的苦心经营也就成了竞争对手的嫁衣。退一步讲，假如这次不参与，纵使下学期开拓了足够的外区市场，哪天外区也效仿 A 区的合作模式，难道我们届时还继续放弃市场?

从另一个角度来说，Frank 的担忧也不无道理。一下承担38所学校的授课会耗费公司更多外教和人员资源，若以目前人员配置，是无法兼顾好下学期50多所学校的课程的，那么只能扩招人员。但经 Frank 粗算，公司增加的运营成本和38校项目的毛利相比，竟相差无几。但若真放弃这次机会，我反而觉得 C 公司濒临倒闭的前景可能会提前到来。

第二，合同中真的有这么多不合理的地方吗?

我在细读条款后，又念及前不久他拜访 H 小学校长时的情景，终于明白：条款是站在维护甲方监管和丙方学校的利益上写的，而 Frank 一心要做游戏规则的制定者，甚至是唯一的制定者。他连商务交谈都要强压对方一头，时刻保持自己的绝对主导权，那他这次又岂能接受屈居乙方？更何况，合同里有这么多处罚条款，比如迟到早退的、缺少证件的和未按学校定制需求授课的，其实罚得也是合情合理的。对此，若不加强外教管理，他赚的钱恐怕还真不够填那些坑。

第三，Frank 和 Crystal 究竟存在着什么矛盾?

Crystal 的工作能力是得到其他员工一直推崇的，而 Frank 指责她的行为就更像是一种对她的防备和猜忌。就眼前这个项目来看，机会是 Crystal 从 A 区领导处争取来的，而她和那些校长的关系远比 Frank 融洽得多。Frank 多数只在出现教学问题时才去做拜访，次数很少，而 Crystal 每天身先士卒前往各校了解课堂反馈，并在这十年来线上线下都和对方保持着互动。我猜想，Frank 应该很忌惮她某天席卷客户资源而自立门户。

诚然，Crystal 是一位有雄心壮志的女强人，她定然不会甘于在小平台上待一辈子。刚入职的两个月里，她多次在散会后约我谈话，并语重心长地教导过我很多，比如她说，人在职场应该学会站在巨人的肩膀上，这样比自己攀爬险峻的山峰更高效。她也说过，有时要懂得空手套白狼和借力使力，而不是自己去开辟一条新路来头破血流。她还说过，人要自己去制定规则，而不是交给别人来制定。

我隐隐觉得，她说的话似乎都在暗示我：她为了实现那个理想，需要吸收 C 公司的各种资源，以完成她个人创业的计划。而这些，精明的 Frank 很可能已经发觉。所以，纵使她被对方百般提防、刁难和责骂，她都有理由一一忍耐。最终，在双方的磨合与妥协下，就形成了现在既矛盾又统一的共生格局——Frank 不得不依赖精通业务的骨干 Crystal 维持经营，但为了自身威信，选择明里暗里地打压对方，而后者需要利用前者的平台谋划个人大计，甚至到了忍辱负重的地步。

5点刚过，众人依旧没得出个结论，这使 Frank 气得都不想再说话了。无奈四周鸦雀无声，他不甘地嘟囔了几句，只得宣布散会。不是他想散会，而是 Crystal 和甲方预定的时间在6点，他们两人不得不提前动身。他刚走进那间被玻璃围成的小办公室，拿起皮包就推门而出，远远地朝这边高声道："Crystal！还没好啊？！那我先下楼，你别迟到了！"

此时，我和 Vanness 等人正和 Crystal 聊着 A 区的项目，说到一半的话被老板这声高喊喝断，只得干望着对方走出大门，这才恢复了谈话。

"嘿，我说 Crystal，今天老板是怎么了？对你吼得这么厉害？" Peter 故作鬼头鬼脑地朝大门方向探头一望后，一脸疑惑地走来问道。

此时，Crystal 的脸色看上去比刚才更差了，往日的活泼气场一扫而空，目光黯然忧伤，神色颇为憔悴。听 Peter 又问了一遍，她也只是苦笑了一下，低头默默地收拾完文件，来到办公室中央，向大家挥了挥手，沮丧道："谢谢大家，我要走了！" 说罢，她便转身离去，消失在众人惊讶的目光和窃窃私语中。

有人说，她这是准备离职的节奏，待下学期一开学，公司恐怕要乱成一锅粥；还有人说，老板情商太低，容不得 Crystal 能力出众，居然通过一再打压她来维护自己的权威；更有人说，Crystal 才像个尊重人才的老板，而 Frank 反倒像个动不动就要小孩子脾气的草包。当然，这些话也仅限于私下交流，不能当真。

但无论真相是什么，我能确信的只是一条：再小的公司也有水深的地方，从来就没有不复杂的职场。我初来乍到，毫无职场经验，但既然已经身处这个环境，那就得学会看懂他人的处境，以此快速提高自己的职场适应能力。

看来，与领导处理好关系真是一门艺术，这和工作能力的强弱没多大关系，但却和一个人职业发展的逆顺息息相关。

4.风雨欲来，上将退出

从2015年3月开始，C 公司的人员出现了较大的流动。销售 Alice 先行辞职，随后外教人事 Peter 和 May 等人也另谋高就。但最令众人意外的是，十年老员工 Crystal 居然也离职了！

3月19日周四下午，Frank 和 George 把 Crystal 请到了某个会议室。三人谈了约一小时后，只见 Crystal 双眼潮红地躲回办公室，神色黯然地快速收拾了办公桌，提前下班了。当天下午，就传出一条小道消息称，她已被两位高层辞退。

3月20日周五下午，在全公司会议上，George 极其严肃地向众人宣告，说是 Crystal 因做了有损公司利益的事，已被 Frank 解雇。

Frank 飞快地扫视了下众人的神色，见大家沉默不语，扬扬得意道："诸位，嗯？怎么了？是不是觉得 Crystal 的离职很突然？"

下面还是一尊尊蜡像，没有一丝声响。

"呵呵，那好，我来告诉各位吧，" Frank 又跷起了那条千年不变的二郎腿，说话语气里迅速透来一股愤恨，"种种迹象表明，Crystal 利用我公司的外教资源，在外面做着她自己的私人业务，而且也是做英语培训的。我不是空口说白话，已经有某个校长告诉我，Crystal 最近去拜访过，但是因为她的公司没资质，那校长还是选择跟我合作。你们说，这是不是吃里扒外？！"

"不仅如此，" George 还是一脸严肃，语气低沉，无缝插入了一句，"某些外教反映，她在职期间就曾请他们到别的学校上课，而那些学校并不是我们公司的客户。"

Frank 哼了一声，接过话头，又气愤道："更重要的是，我查了去年的账本，确实有几个外教的课时费牛头不对马嘴。我举个例子，某外教的月薪就是每节课的单价乘以他上过的课时数，再加上他报销的交通费，可是到了月底，Peter 结算给他的工资居然多了好几百。我问他怎么回事，这个臭小子居然敢蒙我，说那些是临时代课的交通费。当时我也信了，现在细查一看，原来我一直都在帮 Crystal 的私活埋单！岂有此理！你们说，我还能相信谁？！"

George 趁着 Frank 说话时已好几次观察了剩下七位销售的反应，趁着后者话音刚落，又无缝地插话道："幸好这个 Peter 和 Crystal 现在都离职了，否则公司将蒙受更大的损失。大家都很年轻，你们要知道，一个员工在社会上工作，首先要弄清楚做人的底线在哪里。尤其是像外教人事和销售，一直和钱打交道，这种岗位的人必须靠得住才行。"

显然，这是场酝酿已久的会议，因此两位高层的说话次序更像是提前商量好的。可不是，Frank 见 George 接过了话头，便趁机喝上了一口百岁山矿泉水，继而朝椅背上一躺，转头得意地朝仅剩的那位外教人事望了眼。待 George 话音刚落，他便别有意味地笑道："喏，这一点，我们的 Esther 小姐还是做得不错的，这星期的外教工资单填得很清楚。以前这些都是 Peter 和 May 在做，现在外教人事就剩你一个了，不过你放心，我准备批准 Grace 做你副手。今后，你俩可要好好帮我守住这扇门。OK？"

说者无心，而听者有意。想当初，May 刚做 Peter 副手的时候，Frank 也在会议上盛赞过一番，但真到了每月结算工资的时候，老板总要对两人的大小失误一顿劈头盖脸的呵斥。如今"辞旧迎新"之际，两位姑娘想必也清楚，在他手下办事，得细致到吹毛求疵的程度，才能避免那些训斥。于是，两人也只是朝他点点头，绝不多话。

"哦，对了，" Frank 刚转过头去，正欲接着之前的话题继续发挥，忽然想到什么，又转向了两位姑娘，"我还要关照你们一件事，哦，对了，还有你们几个销售和助教也一起听着！从今天起，外教的联系方式绝对不许外泄，否则无论你是谁，别怪我翻脸不认人。”

众人对他这句话似乎不太理解，不少人面面相觑，而个别的甚至开始交头接耳了。Frank 见状，似乎容不得半点场面失控，立即高声解释道：“诸位！有部分外教反映，已经离职的 Weber 最近居然在和他们联系，想要挖他们去别的培训机构。那些外教里有几个是今年新来的，而去年10月就离职的 Weber 怎么知道他们联系方式的？我严重怀疑我们内部有人泄露了公司机密！”

什么！他？

我忽然想起，大约半个月前的某个早晨，我正走向公司附近的地铁站检票口，忽然望见 Crystal 出现在前方二十米的地方，并将一个文件袋交给了 Weber。两人极其简短地交谈了几句后，便分道扬镳了。

也许，那个文件夹里就是……

不，我不觉得那些就是外教资料，我相信 Crystal 应该不会这么做，我更相信，若是 Weber 要外教信息的话，去找外教人事 Peter 会更有效。不过，Frank 说得如此斩钉截铁，一副不容任何人质疑的模样，我反倒觉得他真正的用意似乎是敲山震虎。那么，他究竟想敲哪座山，震哪只虎呢？

顺着这条思路，我见他不满地瞥着这边的销售 Vanness 和 Leo，就这样停顿了好几秒。在这几秒内，Vanness 还是若无其事地埋头书写着什么，而 Leo 则睁大了眼与他对视，一直面不改色。

Frank 明显有些不悦，眉头皱起，泛着油光的脸上明显闪过一道不屑，终于振振有词道：“大家要清楚，公司里谁才是中心！我奉劝那些和 Crystal 来往甚密的人，以后好自为之，凡事不能太过分！几个人出去拜访客户和回公司，居然需要天天同进同出？不要以为我不知道你们是去干什么的！我公司里需要的是忠诚的员工，假如让我再发现有谁对外泄露公司机密，别怪我走法律程序！”

此话一出，会议室内的气氛瞬间跌到了冰点，而 Vanness 暂停了手中的笔，只做了个“噢”的口型，脸上表情极为不屑。这也难怪，熟读民法、劳动法和刑法的他又岂会被老板恐吓到？而他旁边的 Leo 则挺直了腰板，满脸涨红，目光极冷，似乎想将 Frank 嚣张的气焰原路逼退回去。

“今天，我还要向大家宣布一件事，”经验老到的 Frank 话锋一转，将一只胳膊搁在销售 Candy 面前的桌上，颇为自信地笑了，“往后，销售组组长就是 Candy 了。至于我们和甲方的联络员，就让 Justin 担任。”

在老板带头的鼓掌下，众人纷纷将视线投向上述两人。Candy 在公司就职的年数和

Crystal 很接近，去年下半年因产子而淡出人们视线。对她来说，此次上位可谓柳暗花明，苦尽甘来。而 Justin 是去年12月新入职的销售，年方30，此时正面色威严地端坐着，一双镜片后的眼睛既锐利又有神。

刚才一顿大棒，现在又换胡萝卜了吗？到底是老辣的 Frank，短短两天时间，就逼退了 Crystal，又扶持了新人，还威慑了众人。这就是管理者的恩威并施？

我低下头，不再细听后起之秀们上任前的慷慨宣言，只是独自沉思。

第一，假如我是 Frank，我会如何处理 Crystal 这件事？

我想，关于辞退 Crystal 之后的处理举措，我是不会不计后果地推翻她在众人心中举足轻重的元老形象的。虽然，从维护 Frank 个人威信上说，这是一次不可多得的机会。可他矫枉过正了，过分贬低了 Crystal，对于她有目共睹的功绩只字不提。如此，员工们会想，像 Crystal 这样一位有能力、有资历的骨干成员，十年来为公司开拓和维系了那么多客户，而在她离职后，老板不仅没有一句赞赏或感谢，反而一味指责，用词甚至到了故意丑化对方的地步。事已至此，估计不会有人愿意做第二个 Crystal，也不会再有人甘于在如此小的平台上蛰伏十年。Frank 也许是重树威信心切，不仅全盘否定了 Crystal 的一切，还不注意控制自己的不满情绪，反而弄巧成拙，在众人面前失态地展示了自己睚眦必报、咬牙切齿的一面。望着这样翻脸无情的老板，下面的员工岂会不寒心？难道团队凝聚力的建立是靠危言耸听所恐吓出来的？

我反倒觉得，一个管理者在评论一位离职下属时，既要发挥自己的号召力，又要展现自己宽阔的胸襟，这尤其考验其个人品行和说话技巧。也许，公正而能信服人的做法是，客观地、全面地分析这位下属的优缺点和工作得失，将其优秀的原因告知后人，以作参考，同时指出其不足之处，并加以指正。最后，再以这位下属某个突出品质作为标杆，来凝聚人心和展望未来。也许，这样效果会更好。

第二，我接下来如何继续在这里生存？

抱紧新上任的组长大腿，表忠心？

不。

我告诫自己：在这里，我不是任何人的附属品。在这个阶段，我只需要问心无愧地切实完成任务，并熟悉职场的生存之道。说起职场的生存之道，Crystal 曾语重心长地教导过几句，我一直记得。

“拼搏是你目前的主旋律！”

“你若盛开，蝴蝶自来！”

“你有个优点，就是谦虚。记得保持下去，它会使你的路越走越宽。”

或许，她真的挖了老板的客户，但这放在市场经济下的今天也很常见，我不会因此否定她曾教导过我的话。我甚至还想站在她的立场，试着体会一下她的难处：十年过去了，大约35岁的她仍在一家小公司打工，不仅薪资待遇没有提升，还终日跟着一位暴躁自负的老板，受尽了猜忌和刁难，日子看不到希望。于是她要自强自立，在隐忍中探索出了一条破茧重生的路。就这点来说，她是很值得我学习的。

Crystal 离职了，恐怕以后很少会再有人那么热心地传授我职场生存的注意事项了。非常感谢她的良言，我往后的路还得自己去走、去看、去悟。

5.珍重，未来的人民教师

我的在 C 公司的同事中，有几位虽从事着当前工作，却又有其他行业背景和才能的人。比如：学法律的销售 Vanness，在大学做过四年后勤的销售 Richard 和学食品加工专业的销售 Leo。然而，还有一位销售却令我印象最深——Justin。

他1986年出生，天蝎座，毕业于本市某大学文学类专业，为人激昂好胜，平时喜读经史，钻研韬略，将来立志成为一名光荣的语文教师。他多年前已在 C 公司任销售一职，大约两年前跳槽到另一家培训机构做销售主管，最终于2014年12月回归老东家。他向 Frank 坦言来意，说是正为报考教师证做准备，回来也只是求一闲职过渡。由于当时公司正处缺人之际，Frank 便安排他入职了。

在工作方面，Justin 的业务能力是在我之上的。或许是依靠多年的从业经验，再加上对客户心理的揣摩能力较强，他对单纯维系客户的任务显得游刃有余。于是，我常以后辈自居，虚心讨教工作上的事。他也是个求上进的人，在和我熟悉后，曾数次就职业发展规划的问题来找我讨论，令我至今记忆犹新。

记得2015年1月，当时学校已放假了，不仅工作量很少，而且老板又回台北去度假了，因此大家都处于“打酱油”状态。但我另有打算，就每天抽出半个下午，一个人去会议室温习机械类的课程。

有一天，我照常在那儿自习，忽然听见有人敲响了那扇玻璃门。

“打扰了啊，原来你在这里一个人看书啊，正好我也带了本书，不介意我也来看看吧？”说罢，身披黑色羊毛外套的 Justin 微微一笑，候在门边上。

“哦，Justin 啊！哪儿的话？客气了，快进来坐。”我笑着欢迎道。

他在我身边坐下，见我手上翻看一本《机械制造工艺学》，而手边又放着一本《燃烧学》，不禁奇道：“哟，你看这些书啊？难道你要去考工程师职称了？”

“哪里哪里，我还差得远呢！我只是随便看看，不想把老本行丢了。”

“哦，呵呵，明白了！”他一听就懂，爽朗一笑，随即又严肃起来，“嗯，我想也是，像你这样原本学工科的，假如一直在这里做，怕是要把以前学的废光的，你觉得呢？”

我听出了他话里的意思，悄悄瞥了一眼他夹带进来的那本书，那红白色调的扉页上有一行黑体字——《教育知识与能力》。

“咱们都一样吧。我们都得早做打算，不是吗？”

“哈哈，那是，我早就看出来了！虽然你做事卖力，但你这人决不会在这里做久的，而且这里本来就不适合你。”

“是啊，你也看到了，我和你都有各自的努力方向嘛。”我对他仍旧抱有一些戒心，不敢贸然正面回答，以防心里话传到老板耳朵里去。于是，我只是在我俩的书之间使了个眼色，而聪明的他立即会意，哈哈一笑。

随着交谈的深入，健谈的 Justin 将话题逐渐引向了各自的职业规划，对此，他直说自己为了将来能否顺利做一名语文老师而有些迷惘，想听听我的看法。

我说：“你是个有目标、有恒心的人，而且文科底子又好，所以你考出教师证只是时间问题。有空你不妨想想，今后三十年的教师生涯怎么走才最有意义？”

他目光炯炯有神地望着我，会心地笑道：“哦，我也正好想过这个问题，既然你提了，愿闻其详。”

见他问得恳切，于是我以诚相告：“好。前十年，假如你一直是一个默默无闻的老师，不要气馁，先坚持把那些孩子的学业当作你的事业。这个阶段重在积累。第二个十年，你在业界和家长中有了一定的口碑了，处于既有经验又有精力的最佳时期，这时需要做好两件事。一是找一所更大平台的学校发展，二是用自己的职业优势，对你自己的孩子言传身教。第三个十年里，我想你应该有能力归纳出一套自创的教学方法，留给新人老师发扬光大，也能让后辈少走弯路，这也是一种教育的继承。此外，你最早教的一批学生那时也已成为各行各业的主力军了。往大了说，他们对这个社会的贡献就是你职业生涯最好的答卷；往小了说，或许他们因为认可你的水平，会推荐你更多的生源，甚至请你执教自己的子女。到那时，你通过点亮一个自己，照亮千千万万的他人，而那些人中定然不乏栋梁之材，我们的国家和民族就有了希望。你看，你的职业魅力就在于此。”

Justin 听到这一句，触动很大，目光变得透亮，显得对将来信心十足。

兴奋之余，他转而关问起我来：“那么你呢？你就不做工程师了？”

听他这么一问，我脑海中浮现出了自己在走访幼儿园和小学时，孩子们一窝蜂地围到我身边，一边喊着叔叔，一边淘气地讨要彩色贴纸的情景。那些孩子可真是充满了童趣，我竟然有些舍不得离开他们，还想多看他们上几堂课。

“我嘛，还没想清楚。但我迟早会回去的，在那之前我还有一些事要收尾。”

Justin 听后沉默了一会儿，拍了拍我的肩膀，注视着我道："我不知你在担心着什么，但我知道，假如你走错了方向，再努力也事倍功半的。你真的要想清楚，你最需要的到底是什么？"说罢，他便打开身前的 iPad，专心自学去了。

我无奈一叹，也开始自顾自地复习了，但又一直静不下来，只是心想：原本我打算是做完一学期就转行回去的，可事到如今，我竟有些犹豫了。在这里时间久了，我不仅对原专业越来越生疏，继而萌生了对转行的不自信，而且还对那些孩子抱有一种不舍。若深究起来，这种不舍还分为两个层面，一是看着孩子们学有所成，觉得自己的工作很有意义，从而产生了继续做下去的动力；二是我若现在离开，那第二学期就会有其他销售去接任，我担心部分学校的合作会在个别销售手中走下坡路。

就这样，经过两三次思想斗争后，我决定还是再留一学期。

时间过得飞快，转眼已到了2015年3月下旬。届时，甲方割去了上学期 A 区38校中的18所，分配给了其他两家竞争对手，再加上 Alice 的离职，Crystal、Vanness 和 Leo 相继被 Frank 劝退，C 公司的经营状况变得史无前例地糟糕。老板 Frank 为力挽狂澜，迅速提拔了 Justin 为 A 区20校项目的新负责人，令其代表公司和甲方对接业务。

事实上，A 区项目负责人一职表面高人一等，实则是个烫手山芋。用 Crystal 的话说，由于 Frank 和甲方领导关系很僵，这个位置谁去都无所谓，实质上就是个炮灰。事实上也确实如此，2014年8月，销售 Ballory 和 Jerry 相继出任，都以失败告终。接着，Frank 本考虑过我，但 Crystal 私下劝我不要蹚浑水，我便没有参与。后来，接任的销售 Richard 苦苦支撑了一学期，对外受尽甲方的责难，对内又无力做出改变，可谓焦头烂额。现在，继任的 Justin 有雄心、个性强，办事雷厉风行，向来不畏权威，他要么不答应做，一旦答应，就必然想干出点名堂。

在后面一个月里，Justin 每日不辞辛苦地奔波于 A 区各校，收集校方的意见，殚精竭虑地整理出了课程的改良方案，可惜 Frank 并未采纳。同时，在那段金三银四的季节，外教流动性较往常更甚，不少学校对屡罚不绝的外教迟到现象极为不满，甚至已有不少家长得知此事后，借此对校方施压。于是，甲方的警告和处罚变得越发频繁。Justin 为保住合作，多次担保，表示下不再犯，只是外教迟到的事件一波未平，一波又起，甲方终于在一忍再忍中扔来了最后通牒。

4月20日下午，西装革履的 Justin 气冲冲地回到公司，一进办公室，便将公文包摔在靠椅上，高声抱怨道："今天 ×× 小学外教 William 又迟到！我不是昨天会上再三提醒过的吗？上次他迟到，甲方本来是要终止合作了，我好不容易才稳住，这次又迟到。这既是我失信于人，也是我们公司失信于人！ Esther，上次我在特殊本子上写过的，要从重、从严、从快地处理 William 的事，你到底有没有处理？”

外教人事 Esther 吃了一惊，抬头望去，语气有些无辜道：“已经警告过了啊，当时他还在约谈记录上签字了，答应我们绝不再犯。”

“既然警告了，他居然也不当回事？”Justin 擦了擦额头上冒出的汗水，双目气得发光，火气又噌噌地上来了，“要么是你说过了，但工作做得不到位；要么是他冥顽不灵，明知故犯！假如是这个原因，那我看这公司管理太没底线了，像这样出尔反尔的外教居然还能用？！”

我合上了手中的课时明细表，忍不住劝道：“Justin，先来这儿歇一会儿。”

“歇什么？还有你！”面红耳赤的 Justin 指着我，目光变得十分锐利，“你只知道明哲保身，明明硕士毕业，却在这种弹丸之地虚度光阴！”

我有些惭愧，一时被他一针见血的实话说得哑口无言。

这时，老板 Frank 和销售组长 Candy 闻声而来，都劝导他消消气。然而，他丝毫不买账，朝着两位领导愤然呵斥：“别劝了！船都快沉了，一个个还不知道？”

此言一出，Frank 迅速朝旁边数位员工扫了一眼，顿觉不是说话的地方，便拉着 Justin 要去小会议室私聊，但被愤怒得几乎发狂的 Justin 暴力挣脱，Frank 只得严肃地望着对方在办公室中央宣泄不满，尽量避免两股极端的情绪剧烈碰撞。

“放开我！我看不下去了，就要说出来，让你们全都醒醒脑！”Justin 的嘶吼声震耳欲聋，配合一次次强而有力的手势，把每一句话都说得掷地有声，“我们算个什么培训机构？就一个挂羊头卖狗肉的幌子！什么美国总部，什么董事会，不就是一个小小的办事处吗？什么从美国引进的培训课程，什么从美国进口的教材，有版权吗？有书号吗？是正式书刊吗？这十几年来，这教材就从没更新过一个字，我们就这样卖了十三年，还好意思说自己的培训教程很专业？哈哈，还有！一本教材除了封面彩色，里面全黑白，居然卖五十元一本，一个班级三十本，一个年级四个班，五十几所学校！这就是我们的生财之道？一堂课平均收学校两百四十元钱，平均每个学校两万的营业额，居然要给外教两万起的月薪？我们是傻了吗？辛苦办企业，赚了孩子们的钱，大头全往海外送？”

“住口！ Justin，我看你今天是疯了！”Frank 终于怒不可遏地吼道。

“对，你说得对！我是疯了，我是看到你们一个个都醉生梦死，失望得气疯了！”

“好了好了，Justin，别冲动，有话你和我说，哦？”Candy 见状，立马上前打了个圆场，小心地扶在 Justin 的手肘边，还不时地回头给 Frank 使眼色。

愤怒的 Justin 根本不想给她说话的机会，抬眼瞅了下 Frank，情绪越发激烈：“不！我要一次把事说透了！我们公司最失败的地方就是对外教管理太混乱！明明是旅游签证，公司居然敢送他们上讲台，难道操着一口英语就能教书了？招不到英美的，就敢用中东和非洲口音的去凑数了？没有外教专家证，也敢派去教外语了？办个专家证，我们的 Peter 身为外教人事组长，居然暗地里向外教讨要回扣？公司直到上个月才发现，可笑！我看，什么样的人才会招来什么样德行的外教！搞不懂，那几个人品不行的外国人也能上讲台，一会儿迟到一会儿乱说敏感话题，出了事还要我们公司给兜着，那先前我们干什么去了？这种隐患为什么一而再，再而三地出现？我看我们是把一开始的用人原则都丢光了！我们都是中国人！你们觉得某些没素质的外教和当年的殖民者有什么区别？赚着几倍于中国人的钱，却又经常做伤害中国人的事！如果你们还执迷不悟，不知悔改，那这里就成了个彻头彻尾的卖国公司！算了，老子我受够了，早就想辞职不干了！”

失望至极的 Justin 索性破罐破摔，也顾不上什么忌讳，索性吼出了心里话，势要把积累的不满尽情宣泄出来。纵使 Frank 耐着性子，请他到小房间独聊，也不见改观，反倒是 Frank 灰头土脸地悻悻而出。

我望着一反常态的他，仍想劝他冷静，可一想到这个职位的尴尬境地以及背后的压力，我又十分理解和同情他的处境。

在和 A 区学校第二学期的合作中，外教的迟到和授课效果屡遭诟病，一方面，是甲方的一再警告和处罚；另一方面，老板 Frank 对他提出的改良方案不置可否，最后不了了之。眼看竞争对手已经明里暗里地接触那 A 区20校的高层人物，而 Frank 竟只是象征性地过问几句，似乎正在酝酿下学期不与甲方合作的出路。若真如此，下学期单凭所剩无几的客户，C 公司还可以玩得下去？这可真是前无去路，后有追兵，谅 Justin 再神通广大，也无法力挽狂澜。可是以他的脾气，定然是不愿束手就擒的，到头来，他准是提前抽身，另寻别的出路去。

那晚，Justin 又更新了朋友圈，这次是他写的一首诗。

无题

作者：Justin

闯崇桂太极，

阴阳岁有期。

虎狼入玄关，

却是雨沥沥。

我隐约觉得，他可能是以明末的历史事件暗示 C 公司的现状。诗里的“崇”表示崇祯皇帝，此处影射老板 Frank；“闯”表示起义军头领闯王李自成，此处影射不服管理、择机跳槽的个别外教；“太极”表示皇太极努尔哈赤，此处影射公司日益壮大的竞争对手；“桂”表示吴三桂，此处影射进退两难的他自己。的确，当年吴三桂镇守山海关，关外是虎视眈眈的清兵，而关内是支离破碎的江山，到底是效忠气数已尽的大明，还是倒向大清做一名所谓的功臣？此时，身为项目负责人的 Justin 以此来比喻自身处境，倒也有几分贴切。

但我并不觉得 Justin 会冲冠一怒地做出那种选择，按他的个性，他绝不会沉睡在此处的黑夜，他定要寻找别处的光明。

4月末的某个早晨，我坐在办公桌前，独自望着左边那张他曾用过的办公桌。虽然，位子上已空空如也，但桌边墙上贴的那张写了毛笔字的A4纸依然还在。那时，正是2014年圣诞节，Justin 说他很喜欢创作各种古诗词，并在两年前的公司圣诞派对上，写了一首七言诗与同事们分享喜悦。

赠圣诞节

作者：Justin

圣心仁术育满堂，诞生十载历沧桑。

节值寒日梅花香，会盟英雄越大洋。

聚宝铸鼎耀浦江，欢乐有余倍思乡。

余幸得遇众知己，此来不枉少年狂。

当日，Justin 于办公室中缓缓诵出，请我逐字落于纸上并赠予他，后由他贴于桌旁的墙上。而今，他已彻底脱离了妨碍自身发展的枷锁，正向着光明的理想彼岸大步迈进。

谢谢你，Justin！你坚定的职业追求和果断的行事风格都非常值得我学习，而你对我缺点的尖锐批评也引发了我对前路的担忧和思索。祝你接下来一帆风顺！希望你离开这里后，能实现你的教师梦！而我，三个月后也要为成为一名机械工程师而奋斗了。

再会了，待我们重逢时，一定会以新的身份叙旧！

6.如履薄冰

若道 C 公司近来的处境，自 Crystal 被劝退后，不仅业务上岌岌可危，连员工间也人人自危，纵使老板 Frank 振臂呼吁，也难以改变目下内外交困、大厦将倾的局面。我身在此间，深感处境微妙。

为了清扫心向 Crystal 的部分销售，Frank 前后逼退了销售 Vanness 和 Leo 两位眼中钉，又让销售 Richard 兼做总裁助理，以掌握办公室里的风吹草动，最后将视线落在了 Jerry 和我身上。他先是逐个找我们谈话，将离职销售的客户均摊，说是只要我们好好维护到期末，该部分提成就归我们，话中不免有明拉拢、暗观察之嫌。至于销售 Justin，前不久刚被 Frank 委以商务代表的重任，负责和甲方的一切对接事务。起先，凭借他的锐气和才略，的确翻新了局面，但好景不长，长期积累的内部弊端使他工作的推进捉襟见肘，一怒之下便辞职去某著名培训机构，一边从教一边继续准备下半年的考试。离开公司后，Justin 曾多次联系我，希望我能为他引荐Z中学的校长，由他代表新公司去洽谈课程，不但可以立功，还能排挤C公司业务。虽然Z中学对C公司教学已有失望之态，但我没同意这种做法。他便联系Jerry，劝他速速另谋高就，而这也加深了Jerry对公司现状的不满。Frank似乎察觉到了什么，对我和Jerry明夸暗疑，因此商务代表一职请了销售新组长Candy接任，又安排曾和对方打过交道的Richard从旁协助。时至2015年5月，甲方要求我司提交一份期中工作汇报，Frank脑洞大开，决意再追加一份内容翔实、成效卓著的问卷调查报告上去，旨在博得甲方好感。尽管销售们都不愿接这个烫手山芋，但Candy还是将它派给了我。

这份报告的难点不在用词需要多么华美，而在于大量的数据采集和统计。据保守估计，目标学校约20所，假设1个学校只授课1个年级，1个年级采样2个班，1个班算30人的话，也得1200份问卷。在随后的两周中，我将课堂满意度的反馈情况汇总成表格，以柱状图的形式做了同龄同师、同龄异师、异龄同师等单因素分析，得出了“整体很满意，细节正在优化”的结论。对此，Frank很是满意，而Candy笑称自己不可将我的劳动成果占为己有，遂派我将报告送至甲方处，我见她态度恳切，便照办了。

2015年5月下旬的某个傍晚，众人提前了五分钟，齐聚在中间的会议室等候。助教组长Mike刚在小黑板上排完了次日的行程，Frank便和Candy微笑着走了进来，刚一坐定，只伸手一示意，后者便开始主持会议。

这Candy晋升为组长虽然才两个月，但由于和Crystal同期，业务自然熟知，再加上半年前回家待产，此时岗位不降反升倒也实属难得，因此，其对老板的拥护和工作积极性有目共睹。听反馈、订计划、催款项，原本Frank说得口干舌燥的内容，现在改从Candy口中道出，虽然少了之前的威严和紧迫感，但也多了些从容和亲和力。至于Frank，则依旧跷着个二郎腿独坐房间中央旁听，时不时环视三面的众人，待必要时才补充意见。如此，不到半个小时，往日时逾一小时的会议便临近尾声。

“对了，Frank，今天甲方的C主任给我打电话了，说是对我们小徐写的报告很满意！”Candy提高了一些音量，有意让在座的人都听清，说罢还从会议桌的另一边朝我微微一笑。

“嗯，我也看过了，”Frank笑着，顺势瞅了我一眼，“小徐啊，这份报告的确写得不错，既有数据支撑结论，图片也美观，看来你作图工具用得很熟练嘛！”

我听见两位领导当众夸赞，自然心中高兴，笑道：“老板您过奖了，这份报告并非我一个人的功劳，我只是在Candy和Richard的思路框架下补充了一些内容。此外，还要感谢Jerry给了很多排版的建议。”说着，我同他们三人逐个做了目光接触，只见Candy会意一笑，Richard鱼眼昏昧，而Jerry有些茫然。

曾经，Crystal 教导过我，一个时刻保持低调的人才能随时高调起来，而谦卑的姿态可以使职场道路越走越宽。的确，荣誉是把“双刃剑”，人在盛赞之下，切莫独自居功。再者，从老板和组长的角度看来，我已经积极配合了他们工作，表明了拥护的立场，而对我个人而言，也使我重温了当年写论文时的那股热情，坚定了我想回去从事原专业工作的决心。如此，倒也不必在意这份赞许的归属。

Frank 听后，靠在椅背上得意一笑，和 Candy 交换了个眼神，对她说道 :“哦呵呵，小徐你谦虚了！不过，自从 Crystal 一伙人走了以后，我们公司简直是焕然一新啊！依我看，公司要是多几个像小徐这样的员工，何愁赢不了竞争对手？”

“那是，人家到底是读过硕士的，实力还是摆在那儿的！”Candy 笑着附和道。

Frank 闻后一笑，飞速扫视了一圈沉默的其余人 :“哎，我记得甲方要求这学期末每个合作方都上交一份期末总结，我看到时候还是请小徐写吧？怎么样？小徐，我知道你要维系的客户是很多，但到时候还是拜托你帮个忙，好吧？”说着，Frank 从椅背上坐起，笑着向我望来。

我忽然意识到了什么，似乎这一句话早在 Frank 和 Candy 进门前就已互通过气，这一幕只是逢场作戏。站在 Frank 的角度来看，我早在3月就向他私下说明了自己做到期末就走，他虽然一直表达了挽留之意，但心中也知我去意已决，料定我不会为此提加薪。于是，他便趁着时日未到，能用则用，倒颇有一股商客用尽其所能的行事风格。若站在 Candy 的角度来看，她新官上任不久，正逢业绩下滑的当口，急需组建一批听从指挥、能办实事的下属，以稳住自己得来不易的职场地位，于是不妨在老板面前替我美言几句，两头都做得体面一些。

我心中暗暗叫苦，忽然望见对面的 Jerry 刚放下手机，随即就抛来了无奈的目光，似乎在说“这又不是你的本职工作”。稍作思索，我便表态了 :“老板，我先感谢您和 Candy 的认可，但这件事我之前没经手过，我一个人能做到什么程度也没把握，这事还是得有个团队计划才能推进。”

“呵呵，这没问题，到时候 Candy 和 Richard 都可以帮你。”Frank 笑着，眼中分明闪烁着某种令人百感交集的精光，一切似乎都在他的预料之中。

就在此时，刚才一直旁听无语的 Richard 忽然发话了 :“老板，我有个建议。”

“哦，什么建议？”

Richard 把笔横在两手之间，一边与 Frank 和 Candy 交换着眼神，一边不动声色地分析道 :“这份报告写起来很不容易，需要时间和精力扑上去。现在销售人没之前多，每个人手上的客户差不多都十五个了，平时我们每周要至少拜访这些客户一次，有些重要的还得去两三次。上个月，小徐为了 D 幼儿园几乎天天要去一趟市北，还要同时兼顾 A 区和其他外区学校的项目，回来还得打电话开发新客户，的确非常辛苦。我看，要不让 Candy 暂代他去维系 C、D、E 三个学校吧？一方面，Candy 和他们校长认识，即使换了销售也不会让对方觉得陌生；另一方面，这三个学校都在南面，这样他就主要处理北面和西面的客户，不必来回奔波了。哦，还有，这些学校外教也比较稳定，如果只是换销售的话，我认为风险较小。这样的话，小徐的工作量不会加重，公司计划也不会耽误，是不是两全其美？”

“那期末提成算谁的呢？”Frank 一针见血地问道。

Candy 觉得有些意外，惊讶地睁大了双眼，望着 Frank 推辞道：“如果真要这么做，那还是算小徐的吧！这提成本来就不多，况且他也已经辛辛苦苦维系了好几个月了。”

“嗯，这可以。”Richard 迅速附议道。

Frank 听完两位副手的表态，眉头一皱，下意识地扯了扯喉咙口的领带结，脸上显出了一种郑重其事的神态，悄悄瞥了我一眼，又扶着下巴沉思了一会儿，这才问道：“小徐，这件事你怎么看？”

此言一出，众人的视线几乎都向我投来，原本严肃的气氛倏地又增添了几分紧迫感。初夏的会议室里，空调虽然只设定在26℃，但此刻空气似乎被什么瞬间冻结了，每一秒都显得无比漫长。随着场上的氛围大变，众人的反应也不尽相同。Richard 朝我迅速一瞥，马上将视线投向了 Frank；Candy 索性低着头，不再多言；Jerry 正沉着脸望着我，似乎若有所思；助教 Mike 不禁来回看了看众人，一脸不明就里；外教人事 Grace 纹丝不动地注视着 Frank，脸上静如止水；唯有外教人事组长 Esther 举止有些反常。她的眼神带着一丝机敏，一和我目光接触后便轻轻摇起了脑袋，又趁着秀发微微飘起，双手顺势一托腮，将侧脸藏到了长发之下，似乎在表达着什么。尽管她的动作几乎一气呵成，但还是引起了 Frank 的注意。

我立即表态：“多谢大家为我考虑！老板，刚才的提议虽好，但我相信自己完全有能力合理分配工作时间，完成任务。先前，我刚从 Alice 那里接来 D 幼儿园，的确花了点时间去熟悉，现在我已对学生、外教、上课质量、款项明细等情况有了全面了解，目前都在有条不紊地进行中。因此，我可以抽出时间兼顾好其他客户。”

迎着 Richard 的冷眼直视，我不以为意，只自信一笑，继续道：“关于临时换销售一事，现在就开始筹划，的确可以为下学期的开局未雨绸缪，不过我们在这方面吃过的亏还少吗？就拿 C 这个幼儿园来说吧，上学期是别人负责的，这学期我才刚接手，现在又要换第三张面孔去，校方领导会不会以为我们内部管理混乱？倒不如维持现状，待下学期开学时再启用新的人员配备，这样从客户体验、项目负责的连贯性、提成计算的简易性来说都会更合理。”

Frank 一听也笑了，不过并非流于形式，目光中倒可见些许欣赏之色，最终接受了我的建议。相较之下，Richard 看起来反倒有些失望。或许，他的建议看似是出于对我的关心，又或是以此来向Candy示好，但真实的动机或许不止于此。C、D、E三校虽然地处A区，有着非常重要的战略意义，但营业额有限，提成自然不多。若它们从此归属Candy负责，那么待到下学期开学时，他便可以吞下我手上剩余的几个大客户。站在Candy角度来看，不费吹灰之力便能得到三个客户资源，虽说表面上过意不去，但若老板同意，她也便欣然默认。再站在Frank角度上看，以他在职场老到的经验，准能看出Richard的葫芦里卖的什么药，但仍征求我的意见再做决策，可见他虽然平日里对客户总是寸利必争，但骨子里却也有正派的一面。而对我来说，C校这个幼儿园的意义与众不同，它上学期本归Crystal负责，前不久她离职时指定我接管。后来，我在大班的外教课上偶然认出了她的幼子，这才明白了她的用意，所以决定务必善始善终，不负所托。

一场头脑风暴下来，已是下午5点，我坐回工位，开始备注明日的工作计划时，微信上收到了Justin的消息。

“恭喜你成为Candy和Frank的大将，你就这样好好干下去吧！”

他的字里行间充斥着对我的误会，而从他获悉如此之快来看，我猜想可能是Jerry告知的。一问之下，Jerry也没有否认，反而表示自己已提了辞职，下周便走，还问我计划何时离开。我出于同事间的防范心理，坚持说自己定当尽职尽责，努力完成任务，不作他想。不料，他认为我没把他当兄弟一样推心置腹，明明不愿写什么期末总结却答应了老板，明明想走却还要骗他，不由得气恼，冷冷地丢下几句话，皮包一背，转身便走。

我望着他的背影，独自坐在办公桌前，心知自己所做没错，但难免对他和Justin的讽刺感到无奈。曾经，我们是彼此信任的好搭档，在工作中诚心诚意地互换心得，而今却因为离职一事生了隔阂。

职场上的人际关系是复杂的，若非经历一些事，确也很难体会到其中的微妙。

我和Justin是存有观念分歧的，他对格局有很清醒的认识，而我似乎只会恪守愚忠、明哲保身，于是两人会在立场上出现分歧。我和Jerry对职友的理解不同，他视要好同事为朋友，而我则视为可以互换工作心得的团队伙伴，于是我们会在敏感话题上分道扬镳。我和Richard所持有的信念不同，他是老板面试进来的，通过拥护老板而谋得了晋升，而我是Crystal一手指导出来的，自然难以避免被卷入这场派系斗争的旋涡。我和Candy都希望妥善完成任务，她时刻在为自己寻求最大的收益，而我虽然志不在此，但却本着“在职便要做好”的责任心，于是我在她心中被贴上了老实、听话、勤勉和得力的标签。

虽然，我可以总结出自己之所以身处尴尬境地的原因，但此刻却难以改变这样的局面。这不仅受到我职场阅历的影响，也是我的个性使然。

7.在幼儿园的观与感

对 C 公司来说，D 幼儿园每学期营业额相当于五六个小客户，但维系的难度却很高，因此 Alice 在负责期间费了不少功夫。3月下旬，随着她的离职，各销售分身乏术，都不愿接手此校。我由于距离计划的离职日还有三四个月，就想挑战一下自己的能力，便答应了下来。没想到，我从日益焦头烂额的工作中还获得了不少收获。

六一儿童节早晨，我受邀来到校方的大礼堂，参加了孩子们的毕业庆典。不得不说，临近尾声的压轴节目准备得十分精彩——Victor、Mary、Maria 和 Sebas 四名外教闪亮登场，同孩子们合唱歌曲《We will rock you》。在一片欢呼声中，会场的热度被推向了高潮，甚至有家长一边抱着孩子，一边朝外教们挥手同唱的。临近收尾时，抱着吉他的 Sebas 和弹着尤克里里的 Maria 像两位摇滚巨星似的跪倒在舞台上，一边扫弦弹唱，一边笑着和前排的孩子们热情互动。

演出结束后，我和管财务的老师边走边聊时，路过园长办公室门口，正巧 X 园长看见，便招呼我进去聊聊。

“哟，小徐啊，我正想找你聊聊呢，快进来坐。”X 园长见我进了门还显得有些拘谨，和颜一笑，放下手中的文稿，走来热情道。

“好，谢谢！”我笑着回应对方的好意，见她落座后，这才放心地找个扶手沙发对坐，“X 园长，其实我今天来，也是想和贵校谈下结算尾款的事。”

她见我依旧是公事公办的做事风格，就没像前几次那样先客套一番，只笑着接道：“哦，可以啊，这个月的尾款发票带来了吗？趁我这几天还在上海，早点帮你处理掉吧！”

我取出公文包里的文件夹，翻到 D 幼儿园这一页，从塑料夹层中抽出了那张没有一丝折痕的发票，又附上一份纸质的课时明细表，恭敬地递到她手里，介绍道：“您看，这是发票和课时明细。尾款的数额是根据实际课时计算的，附录有详细的计算过程。至于每周的教学情况，表后另外附了一份详细报告，方便贵校在需要时查看。”

“哦，好的，东西都很全，看来，你对这份工作花了不少功夫啊！”X 园长大致浏览了一下文件，便放心地将之置于茶几上，“你算过的金额我就不看了，从来没错过。放心，这几天里，我就请管财务的老师转账给你们公司。”

“好的，非常感谢！”见收款这么顺利，我心一定，由衷之言脱口而出。

公事谈完了，X 园长稍作停顿，目光在我领带和眉宇间打量了几下，终于问道：“对了，我听 Frank 说，你是读机械的硕士啊，那你怎么会来 C 公司的？”

我有些为难，觉得若是直言自己当初是迷惘时做的跨行尝试，似有不妥，于是答道：“虽然我读的专业和现在做的职业不对口，但我把这份工作当作一个提高英语水平的机会，同时也熟悉下社会吧。”

“那么，你以后还是会回去做机械类工作的吧？”她一针见血地又问道，但语气上却很诚恳。

此时，我已向Frank提过了辞职的想法，下学期我也不再来D幼儿园办公了，倒不如把事情交代清楚。于是，我索性把将来的打算告诉了她。她听后，微微点了点头，不仅支持我的想法，还就我的职业发展说了一番语重心长的话。

“小徐啊，你觉得你到底适合做销售还是工程师呢？”

“不瞒您说，在还没毕业之前，我一直想做一名工程师。我喜欢绘制机械图纸，那些尺寸和工艺的标注看起来就是一种艺术符号。当我设计零件时，看着一个复杂的零件在电脑上完成3D造型，那种从无到有的满足感可说是种享受。只是，后来我一时间没能找到真正的方向。”

“哦，那现在呢？你都已经做销售一年了，应该有点感想了吧？”

“是的，我做了一年了。起初，我觉得自己不是学这个的，未必能胜任。但在领导和同事的帮助和指点下，我尽了全力，成绩也出来了。上个学期，其他销售都或多或少掉了几个客户，而我这边都续约了。当然，这里面也有运气的成分。”

“皇天不负有心人嘛，运气有时也是以实力为基础的嘛！”

“这一年来，虽然我渐渐熟悉了现在的工作，但是，我原专业的水平正在急剧退步，我反而有些……”

“有些没信心了？”X园长淡然一笑，像是看出了我的心事。

“没，没那么严重。我相信，无论是销售也好，工程师也好，我都能做好的！”

“是啊，除了一些特殊领域的工作，其他普通的工作其实都一样的，都只是个谋生的方式，熟能生巧罢了。只要愿意花时间和精力做下去，大部分人都能做好的。但是，我又想补充一点，你同样去做销售和做工程师，所达到的高度是不一样的。你要找到更适合你的位置，然后才能为这个社会最大程度地贡献一份力。”

兴许是缺乏社会经验的缘故，这番抽象的话听得我有些懵懂，不禁问道：“嗯，可是，要说对社会的贡献，像您这样当一位桃李满天下的老师，不是对社会贡献最大的一种职业吗？”

“不是这样的，”X园长直视着我惊讶的目光，微微摆了摆手，“每行每业都可以对社会做出巨大贡献。就说你想当工程师吧，你以后总要设计产品吧？这些产品肯定会应用到社会的各个角落，这难道不是另一种‘桃李满天下’？”

“哦！X园长，您说得有道理！其实，晚辈我也知道自己学识很一般，今后能不能像您说的那样做大贡献也不知道。但来日方长嘛，时间会给出答案的！”

“你可别觉得自己还有很多时间，要知道，你真正可以全力以赴去奋斗的时间越来越少了。古人说，男怕入错行。你都一路读到了硕士，不用好这个有利条件，反而转行从头再来，岂不是比别人浪费了读书的三年？幸好，你已经知道自己要的是什么了。从现在算起，你到40岁之前，这十几年的时间就是确定你事业最关键的阶段，过了40岁你就越来越忙于老婆孩子和家长里短的琐事了。我在像你这个年纪的时候，还没意识到这些，总觉得在事业单位熬下去，日子就会好起来。现在，我也终于到了园长的位置，可我这辈子的发展也到头了。但你不一样，你还有时间去改变未来。”

“X园长，谢谢您……”我话刚说到一半，办公室的电话铃响了，她接听了几句，眉头一皱，像是有急事要去解决。我看了看时间，也是时候回公司去了，便待她挂了电话后，再次表达了谢意，郑重道别。

我下楼而去，来到教学楼外，坐在一旁的长椅上，脱下皮鞋上的布鞋套，将它们放回到一个收纳箱中，又坐了回去，想最后看一眼这里再走。

到底是初夏了，万里晴空之下，明媚的阳光照在人脸上，已觉得微微发热。我擦了擦从额头渗出的汗水，望着对面碧绿生青的草坪上来来回回蹦跳的孩童们。他们有的三两为伴聚在一个小沙坑里筑着土坡；有的四五人围成圆圈跳着新学的舞。一旁的任课老师喜笑颜开地参与其中，一边拍手一边笑着和孩子们玩乐。

真是一群讨人喜欢的孩子！不知多少次，当他们咿咿呀呀地跟着外教学新单词时，我都在旁提示并鼓励他们开口。一次不行两次，两次不行三次，当小朋友终于发音正确，我心中竟会产生莫名的感动。课间休息时，小朋友们总会蜂拥而上，一个个仰起童稚可爱的脸蛋，问我要手里的彩色贴纸。

“叔叔，下次记得给我带赛车的贴纸哦！”

“谢谢叔叔，下次要早点来哦！”

“黑衣人叔叔，我可不可以拿那张红色的草莓？”

每当想起这些，我都会心一笑，心想：原来，这就是我热爱这份工作的理由！

德国著名哲学家卡尔·西奥多·雅斯贝尔斯在著作《什么是教育》中说过：“教育的本质意味着：一棵树摇动另一棵树，一朵云推动另一朵云，一个灵魂唤醒另一个灵魂。”我虽然没那么伟大，但通过自己的身体力行，为那些小朋友带去快乐，正是我可以做到的。

或许，孩子的快乐正是这个世上最纯粹、最容易满足的快乐。人生若能一直处于快乐的童年，那注定不用体会成年后那么多的烦恼。但是，人又岂能原地踏步呢？人又岂能一辈子处于别人的照顾中呢？曾几何时，当我还是个孩子时，我母亲和老师们不也是为我的成长倾尽心血？而如今，我参加工作了，我为自己能服务下一代而感到光荣，哪怕至今只是短短的一年。想必，在二十年后，我眼前的这些孩子也会参与到服务再下一代的工作中去，如此周而复始。虽然，我现在以一名销售的身份，切实地为孩子提供了一学期优质的服务，但是正如X园长所说，我得去找寻更适合自己的位置，为社会建设出更多的力。

谢谢你，X园长，您的教导我谨记在心，我将记着您和小朋友们的笑容，无畏职业道路上的困难，继续勇往直前！

8.离职在即，我将重新出发

昔日的入职，在冥冥之中也预示着某日的离职。从现在社会的发展趋势来看，只要人在职场还怀着一颗追求上进的心，天下便没有能做一辈子的岗位。

我回顾一年前的自己，看到的是敢于大破大立、跨行就业的勇气。然而，这种勇气从某种意义上说是一种走投无路下的莽勇，是一种看不清自我定位下的摸黑前行，因此我注定要去找回真正的就业方向。

2015年6月后，我开始在各大招聘网上寻找和设计师相关的岗位。考虑到我目前与机械不对口的工作经历，一些用人单位对我的择业动机很有质疑，且对我已有退步的专业知识也不满意。每周在等面试电话，每周也在等面试结果，我很快调整了求职策略，抱着“定行业、做基层”心态去投简历，面试时还诚恳地与人事们探讨入职的可行性，反倒有了几个回音。

6月中旬，绝大部分学校的课程都已结束，我一边处理最后的尾款，一边四处求职。不久，面试通知陆续来了。有一家十几个人的民企，在招软件培训专员，工作内容是去客户那儿培训3D设计软件，路途较远，且没入职培训；还有一个做软件代理的小型民企在招销售，主要负责和客户洽谈购买各类工程设计软件，待遇不佳，且有销售指标的压力；还有一家宁波公司，提供的是汽车零部件设计的岗位；剩下的是一家小型日企T公司，招募机械零件的设计人员。T公司虽然薪资不高，但交通便利，有入职培训，且可接触到诸如松下、三菱等知名企业的图纸，顺便还能学点日语，相比上面几家更值得一试。

面试归面试，工作上的交接还是得按部就班。6月末，趁着老板Frank还没回台北照顾老母，我主动找他长谈了一次。

在那间用玻璃隔开的小办公室里，我开门见山地交代了任务进度和交接情况，然后把话题的主动权还给了Frank——依照我对他的了解，他更喜欢掌握话题走向。果不其然，他围绕着我下家的情况问了很多，我也不打算隐瞒。

我明白，他可能是担心我像销售Weber那样，说是跨行离职，实则入同行挖墙脚。于是，我索性不做保留，将今后的职业规划和工程师之路如何步步为营的构思全盘托出。他见我这般坦然，很是宽慰，甚至流露出了遗憾之色。不过，他似乎还是不肯放弃，再次挽留我，称赞我是C公司这十三年来最优秀的销售之一，我没当真，仍旧坚持要走机械工程师的道路。

虽然从此我们分道扬镳，但他始终保持着谦和的风度，接着和我聊起了他的两条工作心得，说是对我将来的职业发展有用。

第一，能把无形的东西变有形，把有形的东西变无形，才是一个优秀的销售。

对此，他曾在销售会议上举例过：一群销售去卖有形的可口可乐，别人都在推销可乐本身，而你却将售前和售后服务做到了极致，提高了商品的综合价值，自然也增强了你的竞争力。反过来也一样，一群销售去卖无形的外教课程，别人只把精力放在签约和收款上，而你却能想客户之所想，切实做好随堂监听、汇总学生情况、递交调研报告和撰写改良方案，把无形的服务实体化了，才能进一步加深客户对你的认可度。

Frank 的观点是有一定道理的，它让我意识到：一个成功的销售不但要善于推销产品，也要懂得“虚实兼并”，为客户带去一个多元化的产品。虽然我今后不再是销售了，但这样的思想却依然适用——优秀工程师的设计不应该只是一个产品，还要能融合进许多人性化元素，在客户使用其功能的同时，能够潜移默化地改善他的生活。而这，正是一个产品的软实力。

第二，管理者应该以品格、责任心、稳定性和能力的优先级顺序为用人原则。

关于他这样的排序，我不太赞同，反倒觉得这顺序并非一成不变。比如，东汉末年，虚假的道德作秀在社会上蔚然成风，曹操就摒弃了以德选才的旧制，在《求贤令》中提倡唯才是举。他将能力提升到第一位，这既是基于乱世的特殊背景，也是打压士族门阀的政治需要。我觉得，在如今的职场中，这四个原则可以仁者见仁，智者见智，因地制宜地灵活调整，以满足企业不同的用人需求。

第三，做人要正直，做事光明磊落，行的是正路，绝不能走歪门邪道。

Frank 说这句话之前，是提到 Crystal 的，看来他还是对她的另立门户耿耿于怀，以至于将她的创业看成是一种不符合道义的“背叛”。可是，Frank 又何尝没做过离经叛道的事？比如，他明知某些外教没有专家证，但仍允许他们在某些学校授课，而对校方则称证件齐全。当年，他曾派一位没有专家证的外教去 Justin 负责的 S 中学，事后东窗事发，外教课被有关部门叫停，该校校长也为此背锅，公开检讨。那时 Frank 只是翻脸推卸，隔岸观火。他一开始就打政策的擦边球，而事发后只是抱守私利、袖手旁观，不愿承担责任，难道这样算光明磊落？

也许，在生意场上，不少人并不信奉道义礼信，讲的只是利益。若只从利益最大化来看，Frank 和 Crystal 的做法是相似的，其实也就没必要抹黑对方了。想到这里，我也就没反驳他的观点，只是点头默许，心中了然。

“不好意思，老板，我们能聊一下吗？”

这时，玻璃门被推开了，接着传来了一个男人低沉的嗓音。我闻声望去，只见晋升不久的销售 Richard 探入脑袋，不动声色地望着 Frank。

Frank 瞅了我一眼，对他说道："哦，可以，我再和他说几句就好。你急吗？"

"哦，不急不急……" Richard 才说了几个字，便向我冷冷一瞥，眼镜片下一双猜忌的白眼令我不寒而栗。

我有些尴尬，不禁将视线移向左侧的窗外。

看，那面美国国旗常年来一直挂在老板办公室窗外。此时，它的一角已被风掀起，而一旁的五星红旗则依然平整如初。一想到如今 C 公司的近况，这可真应景啊！老板自诩的美国课程在这里迟迟不肯本土化，以致把路越走越窄，客户越来越少，于是很多同事看不到出路，陆续离职。混乱中，某位销售趁机阿谀奉承，向老板打了不少小报告，居然晋升到了行政助理的职位。众人对此很反感，于是又酝酿了一批离职员工。如此内忧外患的局面，难道 Frank 看不出来？

见 Richard 关门而去，Frank 有些好奇地瞅着我，问道："哦对了，我还没问你呢？你既然都要走了，那你对公司有什么建议吗？有的话不妨提出来！要知道，我创立 C 公司这十三年来，你是我见过的最优秀的员工了！唉，只可惜留不住你，我也只能退而求其次，希望你提供些宝贵意见，好让公司越办越好啊！"

我顿首一想：有关业务上的建议不用我说，Crystal 等人早已提过多次，Frank 都没采纳，现在我又何必老生常谈呢？而有关任用人才方面，我一直很想知道 Frank 为何重用像 Richard 这样的员工，若是套用他刚才说的"品格、责任心、稳定性和能力"四大原则，Richard 的所作所为可以称得上光明磊落、品格优良？也许，答案只有两种，要么 Frank 碍于无人可用，被迫舍弃了原则；要么他手下正需要这样一个人。若是后者，岂不是暗示着，Frank 是说一套做一套？

我沉默地望着夸赞之词不绝于耳的他，心中默念自己当下一定要管住嘴巴。若真要提建议，大可事后在工作交接汇报中插一篇文章，叙述自己对改善客户维系现状的构思。尽管这样显得多此一举，但我心想此去后便不会再回培训行业，倘若以善始善终的形式为这段阴差阳错的经历画上句号，倒也未尝不可，况且当他读到我的建议时，我已离职，故而此举并无大碍。

"哦，老板，您客气了，我没意见。"我抬头笑了笑，淡然地推辞道。

Frank 摇了摇头，感叹起来："你啊，工作是认真的，就是话太少了。算啦，总之，我祝你出去后，前程似锦，一帆风顺！"说罢，他起身，笑着伸出右手同我握手，而我爽快一笑，也回赠了几句祝福，不在话下。

这是我最后一次和 Frank 交谈，他时而严谨、时而豪爽的说话风格令我印象很深，这也使我意识到：要在这个社会生存下去，不得不学一些像他这样的世故圆滑。我曾经一心想洗去书生气，正是因为我过去太“认真”，对人和事太一板一眼，缺乏灵活应变，以致遇到事态变化就疲于适应。

须知职场路千变万化，哪有万能公式可寻？大家都只是边走边看，随机应变罢了。而这种变，也体现在认识到过去不合适的抉择后做出的调整。

2015年7月31日傍晚，我拖着长长的影子走出办公大楼，心中既有对下家的期待，也有对C公司的不舍。回想起去年深秋，我和其他9位销售饱含热情，齐聚一堂，同心协力推进业务，而现在，大家都各奔东西了——3月中旬，组长Crystal被辞退后，创业做教育培训去了；3月下旬，“大律师”Vanness和“秋名山车神”Leo投奔Crystal，协助她创业去了；3月底，“大小姐”Alice去了一家早教机构；4月，Justin愤愤离职，去追求教师梦了；5月，“大哥”Jerry去了一家医疗咨询公司做顾问；6月，新来的“小鲜肉”Andy转行做了银行职员。如今我也走了，销售只剩下Candy和Richard两人，后续可想而知。

沁园春·离职

半壁山河，将尉凋零，铩羽覆霜。

望残旗破角，餐风饮雨，老臣旧士，罢酒遗觞。

叠错狼烟，狡归人祸，偏信摇唇谄媚腔。

思平日，点尖兵骁将，雄俊齐堂。

寒儒钝守忠良，少应变、冥顽反好强。

避明争暗斗，秉纲守律；内忧外患，睨虎扶伥。

职路炎凉，鹩哥环侧，如履浮冰险断肠。

一隅溃，抱殷殷旧愿，明志他乡。

既已离职，就和上家再无瓜葛，往后我要在新公司不断追寻自己的理想。

我迈着轻松的步伐，一只手提着放空的公文包，另一只手松开沾有汗水的蓝纹领带，抬头望见天边那西沉的红霞和松散的碎云，心中不禁感慨：“聚中有散，散中有聚，Frank、Crystal、Vanness、Leo、Justin、Jerry、Esther、Alice，还有Lena……我和你们一样，也有必须要去的下一站。谢谢你们对我工作上的鼓励、指点和帮助！祝愿我们都能怀着雄心壮志，在今后的人生之路上步步为营！”

第3章

邂逅白露，流下梦语的泪珠

《诗经》有云：蒹葭苍苍，白露为霜。所谓伊人，在水一方。

她，是夜间凝成的小水珠，默默出现，滋润着大地，焕发了草木生机。

她，是白衣翩翩的仙子，一笑婉淡清新，双眸流光溢彩，沁人心脾。

一线红缘，梦半场。

1.始于好奇

她叫Lena，有点与众不同。虽然初见时尚未有追求她的想法，但一起共事久了，我倒对她暗生几分好奇。这不仅因为她喜着白衣素裙，也和她给我文静柔婉的第一印象有关。

诚然，她一身洁白的打扮不仅会令人联想到“冰清玉洁”一词。那晶莹剔透的双眸还散发着温如春阳的善意，不禁使人感叹：如此水灵的女子，若不是水做的，又会是什么呢？于是，我参考《诗经》名句，“露”的代称便由此而生。

2014年6月25日，我来到C公司已有三周了。这天中午，天下着小雨，几位同事邀请我外出聚餐，露也和我们同行。从办公楼到商场的路上，几位女士有说有笑地走在我们前面。我虽然正与Jerry、Tom他们聊着天，却不禁想多看几眼人群中的她。

这天，露穿着一袭白衣，乌黑柔软的长发犹如一汪清泉，在夏日的微风中飘然直下。不知不觉中，伞外的霏霏细雨竟驾风飘来，悄悄地恋上她背后的发梢，错落地凝成了一颗颗闪亮的小水珠。不过，最耐人寻味的要数那只在秀发上歇息的“白蝴蝶”——如此别致精巧的发夹，反倒为她增添了几分古色古香的独特气质。

我不禁用欣赏的眼光观察着她，同时心中还怀有一份谢意。

上个月下旬，若非她在招聘会上喊住正要离去的我，并提供面试机会，现在我会不会仍然待业在家，同时忍受着周围人的质疑和不满呢？也许吧。虽然，我若不来C公司，最终会寻到别处的工作，但那会是何时？当时若继续等下去，我就一定能等到满意的工作？说不定，我现在仍处于待业状态呢？回想一个月前，我对无业在家的状态依旧心有余悸，那种度日如年的日子我再也不愿重复。虽然，现在我从事的工作和我的专业不同，但好歹是一份自食其力的正式工作，有总比没有强。

聚餐的地点在公司附近的商场里。待到众人选定了餐馆，入座点菜之际，露竟和Jane两人表示下午有活在手，临时决定去别家吃个快餐。我有些意外，不由得再次朝她望去，发现她也正望着我。极其短暂的对视后，她率先抽离了视线，表情变得很不自然，低着头推了推身边的Jane，向众人打了个招呼后，便走了。虽然，她的临时变卦有些奇怪，但我也没多想，很快便融入剩下同事的闲聊中。

席间，幽默风趣的Vanness与Lynn以表兄妹互称，两人一唱一和，加上Jerry和Alice从中调侃，氛围格外轻松。于是，饭局持续了将近两个小时。

下午1点多，我穿过办公室东面的走廊，正准备倒杯水，忽然在储物室隔壁的小会议室里发现了露。此时，身形瘦小的她披着一件蓝色牛仔外套，正戴着耳机伏案休息。

我不由得心中纳闷：她不是说下午有事要忙，所以才早点吃饭回来工作的吗？难道，她刚才是故意避开我们的？如果是的话，那又是为什么呢？莫非，她不愿意和我们这些直男同事吃饭？

我在玻璃门外驻足了片刻，静静地注视着她脑后那只“白蝴蝶”发夹，心中忽然掠过一个猜想：也许，她的性格就像这独觅花香的蝴蝶，天生不爱世间的聚众和喧闹，而偏好独处和宁静。若是如此，她不仅文静内向，还很可能是个内心坚定的女人，有足够力量和勇气去面对孤独。

想到这里，我低头自嘲一笑，心说自己走到如今的尴尬境地，我又何尝不对前程暗自发愁？与其告诉不理解的人，倒不如自己默默地思索。

“也许，不仅是你，其实我也正尝着孤独的滋味。”

我心中如是念道，随即将目光从露的背影上移开，沉思着回办公室去了。

2.彼此的关注

她，确实是公司里一道明媚的阳光，不仅装扮得婉淡清新，还有很好的人缘。我相信除我以外，定有不少人默默关注着她的一颦一笑。

2014年7月的一个早晨，我来到办公室，望见Jerry独自在电脑前忙碌，于是上前问好。待我走近才发现，他正在翻阅露的照片。一问才知，原来，露听说他熟悉会声会影，于是请他抽空剪辑成一个视频。不一会儿，露也来上班了，见我也在，便笑着请我俩一起制作，以此纪念其青春岁月。由于那时正值暑假，我们几个新人除了培训，也无其他要紧事处理，于是我便答应帮她。

据说，这些照片都是在她母校华师大的校园中取的景。我定睛一看，心叹她是如此上照，简直是丽人若仙、风景如画。

春暖花开的季节里，她在湖畔回眸浅笑，笑得优雅而甜美，双眸宛若含着清波流盼，连岸边的百花见了都会自叹不如，纷纷垂下羞红的花朵。洁白的飞袖披在她玉肩，像是一双小翅膀。优颜迎风，而风也柔和地将她袖子轻轻挽起，露出了两条雪白的玉臂。那肌肤犹如一块香玉，肤若凝脂、吹弹可破。切到下一张照片后，又可见她着一身真丝古装，梳着朝云近香髻，打着一柄油纸伞，蛾眉淡扫，侧身垂袖。于是，那银簪末端的珠饰便顺势在她粉润的脸庞一侧垂下，仿佛是青翠欲滴的春晨凝露。一转眼，借着池亭上的来风，她将一方丝绢轻轻扬起，又缓缓收回，最终落在那朱唇边，不免在丝绢上留下唇彩的微红。池上的燕子见了丽人，也陶醉地围绕着她摇尾环飞，像是忘记了归去。花间寻香的蝴蝶，也被她头上一朵白牡丹饰品所吸引，振翅旁飞，流连忘返。

她清丽脱俗的扮相勾起了我的创作热情，忽然想引沉鱼和羞花的典故，试着作小诗一首，放在视频中增加文艺色彩。此提议一出，Jerry 也觉得如此甚好。

七律 · 素华仙（新韵）

池亭西子浣轻纱，一笑羞红柳岸花。
飞袖迎风遮皓玉，鲛绡拂面抹丹霞。
燕环国色摇枝尾，蝶恋天香吻发夹。
莫道春芳无觅处，凝瞳默望念谁家。

虽然，事后露对这个视频的剪辑和新意非常满意，但我也不禁自问：她请我们剪辑的初衷，真的只是简单地请同事帮个忙？这些说起来可是她的私人照，平日里内向的她对我们居然不介意？况且，会声会影并非难学难用的软件，她只需花上少许时间上网自学，便可轻松自制。难道，她是想引起谁的注意？

怀着这样的疑问，我有意无意地在诗中留下了那句“凝瞳默望念谁家”，期待着似问非问后的似答非答。

几天后，销售组长 Crystal 组织大家下班后去公司旁的一家 KTV 唱歌，年轻的男男女女们一呼百应，露当然也参加了。

一进包厢，我就见西装革履的 Vanness 站在房间中央拗造型，尽情享受着头顶彩灯的绚丽，陶醉地放声高唱汪峰的名曲。在一段段中气十足的男中音的感染下，众人的热情瞬间被点燃了，纷纷踊跃上台献唱，场面好不热闹！

几曲过后，坐在沙发另一边的 Crystal 等人探头瞅了瞅我，朝我做了个“轮到你了”的手势，邀我前去点歌。待我刚点完歌，正准备起身离开，忽然发现露已站到了我身边。

我感到有些意外，明明内心一阵莫名激动，却还是故作淡定，望着她一笑道："来，你也点几首吧？"

"哦，不不，"她摇了摇头，脸颊两侧的长发随之轻扬，"你还没点完吧？你先点吧。"

"没事的，我已经好了，还是你点吧。"说罢，我坐到了点歌台前的另一只高脚凳上，打消了回座的念头，饶有兴致地朝她做了个"请坐"的手势。

露听后，低眉微微一笑，双眸微微发亮，轻声道："那好。"

在近在咫尺的位置上，我就这么静静地从侧面注视着她白皙的脸庞，几乎是用欣赏的目光描绘那两弯娟秀的细眉，不禁心想：她不仅是个上照的女人，就连真人都经得住近距离的细看，再加上她温润如水的文弱气质，确实和在场的其他女子截然不同。

我见她熟练地选了一首杨千嬅版的《大城小事》，又将之置顶，不由得心生一份莫名的期待，于是起身回座，打算在合适的角度欣赏。

在彩灯的光影交错中，我见她双手将话筒举到身前，静静地注视着大屏幕。在一串孤寂单薄的前奏过后，露终于以轻柔的嗓音切入歌词。虽然，这样的歌唱风格我事先有预测到，但我却没料到她的歌声中却时时透着三分忧伤。我以为是自己误听了，环视四周想看看其他人的反应，但所看到的不是男士们碰杯斗酒，就是女同事们畅吃欢聊。于是，我又将注意力集中到屏幕上的画面和她的唱词中。

这本就是一首咏叹旧情已去、余生沧桑的好歌，而今露唱得可是越发抒情，这使我暗自猜想：她似乎在回忆一些陈年往事，听起来像是一种恋极悲深的感慨。其实，她明明可以选一首大众口水歌应付过去，却为何偏偏要点这样一首既不易唱又不搭场合的歌呢？

露，我不明白，你究竟是个什么样的女人？之前又遇到了什么？又为何有意向大家展示这样的自己？

她的选歌风格使我有些感触，于是我置顶了一首周杰伦的《一路向北》，打算以一首同样忧伤的歌暗中唱和。

我一路向北，离开有你的季节。

露，假如你是因为过去的情伤低落，那我也有我纠结的苦闷。

曾经我是教授的得力助手，如今我的工作却说不出口；曾经不愿离开校园，现在我却渴望知道，如何才能将至今所学用到工作中去；曾经对走上社会充满期望，而今我却在择业的浪涛中迷惘不已；曾经其乐融融的同学，如今都四散全国各地，他们都在做着什么样的人生规划呢？

露，虽然大部分女生都偏好乐观活跃的男生，但我还是不愿点一首浮夸或热血的歌来唱。现在我很迷惘，我也不介意你怎么看，反正这就是当下最真实的我。

晚9点散场时，我带着一身醉意从洗手间回到主干道，发现多数人已聚在KTV的前厅嬉笑，而露和Lynn则刚从包厢内推门而出。酒精在我血液中无拘无束地流淌着，而我的意识虽然有些模糊，但这却不影响我径直向她走去。

走近点，再近一点。看，她注视我的目光中似乎有些疑惑，但那又何妨？既然我这么想再近距离看看她的容颜，那干脆就别等了，直接付诸行动好了。

“你还好吗？”露闪烁着圆圆的大眼睛，微微朝我迈出了一步，却又收回了重心，“今晚喝得挺多的……”

我的脑袋依旧晕乎乎的，嘴上自然多了几分懒散，朝她默然一笑，就自顾自地向前厅走去。

“哦对了！”刚走出去几步，我忽然想到了什么，转身望着跟上来的露，“我还得谢谢你呢！”

她显得有些意外，一张樱桃小嘴微微张开，问道：“谢我什么？”

“谢谢你给我那次面试机会！”

“哦，这事啊，不客气，这是我的工作嘛。”

“其实，我觉得你是个很不错的HR，认真勤快，又很负责。”

露一听我对她这般评价，顿时眉开眼笑，目光闪烁，但却没有抬头，只是低眉顺目道：“呵呵，原来我在别人眼中是这么优秀啊！谢谢你哦！”

我们一起走到等待的同事中，准备离场。不过，电梯门外人满为患，于是大家改为走楼梯下去。出乎我意料的是，待我刚踩下两级台阶，露就说我喝了不少酒，关心地问是否要乘电梯下楼，并且语气中夹带着几分紧张。我闻后先是一愣，不由得朝她望去，但在昏暗的环境下看不清楚她的表情，于是一笑谢绝。

夜幕下，我坐在飞驰而归的出租车上，微微合眼，试图回味刚才在车站道别的那一幕——她笑着朝我挥了挥手，而我深深地注视着她美丽的明眸，醉醺醺的意识中只剩下一种尚未明确的奇妙感受。

露，谢谢你允许我这样注视你。

3.良好的互动

我越发想了解她，而她似乎也想了解我，于是两人的互动就变得日益增多。

2014年7月18日清晨的地铁上，我回看着昨晚和露在微信上的聊天记录，不禁笑了起来。

事情是这样的。17日那天早上，公司新购的一批椅子到货了。为运输方便，这些新椅子被设计成了可拆装的散件。受到露的邀请，不少男同事聚到公司前台处，分成两三组就地试装了起来，而女同事们则好奇地围在外圈看热闹。由于大家绝大多数是文科出身，可能对装配不太熟悉，纷纷递来活络扳手和螺丝刀，请我主导安装。我也没有推托，就和众人顺利完成了所有椅子的组装。

不一会儿，众人推着旧椅子过来以旧换新。人群中，露披着一头乌黑的秀发飘然而至，在从我手中接过新椅子的瞬间，我明显可以闻到她身上的阵阵清香。这一刻，我心间一阵怡然，不由得朝她望去，只见她的长发如同一汪清泉滑流而下，柔软地披在她那件小巧的线钩衣上。那件洁白的上衣织得如此精细，肩背附近的绣花仿佛一朵朵白云，酥软地飘浮在那里，而在那些镂空网格下，竟是一片温润细腻的凝脂玉肌。

她见我有些走神，面带困惑地问我这椅子是否结实，而我对此很自信，立即表示所有装配处都检查过，可以放心使用。随着她雅然落座，其长发竟在空中微微散开，很快又乖乖地披附在她的肩上。这一瞬间本应是一秒不到的时间，我却产生了大于一秒的奇妙视觉体验。在我的注视下，她双手搭在座椅扶手上，微调整了几次坐姿，眼里很快流露出了欣喜的闪光。

虽然，我目测她对我的劳动成果应该是满意的，但我还是有些在意，想要得到正面的回答。于是，我当晚就在微信上找她聊天，而她的反馈也很积极。

“问下，今天那个椅子用得还可以吗？”

“嘻嘻，很好呢！还好有你在。”

“过奖了，其实助教组的同事们也帮了不少忙。”

“嗯嗯，我很荣幸能坐到未来工程师亲自安装的椅子上！”

“很好就好，工程师对他的产品质量是要负责的啊。”

“呵呵，给未来的工程师赞一个！”

我对她的称赞有些意外，但更多的是欣喜。自己明明只是个销售，却能被身为HR的她认可为工程师，从此我对自己今后要走的路又多了一份信心。于是，那晚我在灵感的涌动下，试着以她为原型写了一首小诗。

七绝·凝香玉

花容秀雅娉婷坐，

泉落香肩目潋明。

一缕幽馨何处涌，

酥云匹下玉冰清。

至此，我不仅养成了以露为题、试作诗词的习惯，还越发频繁地在晚上找她聊天。幸运的是，哪怕到晚上11点，她都愿意继续聊下去，并多次主动提供话题。不久，我们的交谈范围已变得越来越宽。

有一次，我说我正打算买一条红色的领带，而她表示届时想看看我的穿戴效果。几天后，当我戴着新领带上班时，许多人都以此调侃，唯独她持认可态度。

“哟，这就是你说的新领带？”

我正坐在桌前办公，忽然听见左后方传来了露的声音，于是转身回看道："哦，是的。"

她微微眯着眼，在我襟前上下打量了几次，脸上立即浮起了三分悦色，抬手轻唤道："过来点，让我看看。"

于是，我挪着座椅来到她身边，望着秋波似水的她，灿烂一笑道："呵呵，效果还不错吧？"

"我没想到会这么好看呀！"说着，她带着三分羞涩单手托颊，静静地倚坐在桌边，那细眉好似一弯钩月，而红晕微浮的脸蛋犹如出水芙蓉一般靓丽。

我不禁有些困惑，心说这只是一条普通的领带，刚才还被人吐槽过，现在露竟然用陶醉的目光望着它，难道她的话是醉翁之意不在酒？

在我迟疑之际，她已伸出纤细的玉指置于领带中段，并微微将它托起，眼中是含情脉脉，而嘴边则是淡淡的欲言又止。渐渐地，她的手指向领带尖缓缓滑动，似乎想了解这条领带的织法和纹路。就这样过了好一会儿，我见她一脸欣喜地凝视着领带，而手又不曾离去，心中既惊喜又尴尬，于是主动改聊起各自的大学经历。

原来，露自小喜好理科，但在她父亲的要求下，不得不选读文科。于是，她本科学的是管理学兼英语，拿的是双专业的文凭。她问我，理科生会不会都看不起文科生。对此，我隐约感到她是为自己无奈的专业选择寻求一个肯定回答。我以自己为例，告诉她我虽然是学的机械工程，但我也常看文学类的书籍。我说，理科的书讲究客观严谨，其中充斥着理论和公式，作者和读者之间缺少情感交流，一旦不理解某些推导验算，便容易产生困乏；而文学的书可以弥补这个缺点，读者可以一次又一次和作者进行情感交流，对读不懂的段落可以反复推敲玩味。我建议她将阅读分成七分文、三分理，而我则反过来，七分理、三分文。没想到，我随口一说的"三七分"观点居然把她逗乐了。

说罢阅读，露又主动将话题引回到领带上。只见她探过身来，第二次托起了我那条领带，静静端详。我一时觉得诧异，但心中又舍不得就此中断这份暧昧，于是就按捺着心中的激动，默默地注视着近在咫尺的她。

露的头发既直长又有健康的光泽，柔软服帖地拂过她细腻的脸颊，像是一眼清泉飞流而下；她肩头的白色绣花，像是一朵清香怡人的茉莉，在那"泉流"下若隐若现。朦胧间，我甚至能感觉到她的呼吸和她头发上的醉人清香。

此时此刻，似乎有什么在我心灵深处渐渐萌芽……

下午4点的销售会议上，虽然老板 Frank 又在为客户拒绝涨价的事大发雷霆，但我却无心聆听他的长篇大论，于是就以露为创作源泉，又在本子上草拟了一首小诗。

五律·茉莉

香肩生茉莉，楚鬓落泠泉。

凤眼眉如月，桃腮面似莲。

秋波神脉脉，檀口语绵绵。

弹指羞颜笑，飞红领带前。

我发现自己似乎进入了一个奇怪的循环：自己越是在意露，就会越来越频繁地找她聊天，与她接触多了就会产生奇妙的灵感，于是尝试写诗——这反倒更加激起我想了解她的渴望。

看来，我们已经进入了一个互相了解的良性循环。

4.雨爱如絮

夏雨滂沱，树木被雨滋润着，也知道飒飒作响、抽枝生芽，以示感激。而人身为最富情感的动物，交情深浅，亦基于以心交心。

2014年8月3日晚，露在微信中说她发烧了，我听她语音有些沙哑，就说了一番慰问和祝愿康复的话，还请她早点休息。谁知第二天，她的感冒加重了，也就没来上班。在之后的三天里，我每晚都准时询问她的状况，并说了不少鼓励的话，她似乎很高兴，频频回复一个甜甜的笑脸。

或许是办公室里空调温度偏低的缘故，众人继露之后接连感冒。8月8日一早，我就感觉喉咙不适，临近中午时已有出冷汗的症状。

下午，我坐在公用电脑前办公，但由于脑袋又晕又烫，思路不清，订单的款项算了几遍都存在偏差。不知什么时候，我听见有人走到了我身边，抬头望去，发现原来是露。

我朝她勉强一笑，问道：“你是要用这台电脑吗？”

“没事，你用吧，我就打印一张表，不急。”说着，露收起了钥匙链上的天蓝色U盘。

“没关系的，来，你先打印吧。”我自觉当时不在状态，于是干脆挪位换她，自己也顺便在旁边休息下。

“好的，谢谢你啊！”她朝我悦然一笑，轻轻落座后，重新掏出了那个U盘，“欸？你脸色看起来不太好，怎么啦？”

我闻后一惊，没想到她观察力这么强，第一反应是想掩饰过去，于是摇摇头道：“呃，没什么。”

露的目光中显然透着几分怀疑，眉头又不失几丝担忧，最终还是没当面揭穿我的谎话。她起身取走打印好的文件，低头瞅了瞅我，神色中掠过些许犹豫，终于蜻蜓点水般说道：“那个……坐在空调下有点冷，很容易感冒的。”

我没想到她会这样说，诧异地和她维持了两秒的对视后，才意识到她似乎为了淡化对我的关心，故意省略了主语和宾语。

“哦呵呵，没事的，谢谢提醒。”

见我继续逞强，露的表情很快恢复了淡然，微微一点头，便回去办公了。

在之后数日里，我感冒加重了，高烧不退、咳嗽不断，于是只得向公司请假两天。其间，露也每天发来慰问，不乏关心体恤之言。

我痊愈后的第一个周五，公司按例开全体会议，后到的露恰好选坐在我左边。

“这几天气色看起来好多了嘛！”露一边翻开记录本，一边小声地问候道。

我迅速瞅了眼正在和 Crystal 确认情况的老板 Frank，对她轻声道：“谢谢你的吉言，已经好了。”

“不客气。”说着，露转过头，一双眼睛如星辰般晶莹闪亮，秀挺的鼻梁下微微抿着一丝微笑。她一手托着腮，玉颜微红，柔美的长发自然地在脸上形成了一道美妙的曲线。

“小徐啊！”忽然，我听见 Frank 浑厚的男中音高声响起，不由得心头一惊，猛地转头朝会议室中央望去，只见他正笑着朝我微微点头。这种笑，似乎带有某种说不明的深层意味。

难道，Frank 发现了我对露有好感?

不，这倒不必担心，即使他发现了又怎样? 最多我在公司里会尴尬一点，但只要我工作上保质保量地完成任务，我估计他会持既不提倡也不反对的态度。

于是，我带着一份坦然直视着 Frank，等待着他接下来要说的话。

原来，Frank 早就想趁着暑假的机会，再次硬性规定外出员工的着装要求，而他刚才和 Crystal 谈论拜访客户时念及此事，于是就借题发挥。接着，他当众表扬了我穿职业装的习惯，甚至上升到了企业形象标杆的地步，还说现在很多女生都喜欢穿白衬衫的男生，又干净又帅气，最后拉着我的手，请我起立展示。我十分尴尬，心中不愿成为万众瞩目的焦点，但又不能不给老板面子。就在这犹豫之际，Crystal 在远处发言说，她偏偏不喜欢我这样的打扮。我看得出，Crystal 本意绝非想顶撞老板，而只是想替我解围，因此才说了反话。谁知，Frank 向她冷冷一瞥，立即驳回了她的意见，反而更加坚持自己的观点。事已至此，我只得起立展示。

“老板，不好意思。”忽然，左边的露拿着手机站起来。

Frank 停下了抓住我胳膊的手，转眼望去，似乎有些不耐烦，皱眉道：“什么事啊？”

“外面有个面试的刚到，我出去接待下。但今天的会议纪要得找个人帮我写一下，可以吗？”露平静地望着对方，不卑不亢地回答道。

Frank 的目光越过我身后的玻璃，下意识地向前台处望去，又将目光收回，索然无味地点了点头：“行吧，你先去忙。至于会议纪要嘛……”说着，他再次抬眼环视，很快便将视线落在我身上。

“Frank，如果可以的话，我愿意帮忙。”我立即领会了他眼神中的含义，迅速借机打破了刚才尴尬的气氛。

他用一本正经的目光望了我片刻，忽然哈哈一笑：“可以！但我今天说的都要作为今后公司的规定，你要像司马迁写《史记》一样全部帮我记录下来。”

“司马迁不就是被那个啥的吗？哈哈哈！”人群中不知是谁冷不防地带歪了节奏，惹得男男女女们哄笑一场。

“老板，”我觉得脸上火辣辣的，本想按下心中的不悦，却又意气用事地想纠正他的措辞，“我的偶像并不是司马迁。”

Frank闻后，似乎没料到我会态度鲜明地顶回来，脸上顿时像打翻了染缸一样青一块紫一块。与此同时，我发现Crystal正在远处递来眼色，这才刹住了车，继而表示立即执行。

在后面的会议中，我详尽地记录着会议内容，不仅将逐条提议整理得言简意赅，还将每个字写得端正大方。不过，对于Frank抱怨校方不配合的粗俗言论，我并没一一记下，而是悄悄在本子上草拟了另一首小诗。

七绝·雨爱如絮

春忙蜂语谢檀英，
枯叶窸窣喜雨声。
健柏耸天尝病苦，
甘霖滋养送风清。

露，谢谢你在我生病时的关心慰问，也谢谢你刚才灵机一动地为我解围。虽然刚才不慎之中，使老板有些不快，但我也不在意。我在意的是，今天又是你默默的言行，给了我崭新的创作灵感。

即使是参天英木，也会有霜侵病摧的经历，而正是因为时雨的滋润，它才能迎着风和日丽，越发茂盛。我就像是这棵树，而你就是一场绵绵细雨，丝丝含情。

5.慕暮的字

随着我和露的互动越来越频繁，我们在下班后的聊天也变得越发暧昧。我觉得我们之间只需要一个恰当的时机，表白和接受便会成为顺水推舟的事。时机说来就来，不是某个节日的小礼物，也不是一次计划好的约会，而是和我的字有关。

其实，我刚进C公司时并没练字的习惯，所写的字也是东倒西歪、毫无美感。由于公司在暑假的业务很少，而同事Vanness常在销售组内传抄苏轼、辛弃疾等人的豪放诗词，耳濡目染之下，我便开始在空闲时用铅笔逐首抄写。有几次露从我身边经过，见我正在临摹，就鼓励了几句，从此我更有了练字的动力。

2014年8月中旬的某天晚上，露在微信上表示这天很无语。我一问才知，原来这天早上，她戴着一个蝴蝶结头箍来上班，而那对微微翘起的蝴蝶结竟被男同事们调侃为天线和避雷针，不久她便无趣地摘下了。

“你觉得我今天的头箍怎么样？”

“不好意思，今天没仔细看，等到想看时，你已经拿下来了。”

“你只知道趴在那里练字！”她似乎有些不满意，在文字结尾处添了一个生气的表情。

“这怎么又扯到练字去了？”

好久没有回音。这可是我第一次看到她回消息这么慢，心想：她可能有事走开了，又或许是对刚才我的回答不满意。于是，我另找了个话题发去，等待回复。

许久，她终于回复了，但在简短的几行文字后，忽然冒出了一句：“你有时真的好笨。”

读罢这句上下文衔接逻辑有些古怪的话，我隐隐感觉：这极有可能是露暗示的信号，此时就应该趁热打铁，将双方关系引到新的高度去。

于是，我先发了个灿烂大笑的表情，随后语音道：“告诉你个秘密。”

“什么秘密？”

“我每天都想看到某人的头箍。还有，她那双闪亮的大眼睛，但大多数时候那人总傻傻地不知道看着哪里。”

过了好一会儿，露说她也想告诉我一个秘密，我对着手机屏会心一笑，只见她模仿我的句式写道：“我每天想和某人一起下班，但那个笨蛋总是和一群人走。”

“也许，哪一天我不幸淋雨时，希望那个为我打伞的人中，也有你。”我见她确有积极的反馈，于是又换了个场景，委婉表达了自己的想法。

这次她回复得很快：“为你打伞的人超多，我都被挤到一边啦！”

我躺在床上会意一笑，心说她何时酝酿了这么多醋意，于是更加确信了先前的判断。事到如今，我反倒心生了几分笃定，于是放下手机，起身去拉开窗帘。透过窗玻璃，我望着朦胧的月色，满心的喜悦使我觉得它似乎是专程来为我房间增添一道光明似的，以至于空气中都夹杂着一丝暖暖的甜意。

“乖，问你，你每天最想看见谁？”

“某笨笨。”

“好。假如你说的某笨笨是我，那你明天就在我本子上写几个字吧。如果不是的话，你就不必来写了。”

露再次模仿了我的句式，并附上了一个害羞的表情：“好。假如你说的那个眼睛闪亮的女生是我，那你明天就戴上上次新买的领带吧。如果不是的话，你就不必戴了。”

第二天早8点50分，我在公司前台的桌上练着字。伴随着一记玻璃门的转动声，露依旧是一身白衣，长发轻飘，踩着一双漂亮的高跟鞋走入了我的视线。我朝她舒心一笑，她则望着我炽热的目光欲迎还羞，不过还是禁不住朝我领口看了一眼。

“来，要不要练几个字再走？”我朝她自信地微笑着，心中则想让她多留一会儿，以便我好好细看她今天的装扮。

近在咫尺的距离上，哪怕只能看见露的半张脸，我依然能读出她难以掩饰的狂喜。她脸颊浮起圈圈红晕，低下头了片刻，竟羞得秋波粼粼，笑唇微抿了几下，最终温柔似水道：“好啊！”

我咯咯一笑，见她眉开眼笑地接过我的练字本，又伸手来索要笔，心中突发奇想：何不让她选一选，我也好趁此机会记下她偏好的颜色？

于是，我拿出了平时常用的3支铅笔，供她挑选。第一支是印有米老鼠图案的蓝底HB铅笔，第二支是带有粉色斑点的红色2B铅笔，第三支只是最普通的中华牌绘图2H铅笔。我估计，以她喜欢白衣来猜测，她应该会选花纹最简洁的第三支铅笔。最后，事实也证明了，我的判断是正确的。

不过，接下来的事出乎了我的意料。露并没随意找几个字临摹，而是翻看了好几页，似乎对选字慎之又慎。不一会儿，只见她目光忽亮，眉目含羞地将一侧的鬓发捋到耳后，这才起手落笔。望着她的侧脸，我不禁暗叹：瞧这细弯如月的蛾眉，这双动人的盈盈秋水，这干净粉嫩的脸蛋，还有这樱桃小嘴，可不令人陶醉？

写完后，她把铅笔搁进那一页，合上本子后还给我，随即便离开了。我怀着好奇而又期待的心情翻到那一页，只见纸上有两个字映入眼帘，顿时心跳加速。

慕暮。

多么文艺而又不失委婉的告白！

虽然，这两个字笔画数相同，在字帖中常被排到一起印刷，但她竟然能在茫茫字海中，迅速发现这两个字，真可算是一件极小概率事件了。或许，这就是所谓的天意？又或许，这是她昨晚精心考虑好的表达方式？那我也很好奇，她在羞答答地递来字帖之际，是不是有话想说？

著名作家老舍在《骆驼祥子》中写道：“这世间的真话本就不多，一个女子的脸红，胜过一大段对白。”既然如此，我确实不必问个明白，彼此留点捉摸不透的神秘不是更好？

又过了几天，在一个明媚的早晨，我正趁着上班前的空隙练着字。忽然，我身边飘来一缕熟悉的清香，不禁抬头回看，发现露已来到了我背后。

今天她穿着浅蓝色的连衣裙，身上散发着怡人的香水味，即使不开口，也丝毫不会削弱其清丽脱俗的神韵。只见她微微弯下腰，那垂下的秀发顺势从我颈侧掠过，顿时使我一惊。她笑盈盈地拿出一支宝蓝色的毕加索牌钢笔，又轻轻地放在我桌上，随后便笑着走开了。

当天晚饭后，我刚取出钢笔临摹了几行字，微信上就收到了露发来的消息。

"钢笔还好用吗？"

"非常好，我很喜欢，谢谢你！"

"嗯，你安静写字的时候有独特气质在。"

"所以，你就想到送钢笔作我的生日礼物？"

"对啊，提醒你以后好好练字，嘻嘻。"

恋人之间的话，即使是废话，也是甜的。不过，也正是这份多巴胺的甜，使我决定将她这天的一颦一笑描绘下来。

五律·慕暮

玉指香书卷，良缘字海寻。

托颊羞抿笑，扶腕谨描临。

点重提横浅，钩轻撇捺深。

飘然微步去，相许醉人心。

你写字定情，我作诗温情。

露，既然你把钢笔当作定情之物，那请允许我用这支笔写字来回应你吧。

6.第一次约会

自从和露互表心意后，我原本以为就此大功告成，往后可高枕无忧了。事实上，稚嫩的我不曾意识到，追求到心仪女生绝非收官，而恰恰是一系列磨合与考验的开端。

印象中，和露的第一次约会充满了腼腆的氛围，我们似乎都对这段交往的开始抱有一份谨言慎行的心态。

2014年8月21日晚6点，我临时约她在公司附近商场里的一处美食街就餐，她听了微微一惊，随即打电话回家说明缘由，和我一同前往了一家咖喱工坊。

经验尚浅的我第一次约女生吃饭，哪里知道什么菜肴是合适的，仍是参考和哥们糊口饭吃的标准，一人点了一大碗盖浇饭。为了管饱，我还特意多加了两道油炸小吃和两杯柠檬水，以为这样她吃得很畅快，但是我却见她细嚼慢咽着眼前一大盆咖喱牛肉饭，神情很是拘谨，不由得连自己也紧张了起来。

"那个，这家店我和同事们经常来吃，你觉得味道还行吗？"我犹豫着该从什么话题入手，想来想去还是觉得说吃的比较正常。

露见我开口，表情忽然有些不太自然，快速吞下了那口饭，又用纸巾擦干了嘴边的酱汁，这才微笑道："嗯，味道很好。"

"哦，是嘛！那好，那好，既然好吃就要吃个尽兴！来，我再点个天妇罗！"我忽然不知从哪里来了兴致，一股脑地寻着服务员，正要举手招呼他过来，便见露急得连忙伸手制止。

"哎，不用不用，我实在吃不下这么多啊！"

我立即意识到了什么，方才的那股热血仍浮在脸上，感觉火辣辣的，尴尬间尝到了几分懊悔。

"不好意思啊，刚才……"说到一半，我卡壳了，不知该怎么说下去。

她仍是微微一笑："没关系。"

此话就短短三个字，便又将话语主动权推回到我这边，而我一时也读不出她此时的心理活动，唯有另寻别的话题了。

"Lena，"我下意识地喊出了她的名字，但语调连自己都觉得不习惯，手心也在冒汗，"你来公司多久了？"

"一年多了，怎么了？"

在我的观念里，我比较倾向于男大女小或同岁的年龄设定，但我又不知道她的真实年龄，为了避免直白询问的唐突，也只好拐弯抹角。不过出乎我的意料，只经三言两语，她便会了意。

"其实，我和你一样，都是 ×× 年生的，"她正襟危坐在我面前，一丝不苟的神态写满了那张清秀温婉的容颜，"不过我是4月，比你大一点。"

我闻后如释重负，心说这几个月的差距不算什么，只要是同年便约等于同岁，于是笑道："哦，这就对了。之前我听别人说，好像你比我大两岁呢，当时我还不信呢！"

"其实，我在了解到你的意思后考虑过好几次，因为我从没想过，自己将来会找一个比我小的人做男朋友。你是第一个，我希望也是最后一个。"露的脸上没有笑意，只有一份显而易见的郑重，虽然话的内容使我感到有种莫名的危机感，但无论是态度还是做法都体现出了她对我的谨慎和坦诚。

我有些费解，便也直抒胸臆："谢谢你给我机会，但是我很好奇，到底是我身上哪一点使你改变了择偶标准？"

"因为你和别的男生不一样，无论是说的话还是哪怕一个动作，我都看在眼里。你每天都会穿衬衫打领带，整洁儒雅，工作也很用心，还有一身读书人的气韵，看上去朝气蓬勃。但我……"话到此处，露的脸上拂过了一丝犹豫，低眉寻思了片刻，抬眼一笑，"嗯，就这些。"

我恰好捕捉到了这一瞬间的变化，猜想她没有说下去的部分也许和她年龄渐长有关，于是没去追问，而心中忽然出现了安慰她的想法。

“Lena，我也想和你说我的心里话。在遇到你之前，我的人生中很长一段时间里只有书本和论文，最大的烦恼就是投稿失败或是实验出错。但是，在遇到你之后，我感觉我变得和从前不一样了，我每天都想看到你，看到你走来，看到你笑，看到你和我说话，我发现这些都会使我既紧张又高兴。后来，我不仅练字抄诗，还会试着以你为原型去创作那些快乐的文字，我还是第一次尝到了什么是才思泉涌的奇妙感受。这些都要感谢你在潜移默化中改变了我。现在，我很喜欢这个崭新的我，我想以这样的我来站在你身边，更多地了解你，也让你更多地了解我。你愿意吗？”

露的眼中闪烁着感动，但嘴上没说什么。

“你不说话，我可当作默认了啊！”我自信满满道，心说前几天我们明明已互表过心意了，此刻她应该是在假装矜持。

她见我放松一笑，脸上的羞涩并没褪去，而是略带犹豫地问：“那个，你还没告诉我呢，你手腕上的红绳是什么意思？是不是……”

这一刻，我从她的语气中捕捉到了一丝紧张，立即笑道：“哦，这个啊，是我妈送的。当年我高考前，她专门去庙里求来的，说是能助我金榜题名！”

露似乎意识到自己多虑了，立即释然一笑。

我又道：“尊敬的 Lena 女士，您还有别的问题吗？”

“呵呵，有啊！”她微微一笑，轻呷了一口茶水，嘴角一扬，“我一直想问你，你的微信昵称为啥叫暮寒呢？莫非，你晚上很冷啊？”

“哈哈！”我差点笑喷了，赶紧清了清嗓子，“其实，我在学校用 QQ 和飞信比较多，来了 C 公司才在工作上用的微信。有一天，我练字抄到‘林表明霁色，城中增暮寒’，于是就引用了。”

露似乎没有听明白，眉头轻皱，问道：“啊？什么林……”

我解释道：“就是唐代诗人祖咏写的《终南望余雪》，我觉得这首诗特别有意境，所以就引用最后那句中的‘暮寒’二字为昵称了。”

“哦……”露应了声，顺势点了点头，便没有继续说下去。

我见她反应平淡，猜想她可能不感兴趣，便打趣道：“哎，我逗你的！其实，我的确是晚上挺冷的，所以才一直找你聊天啊！”

“哈哈，那我以后得叫你‘晚上很冷先生’了！”露明明笑得很灿烂，但还不忘用手掩在嘴上。

见她这般模样，我也有些腼腆了，低头间瞥见一侧的茶杯，忽然灵机一动，便一笑道：

“来，说回刚才的！看，这两个杯子就好比是现在的我们，因为彼此惺惺相惜而逐渐靠近。现在，我已经来到了离你最后一步的地方，就由你来完成这最后的一小步吧！”说着，我将茶杯缓缓推行到她杯子前，中间留出了半厘米的距离。

“嘻嘻。”她终于会心地笑了，伸手将杯口一推，抬起清澈的眉目对我一瞅。

这一刻，我明白了，她刚才看上去的羞涩并不是羞涩，而是一种踌躇，因为不确定我是否是她的天命之选。但若不去尝试，万一错过了合适的呢？于是她一边犹豫着，一边接受着我的追求，希望我能以实际行动来坚定和我在一起的决心。

那晚我和她乘地铁回家，中途我都只是静静地站在她侧面，有时还会多看几眼她头上的白蝴蝶发夹，但始终没敢去牵手。似乎在我的观念中有一个本就该循序渐进的进度条，而此刻的我们尚未达到可以牵手的感情热度。

7.第一次分手

露的潜意识中还是希望找一个比自己大一些的男生的，这从她对我半开玩笑的那声“欧巴”中便可知晓。而我还是太稚嫩，稚嫩得令她暗暗对这份感情从期望转为失望。

2014年8月29日晚，由于紧张的开学在即，董事George提议全公司去隔壁的KTV缓解下压力。露虽然去了，但纵使周围年轻的男女们欢呼雀跃，纵使我在她面前也献歌一首，她还是觉得和这样热闹的场面格格不入，于是8点不到便匆匆要走。我借口上洗手间，出门追了上去，又提议陪她在KTV前台的沙发上聊上几句，再送她去地铁站。

露显然有心事，可我怎么问也得不到答案，所幸的是她并非一句不说，但回答却极其简短，且神情和语气也失去了最初的温柔。我有些干急，脑海中一片空白，无奈地望着不远处的鱼缸，甚是羡慕那一条条圆滚滚的发财鱼悠闲地撞来碰去。

“Lena……”我尴尬地碰了她的手肘，忽然发现她的目光仍然直视着前方，丝毫没有转过脸来的意愿。

“你怎么了啊？”我微微摇头，把手缩了回来，也不知今晚把这话说了几遍。

她虽然还盯着前方，但眼中跳动的微微反光却时不时地在变化，似乎在脑海中飞快地思考着什么。过了良久，才漠然道：“你打算还要这样多久？”

我听后一愣：“什么意思？你说的我听不太懂。呃……可是，假如我哪里做得不好，让你不开心了，请告诉我，我可以为你改啊！”

她眉头一皱，目光中隐约掺杂了些嫌弃，不咸不淡地问道：“那你觉得我们现在像是在谈恋爱吗？”

“哪里不像了？”我顿时反问道，感觉这问题有些奇怪，“每天早上，我出去跑客户前，都在公司冰箱那留一盒早饭给你。白天也会微信和你聊几句，到了晚上就更多了，一聊就两小时。上周末，我也不是约你去图书馆了吗？”

露的表情有些失望，似乎还有些无奈，两眼像是审视什么似的望着我，缓缓地摇了摇头，叹道：“我看你暮寒的暮是木头的木！”

“你在说啥呢？”我苦笑着，心说自己既送吃送喝，又陪聊陪玩，这些如何能和木头扯上关系？

时间稍纵即逝，而周围充斥的喧闹歌声使我无法集中精神去思考，用不了多久，便意识到自己原先的兴致已寥寥无几，更别说此时正在生闷气的露了。

“唉，算了，”露嘴角一抿，背起小包，起身便要走，“时间不早了，我得回家了。”

“那我送你！”换个场景或许能换个心情，她这么一提，我也正有此意，随即跟了上去，但见她头也不回地向出口走去。

在去往地铁站的路上，我一直想不出她刚才那句话的含义。的确，女人心海底针，中文又博大精深，一句话可以解释成多种意思，谁知道此时她心里是哪一种，不如干干脆脆一问到底。

几经询问，露才不太情愿地回头，索然无味地望着我，用意味深长的语气说道：“不愧是资深理工男，真是循规蹈矩！”

虽然她说话时脸上还带着隐隐约约的浅笑，但更多的像是一种类似恨铁不成钢的扫兴。话音刚落，我便见她转身继续向下行的电动扶梯走去。

我愣了片刻，才见她已踩上了第一级踏板，就本能地追了上去：“哎，等等！”

说时迟那时快，我已握起了她的小手，而她似乎觉得有些意外。伴随着她眼中划过了一道星星，又抿着嘴半低下了头，我的掌心顿时传来了一股紧致的抓力。

这一刻，我彻底明白了她的意思。事实上，我们在一起已经一个多星期了，两次下班后吃饭加一次周末外出，我从未牵过她的手，连一起走路也都把手揣在兜里，刻意保持着十公分的肢体距离。根据我的原计划，牵手得到第二个月彼此熟悉了才不显得猴急，但现在看来，是我太迂腐了。

“总算开窍了。”她抬眼朝我悄悄一瞅，含羞地笑了笑。

看见她终于笑了，我自然是高兴，但很快我就笑不出来了。我万万没想到，就这样和她掌心相对的牵手竟会使自己面红耳赤，胸膛内的心正在扑通扑通地剧烈跳动着，仿佛就要从喉咙口蹦出来了。

我有些不知所措，迅速地将手抽了回来，面对一脸不解的她，甚至有些语无伦次：“我……哦，我……我还是再考虑一下。”

露的眼睛里写满了疑惑，刚刚浮上侧脸的红晕再次消失得无影无踪，只见她眨了几下眼，哭笑不得道："呵，那你就多考虑考虑吧！"她把重音落在了"多"字上，说完便独自朝检票口走去。

小小的误会是两个人感情升温的催化剂，但遗憾的是，感情绝不会一直升温下去。由于我对办公室恋爱缺乏应有的思想准备，为了掩人耳目，在公司里很少和她交流，这就为原本在工作上交集甚少的我们埋下了矛盾的隐患。

从9月22日开始的三天里，露不再回复我的任何消息，也不接我电话，这使我意识到自己一定在哪里又做错了。她就像是有意在躲着我，总和我保持着微妙的错过。早晨，我必须8点赶去学校，而她则9点来上班，下午4点我赶回公司开销售会议，而她又恰好外出跑税务局，顺带就回家了。我也想过中途返回公司见她一面，不过一切就像是商量好的一样，总不凑巧。

再次见到露是第三天下午，天正下着瓢泼大雨，我径直走在路上，丝毫没有心情去在意溅在皮鞋上的水花，就这么失意地走在去写字楼的小路上，却幸运地遇见了不远处的她。

"嗨，Lena！"我眼前一亮，唤了声后便快步走了上去。

露正向着园区出口处走去，一听见有人在喊自己，先是扫视了前方，一看见是我，立即一怔。

"干吗不回我，还躲着我？"我上来就直抒胸臆，也顾不得自己的语气有些咄咄逼人的气势。

不知是雨天光线暗的缘故，还是她曾经哭过，只见她双眉紧锁，脸上的气色看上去暗了不少，仿佛在脸颊上沾上了一帘烟尘。沉默了好一会儿，她抬头甩了一个冷眼过来，低头便要走。

我急问："到底怎么了？我是不是又哪里做错了，让你不高兴了？假如是我的错，我愿意向你道歉啊！"

露刚走出去两步，一听我有悔意，便停了下来，回头道："你别总是乱道歉，你又没错。"说罢，她转身又要走，但被我急忙挡住了去路。

"你干吗？"她的声音里透着一股冷意，从中不仅听得出心灵的距离感，似乎还带有几分怨念。

我猜想还是自己哪里做错了，就把问话换了个说法："Lena，如果真的是我的过失让你失望了，也请你给我一次认识到错误的机会。若你继续不理不睬，可真的会让我伤心的。"

露抬眼看了看我，双目上似乎被蒙上了一层暗纱，原本清澈的眼瞳中却不见往日的光芒。寻思了片刻，她才长舒了口气，嘴角的肌肉微微一紧，才道："我一直都不希望我们之间的关系受外界的干扰，可是因为你太在意同事的看法了。让他们知道我们在谈怎么了？为什么现在我们非要装得和陌生人一样？为什么你把同事看得比我还重要？在公司里，你一直对我不闻不问，而对其他同事却不吝金口。现在我这样的反应，不是正合你意吗？”

我顿时觉得好笑，心中有些隐隐不悦，说道：“好，这件事是我不对，我改。但我得澄清，我在公司也不是一句话都不和你说，只是相对少一些。”

“只是少一些？你确定？”她见话已说开，便索性连情绪带心里话一起倒了出来，“我看你跟 Alice 和 Sharon 说的话可多多了！”

我苦笑了，望着愁云密布的天空，无奈地对她摇摇头：“那都是工作上的沟通，我总不能做个哑巴吧？”

她用充满质疑的目光望着我，蹙眉道：“那你怎么解释，为什么上次 Sharon 叫你去帮她代半天的助教，你二话不说就去了？而且，那天我还看到你们居然是一起走回来的！有这么巧啊？”

我无奈地瞥了眼周围，见旁边没人，便耐着性子解释道：“那个学校是我负责的，她临时被调去别的学校应急，才找我帮忙。后来她那边课结束了，就赶回我学校上完了后面两节课，所以我们才一起回来的。这种小事你都要生气啊？”

为此，露的不满又升了一级，心头的怒气积在原本就暗黄的脸上，冲我质问：“你的意思是我小肚鸡肠？ ×××，你上个星期连续好几天，下班了还和 Alice 在会议室聊得热火朝天，你真当我看不见啊？”

“你……”

“你什么你？我说错了吗？我说错了吗？我说错了吗？”

我从未见过她如此步步紧逼的提问方式，一下子被激起了挤压了几天的苦闷。

事实上，我负责的某小学和 Alice 负责的某幼儿园都是私立学校，且同属某集团名下，因此两校在生源上存有交集。前不久，我在现场旁听时发现，公司在两校所授的内容有很大一部分是重复的，因此才会有部分同学表示去年就已学过，从而感到乏味，不是插嘴就是做小动作。于是，我考虑将两校的课件进行扩充，写一份可行性方案，使内容既有延续性，又有独立性。由于每日各销售基本都是四点回来开会，五点下班，我们才花了几天工夫去落实此事。

“不对，其实我们是聊工作上的事啊！”

“工作？有什么工作上的事非要等到下班才聊？上班的时候不行吗？”

我见她怒气正盛，方才想再做解释的念头像是忽然被浇灭了似的，有些话就不经大脑地冲出口去，语气中明显带有不满的情绪。

“那你上班时就没和 Peter 有说有笑吗？他跑来故意拍你的头，你居然笑得那么开心，你有想过我在旁边的感受吗？还有，前几天在办公室，Vanness 拿着单反拍照，偏偏选了你，而你就坐在那里摆造型，一次让他拍个够？真当我是空气吗？这些事我本来不想提的，如果我和其他女同事谈工作是暧昧，那你呢？”我生气地反问道。

“好啊，你觉得不痛快可以，那你当时站出来说句话了吗？”

“我……你自己就没有自知之明吗？”

她见我第一次朝她发火，一时有些意外，眨了眨含泪的双眼，委屈道：“好吧，原来在你眼里，我不仅在无理取闹，还勾三搭四？！ ×××，算我看走了眼！”说着，她一抹眼角，转身又要走。

望着她动作生硬地迈着步子，气呼呼地顶着大雨前行，我忽然觉得是那么陌生。不过，随着她离我越来越远，我心底的恐慌却在愈演愈烈，片刻间就意识到自己刚才把话说得太重了，若是真这么气跑了她，那就太意气用事了。

“Lena，别走，对不起，是我刚才把话说重了！”我追了上去，从背后一把抱住了她，喘着粗气在她耳边哀求道。

“放开，你放开！”

她使劲挣脱了我的手臂，一把将我推开，而她的伞也因此掉在了地上。我尴尬地抹了抹刚才挣扎时溅在脸上的水花，再看她时，却陡然瞧见了她发红的眼眶。

“怎么，抱一下都不行吗？”我惊讶地问道。

“走开！你那天不是说不能抱吗？你不是说以后要避免这种尴尬事吗？那你刚才这样子不可笑吗？”露带着几分哭腔抱怨着，雨水打湿了她的头发，从她脸侧滑落下来，和昔日的婉容相比，此刻的哭相竟是那么判若两人。

我被问得哑口无言。事实上，前几天我们约会时，我曾试着抱过她，可是意想不到的事情发生了。和她近在咫尺的片刻间，我变得像热锅上的蚂蚁一样“心惊肉跳”！不仅如此，我还诧异地发现生理反应如同奔涌而来的巨浪，一阵阵猛烈地将我卷入某种蠢蠢欲动的旋涡之中，以至于气息难平。于是，我为难地推开了莫名的她，才说以后要避免此等尴尬事。想必，她会错了意。

“我其实……”说着，我将自己的伞挪到她头顶，但心里还在犹豫着怎么将那日的真相用含蓄的言语表达。

“别说了，”她侧过脸去，抽泣了一下，转用犀利的目光望着我，“你的话让我觉得我这个女生怎么这么不知羞耻！你对一些事太谨慎了，这不行那不行，好像和你在一起什么事都不能做，我心情都没了，这样在一起有什么意思？”

“Lena，你听我说……”

“我不想听！看来我们还是不合适，分手吧！”

此言一出，我顿时蒙了，一把抓住她的手，刚想挽留，不料身边响起了一个熟悉的嗓音。

“哟，徐经理啊，你们这是……”

我转头望去，身边多出来的人正是同为销售的同事Richard，从他刚才这句听着别扭的称谓中便足以体会到话中的微妙，想必也目睹了刚才我和露的争执。

他见我们一怔，两人都沉默了，竟弯腰去拾地上的伞，随后递给了露，故意对我叹了口气：“唉，马上4点了，该开会了。”

我望着他带有挑衅意味的双眼，对峙了好一会儿，字字发力地回道：“这不用你提醒。”

待到他一笑离去后，我一回头，发现露已走到了十米开外，而她的步伐竟是如此急促。我失意地看了看手机上的时间，无奈地朝灰色的天空一叹，将纷乱的心绪稍作整理后，便转身向写字楼跑去。

8.恋情不胫而走

办公室恋情向来是个敏感话题，当我注视着露的时候，同样也会有人注视着她，当然可能也会有人注视着我。但我没想到的是，这种错综复杂的局面会这么快惊动上司Crystal来找我私聊。

2014年9月底，眼看就要到一个月一次的月终汇报了，因此大家都在如火如荼的准备中。不过某日一早是个例外，Crystal邀我单独去附近的星巴克咖啡店谈事情。对此，我倒没有什么心理压力。一方面，我们平时多次在早高峰的地铁相遇，总会一起路过星巴克，顺带进去买杯咖啡再跑客户；另一方面，我最近正想和她讨论下学校的反馈意见。

一进星巴克，Crystal便老练地点上了两杯，笑着递来道：“给，你喜欢的拿铁！”说罢，一边走一边招呼我坐到里间的僻静角落去。

“多谢Crystal姐，下次我请您吧！”我笑着说道，快步走到她前面，替她拉开了桌边的靠椅。

“呵呵，客气了！其实今天找你是因为前阵子我看你愁眉不展，是不是工作上遇到什么困难了？”她坐定下来，老练地拆着附赠的糖包，神色显得很放松。

我见她开门见山，便接着话头长话短说：“还是老问题，A区这学期单节课时费被压得很低，我们的利润很有限。我在想是不是这学期新开发一套课程内容，加入下学期授课中，届时以此作为涨价的谈判砝码去试试。”

Crystal听后不动声色，轻呷了口热腾腾的咖啡，不以为意道：“这个不是我们能左右的，这个项目甲方牵头在做，他们有课时费的话语权。你的想法是好，但在A区不适用，外区倒可以尝试。其实若以我们现在的人手，有难度。”

“好的，我回头再以外区的情况构思下方案。幸好，我们有一个学期的时间去准备。”

“嗯，这个不急，后面几个月可以慢慢补充。对了，其实今天我还有另一件事想问问你，”她此刻似乎对工作问题不太在意，见我听得有些疑惑，便又加了一句，“就是上次和你说的，Lynn 的事。”

我恍然大悟，立即意识到了本次私聊的主题是禁忌话题，但由于平日里 Crystal 和大家都以朋友相处，上下级之间丝毫没有类似其他公司的威严与生分，自然心弦也不会过于紧绷。

Lynn 是 C 公司的中方教师，负责周末给来公司的孩子们上口语课，气质文静，个性腼腆。由于她和 Crystal 都来自福建，因此两人关系比较亲密。早在7月的多次部门聚餐上，我就发现 Crystal 和 Vanness 在有意创造我和她互动的机会。之后的某天，Crystal 还曾转告过我，委婉地表示了 Lynn 对我的关注，希望我考虑一下，但被我婉拒了。事到如今，我已和露走到了一起，自然不会对此感到在意。

“你要不要再考虑一下？我是说，她后天就要回老家去相亲了。其实她是不想去的，但她觉得你人还是很不错的，就想再给自己一个机会。” Crystal 说得有些尴尬，对于工作她可以雷厉风行，但对这种情感类的处理却显得格外小心。

“非常感谢 Crystal 姐的介绍和关心！我知道，从我一进来，您就很看好我，不仅在工作上给予我很大的帮助，在生活上也常开导我。所以我也不跟您含糊，我的确只把她当同事看啊。”

她了然地点了点头，像是放下了一件心事，望着我淡淡道 ：“唉，好吧，既然你都这么说了……不过，你这么坚决，是不是早就有心上人了？”

我见她在这种地方话锋一转，心中甚是起疑，故而掩饰道 ：“哪里哪里，您说笑了。”

“还没有？我看你发在朋友圈的状态，还有和 Vanness 对的诗，你假如没心上人，能写出那种味道？”她的神情是一本正经的，不禁让我产生了一种预感，似乎这一切正在按照她预想好的对白推演下去。

我继续回避着，仍是想将某种对话的进程拖延下去 ：“哎，老弟万年光棍，您又不是不知道。对诗一事嘛，是因为当时 Vanness 正在追 Violet，你是知道的，我和他探讨一下情诗的措辞也很正常啊！”

关于 Vanness 和 Violet 公开恋情的事，始于7月，那可是公司上下都知道的事。不过，至今未婚的老板 Frank 似乎并不乐见，三番五次在全体会议上告诫大家，他不愿看到公司出现一对、两对甚至三对情侣在那里亲密，影响自己和别人的工作，若是不听劝，他唯有请退其中一方。事实上，前不久他真的这么做了。因此，尽管露觉得无所谓，但我对我们的事还是持不公开态度的。

Crystal 听了，显然觉得很失望，面色一沉，冷冷道：“你还要瞒我，是吧？你以为你和Lena 的事别人都不知道吗？”

Lena？我脑海中忽然一片空白，只是诧异地重复着这个名字，想来在 Crystal 雪亮的目光下，脸色也有了变化，而这种不够老成的稚嫩早已被对方一览无余。

她收回了锐利的目光，喝了口咖啡，淡淡道：“8月21日晚上，Tom 看到你和她在那家咖喱工坊里有约会。8月底那次全公司的 KTV 上，Lena 提前要走，过了会儿你出去上洗手间，好久没回来，你觉得大家看不出来吗？后来，Weber 在前台沙发上看到你和她坐得很近，Mark 还在地铁站里看到你们牵手了。昨天，Peter 看到了你发给 Lena 的微信。他们来和我八卦这些，我知道也没必要管你和谁谈恋爱，但现在是非常时期，甲方对我们的服务质量会非常严格，而且你手上有两三个客户是 A 区的名校，也是我当年好不容易拿下来的，我是怕万一……额，总之，我只是提醒一下，希望你务必能用心维护好这些客户。”

她说得没错，那日是我第一次找露约会，就去了公司附近商场里的美食街。KTV 那次，露为我在公司里对她沉默寡言而生气，而我正在哄她开心。而昨天露告诉我，Peter 和 May 找她闲聊时，前者冷不防抢了她的手机，还看到了我们的聊天记录。现在事实摆在眼前，容不得我否认，我决定先不说话了。

“今天我只是想当面来找你核实，想知道你会不会对我说实话，可是，你的回答让我失望。”

我对眼前公私混在一起的对话有些费解，但还是耐住了性子，便道：“所以，你想说的是？”

她的语气略微加重了些，继续道：“你来我们公司可能是个巧合，但我相信这是种人与人的缘分，从你身上我也看到了很多我年轻时的锐气，所以你发现没有，我对你和对其他同事不一样，很多我对老板的看法我都告诉你。你刚毕业，经验不足，我是想让你认清他的真面目，免得因为他画的大饼而迷失了方向！”

“是，Crystal，您的确教了我很多，你对老板的那些意见我从没和任何一个同事说过，这点我说到做到，你大可放心。”

“我的意思是说，你不仅是我的组员，我也把你当朋友一样推心置腹。如果你在这件事上还要装聋作哑，那我们以后就没信任可言了。”说罢，她摇了摇头，眉宇间增添了几分隐怒。

我见她把话说到这份上，心说我和露的事既然已被大家知晓，隐瞒也就没了意义。况且，听她话里的意思，似乎若我不坦诚的话，她便不会继续在工作上提供必要的资源支持，这对我的处境是大为不利的。再者，既然 Frank 迟早会知道，也可能会为此辞退我或露，届时若有 Crystal 一句话，结果可能会不一样。

我想了想，虽然这话听起来有些威胁的意味，但坦白倒也无妨，便道：“Crystal 姐，我承认，我是和她在一起，但您放心，我不会因此影响工作进度的，反而更应该在您的指导下多开发点客户，为公司做出点成绩出来。”

“看来是真的了，”她的语气变得缓和了很多，似乎若有所思，“可是你知道吗？Vanness 以前也和她谈过，从她那里知道了些公司财务上的事，还对她说了很多老板的坏话，结果她又把这些话传给了老板听。难道你不觉得她很 cheap 吗？”

我听后有些吃惊，又有些暗怒，但很快恢复了平静，摇摇头道 :“此言差矣，我相信她不是那种人，而且我也不会说老板的坏话。”说罢，我开始觉得空气中弥漫起了一种古怪的氛围，似乎这场上下级的对话已接近尾声。

Crystal 想了想，似乎从话语中感受到了我携手露的决心，脸上短暂地掠过了无奈的神情，平静道 :“那好吧，不过今后我们得保持一点距离了。”

“怎么了？”

“最近老板已经发现你、我、Vanness 还有 Leo 走得太近了，你知道老板是既要用我又要防着我呢，这样有些事可能会连累到你。而且你又和 Lena 在谈，这两点加一起对你太不利了，我们疏远点，其实也是在保护你。”

我似懂非懂地点了点头，心说她可能更想保护自己，而今我也只能走一步看一步了。

“不过我还是要提醒你。你刚毕业，不宜儿女情长，而是应该把精力用在追求梦想上，以后你会知道的，没有经济基础的恋爱是不可靠的。”Crystal 语重心长地说着，“好了，一会儿喝完后跟我去一趟 ××× 小学，见下校长。”

我对她今天的这番话存有不少疑问，但仔细想来，似乎也在情理之中。

为何明知 Frank 反对办公室恋情，她还建议我考虑接受 Lynn 呢？既然她默认下属可以办公室恋情，为何言语间对露存有反对呢？为何她甚至明言今后我们之间应当看上去疏远一些呢？既然说是要疏远，又为何还要将手上宝贵的客户资源引荐给我认识呢？

或许，Lynn 的事是她出于帮助老乡，而反对露是因为她身兼人事和财务，生怕我像前人一样窥探过多的隐私或机密，当然也包括她的信息。说是疏远，其实可能是将我从心腹的名单中剔除，以防我今后做出不利于她的事或是站到和她对立的立场。最后带我认识客户，或许是因为她分身乏术，而又不想某些客户落入唯 Frank 马首是瞻的几位销售手上？

无论真相是怎样的，我对 Crystal 没有敌意。即使我的猜想是对的，但这些都是她身为一个成熟的职场人士必备的思虑。我所要考虑的，只是如何保质保量、问心无愧地完成公司交派的任务。想到此处，我也终于明白了露的态度，的确，现在公不公开倒也无所谓了。

9.等你来约会

和露确定关系后，我们每周都会约会两三次，基本上每一次都是我等她。当然，即使是她迟到，我也乐意用早到的碎片时间，写几句随笔或阅读书籍。因为，再过一会儿，我的世界就会被她点得灯火通明。

2014年10月中旬，在一个秋高气爽的上午，我坐在地铁站的候车站台上，静候露的到来。不知不觉中，手上的书已翻过了好几页，但就是不见她出现。电话中，她表示临时有事，会晚到一会儿。我心想：无妨，她或许又是因为洗头和化妆，这才误了出门时间吧？挂了电话，我付之一笑，不由得回忆起近两个月来和她交往的点点滴滴。

不得不说，情侣间是需要调教和被调教的，或者把这种调教解释成磨合更为恰当。露虽然有时会有小脾气，但那主要是因为我们之间存有误会，她没了安全感，自然要生气。不过总体来说，她的个性温婉淑静，是个习惯用行动表达感情的腼腆女人。

记得9月初的一个午后，我准备赶赴客户处洽谈业务。在等待电梯时，露悄然而至，希望陪我下楼走走，我欣然同意了。走出办公楼，我们来到了路口，我正招手拦出租车，不料被她制止了。原来，是我的领带被风吹歪了。风中，她为我细心打理着领带，两眼含情脉脉，一双白净的小手编织着浓浓暖意。我不由得精神一振，将她一侧丝滑的鬓发轻轻地捋到耳后，动情道谢。事后，我以她送我外出办公为题，试着写了一首小诗。

五绝・清风送

熏风红玉面，

浅笑理襟前。

离袖沾香彻，

佳人盼凯旋。

类似的小事还有很多，她的爱常常体现在不太起眼的细节上。比如，有那么几天，我顶着高烧到处跑客户。露得知后，在前一晚亲自煮了姜茶，第二天一早送来给我。又如，她知道我的皮鞋偏硬，生怕我脚起疱，于是特地买了一双质软的鞋垫给我。

露虽然在工作上很独立自主，但她在情感中却更愿做一个小鸟依人的女人。

记得是10月初的某个周末，我和露来到11号线枫桥路站。出站后，我们沿着枫桥路南下，走过曹杨公园的西北门，又穿过一条碧绿蜿蜒的人工河，最终来到花溪路上。相较市中心的繁华热闹，此处的景象却是另一种风韵，颇有宁静恬适的小资情调，这使我们不禁赞叹——这本是条人流稀疏的小路，此时正逢秋风瑟瑟之季，两侧的梧桐树梢不住地徐徐摇曳，而飘零的落叶竟将整条路面都铺成了一色枯黄。

忽然，随着一记刺耳的引擎轰鸣声，一辆轿车飞驰而过，行车产生的尾流顿时卷起了不少尘埃和落叶。

“冷……”露娇声道，说完便像只小鸟一样扑入我怀中。

我一只手轻轻搂着她，另一只手缓缓抚梳着她脑后的头发，哄着她镇定下来。几句安慰话过后，露抬头瞅了瞅我，眼里满是温情柔肠。随着她的清丽一笑，那双小手就抱得更紧了，索性把头又靠回到我身上，假装闭目养神，似乎想对世间的喧哗不闻不问。我也一样享受着这份难得的宁静，一边抱着她，一边在心中独自思索：世上大多数人追求的不过是“名利”二字，而我现在对这些终于可以不闻不问了。因为，我遇到了你，露。

婚姻是爱情的坟墓？不，我宁可相信，婚姻是爱情的殿堂。

婚恋需要钱来维系？不，那样会使原本纯粹的精神互动沾满铜臭。

那我们的未来又是怎样的？不，与其去想看不清的未来，我更注重现在。露，此时此刻，只要我们在彼此的身边就好。这样的话，哪怕我手里只剩下一片落叶，我也能通过它拥抱整个世界!

五绝·过枫桥

零红勾染路，
车过卷喧尘。
惊鸟投林悦，
风悄暮露亲。

事后，我把她比作一只小鸟，而把自己比作一棵树，试着写了一首小诗。其中，“风悄”正好也是枫桥的谐音。

“乘客们，本次列车终点站——嘉定北。”

随着站内的广播响起，新的一班地铁呼啸而至，倏地打断了这番回忆。我拿出手机一看，和约好的9点已过了十五分钟，此刻恰好有一通电话进来。原来是几个老同学中有人刚升迁加薪，鉴于大家平时忙于工作，许久未见，就计划下个月搞个派对。当然，为了人多热闹些，自然也欢迎带上各自玩得好的小伙伴前去。我一听，欣然同意，而这时露已不知不觉地来到了我身边。

“哟，”我惊喜地望见了她，会心一笑，“好了好了，下次边喝边聊，我这儿还有要事，呵呵，先挂了啊！”

“木木，不好意思，我来晚了。你……这是和谁打电话呢？这么高兴？”

今天的露和平时上班时不太一样。她披着富有光泽的长发，上身穿一件米白色的圆领羊毛薄衫，下身着一条黑色高腰阔腿裤，又配一双黑色丝袜，踩着一双高跟鞋，笑盈盈地站在我身边。至于“木木”的称谓，是因为她知道我有个笔名叫暮寒，因此她本是想以“暮暮”

作为对我的昵称的。然而，她常嫌我木讷，说我是木头一块，于是就叫歪了，成了“木木”。

我倒不介意她叫我啥，便笑道：“嗨，你来得正好！下个月初，我有一帮中学同学要聚聚，我准备带你一起去，你愿意吗？”

“哦，聚会？有女的吗？”露的思维似乎直接跳过了一个问答环节。

我故意打趣道：“嗯，是有几个女同学呢，所以要带你去鉴赏鉴赏。”

露一听急了：“好啊，你……”

我得意一笑，解释道：“你大可放心，假如我对她们有意的话，多年前我早就追了，何必等到现在？”

“没事啊，你完全可以现在开始追啊！”露一扬眉，语气也跟着飘了起来。

我明白她是在开玩笑，便配合着扮了个苦瓜脸，说道：“那不成，拴狗的绳子还在你手里呢，我一追的话，可要被你打断狗腿了！汪汪……”

“哈哈，你别搞笑了，难道你觉得我不相信你吗？”露捂着肚子笑弯了腰。

“好了好了，我开个玩笑的，”我也笑得腹部有些发酸，稍作缓解地喘了几下，“不过她们人很好，所以你去了也不会尴尬，有伴可以聊。怎么样？去不？”

她低眉思索了片刻：“那……既然他们都是你中学同学，那都是本地的吧？”

“呃……”我有些诧异，不知她为何这样问，“是的。怎么？这有问题吗？”

她微微一摇头：“没事，还是你去吧，你知道的，我不太喜欢喧闹的场合。”

“难道，你就不打算跟着我去露个脸吗？多年不见，我突然携家眷闪亮登场，这难道不香吗？”我笑着一挑眉，仍然想激起她的去意。

露被我的古怪相给逗乐了，扑哧一笑道：“呵呵，好啦，你的好意我心领啦！再说了，你朋友们什么类型我不知道？你在公司里就是一副‘迎男而上’的德行，一到部门聚会就往男同事堆里钻，然后就知道喝酒唠嗑打手游，完了再去 KTV 吼一场。说实话，我还是喜欢安静点的……”

“嗯？安静点的什么？”说着，我很认真地注视着她。

露半低着头偷偷一笑，抬眼轻声道：“二人世界。”

“哈哈！那好吧，就依了 Lena 公主的二人世界！”我微笑着，顺手抚着她脸颊旁的垂发，鼻中早已浸满了她身上清新怡人的香水味。

“呵呵，木木嘴真甜！”她听我这么说，顿时被逗得嫣然一笑，低头遮羞之间，视线很自然地落到我手上，“你刚才还在看书啊？什么书啊？”说着，她伸手接过了书，想要一睹书名。

“《机械工程材料》？”她似乎对我的选择有些诧异，脸上泛起了一丝狐疑，“木木这么好学啊？嗯，那我看看你都学了点啥？”

说罢，她捧起那本书，随意浏览了几页，觉得字多无趣，于是又向后翻阅，终于停了下来，目光一闪道：“嗯！这页图好多，就问你这个！”

“好，恭请Lena老师出题。”我双手背过身去，心说按照她这架势，难不成答错了会被取消今天的约会？

“这个……呃，为什么亚共析钢的显微组织看起来像大理石？”露皱着眉头，瞅着纸上的插图一脸困惑，有些拗口地问道。

哈，大理石？我本以为，她会抽文中某个句子，请我做填空题形式的回答，谁知，她不仅人长得可爱，连问问题都不失几分趣味。虽然机械不是她的专业，但我不想随意敷衍她或忽悠她，而想用尽可能易懂的表述教会她。

“首先，钢是一种铁和碳构成的合金。关于它们两者的关系，你可以把铁想象成大量的水，把碳想象成少量的糖，两者在高温下互溶后的产物就好比是铁碳合金。在不同的冷却温度下，铁碳合金的结晶过程也不同，从而产生多种含碳量不同、组织金相不同、力学性能不同的钢。亚共析钢就是其中一种，在室温下主要由珠光体和铁素体组成。在显微镜下，你看到的亮白色多边形晶粒就是铁素体，而黑色片状物就是珠光体，两者混在一起，所以你才觉得像大理石吧？”

露很有耐心，专注地听我说完，双眼中流露着一种欣赏的光芒，微微一笑：“木木……”说罢，她便将书合上，递回我手中。

“嗯？Lena老师觉得学生回答得还行吗？”我笑着问她，故意在语气中加入了点稚气。

露先是扑哧一笑，然后在我手背上轻轻拍了几下，认真道：“你属于研究和讲台。”

讲台？这不禁使我联想到了留校的事，便问道：“真的吗？那你也觉得我当初应该留校吗？”

“不是的，你留校的那个工作只是实验室后勤，还是第三方协议，并没什么发展。我觉得你拒绝留校完全正确，这点我一直都是支持你的啊！”

“那我现在只是个培训业的销售，你也支持我？”

“嗯，怎么说呢？有保留地支持吧。虽然你在我们公司表现得不错，但我还是觉得你不做技术岗，反而来我们这儿做销售有点可惜。”

“你说得没错，我回去是迟早的事，也许就在这学期结束后吧。”

“加油，木木，我作为人事不会看错的，机械行业才是你应该去的地方！”

“谢谢你，Lena！谢谢你的鼓励！来，转过来。”我欣慰极了，双手搭在她双肩，将娇小玲珑的她轻轻转了180度。

“啊，木木，”露的脸上闪过一丝惊喜，半推半就地背过身去，望着远处驶来的地铁，又回头看了看我，“你要干什么？”

迎着地铁带来的凉爽气流，我双手从外侧绕到她身前，轻轻抱了上去，贴在她脖颈处小啄一下，轻声道：“还好我没留校，否则我怎么遇到你啊？”

“呵呵，”露顿时高兴得心花怒放，羞然转身，一双粉拳噗噗地捶了上来，“其实，我也想遇到你啊！”

我喜欢看露温柔缱绻的样子，但我偶尔也想看她微微生气的样子。于是，我哈哈一笑，故意将手掌罩在耳旁，挤眉弄眼地逗她道：“啊？什么？我年纪大了，听不见。”

“木木你……”露的眼里方才还温情似水，见我如此装聋作哑，嘟嘴一气，转过身去，“该上车啦！”

我得意一笑，跟着她上了车，心想：露，能和你约会，真是万幸，是你让我的世界从此没有黑夜。

10.感情的裂痕

一对甜蜜的情侣是如漆似胶的，并且对彼此的差异产生了愈演愈烈的好奇，于是便形成了互相吸引的纽带。然而，也正因为两人的种种差异，为将来的关系走向埋下了不确定的种子。

露是个婚恋观念比较传统、对婚姻充满期盼的女子。在她24岁那年，亲人介绍过一个老家的男士给她。但交往一年后，男方在谈婚论嫁阶段提出了分手。此后的一年中，她一方面等待着真爱的降临，另一方面又不堪忍受每逢过年被催问对象的困扰。与我认识时，她正值26岁，比我稍长4个月，这使得她对年华的逝去比较敏感，曾向我询问订婚的大致时间。但是，那时的我刚参加工作，一头沉浸在恋爱的欢欣中，既对结婚没有思想准备，也对两人的未来缺乏规划。于是，这就成了我和她无法避免、触之冷场的话题。

一段感情既然已经开始了，那么拖延是解决不了问题的，它只会将矛盾升级。

2015年1月的一个工作日傍晚，我送露去乘地铁11号线。在下行的自动扶梯前，她忽然停下了脚步，我以为她准备像往常那样与我告别。不料，她竟回头问我打算几岁结婚。这个问题太严肃，我被问得一时语塞，过了好久才表示可能在30岁。露什么也没说，只是向我简单地挥了挥手，就背过身去，踩上了自动扶梯离去。我虽然觉得气氛有点古怪，但当时没意识到事情的严重性，就回去了。

当天晚上，我准备像往常一样和她聊几句再睡，不料，发去的一条条消息如同石沉大海，电话那头也是杳无音信。等了好久终于收到她的消息，我顺着她抛出的关于结婚的话题和她聊了起来，但很快就此产生了巨大分歧。面对露愁嫁的负面情绪，我既没能消除她的不安全感，也渐渐失去了耐心，最终我们的谈话演变成了一场两败俱伤的争论。

露："木木，我都已经27了，已经有皱纹了，好恐怖。"

我："不用怕！我们的人生才刚开始呢。"

露："我现在还无法面对我的衰老。最近亲戚来做客，我被他们说怕了。"

我："怎么了，发生什么事了？"

露："亲戚们说，女生过了25怎么样怎么样，年龄大了，再拖下去没人要了。我已经尽量不听了，但不绝于耳。"

我："其实我和你是一样的，也害怕自己不再年轻。但是回头想想，年龄只是计量单位，不应该是精神负担，也就坦然了。"

露："你的想法和其他人的想法相左，男生不年轻和女生不年轻是两回事。我每回老家一次，就被催一次。男女不同，你无法体会我的心情。"

我："不要活在七大姑八大姨的闲言碎语里。全国各地的发展是有差异的。物质决定意识嘛，观念也就不一样，那你又何必太纠结呢？"

露："我不是很想和你讨论。"

我："每个人都在衰老，但是假如我们可以在有生之年，为社会建设留下一些物质或精神财富，那我不觉得我在衰老，反而是活到了更远的未来。"

露："不想多说了，你永远无法感同身受，你永远一堆大道理！"

我："我是不是哪里又做错了？"

露："不想讲话。"

我："有问题就说出来嘛！"

露："我生气就这样。本来别人的话只是让我烦，你的安慰却让我伤心。所以不想讲话，一个人挺好。"

我："到底怎么回事？为何拒绝和我讲话？"

露："你说你要做一个合格的男朋友，和我前男友的话真像。你说你现在不想结婚，更是和我前任如出一辙。然后，他离开了我，你准备什么时候离开？"

我："……"

露："我到底差在哪里？为什么我朋友一个个都结婚了，只剩我找不到一个合适的人？你告诉我原因！"

我："别激动，你很优秀。"

露："那些没有我好看的，没有我学习好的，没有我家庭好的，都有人要，为什么我没有人要？为什么我的男朋友只想当男朋友？"

我："你怎么每次一瞬间就判若两人？有误会的话，说清楚就可以了啊！"

露：“我没有想立即结婚，只是我男朋友一点念头都没有，还想拖到30岁！”

我：“我难道没想过？可是扪心自问，我现在有什么？能买房子吗？能买车吗？积蓄了多少钱？这些都是我要考虑的问题，我不能骗你啊！”

露：“姐姐我已经27了，要让我做高龄产妇吗？是想我死在产台上吗？”

我：“你是说我在逼你做高龄产妇？”

露：“难道你不是这意思吗？难道你女朋友要等你有钱买房买车，然后才能在一起吗？你知道上海的房价需要工作几十年才够吗？”

我：“所以，我才需要时间积累首付的钱啊！”

露：“钱？奇怪！那你为什么还要留在C公司？”

我：“这事你别操心了，我自己有数！”

露：“那好，我以后再也不来烦你了，我们分手吧！”

我：“别生气。”

屏幕上跳出了一段灰字提示：Lena开启了好友验证，你还不是他（她）好友。请先发送好友验证请求，对方验证通过后，才能聊天。

那晚，我试图用各种途径联系露，但都没有任何回应——她切断了和我所有的联系方式。我慌得像是迷途的船舶，眼看就要沉没在漆黑冰冷的暗潮中。凌晨3点了，失落的我依旧呆呆地翻阅着手机上残留的聊天记录——从我们初识那天开始。

忽然，地板上传来了一记撞击声，彻底撕开了半夜的宁静。我吓了一大跳，这才发现，自己刚才睡着时，手机掉到了地上。我蹑手蹑脚地从地上来回探着手机，忽然想起刚才的梦境——我梦见她在梦里回复我消息了。我迅速点亮手机屏，但却失望地发现，这一切都只是幻觉。

失眠之夜

睁开一盏枯灯，

南天暗了。

因为，

心墙下，密不透风。

合上一汪倦眼，

北天亮了。

所以，

相册里，声碎指寒。

这次醒来后，我就没再合过眼。其间，我听见了母亲起夜的脚步声，也听见了时钟的嘀嗒声，还听见了清晨的鸟叫声，但就是没听见新来消息的铃声。

扪心自问，对于露的提问，我在思想和经济上都没有准备，只是说了很多没用的大道理，并没有效安抚好她糟糕的情绪。几番言语冲突后，我还失去了耐心和理智，说话也越来越不客气。她的本意是找我倾诉烦恼，而我既没好好理解她的纠结，还和她起了争执，实在不应该。

也许，就是从这时起，我和她在观念上的距离已化为一根无形的刺，扎在我们之间，留下了一道填不平的裂痕。

11.白羊渐远

露是白羊座，而我是狮子座。若论星座，我和她应该是速配指数较高的组合。然而，因为我不成熟的心智，我和她有过多次不愉快的经历。

2014年初冬，我在工作上遇到了一些棘手问题，一连好几日心情烦闷。我知道她在C公司的工作也很辛苦，又要当人事，又要做老板的会计兼出纳，便没告诉她。尽管如此，露还是从我的言行中察觉到了些许异样。她认为，有困难的话，应该说出来，两个人一起分担，而我太逞强，坚持说没事。于是，露指责我没把她放在心上。冷战中，我开始在创作中缓解着苦闷。

五绝 · 入冬独感

鹊冻驱飞尽，

株寒抖落香。

叶黄风正劲，

何复忍冬霜？

但是，当时我并没有意识到：既然两个人在一起了，我对她说一说自己的心事，有何不可？我只需要在告诉她的同时，掌握好宣泄情绪的度，并给出一个解决问题的思路即可。这样，既不算瞒着她，也不会使她担心，还拉近了彼此心灵的距离。

2014年深冬，我们因为一些琐事出现了分歧，露指责我不懂得照顾她的感受，而我那时一根筋，一定要辩出个输赢。于是，我们又闷闷不乐了好几天。为了向她赔个不是，我约她在人民广场的一家饭店共进晚餐，并送了她一枚蓝水晶胸针。此后，她原谅了我，两人终于冰释前嫌。

七绝 · 致歉

粉泪生花染白襦，

是非理斗蠢顽驽。

银针请罪金诚至，

何患低头不丈夫？

望着她溶入粉底的泪珠滴滴答答地落在大衣上，我的惭愧也随着那一摊摊泪迹缓缓化开。为此，我写了这首小诗，不仅以自嘲的口吻向露道歉，还把它作为自己错误的检讨。是的，一个人向所爱的人低个头、认个错，有何不可？况且，这也不是大是大非的原则问题。感情应该是种双赢的互动，并不需要分出个胜负或争回个颜面，否则就是两败俱伤。

然而，两个人并非陶醉于爱情便可天长地久，当各方面的差距日益加剧时，它便会成为一颗指向分离的定时炸弹。

2015年2月14日周六，我带着露前往上海图书馆还书时，她告诉我，其父亲二十年前来沪开公司，对女婿要求极高，而我眼下的状况堪忧。中午，她父亲开车来接她回老家去，我虽打算送她上车，但毕竟第一次见家长，心中难免七上八下。露谢绝了我的提议，嘱咐我站在图书馆大厅的玻璃门前目送便可。当我远远地望见手持着一束红玫瑰的她走上那辆颇显气派的宝马730时，忽然感到自己是何等寒酸！

春节期间，露在老家的村里被亲友们灌输了不少女大当婚的言论，电话里对我暂缓订婚的迟疑大为不满。所幸，经过我的努力，她接受了我的道歉。初五刚过，她像是在躲避什么似的，中午便回了上海来找我。在一家麦当劳里，她疲惫地表示，虽然家人反对，但她还是会坚持自己的选择。她还说，还是大城市好，因为比起农村里隔三岔五的催婚，这里才有对她未婚的包容。我听了很是惭愧，但始终对结婚一事犹疑重重。

时至3月上旬，家父得知露并非本地人，改变了原先的默认观望，转而也持反对意见。某天晚上，我陪露吃完青花椒鱼，在小区门口的路灯下遇到了焦急等候的母亲。她皱着眉头说，父亲因为我又去和露约会既生气又担心，生气的是我没听劝找本地的，担心的是唯恐我被热恋冲昏头脑，做错选择。父亲责怪母亲从小太宠我，现在教坏了我，母亲含着眼泪看了看我，始终默不作声。几天后，我决定和露分手，但看着她靠在我肩上哭得泪如雨下，我又觉得自己做得太过分，于是安慰的话说了一箩筐，眼看就要关系破裂的势头终于得以悬崖勒马。

不过，购置婚房的现实问题依旧摆在眼前。露为了打消我的顾虑，让我转告家里，其实她父亲两年前已为她在本市全款购置了一套六百万的房产，可供她父母和我俩居住，但这也意味着我须入赘。母亲听后觉得需要慎重，认为我们家境悬殊，我将来若上门，会不会因此低人一等尚未可知。对此，家父很快改变了主意，对我们交往一事表示赞同，急忙怂恿我送礼示好。虽然眼前的障碍似乎都已“扫清”，但我先前的犹豫被放得更大了，我知道自己既不愿看到露哭泣的模样，也不愿草率地订下婚约，更不愿倒插入赘。一段时间里，我只是毫无方向地继续扮演着一个“合格”男友的角色。

2015年4月初，我和露经过几次分合，关系已不像最初那样如漆似胶。随着交往的深入，我身上暴露出的不少缺点，正一点点消磨露对我的好感。

届时，露刚从C公司辞职，跳槽去了人民广场附近的一家大公司做人事，并劝我也早做打算。但那时，我对于第一份工作抱着很迂腐的错误想法，觉得若第一份工作干不满一年就离职，会给自己贴上不稳定的标签，从而影响到后续的面试。此外，我在前往各个学校维系合作的过程中，也从和小朋友们的课堂互动中感受到了这份工作的乐趣。于是，我决定认真做完第二个学期，等8月时再走。对此，露并不支持我的看法，她觉得我专心工作是好事，但反感我将这份精力浪费在C公司，蹉跎光阴。

“你真是死脑筋，工资低到这个程度，还不知道走？！”

露是站在我的角度，设身处地地为我将来考虑的，甚至专门从网上收集了岗位信息，请我逐个投简历。但是，我当时既不成熟，个性也很固执。面对她指出我的不足，我不是嫌烦，就是敷衍了事，认定自己之前的打算才是对的。没过几天，我们的关系又一次被推到了悬崖边。

“我告诉你，当初若不是我年龄大了，我才不会考虑你！”

“我们最近还是不要联系了，让我一个人清净清净！”

电话里，她的语气既苦恼又烦闷，斩钉截铁地拒绝了我的约会请求，又拉黑了我的微信。那晚，我再次陷入了失眠，并回想起一件小事。

2014年12月24日晚，我和露来到徐家汇的百联商业广场，准备乘电梯上楼吃饭。谁知，门外有位中年妇女硬是要挤上来，导致电梯提示超重。里面的人要求那妇女下去再等一部，而女人则一意孤行地不愿配合，赖在门口不走。僵持了好几分钟后，露找我商量，提议我俩下去。我被她的善良感动，又觉得这样可能反而更有效率，于是就拉着她挤了出去。

虽然，我们并没义务出电梯，但我却从这件事中看到了露身上弥足珍贵的品质——她的本质是善良的，并且在与人产生矛盾时，懂得适当地做出让步。按照这个思路想下去，她在和我交往的过程中，究竟默默地包容了多少我的缺点或过失？又到底为此忍耐了多久？迷惘之中的我没有尽早昂首挺立、扬帆起航，以至于一次又一次辜负了她对我的期望。

烦乱的夜晚，我又想写点什么了，可我再也找不回刚认识她时的创作心境。

青玉案·白羊座

余音夜画星空幕，白羊座、温如雨。

傅粉胭脂怀吻顾。

狐裘香透，凌波微步，笑语约朝暮。

风横冷剪红毡路，闭月芳尘落何处？

鹊返寻花花莫许。

断桥孤影，叠愁难住，一片冰心负。

几天眨眼即逝，我没像上次那样急着找她复合，而是来到华师大的普陀校区，借故地重游，独自反省。走在她的母校里，到处可见万物复苏的春景。可是，有些东西又岂是说复苏就能复苏的呢？

七绝·孤春华师大

翠柳摇垂燕语声，
河光映树百花争。
东风不请鸳鸯戏，
空斗秋前闹沪城。

记得2014年秋天，我们曾相伴来到华东师范大学普陀校区。那时，她一边挽着我缓行，一边指着老旧的宿舍楼窗户，分享她在此的本科岁月。而今，我沿着河堤走去，见人工河的绿波倒映在岸边的树上，不禁心想：那斑斑驳驳的光影，就像漫爬在树上的时光，没有两次相同的闪耀——没看见的或是看不够的都一晃而过，一去不复返了。

丽娃路旁的丽虹桥犹在，而今却少了一个人。我就近找了个亭子坐下，忽然想起自己在此问过她的话。那天我问她，喜欢我什么，而她腼腆地说，就喜欢我读书写字时的样子。

是的，她的择偶标准是基于真心实意的，没有势利的成分；她对恋人的要求不是追求世间的浮华，而是突破自我的上进心。难道，现在的我在她眼里，连这些东西都在消退吗？如果是的话，那我又有什么优点值得她对我们的未来抱有希望？她是个爱憎分明的女人。虽然她曾说过，我若不离，她必不弃，但是她没必要在一个看不到未来的男人身上虚耗青春和感情。

我想：在露的观念中，一个可托付终生的男人必须担负得起两样最重要的东西，事业和婚姻。而我若不能为此做出满意的规划和改变，那即使我与她再次和好，我们的缘分也无法开花结果。

12 变质的晚餐

我又成功了，再一次挽回了冷战多日的露。虽然，冷战的持续时日一次比一次长，不过既然还能返回原路，那就说明我们之间还存有一些情感上互通的结点——换句话说，我们之间也已失去了些什么。

时至2015年4月14日，我下班后去店里取好了蛋糕，就直赴人民广场给露庆祝生日。途中，“卡布奇诺”来了电话。

“嗨，最近工作顺利吗？”她在电话另一头笑道。

“还好，你呢？”我随口道。

“还是那样，不是闹宫斗，就是穿小鞋，我正想找个人说呢。嗯……对了，今晚你有空吗？一起吃个饭？”

我望了眼手里提的蛋糕盒：“不好意思啊，今晚我已经约了别人。”

“约了谁啊？哦，”对面的声音顿了顿，然后意味深长地咯咯一笑，“我知道了！去吧，去吧！”

“嗯，你也好好加油，做好自己就行，那些破事不用往心里去。”

挂了电话后，地铁便驶入了漆黑的隧道里，车门外传来了空气高速流动时发出的嗖嗖声，我不禁花了片刻去思索“卡布奇诺”所说的职场困境。

这个称呼源于她的QQ昵称，不过除了咖啡，她似乎也钟情于“一点点”的茶冻杧果青。大学毕业后，她只身一人来沪工作，除了房租和生活费之外，每月还得省出一部分寄回老家去，支援还在读高中的亲弟弟，日子很是辛苦，但她从没向生活的艰难屈服。读《圣经》、玩刺绣、学烹饪、弹吉他、练跳舞，原本平淡的生活竟被她安排得有声有色。前些日子，她发现了上司存在谎报经费、中饱私囊的行径，本想汇报更高层，但因缺乏铁证，很快被上司及其心腹们又孤立又排挤，于是找我发发牢骚。而我也正处于Crystal刚被辞退，Frank开始逐个清扫余党的微妙时期，不由得觉得大家处境相似、体会相近。

职场上的不如意谁都会有，露也不例外。近期，她刚跳槽到了人民广场附近的一家大公司，继续从事人事一职。不过，不同于C公司普通话和英语的工作环境，她似乎对新公司铺天盖地的上海话语境有所介怀，以致一时间无法融入新同事的群体中，工作进度也受此牵连，难免感到心烦。但再过十五分钟，我正好可以借这次机会，就此事为她疏导疏导。

露把餐厅选在了第一百货商店B1层的“江边城外”，点上了一条烤鱼，说是前一晚曾和C公司同事Alice、Esther和Grace吃过，味道上佳，强烈建议我也尝尝。我笑她居然没吃腻，只下了几筷子，便急吼吼地打开蛋糕盒，说这才是今晚的主角。

我准备的蛋糕是一款提拉米苏，褐色的巧克力包裹在它外面，上面再加几处水果切片和奶油鲜花的点缀，样子的确有些诱人。我说完了祝贺词，看着她吹灭了蜡烛，闭目许愿，然后和我一起将蛋糕吃了一大半，其间，氛围虽然没有冷场，但我明显察觉到今时不同往日。放在从前，我们定会争抢着互相喂着对方，而今我们则各自“安分守己”地食用着面前的蛋糕，对话里也少了从前天真烂漫的甜。

“Lena，这蛋糕好吃吗？”我笑着问道。

“嗯，挺好吃的，谢谢你。剩下的都给你吧。”她浅笑着，顺便用纸巾擦了擦嘴上的奶油，语气中没有任何情绪的波澜。

“不用了，我吃饱了。你还是多吃点吧，毕竟最近工作辛苦嘛！”我不动声色地将话题往目标上带，同时留意着她的反应。

露的脸上闪过了一丝不悦，视线并没有向我投来，而是落在了面前的餐盘上，说道：“其实，我这几天在想，可能我不适合现在这份工作。”

“怎么了？是不是因为上次你说的，身边同事都说上海话，你找不到归属感？”我小心翼翼地问着。

她沉默地望着我，似乎难以直言心事，一双无光的眼中丝毫藏不住撒谎的痕迹：“也不是，可能是我刚去，大家都不熟吧。”

我说了点安慰她的话，但总觉得自己说的全是大道理。从她的反应看，我每句话似乎都没有落在真正的点上，于是也就只能得到她简短的答复。没过多久，我就觉得腹中不适，想来也许是因为烤鱼太辣或是吃了太多奶油，胃疼得背上一阵阵冒汗。于是我便脱下了西服，去了一趟卫生间。待到回来时，只见露正拿着我的手机翻看着什么，我也没在意，就坐下先喝了一口热水。

她将手机放回到桌上，注视着我问道：“你老实说，回家以后想不想我？”

我觉得有些奇怪，随口应道：“想啊。”

“可是我怎么觉得你回家后不怎么想我？”我见她眼里分明藏着心绪，平淡的目光中透着一丝严厉的审视。

“怎么会呢？我想你的啊，每天晚上给你发消息，也打电话了啊。”

“哦……”

“Lena，你怎么了？有心事？”

她的眉头微微一皱，半低下头，嗓音里流露着一种失意的味道：“我……我也不知道怎么了，刚才一想到今晚回去再也看不到你了，我就很难过。”

我不解道：“再也？呵呵，你说啥呢？若你需要的话，我们明天下班后再一起吃个饭也可以啊。”

“不用了。”她摇了摇头，把脸转了过去，盯着桌上剩下的蛋糕发愣。

我尴尬地笑道：“没事，那我们周末再见也成啊！”说罢，顺带抚着她后脑的长发。

露勉强从嘴角挤出了一丝浅笑，把头轻轻地搁在我右肩上，不一会儿工夫，我便发现她的脸颊上淌下了一道晶莹的泪迹。我感到十分意外，连忙扶正她，询问缘由。原来，刚才她从我西服里拿出了手机，看到我和“卡布奇诺”的互动后，疑心顿起，原先还只是怀有一些忧虑，而现在这些忧虑却像是炸药一样被引爆了。

在“卡布奇诺”的朋友圈里，引用了李清照在《武陵春·风住尘香花已尽》里的“只恐双溪舴艋舟，载不动、许多愁”，还@了我。我猜想，“卡布奇诺”是以此委婉表达了自己在职场遭人排挤的落寞，或许还有身在他乡，心系老家的思念。于是，我就联想到了辛弃疾在《武陵春·走去走来三百里》中的“不免相烦喜鹊儿，先报那人知”，想以此传达“乐观向前，苦尽甘来”的意思。虽然，我的引用有些牵强附会，但“卡布奇诺”似乎并没较真，而是回复了一个灿烂的笑脸。

“她到底是谁？为什么要给你写诗？你居然还和她对诗？！”露的脸色很是难看，红透的眼眶下泪迹斑斑，兴许是身处餐厅的缘故，她质问的时候并没高声，不仅语气里带有哭腔，双眼还饱含着怀疑和怒火。

令我意外的是，露居然误以为“只恐双溪”一句是对方创作，而“不免相烦”一句是我写的，醋意是越说越盛。但当我说明这两句真正的作者时，她很快意识到了什么，稍作停顿，继续揪着我为何非要和对方吟诗诵词不放，打破砂锅问到底。我觉得回个朋友圈是稀松平常之举，且回复时也恰好想起应景的句子，这事原本不必如此借题发挥，可现在却说得我像是有意为之。我明白，露担忧的是我移情别恋于他人，但我在与“卡布奇诺”交流的过程中一直保持着这份自我提醒。不得不说，在与“卡布奇诺”线上或线下的交流中，我能切身感受到她积极进取、阳光洒脱的个性，而在和露的相处中，我却一直沉浸在分分合合的惆怅和商办婚事的顾虑中。两者若是拿来比较一番，我反倒觉得前者令我更自在一些。或许，正是由于这份奇怪的反差，使我心中一直有一个人在不住地低语——不要越界。但越是如此自制，似乎内心总有股力量在蓄意反弹，就像是储满了江水的大坝，要么维持现状，要么一泻千里。

那晚可谓不欢而散，不过我还是送她去了地铁站，只是一路上很是冷场，自然也没了肢体接触。

从第一百货大厦出来，踩着斑马线穿过车水马龙的七车道，沿着西藏中路向南，眼前这春季的夜上海格外迷人。我欲言又止地走在露身边，望着东边灯火通明的第一百货大厦高耸入云，其旁肯德基、必胜客和电影院的门口男女簇拥而至。抬头便是欧式建筑风的新世界城，迎面而来的小情侣们正依偎并行，还指着墙上各种服饰店的广告笑说情话。与这些繁华和浓情相比，她沉默地向前走着，体会到了什么是两个人的孤独，而我也一样。

“小妹啊，玫瑰花要吗？今天刚来的，才九块九一枝哦！”路边的一位阿姨见我们走近，赶紧从小推车上的花堆中抽出了一枝色泽鲜艳的，笑呵呵地递到了我们面前，顺便还朝我使了个眼色。

我一边掏着钱包，一边对露说道：“给你买十朵吧。”

“别……”露的脸转向一边，说话的时候并没望着我。

我以为她只是客气，便道：“老板，十朵打包。”

小贩阿姨顿时笑开了花，动作麻利了起来：“哦，好嘞！”

“不用了！”露眉间一紧，使劲扯了下我的衣袖，将我拉开了一步。

“为什么？”说着，我的余光中似乎见到阿姨的动作停了下来。

露回头望着我，刚才的不悦仍未从脸上消失，只短暂地瞥了眼小推车上的鲜花，朝我不屑道："我说了不要买，你就不要买！"

"你……"我一时语塞，但还是拉住了她的手，"你确定吗？如果你真的不想要，我听你的就是了。"

露没有答话，而是向前迈开了步子，但很快发现了我的手还拉着她，便用另一只手使劲帮着挣脱，转身而去。我见她头也不回地走到三米开外，便追了上去。出乎意料的是，小贩阿姨也追了上来，并塞给我一枝玫瑰，笑着说是免费的。我犹豫了，心说露既然明说了不要，我再强行送花，会不会自讨没趣。思考了片刻后，我决定还是不一意孤行。

"阿姨，谢谢您，您做点生意也不容易，这花我不能拿。"说着，我怀着一腔不合时宜的耿直劲，将那枝玫瑰插回花堆里，回头见露走得更远了，急忙又追了上去。

也许是刚才快步奔走的缘故，在从入口到候车站台的路上，我再次感到肠胃不适。尽管，露一直在前面抱怨着什么，但我完全听不进去，只是勉强一边尾随一边找着洗手间。腹痛难当之际，我忽然觉得我们之间很多事都变了。曾经，我因为喝了冰镇饮料而胃痛，是她劝我在商场中央小憩，随后去买来了一杯热饮给我。曾经，她消化不良，我也会在吃情侣套餐的时候，将买好的药递到她手里。而现在，无论我们间的关心、感觉、说话的语气和内容都变味了，我们之间的对视再也不是含情脉脉，如今似乎在岁月的研磨下失去了原有的光泽。

我和露尴尬地打了个招呼，请她在站台等我片刻，随后就冲进了卫生间。待到我出来时，她已不在原地。我很是意外，猜测或许是今晚的烤鱼太辣，她也因为不适而去了洗手间，便打去电话询问，却得知她早已在回家的列车上。

"那好，你到家了说一声。"

"嗯。"

地铁8号线的列车在站台外风一般地来，又风一般地呼啸而去，我看了一眼手机屏上已被挂断的通话，心中的世界忽然空空如也。

第❹章 纵有一世芳华，只看一场晓雪

晓雪轻扬，是纯洁冰晶的璀璨，是锁在寒冬的花芳。

她，只有在下的时候才最美，一旦落地，便要沾染世间的凡俗。

捧在手心，只怕融化。

缩回手，默忍北风卷雪；再睁眼，已是陌路天涯。

1.吻雪，我就是你的公子王孙

有一款畅销的日本巧克力叫雪吻，而有一位叫雪的女人的吻很撩魂。

她出生在一个下雪天的晨晓，因此家人为她取了一个小名：晓雪。

雪有着白皙的鹅蛋脸和一双明亮的丹凤眼，修长眉毛下的双眼皮更是锦上添花，洁净的额头上中分刘海，微卷的褐色长发一披过肩，性格大大咧咧，有些调皮。虽然她信基督，但骨子里还是带有随性而活、无拘无束的自由主义精神。

2014年11月，我们由一位共同的朋友介绍认识。从2015年春开始，随着联系和见面次数增多，我们的共同话题也越来越多，并很自然地确认了彼此的好感。这份好感时而令人暗喜，时而又不失微妙，几乎只差谁去捅破这层窗户纸了。

2015年7月下旬的一个早上，9点半，我应邀来到她公司的大楼底下。由于她在四楼办公，而我们都想另寻僻静之处，因此就约在六楼空荡的走廊里见面。

这天的雪打扮得很清新，上身穿一件白色的短袖圆领衫，下身着一条黑底印花 A 字裙，脚踩一双水钻凉鞋。尽管她只是上了淡妆，但她凤目流转、秀睫微颤的神采依旧是那么引人入胜，光凭这一点，几乎任何看似普通的服装搭配都能被她穿出令人销魂的艳魅。

我笑着迎向从电梯里走出来的她，顿觉空气中弥漫开了一股独有的撩人芳香，但若仔细去嗅，却又好似水中捞月，一时间无法全然细品这奇妙的感官体验。

比起嗅觉，反倒是视觉和语言更痛快。

我急切地上前一步，轻触她的臂弯，欣然问道："哟，今天光彩照人嘛，是因为见到我，所以才这么高兴吧？"

"哼……"雪虽然像是在心里嘀咕着什么，但脸上显然闪过了一丝惊喜的神色，竟忍不住扑哧一笑，一双秋波荡漾的明眸瞟得我猝不及防。

兴奋之下，我仿佛都能听见自己扑通扑通的心跳声，也没追问她的回答，而是装作镇定地说道："来，边走边说吧。我是想当面告诉你，下个星期我就要去新公司做设计工作了，离你这里有点远，往后就不能趁着外出办公见面了。"

雪闻后一怔，立即露出了惋惜的神色："嗯，上次听你说了，没想到这么快。"

"是啊，风萧萧兮易水寒，壮士一去兮……"我笑着调侃着，见她一副想要反驳的神情，立即将手轻轻堵在她的樱桃小嘴上，"等我彻底熟悉新公司业务之后，还是有机会再见的。"

"嗯。"她跟在我身后，轻轻地吭了一声。

离开电梯门向右转弯，眼前便是一条狭长的走廊。我向走廊尽头走去，透过一侧的玻璃还能望见里面的一家家公司，就随口道："你看那边，原来这里有一家乐器公司啊。看，里面好像是卖钢琴呢！"

"你骗人！"

我转身望去，见她站在三步之外，双手互抱在身前，神色有些紧张。

"今日一别，也不知是何年何月再见了吧？我们……要不要抱一下？"

我吃了一惊，万万没想到她会主动说这样的话，心间的狂喜像决堤的江水似的一发不可收拾。但是，我对露还是有些顾虑，便犹豫道："我们……可以吗？可她会难过的。"

雪苦涩地低下了头，但马上又动情地舒了一口气，说道："嗯，尊重你，也尊重姐姐，但这只是一个友谊的抱抱。"

"我……"

她显得有些紧张，用手卷弄着披在身前的发梢，半低着头，两眼若灼灼桃花般蒙眬，轻吟道："我可是鼓起勇气说的……你可想好了啊。"

我无法抗拒心中对她愈演愈烈的向往，有种炙热的情动在我胸膛里流窜着、燃烧着。我决定跟着感觉走，再也不愿受到某种思想上的束缚，再也不要压抑自我了。我渴望说我一直想说却没能说的话，我要做一直想做却没能做的事。

"可以，尊重你的勇气，那我也可以拿出勇气。"

"好，那你准备在哪里啊？"她喜悦地抬头望来，接着又腼腆地侧过脸去，微笑着慢步走了上来，两眼虽然假装向四周观望，但嘴上已直奔主题。

我见前方就是楼梯，那里正冷清无人，便建议：“就前面那个转角吧。”

转过墙角便是上下楼道，四周变暗的环境使她驻足在我身后。我回头与她心照不宣地对视了片刻，心中对接下来的事充满了期盼，趁着陡然蹿升的兴致打趣道：“别怕，你靓丽的光辉照亮了世界，有我在的世界！”

“嘿嘿。”雪似乎又在玩什么套路，此刻只是站在原地，用期盼的眼神望着我。见我迟疑了片刻，她下意识地抚玩了下秀发，又微笑着点了点头，随后缓缓张开双臂。

一连串的肢体语言已是明了的暗许，我忽然秒懂，不禁心间又是一阵狂喜，但又不想任由自己如脱缰野马似的扑向她的怀抱，于是耐着性子稳步走去，想轻轻地给她第一次拥抱。谁知，热情四射的她竟率先扑了上来，双手紧紧地扣在我的背上。

“亲爱的！”

我听得又惊又喜，她居然连对我的称呼都改口了，随即整颗心软了下去。

清爽的发香、白皙柔嫩的脸庞、暖和的体温、柔软的身姿，还有这句凑在耳畔低吟的燕语——这是一种她独有的难以抵御的魅力，仿佛是已被安排好的剧本，由不得我拒绝，我也不愿拒绝。

我深吸了一口她肩背上的温香，手掌顺着她颈后细腻的玉肌一路下滑到柔软的蛮腰，只见她虽然娇躯微颤、莺声轻吟，但花容上却还带有几分犹豫。通过她此刻微妙变化着的瞳光，我几乎都能感受到隐藏在她心中的矛盾。

山有木兮木有枝，心悦君兮君不知。

我忽然想起了《越人歌》里的千古佳句，它像是一根火热的情丝接通了我和雪的内心独白，传输着几幅无须言明的脑补画面，并配有几句夙心羞说的文字跃然而出。

忆王孙·诉芳心

妆台问镜黛沾衣，
玉柳新芽春雨滋。
花满城西恨醒迟。
正开枝，
宿念悠悠君可知？

毕竟是第一次与我拥抱，或许雪在心理上是有预期的，只是一时半会儿还没接受这份突如触电般的亲密。对于此刻发生的一切，似乎她前后踌躇的芳心正渴望着一个合理的解释，而我正想把她的想法用自己的话说出。

“这个抱抱我等了很久了，好让我朝思暮想的你！”说罢，我灿烂一笑，回以她自信而肯定的目光，又将另一只手搭在她肩上，将她上半身轻轻推离一寸，喜不自禁地欣赏着这迷人的娇容。与刚见面时不同，现在的她面颊微红，双目闪动着喜不自禁的神色，默默地与我保持着动情的对视。

“我刚才特别紧张，明明只是友谊的抱抱，我不知道我为啥这么紧张。”

我将额头抵上她的前额，将嘴一点点试探到离她香唇不到一厘米的位置，低沉地反问道：“我们之间什么时候只剩友谊了？”

她闻后先是一惊，随即羞颜一笑，喜不自禁地把脸贴在我领带上蹭了又蹭，呼吸变得急促的同时，双臂再次紧扣在我背后：“亲爱的，快，再抱紧我一点！让我听听你的心跳！”

在此之前，我从未想过被她拥抱的感觉是那么紧致，而此刻我在惊讶之余，索性就沉醉其中，任由一阵阵令人头皮发麻的愉悦感一涌而来。

“听清了吗？我对你的心声。”

“嗯，跳得好快！”

情动之间，我胸膛内的血在沸腾，忍不住将她轻轻按在一旁的白墙上，一头钻进她颈侧的发丛中，再次嗅了口锁骨上的体香，在醉人的满足感中对她耳语：“那么，以后我们就在一起吧？”

此情此景，这句话本已是多余，而它偏偏被我脱口而出，似乎非要借语言来敲定某种未来。

“不，”雪的这个字说得既突兀又模糊，但扣在我背后的双手却一直没松开，“以后，你和姐姐还是要好好的……”

她说的姐姐，其实就是露。

一切就像是上天早就安排好的。大约五个月前的某晚，我由于先前没有订婚的计划，使露生了闷气，为此去地铁站里找她当面解释。露是缺乏安全感的，但往往只需一个拥抱便可平静下来。无巧不成书，这一幕正好被偶然经过的雪见到，从此知晓了露的存在。

现在，雪忽然提到露，还在口头上将我推回到她的身边，一定是本着一颗半信半疑的心而说的反话。

沉默中，我分明从她的呼吸中察觉到了异样，才见她这时竟已变得泪眼婆娑。

“亲爱的，答应我！”雪似乎不愿让我再见到她梨花带雨的哭相，微微一踮脚，把下巴搁在我的肩膀上，再次抱了上来。

我难以答应她的反话。

这半年间，我和露分分合合了数次，虽然每周都见一面，但已不如从前融洽。若要我答应雪，我的确已做不到对露始终如一。既然如此，那不如早做和平分手。从这点来说，我和露都会好好的，只是各自生活。

“雪，我们都会好好的，”我一只手轻轻拍了拍她的后背，另一只手紧搂在她腰间，心中构思着正在改写的未来，“至少现在，我就是你的公子王孙。”

或许，爱情的荷尔蒙会使理性搁浅，但是我情愿在与你的缠吻中熊熊燃烧。

2.抹不去的渣

我决定和露分手，以后和雪在一起。回想这一往事，直至今日我仍会从心底谴责当年的自己是个行事欠妥、见异思迁之徒。

2015年8月初，我和露又互有争执，原因是我独自去赴了朋友的聚餐，露晚上来电话时我才告诉她。为此，她十分不悦，认为我心中已经没她了，便挂断了电话。事实上，我和她在一起近一年，双方都未曾带对方认识过各自的朋友，感情基础的隐患可想而知。而此刻被她一质问，我心中也不否认，只是想平淡地和她坦白近来的感受。

“其实，你应该也发现了，这几个月我们一会儿分一会儿合，很多感觉已经变了。”

“什么？你来电话就是想和我说这个？”

“是的，我想告诉你我的真实感受。我觉得，我对你的感觉变淡了。”

露顿时反嘲了一句：“那再找个女生又会兴致勃勃的，放心！”

“Lena，我不是在开玩笑，我是说，”我谨慎地停顿了下，听见话筒对面的呼吸声突然消失了，“我们恐怕不适合走下去，所以……”

“呵，×××，我告诉你，刚才你说感觉变了的时候，我第一个想到的就是分手！”露情绪激烈了起来，厉声道。

“对不起，我知道是我不对……”

“我再也不要听你的道歉，这没有意义！既然你都这样说了，那我就成全你，以后你再也找不到像我这么好的女生了！”

电话又被挂断了，而我这次不再像前几次那样，因为她拒接电话、拉黑微信好友、几日失联而失落。我可以确定，此刻的心像断了线的风筝一样，早已寄托在了别处。

虽然，露刚才的语气很怨愤，但她只是想表达自己对我变化的不满。当晚11点多，她居然主动打来了电话，试图改变我的决定。可以听得出来，她此刻的语气变得低柔了许多，但明显透着几分悲伤。

看来，她不想就此结束。

“木木，你最近是不是遇到什么烦心事？告诉我，好吗？”

“我没事。今天是我处理不当，让你生气了，对不起，以后不会了。”

“那，你说的以后是？”

“就是，没有以后了。”

“为什么？你还是要走？木木，刚才是我话说重了，难道我们就这样……呜呜！别啊！”

“Lena，对不起，我不能说谎，我的确对你没感觉了。早在四五月份的时候，我就察觉到了这种变化，我发现自己逐渐喜欢上了另一个人。起初，我以为只是普通朋友关系要好，但后来变得话题很多，每次见面时心情也很放松。我明白这样对你是种不专一，会伤你心，但我压制不了这份愈演愈烈的情感。”

“你！你太过分了！你让我……你让我觉得你好陌生。”

“这件事是我做得不对，是我变心了。一方面，我得告知你实话；另一方面，我也不能违背自己的心声。”

“×××，我只问你一件事。再过两个星期就是七夕了，你怎么打算？”说罢，电话那头便传来了一记抽泣声，之后便静得可怕。

“真的，很抱歉，我要失陪了。”我想了想，叹道。

“×××，你就是个不折不扣的渣男！我要你这样见异思迁的男人有何用？”

“对不起，是我不对。”

“滚，道歉有屁用！有意义吗？呜呜……你要走，我不拦你，但我会一直记得，是你抛弃了我！从今往后，你可以去做自己想做的任何事，但是……呜呜，你今后再也别这么伤一个女生的心了！”

露的电话再次挂断了，我们的缘分这次是真的画上了句号。我脑海里反复响着她最后在电话里连怨带叹的哭声，一种良心的不安顿时化为了沉重的锁链，使我惆怅得格外胸闷。从我们在一起开始，小鸟依人的是她，善解人意的也是她，与此同时，泪如珠帘的是她，焦虑抱怨的也是她，但我相信：前两样是她纯良的本性，而后两样是我带给她的困扰。是我的不珍惜、不专一和不坦诚，才将一个原本温柔平和的她硬生生地转变为现在这个敏感易怒的模样。说到底，我们走到分道扬镳的地步，出在我身上的问题显然更多。可我听不到想回头的心声，剖开心一看，里面满是另一个人的一颦一笑——只想和那个她在一起，哪怕和她只是喝着清水，也会觉得是甜的。

饥乏交困间，我把自己关在厨房里，将自己和熟睡中的家人隔开，烦闷地望着窗外漆黑无边的夜空，试图厘清那乱成一团的心绪。这时，电话铃再次响起，像是撕破夜幕的闪电似的，将我从困顿迷失的状态中惊醒。

看来，我的决定让露一时无法接受，所以她打算再谈一下？

我无奈地瞥了一眼煤气灶旁的手机屏幕，惊讶地发现那竟是雪的来电。

“这么晚了，你……”我接通电话，随口问着，突然听见对面也响起了相同的开场白，顿时语塞了。

雪停顿了一会儿，轻声一笑：“还是你先说吧。”

“哦，呵呵，好。我是问你，这么晚了，怎么还没睡？”

“不和你电话里说声晚安的话，我睡不着。对了，刚才……你是和谁电话了这么久？”她说着说着，语速渐渐慢了下来，显然后半句是她关心的重点。

我想起刚才和露的对话，忍不住轻叹了一声，又深吸了一口气，待平静下来后，才道：“嗯，是在打电话。对了，明天公司不培训，我有空，你呢？有些事，我要当面告诉你。”

“等等，你先回答我的问题。你声音这么沙哑，你当我听不出来吗？”雪问得不依不饶，显然更在意自己的疑惑，“刚才，你是不是在和姐姐打电话？”

“呃……一说就中，你看的实况转播啊？我本来想明天告诉你的，现在说也没关系。雪，我刚才已经和她分手了。”

“什么？”她的声音顿了顿，语气有些诧异，“你们是不是又吵架了？”

“是的，但是已经都结束了。在这之前，我既花心又贪心，雨露均沾，以至于我和她出去时总会想着你。我知道自己这样脚踏两条船是不道德的，所以良心受着谴责。不过，今晚我终于为这种局面画上了句号。以后，我们还是在一起吧，我想说的是这个。”

“等等，姐姐她哭了吧？我听你声音也不太对。我……要是我不出现的话，也不会害你这样。是我不好，我退出吧，你好好安慰姐姐，跟她和好吧？”

我说：“不用了，这事我已经决定了。”

雪的气息忽然急促了起来，电话里的音量也提高了一倍：“不，不行，我不能拆散你们！我也知道自己这样做是不对的，可明知道你们在一起还爱上你了。其实，即使你不爱我，即使你伤害我，即使你无恶不作，我都原谅你，只要你在上帝面前悔改了，以后不犯同样的罪恶，在主里面你就是新的你了。”

我摇了摇头，一叹道：“雪，这件事我是不对，也是我决定和她分手的，和你无关。如果一定要定什么罪的话，那我的确难辞其咎，我对她存有愧疚。对她所要求的，我一直没做好准备，但我会从这件事中吸取教训。她已经是过去了，而我们才是将来，所以你别再难过了。”

“你知道吗？你让我哭是因为我心疼你负担太重！我希望你真实而勇敢地面对自己，知道自己想要什么，知道自己该怎么做，你活着也不是为了迎合别人的要求和满足别人的爱！”她一边思考着，一边一句一句地说着，我的心弦也被她轻重分明、缓急有序的嗓音一次次拨响。

我听见她最后那句话里分明带着几分哭腔，不由得心间一酸，又见此时已接近凌晨一点，连忙劝道：“听我说，今晚先这样吧，你早点休息，明天一早我来你公司楼下等你，到时候当面说吧！”

“不要，我现在就想来看你，打个车就到！”

“不用了，早点休息吧，我没事。”

“别，我担心你，心里难受！都是我的错，害你这样。我这就穿衣服！”

“乖，听话！是我的错，你不用自责！而且，今晚的话题说沉重了，我对你说声抱歉。有话明天再说吧，我们之间的事还需要着急这一时半会儿吗？你现在好好睡一觉，大半夜的别瞎跑，我才放心，明白吗？”

雪沉默了好一会儿，终于答应了，在挂电话之前又反复叮咛了几句，还要了个“晚安”，这才罢休。

我轻轻地开了厨房的门，蹑手蹑脚地回到黑漆漆的卧室里，从衣架上取下了那条蓝色领带，借着窗外的月光端详了片刻。虽然，它的样式很是普通，但我一直没去熨它，生怕那醉人的香水味随着蒸气散发了。

好，明天就戴这个去见她，上次也是。

3.想见的还是你

天亮了。虽然我只睡了四个小时，但居然没有明显的困意。也许，与她见面这件事本身就是一种另类而神效的咖啡因。

当日，为了给她精神抖擞的第一眼，我有意早起了半小时，穿戴整齐，站在早高峰的十字路口等候她的出现。而她先到公司打了卡，填了张外出申请单，便下楼来与我会合。

如我所料，女生若不睡眠充足，气色上就显而易见。这天的雪穿了一件白色的蕾丝花领雪纺衫，配一条收腰的黑色半身裙，虽然有闪亮的花瓣耳钉点缀素颜，但她脸上仍然看得出笑容难掩的疲态。尽管如此，相隔五步开外望去，她的颜值、气质或身材仍足以在人群中脱颖而出。

几句问候便抵得上这一夜所思。我一时也不知如何开口续说昨晚的话题，又见她今早急着先去处理公务，且昨晚的事又令她整夜没睡好，于是刚开始一路上并没有多问。在微微摇晃的地铁车厢里，她将注意力都集中到了手里的文稿上，似乎正在抓紧最后一点时间审阅着什么条款，脸上专注的神情纹丝不动。我见此状，顿时心中好感倍生。的确，我喜欢自己在一条条工作项前打钩确认的快感，同时也喜欢静静地注视着这样认真的她。可是，瞧见她微红的眼眶，我又暗暗自责：假如我早点有所作为，昨晚她就不用为了和我通上电话，而熬到这么晚，当然也就不必如此仓促地来读这份文件了。假如我早点有所抉择，她就不用在我看不到的地方默默流泪，为了本不应存在的烦恼而花容失色。

出了1号线汉中路站的2号口，对面就是人才大厦了。对于此处，我并不陌生，研三下学期起就过来参加了数场招聘会。而今，雪比我更加轻车熟路，只见她灵活地穿梭在熙熙攘攘的人群中，不一会儿便来到了目的地。

她在一张长椅的旁边停了下来，匆匆一回头，但神色依旧很淡定：“你就坐在外面等我吧，我见下客户去，一会儿就出来。”

“好的，不着急，公事要紧。”我望着她点点头，淡淡一笑道。

在雪没回来之前，我靠在椅子上，静静地回忆着我和她刚认识不久的情景。

那是2014年11月21日周五晚，我又赴了小伙伴们的聚餐，而雪也随朋友们到场。虽说，我和她是在11月3日初识，但她活泼俏皮的个性给我留下了较深的印象，以至于那时一眼便能从人群中辨认出她青春洋溢的身影。

随着她们的加入，场面立即热闹了起来，有招呼服务员上茶的，有起身让座的，还有伺机调侃着要罚酒的。闪亮的吊灯灯光下，雪肩上挂着一只时尚的粉色小方包，上身的黑色羊毛衫前垂着一枚水晶坠饰，外面则是带有貉子大毛领的米白色羽绒服。

这时，有人招呼她和另一位同行的女生就近入座，而她简单地扫视了桌上的座客后，随即瞟见了我左侧的两个空位，便绕了半张桌子走了过来。

“请问，这里有人吗？”雪浅浅地笑着，向我问道。

我抬眼望去，自信一笑，做了个“请”的手势，说道：“没人，请坐。”

这回的她似乎没有之前的活力，席间只是专注于品尝着近处的菜肴，偶尔和身边的女伴轻声短聊几句。而我则津津有味地啃着一只又一只鸡腿，时而和右手边的哥们侃上几句，时而和对面的喝上几杯。

“嗨。”

我发现左边有人用手指轻轻点了点我的手肘，一看是她，便道：“怎么啦？”

“我想吃那边的鸡翅，可不可以帮我夹一个？”雪的表情虽然微微僵硬，神情略显尴尬，但一双睫毛轻颤的美瞳里尽是宛如星星的闪光。

我当是啥事，原来是够不着那边的菜，那简单。

“哦，可以。”说着，我接过了她递来的碗，往里面添了两个较大的鸡翅。

“哇，谢谢！”雪朝碗里望了眼，又抬眼向我一瞅，脸上绽开了明媚的笑容。

“小事，不客气。”

这次聚餐到了8点已近尾声，众人迅速分成了两批，一批赶去下一场唱KTV，另一批则乘地铁回家。由于露来消息说还没下班，我就准备去接她。

“你也是乘9号线回去的吧？”

我正在百度地图上看着路线，忽然听见雪清澈的嗓音近在咫尺，抬头一确认，这话正是对我所说。

“嗯，是啊。”

雪嫣然一笑，说道：“好啊，看来我们顺路嘛！”

“呃，不是的，”我见她微微皱了下弯弯的长眉，又补充了一句，“其实，一会儿我还有别的事。”

“哦……那我们走了哦，下次见！”雪迟疑了一下，但很快礼貌地一笑，顺手挎上了小包，侧身同我挥了挥手，便和另外几个女生离开了。

原来，她从那时起就已经注意到了我，而我对她的印象也还停留在“活泼”“漂亮”“吃货”等几个浅表的形容词上。一想到这里，我坐在等候区的长椅上就会不禁傻笑，心说自己当时的确木讷，难怪经常听不出女生的潜台词。不过也罢，现在她就在里面办公，等她一会儿出来，随便她想去哪里，我都愿意陪着。

待到雪办完事出来，已是上午10点，我便接受了她的提议，带她到附近的商场散散心。不过，路上她仍是对我爱答不理的样子，只是以极其简短的陈述句予以回应。正当我一头雾水之际，她在商场的长廊上忽然停了下来，目光投向了侧面的岔道口。

“那个……你有纸巾吗？我去一下。”她尴尬道，还面带羞涩地望着我。

我会意地点了点头，拿出了一包递到她手里，而就在她想取走之际，我下意识地用拇指按住了纸巾。

“啊？坏人！快给我！”

雪的脸上顿时露出了一副哭笑不得的神色，用力拍了下我的手背，猛地抽走了那包纸巾，又把肩上的斜挎包塞到我怀里，转身离去。

望着她匆匆的背影，我侧颜一笑，心想：叫你不理我，我心里可比你更急呢！

在等她的碎片时间里，我觉得无聊，便在手机上写起了随笔，直到她回到我面前，这才作罢。我本以为她办完了公事和私事后，我们便可牵手在这商场里漫游，可惜她不知为何，竟板着张脸紧随我，时刻保持着半个身体的距离。

商业气息浓厚的走廊上，两侧的小店前大多站满了结伴而来的男男女女，迎面走来的也有几对牵手并行的情侣。相比之下，我和她的关系反倒显得很是生疏。

“昨晚都凌晨了，你说想打车来找我，不是真的吧？”说着，我笑着侧过脸去，想从她的表情中了解她不理我的原因。

雪的脸上纹丝未动，像是个冰山美人一般，平静地直视着前方，继续随行着，似乎有意在和我保持着某种心灵上的距离。

“是不是刚才工作上的事哪里不顺心？

“还是说，昨晚我哪里做错了？可是，我已经和她分手了啊。”

我想了又想，猜了又猜，始终不见她吐露半个字，很是无奈地停下了脚步，而她因为惯性，也停在了我前方一个身体的地方，却没有回头。

“雪，你今天是怎么了？要是有什么不开心的话，告诉我，好吗？”说着，我正想牵住她的手，谁知被她一把挣脱了。

“走吧。”她回头瞅了瞅我，很快便收回了视线。

走？是让我一个人走开，还是我们俩一起走？走哪儿去呢？

我有些不解，上前半步，双手搭在她肩上：“等等，我们说清楚再走吧。”

雪摇了摇头，抬眼直视过来，脸上依旧冷若冰霜：“我的意思是说，你还是和她走吧！”说罢，她挣开了我的双手，又扶正了下挎包，继续向前走去。

她的反应如此剧烈，这使我顿时意识到了问题的所在，于是飞步追了上去，赶到了她面前，一只手扶在她臂弯，劝道：“你听我说，之前是我不对，可我现在想通了！雪，我想要在一起的人是你！”

“可是我知道，你还是对她耿耿于怀。不是吗？”她顿了顿，语气虽然显得平淡，但质疑的双眼却睁得很亮，“那你今天还来找我干吗？”

“你别走，听我说。我和她谈了快一年了，对她的个性也有一定的了解。虽然一直有闹矛盾，但昨晚我这么突然地和她说分手，我估计她很难接受这个事实。尽管，分了就不该去想她，可这件事是我理亏在先，辜负了她的诚意，我觉得良心上过不去。也许，在你看来，我现在说这些显得很假惺惺，但我何尝不是一次又一次地挣扎过？看到你和别的男生走在一起，我何尝不是一次又一次地叹息过？到头来，我根本骗不了我自己。现在，我宁可被冠以负心汉的罪名，我也要告诉你，×××，你才是我真正喜欢的那个人！你已经站在了我心灵世界的中央，现在是，以后也是，谁也无法改变！”

雪注视着我把话说完，原先黯淡的眼睛里微微闪过了一片短暂的光芒，只见她低眉沉默了一会儿，抬眼一瞅，冷淡道：“骗子。”

“我是说真的！”

雪微微摇了摇头，将目光转投向了远处，眼睛里黯淡依旧，自言自语了起来：“是吗？男人是不是都这样，追的时候一个样，等到手了又一个样？不过，如果这是你发自内心的实话，那对于姐姐来说，虽然现在你离开她，但某一天她会在心里感谢你当时说了实话。不然，她以后和你在一起后，会更加痛苦，因为同床异梦吧。”

我不明白她为何忽然会如此感慨了一番，但话语中对于所谓山盟海誓的疑惑却显而易见。她似乎曾经经历过什么，这使她对于一段感情的开始存有疑虑。但无论曾经怎样，我都坚信：如果，我以后能开诚布公地告诉她我的所思所想，定能一步步走进她的内心世界。

我想了想，说道：“雪，我答应你，往后除了情话和玩笑，若遇到任何需要商量的问题，我都会把我最真实的想法和感受告诉你。”

雪闻后淡淡一笑，说道：“真的？那问你，刚才在人才大厦，我回来的时候，你难道不是在给谁发消息？刚才我就去上个洗手间，出来还看到你在那儿打字，还一脸认真的样子。你是在和她发消息吧？你还舍不得她，想着再复合是不是？”

我恍然大悟，方才紧绷的心弦瞬间放松了不少，无奈一笑道：“嗨，你想多了！给你看这个。”说罢，我掏出了手机，解锁了屏幕，递到她手里。

雪轻哼了一声，接过看了好一会儿，接着疑惑道：“嗯？《雨朝寂》？这不是你上次为我写的诗吗？刚才，你是在写这个？”

“好了，讲清楚了啊，把手机还我。”

“哎别别，让我看完！”她握住我的手机，双手猛地一缩，并向外侧转了45度。

“别了，我还没定稿呢！”

雪背对着我，丝毫不理会我在说什么，独自对着墙壁，故意摇头顿首地念道：“茂木枝头林莺落，声色呖呖尝婆娑。一指音偏无再啼，满杯离愁空对座。哎，下面这个中仄中……平平仄仄……看来，你还没写完嘛！”

“是啊，之前写得脱离格律了，我这不是在争分夺秒地为你修改吗？”

“为我写诗，嗯……挺好的，不过嘛，”雪转过身来，故意撇了撇嘴角，又笑着摇了摇头，“啧啧，就是读起来酸了点。”

比起冷战，我见她嘲讽时那副忍笑的模样，心里真是释然了不少，于是反击道：“哪里酸了啊？我没觉得啊！”

“唉，我还是欣赏抒情点的。就像王维的‘红豆生南国，春来发几枝。愿君多采撷，此物最相思’。”

雪说的时候，语气已经有点飘了，看来对于刚才的事，我已经不必多费口舌解释了，以免听得唠叨。倒不如顺着她的话题，将她的情绪拉回到我俩之间。

“他这首是眷怀友人之作，而我这首是写对你的相思之苦，你还不懂？你看你上次也和今天一样，变得这么沉默，就不许我以你为题再写几句？”

“但我也说过，想要开始就得忘记过去。难道你不知道吗？我一看到你和别的女生有来有往的，我就要生气！总之，我不希望以后在我们之间还要隔着她，好吗？”

“难道你还不知道吗？你本来就在我心里，谁也隔不开！”

雪一脸平静地听我说完，只是睁大了双眼，与我保持着微妙的对视，似乎在确认着什么，过了好一会儿才道：“这样就好！”

见她的疑虑消除，我很自然地欲将她搂入怀中，谁知这才一秒不到，她便在我胸前轻轻一推。

“哎，先别这么快。假如，我一直不理你的话，你准备写点啥啊？”

我想了想，流露出了一副失落无助的表情，用半开玩笑的语气诉苦道：“唉，假如你的美和我无关的话，那我只好伤心地为你写一首《雨霖铃》了！”

雪一努嘴，装作不屑道：“哼，《雨霖铃》太凄切了，我不喜欢呢！”

“不喜欢？呵呵，那上次我用毛笔抄的那首柳永的《雨霖铃》呢？到底是谁把它夹在记事本里，嚷嚷着要珍藏的？”

“你……”

“嗯？”

雪背靠在墙上注视着我，对我一针见血的质疑欲言又止了，最后终于忍不住笑了：“好了好了，不说了！来，先陪我逛逛这里！”说罢，她主动拉起了我的左手，并向前迈起了步子。

这时，我的脑海中突然闪过了一个念头，瞬间感到这是个不可多得的良机。随着我左手一翻，紧握住她的小臂，接着用力一拉，她整个人便失去了重心，朝我倒了过来。但我早有准备，迅速伸出右臂在她身后稳稳一垫，右手顺势钩在了她右肩，而左手则越过她头顶，最终搭在了她的肘上。

“啊！”

雪叫了一声，抬眼与我四目相对，一张白皙柔嫩的脸上惊魂未定。未等她反应过来，我早已用迅雷不及掩耳之势在她诱人的红唇上落下一吻。

“嗯……”

雪轻哼着，立即用手推了推我，但凭她的力气又岂能挣脱这番攻势。几次挣扎过后，她又使劲摇了摇脑袋，好不容易才挪开了嘴唇。

“你……你干吗呢？”说罢，她轻轻喘着气，脸颊已经微微发红。

我深情地凝视着她，默默地将她面前的几缕散发拨到一侧，神秘一笑：“想你，吻你。”

“别，”雪极其短暂地笑了，但很快不知所措地左右顾盼，“全是人啊！”

“怕啥？以后，你就一直住我心里，休想再逃了！”

“啊，我……我可是要再经过仔细、认真、反复、严肃地考虑后，才能……”

我不准备让她多说，又吻了上去，心想：她的话就是一种繁文缛节式的矜持，况且之前早已吻过，她或许只能为今天的醋意找个台阶下，又或许只是一种半推半就的套路。

我的判断没错，她刚才推搡的小手不再使劲，而刚才紧绷的双唇也松软了下来。在突如其来的爱情面前，身体再诚实不过了。

4.威宁路的地铁风，香得惹人久醉

随着关系越来越亲密，我发现自己越发渴望每天都能见到雪。虽然，这种感觉并不是第一次，但当我再次尝到这份甜蜜时，却比之前更加难以自拔。

我开始把她的照片设置为手机壁纸，也已分不清自己是为了看时间而去点亮屏幕，还是为了一解相思而触碰手机。

然而，思念她还是远远不够的，我渴望为她做些什么。

这几天，雪正在为钱和工作发愁。近期，她室友的丈夫搬来了，要求提前交三个月的房租、电费和网费，再加上工作上的奔波，她心酸得想哭。因此，我临时决定，当天傍晚约她见面，想给她打打气。不过，雪的个性一向独立，这次婉拒了我借款解围的提议，只要求我送她回住处。

2015年8月6日傍晚，我来到地铁11号线的徐家汇站，一眼便从人群里发现了靓丽夺目的她，而她先是嫣然一笑，接着竟害羞地转过头去。

这天的雪穿着一件以藏蓝色为底、白色圆点为点缀的衣裙两件套。初次见到她如此打扮，我觉得这些小小的白色圆点宛若舞台上的特效灯光，星星点点地照射在她本是纯色的衣裙上。见她朝我缓缓走来，我竟有一种梦幻般的体验。这样的服饰若穿在别人身上，我定然不会觉得漂亮，而她却能把它穿出与众不同的韵味。或许这正是情人眼里出西施的缘故。

我们乘坐11号线来到江苏路站，又换乘2号线前往威宁路站。

时值下班高峰，地铁上乘客较多，我勉强抓住了不远处的一个扶手，见她有点重心不稳，就把脸贴近她的耳根，轻声道："还不抱紧我？"

雪立即和我对视了一眼，而我从她灵动的双眼中读出了暗喜的意味，便大胆地一手搂在她腰间。她会意了，露出一副古灵精怪的表情，顺势抱了上来，将双手紧紧扣在我背后。

兴许是车厢人多闷热，也兴许是雪贴得很近，我的衬衫不一会儿就被汗水浸湿了，皮肤上传来了一片湿漉漉的不适感。

我轻轻地在她额头的刘海上留下一吻，见她笑着抬起头来，微笑道："你抱得这么紧，我都出汗了，身上有味道，你还是别……"说罢，我一手搭在她肩上，轻轻施力，试图将她推离一些距离。

她倒一点也不介意，反而越抱越紧，抬头对我坏坏一笑，干脆把半张脸都贴在我锁骨上，语气甚是调皮："刚才是你叫我抱上来的，我偏不松手，哼！"

雪的反应令我有些哭笑不得，我不禁朝旁边投来目光的男士看了看，从他的眼神中我似乎能读出一种异样的忌妒。这时，我心中忽然升腾起一股沾沾自喜的优越感，似乎只要搂着她，我在同类面前就有了无限多的自信。

我朝那位看客自足地一笑，不再在意冒汗的不适，一边用嘴唇撩拨着她的秀发，一边尽情地品着她迷人的体香。

几分钟后，我们在威宁路站下了车，不过她不急着回家，而是希望我多陪她一会儿。于是，我们沿着返回市中心的方向，走到6-4上车点，选了一旁靠近自动售货机的椅子坐下。值得一提的是，椅面上正好有一张交通卡，其外面还套有一个蓝色的卡套，上面印刷着星际宝贝的图案，这引起了雪的注意。

“这是什么？”雪从我手中抽过那张交通卡，放在眼前翻看了几下，“哇，亲爱的，这卡好漂亮！”

我的视线在那张卡和雪的脸之间来回切换着，最终将目光锁定在她浮起喜悦的脸庞上，平淡道：“嗯，估计是谁掉的吧。”

“那，亲爱的，你准备怎么做？”雪问道。

我望着那张被她捏在手心的卡，又看了看她充满期待的双眼，半开玩笑道：“呃……要不还给警察叔叔？”

“哼！没意思。”她假装泄气道。

这时，旁边有个站台工作人员走了过来，说是刚才有人报失，他也目击了我们发现这张卡的经过，请我们交还这张卡。我和雪对视了一眼，便把卡递交了。

我目送着这位工作人员向自动扶梯走去，正欲和雪继续说说近况，竟见她一脸赌气，将双手撑在刷有绿色亮漆的椅面上，向前交替甩着修长的小腿。

“雪，你怎么了？”我问了她一句，见她仍然没有停歇，便伸手按在她膝盖上，“女孩子家，这样可不雅观啊。”

她这才停了下来，神色严肃地望着我：“其实，那卡套我很喜欢。”

我听后，顿时释然了，有些不屑道：“哦，不就一个卡套吗？”

“嗯，太可惜了，你怎么就这样上交了啊？”

我有些意外，心说这交通卡是别人掉的，而我刚才已连卡带套地给了那位工作人员，难不成现在上去讨要回来？

不，即使再爱她，我也不能推翻物归原主的原则。

我轻轻捏了下她富有弹性的侧脸，笑着逗她：“呵呵，既然你喜欢，回头我上淘宝买给你吧。”

“那好吧，你说话可要算数哦！”

“当然！No problem！”

我虽然答应得很爽快，但一想到眼下的收入情况，心中又颇为顾虑。单凭这些工资，随便为她买几件衣服就花完了，我的确赚得太少了。

稍后的谈笑间，我看着一列又一列车在面前来了又去，忽然联想到自己在T公司的处境，不禁对她感慨道：“你说，假如把职场上的我们比作乘客，我们去的公司是这一个个车站。有时，明明我们刚上车，说不定就得在下一站下车。为了改写生活的无奈，我们必须去面对下一段挑战。”

“亲爱的，你又来了，我其实不太喜欢你老是担忧这担忧那的。”说着，雪的微笑消失了，而语气也显得有些乏味。

我见气氛不对，本想换个话题，不料她补充问道：“对了，你以后有什么打算吗？想做什么？”

“女士优先吧，”我把她的脑袋靠在自己肩膀上，爱不释手地抚着她披着发丝的脸庞，“你先说，我洗耳恭听。”

“我嘛，你可听好了哦。”她故意清了清嗓子，娓娓道来，“我想自己开一个对外汉语公司，有自己的外国学生。学生可以在国内，可以在国外。我探索出自己独特的教学方法，可以每天在家里视频上五六节课，可以在家带孩子，给老公烧美味的饭菜。其实，我不喜欢每天上班受到各种限制，比较偏向自由职业。这样，我就有更多时间陪我的孩子和老公，每天让老公带着爱心便当去上班，孝顺他的父母，让他在外不会担心家里。”

听完后，我陷入了沉思，对于她想创业的念头既赞赏又担忧。创业的路布满了荆棘，并非人人可以走出一片天地的，因此，我更希望她是一个普通的白领职员。但我不会强求她改变什么理想，只要她觉得乐意，我就全力支持。

“亲爱的，那你呢？”

我望了眼她睁大的双眼，又将身子靠在椅背上，一边整理着头绪，一边缓缓道：“30岁前，我想成为独当一面的机械工程师，自给自足，和某个女人结婚。”说罢，我故意停了下，朝着紧张的她坏坏一笑。

“快说！哪个女人？”

“这个嘛……你希望是谁，那她就是谁喽！”

“就你油嘴滑舌，哼！”雪故意白了我一眼，又把头靠回我肩膀，“那30岁以后呢？”

“嗯，35岁前，假如情况允许的话，我想了三件事：看情况读个博，培养咱们孩子的兴趣，还有分担家务。40岁前，我计划在公司的技术部门做资深机械工程师，同时教孩子数理化，争取在班里考第一，让你可以风风光光地参加家长会。40到50岁，我准备向管理层过渡。那时候我们也上年纪了，我可以自学下按摩，隔三岔五地帮你舒缓筋骨。等50岁以后，孩子读大学了，我们可以传授他 / 她社会经验。等我60岁了，我也快退休了，你看我写诗，我听你弹琴，我们乐在其中吧。”

“哇，你的目标好明确。”雪忽然从我怀里坐起身来，注视着我，目光中流露出了一种欣喜，接着说道，“倒是我，我的目标蛮简单的。要是能做你的老婆，真的蛮幸福的，至少有东西可以憧憬。”

我淡淡一笑，故意卖了个关子，说道：“你当然可以做，在未来可以，所以你就是我的 DFW。”

“这是啥意思？”雪问道。

“呵呵，就是 Dream Future Wife，梦中的未来之妻。”

“哈哈，瞧你这单词用的！”雪把头从我肩头移开，双眼闪着星星，微微一笑，“好，那我也可以说，你可是我的 DFH 呢！”

我没料到她竟然会如此迅速地现学现用，心中很好奇她所说的字母 H 到底是代表 Hero（英雄），还是 Husband（丈夫）。虽说两者我都很满意，但若真要择其一，后者显然更好。

“既然，你都这么说了，那我叫你一声夫人，不知意下如何啊？”说着，我的目光从她那双透亮的美瞳一路下移，忽然有种想吻她的冲动。

雪一听，脸蛋顿时微微转红，连忙谦辞道：“唉，我想做，可是……你这么棒，我担心……我不一定能做，或者说不一定有资格做。”

我见她若有所思地望着我，一字一句地把话说完，像是努力调整着措辞，而话背后的弦外之音又如此耐人寻味，似乎还是想试探我会不会反悔和露分手。尽管，她的方式十分隐晦，但我知晓她的本性并不缺乏自信。

“不要妄自菲薄，”我缓缓地与她额头相抵，感受着她暖暖的呼吸，“难道我不想吗？可是，你琴弹得这么好，舞跳得那么棒，英语又特流利。我也担心啊，像我这样一个大笨蛋、大坏蛋，不一定能得到你的芳心暗许呢！”

雪哈哈一笑，先前的犹疑一扫而空，明媚道：“你……你确实是个笨蛋，可爱的笨蛋！”

我先是一惊，转而望着她那副破疑为笑的样子，虽然略有无奈，但也没有反驳这个称呼。罢了，在她眼中，我就算是个笨蛋又如何？我情愿做一个能爱她，同时也被她爱的笨蛋。

情话说完，也该各回各家了。

我牵着她的手来到上行楼梯的台阶前，目送她向出口走去。

威宁路站的吻别

十步三回首，

你犹豫，

我挥手。

就让我不离的目光，

护你到不舍的尽头。

当她的身影消失在视线后，我正准备离开，忽然听见楼梯上有个女人大声唤了我一声。我莫名地仰视而去，只见雪正站在楼梯的最后一级，一只手撑在腰间，竟笑得直不起身来。

“大庭广众的，怪吓人的，真是胡闹！既然你玩回马枪，那我明天下班再突然约你好了，也给你个惊喜。”迎着她嬉笑调皮的目光，我在心中默默道。

几秒后，她慢慢踩下了一个台阶。我见状后有些不解，以为她忘记了什么东西或是忘记说什么话。当她踩下第二个台阶时，我见她低头痴痴一笑，终于明白了什么，于是笑呵呵地朝着她拾级而上。

那段楼梯的中间有一个平台，我们便在那里相遇。但雪的反应又一次出乎了我的预料。只见她多迈出了一步，和我几乎擦肩而过。那一瞬间，我忽然感到左手手背上滑过了一道暖意，这种难以言状的感觉好似皮肤上流过了一道奇妙的电流，迅速触动了我的心弦。玉指舐肤，这就是她曾说的感觉？

我心在猛跳，不禁翻掌抓在她粉嫩的手腕上，不让她继续走下去。见她回首嫣然一笑，我自信地一把拉她到身前，瞧了瞧她的纤细的手指，又瞅了瞅她妩媚的双眼，顿时心花怒放，柔情蜜意地问道：“咋啦？舍不得走啊？”

她这次倒没再故作羞态，而是大大咧咧地笑着，两眼闪动着秋波，似乎在等待着什么。

正值两班列车的交替之中，我惊喜地发现四周空无一人，这难道不是天意？看着她微微张开的嘴唇，一股热血涌了上来，我双手绕过雪的蛮腰，在她后背轻轻一按，而她整个人也很配合地倒入我怀中。

一分钟的两人世界，直到我们的耳边再次响起列车进站时的呼啸声。

“小兔子，这下满意了吗？”我双手捧着她圆圆的脸蛋，借着地铁风随意拨玩了几下她飞扬的发丝，鼻中还残留着她幽幽发香。

这一口“小兔子”的昵称是我特地给雪起的，因为有一次我望见她一路蹦蹦跳跳地小跑而去，那番可爱俏皮的模样使我灵光一闪，忽然就想到了这个词。随后，但凡情到浓处，我都这么唤她。

而今，她又听我这么逗她，一双媚眼顿时一亮，同时绽开了明媚的笑容，像是一朵盛开的玫瑰花，开怀一笑：“醉了醉了，亲爱的，你真 man，好棒！”

见她这般夸赞，我忽然灵光乍现，迅速凑到她耳畔，用调侃的语气轻声盘问道：“那我问你，棒在哪里？”

“嗯……”四目相对之下，她的美瞳忽然反射出一道异样的光芒，一副欲笑忍笑的模样。看来，她似乎想到了什么。

“小兔子，”我神秘一笑，只伸出一指，在她细滑的下巴上轻轻一钩，肆意地调情着，“棒不棒，还不是你说了算？”

“你坏！”雪被逗得心花怒放，眼中闪过一片喜不自禁的星星，“不理你了！我要走了。”

临走前，她从包里取出了一把香扇，说是刚才之所以来个回马枪就是为了这个。我展开扇面一看，上面是三朵盛开的牡丹，就问她何意。她说，最近听闻我母亲刚出院，伤口不宜沾染汗污，需要每日护理，送扇是希望我代她向母亲略表寸心，也可当作一件信物陪在我左右。我听了甚是感动，也不顾下面上来的乘客，搂起她便要再吻，这才刚双唇相抵，她便害羞地推开了我。

“亲爱的，今天已经吻得够够的啦！留点给下次啊！”她挤眉弄眼地调皮道。

“哈哈，留在下次也可以，不过本公子可是要收利息的哦！”说着，我用香扇轻轻敲了敲她的刘海，笑着松开了双臂，不舍地望着她曲线迷人的身影缓缓而去，最终消失在了阶梯的尽头。

亲爱的雪，谢谢你的心意！让我们下次再见！

5.定情时分，木槿为证

不消两日，我和雪的聊天记录已轻松破百，两人正式步入了情侣阶段。工作日的晚间，我们越来越频繁地约会着，哪怕只是匆匆一瞥，也能像是沙漠里发现了水一样狂喜。

2015年8月8日周六下午，雪在公司加班。到临近傍晚时，我在家收到了一条消息。

雪：“我正在地铁上。”

我：“嗯，外面这么热，到家了说一声。”

雪：“现在我首先要充个手机话费。”

我：“我可以帮你充。”

雪：“我不是这意思，我是要找到一个给我充话费的人，不然就停机了。”

我：“不懂你在说什么啊。”

雪：“停机了的话，就再也找不到充话费的那个人了！”

我：“停机？那我现在就给你充值，不就行了吗？”

这时，电话铃响起了，雪在电话那头一上来就是一句：“喂，你怎么这么木鱼脑袋啊？我就是特地想来找你啊，你这都听不出来？”

真是“难得糊涂”，我这才恍然大悟，原来她是想借充话费为由，委婉表达了想见我的意思。如此甚好，电话这头的我早就想再吻芳容了。

这天的雪身穿一件白底无袖圆领衫，胸前印有一道蓝色斜纹，斜纹下则是一只乖巧的波斯猫头像。看下身，一条深蓝色牛仔裙中规中矩，膝下露出的大段美腿白皙而修长，配一双New Balance的慢跑鞋，整个人看起来清新宜人、亭亭玉立。再加上她轻抚香发，嫣然一笑地向我走来，那轻盈的步姿顿时在我心中惊起了某种律动的波漾。

游兴已至，我牵着她的手走在公共绿地的林荫路上，见两旁吐艳缤纷的花儿们在轻柔的微风中频频顿首，心中不禁赞道：连这万紫千红都在你面前萌生了愧意，难怪我对你越发醉不自知了！

谈笑间，雪从胯侧的红色小皮包里掏出了一个iPhone6的手机壳，摊开手问我拿手机。她熟练地换上新壳，又从包里取出一本记事本，连同手机一起递回我手里，一努嘴说道："给，这个本子是刚买的，专门治你不长记性的木鱼脑袋！"

我被她的另类幽默逗乐了，赶紧牵起她的手，笑着在她额头轻落一吻："谢谢，你这是让我以后睹物思人嘛。呵呵，东西虽好，你的人我更没齿难忘！"

"嘿嘿！"雪乐得像个天真烂漫的孩子，一把挽住我的胳膊，将侧脸微微倾靠在我肩膀。

前方的林荫路有一段呈环形，圈出了一片安静无人而宽敞的小草坪，我们正好可以躺望头顶的蔚蓝天空，闭目倾听和风微拂青草的声响，心间舒爽无比。

"雪，"我转过头去，凑近她透着发香的耳畔，"今天让你加班后还跑来见我，太辛苦了，我心疼。"

"没关系，我也是临时决定的。"

"临时的？哈哈，那估计也是因为想我了吧？"

雪转过脸来，古灵精怪地一瞥，跳过了回答，直接反问："那你呢？"

我没顺着她的思路作答，只是见她弯弯的长发四散在额前，便替她轻轻地将发丝捋到耳后，好奇地拨弄了一下那枚镶着美钻的耳钉，准备在她额头吻上一口。谁知，她反应极快，用手掌遮住了脸。

"不行，不行，回答我一个问题，对了才让你亲！"

"矫情，又不是第一次了，问吧！"

"考考你，我的生日是什么时候？"

"噢哟，你是2月28日，比我小3岁，还是个自带阳光、吃啥都不胖的双鱼座！你看我是那种健忘的人吗？"我笑着反问道。

听完我带着调侃的回答后，她用欣喜的眼神朝我展颜一笑，随即站起身来，悦然道："就算你答对了！来来来，我们再玩个游戏！"

"什么，还有游戏？"我跟着从草地上爬起来，不解地问道。

只见她一步步走出去十米开外，接着转过身来，脸上露出了古灵精怪的神色，弯腰后双手置于嘴边，做了个扩音喇叭的手势："你站好了别动哦！"

令我没想到的是，她痴笑着一路蹦蹦跳跳跑来，一头撞进我怀里，而我则被她撞得人仰马翻。

短暂的晕眩过后，我从地上坐起，定睛看了看扑倒在身上的雪，刚想责问她如此调皮，可一看到她一脸妩媚的坏笑，我又打消了念头。

真是个痴痴、憨憨、萌萌、傻傻的"妹纸"！

“你真调皮！”

雪听了反而更乐了，把脸凑到我面前，张开了红润的香唇：“亲爱的，除了生日，我还要你永远记得今天，还有我！”

“呵呵，”我对她淡然一笑，一手拂玩着她那卷得很别致的褐色发梢，“你就不怕把我撞傻吗？撞傻了可就记不住了！”

“好啊！你敢不记住？”

“好好，记住可以，只要你继续萌萌的，我哪会记不住嘛！”

雪神秘地笑了，用撒娇般的口吻说道：“嘿嘿，只要我们在一起，以后每年的今天就是我们的……那个啥纪念日？”说罢，雪扭过脸去，故意装得有些羞涩。

“什么纪念日？订婚纪念日啊？”面对她故意抛来的填词考问，我索性放胆直奔主题，朝着憨笑的她挑了挑眉，“我记性不太好，怕是记不住。”

“那这个你肯定会记住！”话音刚落，她俏皮地一噘嘴，一口吻了上来。

这次突如其来的吻像是闪电一样使我防不胜防。香津浓滑，绕舌摩挲，一阵阵莫名的晕眩感像海潮般朝我袭来，以至于人逐渐变得飘飘然，脑海中一片空白。吻完后，我依旧陷于刚才的迷迷糊糊中，望着半空中悠然看戏的白云，恍然想起了一个多星期前的那个早晨也有过类似的情景。

我和她在其公司楼里约会后，两人顺着下行的楼梯送她回办公室去。当我踩到倒数第二个台阶时，她忽然急停转身，双手钩住我的脖子，趁我顺势弯腰时，快速吻了上来，然后又缩回身子，在原地用故作无辜的眼神望着惊讶中的我。

“嘿，你愣着想什么呢？”雪忽然将玉颜凑到我眼前，双眼疑惑地注视着我，“和我约会怎么还开小差呀？”

我这才醒了过来，意识到自己刚才走了神。

“哈哈，不好意思啊，你的吻太甜，我刚才都醉了呢！”说着，我注视着双目透亮的她，一只手撑在草坪上，另一只手回味似的摸着嘴上的咬痕。

看来，雪是认真的。她不仅要我口头上记住今天，还特地留下咬痕为证，更是在刚送我的记事本扉页上写下了日期。的确，这日子说来也巧，是由我和她生日中各取一个数字组成的，难怪她将之戏说成天作之缘。

“对了，亲爱的！”雪把脸贴到我胸前，娇声说道。

“我的公主，您又有何吩咐？”

“没什么，只是……”说着，她用手指在我心口轻轻戳了又戳。

我被她弄痒了，笑道：“乖，你想说啥？”

“嘿嘿，我刚才忽然在想啊，假如以后，我买菜你陪着我，做饭你看着我，洗碗你陪着我，看书我陪着你，那该多好啊！无论是工作、逛街、旅游还是睡觉，所有的所有的所有，我都想要你陪我。”

我心中一阵狂喜，动情地抚了下她飘香的长发，凑在她耳畔调侃道：“亲爱的雪儿，说来说去，就我们两个人啊？你都说到睡觉了，难道你就没想过，再多加一个人啊？”

她一下就听懂了，不过只是在我怀里咯咯一笑，也不反驳什么。

原来，雪和我一样，会在某个瞬间甜甜地憧憬着我们的明天，哪怕这只是种假设，我也很乐意同她去模拟未来，说一些未来才能说的话。

“假如，你想给将来的孩子起名字，你觉得啥名字好？”说罢，我情不自禁地将手按在她的小腹上。

“啊？你……”雪有些吃惊，起身瞅了瞅我，羞羞一笑。

我自信地笑道：“听人说，男孩取名可以参考《楚辞》，女孩取名可以参考《诗经》，我的雪儿怎么看？”

她一时语塞，无奈地望了望头顶的蓝天，又环视了四周，忽然嬉皮笑脸道：“有了，依我看啊，男孩就叫徐朵朵，女孩就叫徐瓣瓣，而你徐少爷就叫徐花花！”说罢，她放肆地哈哈大笑，直到笑得捂着肚子说好疼。

我猜，她管我叫花花，估计还是对之前我和露的过去有芥蒂，心想自己还得继续表忠心才是。不过，对她而言，直白的跪舔索然无味，情调一直很重要。

“来，让我帮你再按一次足底就好了，让你一次笑个够！”

“不不，别了，受不了了！”只见她连忙摆了摆手，转而又凤目轻抬，妩媚地笑着，“不过，今天可是我第一次被别人揉脚哦！”

我见她不配合，就没有立即作答，而是提起那双已被脱下的凉鞋细细端详起来。那双鞋的束带上镶满了浅黄色仿钻，若微微转动着角度，晶莹剔透的镶钻上就会反射出闪动的阳光。

“啧啧，这鞋真漂亮！”我不禁喃喃自语道。

“喂！你有没有听我说话啊？”雪使劲推了推我的肩膀，并朝我扮了个鬼脸。

“呵呵，好啦好啦，我听到的。”被她这么一闹，我被逗乐了，于是随手将凉鞋穿回到她的脚上，换了一副深情款款的模样，注视着她道：“如果你喜欢，下次有的是机会。”

见我忍不住一笑，雪顿时目露欣喜之色，不由得感慨：“那……那假如以后能一直被你这么服侍，就好了。”

我被她吊起了胃口，接过话茬就说：“这有何难？只怕以后你会嫌我揉得太多而厌烦，哈哈！”

她抬起头望着我，又努了努嘴，小拳头在我胸口一捶，撒娇道：“哪里会嘛！”

“呵呵。”

“嘿，问你个问题。”雪像是忽然想起了什么，直起身看着我说道。

我继续坐在草地上，微微一笑：“说吧，本公子洗耳恭听。”

只见她伸手抱住我脑袋，双唇几乎抵到我面前，轻声说：“爱我吗？”

“啊？什么？我听不清。”我笑了笑，没有正面回答。

如我所料，她似乎有些生气：“你好坏！问你呢？爱不爱？”

“好好好，爱！”我笑了笑，装作有些无奈地拉长了音。

“瞧你这样子，认真点，再问你一遍，爱不爱？”

“爱？你到底要我爱什么啊？”

雪听后，故意瞪大了眼，一个字一个字地念道：“你说呢？”

我顿时“恍然大悟”了起来，装作无辜地解释道：“哦！是你刚才说话只说一半的啊，为啥我没听懂呢？”

“因为你是笨蛋！”她有些气呼呼地朝我抛出了这么一句。

我见玩笑差不多了，便一把搂在她的颈后，又在她耳根轻轻一吹，哄道：“傻瓜，你是这么让我朝思暮想。看不到你，我虚度年华；看到了你，我度年如日。”

“哼！”雪一努嘴，佯作不屑，“我不信，你就是个大骗子！”

“乖，你说我怎么不把你放在心里啊？就上次好了，你说也想练字，让我买一支钢笔给你，我可是跑了好几家才找到你满意的呢！你说想练书法了，我那不是当天就买了毛笔和水写布给你了吗？还有一次，你说你大姨妈来了，让我帮你买红糖和那个什么巾，我可是全程顶着店员的姨母笑挑的最好的。那场面，现在想想还是很尴尬，哈哈！”

我本以为这段带着回忆的哄话会就此生效，不料雪神秘一笑，冷不防地换了个问题追问道：“好，那你马上回答我，我最喜欢啥牌子的卫生巾？”

“×××。”

“好，那姐姐用的什么牌子？马上说，不许想！”

我不由得被她不着边际、飞速跳转的提问逗乐了，反问道：“哈哈，我的天，你问这做啥？”

“不许想！快说！”雪逼问得理直气壮，双眼牢牢地紧盯着我尴尬的神情。

我的脑海飞掠过了露模糊的背影，望着暗急的雪，灵机一动道：“自从我和你在一起后，我就不记得那些了。”

“Great!”雪听后，立即灿烂一笑，终于把脸蛋贴回我身前，“亲爱的，我的问题问完了……我词穷了。”

我轻轻地拍了拍她的后背，在她耳边小啄一下，说道：“你词穷没关系，我可没有，我心里想对你说的那三个字都可以写成万卷诗书了。”

“真的？骗人的吧？”雪轻哼一声，故意侧过脸去。

我知道她口是心非，乐呵呵地将她的脸扳正回来，抵着她的额头道：“瞧你说的，你这么国色天香、倾国倾城、才貌双全、风华绝代，我怎么舍得骗你啊？”

“你不仅是个笨蛋，还是个嘴甜的坏人！嘿嘿……”说着，她拿起胸前的一簇褐发，在纤细的手指上缠了一圈又一圈。

我猜她此时一定颇有心理活动，有些得意，便调侃道：“既然这么甜，那么，你准备怎么处置我这个坏人呢？”

“嗯，我想想，”她眉头微微一皱，但很快又恢复了明媚的笑容，“有了！就考考你的文采，罚你给我写首诗！不过，要有意境，要文艺的，要斟酌字句的！”

“你又考我？”

“嘿嘿，此情此景，怎可无诗？”雪妩媚一笑，竖起一根手指，两眼滴溜一转，把那根纤纤玉指贴放在我下嘴唇上，补充道，“写成了的话，就给你一件意想不到的礼物。”

我见她这般挑逗，顿时心间荡漾，哪里还顾得上理性，一时豪情万丈，捏了捏她鼻尖上的肉，笑着说：“可以，不就一首诗吗？你是我女神，就算是让我为你写一百首、一千首诗，那又何妨？”

“嘿嘿，”她痴痴地笑了起来，双目含情脉脉，“快吟吧，我听着！”

“这个嘛，我都被你亲傻了，我也词穷了！写诗的事先记下，待我日后补上吧！”调侃中，我一把搂住她的肩膀，顺势一倾身，和她一同躺回草坪上。

“啊！”雪吃了一惊，倒在地上狠狠地瞥了我一眼，但又忍不住笑了下，随即把那张俏皮的脸蛋凑了上来，“你个大坏蛋，本姑娘不允许！我现在就要！”

“来，先亲一口再说！”

“哼，不给！”

七律·定情

鹊歌燕绕东风路，木槿先知复瓣开。

翠叶迎书蝴做客，红花绛蜡草充媒。

醉夸玉女倾城貌，娇问檀郎弄墨才。

岂恐诗心无续处，情深信手折香来。

原来，雪的吻不仅是这份感情的催化剂，同时也是我灵感的源泉。

6.中山公园的夜，有了你更美

随着感情的升温，我和她的约会变得频繁起来。有时在汉中路地铁站附近逛街，有时在威宁路地铁站吻别，有时一起去玻璃博物馆游览。但印象最深的地方，当属中山公园。

不过在去公园一游前，雪总想酝酿一些小资情调。

2015年8月14日傍晚，我和雪约在长宁区龙之梦大厦里的避风塘餐厅共进晚餐。我先到了一会儿，便入店订好了两个席位。等候期间，我忽然想到她在某些事情上是有点粗枝大叶的，就比如说认路。

“避风塘餐厅认识吗？你先到8楼，就在你喜欢的那家桂满陇对面。进门后，向左前方45度方向走5步，看到一个上行楼梯，不上楼梯，从楼梯右侧向前走6步，左转90度，步行4步，眼前右前方60度处有一个隔间。进入隔间，右手第一桌。”

不一会儿工夫，穿着浅黄色雪纺衫和蓝色牛仔裙的雪慢步来到隔间门外，朝着我故作嫌弃地一笑，端起手机迅速回复了几个字过来。

“此时此刻……我……只想……吻你。”

我会心一笑地放下手机，迎面牵起她的手，笑着调情道：“到底是要吻还是要吃饭？只能选一样哦！”

雪刚想把呼之欲出的话说出，忽然扫视了两侧，转而欲言又止，脸颊绯红，扑哧一声笑道：“饿死了，先吃饭！”

翻遍琳琅满目的菜单，我按照她的喜好点了一碟香酥炸鸡块和油爆鲜虾，又配了几个特色冷盘和一锅汤。

几筷硬菜下肚后，我见她正津津有味地剥食着油爆虾，生怕她噎着，为她又添满了茶水，劝道：“慢慢吃，不着急。”

雪将一大颗虾仁吞入口中，又用沾有酱油的手抓起那杯茶水，一口气喝了半杯。喝罢，她转头看了看我，似乎想起了什么，一努嘴，娇声道：“亲爱的，别光看着啊，来，给一个么么哒！”

“哈哈，好！你等着！”我见她如此贪心，既有美食在享用，还不忘索求一个吻，不禁心道：那好，本公子就给你一点颜色瞧瞧！

于是，我在嘴里含上了一口冰凉的饮料，直到舌头有些发麻，方才咽下，又趁着这股凉意未消，一头钻入她耳后的发丝中，在那颈侧的肌肤上轻轻一吻。

“啊！好凉！”雪不禁失声惊呼，似有生气地望着我。

呵呵，好一张花容失色的脸，但我又怎么舍得如此？于是，我轻轻握住她一只手，注视着她，深情款款道：“你知道吗？我爱你，就是这么沁入心脾！”

她听后，长睫轻颤，灿烂地咯咯一笑：“那你知道吗？我头颈后面是我敏感的地方……”

“早就发现啦，”我得意地笑着，轻轻捏了捏她肉肉的鼻尖，继续调情，“你就像是块铺满鲜花的宝地，等着我慢慢去发掘呢！”

“哈哈，亲爱的，你这嘴是越来越甜了！”说着，雪红晕着整张脸，一副春风满面的样子，一双闪亮的大眼睛滴溜一转，轻轻一哼，“那，这次换我了！”说罢，她便一口喝下剩下的半杯茶水，转头吻了上来。

令我意外的是，在这次接吻中，她别出心裁地把刚才那半杯茶水喂入我口中，又伸出两根纤细的手指放在我嘴唇边，神秘地补充道：“亲爱的，喝下去。”

绣床斜凭娇无那，烂嚼红茸、笑向檀郎唾。

我忽然想起了南唐李煜在《一斛珠·美人口》中的这句传神描写，心想：历史总是惊人地相似，此时此刻，对于欣悦娇憨的雪来说，这种戏谑式的举动也许正是她流露痴情的方式。

的确，无可奈何的我已分不清楚，到底是香茶带吻，还是香吻溶茶。总之，我满嘴全是掺杂了虾仁味的爱意，就此望着调皮的她哭笑不得。

“亲爱的，这两个虾仁剥好了，你也尝尝。”等我回过神来时，雪已经拿起其中一个送到我嘴前，眼里流露着几分欣悦的闪光。

好一个喜欢搞怪的女人！这下好了，吻和美食都全了，她刚才想要的，现在都有了。

饭后，我们来到户外，穿过熙熙攘攘的十字路口，又沿着长宁路东行，牵着手边走边聊。

站在公园南门外的红灯前等候时，雪指着对面向我噘了噘小嘴，撒娇道：“亲爱的，我们去逛逛公园好吗？”

我看了下手机上的时钟，毫不犹豫道：“行，说走就走呗。”

对面的红灯已开始读秒，而调皮的雪连这么点时间都不忘了撒娇。

刚才还挽着我胳膊的她，两眼忽然灵光一闪，随即闪到我身后，用脑袋使劲顶着我的后背，故作醉样道：“啊呀，我吃得太撑了，我走不动了！你背我！”

“哎，这小姑娘怎么疯疯癫癫的啊？”我委婉地拒绝了合作，并趁着绿灯牵着她向公园大门走去。

步入园内才发现，此刻已临近关门时间了，但里面的游客丝毫没有减少的迹象。我们在昏暗的夜色下，几经岔路，不知不觉走入了一片幽静无人的梧桐林中。此处，月光几乎被茂密的树叶完全遮挡。在我们左侧，有一条小河绕着这片树林蜿蜒流过，偶尔一阵夏风从侧面吹来，使那原本静止的水在月光下反射起微弱的光亮。与此同时，我们耳边传来了远处草丛里此起彼伏的虫鸣声。

“这是什么地方？”雪双手紧紧抓住我的手臂，将身子靠了过来问道。

我望着前面被灌木遮得黑漆漆的路，随口道：“你怕吗？”

“怕……不，不怕。”她的声音很轻，但手上的抓力却很重。

“你不用怕，因为有我在呢。”虽然我确实有点迷路了，但还是装作一副胸有成竹的样子，带着她继续寻找出口。

“嗯。”她轻哼了一声，挽得我更紧了。

近在咫尺，我手臂上顿时浮起酥软柔滑的体温，这令我不由得感到胸腔里有一股热血直冲而上，整个人有种说不出的蠢蠢欲动。

走着走着，我发现前方不远处的密林深处有一条用石板铺成的上行阶梯，而更远处的树影间透过来几点光亮。

我登上阶梯的顶层向左侧望去，隐约可见前方数十米开外有一栋建筑的外墙，透过墙上的玻璃窗，甚至还可以望见包间里用餐的人影。

莫非那就是公园门口地图上的那个御花园酒店？也许会有路通到那里呢？

隔着层层叠叠的树叶，我眺望而去，借着包间里射出的灯光，发现外墙根附近还有两三块石阶。想必，我眼前这条蜿蜒的石阶路应该可以向下直通到那饭店的墙根。如此，若顺此路走过去，再贴着墙走几步，便可以回到主干道上了。

“雪！快看……”

这时，我手掌上突然传来一记牵引力，她竟然把我整个人拉回到自己身前，接着一把抱住，咯咯地笑了。

“小兔子？”

“亲爱的，爱我吗？”

“爱！”

“嘿嘿，我想……”

此刻，这条石阶仿佛就是为我们的拥吻而定制的。

此刻，悠悠的虫鸣和轻柔的风声不约而同地淡出了我的感官。

此刻，我鼻中满是她撩人心魄的香水味，耳中满是她急促不已的呼吸声，嘴唇上满是那熟悉的唇膏味，手中揉捏的是她雪纺下渗着香汗的蛮腰。

七绝·月下幽会

碧水蛙鸣蝉未静，
玉盘莫照密幽梧。
松衿烦扣蛮腰软，
铁骨难当雪纺酥。

我们身处悄然无声的幽暗林间，肌肤下脉动着无法冷却的热血。而我终究还是忍不住探出一手，从她腰间一路游上那细滑的后背，两指一分，便解开了那枚钩子。顷刻间，我耳边飘来了她的一声娇软轻吟。

无须睁眼，你在月下和我心中都是绝色。

两情相悦，与其矜持片刻，不如允许我为你疯狂一时。

别无所求，在这个红尘一隅，只要有你和我，便是所有。

7.明天就是七夕，你准备和谁过?

不能片面地说女方物质，因为每逢佳节，确实有必要以适当的经济条件去为女友备置一份浪漫。这既是为了营造出一种难忘的仪式感，也体现了一份真切的诚意。

英国作家威廉·卡克斯顿说过："有钱，爱情就能长久。"按照我的理解，人不能凭借金钱去购买爱情，而是应该在有感情基础的前提下，合理运用金钱来维护和保鲜那份海誓山盟的初心。

记得第一次和雪谈到经济问题，是在一个夏夜的星空下。

2015年8月19日下班后，我们买好了糕点和牛奶，约在中山公园一处宽阔热闹的草坪上用餐。一番打情骂俏后，我们便惬意地躺在草坪上小歇，一同望着夜空聊起了对未来婚房装潢的憧憬。

聊着聊着，雪忽然从草地上坐了起来，望着躺着的我，说道："对了，问你个问题。"

见她面色严肃，我觉得有些不对劲，缓缓直起身来："啥问题？"

"上次你说换了新工作，"雪虽然笑着说道，但两眼却始终目不转睛地注视着我，略作停顿，"那现在工资涨到多少啦？"

突如其来的新话题是如此严肃，我很快意识到这个问题回答得好坏可能会影响到我们恋情的稳定性。若如实报价，那么她会不会失望而去？若报价虚高，那算不算我对她不够诚实？将来被发现后会不会引发信任危机？

"这个嘛……"我陷入了矛盾不已的犹豫中，心中浮现起前不久T公司财务刚发给我的工资条，上面可怜巴巴地写着税后2950元。

雪狐疑地看着我，一边伸出三根手指放到我面前，一边追问道："这个数？"

见我难以启齿，她又多加了一根手指，重新放到我面前："这个数？"

"行了，雪，"见她追问得不依不饶，我有些不安地握住她的手，心虚地望着她寻思中的神色，"我确实比以前涨了一些，但……"

"好的，我晓得了。"说着，雪原本目露精光的双眼此刻突然黯淡了下来。随着耳边的微风拂过，她整张脸在路灯的光亮下忽明忽暗，刚才打情骂俏时的红晕早已不见了踪影。

我尴尬地抱着身体有些僵硬的她，心虚得无法直视她疑惑的双眼，不禁自问：在现代快餐式爱情的背景下，到底什么才能真正使一对情侣的感情持久不衰地维系下去？是对金钱的热情，还是肉体亢奋的激情，还是一腔诚实的衷情？

我明白，雪不会乐意接受一段柏拉图式的精神恋爱，她一定也和其他女生一样期盼自己的男友给个实实在在的惊喜。而今年的七夕就在明天，其实我早已在店里定制了一枚做工精致的银质心形项链。

这晚，我牵着她的手沿着长宁路西行。当走到一个名为“上海小马路”的金字塔式下行道口时，她问我第二天准备和谁一起过。我很诧异，雪没说自己，而是用了“谁”这个字眼，表面意思是想让我自己去选择，实际上还想考察我是否会对和露分手的事反悔。

雪，我的确因为露分手时严厉的责问感到惭愧，但我不后悔那样做，因为和你在一起时我更快乐、更放松、更憧憬我们的未来。难道，你还不相信我吗?

有时，连我自己都觉得，男人嘴上说的没用，得看他怎么做。

想着想着，我把原本想反问她的话吞了回去，沉默了好一会儿，才道:“你明天就知道了。”

事实证明，我这种表达得不够明确的做法是错误的。这不会让雪对明天充满好奇，反而会让她理解为优柔寡断，从而在失望中做出了一个临时决定。

8月20日下班后，我先赶到1号线徐家汇站的站台，望着忙完工作的雪姗姗来迟。当她翻开礼品盒看见那枚项链的一瞬间，由衷的惊喜之色将满脸的疲惫一扫而空。

看来，我定制的款式是她喜欢的。非对称的银质框架既像一颗爱心，又形似一片玫瑰花瓣。框架中央的设计也别出心裁，不仅斜跨着“LOVE”四个镂空字，还在字母“O”的环内镶嵌了一颗晶莹剔透的紫水晶。为了体现它对雪的专属意义，我不仅找商家在链子上配好双鱼座符号的金属挂件，还在心形边框上激光雕上了她的名字。

“走，这次我们去美罗城吃，一会儿有的是时间细看！”

雪望着我，眉头微皱，撇了下嘴角，说道 :“不，亲爱的，今晚我有约了。哥哥嫂嫂来找我，我去当当电灯泡！”

她说的哥哥嫂嫂只是对她小伙伴的敬称，并非亲属。这让我顿感意外，心中的不满还未经过大脑就已说了出来 :“什么，你要我？”

“要你？你昨天有说过今晚约我吗？”雪的脸上写着一个大大的不满，把我反问得猝不及防，“说过吗？没说过啊！难道，还要让我来猜你想和谁过？”

见我被怼得有些不悦，雪似乎觉得把话说重了，于是补充道 :“假如你想陪我过七夕，那就和我一起去见哥哥嫂嫂！”

“不……雪，我还是不去了，”耿直的我并没有顺着雪给的台阶下，还在执着于自己订好的原计划，“今天这么特殊，我只想和你一个人过。”

“那么，我走了。”

我相信，今晚的雪是喜忧参半的，这从她上车前不自然的步子中便可看出这份对立的矛盾。喜的是，我送上了充满仪式感的精美礼物，我见到了她刚收到礼物时的那份惊喜的瞬间，她也能从中感受到我对她的重视；忧的是，前一晚我的立场表达得太不坚定，此刻还不知变通地令她只身赴约。

挖空了心思，是给到了仪式感；固执于形式，却输尽了诚意。

其实，只要有她在身边，有没有其他人在的七夕又有何分别呢？

8.昨日良辰空设，今日人海忽别

错过了七夕的良辰美景，再想补救，往往很难得偿所愿。

更糟糕的是，七夕那晚我写完日记就困意十足了，第二天8月21日早晨才发现，凌晨2点时微信上来过好多条雪的消息。

“我今夜难眠，就在刚刚，我在梦里再一次受到了魔鬼撒旦的试探。这是我信主以来的第四次试探。我内心恐惧，灵魂在受到谴责，每次我都在拼命地喊着耶稣救我！耶稣救我！”

“我会从那种极度难受的状态中突然醒来，突然能够呼吸……我知道是耶稣救了我，但是这种灵魂的责备会陪我整夜，甚至最近几周。”

“我祷告，我已经知道了我的选择。对不起，因为这件事情我违背了上帝的旨意，我无法承受这样的试探。”

“记得开始的时候，我是祝福你们的。我是对你说，你要对她好的。可是到昨天，内心是生气你对她恋恋不忘的，是我活活地拆散了本来很般配的你们。这种自私、忌妒和罪恶今晚伴随着我，彻夜难眠……”

“我决定了，我选择离开上海，我很爱你，我不能逃避这种感情，但这爱已经成为了我放纵的自私和灵魂的责备。我不能违背上帝对我的旨意，我没有办法承受出于罪恶的缘故，撒旦对我的试探，让我远离上帝！埋葬在记忆里吧……明天来接我，那将是我们在上海最后一次的约会。我会保存你给我的礼物一辈子。我爱你！深爱你！”

读完她的心里话，我对前一天的不欢而散深感懊悔。经过几次电话和几番微信交流后，雪的心情似乎好转了，并答应和我当晚去长宁龙之梦吃饭。

我照往常一样早到了十分钟，坐在2号线的站台上等候。不过，这一次她却反常地迟到了一个小时。

列车终于停了，雪缓缓走了出来，而着装显然没有像前几次那样精心打扮。

那件宝蓝色的无袖连衣裙，胸前和腰间的布段有几处皱痕，似乎是洗衣拧干时留下的，竟也不曾熨平。不过，她背后的那个硕大的黑色琴包倒使她在行人中分外醒目。

列车驶离，一阵地铁风吹起了她的长刘海，被我轻轻捋顺，熟练地拨到一侧的脸颊上。我从手感上得知，她原先那柔软松卷的长发此刻竟存有些许油腻。

兴许是因为昨晚的事吧，所以她才看上去这样憔悴？

我有些心疼，忍不住在她脸颊上亲了一口，无意间发现她有好几簇末梢分叉的褐色发丝散落在肩头。

“雪，还在生昨天的气？那是我的错，我……我答应过你，要把心里想的都告诉你的，但那天我一心想给你留个惊喜，结果反而弄巧成拙，让你不开心了。”

她似乎没有继续听下去的意思，只是干笑了一下，且在与我目光接触之际，眼神飘忽不定。

我尝到了几分尴尬，顿时心生后悔：可惜了，前天晚上我真的应该直截了当地说明第二天的计划，而不是卖个关子，故意留点所谓的神秘感！也许，昨晚我们分开后，还发生过什么令她不愉快的事？

我们之间沉默了好一会儿，明明只是同行时的几秒，可我却感觉过了好几分钟。看来，我必须得通过其他话题来使她重新敞开心扉。

对了，她今天带了吉他！我又可以一饱耳福了！

雪的确是个多才多艺的女子，不仅英文歌唱得好，还会跳舞，更会弹吉他。上个月，她自弹自唱了一段《晴天》，录成小视频发给我，令我记忆犹新——画面中，眉目清秀的她披着一头飘然长发，玉指律动，琴音袅袅。妙哉，好一位貌、神、气俱佳的才女！

一想到自己有幸能和这样优秀的她谈恋爱，我调整了心绪，改为笑赞：“哟，你可没告诉我，今天你准备带把琴来赴约啊！真让我眼前一亮啊！”

她踩着那双高跟凉鞋，朝着地铁出口的方向边走边说：“亲爱的，今晚我需要找个朋友帮我调下琴弦，我们下回再一起吃饭好吗？”

我顿时有些隐怒，七夕夜是我不对，没有明确表达相约之意，而今天我已提前告知了她，而她也来赴约了，可临时却告诉我另有安排。望着她怒气未消的容颜，我可以猜得到，这似乎多半是她对我小小的惩罚。

“不是说好一起吃饭的吗？要不等我们吃完饭，再去请你朋友帮忙吧？”

“不用了，让对方等太久也不太好。”雪不容分说地答道，继续向几步开外的检票口走去。

我刚想反驳，可忽然觉得不太对劲，心说一个会弹琴的人难道不会调琴弦？可是，我又不懂吉他，也许弹琴和调琴弦确实是两码事呢！或许她只是在找借口婉拒，但我还是不忍当面戳穿。

站在上行的自动扶梯上，我困惑地望着她毫无喜色的脸庞，忽然发现她背着琴包的右肩留下的印痕，关心地问道：“琴挺重的，还是我来帮你背吧！”说罢，我伸手准备接过琴包。

出乎我预料的是，她右手一使劲，竟将背带牢牢地攥在手心。

“别碰，”雪忽然拒绝了我，并在和我目光接触之际再次移开了视线，“还是我来背吧。”

我听后一怔，从侧面望着她直视前方的眼睛，心中很不是滋味，像是被人掐紧了喉咙，一时不知如何排解这份突如其来的尴尬。

我们来到户外，右手边正是龙之梦的入口。门口半湿的地砖上，不少青年男女像我们一样结伴而行。但与我们不同的是，他们的手是牵在一起的。

“雪，好像从没听你说过，你还有个会弹琴的朋友啊？是男的？”我努力挤出一副笑脸，忐忑地问道。

“是的，他是我在教会认识的朋友，”她停下脚步，抬头用黯淡无光的眼神看了看我，又补充了一句，“放心，还只是普通朋友。”

我顿时有些不服，进而建议道：“既然如此，那我送你去那儿吧！”

“真的不用了。”雪再次停下脚步，回头说道。

“为什么？我又不是外人。”

“今天，一起去的都是主内的基督徒，要是让他们看到我带着你去的话，不太好……”

什么？就因为我不是基督徒？我可是第一次听雪说出这样的话来，心中的隔阂感油然而生，一时间也不愿和她为此争论。

“雪，等等！”望见她朝不远处的十字路口迈出了步子，我立即从沉思中惊醒了过来，迅速从包里取出了朋友从国外带回的白色恋人巧克力，递到她面前，补充道，“要去的话，带上这个吧。味道很好，你就当是晚饭前的点心好了。”

“我不喜欢吃。亲爱的，还是你吃吧。”雪摇了摇头，目光黯淡地望着我，一手将巧克力推了回来。

夜色下的绵绵细雨中，长宁路和凯旋路的十字路口挤满了等候绿灯的人，而这也将成为今晚的道别之地。

尴尬的沉默中，我望着对面正在闪动读秒的红灯，又将视线移回到雪没有表情的脸上，脑海中对她一连串的转变困惑不已。

绿灯亮起后，她刚走出去一步，似乎又想起了什么，转身对我说道：“亲爱的，明天早点来接我。我已经决定了，那是我们……”

“不要说了！”我立即意识到她想说什么，满脑的恐慌正疯狂拨动着我的心弦，致使语气中都失去了往日的从容。

兴许，当我明天带着她去参加阿杰和阿委的聚餐时，热闹的场面又会使她恢复往日的活泼和喜乐呢？

“我亲爱的雪儿，拜拜！到家了记得告诉我一声。”说着，我用手擦了擦她肩上微凉的雨沫，心中仍希望再见她笑一次。

毛毛雨像一层层轻纱一样，缓缓地从夜空中飘落下来，笼罩着雪决然而去的背影。纵使我舍不得，但也只能无奈地目送她迅速融入马路中央的人群。她一路向西的步伐是那样坚定而有力，而我迈出又收回的脚步竟是如此犹疑而无助。

她今天是怎么了？难道她还在为昨晚没有一起过七夕的事生气？还是因为她对我现在的收入感到失望，看不到未来？还是因为她仍旧在怀疑我和露分手的决心？还是仅仅因为她大姨妈来了，所以心情不好？

我默默收拾着凌乱得像绒线团的思绪，竟不知所措地在路边喃喃低吟。

夜雨代我吻你

我凝固在暮色的烟雨里，
留不住你的随风远离。
揉一揉眺望你的湿眼，
才见衬衣袖口的雨滴。
你明明还依稀可见，
而我却感怅然若失。
纵有一世芳华，
我甘愿做你背上的吉他，
好似我从身后抱紧你。
雨方落，
车已发，
风催忆。
在我酸红的心窗下，
在你悠长的祷告里，
看不清，
我想吻留的你。

忽然，前方半空中传来一记电机的轰鸣声。

我迎着雨水抬头望去，只见3号线列车正呼啸着向北飞驰而去，心中的怅意便油然而生：“车去人不返，影单雨亦沉。”

在别人的眼中，她或许只是茫茫人群中一位背着吉他的文艺女青年，在微风细雨中长发飘飘，衣裙风动，仿佛是一幅栩栩如生的水彩画。

在我不愿移开的视线中，她此刻或许正朝着她即将决绝的方向走去。而我们之间除了逐渐被拉长的斑马线外，还隔着那把比我更幸运的吉他。

9.顺从耶和华的旨意，我们不得不分离

我盼望和她再见一面，这并非我一意孤行，而是一次约定。

2015年8月29日周六下午，我从药店买了一瓶眼药水，带去送给正在加班的雪。随后，我们在附近的玻璃展览馆小歇。令我宽慰的是，这天她的心情看起来比上次好多了，不仅深情地靠在我的肩膀上，还拿起我的手机，主动要和我合影。气氛似乎又恢复到前不久如胶似漆的状态。

“帅哥，我要回公司去了，再见了！”雪在商务区外的街上忽然停下了脚步，望了望一旁的办公大楼，对我神秘地笑道。

“好的，拜拜！”我对她不同往日的称呼感到陌生，心中升腾起一股莫名的耿直，“对了，老实说，我不太喜欢这个称呼。”

“哦，好吧，”雪脸上明显掠过了一层扫兴后的尴尬，刚起步向前走去，但又急匆匆一回头，眉目间的神色颇为犹豫，“那个……我们下周再见一面。”

“好啊，没问题！”我一听下周她主动约我出来，顿时喜从心生，完全没察觉到她的弦外之音。

“See you!”说罢，她拿起那盒眼药水，在我面前摇了摇，转身离去。

雪说的“帅哥”一词提醒了我，我和她的关系不能只停留在吟风弄月和花前月下，而是应该结合现实去详细制定我们的未来。这样的话，美好的憧憬才会变成现实，热切的情动才不会沦为幻影。

在随后的两天里，我开始将我和雪未来五年的规划逐条写在纸上，删删改改了好几次，终于鼓起勇气把这份计划和自己的现状如实相告。

我：“我这几天一直在考虑你那天憧憬过的婚房布置。生活中，若有你相伴，早上一起去上班，晚上回来孝敬父母，周末闲时写字弹琴，有了你，这真是人生快事！孩子的房间、明亮的客厅、昏暗的卧室、你想要的吉他音乐室、我想要的书房，若要在上海实现这类住房，需要一个普通上班族男人工作大约20年。由于我家只有一套房，我只能加倍努力工作并不断接近买婚房的目标。其实我工作至今，积蓄还不多，离新房子首付还有一定距离。假如这样太漫长，对于等待中的另一个人恐怕也不太公平。我已决定做一份兼职，只想多赚点钱，再苦再累我也不怕。只要可以靠近我们美好的明天一步，就值得我去做。我不想对你隐瞒什么，我家境比较一般，父母上班打工挣来了血汗钱，供我读到大学毕业。而现在母亲的病情也需要用钱治疗，所有这些让我觉得担子很不轻松，但也必须通过努力去改变。这是我的情况，对你如实相告，是因为爱情迟早会回归现实，而你上次也问过我这类问题。对于这样的我，你如何看待？”

雪的回答来得很慢，很慢。

雪："我看了好几遍，不知道怎么回答。"

我："不好意思，我说的话有些沉重，不过这也是现实情况。我很想听听你的想法。"

雪："这么真诚的话你都能够说出来，先等等好吗？我觉得急着给答案不是一个很好的选择。不会很久的。"

看来，雪的内心也在因为我们的未来挣扎，与我不同的是，她选择向基督寻求解决方案。

9月1日晚，一位牧师长辈特地从西安来上海看望雪。在听闻她和我的故事后，牧师不但没给她建议，还用很严厉的话予以教导，并带着她跪在耶稣面前忏悔祷告。

雪事后告诉我，她为此哭得极其伤心，感觉是自己促成了我和露的分离。而我也很苦闷，还是会收到露发来的短信，质问我为何那么狠心分手，为何能这么快另寻新欢。我扪心自问，即使雪没出现，我和露依旧走不到最后。我越发能听清内心的呐喊，雪既是我做出决断的催化剂，也是我无怨无悔的精神寄托。

我们都在接受某个人的灵魂拷问，但却做出了完全不同的抉择。

时间在一天天地流逝，雪的朋友圈依旧频繁地更新着，不过不再是我送的项链，取而代之的是，她那位吉他手男教友的演奏小视频、她和小伙伴的校园野餐，又或是几句模棱两可的文字。

"你很丑，但你很温柔。"

"你不说，我就不多问了。"

我不确定这些模棱两可的状态到底是指谁，几次拿起手机想问，却又觉得这样的敏感像是捕风捉影，倒不如见个面来得真实。

2015年9月5日周六，暑热尚存，秋风初起。这天早上，雪告诉我她会去教堂做礼拜，我问她是否可以见一面，先前婉拒的她终于勉强答应了。

上午11点35分，我来到了3号线中山公园站以西数百米处的那所教堂门前。

这是一幢两层楼高的西式建筑，二楼的窗户下还挂着一块牌匾，上面镶嵌着"沪西礼拜堂"五个繁体金字。在牌匾下方，有一扇刷着黑漆的铁栅栏紧锁着，栏上根根竖起的尖刺令人生畏，仿佛无声地像门外人宣告着此地的庄严和圣洁。

"我可以先来看看你吗？"

"别了，都是团契的弟兄姊妹。"

虽然雪这样回了消息，但我还是告诉她，我会一直在就近的全家便利店等候。而这一等，一直持续到了下午2点，才等来了散场的消息。

"喂，你在哪儿？"

"还在全家啊，你呢？"

"你还在那里啊？"

“是啊，你结束了吗？”

“我已经在龙之梦了，一会儿还要和主内的朋友们吃饭。”

“什么？不是说好见一面的吗？”

电话那头明显停顿了一会儿，我甚至隐约听得见话筒中微弱的叹息声。

“嗯……那好吧，你来龙之梦一楼的C&A。”

十多分钟后，当我来到龙之梦一楼大厅中央时，远远地便望见一个熟悉而又陌生的女人立在那家服装店门口。她穿着一件带有猫咪LOGO的圆领短袖和黑色收腰短裙，一见到我便侧过半张脸去，耐人寻味地神秘一笑。

我忍着刚才的困惑走到她面前，小心翼翼地问候道：“最近还好吗？”

“一般吧。”说罢，她转过身去，一个劲地向店内走去。

见她故意拉开了距离，我赶忙跟了上去，又问：“你还没吃饭吧？不如我们去楼上那家你最喜欢的桂满陇，怎么样？”

“不用了，你先陪我看会儿衣服，”她驻足在一个卖帽子的展位旁，挑起一顶黑白格纹的圆帽戴在自己头上，而目光却故意避开我，“一会儿我得上楼去，和我主内的兄弟姊妹一起吃饭呢！”

难道你的教友们比我还重要？

我本想这么问她，但话到嘴边又不想说了。我很快意识到若真的这么直截了当地问了，相当于将自己和她的教友们对立了起来。这样非但不能化解尴尬，反而可能会加深误会。

雪没有注意到我困惑的神态，只是在频繁地四处试衣。可她显得是那么心不在焉，只是将衣服往身上一贴，又很快将它们弃置在衣架上，然后继续快步穿梭在各个衣柜间。我望着衣架上横七竖八的衣服，有些看不过去，就跟在她身后一件件重新挂好。

我觉得她这是有意避开我，但仍想和她恢复从前的状态，于是追上去说道：“既然是你的朋友，那我很愿意和他们认识下。”

此刻，雪只是用黯淡的目光与我保持了片刻的对视，语气中竟有些冷漠：“不用了，他们和我都在耶和华的殿堂里。我觉得，两个主内的人在一起，这才会被他祝福。带你去见他们，我会被说……”

被说什么？难道是说我和你信仰不同，所以走不到一起？

见她把目光抽离而去，我一时语塞，注视着她头上被故意压低的帽舌，尝试再换个话题：“你戴这帽子挺好看的，我买给你吧，就当是约会的礼物吧。”

“不用了，”她听后，迅速摘下帽子，随手扔回展位，转身刚准备向前走，又折返身子，“我是说，等到冬天时再给我买衣服吧。”

她前半句似乎带着点拒我于千里之外的意味，而后半句却又像是有意避免激怒我似的。

我被这一推一拉的反差弄得有些茫然。

虽然她没买那顶帽子，但还是挑选了一条裙子，在我的陪同下来到收银台前准备结账。

在她身后，我意外地发现，这些天她不仅把头发拉直并染回黑色，头颈上还多了一条金色镶边的十字架项链。

她为什么不戴我送的项链了？而这又是谁送的？

我中止了脑海里的胡乱猜测，将手搭在她冰凉的肩膀上，勉强微笑着说道："这么好看的裙子，还是我来结账吧。"

"走开！"面前的女人冷冷地回头道，阴沉的脸上再也见不到往日的阳光。

雪，你怎么了？这是你对我的本能反应？你这是在开玩笑，还是认真的？

无比诧异的我不知不觉地后退了一步，呆呆地望着收银台后墙上的壁纸，那片留白和我思绪一样空空如也。看来，除了刚才发现的变化，她都不允许我碰她了，这和之前简直判若两人。

伤感之余，我忽然有个猜想：既然她要和那群教友聚餐，那上次在她朋友圈里看到的吉他弹唱男也会出席。这会不会是她最近如此排斥我的原因？

"我觉得，两个主内的人在一起，这才会被他祝福。"

我再次想起她刚才说的这句话，不由得从心底凉到了手心，再回过神来，她已提着纸袋向店外走去。

不，我得赶紧跟上去！我有种预感，过了今日，往后我恐怕再也找不到她了！

我快步追了上去，跟着她急促的步伐来到店外的大厅，眼见左边正是向上的自动扶梯，便着急地喊住了她："雪，等等！最后再问你一次，你真的不和我吃饭了吗？"说罢，我沉默着，焦急地等待着她的回答。

她终于停下了脚步，面色僵硬地一回头，斩钉截铁道："对，他们在等我。"

"等，等等，我……"

"你还有事吗？"

我忽然捕捉到了她称谓上的变化，失望地注视着她熟悉的脸庞，不仅颇感陌生，而且如鲠在喉。

今天的雪是精心打扮过的，从前大波浪的褐色长发已用离子烫拉直了，并染回了黑色，可我连她最近哪天去的美发店都不知道。再看她游离的目光和心不在焉的神态，还有嘴唇上抹的新式口红，这些都令我感到自己正和她的世界脱节。

网上有一则金句是这样说的："好的歌只会在无意间听到，可人们会贪心将其循环。直到有一天厌烦了，便丢弃在一边，仔细想想遇到的人不也是如此？"

雪，也许，我在你的世界里已失去了起初吸引你的光辉，而你又是个有更高追求的人。

于是，我就这么顺理成章地被降级和淘汰?

可是曾几何时，你会换穿不同的衣服，自拍后发给我，一个劲地问哪件好看。

半夜里，你会发一长串表情给我，求我帮你充话费；下半月，你会找各种理由向我借钱，无论是多是少，你总会在第二天还清。

你会前一夜精心煮一锅鲜美可口的鸡汤，第二天带给我品尝，还一定要我把剩下的一大碗喝完。饱胀的我想了想，还是一饮而尽，只为不辜负你的辛劳。

你还是个心灵手巧的女孩，绣过一只紫色的猫咪，频频拍照发来，只为博得我的称赞。

我们在7号线的肇嘉浜路站道别，我拿出一盒蒙牛送你，而你递来一瓶养乐多回赠。那暗送秋波的眉目传情，我知你所思，你懂我所想。

我为工作的事独木难支，烦恼地随手在纸上画了竹子，还注了“孤竹”二字。而你见了后，淘气地抢来笔，乐呵呵地在竹子旁边添了一株鲜花。

你坐在旁边看我在本子上记事，却一个劲地调皮捣蛋。我明明说要惩罚你，其实是用刚买的羊毫蘸上清水，在你温暖的手心写下你的名字。我特地写得很慢很慢，而急性子的你却安静地等我写完，还说被写得心里好甜。

你说你也喜欢赛车发动机的轰鸣声，于是我带你去玩头文字 D 街机。我们风一样地体验着秋名山和伊吕波坂的 U 形弯，好不痛快！而就在我走下驾驶座的同时，你朝我眯着笑眼，痴痴地做了个“我爱你”的口型。

同一把吉他，两个人弹。你说你喜欢周杰伦的《晴天》前奏，而我就喜欢一遍又一遍地听你拨玩那沁人心脾的六根弦。

我回味着我们每次见面的情景，写成了一本日记送给你看，而你拿去后，别出心裁地将每页纸装入木质的画册，再添上你俏皮的语录和照片，当作是我的生日礼物。

我想带你回家见父母，可你担心自己说不好上海话会不讨巧。于是我买了本方言教程，花了大半个月页页备注，希望能尽早地交到你手上。如此，我们不见面时，你也可以翻阅……

雪似乎不容我再这么不舍地望着她，索然道：“没事的话，我得走了。”

“啊，等一下！”我下意识地摸了摸腰间的挎包，清楚地触及一本书的棱角，可却始终没将它取出。望着开始有些不耐烦的她，我低头从包里取出一盒酸奶，缓缓地递到决绝的她面前，补充道：“那你把这个带上再走吧。”

小兔子，最后一次了，看着我的眼睛！

见她低着头一把抓过那盒酸奶，我便不再向前迈出一步，只是独留在原地，失意地望着站在自动扶梯上的她缓缓上行。

“拜拜，我们下次再见吧。”她佯笑着，向呆立的我挥了挥手，随即低头从包里取出手机，放到了耳旁。

这一刻我懂了，那天她在玻璃展览馆里如此热情地和我合影，原来是为了留点回忆给我。而我，当时竟浑然不觉，还以为我们可以继续走下去!

想到这里，我彻底沉默了，忧伤地望着她微微摇头，但又不想摇得太明显，似乎还对下一次见面抱有一丝幻想。但可惜，不会再有下次了，这是她当面对我说的最后一句话。

原来，有的时候，再见就是不见的意思。

10.松下秋忆，念着最美的你

自从和雪分开后，一连数日我没能从突如其来的变故中缓过神来，仿佛所有的记忆还冻结在前不久的两人世界中。

温存已去，人却未醒，纵然身处茫茫人海，所见也只是被惆怅激起的涟漪。正如当代作家芈十四在《懂事之前，情动以后》中所说："一生之中，相逢的人、遇见的事都会为我们留下痕迹，只不过有时候必须承认，爱情留下的痕迹最深。"

所见略同，深以为然。

2015年9月中旬，虽然我在T公司的工作越来越忙，但我仍会在下班后抽出半小时，单曲循环着雪朋友圈里的《一万次悲伤》，去中山公园里走走停停。

重游非故地，半醒是新愁。

从公园南门进入后，顺着大路向北走，再沿着两侧高树林立的林荫道步行百米，向右就可以望见那片宽阔平整的西草坪。这里向来是人们休闲游玩的热门场所。游客中，有独自捧书阅卷的，还有小两口带着孩子来放风筝的，更有如胶似漆的情侣来此调情的。

在西草坪的中央立着一棵两层楼高的大松树，树下的泥土上似乎还封存着昔日我们一起留下的足迹。

"You are my sunshine, my only sunshine. You make me hAppy, when skies are grey. You'll never know, dear, how much I love you. Please don't take my sunshine away."

记得8月上旬的那一晚，我听完雪靠在我耳边吟唱的《何以笙箫默》的主题曲，称赞道："你唱英文歌还真好听！"

"呵呵，亲爱的，我们来玩个游戏吧！"说罢，雪高兴地站了起来，来到距离我三步以外的草坪上。

我回忆起上次在公共绿地时，她蹦跳着扑倒我的情景，不由得自言自语："还玩那套？"

"才不是呢，"雪笑盈盈地走到我面前，拉起我的双手，"这次我们玩转圈圈！"话音刚落，只见她向后倾斜，并以我为轴开始绕圈。不消几圈下来，我便头晕目眩，站立不住了。

“啊，亲爱的，我头好晕！”她朝着正靠坐在松树旁的我尽情一扑，半个身子压得我差点从地上跳起。

雪就是这样一个时不时小作怡情的女人。记得上次夜游中山公园时，她和我正准备走过一个石拱桥，那时她竟突发奇想，闹着非要我熊抱着她，倒着走过那座桥，搞得我在游客们异样的目光中好生尴尬。

“真是个调皮的小妖精！”我一只手抚摩着她的大波浪长发，嗅了口上面的洗发水香味，轻轻在那细腻白净的额头落下一吻。

“嘿嘿，别说话，让我好好听听你的心跳！”说着，雪向我投来喜不自禁的眼神，迅速将脑袋靠在我胸前，而一只手掌则搭在我腹部上方缓慢地轻抚。

夏日正是衣衫单薄的季节，我能感受到她急促地呼在我身上的微热气息，也能感受到来自她酥软玉体的温热，于是一股电流瞬间闯入了我的大脑，掀起了一幅幅迷乱不已的幻象。

真是胡来！大庭广众之下，竟故意挑逗我的神经。

“雪，你看那边。”我勉强克制着激荡的心，看了看附近的游客们，又将目光聚焦到远处那幢龙之梦万丽酒店大厦，寻找着转移注意力的方式。

这幢高耸入云的大厦可谓是长宁的地标建筑之一，其外侧的独特曲面像是连接着天与地的纽带，在夜色的衬托下更是显得恢宏大气。而最引人入胜的是外侧四条棱边上的幕墙灯效，使人不由自主地反复观赏——起初，一大片 LED 从底层亮起，像一个个气泡似的自由上浮，最后在楼顶聚集到一处，整个过程的画面美得像夜空中的一抹湛蓝！

“雪，你看那蓝色的灯像不像一个个灵魂，而它们会聚的顶层就像是你说的天堂。”我望着远处的奇景，感慨道。

“确实很漂亮，不过，”雪说到一半，话锋一转，故意耷拉下嘴角，“天堂好挤啊！”

我微微一笑，轻捏了一下眼前粉嫩的脸蛋说道：“天堂再挤，有你便好。”

雪一下子便被逗乐了，咯咯地笑了几声，接着目光明媚地问道：“问你，你觉得我会嫁给什么样的男人？”

面对她目不转睛的提问，我略作考虑，便回以深情的注视，说道：“小兔子，你爱什么样的男人，你不说，我怎么知道？”

晚间的秋风忽然钻进领口，令我不禁打了一个寒战，回忆就此戛然而止。

我无力地坐在那棵老松树底下，望着那幢大厦旁墨迹斑斑的阴云，失意地喃喃自语道：“老树啊，那晚的对话，你也算是个见证人吧，你还记得吗？就在这里，我曾熊抱着她，倒着走过那座石桥；我也曾拉着她的手，转圈欢笑。而今她已不是你见过的那个雪，我也不再是她口中的笨蛋。人是多变的，而人说过的话却一直在那儿。呵！她说天堂很挤，可是她哪里知道，挤的明明是人间！”

“谁能把我从地上抱起来，谁就是我未来的老公！”

“喏，这可是你说的哦！”

“啊！”

“怎么样，小兔子？”

“亲爱的，你好man！从来没有人把我一下子公主抱起来！”

昔日的情话不再滚烫，反在我耳旁冰冷地回响起来，真是既动听，又残酷。

有些事，能做到，却再也做不到了。

浪淘沙·秋忆夏雪

园内雨潇潇，夏去人遥，

雀单啄草筑孤巢。

遥想三旬心尚暖，丰韵娇娆。

风乱剪残苗，一派萧条，

卧怜皲草触眉梢。

忆抱青娥蝉猝噤，反走石桥。

我苦笑着从地上捡起一片残卷的枯叶，端详了一会儿它的褪色和残缺，又心酸地将它放下，正如我那晚将她轻轻地抱回到地上。

11.在回忆的碎片中，祝你订婚快乐

倘若世上没有了时间，那么回忆也就会消失，而创伤也永远无法愈合。

当代诗人汪国真先生曾在《汪国真诗集》中说道：“在季节的列车上，如果你要离开，请不要叫醒我，让装睡的我一直等到终点，认为你一直不曾离去。”

10月的秋急不可耐地把夏季生生替换，而对雪的离开，我既没能在现实的残酷中装睡，也没能在回忆的甜蜜中醒来。就在这样半梦半醒、似痛若甜的状态下，我终于找到了一个可以卸下所有防备的终点——中山公园西草坪的那棵松树下。

怀着什么样的心情，就会看到什么样的景色，就会写下什么样的字句。

瞧，那半挂在龙之梦万里酒店大厦旁云层间的月牙，令惆怅若失的我猛然忆起，清代诗人纳兰容若曾在《点绛唇·一种蛾眉》中说：“一种蛾眉，下弦不似初弦好。庾郎未老，何事伤心早。”

看，远处那一镰银钩竟越看越像是在用阴沉的云朵偷抹垂泪。而那些湿透了的乌云越来越沉，以至于独雀低飞，孤魂仰叹。

就让我站在这棵熟悉的松树面前，迎一阵破风，听一场碎雨，捡一片黄叶吧。若是站累

了，我也可以席地而坐，转头便可望见人工湖边上那盏昏暗的路灯，看着它孤零零地守候在几缕垂柳下，苦苦地盼着东风的回头。

但等来的终究不是东风。一阵凉飕飕的秋风而过，枝头零落的枯叶宛如破碎的记忆残片，从我灰色的视野中一掠而过。它们明明带来了什么，可又从我眼前带走了什么。

雪："亲爱的，快看树上那片叶子，它像什么？"

我："一颗我对你的爱心。"

雪："嘿嘿。"

我："I love you。"

雪："I love you too。"

秋风似剪，夏夜的那片叶子现在还会在那里吗?

雪："亲爱的，他们这街舞跳得真带劲！"

我："没想到公园门口居然还有这节目。"

雪："以前我也练过。"

我："那我啥时候能一睹你的风采呢？"

再也没机会看了，何况你柔美的舞姿应该留给更合适的人。

雪："我最近和朋友在学吉他。"

我："哦？这么厉害？"

雪："这是新录的视频，周杰伦的《晴天》。"

我："你弹吉他的样子真美，弹得也很好！"

雪："亲爱的，我相信，有一天，吉他会成为你所诠释的生命。"

你有你的吉他曲，我有我的诗歌。从此，这两条生命线没了交集。

雪："亲爱的天父上帝，我来感谢你，赞美你！你是智慧全能的神，你是创造万物的得胜主。在这里，我把他妈妈切切的仰望交托在你的手里，你所创造的，你必然加倍爱护。求你医治她身体的疾病，她身体疼痛，内心忧伤，求你去安慰她的心，让她不再受手术之苦。在你面前，她一定会战胜病魔！谢谢你！你爱别人胜过自己，我相信你也爱他胜过自己。求你去安慰他，求你也除去他一天工作中的疲劳，和他身体中胃的不适，加给他工作中的智慧，也同时安慰他担心妈妈的心。因为你喜悦孝顺的儿子，你也喜悦和睦、美满的家庭，求你恩典加在他家！感谢你，一切的祷告是奉我主耶稣基督最得胜的名所求！阿门！"

依然记得，第一次听你做临睡前的祷告，我当时多么地一头雾水。不过这一次，我读懂了你的善意，还要感谢你对家母由衷的祝福！

雪："亲爱的，我晚上回来没有任何心思看书，或者学习。只想躺在床上，哪怕是盯着天花板……”

我："雪，我也有同感。但，生活不就是这样吗？”

雪："好吧，连你也来教我生活就是这样……”

我："我们一定会在多次沉浮中找到自己。即使被生活打倒，但只要有你，我们可以一起拾起重来。”

雪："我不是要找到自己，我要一直是自己，不要到处找自己，累！我就是我，颜色不一样的烟火！”

你的回答让我有些意外，但也不禁使我有种失意的预感。烟花的确很美，但它只是昙花一现，并只属于那片它向往的天空。而我，在为你的惊艳喝彩之后，留在了孑然而立的躯壳里，挥手道别。

（8月19日晚，中山公园的大门外）

雪："亲爱的，那人怎么躺在地上？身体不舒服？”

我："看看可以，但最好别去碰，小心讹你。”

雪："可是，在上帝面前，人人有权得到爱。”

是的，我想得到爱，而我爱的就是你。

但是，看不到的未来，算不算天荒地老？实现不了的相守，算不算海誓山盟？这样的爱到底是残缺的唯美，还是承诺的幻境？

无论是哪种，我都要不得，我只想把你真真切切地刻在心里。

雪："我们以后都会有各自的新生活，都会成熟起来的，然后各自忙碌。到时候，我想还是不要打扰你好了。”

我："雪，没关系，不算打扰。即使相隔两地，只要你过得幸福，我……呃，其实我很希望陪伴你的人是我！”

9月的中山公园秋意愈来愈浓，再也寻不见那夏日的热忱。西草坪的那片夜空上，云端挂满了被风雕刻成的休止符，似乎暗示着我们的分离没有转机。我原本以为，她回到北方后会先稳定工作一两年，再考虑终身大事，那么我们的故事还有重新开始的可能。事实上，我错了。

雪："我十一回家了，有个事对你来说不知道是好消息还是坏消息。”

我："什么消息？”

雪："我快订婚了。”

看到这条消息使我心头巨震，胸口像是被一把铁锤猛然重击似的，剧烈地闷痛起来。我想说些什么，但有种巨大的失落感使我如鲠在喉。

我："哦。”

雪："我要嫁回我大学的地方，西安。"

我："哦。"

雪："你伤心了？看到我幸福你应该开心才对。"

我："难道还不允许我伤心？"

雪："那我给你一张我和他的合影……你就伤心伤心吧。"

怎么是他！

我不敢相信自己的眼睛，这不就是雪的小姨在夏天给她安排的相亲对象吗？

我："你们……"

雪："这是在我家门口拍的。"

早在8月的一晚，雪说她在宁波的小姨安排了一个男生让她相亲，她有点反感，正犹豫该不该去，所以发来男方的照片并征求我意见。我说，既然是长辈的一片好意，而且已经安排好了，出于礼貌还是去吧，事后再告诉家人我们的事。她问我，难道我不会吃醋吗，我半开玩笑地说，即使她去了，我还是对自己很有信心。可令我没想到的是，这位男士如今多了一个身份——雪的未婚夫。

雪，你竟然……

不，应该不是他，应该是我认错人了，但这又有什么本质上的分别呢？

惆怅地看着她发来的好几张合影，我不甘到了极点，后悔当时自己太盲目自信，在该立场坚决的时候，反而开错了玩笑。

其实，若再仔细想想就会发现，无论自己当时说什么，结果还是会这样吧。

我："他是基督徒？"

雪："嗯，他和他妈妈都是。"

所以，这就是你所说的"两个主内的人在一起，这才会被他祝福"？既是如此，那当初我又何必急于开始这段感情？因为我抱着侥幸心理，觉得你会慢慢地改变择偶标准？现在看来，是我那时太天真了。须知，期盼对方在感情中改变原有准则的想法，从一开始就已将自己放在了与对方产生矛盾的位置上。

良久，我的思想终于不再挣扎，刚才充满愤恨的激动渐渐退去，留下的全是失落。

雪："所以，送上祝福吧！"

手机屏灭了又亮，亮了又灭，不知多少次。

我："祝你们幸福。"

扯开了心惑，却缝进了失落。

就像网上有句话说的那样，你欲嫁给快乐，而我却娶了忧伤。

看来，一个备胎在真正心碎的时候是哭不出来的，因为绝望了，那颗蠢蠢欲动的心就不再挣扎，而一颗不再挣扎的心是不会疼的。

好吧，以后就换他请你喝一辈子的卡布奇诺吧。

满庭芳·残月啼空

残月啼空，愁云压雀，望穿无限秋殇。

断肠何处，遥看燕成双。

松下何其冷落，风还劝、拾叶枯黄。

幽林侧，痴灯徒守，盼漠柳垂芳。

心伤，强饮恨，天荒地老，诺短情长。

骤弃天涯誓，人各一方。

晓月吟风记否？南柯梦、花落遗香。

常西望，寒弦久振，宽袖染凄凉。

日本著名作家太宰治在《人间失格》中说："若能避开猛烈的狂喜，自然不会有悲痛来袭。"

这话没错，倘若往后我不再恋爱，那我确实不会因为失恋而痛苦，但也绝不会因为恋爱而幸福。但我的本意却不甘去走一条不恋不婚的道路，至少我还相信世上有真爱存在。基于这一点认知，我想即使自己还会在秋风里思念她，心也痛得快要裂开，但仍然必须维持风度地对她说一声——

亲爱的雪，祝你订婚快乐！

12.红尘情恨皆冻酒，还邀挚友暖人心

人活在这世上，是不是非要身处在某种形式的爱中才不会感到孤独？

反过来呢？是不是因为孤独得太久，所以才会去孜孜不倦地苦觅下一份爱？

这个问题，著名作家周国平先生在其《爱与孤独》一书中谈到爱的反义词时给出过回答。他说："爱和孤独其实是同一种情感，它们如影随形，不可分离。愈是在我们感觉孤独之时，我们便愈是怀有强烈的爱之渴望。"

深以为然！孤独得有多深，对爱就有多渴望！

10月将去，因为又回到了单身状态，所以每逢周末和假日，都特别百无聊赖。这是一种暂时困在过去，又还没遇到未来的中间阶段。寂寞仿佛是黎明前最猖狂的黑暗一般，疯狂地吞噬着我的身心。所幸的是，得知我分手后，好友阿杰和阿委曾数次邀请我一起喝酒排解。

2015年10月18日晚，我们再次聚餐，地点定在13号线丰庄地铁站2号口以东的一家老北京羊蝎子餐馆。

三人靠着墙选了一张方桌，点上一汤盆扑鼻肉香的羊脊骨，摆上几瓶啤酒，再点上一支烤烟型万宝路，听着店内轻缓的纯音乐。此情此景，若要将各自近期的心事一吐为快，则足以使三个单身男人一醉方休。

就在短短三个月前，我和阿杰都还没沦落到如今单身的地步。那时，他有一个交往了数月的前女友。由于双方三观不和，女方重金轻情又很作，一心一意的阿杰在这段感情中付出很多，得到的关怀却很少。于是，两人在国庆节旅游时，所有矛盾都爆发了出来，回来后便分手了。待到10月9日晚，他极其郁闷地约我在金沙江路的环球港喝酒，而我正为雪要订婚的事消沉。于是两人买足了酒，一件件地互诉心事，一杯杯地借酒浇愁。如今九天过去了，我看他的状态已恢复得差不多了，而我的恢复速度却显得很迟缓。

“× 哥，当时我们都觉得她性格不适合你，可能你当局者迷吧，你没在意我们的话。但现在既然分了，你还是想开点吧。”阿委小心翼翼地弹了弹烟灰，满眼关切地安慰道。

“哼！这年头，女人变脸比翻书还快，既然这样，× 哥，咱们还当真了作甚？到头来，一场空！”靠墙而坐的阿杰，一口饮尽剩下的半杯酒，趁着醉意在阿委的话后紧跟了一句，像是在为自己前不久的遭遇愤愤不平。

我替他又斟上了一杯，接着点上了一支烟，默默地抽着，心中细想：可不是？不过，也许你只说对了一半。谁叫我们对她们一见倾心呢？

“来，我敬你们！阿杰，我祝你早日找到更好的女人！阿委也是，我祝你早点脱单！”我苦笑了一下，怅然一叹，端起酒杯说道。

“说得好！干！”阿杰豪爽地应了声，与我和委逐一碰杯，也不客套什么，一昂首便又是一杯。

“哈！”借着冰啤酒激爽的口感，阿杰将杯底砸在桌上，口中畅快地喝道。

几块羊肉下肚后，他似乎又想到了什么，放下筷子补充道：“我就不信了，难不成老子后面就找不到女人了？！哼，再找个更好的便是了！”

“是是，不就是个女人吗？ × 哥，你说是吗？”阿委附和道，转而问我。

再找个吗？劝别人的时候我是这么说，可轮到自己时，却怎么也说服不了自己了。一朝被蛇咬，十年怕井绳。浮躁势利的环境下，如果人心都得靠互相试探来层层推进，靠计算利益来决定交往，那明知是这样的结果，我又何必轻易开始？

我沉默地将酒杯拿起，放在眼前微微调整着角度，杯壁在日光灯的照射下反射着几点闪光。不知不觉中，我盯着杯中的泡沫发呆，眼前浮现起了那次和雪约会的情景。

2015年8月22日周六一早，我带着雪去见阿杰和阿委，并在嘉定区的某个KTV唱歌。一进包厢，我便望见他们齐刷刷地将目光聚焦在雪身上，似乎对我这个早已看腻的老朋友

“熟视无睹”。对此，雪显得有些尴尬，连忙瞅了瞅我，而我立即会意了。

“来来来，我介绍下，这位是我女朋友，×××。雪儿，他们是我最要好的老同学了，这位是阿杰，这位是阿委。”

当说到“女朋友”三个字时，我望见雪的眼中显然亮起了欣喜之色，于是心中颇有几分得意，眼见她莞尔一笑，上前和两位好友互相寒暄了一番。

我见场面氛围不错，就为两位好友美言了几句：“雪儿，我这两位老朋友和你一样，可都是精英人士哦。阿杰本科时年年拿奖学金，先后在瑞典和英国深造，硕士毕业后回国，现在在五百强工作。阿委一直很发愤图强，从普通小公司一路跳到著名日企，再过一阵子要去日本总部深造了，升任副总经理指日可待。”

“哇，你们都好棒啊！”雪听了一惊，礼貌地笑道。

“哎，嫂子过奖了！”阿委眯眼一笑，顺势微微一摆手，“你可不知道，× 哥已经在我们面前夸了你 N 次了！”

大家哈哈一笑，边说边就近落座，但阿杰和阿委有意将包厢中央的沙发留给我和雪坐，他们俩则邻坐于靠门一侧。

几首热门歌曲下来，阿杰和阿委酒意正浓，双双吹着瓶，而雪刚献唱完一首 Westlife 的“Seasons in the Sun”。我说我也唱一首，便坐到点歌触摸屏前翻阅着歌单。不一会儿，我忽然发现后背浮起了两摊绵软的酥意，身前也多了一双紧扣的手臂，回头一看，原来是雪。

这天的她身穿一件黑色短袖蕾丝连衣裙，长发分垂，身姿曼妙，玉臂香滑，两片抹了美宝莲的红唇在喜笑颜开中微微松开。我禁不住在心中赞了一声：“可谓人间尤物。”

我注视着她闪亮的大眼睛，顿时喜从心生，笑着问道：“小兔子，今天想听我唱什么？”

“亲爱的，你选吧，我听着呢！”她浅笑道，说罢把脸贴靠在我背上，抱着我的腰开始左右摇摆。

我顿时感到心间一暖，把手搭在她的手背上，回首一笑：“好！为你，我就唱一首林宥嘉的《你是我的眼》吧！”

“嘿嘿，好啊！”

待到我再坐回沙发上时，阿杰假装要和我干杯，凑到我耳边悄悄道：“× 哥，你知道吗？刚才你“妹纸”那一抱可羡慕死我和委哥了啊！”

这一刻，我觉得自己可真是世上最有成就感的男人了！

包厢内绚丽多彩的灯光投射下，我的心情犹如随风扶摇直上云霄的风筝，凝视着端坐在高脚凳上的雪，津津有味地欣赏着她美妙的歌声。在这个与世无争的小世界里，既有她在面前献唱，还有兄弟们和酒陪着，我仿佛觉得自己从未如此知足过、快慰过，反倒对此地心生了几分留恋，甚至不愿回到每日焦头烂额的职场中去了。

这时，裤袋里的手机忽然一振，取出来一看，我顿时吃了一惊。

露："晚上可以见一面吗？"

我抬眼看了看雪，见她还在专心唱着。

我："不了。"

不过，手机才刚放回去，便连续振了好几下。

露："这么狠心呀，我们是已经分手了，但难道见面都不可以？"

露："以前见面还又亲又抱的，现在可怜巴巴地求你都不愿见面了啊？"

露："不要让我对这个世界太失望好吗？"

读着她一连串的喝问，我深知自己有愧于她，就又回了一句。

我："不用，我已经有女朋友了。"

露："有了新欢就完全不管旧爱了，所以分手才这么干脆是吧？"

露："算了，不想见面就算了，我只能一个人继续舔无法愈合的伤口。"

露："是不是离开这个世界，就感受不到痛苦了？"

读到她最后那句话，我心中忽然咯噔了一下，心说自己变心在先是不争的事实，露的绝望确实也是我的言行所造成的，若她真做了傻事，我是难辞其咎的。

我："对不起，相信你会遇到新的开始。"

两分钟过去了，手机不再收到新消息，我也终于松了口气，就当作什么都没发生似的和大家轮流换唱。

谁知，在我唱到一半时，手机铃声响了，我掏出一看，原来是露的来电。紧靠我而坐的雪一眼便瞧见了手机屏上的名字，望着不知所措的我欲言又止。

"雪儿，我……"

雪的脸色顿时有些难堪，方才愉悦的神色一扫而空，粉嫩的脸蛋紧绷着，似乎在努力克制着某种暗流涌动中的心绪。

迟疑了好一会儿，她叹了一声，说道："想去接的话，你就去接吧。"

露在电话里哭得很伤心，说自己最近因为失恋之痛辞了新工作，并连连质问我为何喜新厌旧，为何始乱终弃，为何还能堂而皇之地"光速续弦"？我站在包厢外的走廊上哑口无言，耳边是义正词严的人品拷问，身后又是对海誓山盟的疑虑，心中格外暗苦。

待到再回去时，他们三人已经结账。只见雪一脸失落地坐在前台的沙发上，而阿杰和阿委则站着守在一边，并向我投来了无可奈何的眼色。至此，这天的聚会就这样不欢而散。

不！

分手的苦恼又硬生生将我从回忆中拖回现实。

我错了，是我太优柔寡断了！问题的根源是，我的不争气、不成熟和不专注不足以接受雪儿一生的托付，所以她见我如此，良禽择木而栖，其实也合情合理。

想到此处，我一昂首，猛地将杯中的酒灌下喉咙，又深吸了一口燃在指间的烤烟。在酒精和尼古丁的双重催发下，一幅幅往昔的画面在我恍惚的脑海中浮现。在无数闪过的画面中，其中一幅最是扎心。

那是一张她和他秀恩爱的近照，从背景上的蓝天白云和田园间的农家瓦房来看，那是雪风景宜人的老家，也曾是我想和她一同前往的茶乡。

照片的右半边是一位长得相貌清俊、眉宇间带有几分英气的小伙子，看上去与她年龄相仿。他被雪唤作桐哥，大约185厘米的个子，一头清爽的短发，鼻梁上架着一副黑色边框的眼镜，里面穿一件靛白格子的棉质衬衫，外面套一件黑色休闲西装，含情脉脉地在雪的侧脸上落下一吻。

在照片的另外半边，幸福满面的雪躺在“陌生人”怀里，脸上绽着无比明媚的悦容，一双透亮的眼在弯弯的细眉下竟显得前所未有地神采奕奕。

“不能怪她，她有她的选择，应该尊重她。”我将冰凉的空酒杯贴在自己红热的脸颊上，随着一阵短暂的清醒，如烟般缭绕的惆怅又趁机袭上心头。

假如有一根迫使她做出选择的导火线，恐怕就是我带给她的不安全感吧？

我猛地吸了口烟，忽然被呛到了，呼出的烟雾在三只空酒杯间萦绕了起来，好辣眼。

“服务员，再来三瓶啤酒。”我举起手来，对不远处正收拾碗筷的店伙计吩咐道。

伙计迅速来到桌旁，笑问：“好的，先生，三得利还是青岛纯生？”

我沉默了片刻，忽然想起了什么，醉醺醺地一抬眼：“就没有雪花了吗？”

“好的，有的，马上拿给您！”

阿杰有些听不下去了，拿起一根筷子急促地敲了敲面前的不锈钢骨盆，情绪激烈地不满道：“我就不懂了！她都跑去和别人订婚了，你居然还想着她？！”

“× 哥，阿杰的话虽然不好听，但别往心里去，他是劝你不要把她想得这么好，毕竟她伤得你这么深。”阿委一手按在阿杰的肩膀上，随即又递来一支烟。

望着满目关切的他，我按灭了手上苦涩的烟蒂，伸出二指夹住那支新的，皱着眉头将滤嘴的一端送进嘴里，有些恍惚地借着阿委递来的火点燃烟丝。

一缕缕冉冉升起的青烟熏得我两眼发酸。这般烟雾缭绕间，我不知自己喝了多少酒，也不知抽了多少支烟，只是任凭自己在虚无的麻醉中追忆往昔。

“雪，你的户口本怎么就跑你小姨哪里了？不是该在父母那里吗？”

“从小，我的户口本是单独出来的。上次小姨让我把户口本交给她，她说我结婚前要把男方给她审核，假如她不同意，就不允许结婚。”

“她做得没错，一辈子不能所托非人，而且也是身不由己吧……”

阿委一听，又见我一口闷了刚倒的那杯酒，不解地问道：“× 哥，我看你喝醉了。”

“杰啊，委啊，现在，我是明白她那天的感受了，”说着说着，抽着抽着，喝着喝着，我的脑袋越来越沉，“我才是问题的始作俑者。”

如梦令·夜醉酒馆

一度芳红花伴，

春短曲终人散。

今月又孤明，

长恨未提先乱。

缘断，缘断，

仰尽满杯嗟叹。

情是一杯迷酒，醉时甜，醒时涩，而半梦半醒时最苦。

13.两季的后遗症，你想听的诗词

没有人会真正拥有另一个人，或许，我爱的人只是她在我意识中的投影。

没有人会真正失去另一个人，只不过，我需要时间来克服没有她的后遗症。

2015年9月中旬，我每天下班都会路过中山公园的大门，明明想进去走走看看，却又生怕想起什么。走在落满秋叶的石板路上，我本想去那片昔日和雪约会过的林子瞧瞧，但却发现那里竟被一扇锈迹斑斑的铁栅栏封着。我对此有些失望，只得隔着层层叠叠的枝叶，隐约眺望见里面的景象。正当我怅然欲离时，侧面忽然吹来一阵夹带桂花香的秋风，硬生生地从高处的树枝上刮下了一波叶雨。

七绝·忆雪梧桐林

夕投曲径问芳菲，

野草萋萋锁锈扉。

梧似有情凋叶雨，

疑为天畔玉琼归。

时过境迁的场景，一去不复返的爱情，纵使还能见到她，我们也不得不相忘于江湖吗？不，我还是习惯想着她，想她这时在做什么，想她是否过得如意，想她是否会把我从记忆中抹得一干二净。

几天后，雪和她的朋友们共赴 KTV 欢唱，并在朋友圈晒了合影。其实我很想一起去，却根本没有那个意义。我所拥有的，也只是将曾经和他们欢聚的记忆像幻灯片似的重播一遍——主角是我和雪，时间是8月11日。

一个人之所以故地重游，或许只是为了使那天的记忆永不褪色。在光启城的某个下行入口处，正是她笑盈盈地迎接我赴约的地方；商城里的KTV包厢，正是我和她情歌互和的殿堂；商城外的宜山路口的夜色下，似乎还残留着她恋恋不舍的五步三回望。

清平乐·雪影光启城

春芳不返，云碎秋风满。

回望空梯迎客懒，城外蝉消日短。

忍听霖雨悠悠，莫嫌孤雀啾啾。

只道断情何处，那时夏夜银钩。

度日如年，我还是忍不住再去了那家公园，紧锁的铁栅栏并不能阻拦我潜入那片林子里去瞧一瞧。在酒精的麻醉下，我站在石阶上眺望林外的大草坪，竟蒙昽地望见她正抱着吉他坐在那棵松树下，和昔日的我对唱。动情时分，她微微摇晃着脑袋，两鬓的几缕香发宛如烟柳般垂了下来，轻轻擦拭着原木色的琴箱侧板。那一刻，雪在我眼中就像是精诗文、善弹琴的才女卓文君，而我除了会画几张工程图外，却一点不通音律，自然成不了她的司马相如。

临江仙·醉聆雪

烟柳垂酥身半倚，媚眸调笑温词。

波澄月皎坐聆痴。

文君妙韵，玉指点情丝。

曲尽缘穷须放饮，苦浆滴透凉池。

猫嚎虫躁叶惊漪。

月圆花好，只恨采无遗。

10月上旬，雪准备月内离开上海，但未告诉我日期，我也没启口再问——就算多见一面，也无法使我们回到从前——前不久，她带那位男士回家见了长辈，订了婚。

雨霖铃·怅贺雪

霞光斜照，稻黄香遍，鹊绕檐角。

落枫半蔽青瓦，溪田陌上，花裙英少。

趁此怀娇默语，惹红粉羞貌。

念影远、风住云僵，冷雨纷纷悴人渺。

伤怀自古千刀绞，又唏嘘、一误身孤老。

今宵悱恻何处？停宝马、惬濡相抱？

月洗离魂，孤坐幽林对诉情恼。

纵有恨、放爱红尘，痛亦迎风笑。

我将雪和他的合影看了一遍又一遍，试图迫使自己接受现实，但心中的郁闷却有增无减，就像是中山公园里那处幽林中的石阶路，只添落黄，不见深绿。

我承认，当雪告知我这个决定时，我是很嫉妒那个男人的，所以才会负气填词，发泄不满。

相见欢·离雪

玫红凋却丝柔，冷清秋。

怎料朝言连理暮回头？

忍芳去，烙心郁，挽难留。

自是旧情如镜欲圆休！

但事后想想，这是她选择的自由，我是无权干涉的，我也不宜如此愤慨，而是应该尊重她的选择。况且，相比露抱怨我为何在分手后光速续弦，而今我却在为雪的突然订婚而苦恼，难道我不该从这种似曾相识的滋味中感到惭愧吗？难道我这样不是咎由自取吗？一方面是感性上的不甘，另一方面是理性上的让步，我的情绪在两者之间摇摆不定了好几天。

工作！对了，工作！也只有让自己忙起来，让工作填补生活的空缺了！

连续加班两周后的某个夜晚，大街上尽是三两成对的情侣，我却毫无意义地驻足在秋风瑟瑟的街边，疲惫地望着服装店里的大衣，想象着她穿上时的样貌。

“你戴这帽子挺好看的，我买给你吧，就当是约会的礼物吧。”

“不用了。我是说，等到冬天时再给我买衣服吧。”

雪，已经入冬了，我还是会路过那家 C&A 服装店，可我已没有买衣服送你的意义。现在，我更想去长宁区龙之梦对面的那家上海书城。因为我可以站在窗前，静静地望着熙熙攘攘的十字路口，回忆那个背着吉他走在绵绵细雨中的你。天上的孤月在用云朵拭泪，窗外的风在劝我忘记，而我却在一行行文字中将你想起。

水调歌头·书城寄雪

冷雨沥不尽，暮色月孤明。

纱笼红透人海，灯火万家荧。

十里同城不见，异地三秋惦念，

花谢在长宁。

凋瓣扰纠绪，碎念惹青冥。

女装店，银缕坠，彩花绫。

温存往事，香影勾勒泪先凝。

郎朗诗风颂月，楚楚琴桥枕雪，

忆处处飘零。

昨日鸳鸯戏，别后几多情？

也许，恋爱是种严重的精神幻觉，而失恋却是种真切的精神创伤。若是如此，那么在相爱的原点，恐怕已预示着它不会永恒。真正永恒的，可能只是那段无法磨灭的岁月——映射到文字里，它叫历史；映射到人身上，它又叫记忆。

没错，记忆就是那种越是想忘记，却越是会见缝插针地想起的东西。分手后的几个月里，我很不争气地梦见了她27次。

忆江南·梦雪

一夜雨，

书倦倚听风。

尽觅琴音填我痛，

空遗幽梦与伊逢。

窗泣月朦胧。

半夜里的梦醒时分，一个人在秋夜里回放着她弹琴的视频，所见浸湿了所思，所思影响着所见，于是就连窗玻璃也会动容，月也在伤怀。

梦，有时是天马行空的画师，将互不相关的碎片临时拼凑在一起。而有时，梦又是忠于历史的影碟机，将一幕幕快被遗忘的瞬间回放，当初的心动、心悦和心伤的感觉仿佛又回来了。

贺新郎·二梦雪

簌簌梨花雨，赏新晴、珠凝玉手，雪衣莹洁。

燕婉鹂嬉花容媚，怎比娇波转悦。

试舞袂、翩翩如蝶。

幽径良宵蝉巧静，笑佯推、暗语舒羞睫。

云漏月，影轻叠。

昙凋情脆山盟灭。

雁南归、云收雨散，桂黄人缺。

谙尽憔愁无由劝，缘断天涯忍别。

念入骨、丝丝难绝。

松下常阴衫偷浥，暮园空、落魄中秋节。

莫北去，梦吟雪。

春晨，正是花样年龄的你，身穿难得一见的白色镂空针织连衣裙，在静安寺广场上拍摄着春雨后的彩虹。任是那绚丽的虹也盖不住你在我眼中的五彩斑斓。

夏夜，正在热恋中欢悦的你，趁着夜色将我牢牢抱紧，又轻轻推开，只待我用挂满树梢的情话博你红颜一笑。

秋天，正在扶梯上远去的你，望着留在原地凝视过来的我，索然低头，切断了最后的对视。

雪，别走，至少，请留在我梦中。

2015年11月下旬，还有一场梦境发生在公园里，我为能够再见到她而欣喜万分，但却在醒来时倍感失落，心情苦涩得再也无法入眠。于是，半夜起来打开窗户，我望着漆黑一片的室外，一边回忆着梦境，一边记录当时的心情。

鹧鸪天·三梦雪

颜秀身纤裹锦袍，花亭燕舞太娇娆。

一汪秋水凝星汉，半缕春芳抱暮桥。

孤夜醒、雨潇潇，茶凉月冷古都遥。

天涯别久惊逢处，夜半方知昨梦消。

梦，岂能定制内容？梦，又岂能想做就做？所以，每一次的梦境都会不同，且似乎都能在现实中找到对应的事。

2016年1月，凛冽寒风夹带着初雪放肆地呼啸在上海的大街小巷，深冬的味道越来越浓。我这是有多么不争气，以至于又梦见了她。可是，这次有点不同，我看见了那个令我羡慕不已的人影。

梦里，西安下起了鹅毛大雪，她和他在殿堂里幸福地结婚了。婚礼上，她的婆婆将一件亲手织的婴儿毛衣赠予了她，祝福他们白头偕老、早生贵子。

点绛唇·牡丹雪

北雪南飘，日斜枝冷残红少。

鹊巢千窍，各去嫌冬早。

醉梦犹闻，且待春来好。

登花轿，凤歌凰笑，一件童衣小。

元旦刚过，没有雪的上海没下雪，因为都下在了我梦里。

雪，西安的这个冬天应该是不冷的，因为那里正是你向往的远方。

“嗯，我想想，有了！就考考你的文采，罚你给我写首诗！不过，要有意境，要文艺的，要斟酌字句的！”

“你又考我？”

“嘿嘿，此情此景，怎可无诗？”

可是雪，上海的这个冬天注定是寒冷的，幸好我还可以抱着诗歌取暖。

当代著名诗人余秀华女士在她的诗集《摇摇晃晃的人间》里写道："诗歌不过是一个人摇摇晃晃地在摇摇晃晃的人间走动的时候，充当了一根拐杖。"

我想：因为你，我的确已逐渐把诗词当作是一种缓解迷茫和煎熬的方式。

14.我思望融雪，满园少一人

我还可以触碰到她，但仅限在频繁的梦境或深冬的中山公园里。

2016年2月1日下午，可能是我被清晨的寒风冻到的缘故，下午就发了高烧。下班后，我本想早点回去休息，但当我路过中山公园门口时，还是忍不住入园看一看难得的雪景。

兴许是冬季的寒意使人们的兴致锐减的缘故，傍晚的园外冷冷清清。再也看不到趁着夏夜蹲在园外的地砖上蘸着水写毛笔字的老先生们，也看不见月色下跳广场舞的中老年妇女们，周围的一切诠释着什么是冷、稀、零。与凋零殆尽的冷清相比，唯有园内几处光秃秃的树枝上积留的雪，层层叠叠地簇拥在半空中，好不热闹！

小时候，听老人们常说：下雪不冷化雪冷。对抗着迎面袭来的北风，我哆嗦着将领口的黑色羊毛围巾抽紧，踩着被融雪浸湿的地砖，从南门步入园中。

忍着额头的滚烫，顶着刮在脸庞上的凛风，我终于顺着去年夏夜和雪一起走过的原路来到了园内东侧的林子里。如我所料，那片曾经翠绿茂密的树林现在已变得面目全非，眼前尽是一派萧条灰暗的色调。不过，幸好气候无法易改那条用石板铺就的上行台阶。虽然石板上遍布枯萎的落叶，但整条路仍是一目了然。

天色渐暗，我沿着这条石阶上行时，踩到了几片枯叶，脚下传来的一记清脆声响瞬间打破了密林中的寂静，几只被我惊到的麻雀鸣叫着振翅逃去。

就在此时，我忽然望见不远处的小石台上端坐着一只黑猫。只见它正极其警觉地望着我，一双暗黄色的猫眼在灰色环境的衬托下使我顿时不寒而栗。

乱翅残惊羽，鬼坐黑猫！

受到刚才的惊吓，我的脑海中不由得闪过这样一句话来。

随着我一步步地靠近，那黑猫也没离开，始终待在那里。看来，它多半是此处的流浪猫，平日由游客或工作人员喂养，因此见人不怯。

我蹲下身子，近距离地注视着这只和我狭路相逢的小家伙，只见它忽然躺倒在地，伸开四肢懒散地翻了几次身，像是在向我讨着食物。见我没有喂食，小家伙便一溜烟地跑了，最终消失在那家御花园酒店的墙根草丛里。

望着猫咪决绝的背影，我心想：你也和她一样吗？因为我给不了你要的，所以只能眼睁睁地望着你消失？

我有些失落地起身，独立在这块小石台上，从此处放眼望去，一来一去两条石阶分置左右，而眼前不远处密林的后方便是那条蜿蜒的小河——水面上结的那层冰仿佛是一大片隔板，将一份已逝的余温盖棺封存。

凋零的枝叶、飞尽的百鸟、冻结的小河、枯折的野草、冰冷的空气、昏暗的天色，还有其他满目萧条的环境，这些都会在新年的夏季重新复苏，唯独失意者的心中四季如冬吧？

不知不觉，林中的幽静、光线的暗沉和空气的寒冷激发出了我压抑数月的抑郁，记忆如决堤的洪流汹涌而来，放大了我勉强收拾起来的不甘。

雪："上次你说换了新工作，那现在工资涨到多少啦？"

我："这个嘛……"

雪："这个数？"

我："……"

雪："这个数？"

我："好了，雪，我确实比以前涨了一些，但……"

雪："好的，我晓得了。"

回想起去年8月的对话，我倍感无奈地望着积在树枝上的余雪，心中忽然有种望尘莫及的失落。

那片雪像是迷恋着挺拔的枝条，从高处俯视着某种意义上卑微的我，很不情愿坠落到地上。而在我脚边草丛和石砖的缝隙里，有一小簇顽强的野草，即使被冷风摧残得几近枯萎，也不甘就此咽气。

雪，真想带你看看上海的雪，此刻北方也在下雪吧？

假如你那儿也在下雪，那么，我对着这些雪花说话，你会听得见吗？

我："你在那儿工作有着落了吗？"

雪："还没。"

我："最近手头紧吗？"

雪："放心，有人养着我呢。他做IT的，工资是我以前的两倍多。"

我："那你住哪儿呢？"

雪："他家有房子，我可以住他家。"

就在两个月前，我又忍不住关心起她在北方的近况。事实上，怎么看都觉得自己做的很多余。

冬风本就冷，此刻的风更冷，致使我打消了再发消息问她近况的蠢蠢欲动。问一次强笑一次，问一次郁闷一次，这样做有何意义？

也许，真正有意义的是，我应该从失败中看到自己和同代人的差距。

是的，我确实不如他，同时也配不上雪。假如那个叫桐的男士是这棵大树，而我是这株野草，那飘下的雪只会优先落在高高的枝头。诚然，雪放弃了收入较低且无婚房的我，而选择事业稳定、已有婚房的他——明智而无可置疑的抉择。

不，我势必要超越他！可我和他现在的差距是这么巨大，我到底要花多久才能超越？分手的伤心很快发酵为一腔嫉妒，接着嫉妒化为失落，再从失落沦为自卑，一步步逼着我怀疑迄今为止的就业选择。

华丽大气的客厅、舒适温馨的卧室、书香流溢的书房，还有时尚精致的音乐室，这些都是我现在根本无法兑现给雪的未来，而那位男士比我更有经济实力去实现。如果有了这些以后，可以为她带来安全感，可以使她获得幸福，那我确实应该面对现实，尊重她的决定，并且大度地祝福他们。

雪："亲爱的，我是说假如，假如有一天，我去了另一个城市不回来了，你会来找我吗？"

我："怎么突然问这个？难道你不想和我在一起吗？"

雪："嘿嘿，我就问问嘛。"

去年8月6日那晚，在2号线威宁路地铁站的长椅上，她曾这样问过我。当时我还以为这又是思维跳跃的她随口开的玩笑，既没有继续追问下去，也没有回答。而现在，对于这个问题，我终于有了新的答案。

雪，我也曾热血沸腾地活着，并有一万种见你的理由，而现在早已不似从前，毕竟独缺一个见你的身份。想念又有何用？寻或不寻又有何意义？其实，无论你去了哪里，只要过得幸福就好。

借着夕阳透过云层勉强投射而来的余晖，我悻悻地望着枝头的那簇洁白的雪，真想把它摘下来，捧在眼前静静端详。

虽说，我不希望眼睁睁看着雪融化在手掌心，但事实是，我如今根本没有能力攀到高处摘下它来。况且，即使强摘下来，那也不是去年的那片雪。与其这样，不如就让那朵冰晶玉洁留在原处，留在它已选择的位置吧——令人感到讽刺的是，这竟然是棵梧桐树。

七绝·望融雪

草冻砖间雪在天，
满枝攀附喜流连。
欲沾银朵思京兆，
徒叹魔都彻骨寒。

看来，要忘记这一切的最好方式只剩一个，那就是将深深浅浅的记忆归还原点，连同公园里的这场雪一起融化吧。

然后，我得走出这片白雪皑皑的围林，去面对下一段人生。

再见了，铺满寒雪的中山公园！

第5章 母亲是这个家的绿叶

一草一木，皆是先有绿叶，后有开花和结果。

世人赞赏花朵的芬芳和可口的果实，却容易忽视绿叶的默默奉献。

1.母亲的烦恼

母亲婚后的日子并非如想象中那样岁月静好，而是像蜡黄的旧书页，没有生趣，也就终将沦为平淡。华容老去，爱子未立，她的烦恼也在与日俱增，这使她太多次偷偷回味年轻时的光景。

20世纪50年代末，母亲出生于上海市杨浦区的一户叶姓家庭中。待到她上中学时，已是家中的顶梁柱，既可帮父母洗衣做饭，亦可督促弟妹学业。日子虽然辛苦，但一家人却其乐融融。刚参加工作时，由于她娟柔温娴的形象和开朗风趣的个性，很快便赢得了单位同事和街坊邻里们的一致好评。后来，经过父亲的上司做媒，两人结成连理。

少女时听惯了童话，也便将婚姻视为人此生最幸福的归宿。可待到初为人母时，却发现从前憧憬的婚姻正逐渐面目全非。女本羸弱，为母则刚，这是一种片面的意识绑架。多年含辛茹苦地操持家务、相夫教子，却又要看婆婆脸色的母亲从此变成了一位沉郁坚韧、隐忍少言的中年妇女。

造成母亲婚后性情忧郁的根源有二，分别来自娘家和婆家。

1

根据父亲的回忆，母亲对娘家的失望主要来自外公和子女们之间的矛盾。

外婆温和文弱，外公固执强硬，两位长辈都在某水产公司出任领导，膝下共育有两女一儿。母亲是长女。时至20世纪80年代末，继两位姐姐出嫁后，舅舅也到了谈婚论嫁的阶段，不过，外公却因舅妈家境贫寒而百般反对这门婚事。最后，在舅舅的一再坚持下，两人终成眷属，婚后和外公外婆同住。几年下来，外公对舅妈的偏见一直存在，转而将不悦转到舅舅身上，在两人的起居饮食中多次恶作剧。于是，一家人过得很不愉快。

在我还是婴儿时，外公因喜好麻将，常要求女儿和女婿们隔三岔五地上门解闷。在那个年代，普通老百姓的交通工具以自行车和公交车为主，光是单程就要两个半小时，多有不便。久而久之，父亲和母亲无法接受频繁地随叫随到，也无法接受胡吃海喝的作风，更无法接受乌烟瘴气的麻将场面，于是就和那边来往渐疏。但母亲的妹妹（即我阿姨）住处离外公家很近，串门很方便，时间一长，外公就亲阿姨远母亲了。

大约到了1996年，外婆不幸因胃癌过世，留给外公一笔可观的积蓄。按理，对于外婆的遗产，每位子女都应有份，而阿姨垂涎这笔钱已久，之后多次借回娘家之便，软磨硬泡地向外公索取。但没过多久，她便因挥霍一空而故技重演。当时母亲见此勾当后，凭着骨气干脆连原本属于自己的那部分也不要了。晚年的外公身体不佳，人也犯糊涂，居然以子女不赡养自己为由，将母亲等三人告上法庭。由于当时母亲收入微薄，父亲又失业在家，还需要抚养年幼的我，因此法官判了起诉无效。一两年后，随着外公的离世，阿姨卷走了娘家的剩余积蓄，舅舅继承了外公外婆的房产，而母亲分文未得。从此，经历了财产纠纷和官司风波的姐弟妹三人分道扬镳，互不联系。

对此，母亲常含着泪对上中学的我说，外公外婆走了，弟弟妹妹也散了，她就成了没爹没妈的孤儿了，后半辈子一个人在徐家孤零零的，唯一的希望就是想把我抚养成人。由此可见，她当时心境的凄凉！

2

根据我的记忆，母亲对婆家的失望主要是财产分配、婆媳矛盾和生活拮据。

第一，先说家族的财产分配不均。

祖父祖母膝下共育有四女两儿，家父最小。我童年时，父母、祖父祖母、大伯伯母和四姑妈姑父分成四户，同住于市中心的一所旧式大院里。20世纪末，大院面临拆迁，那笔拆迁费便成了一个重要话题。届时，祖父因为身患顽疾而休养在床，无力再管家事。由于祖母心向长子，于是大伯家得到了较强的话语权。

起初，拆迁组答应给54万元的动迁费，即每户均分13.5万元。不料，大伯和四姑父联合反对此方案，力推祖父祖母和我父母同住。如此，便成了三户分款，每家17万，多余的3万算作赡养老人的补贴。父亲起初不同意如此偷梁换柱的做法，但大伯迫于伯母压力，就撂下狠话称“没17万不走”。此时，身为局外人的三姑妈出面说了公道话，但遭到大伯和伯母的呵斥。为了援助经济条件不佳的父亲，三姑妈和三姑父多次和拆迁组协商，终于将费用提到了60万。

据母亲多次提起，大约是1996年的某晚，父亲最后一次前去参加有关分家的家族会议。那次，在某些人的联合施压下，父亲无奈默认了不平等的提议，即三家各拿19万去买一套新房，剩下的3万给父亲当作赡养祖父祖母的补贴。待会议接近尾声，母亲才被允许入室旁听。奇怪的是，开会时众人皆有座，唯独让她站着。一听父亲已经被迫答应下来后，母亲心生不悦，但未发作。当晚散场后回到家中，母亲这才指出，父亲既不该默认瓜分祖父祖母的那份钱，也没有顾及我们母子的将来。父亲顿时被这句话戳到痛处，恼羞成怒之下，将一个酱瓜瓶扔在冰箱上。母亲惊悲而泣，和父亲大吵了一架，至今还牢记着这段极不愉快的回忆。

第二，母亲和祖母之间一直存在婆媳不和，继而引发了夫妻矛盾。

母亲渴望的是一个真正的三口之家，提倡的是多家子女一起出资给祖父祖母买房分居的方案。可她没想到，这一妥协就是二十多年。而在这漫长的岁月里，祖母的绝大部分起居杂事都是由她承担，每天过得尤为忙碌。早晨，母亲不但早起为祖母准备早饭，还会泡一壶茶给她，待到祖母醒了，还得为她梳头洗面。上班前，母亲会搀着祖母到同小区的三四姑妈家，由两位姑妈准备祖母的午饭。下午，祖母会去和小区同辈们打麻将，若要赢了钱则无事，若是输了便要怄气。待到母亲下班回来，正是她这天最忙的时候，买菜、做饭、洗碗、洗衣服、为祖母铺床、烧水洗脚等，一轮下来通常要到晚上9点后才能做完。

大姑妈二姑妈对赡养祖母几乎不过问，而大伯见母亲甚是辛劳，偶尔会提议接祖母去他家，好吃好睡地暂住几日，不过要不了多久，伯母便会暗地里催促大伯送祖母回来。可惜，祖母向来疏近者而亲远者，常会在母亲和三四姑妈面前说大伯伯母一家待她甚好，这种声东击西的话多说了必然使得大家寒心，尤其是忙里忙外的母亲。毕竟，当含辛茹苦和任劳任怨无法得到另一方体恤时，原本小小的摩擦便会生根发芽。再加上祖母有时会以几句刻薄话来抱怨生活无趣，或是故意唉声叹气给脸色看，婆媳矛盾便在长年累月中愈演愈烈。

对此，父亲只是一味地劝母亲忍耐，也没替她分担繁重的家务，反而有时会将工作上的不顺带到家中，给她脸色看。时间长了，婆媳不和未消，夫妻矛盾又起，这样的处境使母亲对婚姻彻底失望。从我初中起，父母因为祖母的问题引发的吵架次数越来越多，有时甚至演变成了持久的冷战。

换位想想，当她遭遇婆媳矛盾和夫妻矛盾时，一无娘家可回，二无弟妹可助，自己又身负赡养祖母和照顾丈夫儿子的重担，心境的低落便可想而知了。从这一点上说，我也有我的失职。我在成年后，依旧只是母亲哭诉的倾听者和安慰者，并没充当好她和父亲、她和祖母之间的桥梁。

第三，家庭财政的拮据问题。

母亲早年在一家纺织厂从事基层工作，后来在我小学时，换到浦东某不锈钢制品厂从事出纳和财务的工作。那时，父亲下岗失业数年，母亲毅然凭借微薄的薪水苦苦支撑着这个家。她宁可一天两顿吃着白馒头，也不愿降低我们的伙食水平。除了节省开支，她还想尽一切办法创造收入——每天下班她都会带回一些旧报纸、宣传单和钢铁边角料，以此变卖成一些生活费。一次她竟然将一大包钢材切割时的废铁屑带回家，以此变卖来补贴家用。这件事令父亲深受感触，终于下决心再找工作。

在随后的十年里，母亲白天去公司上班，晚上回家做饭洗衣，还需协助父亲处理工作上的事，常常忙到凌晨才休息。虽然，后来家里温饱问题渐渐解决了，但这也是她顶着巨大的精神压力，牺牲睡眠时间换来的。

七绝·咏牛

默耕廿载至兢兢，
俯首无声忍挞凌。
谁忘草深眠瘦骨，
秋田饱穗一家兴。

对不起，我的母亲！

曾经很长的一段时间里，我都没能真正站在您的立场去细细体会您这辈子的酸甜苦辣。虽然我从小是在您无微不至的关爱下成长，但我却没能尽早读懂您坚强外表下伤痕累累的心。

感谢您，我的母亲！

是您一直照顾着我和父亲的日常起居，也是您一直以来为这个家奉献和呵护，家才有了家的模样，家才有了家的味道！

我曾在网上见过这样一句话：哪有什么岁月静好，不过是有人替你负重前行。想想也是，若非母亲对这个家庭的付出，又谈何有今天的我呢？

2.从子宫肌瘤到臆断囊肿，歧途的原点

提到母亲的病史，那就不得不从2012年的那场手术说起。

那年12月下旬的某个周末，时值研二的我刚打开家门，便望见一脸疲态的母亲颤颤巍巍地站在门边上，两眼闪着泪光，对我的到来似乎等候已久。一问才知，原来她竟在几天前刚出院！

我和父亲扶着她回房刚躺下，她便声息无力地告诉我，她去的是中国福利会国际和平妇幼保健院，通过肚子上的微创孔摘除了子宫，现在很疼。而她之所以不告诉我，是生怕这样会影响我的学业！

据父亲回忆，母亲在患子宫肌瘤时是觉得患处发痛的，主刀医生在手术时曾对左右介绍

说，她有典型的糖尿病症状，术后一定要予以重视。此外，由于她从小血小板较少，伤口愈合较常人缓慢，因此待到2013年春才逐渐恢复了元气。

至于切片组织的性质，我和父亲并未予以足够重视，想当然地认为子宫肌瘤都是良性的，于是竟遗忘了取回病理报告一事。

大约在2014年2月，父亲发现她后背腰脊骨附近的皮下鼓起了一个指甲盖大小的肿块，触之不疼不痒。当时，他凭借自己曾经得过囊肿的经验，武断地认为那只是囊肿或脂肪瘤。对此，母亲就以那位置刚好是子宫肌瘤手术时麻醉针的扎针点为依据，自认为是皮肤过敏。

大约是2014年夏，刚踏入职场的我才得知母亲背后有一个乒乓球大的半球形肿块。父亲安慰我说这是脂肪瘤，而脂肪瘤一般都是良性的。听父亲这么说，我竟放松了警惕，一边想着先观察一阵子，另一边沉迷于和露的你侬我侬之中。

到了2014年12月，又大了一圈的肿块使我感到不安，终于叮嘱母亲去看病，而她表示肿块虽然有点疼，想等到过年之后再去。其间，三姑妈、三姑父和四姑妈也曾劝过母亲，但她没有足够重视此事。到了年后，她则坚持要到4月的医保到账后再去看病。无论病情或重或轻，岂是能久拖下去的？但我当时仍没意识到问题的严重性，立场也不坚决果断，居然就这么默认了。

至此，我还停留在“肺胃肝等内脏才会有癌症，表皮的瘤都是囊肿或良性脂肪瘤，不可能是癌”的错误观点上。

2015年4月，眼见母亲背上肿块的直径增长到了半个虎口，且已开始作痛，父亲开始焦急起来了，屡次催促她就医。于是，我们选了某三甲的S院就诊。门诊医生当场用针头抽取了肿块内的成分化验，从而否认了脂肪瘤的可能。医生说，肿块可能是肿瘤，虽然良恶性尚未可知，但大致思路是要手术切除的。

此时，我对母亲病情的认知开始转变，变得不再乐观，但仍停留在“即使是肿瘤，手术切除病变组织即为治愈”的错误认知上。于是，一听闻医生肯收治做手术切除，便默认了这个治疗方案。

尽管医生开出了住院单，但由于床位紧缺，S院通知我们在家等候消息。随后的某日，我们接到院方的电话，说是有床位腾出，请我们第二天住院。谁知，几个小时一过，院方又来电话，说是有急诊病人入院，床位又没了。时间一天天地过去，我们见迟迟不来通知，便主动给S院打电话。

“这我们没办法，你们要是等不了的话，就去其他医院好了。”在我们焦急地询问下，电话那头冷冰冰地答道。

此时，父亲意识到了事情的严重性，变得更加烦躁了，敦促焦虑的母亲早点切除肿块。

他的话有些极端，说是随便找个医院切掉就行，甚至急得扬言："不能再等下去了，要么我去买点麻醉药，我来帮你开刀！"

几天后，我们前往某市立二甲的E院普外科就诊时，该科室常年从事肿瘤诊治的主任医师H大夫做出了如下初步诊断。

背部平4-5椎体正中部位可及约直径7cm大小肿块，质软，边界尚清，活动度可，无明显压痛。

这位医生表示刚好有床位，也愿意为母亲手术。我们像是在无助时抓到了一根救命稻草似的，迅速办理好了住院手续，方才松了一口气。

其实，也正是这一次草率急躁的决定为今后母亲曲折的治疗经历埋下了隐患，以至于处处受制，最终步步深陷被动的局面。

3.恐怖的手术刀！我们从未见过这么多血

我不会忘记2015年5月14日，那天傍晚有我迄今为止见过的最血腥的记忆。

下午4点左右，我在C公司接到电话，得知下午母亲一个人签了8张承诺书，并接受了手术。这个猝不及防的消息令我悔意丛生。为何不事先向医生问明日程安排？为何不当天请假全程陪同？为何不中午打个电话去慰问情况？为何……

我顿时蒙了，开始意识到自己对此事竟这么马虎。

快，快点！15层17号病床！

下了地铁，我一路疾跑赶到了病房，而眼前的画面却使我惊呆了——母亲背向我侧卧着，她后背的皮肤、衣服、纱布和身下的床单上沾满了大片血迹。在床沿边上还放着一个脸盆，里面散落着用弃的深红色棉花球和纱布，盆底还积着一摊未凝结的血水。

"妈，你现在感觉怎么样？"我迅速来到母亲床榻边，急切地询问道。

"你来了啊……"母亲面色惨白，费力地眨了眨含泪的眼，便说不下去了。

我忍着扑鼻而来的血腥味，绕到另一侧查看伤势，只见母亲背后的纱布已被血浸湿，大片的鲜红色使我不寒而栗，随即将视线转向父亲。而此刻，父亲也正紧张地望着我，整张脸在极度担忧中僵硬得有些扭曲，但仍竭力想在我面前保持一份勉强的镇定。

见我也是一脸焦急，他用微微颤抖的语气告诉我："伤口流了很多血，止不住。背上全是血，橡皮胶带也粘不住了，纱布刚换上去就被血弄湿了，一会儿还得换。"说完，他用含泪的视线瞅了一眼母亲。

我再绕回床头去细看母亲，只见她紧锁眉头忍着钻心的痛楚，眼神是那么的凄苦！母亲似乎懂我想问什么，嘴角的肌肉明显下拉了一次，最终只能抿抿嘴，吐不出半句话来。

“疼死我了！”我的脑海忽然闪过这句话。

天啊，背后被深切半个拳头大的伤口，正常人可能会疼得晕过去或是大声痛苦呻吟，而现在母亲竟然能一声不吭？！这是何等坚忍？

我走近一步，弯下身子安慰道：“妈，是不是麻药时间过了，很疼？”

母亲看了眼父亲，勉强从干裂的嘴唇下挤出一句话：“别担心，不是很疼。”

这么大的伤口怎么会不疼？她只是在硬撑，不想让我和父亲为她担心。母亲就是这样的个性，宁可自己一个人默默隐忍，也不愿因为自己给别人添麻烦。

她微微抬起原本揪着床单的手，以此示意我坐下休息会儿，但我却发现那只手掌下的一片汗迹。我心头一记刺痛，坐立不安地再次走到她背后查看伤势。

为了便于手术，母亲的病服是反穿的，也未系上扣子。或许是有过挣扎，有些橡胶带被血浸湿后，已经自动脱落了下来。若凑近细看还可发现，鲜血透过纱布，正沿着背上的皮肤缓慢滑下，并在日光灯光下竟泛着触人心弦的反光。

我心里呐喊起来：“这手术后根本没止住血！负责的医生在哪里？”

就在我四处张望时，一个穿着白大褂的中年男医生带着几个见习医生模样的年轻人正好走了进来。父亲立即起身，向他恳求道：“H 医生，我老婆血小板不多，凝血不太好，现在血流不止，拜托您想想办法！”

原来他就是为母亲主刀的 H 医生。

我近距离观察着眼前的这位医生，180左右的个子，国字方脸的鼻梁上架着一副金色边框眼镜，镜片后的眼睛和整张脸相比显得略小，下巴不留一丝胡楂，整体给人一个温和斯文的印象。

H 医生平静地望着父亲，自信地回答：“嗯，我已经给她吊止血针了，很快能止住血的。”说罢，他弯下腰，询问母亲道，“疼痛比刚才有加重吗？”

见母亲忍得满头大汗，咬着牙才勉强点了点头，他直起身转向我们，建议道：“算算，麻药时间也快到了。要不给她弄个镇痛泵吧？”

“这东西是缓解疼痛的吧？”父亲谨慎地确认道。

“是的。不过这得自费，不进医保的。有进口和国产两种，进口的虽然比国产贵，但镇痛效果好一点。”H 医生回答得很流利，说完转头看了看母亲。

她都疼成这样了，现在还管它是不是进医保，能缓解母亲的痛再说！

“那就用进口的！”我和父亲稍一对眼，异口同声道。

H 医生的脸上静得不见一丝波澜，只是回首朝护士点了点头，后者立即会意，不一会儿便取来了设备。

接着，众医生开始分工处理伤口，而我走到他们身后，密切注视着整个过程。其实，看不看都改变不了什么，但我很不放心，于是鼓起勇气目睹这异常血淋淋的场面。

一片湿答答的深红纱布终于被缓缓揭开，下方露出了惨不忍睹的巨大伤口，令我心头巨震！那简直就是一个深陷下去的血坑，就像是用圆形汤勺从人背部硬生生挖去一块半球形的肉一样。若细看，在这令人生畏的猩红中，皮肤、脂肪和肌肉还勉强可以分辨。

我看得深感困惑，心想：这样大面积暴露的创伤，该怎么缝合呢？

“哎哟，你还有胆凑近了看啊？”父亲坐在墙边瑟瑟发抖，如坐针毡地用恐惧的目光望着我，语气中夹带着哆嗦，“血太多了……”

无奈的我没有答话，警觉地瞅了眼母亲的侧脸后，继续旁观。

那H医生到底是主任医师，忙而不乱。只见他剪下一块块纱布，用手术钳揉成团状，塞进那个半球形的伤口。那些洁白的纱布被迅速染红，稍后又被轻轻抽出。看来他是打算先吸干净内积的血水后，再封上纱布。随着纱布团一块块地被塞入，都会挤压出伤口内的一些鲜血滴在床单上。几个年轻的见习医生开始显得有些不知所措，似乎从没见过如此严重的伤势，只得围在他身侧屏气凝神地注视着。

接着，H医生用一个塑料囊与伤口对接，利用负压的工作环境下，缓慢地向外抽吸着新流出的血。见镇痛泵安装完成，我和父亲上前询问伤势，他声称不必担心，等留院观察几天后再说，便去了其他病房。

我长舒了一口气，但随即对母亲钦佩不已。她竟能以超乎寻常的毅力一声不吭，而我从未见过一个女人可以坚忍到这种程度，这足以让许多男子汉自叹不如！

H医生的任务虽然告一段落，但我早已提到喉咙口的心却始终没能放下。这么多血白白地流走，也不输血，仅仅靠她自身造血补给？

“这个你可以问H医生，他假如觉得需要用，刚才应该就会用的吧。”一个护士这样告诉我。说罢，她便捧着满满一盆血色纱布准备向外走去。就在她经过我面前的一刹那，我明显看见那个盘子里的血水骤然晃起一层骇人的红色波纹。目测那盘中的血量加上半张床单上的血大约有300毫升，这些对于刚刚经历手术的母亲来说可谓雪上加霜！

“小叶，伤口包好了。别担心，医生说没事了。”爸爸弯下身子，一边轻轻整理着她耳边散乱的发丝，一边关切道。

母亲依旧咬紧牙关，额头渗着大滴的汗珠，只得微微点头，眼缝里还渗着委屈的泪水。父亲心疼不已，在她额头轻轻一吻，安慰道：“你一定会好起来的！”

“很晚了，你们走吧……”母亲微微摇着头，似乎用尽了刚才积蓄已久的力气才勉强从嘴里挤出了这几个字。

没想到，到了这时候，她还在为我们着想！

“不用，再陪你一会儿吧。”父亲说着，见她眼里流露着担忧，随即补充了一句，“不用说话，闭上眼睡一会儿吧。”

母亲没有作答，虽然合上了双眼养神，但始终没有松开紧锁的眉头。我见她的脚掌露在外边，就轻轻地用被子裹好，然后沉默地注视着床单上的大片血迹，心里充满了不解：今天她为何这么急不可耐地开刀？

对此，父亲解释说：“上午办完入院手续后，H 医生就通知我们，说是下午可以手术。那时我回家了一次，在没到医院前，你妈就一个人签完了手术协议，然后……”

这真像母亲的作风，哪怕明知仓促行事会将自己置于不利中，她都要自己的事自己承担。或许，她只是一味地想尽早做完手术，早日康复回家，了却这件大事。我本想追问，既然要手术，为何不提前通知我，这样我也好早点来医院。可我又接着意识到，母亲可能是不希望我上班分心，顿时感觉有一种莫名的负罪感。

我咽下了刚到嘴边的话，改口问道：“那手术结束后，你有没有看过切下来的肿块？切面是不是鱼肉一样的灰白色？”

“没，我本来等在手术室外，那时烟瘾来了，就去楼下抽了口，再回来时手术已经结束了……”

“唉！”我打断了他的话，转身独自望着漆黑的窗外，心中揪起了一片酸痛。

此时此刻，无力的月光正在阴沉的云层间若隐若现。

晚10点了，父亲关上了病房的日光灯，坐回板凳上沉沉一叹，又望了望站着的我。借着床头的节能灯光，我明显看见了他闪烁着泪光的双眼，但他很快就将目光收了回去，只坐在黑暗中，不再多说什么。

今晚是母亲最关键的一夜，守候是我们最需要做的事。

4 召开家庭会议，我们对恶性肿瘤太懵懂

有时，医院出具的报告涉及了不少专业术语，这对普通老百姓来说，常看得一头雾水。即使读懂了报告，要不要告诉患者本人又成了一个新的问题。

手术后过了一个星期，H 医生拿来了此次手术的病理学检查报告。

大体标本检查：背部肉瘤，不规则组织一块6.5cm×5cm×4cm，切面灰白灰黄相间，呈实质状。

病理诊断：考虑为梭形细胞肿瘤（中间性或低度恶性）。需做免疫病理最后确诊。

恶性？！怎么可能？但毕竟，在那报告结尾，分明白纸黑字地印着这两个字！

为了防止误诊，组织样本也被送去一家三甲医院复检。待到2015年6月中旬，外检结果出来了，全家人忐忑不安地把那几行字反复读了好几遍。

病史摘要：两年前行子宫切除术后，自觉麻药注射部位有一结节，其他无不适症状；近期结节增大，无痛。

病理会诊咨询意见：

背部梭形细胞肿瘤，低度恶性梭形细胞肉瘤不能除外。

HI15-8740:

CD10+，CD34-，CD99+，β-Cat 浆 +，SMA-，Desmin-，S-100-，BCL-2-，HMB45-，PNL-2-，ER-。

双方结论基本一致，看来是确诊了！

随后的一个夜晚，父亲、我、三姑妈、三姑父、四姑妈和四姑父六人聚在客厅里，一边上网查着治疗方案，一边商议对策。起初，大家都不知道肉瘤是个什么概念，而“恶性肿瘤”一词却显得尤其扎眼，气氛颇为人心惶惶。

第一个问题，母亲得的是不是癌症？

这个时代，人们大多谈癌色变，我们一般听到的都是令人毛骨悚然的内脏病例。然而，母亲的肿瘤生在背后皮下，且被确诊患的是肉瘤，并未写明是癌症。查阅网上资料后我得知，癌症和肉瘤是恶性肿瘤概念下的两个不同分支。癌症一般指来自上皮组织的病变，而肉瘤组织一般来自间叶组织。我以此推断，母亲得的不算癌症，而是一种肿瘤。

第二个问题，低度恶性到底是什么意思？

我们在确定母亲所患不是癌症后，稍稍感到了一丝宽慰。但报告上写的毕竟是恶性肿瘤，于是我们又关于良性恶性展开了讨论。

同样根据网上资料，我否认了部分亲戚所持的“低度恶性等于良性”的说法。原来，恶性肿瘤按照恶性程度还可以分为高中低三档，衡量的依据就是看肿瘤细胞的分化程度。具体来说，就是肿瘤细胞在增殖过程中其细胞形态、架构和生物学特征接近正常细胞的程度。因此，母亲虽是恶性肿瘤，但由于其恶性程度较低，变异的细胞更接近于正常细胞，治好的机会理应更大。这样一分析，我们在整理头绪中又多了一些信心。

第三个问题，低度恶性肉瘤会不会复发？

我和父亲询问过主刀的H医生，他自信地表示，手术区域已向外扩大了两厘米，把临近病变组织的一部分正常组织也一并切除了，已将复发的概率降到了最低。对此，我上网查阅了如何治疗肉瘤，得知手术切除是教科书式的首选方案。至于他向外多切两厘米的做法，大家都觉得把病变组织切得越干净越好。

至于这次低度恶性的化验结果，H 医生说这的确有点小问题，但病人身体情况还可以，下一步就等伤口愈合后出院，回家服药静养半年，并定期随访。听他说话时充满了底气，我们的心也稍稍安定了一些。

第四个问题，该不该让母亲知道实情？

关于这一点，告知与否各有利弊。若完全如实相告，这样很可能会打击到母亲康复的信心，反而不利于痊愈。若隐瞒不告或用善意的谎言，又担心她暗自琢磨，反而弄得提心吊胆。

经过讨论，我们最终选择有保留地告知。我准备先搜集一些肿瘤患者先治疗后康复的案例，为她树立起一道心理防线，以防知情后的心理崩溃。之后，我们再告知她这次肿瘤虽然不是良性，但却是严重程度最低的那种，治好的可能性会比预计更大。

第五个问题，母亲的伤口何时才能愈合？

事实上，因为母亲从小血小板稀少，即使在注射了止血针的情况下，手术后两周都仍未完全止血。她每日出血量有100至200毫升不等，整个人元气大伤。

为了帮助她伤口尽早愈合，我们接受了 H 医生的提议，于5月30日进行了第一次植皮手术。手术中，他先使用了一种叫“银离子”的块状器件，将此器件置于半球形的血坑中，促进伤口愈合。然后，他又割取了伤口附近的完好皮肤，用于植皮。这次手术后，母亲背后的血坑两侧增添了两道8厘米和5厘米的切口，好似被拦腰一刀，叫人看得既胆战心惊，又无比心疼。

可是没过多久，临时拼接上的部分皮肤开始发黑坏死，吃尽苦头的母亲又于6月9日接受了第二次植皮手术。在之后的几个星期里，H 医生或其下属医生每天来给伤口去除脓污、上药和换纱布。随着新生的肉缓慢长出，伤口每日的出血量也在逐渐减少。

对此，大家一致认为目前的治疗方案达成了一定的疗效，剩下的就交给时间和医生去就行了。

夜深了，疲惫的亲人们各自回去休息了，而我还不想这么早睡。我必须将今晚的讨论内容写在日记里，形成一篇会议纪要。这既是我在工作上学到的方法，也是我为母亲专门做的病史记录。

5.在隐瞒的边缘，该不该告诉她？

纸，是包不住火的，即便暂时包住了，也只是拖延了时间。

母亲住院已有两星期了，她在我探望时几次吐露心声，她最害怕被推进手术室。那种恐怖的经历给她烙上了深深的阴影。术后没多久，她就急着想知道化验结果，可是我们又不忍心告知实情，这反而使她疑心更重。况且，在病房里住久了，看多了一个个患者的结局，听多了邻床病人的呻吟和抱怨，这足以让一个正常人对恶性肿瘤产生巨大的恐惧。在如此耳濡目染的环境里，母亲似乎想寻求一个出口，一吐心中积蓄的惊恐。

在一次看望中，她对我讲起了邻床妇人的遭遇。

她也是H医生的患者，不幸得了胃癌，已有转移。她自知时日无多，每日吩咐几个女儿为她画好浓妆，想让自己原本已苍老消瘦的脸庞看起来年轻一些。她说自己之所以这样做，仅仅是为了不让丈夫看到面容枯槁的她。然而，令她失望的是，丈夫每次来探望都只坐片刻，随后便找个借口早退。她曾向母亲诉苦，怀疑丈夫在外边有了其他女人。所幸，女儿们还是心系她的病情，每日轮流煎好了汤药送来。不过中药苦口，她只喝了小半碗，便被苦涩的味道呛得反胃，从此拒喝中药。最终，丈夫的冷淡和病痛的折磨使她放弃了生的渴望，不久便消瘦得如一具干柴。

可见，当我不在时，母亲已和邻床几个病人交流过各自经历。大家都认为得了癌症就等于死亡，这种错误的观念直接加重了她们对病情的恐慌。

2015年5月29日，我趁着外出拜访客户的机会，顺路去了E院看望母亲。为了帮助她转移注意力，这次我带去了一本《思路决定出路》。不过，即使我开导母亲要先静心休养、摒弃杂念，但她仍旧显得对此不感兴趣。

“你帮我放在抽屉里吧，”母亲靠在垫高的枕头上，语气平淡地摇了摇头，“我现在看不进去，我只想早点出院回家。”

母亲说的是对的。她在家时就睡得很浅，听到一点动静就醒了，现在搬到医院住更是睡不习惯了。她说，晚上邻床的患者会起夜或打鼾，清晨自己又会被清洁工和病人的声响吵醒，白天又有人探望，如此周而复始，确实不得安宁。

“妈，再坚持下，等你伤口好点了，医生就同意你出院了。”我安慰道。

她望着半空中的盐水瓶，显得有些发愣，却又陡然问起：“上次的病理报告怎么还没出来？”

看着她脸上写满的闷闷不乐，我一时不知怎么告诉她才好，也不敢直视她投来的锐利目光，最终只能闪烁其词地回应道：“没出来，应该还在外检吧。”

“哦，是这样啊……”她显得有些失望，说罢转头向窗外望去，眨了几下眼睛，眼角隐约闪动着泪光。

我没想到，这次的闲聊居然成了尬聊。只因为她心中有个结，系得太紧，使她难受，而我又偏偏不忍相告。于是，我矛盾地缄默着，而她煎熬地沉默着。进退两难之下，我努力思索着下一个话题，可心中却乱作一团。

“今天你下班后，就直接回家吧，不用来医院了。”母亲察觉到了我不自然的反应，率先打破了沉默。

“不，我还是来看看你吧。”

“不用了，我知道你好心，但你也要兼顾下你爸。他这几天正忙家里装修的事，又得来医院看我，已经很不容易了。你一会儿回去时，记得给他买85℃的面包，给他当明天的早饭。”

母亲就是这样，总是先为他人着想，却很少顾及自己。她对这个家的爱太无私，总把享受留给别人，自己却活得很拮据。换一个角度讲，正是我和父亲没及早体会她的不易，才会一直身在福中不知福，造成了她积劳成疾。

我扪心自问：是谁常年如一日地早起，为我们准备早饭？是谁上了一天的班，还要买菜回家做饭？在晚饭后，父亲躺在沙发上休息，我回房去上网，是谁在默默地洗碗？又是谁在无声地洗衣服？是谁用自己的生活费帮父亲买香烟？又是谁悄悄地为我把起皱的领带熨平？是谁叠好了父亲的被子？又是谁补好了我破孔的袜子？而今，她想要的不是一只高档名贵的包包或首饰，只是一句实话！连这个我都没法做到，这到底是我没良心，还是我糊涂呢？

我好矛盾！

到底是说，还是不说？

到底说什么才好？

到底怎么说才好？

6.坦诚相告，因为我们是一家人

有时候，与其因为苦苦隐瞒而徒增猜忌，不如大家一起直面现实。

关于母亲的病情，到底是说善意的谎言，还是说残酷的现实？这个问题一度令我大伤脑筋。犹豫之下，我最终选择了后者。

2015年6月下旬的一个雨天，我又趁着外出办公的机会，赶去医院看望她。

我一走进病房，她便认出了我：“哎？不是让你下雨天别来了吗？”

“哦，今天附近一个学校有课，我就去现场看看，回公司前还能来你这儿坐坐。这不是挺好的吗？”我笑着解释道。

我扶着她缓缓从床上坐起，又帮着用扇子送风纳凉，只听她自言自语起来：“真不听话，外面雨这么大，早上跟你说了别来，还是来了。”

这时，邻床那位患有胃癌的阿姨插了一句话进来：“嗯，你儿子挺不错，经常来看你啊！”

母亲听后像吃了蜜枣一样会心一笑，客气地安慰道：“其实你两个女儿也很关心你啊，特地大老远带中药来给你喝。”

“唉，”阿姨紧紧合上眼圈发黑的双眼，侧过憔悴的脸，摆了摆手，“她们弄来的药难喝极了，喝了反而恶心呕吐，饭也不想吃了，太折腾我了。”

此言一出，我敏锐地察觉到阿姨面上的表情既苦涩又尴尬，暗自一想，确也觉得其中意味深长。阿姨的老公来得不多，来了也不会久坐，或许正如阿姨所心寒的，外面有了新的方向。而她的女儿们都已嫁人，每日除了忙工作，还要回家烧饭，接送读小学的孩子，每人都是匆匆赶来，轮班照料。如若细看阿姨的生活起居，女儿间也存有互相推卸的蛛丝马迹，一方面她们的小家庭中确实各有烦事不断，另一方面她们又不想怠慢了老母，从而引起姐妹间的指责。于是，她们纷纷炖了各式各样的中药、鸡汤、燕窝等来探望，哄着老母亲多吃多喝。外人看其表面，女儿们的确尽到了孝道，而站在阿姨的立场看，这样的做法却没考虑到自己的身体情况。一边是貌合神离、另有打算的老伴，一边是灌汤灌药、争尽孝道的女儿们，病痛中的阿姨还会留有多少求生意志？若抛砖引玉地联想到我和母亲的近况，我以为瞒着病情是对她好，但这真的是母亲所希望的吗？如果我坚持善意的谎言也是种孝，那是不是进了和阿姨的女儿们本质相同的误区呢？

“哎，别这样想，这也是你女儿们的一片孝心嘛！”母亲见阿姨和我都没说话，氛围有些冷场，便一边善意地安慰着，一边起身要出去走走。

在我的搀扶下，母亲一步步向外挪去，可才走没几步，她就逞强道：“不用搀，我自己能行。”

谨慎起见，我执意相送，忽然发现那消瘦的阿姨正羡慕地朝这边注视着。待走出门外，我和她聊起刚才邻床的那位阿姨的病情，母亲连连摇头，主动换了话题，竟说出了一个令我又惊又气的事。

原来，在入院前的某晚，母亲忙完了家务，疲惫地告诉祖母，自己背后长了一个瘤，已经有点疼了。不料，祖母由于仍为近期的婆媳冷战而怄气，竟语气很冲地回了句“你背后长个瘤，跟我有什么关系”。对此，母亲当晚强忍下了怨气，将此事深埋在心。

几天前，祖母来看望过一次。待她回家后，刚才那位阿姨便告诫母亲，说是婆婆看起来很难伺候。母亲感到惊讶，自己未曾向病友们倒过苦水，反倒是她们对自己的心病一目了然。阿姨还告诉母亲，按照迷信说法，90多岁的高寿老人和晚辈住在一起是在克晚辈，对晚辈的阳寿不利。这种事被别人念叨多次后，母亲心情很差，既对肿瘤感到恐惧，又为婆媳矛盾而生闷气。于是，她更加希望今后可以和祖母分住——事实上，这也是她十几年来一直未实现的愿望。

“我嫁到这里后，就没亏待过徐家的任何一个人。当初老房子要动迁时，你爷爷和奶奶由谁家照顾？一个都没站出来！是我辛辛苦苦照顾了她十几年，没有功劳也有苦劳。可她还不知足，什么事都要管要过问，日子过得好好的还要在那里唉声叹气，甚至惺惺作态地哭喊着让你已故的爷爷来接她走。现在，我生了这病，她非但不体谅我的痛苦，还说出这种话。

呜呜……我哪里对不起你们徐家了，她非要这么针对我啊？”

听完这些在母亲心里憋了很久的话，我感到说不出地难过和无奈。她对我千叮咛万嘱咐，我只是一个晚辈，不宜干预长辈们的事。这件事决不能告诉父亲，否则就是挑拨父亲的母子关系，同理也不宜告诉大伯。虽然，我当场答应了她，但对她出院后，祖母是否能改由其他几位子女赡养一事，心中没底，唯有暗急。

话说到沉闷的坎上，我无奈地带她来到一扇窗前，打算呼吸下新鲜空气。不过，天公不作美，六月的黄梅雨淅淅沥沥的，数日未歇，吹进楼里的风中也明显带有一层潮湿的水汽，让人不甚畅快。我伸手将窗户关小，生怕她着凉，而她沉默地倚着栏杆，眉头紧皱地凝望着楼下的园子，似乎在思索着什么。

与其刻意隐瞒，不如有保留地告诉她吧！病人自己也应该有一定的知情权。

“妈，病理结果出来了，医生说……”我怀着复杂的心情，把话说得很慢。

听我开门见山地说正事，她只是转过头来，眨了眨湿润的眼睛：“嗯。”

“结果好像不是良性的，”我一边注视着她的表情变化，一边小心翼翼地补充道，“不过H医生说这是小问题，让我们放心。”

“唔……没事，妈妈其实早就已经知道了。”母亲的语气中明显带有一些忧伤，转过脸去，将头抬起，似乎欲将泪含回眼眶里去。

“什么？你是怎么知道的？”

原来，母亲在H医生来换药时探过其口风，对方的回答一直是诸如“还好，只是小问题”等轻描淡写的话。她有意隔三岔五地询问病理结果，而H医生还是没有正面回答，他还嘱咐母亲好好养伤，不要多想。母亲向来懂得察言观色，同样的问题多次提问、换个说法问、冷不丁地问，她便心中有数了。再者，病友们经常交流患病经历，她再结合自身情况一对照，也就摸了个八九不离十。

听完母亲的叙述，我沉默了好一会儿，心想：假如是良性，医生大可以直截了当地告诉患者，何乐而不为呢？现在医生迟迟不做正面回答，这其中的难言之隐，心细的母亲怎么会猜不到？

“妈，别担心，你的瘤只在表皮，只要切了不复发，就和常人一样了。况且这次查出来是低度恶性，H医生也说不是大问题。现在你好好养伤，增强体质，等你伤口愈合得差不多了，我们就带你回家。”我一边鼓励着她，一边内心紧绷地观察着她的反应。

“嗯，妈妈知道你的心意了。其实，我的病我自己清楚，不管是好是坏，情况都已经在那儿了。”母亲听完后，点了点头，脸上掠过一丝极其短暂的欣慰。从她刚才的这段话来看，她显然在我坦言实情前就已有了心理准备。

既然她有顺其自然的觉悟，不如就多说说她感兴趣的事吧，也好让母亲保持着对生活的憧憬和希望。

“妈，家里已经装修得差不多了，新的木地板，洁白的墙，还有干净整齐的厨房。你肯定想看看吧？”我一边说着，一边查看她背上的伤口。

此时，新肉已撑满了大半个血坑，上面还结了血痂，而在没结痂的地方，仍流有湿漉漉的黄脓。

“是啊，这里环境吵，天也热，每天还要吊很多针，妈妈实在太想回家了！”

“上次，三姑父不是答应你了吗？等你出院，他和三姑妈就接祖母过去住一阵子。这样，你就在家里放心养伤好了。”

“好啊，我们终于可以好好过三口之家的日子了。”

话虽这么说，但我心中明白，这两位长辈都已是古稀老人了，让他们照顾祖母几天没问题，长年累月是行不通的。看来，有关祖母住处的问题，绝非单纯地由某一家赡养这么简单，也绝非我们两家人可以定夺，而是要经过她所有子女的协商才合理。可是，这又能怎样呢？假如协商能解决问题，十几年前早就能解决了，何必拖到今日？假如协商能解决问题，十几年前就可以为祖父祖母购置一套小房子或是送到靠谱的养老院，又怎么会造成今日的局面呢？事到如今，也只能先以母亲的康复为优先考虑了。至于这些历史遗留问题，既然无力改变，只好暂且接受现实。

在和母亲闲聊中，我注意到了楼下有一个园子。那园子一片郁郁葱葱，种植着几棵挺拔的松树，而在林荫下也铺有几条鹅卵石小径，平日常有不少康复期患者在此散步。在园子中央，只见其中一棵老松最为高大，傲然于风雨飘泼中挺立。那依仗风势作威作福的黄梅雨越下越大，像是在嘲弄它为何仍在风掣雨淋中保持着松姿似的。

“妈，你看到那棵松树了吗？”我眼前一亮，笑盈盈地指着那棵老松道。

“嗯，妈妈看到了。怎么啦？”母亲有些不解道。

我觉得这是一个向她传递正能量的好机会，于是清了清嗓子道：“妈你看，虽然风可以吹折它的树枝，却刮不断它的树干；雨可以淋湿它的叶子，却无法使它的树根腐烂。”我顿了顿，笑着看了下两眼微微闪光的母亲，她似乎有些猜到我接下来想说什么，“你现在得了这病确实吃了很多苦头，但凡事总会苦尽甘来。既然事情都发生了，为何不学学这老松直面风雨和顽强不屈的精神？”

母亲眨了眨含泪的双眼，又点了点头。

我见她反应还不够乐观，就拍拍她的肩膀，鼓足了中气，继续开导：“妈你看这棵松树，它要是向风雨屈服，那它就半途夭折；它要是昂首挺立，那反而是它在呼风唤雨，不是吗？”

听完了这番话，母亲终于淡淡一笑，欣慰道：“儿子啊，妈妈明白你的苦心。妈妈知道了，我会像它一样坚强，再坚强！”

我释然一笑：“这就对了！要有信心！”

七律·瓢雨望松劝

半榻殷红病势凶，血糊淋刺渗黄脓。
掩痕改笑尝偷泪，忍气吞声猝改容。
脊上硕疤何日愈，心头旧痛几时缝。
临窗试教听风雨，任变阴晴不倒松。

在送她回病房的走廊上，我一边整理着脑中腾涌而出的词句，一边心想：看来，在这样残酷的现实面前，需要变得坚强的不仅仅是母亲一人，还有陪在她身边的我们。

因为，我们是一家人啊！

7.妈，我想带她回家看望您

母亲住进E院没多久，曾有亲戚建议我带上露去病房探望她。对此，我和母亲观点一致，都觉得病房不是初次见面的合适场所。事实上，我的潜意识已经告诉我，我和露走不到一起，如今只是在维持着一种双方都不满意的妥协。于是，我也没有对露说过母亲住院的事。

沉重的压力之下，人总会有个倾诉的窗口。

2015年6月5日周五上午，我办完了公事，准备去下一家客户附近吃个午饭，路上忽然接到了雪的来电。原来，她昨晚睡觉时不小心把手腕压肿了，去急诊看病花了不少钱，现在准备去黄浦区的医疗保险事务中心办手续，希望有个熟悉的人陪同。我见她一个人在上海打拼很不容易，且去她那里也顺路，于是就答应了。

离开事务中心后，我们沿着斜土路西行，去了一家世纪联华超市。雪似乎很喜欢漫步在琳琅满目的货架之间，还时不时地拿着几样商品让我货比三家。不知为何，才和阳光靓艳的她待上一会儿，我就觉得原先心中的阴霾竟在渐渐散去。

离开超市，雪走在前面，重新系好了披在肩上的橙色丝巾，又将长发从丝巾下轻轻撩出，一个嫣然回首，笑着从我手中接过了包包。

“刚才还听你电话里语气很低落，现在居然变得光彩照人了，你可以的。”

“是呀，今天我很开心！”

“哦？是什么让你这么快暴雨转晴的呢？”

“真笨！非要我说出来吗？”雪瞥了我一眼，从包里取出一瓶白色的贝纳颂咖啡，笑盈盈地递了过来，“给！谢谢徐姐姐今天陪我 shopping！”

我也没跟她客气，接过咖啡摇了摇头，哭笑不得道：“我看你最近追《武媚娘传奇》太上头，是个人都喊姐姐。”

“不不，你不一样，”雪神秘一笑，快步走到我面前，似乎想正面望着我，“因为你和我妈妈一样啊，都姓徐呀！”

妈妈……

雪忽然提到这个词，忽然让我想起了正卧病在床的母亲，而她此刻明媚的笑容却和我心底的惆怅形成了鲜明的反差。

“是么？这么巧啊……”我淡淡地回应道。

不得不说，雪和母亲一样，都很善于捕捉别人一闪而过的神情，这或许就是她们作为女性所独有的洞察力。

“怎么，你是不是最近有什么心事？又和姐姐不开心啦？”

“不是。”

“那是什么事？你看你，这几个星期人都瘦了，面色也不好，到底怎么了？”

她问得不依不饶，还左右来回打量着我的脸庞，眼神充满了关切。我想，出门靠朋友，和她透露一部分也没什么大碍。

“其实也不是啥大事，就是家族里有个长辈查出来好像是肉瘤，就是恶性肿瘤的一种。你周围有人认识这方面的好医生吗？”

“啊？怎么会这样？可我不认识这类医生啊，但你别急，我在这还有几个朋友，回头我帮你打听打听！”

见她听后猛一折眉，花容失色，我忽然有种莫名的触动：“谢谢你！你放心吧，已经在康复期了，我只是情况还没告诉她。”

“所以你很犹豫是吧？”雪自言自语着，又微微点了点头，惊讶的神情才渐渐淡了下去，“可有些话最好别隐瞒，那样对身边的人伤害更大。而且，憋在心里对你身体也不好。”

我很惊讶，心说自己仅仅轻描淡写地答了一句，她便可以把话直击到我心坎。若非她原本就善于洞察人心，那就是她经常在关注着我的一言一行。

雪是对的。在疾病面前，母亲是有知情权的，她有权知道自己的状况，从而决定自己接下来的生活怎么过。

2015年7月底，母亲的伤口基本愈合，顺利出院了。在随后的两周里，雪不仅时常在睡前为我母亲祷告祈福，还托我转送了一把精致的绣花扇给她。随着我们感情的升温，我既渴望带雪回家看望母亲，也想借此为她的生活冲冲喜。

8月中旬的一晚，我搀着母亲到社区的户外健身区散步时，就曾聊起过此事。

“妈，我觉得现在这个新女友人不错，她知道您生病的事后，一直真心诚意地关心你的康复情况。我想等你再休养一阵子，到秋天的时候带她上门来看望你，怎么样？”

“其实，妈对你前面那个印象也不错。不过只要你喜欢，妈是不会干涉你的。你的终身大事还是要你自己决定。”

母亲开明的观念使我对未来充满了希望，甚至有些迫不及待地取出手机，主动把雪的照片给她过目。而母亲也正有此意，她当然很关心自己未来的儿媳到底是什么模样。

照片是雪上周末去宁波看望她小姨时拍的，地点是一家餐厅外的候餐区。不得不说，雪天生就很上镜，她穿着印着两只波斯猫的白底无袖V领衫和蓝色的牛仔短裤，哪怕只是在木椅上静坐，也足以展现其绰约多姿的风韵。额头的长刘海依旧中分，露出印堂，而微卷的褐色长发自然分垂过双肩。为了凸显出曲线美，她有意用大腿侧面对着镜头，又将脚趾轻轻点地，如此两段白皙如玉的长腿既显得匀称修长，凉鞋上围绕脚踝的仿钻也能在闪光灯下晶莹剔透。

母亲看了看照片，又看了一段她弹吉他的视频，点点头道：“嗯，小姑娘笑得挺甜。但妈妈也要提醒你，找老婆不要只顾好看，再漂亮也是会老的，所以心好不好才最重要。”

我承认，我是喜欢漂亮女人没错，但雪不仅仅给我的是视觉上的沉沦。

“妈，这个您放心！她心是好的，就是有点调皮。还有，她个性很阳光，而我有时很悲观，但和她在一起后我每天都觉得很开心。她知道您的现状后，不仅没有表露过一丝嫌弃，反而一直鼓励我要乐观积极地面对现实。因为她信基督，她一直为您祷告，求上帝让您早点康复呢！您和她都是我生命中最重要的人，我很渴望有一天能带着她上门来看看您，您一定会喜欢她活泼开朗的个性的！”

“嗯，还是等我完全好了再说吧，”母亲皱了皱眉头，下意识地摸了下后背的患处，“现在这样子也不方便……”

的确，母亲的顾虑也不无道理，当前最重要的还是休养生息，争取早日康复。只要肿瘤的阴影一天没有散去，她的内心就始终存有惶恐，在这样的心境下，她很可能担心自己的病态会吓到女方。看来，带雪上门一事得从长计议。

8.伤上加伤，哭泣中的懦弱

婆媳不和引发的家庭矛盾，这是自古都有的婚后现象。多年来，这已成为母亲最重要的一个心病，遗憾的是，父亲始终没妥善处理好这个矛盾，而我更没充当起桥梁的作用。

2015年7月底，母亲顺利出院，暂时同我和父亲住在同小区的姑妈家，因此也终于见到了快要完成装修的新家。

至于祖母，这几个月由伯母接去赡养，到母亲出院后不久，伯母便来电催问下一步祖母安置的问题。为此，姑妈们曾多次征询过父亲意见，但父亲一口否决了祖母改住她们家的提议。姑妈们碰了钉子，不敢多言，而母亲闻后心生不悦。

9月9日晚，我在T公司加班后，疲惫地回到小区。虽然在夜色的笼罩下，视野比较昏暗，但我依旧可以透过前方幽暗的铁栅栏，从人群中辨认出母亲那徘徊的孤影。

待我走近后，只见她困惑地问道：“怎么刚去新公司就这么忙？”

“嗯，和我一起入职的还有一个小伙子，公司准备只留下我和他其中一人。正好，最近订单多，他们来不及画图，所以我就申请和大家一起加班，想尽早熟悉业务，争取转正。”

“哦，那今天你画图纸时有出错吗？有没有被领导批评？”

“没有。妈放心，今天没出错！”我说了个善意的谎言，其实我下午有一些尺寸标注不规范，被一个老员工喊过去修改了好几次。

“那就好，”母亲目光闪动，看了看我，又顿了顿，“妈看你这么忙，好几天没去找她了吧？”

我被突如其来的话戳到了痛点，回想起四天前雪漠然远去的背影，眼睛发酸得有些刺痛，神志也恍惚了，仿佛全身的血液在这一刻都逆流到了头顶，涨痛非常。

借着路灯的光亮，我望见她依旧带着病容的脸庞，实在不忍直言相告，只得驻足静了静，掩饰道：“是的，其实……她最近也很忙。对了，妈你怎么站在这里？”

母亲扭过头去，使劲地眨了几下眼睛，而我清楚地看见那半边脸色竟是如此忧心忡忡。我心中的疑惑顿时被放大，追问道：“到底怎么了？”

她不规律地抽泣了几下，勉强稳定着声调：“先别回家，陪妈妈走走。”

于是，我怀着困惑的心情，陪她沿着小区的支路边走边聊，终于了解到了整件事的来龙去脉。

这天下午，三姑妈和四姑妈在她们家腾出了准备给祖母住的房间，并铺好了床，准备邀请祖母回来。父亲见状，站在一旁询问缘由。三姑妈考虑到母亲元气大伤，需要静养，就说今后由她们来照顾祖母起居。父亲也有他的考虑，假如家里装修完就立即不赡养住了近二十年的祖母，担心会被左邻右舍闲言碎语。因此，他当即不悦，大声指责她们没有得到他的同意就擅自安排祖母的住处，并执意今后一切照旧。两位姑妈见父亲盛怒，无可奈何，不敢多言。这一切被隔壁房间的母亲听见，气得说不出一句话来，只得眼睁睁地看着气头上的父亲收拾完物件，头也不回地搬回自己家去。良久，回过神来的母亲悲愤交加，也跟着离开了姑妈家。回家后，她为祖母的事和父亲有过争辩，但还是没能改变他的决定。

“我都生了这种病，他怎么一点不为我考虑啊？”说罢，母亲悲伤地哽咽起来，大滴的眼泪像断了线的珠子一样，坠落在那件穿旧了的连衣裙上。

“妈，别难过了，总会有办法解决的……”漆黑的转角处，眼见她一边哭一边抹着眼泪，心酸的我不知如何安慰才好。

“呜呜……妈妈嫁到这里后，你外婆和外公都走了，我已经没娘家可回了！这么多年了，他们把婆婆丢给我一个人照顾，我好不容易咬着牙坚持下来，可现在都生这种病了，还要让她住在我们家，还要我去照顾啊？我的命怎么这么苦？！呜呜……”母亲后面的话在抽泣中变得有些难以听清。

“不会的，不会再是那样的。”

“呜呜……我结婚以后，你外婆就看到了问题，劝我趁早离婚。可我念在你太小，没听她的话，现在……”

后悔？我心中忽然掠过这个词。可见，母亲似乎看在我的分上，还不愿对这段婚姻下此定论，至少口头上不愿意。

“这么多年了，家务活全是我做的，可我还是不讨好！你小时候，我从娘家回来晚了，他就冷着脸，说我这么晚回家是把鬼带回来了。你外婆过世了，他连落葬都没去！他是怎么对我爹娘的？这么多年来，我又是怎么服侍他娘的？”

母亲哭成了一个泪人，委屈地说了一长串话，顿时掀起了我惆怅的心绪。我居然第一次因为自己的姓氏而感到羞愧。从某种意义上说，是徐家对不起叶家！可我毕竟是他们的儿子，这一双重身份使我左右为难，我只能断断续续地开导她不要把父亲说过的气话放到心里。我希望她可以明白，我始终站在她这边。

她抽泣不止，用带有泪水的手接过了我递上的纸巾。我忽然发现指间传来了一丝凉意，低头一看才知道那是母亲留下的泪。我紧锁着眉头，几乎无法锁住快要流出的泪，只得抬头猛吸一口气，使劲眨眼了几次，终于将它含了回去。

老实说，从小到大，每逢听见母亲的哭声，我都深切地感受到什么叫心乱如麻。而此刻，我既对她委屈的样子感到伤感，又对父亲过激的做法感到反感。随着一股热血冲上脑门，我立即想回去替她讨个公道。

可笑的是，待到一阵秋风拂过，才维持了三分钟热度的怒发冲冠便消退了下去，我可耻地感觉到内心居然在父亲的怒吼声中瑟瑟发抖。我能感受到体内有一股挥之不去的懦弱根深蒂固，束缚着我的本性，反而活得不像个男人。不争气的我点了点头，退回到了妥协的围墙内。

“这事你回家后不要再说了，他既然这么决定，这事只能这样了。”母亲看出了我的心事，语气也渐渐平缓了下来，“假如我们不识相，家里就翻天了，这日子更没法过了。往后，还是求太平点吧。”

借着那轮惨白的月，我注意到母亲几近洗面的眼泪已经擦干，只在她早有皱纹的脸上留下了两行泪痕。

假如，眼泪是溢出的悲伤，那抹泪就是为了将记忆锁在心底？平日里，母亲习惯把不悦憋在心里，而今天的事是一条导火索，她把日积月累的心伤和不满，通过哭诉都宣泄了出来。

想到此处，我在心里沉沉一叹：哭泣是暂停了，可是因为记忆不灭，心仍会流血。

记得是我还在幼儿园期间，有一次父母不知为何争吵起来。发怒的父亲一脚踢翻了夜壶，瞬间那些污秽的固液共存体竟全泼洒到了干净的地毯上。在他的喝令下，委屈的母亲俯身在地上，泪流不止地用抹布擦拭地毯。面对满屋扑鼻而来的气味和母亲抽泣的背影，年幼的我坐在床上惊呆了。

到我大约九岁时，我家、大伯家、姑妈家和祖父母同住在一处旧宅中，适逢拆迁，于是有关祖父祖母安置问题便提上了议程。临搬家前的一次家族会议中，父亲当众做出了以后赡养祖母的决定。散会后，母亲和父亲当着我的面大吵了一架。恼怒的父亲随手将一个放酱瓜的玻璃瓶扔向母亲，幸好母亲闪躲及时。伴随着一声巨响，瓶子砸在冰箱门上，永远地留下了一个深深的凹痕。不明世故的我，在年幼时常常看着这个凹痕发呆，一直对那晚的事心有余悸。

刚上初中时，同学们都流行在家玩 FC 红白机，我也不例外。小 L 是和我同校不同班的同学，而我们俩的父亲是工作上的同事。母亲见他无心向学，常和校外不良青年有往来，常叮嘱我交友要谨慎。一个晚上，小 L 来我家借游戏卡，我便借给了他，不过他提议这晚在我家一起打游戏。母亲就以影响我做作业为由，将他打发了回去。父亲为此暴跳如雷，大声责骂母亲处事不当。两人在我房间里各执己见，情绪越发激烈。父亲竟怒不可遏地抱来一桶助动车的汽油，尽数倾泻在地板上，并掏出了打火机意欲同归于尽。在昏暗的台灯照射下，我的卧室充斥着浓烈的汽油味，大量的油污在地上流淌开来，一会儿便蔓延到我脚边。母亲背靠衣柜，哇的一声吓哭了，而我对眼前面目狰狞的父亲和委曲求全的母亲感到了深深的恐惧。

还是在我上初中时，有另一件事使我对父亲产生极度的畏惧。记得是一个周末早晨，母亲出门了，我只听见祖母在她的房间里故意唉声叹气，像是在抱怨什么。她也不是第一次这样，用母亲的话说就是，都已经吃好睡好地服侍了，还不知足，隔段时间就作一下。我有些反感，于是上前对她说：“别以为爸妈听不到，你这样做，没人会有好感的。”谁知，这话被父亲听见了，他发疯似的冲了过来，把我生拉硬拽到我房间。接着，恐怖的事发生了！他把我按在座位上，双手像两把钳子一样从我背后掐着我脖子，气急败坏地吼道：“我叫你再说！我他妈掐死你！”就在我被掐得呼吸困难之际，祖母来救场了。她使劲拖着父亲向外走，一边责备他发这么大火，一边将我房门掩上。我惊魂未定，连连咳嗽，只听他“砰”的一脚竟把我房门踹开了，眼中跳动着凶光，嘴里谩骂着气话，一副神挡杀神的模样。从此，我和父亲的关系再没真正融洽过，我总会保持一定的距离。

在这件事中，身为晚辈的我去“教育”祖母的做法是不对的，但父亲对我的态度彻底浇灭了我年少时对他的亲近感。母亲知道这事后，含着眼泪抱着我的脑袋，连连叮嘱我以后不许乱说话，也不要再管大人们的事。我渐渐明白了，父亲心里其实也是为长年赡养祖母而反感的，但碍于颜面的他不能表现出来，我那句话相当于揭露了他的心声，原来大人间的事就是这么复杂而虚伪。

随后的两年里，爸妈之间也有过几次争吵，其中印象颇深的有两次。

第一次是因为家庭财政的拮据，两人在昏暗的卧室里大声争吵，几个回合后黑暗中传来了母亲的哭声。我闻声赶到，竟见父亲正狠狠地瞪着掩面流泪的母亲。“爸爸，别打妈妈！”我踮起脚，抓住父亲那高高举起的右手，难过地央求道。

第二次是因为母亲带胃痛的我去医院做了一次哈气试验，多用了100元钱，回家后两人又吵了一架。这一次，我躲在黑暗的角落里，生生被满腔的自责所吞没，心想：假如不是我生病的缘故，母亲就不会被责怪了，这都是我的错！

往事不堪回首，当时发生这样的事，我的不作为尚可归因于年幼不懂事；而今发生类似的事，成年后的我竟因为害怕父亲的威严，眼见母亲这么委屈还是不敢作为。是我太懦弱，居然连母亲都维护不了！

“时间不早了，回去吧。”

“可是，爸要是再和你生气呢？”

“就这样吧，闭紧嘴过日子，你也别多想了。”

“妈，对不起。”

“别这样说，妈已经没事了，但你要好好过你的日子。”

妈，其实我已经失去了想与之好好过日子的人，听到您说的这后半句话，我怎么会不感到心酸？换个角度说，今天我连您都维护不了，即使雪愿意嫁给我，现在的我能成为替她遮风挡雨的男人吗？我拿什么去兑现那美好的未来呢？

回姑妈家的路上，我惆怅地望着无边无际的夜空，悲伤、畏惧、愤恨和自责最终在我脑中混为了一团无序的乱麻。

即使在晴天的夜空，星星在市中心也不易看见，而此时远方夜空中却悬着一颗，孤零零的，格外显眼。看，那颗俯视着人间的星，犹如悲天悯人的眼目，一闪一闪地零落心伤。而地上的我望着那颗星，因自己的无能而反复懊恼。

爸，你不该这样对她。

妈，我不该这么懦弱。

9.慈母日记1

自从母亲出院后，她便一直保持着写日记的习惯，除了一些柴米油盐的家事外，她还记录了自己的患病经历和心情。下文收录了她从2015年9月9日至11月18日的日记节选。

2015年9月9日 周三

晚上搬进入住，大吵特吵。

（笔者注：母亲用红笔在“晚上”两字下画了波浪线，可见那晚不悦的经历让她难以忘怀。）

2015年9月17日 周四

伤口的血痂掉了。

2015年9月30日 周三

我上午去卫生站为老公配药，胆宁片、红霉素各2盒。

2015年10月1日 周四 阴

儿子上午去陆家嘴兼职，下午3点回家。

2015年10月5日 周一 雨

三个人同去家乐福。中途开始吵嘴，到超市大吵，不欢而回……

一天没买菜，三个人就一天过得很不爽。

（笔者注：母亲在日期旁，用红笔写了一个大的“吵”字。从笔画上看，该字一笔写成，不作停顿，且母亲将最后一撇故意拖长，足见其当时心绪烦闷。）

2015年10月9日 周五 晴

晚上，楼上大叔来我家坐坐。婆婆当着叔叔、老公和我的面说鬼话。

（笔者注：此句母亲特地圈了出来，可见她对此很不悦。）

2015年10月13日 周二 晴

下午，我去E院看病配药。H医生说，再吃一个月的中成药（十盒）后复查，药费3875元。下午1点左右，弟来电话，未接到。

（笔者注：母亲提到的中成药名为贞芪扶正颗粒，因一位姑父前几年结肠癌手术后服用，后来气色渐佳，于是我也建议母亲配来服用。）

2015年10月22日 周四 多云

我上午去社区卫生站为老公配他吃的红霉素。

下午1点30分，弟来电话，说说正常事。

（笔者注：母亲特地加了波浪线，可见她还是很惦记着舅舅的。）

2015年10月23日 周五 多云

晚上8点多，我在小店门口坐坐，碰到洪师傅。他开导我，心情要愉快、要开心，人生只有一次。

2015年10月28日 周三 多云

上午老公去医院看牙，拔了粒牙，配点消炎药，吃了一天的半流质。

2015年 10月29日 周三 阵雨转大雨

老公今天睡了一天，因牙痛发热，没力气。

2015年11月5日 周四 小雨

儿子没有回来吃晚饭，加班到晚上10点30分下班。

老公又说我买菜量多，今天不许购买，停!

（笔者注：母亲虽休养在家，但还是在买菜烧饭。现在想来，当时我还沉浸在巨婴的恶习中，没去替母亲代劳家务。实为大错！晚饭时，面对满桌菜肴，父亲本意是劝母亲少弄几个菜，不宜操劳，可惜他语气偏激，令她颇为扫兴。）

2015年11月9日 周一 阴雨

儿子下班开会，饭没回家吃，加班到晚上10点10分回家。

2015年11月12日 周四 阴转雨

老公上午外出工作，晚饭后擦冰箱、厨房、煤气台面和擦地板。

（笔者注：常年来，我和父亲做家务的次数屈指可数，母亲特地把这记录下来，或许是因为那时感到欣慰吧。）

2015年11月17日 周二 阴转雨

上午10点50分，我去卫生站配了点高血压药，还为老公配了红霉素。

（笔者注：母亲多年有较重的高血压，上压曾高至180。父亲嗜好吸烟，咳嗽和痰很多，常年来他一直服用红霉素。不过他本人几乎不去医院看医生，而是请母亲或姑妈去医院代为配药。）

10.买回一把吉他，鼓励母亲弹唱自乐

一个患过大病的人，身心都会遭到不同程度的损伤，此时若有一两个兴趣爱好，我相信他们一定可以重新回归生活、拥抱生活、享受生活。对此，学乐器就是一个不错的选择。

想要让母亲放下紧绷的心弦去学乐器，就得先从病情入手。所幸，E 院提供的出院小结措辞还是很乐观的。

诊疗经过：患者入院后完善检查，于2015年5月14日在局麻下行腰背部肿块扩大切除术，后又于2015年6月9日在全麻下行腰部扩创术＋带蒂皮瓣移植术，术后给予补液、补充能量等综合治疗。因局部缺损较大，皮瓣部分坏死，行伤口银离子敷料伤口换药治疗。

治疗结果：治愈。

这“治愈”二字像是给众人吃了一颗定心丸似的，大家都松了口气，转而将注意力集中到伤口的定期护理上。经过这三个多月的调养，母亲背后的伤已完全愈合了，但留下了巨大的横向刀疤，时有刺痛。在刀疤两侧，还分布着长度约2.5厘米、宽度约5毫米、间距约3厘米的品红色条状疤痕——那是缝针时留下的，形如一条条狰狞可怖的青筋，从皮肤表面悚然凸起。

为了防止复发，我们根据 H 医生的嘱咐，定期观察伤口，每天服用医院发的药和水果。我还从网上得知，白茶中含有丰富的茶多酚，有抑制癌细胞增殖的作用。于是，我叮嘱她每日饮用，而母亲对我的建议言听计从，常拿着空杯调侃道：“看，妈妈今天喝了都不止五杯啦！”每每听她这么说，我都予以鼓励。

2015年11月，我在网上看帖得知，情绪对肿瘤患者的康复也有很大影响，并称部分病友术后学习乐器，在自得其乐中多年不曾复发。正巧，那时我正有自学吉他的打算，就不假思索地网购了一把琴和几本教程。

我知道以母亲的个性，若是直接请她自弹自娱，她应该是会推辞的。于是，我就先自己练，待学会一些后，再教她弹奏。不过自学确实不易，眼睛既要看谱，又要找弦，左右手也不协调，刺痛的指尖弹出来的琴音难免单调生硬。就这样，我每晚啃着教程的谱子，记手形、打拍子，一遍遍地重复着枯燥的音阶训练。

几天后的一晚，我正费劲地弹着练习曲。这时，我背后传来了母亲的声音。

“哟？这不是《小星星》吗？”

我很惊喜，回头向她竖着大拇指，一笑道：“哟，你居然听出来了啊！”

“嗯，你小的时候，电视里经常有这曲子，那时你还会哼呢！”母亲说着走了过来，眼光落在了闪亮的琴头上。

“妈，现在我稍微会一点了。我把我学会的教你，怎么样？”我会心一笑，随即将琴双手抱起，呈在她面前。

“唔，其实妈妈知道，你买吉他回来，也有一部分是她的原因吧？”

“我……”我听了一怔，没想到母亲还是察觉到了我仍未忘记雪。

“那还是你弹吧，我听着就好了。”

“妈，还是你了解我，”我有些感触，轻轻一叹，“但是她的事已经过去了。现在你每天在家休养，我生怕你又胡思乱想。我听不少患友在网上说，乐器有助于身心快乐。我想你如果开心了，身体也会加快康复吧！”

母亲在我的坚持下，终于抱琴入座，并照着书上的持琴姿势，有些僵硬地摆开架势。我从右手的拨弦用指说到左手 C 和弦的按法，鼓励她一边看谱一边试弹。随着母亲小心翼翼地拨动，她顺利完成了一次下扫的动作，房间里立即回荡起一串音符的律动，而震颤的六弦也在灯光下亮起耀眼的金属光泽。

我发现她有个好习惯，就是在弹某个音的时候，会一起唱出它的唱名。从 Do 升到高音 Do，再从高音 Do 降回去，她练习得很投入。尽管手法还比较生疏，但遇到不会的便会发问。其实我也一知半解，只是谨慎地把一些准确的、有把握的心得予以分享。

几天后的一晚，母亲已经能用慢速弹出一个完整的音阶了。随着她一次次地拨响琴弦，我似乎能通过那一个个孤立的单音听出她满腔的忧伤，像是一缕愁丝随风飘浮不定。我有些诧异，心想：与其说这是母亲把情绪融入到琴声中，倒不如说是我这个听众的添油加醋。或许这只是我心中所想，化为了此刻的幻听？

自从我换到 T 公司工作后，加班常有而薪资较低，母亲为我的前途担忧过，鼓励我努力提升工作能力，早日另谋高就。而对于上次赡养祖母导致的夫妻不和，我劝她放下争议，先专心养好身体再说。此外，前几个月我分手的事也令她倍感无奈。她的确曾告诫我说，选老婆不能光看外貌，须知容颜易老，人心难得。如今，竟已一语成谶。

想到这里，我心一记揪痛，沉默地站在母亲身边，凝视着她低头抚琴的样子，悄悄摇了摇头，自觉是我徒增了她的烦恼。也许，正是我迟迟无法成长为一个能独当一面的男子汉，所以母亲才无法有机会活得像个孩子一样简单和快乐呢？

这时，母亲重扫了几下，响亮的琴音瞬间中断了我的思索。她转过头来，睁大眼睛看了看我，欲言又止。

我连忙掩饰起方才的忧虑，装笑道：“哈哈，妈你刚才真像摇滚巨星！”

“呵呵，妈妈不会弹，还是你……”说着，母亲端起琴递了过来。

“不，你刚才弹得很好！这样，明天我给你找个《生日快乐歌》的练习谱！”

母亲轻轻一笑，像是默许了，目光中透着几分鼓励，微笑道：“换你弹一段，让妈妈听听！”

此刻，一张桌子、一盏台灯、一把琴和一本书，就可以营造出一个难能可贵的精神空间，暂时将我们和现实中的忧与痛屏蔽了起来。

我暗暗感慨着，憨笑着抱起吉他，磕磕绊绊地弹了一曲《两只老虎》，心里却很知足。

生活就是一碗百味汤，甜蜜固然是好，苦涩也不少。但只要还有懂我、支持我和尊重我的人陪伴在身边，我就可以挥去那些又黑又冷的负面情绪。我相信，对母亲而言，也是一样的。

第6章
枯萎的叶子在哭泣

人在困境中忧虑时，总会觉得时间过得很慢。

我在焦虑中彷徨，也在惶恐中煎熬，一时不知所措。

的确，我是无法左右时间的脚步的，也可能无法改变将要发生的事情。

我唯一能做的，只有改变自己处世的态度。

1.肉瘤复发了，惶恐又被点燃

2015年深秋，T 公司频繁加班的日子终于告一段落了。我以为可以迎来一个补觉的周末，但那天一早我却被门外此起彼伏的争论声吵醒了。

我耷拉着眼皮，伸手取来手机，睡眼惺忪地看了下时间：11月22日上午9点，周日。好累！头晕晕的，我不想起床，可门外的说话声像是三姑妈和四姑妈的，她们一大早来我家干吗？这着实令我心疑。

开门一看，确实是她们。她们一看到我就中断了谈话，似乎在犹豫该不该说下去。与此同时，我见母亲沉着脸坐在客厅的靠椅上，双手按膝，一言不发，而一旁站着的父亲紧锁眉头，看上去神情很焦虑。

我最担心的事情还是发生了——在母亲背部那两条刀疤交点附近的皮下，复发了一个乒乓球大小的肉瘤！

望着这个可恶至极的肿块，我不由倒吸一口冷气，心想：出院后才三个月就又长了一个，难道是上次没切干净？现在怎么办？又要手术切除了？

因为有了上次看病的经验，我和父亲很快便统一了意见，决定先去医院征求 H 医生的意见，假如需要手术的话就趁早切除。不出我们所料，H 医生面诊后当场开出了住院单，并劝我们尽量在一周内入院手术。

接下来的几天里，我们都被这来势汹汹的病情弄得寝食难安，一家三口变得越发沉默。虽然感觉并不乐观，但我们内心还抱着一丝侥幸心理，期盼这次复发的只是一个良性的瘤。其实，我也心知这只是我的一厢情愿。良性瘤一般发展缓慢，而母亲从无到有只用了三个月，如此快的发展速度岂会是良性？为此，我辗转反侧了几个晚上，睡眠不佳使我更为心烦，甚至影响到了白天的工作状态。这份焦虑是那么熬人，以致我唯有一遍又一遍地哄骗自己，才能稍稍减轻心里的那份异常的沉重。

11月26日晚饭后，我得知母亲两日前接受的术前检查报告已经出来，便要求她给我看一下。起初，她显得很不情愿，嘴上嘟囔了几句："不用了，医生说别担心，这又没什么好看的。"说罢，她走进了卧室，但却不开灯，只是一个人躺在昏暗的房间里。我心里泛起一阵疑惑，再三索要那份报告，她这才慢吞吞地起身，从柜子里翻出一个文件袋，从中抽出了几张单子放在桌上，便又躺回去了。

E 院核磁共振的报告单上白纸黑字地写道：

影像学表现：

双肾水平腰背部偏左侧皮下见大小约1.85cm*3.44cm*2.03cm 肿块影，信号不甚均匀，以等 T1、稍长 T2信号改变为主，表现为 T1WI 上等信号、T2WI 上稍等高信号改变，抑脂序列上呈不均质高信号改变，DWI 上呈明显弥散受限征象，ADC 值为（0.48-1.3）$*10^{-3}$ mm^3/s，边缘及轮廓尚光整，毗邻皮下间隙见斑絮状长 T2信号影，毗邻竖脊肌受压向对侧偏移，其周间隙尚清。腹膜后间隙未见明显肿大的淋巴结影。所示左肾见长径小于0.5cm 长 T2信号改变影。

放射学诊断：

1. 腰背部皮下软组织肿块影，建议增强 MRI、CT 等进一步明确诊断；

2. 所示左肾囊肿。

我立即上网查阅了有关 T1和 T2信号的名词解释。根据我个人的理解，上述这段话的大意可能是：由 T1信号测得，检查范围内的骨头没问题；由 T2信号测得，母亲背部皮下间隙中有一个软组织肿块，周围淋巴结未见转移迹象。此外，还有一个肾囊肿。

由于结论中未做出良恶性诊断，我只能从"边缘及轮廓尚光整"和"其周间隙尚清"这两条上来猜测。可见，影像学医师模棱两可地保留了一些良性肿瘤的解释权，不愿为肿瘤性质下定论。但在这段话的首句中，肿块影被描述成"信号不甚均匀"，这令我感到一丝不安。凭借所学的一些物理学知识，我猜想：病变组织若为良性，应该是会有包膜的，膜内只有病变组织而没有血液供给，因此信号可能是比较均匀的。与良性的情况相反，恶性肿瘤内有丰富的血流供应，检测信号就会因为遇到病变组织和血液两种不同介质，并反射出频率不同的两种信号，那么信号也就不会均匀。我由此猜测，复发肿瘤是恶性的可能性较大。

我顺着思路继续细看另外一份检查报告。在血清检查结果中，甲胎蛋白、癌胚抗原CEA、CA-199、CA-125、CA-153、肺非小细胞癌抗原CYFRA和磷癌抗原SCC都在正常范围内，但有两项不幸超标了。糖类抗原CA72-4的正常值为0～8.2U/ml，而母亲为9.15U/ml；烯醇化酶NSE的正常值为0～17ng/ml，而母亲为34.1ng/ml。我从网上得知，这两个超标项都是肿瘤标志物，用于提示可能存在某类肿瘤。CA72-4对胃癌的检测特异性较高，常与CA-199联合对比，以增加诊断准确性。至于NSE，它是一种小细胞肺癌的重要标志物。

对于CA72-4的超标，我并不紧张，主要依据有两点：一是因为在前面的核磁共振报告中已经提到过，腹膜后间隙未见明显肿大的淋巴结影；二是癌胚抗原CEA是1.19ng/ml，属于正常范围。虽然，该指标是胃肠道、呼吸道等空腔器官的广谱性肿瘤标志物，特异性不强，灵敏度不高，但仍有一些参考作用。我不敢妄加猜测，心想：单凭一个CA72-4的超标就判断有肿瘤是否太片面了呢？

烯醇化酶NSE的超标，倒使我感到困惑。该指标全称叫神经元特异性烯醇化酶，它主要作为小细胞肺癌和神经母细胞瘤的肿瘤标志物。报告上，母亲这项指标居然超出了最大正常值整整一倍。难道她除了背后复发的肿瘤外，肺上也有？！怎么可能？她近期不但没有咳嗽，也没胸闷气喘，或许只是我杞人忧天了？

此外，还有一点我不明白：母亲明明是皮下复发的肉瘤，即来自间叶组织的病变，这是否意味着复发仍旧会出现在间叶组织中，而不会出现在肺上？况且，网上有人说，这个指标要达到最大正常值的三倍才有明显的临床诊断意义。

望着手机上密密麻麻、生涩难懂的医学词汇，我忐忑地思考不下去了，当晚也只能先考虑背上肉瘤的治疗方案。

为此，我又细读了一遍报告，发现在最后一行写着"备注：标本轻度"的字样。这是什么意思？难道是在说这次仍旧是低度恶性肉瘤的意思吗？百度上搜索结果中，各方众口一词地表示，手术切除是肉瘤的首选治疗方法。若是如此，和上次一样，手术切了应该就没事了吧？不管怎样，既然报告单上没说一定是恶性，那就留有一些良性的可能，我是不是应该往好的一面多想想呢？

反复的思索令我渐感疲倦，于是缓缓地将那几张纸放在床头柜上，而正在我揉着倦眼之际，母亲来我房间了。

她的目光有些敏感，注视着我问道："现在公司的活……是不是很累？"

"我不累。哦，对了，"我拿起报告单，递到母亲手里道，"妈，这个我查过了。你放心，没啥大问题。"

“哦，那你早点休息，你每天这么晚睡，体力是要透支的！”母亲这句话叮嘱过我很多次，我耳朵都听出老茧了。

见我应诺了一声后，母亲拿起报告单，转身就回房去了。

“妈，等一下，”我突然想起了什么，快速从床上弹起，从书架旁抱起吉他，“今天你就不弹两下吗？”

母亲沉默了，脸上望不见丝毫兴趣，摆手拒绝道：“不用了，妈没这个心情。”

“等……”我刚一张嘴，话就说不下去了。

想想也是，今晚连我也提不起弹琴的兴趣，又何况是母亲？弹琴又能如何呢？琴声就能治愈她的病吗？可讽刺的是：现在能治好她病的，还是那把令她畏惧的手术刀！她的心情怎么会不低落呢？

我无奈地将琴靠回墙边，而就在手离开指板的那一刹那，两根低音弦被触响了，房间里顿时回荡起沉闷的嗡嗡声。吉他似乎在低吟着什么，就像是浅尝即止却又无处不在的忧虑，层层萦绕在我的心头，久久未散。

事情似乎不妙，今晚注定又是个不眠之夜。

2.黑暗中的一盏灯

欲救别人，得先点亮自己心中的那道光，才能找出黑暗中的突破口。

2015年11月29日下午，母亲再次住进了E院。院方的诊断记录如下：

患者2周余前发现背部一肿块，肿块约鸽蛋大小，无疼痛，皮肤无红肿，无瘙痒，无发热。患者近期无纳差消瘦，无咳嗽咳痰，无头晕头痛，无骨骼疼痛，无明显胀痛，就诊于我院，现为求进一步手术治疗，门诊拟右背部肿块收治入院。

第二天就是母亲手术的日子，我处理完客户急催的图纸后，即刻赶往医院。

途中，我在微信中急切地向父亲询问母亲的手术结果，而他发来一张照片，上面是一个血淋淋的塑料小器皿，里面盛放着一团血肉模糊的样本。据说，那是H医生拿出来请他过目的。但细看之下，我却感到诧异：切下的病变组织全是长条状肉片，就像是一层层刮下来的苹果皮似的。

为何非要把瘤削成肉条状呢？不是应该一整个切下来吗？H医生到底为何要用这种刀法？如此层层递进地切除，让我感觉他像是在探索病变组织的边界。那他又是依据什么来确定进刀量的呢？他又是如何确保这样能切干净的呢？莫非，他都只是凭肉眼来判断切除区域的吗？

不容我继续思索，父亲又紧跟着发来一句话：“H医生说，这次又是恶性！”

“完了！”我的心咯噔一下，之前还抱有的侥幸心理顿时碎了一地。

待我终于赶到病房，那几个月前令人发怵的一幕再次出现了——母亲侧卧在被染红的病榻上——又是一样绝望的恶性、一样恐怖的鲜红、一样自费的镇痛泵和一样紧绷的三颗心。

父亲坐在母亲床尾的椅子上，双手按膝，微驼着背，神色不安地注视着她。而母亲下巴顶着喉咙，时不时地朝床尾神色凝沉的父亲望去，默默地忍着眼泪。病房里异常沉闷，空气似乎仗着窗外惨白的月光迅速转凉，就连邻床的两位病友也选择了沉默。

真是糟透了！我心中暗暗叫苦，很想对母亲说什么，可却不知怎么开口。安慰她复发只是小事，手术切了就会好了吗？这种老三套的论调连我自己都说服不了自己了。强作一笑地陪母亲攀谈一些琐事，分散她注意力？11月的晚上，她都疼得额头冒汗，无力发声了，加之她又猜得到病情的严重性，还会有心思聊天吗？即使母亲愿意聊天，我一时半会儿也调整不到这样放松的心境。我就这么左右为难地呆立在床边，满怀矛盾地对视着母亲焦虑而悲凉的目光。

“儿啊，妈妈连累你了！”母亲这时竟还在为我考虑，这使我内心的苦闷又增添了一份心酸。

“妈……没有连累，别说话了……您先好好休息。”我的气息变得有些不畅，生生把一句话说断成了三截。

为了掩饰自己的失态，我前去关掉了几盏日光灯，并示意母亲闭目养神，这才小心翼翼地搬了把椅子坐到父亲边上。

“发给你的微信照片看到了吗？”父亲尽量压低了嗓音，一脸苦闷地问道。

“看到了，”我警惕地瞄了一眼合着眼的母亲，有意压低了嗓音，“和上次一样，表面不光滑，没包膜。”

“怎么办？又是恶性，老爸我现在急得不得了！”父亲语气中充满了焦虑，似乎想通过抱怨几句来缓解心理压力似的，话末的音量也不知不觉地升高了。

我望了眼似睡非睡的母亲，做了个小声的手势，有些没底气地安慰说：“爸，我相信H医生会有办法的，我们先别杞人忧天了！”

父亲听罢也不接话，只是目光很暗淡，尽管他已有了最坏的心理准备，但此时若不说破，还能保留一丝转机似的。他抬眼看了看母亲，随即又将视线回落到身前灰蒙蒙的地砖上，郁闷得哑然失声，只是鼻中出着闷气。

这时，一位护士送来了几盒药，说是H医生开给母亲的。我接过来一看，是陕西东泰制药有限公司的华蟾素胶囊，盒子中央清楚地印着一行字。

解毒、消肿、止痛。用于中、晚期肿瘤，慢性乙型肝炎等症。

什么！晚期？这两个字赫然刺入我的眼目，使我心头大震。

“爸，这药……”我惊魂未定，说到一半就不敢说下去了。

他紧紧皱着眉头，哑口微开，凝视着药盒上的那几个字，眼里不安地闪动着什么，似乎正在努力压制着席卷而来的惊恐。见他这般反应，我无奈地端着这冷冰的盒子，呆呆地瞅了瞅床头墙上的“12”字样，又望了眼半空中悬挂着的盐水瓶。随着那药水一滴滴有序地坠落到滴斗中，我的脑海也似乎被它洗成了一片空白。若非被胸膛里怦怦搏动的沉重心跳所提醒，我真的觉得时间已停滞不前了。

良久，邻床的病友阿姨微微打起了呼噜，我才发现已经快晚上9点了，而我和父亲还没吃过晚饭。于是，我准备出门去吃个快餐，顺便帮父亲带一份。

二十分钟后，我忧伤地走在返回住院大楼的路上，而深秋的夜风却不知趣地迎面袭来，直往衣襟里钻，把我冻得直哆嗦。虽然外面这么冷，但当我来到门诊大楼的侧门外时，原先急促的脚步却犹豫不前了——我想一个人静一静，至少得调整好心情再上楼去。

“从今年9月到11月，这可真是个多事之秋啊！”我怅然一叹，疲惫地倚靠在门外的一面墙上，合上了双眼，任由无序的愁绪在脑海中翻滚。

为什么恶性肿瘤复发得这么快？可见，上次手术看似切得非常彻底，但很可能还有少量肿瘤细胞残留了下来。在肌肉里，还是在血液里？回想到在住院期间，亲朋好友们送的鸡鸭鱼肉汤可不少，莫非是吃了太多油腻荤腥的缘故？莫非是因为大鱼大肉的进补，反而给癌细胞提供了充足的养分，从而加速了复发？可是，这几个月来母亲也采取了几个抑制复发的方法，比如：她不仅用贞芪扶正颗粒调养，还坚持每天喝五杯绿茶，吃许多绿色蔬菜，还学琴自乐。这些无一不是有利于康复的手段。可是，为何最后还是复发？难道还有别的原因？

楼下晚秋的夜风吹得我额头有些发麻，满脑的烦闷怎么也理不出一个头绪来。我无助地抬头望着漆黑的夜空，尝试从那片暗色中寻找光明。可如今市区的夜空，哪里会这么容易看得到星星？自问无果的同时，我开始注意到了住院大楼顶部的招牌。

“×× 市 ×××× 医院。”我在心里默默念道。

真是什么样的心情，看见什么样的景色。除了忧愁，还是忧愁！

我望着那高高在上的几个汉字，字上红光竟显得那么扎心，令我想起了那片心惊肉跳的血红！一阵失控的烦闷涌了上来，剧烈的脑涨感令人特别抓狂。我迅速掏出手机，忍不住发了一条朋友圈，试图将心中的不悦当成气球放飞出去。

拿什么来平复满天的忧绪？！！

不一会儿，随着一记来信提示音，手机屏上忽然跳出了雪的问候！我这才恍然大悟，刚才竟忘了设置分组可见。

雪：“看到你的状态，心情不好？”

雪："你还好吗？"

雪："你妈妈身体怎么样了？"

一条条接踵而至的消息，一个个跃然屏上的靓女头像，这些都使我产生了一种真实的错觉，仿佛她还在我的世界里。一时间，我泪目充血，心跳骤急。

没有你的日子，我还能好到哪去？

不，不是的，我很"好"，"好"得连得过且过的机会都没有。

我："谢谢你关心我母亲，今天她又去手术了。"

雪："现在她好点儿了吗？检查出来了吗？那个是恶性的？"

我："复发了，恶性。"

雪："我知道了……"

我："我只能接受现实。"

对方停顿了十多分钟，又发来了一段话。

雪："我只是为你担心，也为她祷告。不过，我相信一切会好起来的！假如是我遇到，我也会担忧。若和你的妈妈换位思考，她心里比你更难受，但是她还是希望你好好的。加油，相信你！"

深呼吸了几次后，我再次端起手机，不知不觉中，我已控制不住心里源源不断涌生出来的思念——我想和她多说几句，我想知道她过得好不好。

我："谢谢你的这番话，我会振作起来的。你去了那里后，工作落实了吗？"

雪："我还没找到工作，你好幸福，有工作。"

我："你的工作也会找到的，你英语这么好，既有专业能力，何愁失业？"

雪："我没事儿，只是在他家待得很无聊，我有点急了。"

好吧，雪，你们这么快就同居了。

不，这其实没什么可惊讶的，他们都订婚了，那距离正式夫妻就只差红本子了。自始至终，我的出现对她来说并没有意义。

我："那就用多出来的时间读几本书。"

雪："好吧，我有你送的《史记》。我书架在床旁边的飘窗上，所以书就在旁边了。"

我："你送的《圣经》我也一直珍藏着。还有你还我的145元纸币，上面有你写的名字，其实我一直随身带着。"

雪："可是，上帝的安排是好的，我必须听，所以，对不起……"

我到现在还放不下，哪怕只是和她说几句话？真是越聊越让我觉得自己很不争气。分手后，我居然还惊动了前女友来可怜自己。这又何必呢？

不，我不能这样下去！对雪的情丝要封印，对母亲的忧伤要掩饰！

我："不用道歉，你在那儿好好生活。我已经没事了。"

我按灭了屏幕，独自靠在粗糙的墙壁上，忧伤地望着远处云层后勉强透过来的月光，心里寻思：月光并非自己发的光，而是来自太阳，那么，谁才是我的太阳呢？是雪吗？不，我又岂能指望一个已经远走高飞的人来照亮我的黑夜呢？可是，就在刚才我收到她消息时，我心中明明掠过了一丝短暂的欣慰和光辉。

想什么呢？母亲病重，我就一个人在这里为情所困？这像话吗？

不行，我得振作起来，把注意力集中在母亲的事上。一会儿回到病房，我要像什么都没发生一样。因为我越能保持乐观，就越能够引导他们积极面对现实。

我转头向住院大楼的侧门望去，只见那上面悬着一块厚重的挡风帘，帘子的另一边则是一条通向电梯的走道。我望了眼灰蒙蒙的夜空，又低头凝视着地上那借着微弱月光而生的扭曲薄影。

"怎么，不是刚才信誓旦旦地说要振作起来吗？"影子似乎在以嘲讽的口吻对我滔滔不绝。

"重要的事说三遍！要振作！要振作！要振作！"我在心中暗暗呐喊道。

七绝·祈康（新韵）

花落方休困未息，

电联归子箭心疾。

赤诚暖放光驱夜，

病树回春向日曦。

关掉记事本 App 后，我猛然抬眼向前望去，心中炸开了一团莫名的怒火，扬手掀开那块门帘，一脚迈入了门后那条幽暗无人的长廊。

呵，就因为晚间人少，这里居然连灯都省了吗？可是，我心中还剩一盏灯没熄灭，那是我为母亲点亮的灯。

3.来自基督徒的福音

我曾听雪说过，《圣经》里有这样一句话："当上帝关了一扇门，一定会为你打开一扇窗。"我不明白，她所说的上帝既然为一个人关上了健康的大门，那他又会给这个人什么补偿呢？而这种补偿是不是这个人需要的呢？假如这个人不需要这种补偿，那是否可以拒绝接受生病的安排呢？假如答案是否定的，那这个人依靠什么从充斥着沮丧的病房中寻到一扇窗户呢？

2015年12月4日晚8点，天下了冷雨，我带着一身疲惫赶到了 E 院大门口。父亲发来了微信，说是 H 医生今天告诉他母亲的状态还可以，建议每天继续输液观察，并请我们放心。

我对此不以为然，前几天母亲的状态可并非“还可以”，我总觉得她看似欣慰的笑容背后其实藏着几分焦虑。

不过，今时不同往日，母亲的心境忽然雨过天晴了！

事情是这样的。母亲邻床的那位阿婆姓张，70多岁，她和丈夫都是虔诚的基督徒。不久前，张阿婆因阑尾炎入院手术，其间，有不少教会的弟兄姊妹轮番来看望，并齐声为她祷告祈福。众人在交谈中得知母亲不幸的患病经历后，深表同情，并热情地邀请她信奉基督。到了今天下午，母亲被老人们的热心肠所感动，就在病房里接受了入教仪式。

母亲说，这是她反复思量后的决定，而我在略作思考后，也对她这一决定表示理解和支持。是的，假如母亲今后能有一个强烈的信仰做支撑，对她战胜病魔也很有帮助，我又为何去反对呢？从一个角度看，继雪之后，耶稣的信徒第二次走进了我的生活，这若不是单纯的巧合，那就有某种值得深思的意义在其中。

“慢点吃，没人和你抢！”母亲靠在床头，望着狼吞虎咽地吃着盒饭的我说出她的口头禅，眼里满是关爱。

我淡淡一笑，随口问道：“好，那后来呢？仪式是不是很特别？”

母亲双眼中带着患病以来极为少见的闪光，动容地回味道：“妈妈跟你说啊，今天的仪式特别感人！不仅换药的护士都感动了，你爸居然还感动得哭了！”

我停下手里的筷子，咽下了一团干硬的米饭，有些难以置信地望着她。

母亲的眼神明显和前几日不同，整个人像被唤醒了一种不知名的新生，我甚至能感受到她语气中对未来的热切希望！这是我没想到的，也是我盼望看到的。

“以后妈妈就好好跟着主，一心一意跟着他，求他保我平安，赐我力量！”

见她这时的精气神宛如换了个人似的，我感觉心里有一股暖意轻轻流过，一扫这几天低落的心情。我顿感释然，咯咯一笑：“好！这就对了，我相信假以时日，妈你一定会康复的！”

待我吃完饭，母亲笑着从抽屉里捧出一本厚厚的黑色封皮书，递到我手上，介绍道：“你看，这是隔壁床阿婆送给我的。”

什么，又是一本《圣经》？

曾经，雪也送过这书给我，而她已经……

我忽然感到心中跳起一记似曾相识的刺痛，望着母亲不解的神色，仓促地在脸上挤出一丝微笑，尴尬道：“也好，听说这书里有很多故事，妈您住院时可以多看看，解解闷。”

母亲闻后笑着点点头，将书紧紧抱在胸前，仿佛想从它之上汲取到战胜艰难险阻的力量。我朝她点头笑了笑，自知内心早已五味杂陈，坐在那里迟早会被观察力敏锐的她发现，于是借口去关上开着的窗户，暂作回避。

走到窗前，我望着深色的夜空，小心地背对着母亲，暗自感慨："曾经有个女人说过，她是以耶稣的旨意为由，最终决绝地离去的。我至今对此难以释怀。而今，母亲病情不容乐观，这位阿婆和她的教友们为我母亲带来了精神上的鼓舞，这一切真是耶稣的安排？如果是，那整件事的寓意又是什么呢？"

南歌子·福音

目倦一身雨，心忧两泪痕。

频逢孤夜易销魂，劳骨催筋家患亦伤神。

脉脉垂流涕，殷殷祷告恩。

关情暖慰满医门，祈愿上苍庇佑母回春。

无论是中国文化里的老天爷也好，还是西方文化里的耶稣也好，它们的落脚点都体现在对人的美好祝愿。我反而更能接受这样一种观点：是老人们真实存在的人间真情温暖了母亲，使得她对人世间重新抱有一种渴望活下去的美好憧憬。无论遇到什么，都不要忘记活着的可贵。如果耶稣真的存在，或许这就是他想通过这些老人向母亲传达的意旨。

想到这里，我回头看了眼母亲，猛然发现她正对着床头壁灯的光亮，津津有味地翻看着那本《圣经》的前几页。多年来，她总是忙于家事，我很少见她有空去阅读一本书籍。

我若没记错的话，曾有人告诉过我，那一章好像叫《创世记》。

脑海又开始胡乱地翻滚起来，我回忆起雪曾经教过我怎么祷告。那时，我不愿扫了她的兴致，于是就配合她把那些生硬拗口的祷告词死记硬背了下来。

那么……

这时，窗外袭来一阵寒风，陡然吹醒了我。

我默默关上窗，转身坐回病榻旁，微笑道："妈，你现在知道怎么祷告了吗？"

母亲轻轻将书搁在身前的被子上，摇了摇头："今天张阿婆教过我，但是词太多了，我一下记不住。"

"没关系。"说罢，我便取出纸笔，伏在床边的柜子上默写了起来。

亲爱的耶和华上帝，我来感谢赞美，赞美上帝的恩典 + 自己想承认的罪 + 自己想说的话 + 自己想祝福的事 + 奉耶稣基督的名求 + 阿门！

"好了，"写完后，我又飞快地检查了一遍，颇为感触地递了上去，"妈，以后你可以参考这个格式来组织语言。"

她取来一读，马上诧异地望来，似乎想问什么，但又没在第一时间开口。

"这是……她以前教我的。"我沉沉道。

"唔，都好几个月了吧，她现在还好吗？"

“嗯，她嘛……现在，应该过得不错吧。”

房内的气氛顿时跌倒了冰点，我和母亲都不再说话。

好一会儿过去了，我先忍不住打破僵局，换了个话题道：“妈，时间不早了，你早点休息，睡前可以祷告一下。我相信你一定会康复的，你也要有信心！”

“好的，你快回家吧，明天还要上班呢！还有，顺便帮你爸买个面包，再带一条烟回去。”

说这话时，母亲眼里闪烁着泪，我看不出那是因何而生。但不管怎样，基督教徒们的出现让她变得乐观了，对生活也充满了热切的期盼。

既然身处绝境，也不能忘记自己想好好活着的初心。

雪，这就是当年你想表达的含义吗？此刻的你，是否也正翻阅着《圣经》呢？

现在我是明白了，上帝关上的那扇门是不会再开了，但另一扇窗却已然开启。

4.慈母日记2

下文收录了母亲从2015年11月20日至12月31日的日记节选。

2015年11月20日 周五 雨

下午，我和四姐去医院看门诊，做了超声波检查，核磁共振预约到下周三下午。

2015年11月22日 周日 雨转多云

早晨，四姐陪我去H医生处看背后的伤口，他说还是要开刀。他开了张住院单，请我下周定个日子进来，再为我治疗。我们回家后，从几个方面托熟人，打听病情，再做最后决定。下周二专家门诊，下周三核磁共振检查，下周四取报告。

老公为我称体重，110斤。

2015年11月24日 周二 小雨

下午，我和四姐去H医生处的专家门诊，抽血验各项指标，周四报告出来。

2015年11月26日 周四 多云转晴

儿子加班，10点30分回家。

下午，四姐和我去取核磁共振报告、验血单子，4点40分到家。老公马上和H医生通电话，约他见面，谈谈报告的情况。H医生马上回电，约6点钟在病房和老公碰头。老公7点回家，跟我说，病情已知，马上进行治疗。

2015年11月28日 周六 阴

儿子上午9点30分上班，加班到晚10点30分回家。

2015年11月29日 周日 中雨

上午，我去H医生处报到住院。老公、三姐、四姐陪我办住院手续。扣押金

1500+2000。儿子8点30开始加班，下午提早下班，直接来病房。

（笔者注：三姐和四姐为父亲亲姐，即笔者姑妈。）

2015年11月30日 周一

全麻，开刀第一天。今天上午10点多进手术室，在原来伤口边上切下来一个像鸡蛋大的……到下午1点才进病房。三姐、四姐、老公在手术室外陪我。晚上儿子来了。开始用阿姨，每天100元。

（笔者注：母亲的字体明显比前几天潦草，有些字甚至出现了发抖的迹象，有些笔画也断断续续，语句也缺乏逻辑性。可以猜想到当晚临睡前，尽管伤口很疼，但仍然坚持写完日记，实属不易。）

2015年12月1日 周二 晴

今天第二天，手术后，不动，三姐和老公陪我。血的引流量200毫升。H 医生等四个人为 C 组，为我第一次换药。晚上儿子来看我。

2015年12月2日 周三 晴

今天早晨，三姐带上牛奶和水果来看我。下午，哥哥嫂嫂来看我，并送我红包一个，1000元。晚上儿子来看望，代他两位领导向我表示慰问，谢谢。引流量50毫升。（笔者注：此处的哥哥嫂嫂即笔者的大伯和伯母。）

2015年12月3日 周四

上午，四姐和老公轮班来陪我，晚上儿子来看望。引流量30毫升。

2015年12月4日 周五

今天护工费不用每天100元的了，用60元的。引流量70毫升。

今天傍晚时，我已信耶稣，从这时开始把一身给耶稣。信耶稣的兄弟姐妹为我举行仪式并祷告，认我是他们的妹妹。儿子晚上来，也知道了，他说有很多人在天天为我祈佑平安。

（笔者注：母亲这天在字体下用的波浪线很多，几乎每句都标注，可见这一天对于母亲而言，意义和往日大不相同。）

2015年12月8日 周二 晴

老公上午来看我，带上一盒热的山芋汤，对治我的病起作用的。拿到后，我一口气吃下肚里。儿子加班后，到医院看我时已晚上8点30分了，真辛苦，他在病房内吃外卖，9点才回家。我欠老公、儿子太多了，谢谢!

引流量60毫升。

2015年12月9日 周三 阴转大雨

今天上午，耶稣基督教的姐妹来看我，并祷告一次。送上礼品。谢谢啊，耶稣！上午，三姐带上水果来看我，谢谢！老公外出工作，下午4点才回家，我叫他今天不要来医院看我了，外面下着大雨，出行不方便。儿子晚上下班后与我电话联系工作情况，再问我今天的病情。我跟他说病情稳定，今天不来医院看我了，我很好。外面雨实在太大了，早点回家陪陪爸爸，也要关心爸爸，他身体也很差。

此外，我今天上午开始腹泻六次，请护士帮忙搞定。引流量30毫升。

2015年12月10日 周四 大雨

下午4点老公来看我，又是雨天，真是苦了他，没好的吃。儿子也很苦，没有好的吃，整天吃外面的饭，真的委屈他们。我人在病房里，心在家里，急啊！

儿子下班后来看我已是晚上7点45分，8点多才回家。儿子很好，也辛苦他了。引流量13毫升。

2015年12月11日 周五 雨天

下午四姐来医院看我，4点15分回家的。下午约2点，耶稣基督的教友来看我（12床）和张大姐（13床），问问病情，并为我们两人做一次祷告，再次谢谢耶稣，感谢他的恩典和美德！

儿子公司业务多，公司吃饭，晚上10点多回家。引流量36毫升。

2015年12月12日 周六

今天一早张大姐和她丈夫为我做了一次祷告，因为他们早晨要出院了。他们都72岁了。谢谢他们及其儿女的关照，谢谢他们一家人，谢谢耶稣！

4点，因H医生去北京，其他医生来看伤口引流管。因为血水多，没有拔。他说等周一H医生来后，再决定用什么方案治疗。

2015年 12月13日 周日 阴转雨

三年前的今天，我在“和平医院”开刀，想想自己很苦。儿子下午来医院陪我，4点回家，我塞给他一百块让他给家里准备些牛奶、面包和饼干。我叫老公不要来医院了，外面下雨，他午睡后出门容易感冒。引流量30毫升。

（笔者注：母亲说的和平医院是指中国福利会国际和平妇幼保健院。）

2015年12月14日 周一 阴

早晨6点15分，张大姐打电话来问病情，并激励我说坚持必胜。

上午9点，H医生为我拔了引流管。我第一个电话就打给张大姐，再次感谢能够碰到好大姐，也谢谢耶稣。下午3点多，老公来看我时，突然看到H医生从手术室出来到办公室去，就顺便问了我的报告情况。他说，病情的程度一般，需要调整药进行治疗。谢谢H医生，你辛苦了。

儿子加班后到医院来看我，时间已8点15分了，真辛苦，他晚饭是顺带的全家盒饭。到8点45分时，我催他赶快回家，爸爸一个人在家也很冷清的，跟爸爸说说家常话，也是一种沟通吧。

引流量20毫升，体重57公斤。

2015年12月15日 周二 晴

早上，H 医生来查房，转了一圈，也没看伤口，只是问了下情况，顺便配了点高血压药。早晨，四姐来病房陪我，一直到12点才回家。是我给大家添麻烦了，一点不争气。下午约3点，护工阿姨送我去三楼拍片，正巧老公来看我。他一直陪我吃好晚饭，帮我洗干净碗后才回家。这段时间他为我够苦的了。真要谢他谢儿子，我要对自己的病有信心，坚持、努力！

儿子下班来医院时已7点15分，他来看老妈，老妈心疼儿子，儿子近来也在“减肥”，好苦。

2015年12月16日 周三 晴

独立自理第一天开始。一大早，我很高兴，张大姐来电话问我病情，并为我祷告，谢谢耶稣！下午一张胸片来了，H 医生看后，他说，很好，放心。

2015年12月17日 周四 晴

上午9点多，医生为我拆线换药。下午，三姐带上2个香蕉和6片柚子来看我，谢谢。真不好意思，是我给大家添麻烦了。儿子下班来医院时得知已拆线，开心得很。

2015年12月18日 周五 晴

下午伤口又湿得很，医生为我第十次换药。中午，张大姐来电话问病情，并为我祷告。儿子下班到病房看我已7点30分。因为我发热，38.4摄氏度，他一直陪我，等情况稳定了，9点多才回家。

2015年12月20日 周日 雨

中午12点15分，张大姐、她的丈夫和她的女儿来看我。他们今天因为圣诞节将近，特地来看我，在床边为我祷告一次，加强我的力量，战胜痛苦，坚持努力，早日康复。他们还带了节日礼品，现金200元。大姐说这都是教会给的，不用谢她，要谢谢耶稣。

2015年12月21日 周一 阴

今天 H 医生来病房转了一圈，没看伤口，其实伤口很湿，是其他医生下午4点30分为我换药的。上午10点开始到下午6点一直在吊针，我双手像两个包子，很疼很胀，真苦啊，还不能叫，要坚强、坚强！

下午3点，老公下班没休息就来医院看我，他看到我手都吊肿了，背后衣服都渗出血水来了，他再去求医生帮忙换新的纱布。等他为我端来晚饭时已5点，他还要回家做家务。我看他心里很不爽，我的心更不爽，想想自己很苦，从小苦、中年苦，老了生病真痛苦，有谁知道？没有一个亲人，这回住院不知要住多久，想想真没有盼头。

（笔者注：母亲用红笔下画了最后几句话，想必当时她很失落。）

2015年 12月22日 周二 多云

今天下午2点多，四姐来我看，并带来一盒热的百合绿豆汤，谢谢她！

因为是冬至日，我叫老公、儿子、四姐早点回家，外面有点冷。

2015年12月23日 周三 阴

今天儿子补休一天，下午来医院陪我。老公没来医院，他上午上班，中午休息，傍晚烧点菜饭。晚上父子两人吃点饭，也休息休息，明天才有充沛的精神，可以上班。我吊完水就可以慢动作自理简单的事，不要紧，请放心。

下午2点14分，莘庄小赵来看我，带着两种水果来病房坐一坐，真不好意思。再次谢谢一大帮大姐、小妹、兄弟、朋友天天为我打气，鼓励我战胜病痛，坚强坚强，配合医生定能好起来，一定有信心。谢谢耶稣，谢谢碰到张大姐！

2015年12月24日 周四 阴

早上医生查房时，H医生看伤口情况，其他医生换药，并取样化验伤口的淡血水里有哪种细菌，再用药治疗。医生和护士们都很好，天天为我增强战胜病痛的信心，谢谢他们！我止住泪水，不哭，不哭，要活下去。

今天是平安夜，很开心。儿子下班到医院来看我，送我两个大红的苹果，我很高兴，儿子懂事了。其实今天我一整天心情不开心，但看到儿子后情绪就平稳点了。谢谢耶稣，求求耶稣让我早日身体好。

2015年12月25日 周五 晴

今天是圣诞节，兄弟姐妹们圣诞节快乐！

上午H医生专家门诊，医生查房换药。下午老公来医院陪我，说是中午教会大姐来电话问我病情，大姐表示等他们过了圣诞节有空再来看我，谢谢耶稣！

儿子加班后回家了，因为有点伤风。

2015年12月26日 雾转晴

下午取样化验报告来了，确认为金黄色葡萄球菌，马上吊水，药名是“来立信”，一次一袋。

儿子感冒了，不来医院。老公下午3点送来绿豆百合汤。我从他的表情看出他很不高兴，很烦、烦、烦……我的心很难受，恨自己，恨自己不争气。

（笔者注：母亲最后一句话又用红笔标了下画线。）

2015年12月27日 周日 阴

上午H医生看病情加大药量，“来立信”吊两袋，再加一瓶白色营养液。

2015年12月28日 周一 晴

下午3点，老公带来绿豆百合汤，我吃了。傍晚我打电话给四姐说，我不喜欢吃，不用烧了，我胃不好，吃得少。儿子6点15分打电话来说，今天下班不来看妈了，对不起，因感冒很严重，请自己多多保重，再见。谢谢儿子。

第三次吊“来立信”两袋，白色营养液一袋。

2015年12月29日 周二 晴

张大姐来电话问病情，并为我加油打气和祷告。我们俩相互加油祷告，谢谢耶稣，感谢耶稣！第四次吊“来立信”两袋，白色营养液一袋。

2015年12月31日 周四 晴

H医生查房看伤口，因伤口内放“银离子”，所以今天不换药了。下午我打电话给老公和儿子，叫他们不要来医院了，休息休息。因为四姐来过了，不要重复“劳动”。今天是2015年最后一天，而我却在医院里。

（笔者注：母亲说的“银离子”指的是银离子敷料，主要作用是抗菌、消炎，保持切口无菌，防止感染，有助于伤口愈合。）

5.我要带您出院过年

记得小时候，每逢元旦佳节，一家人都可以尝到母亲精心准备的汤圆和年糕。不过，今年我是无福享用了。

2016年元旦早晨，我提着一盒刚煮好的鱼汤，来到E医院的南门外。医院门外的铁隔栏边依旧歪歪扭扭地停靠着成堆的电动车，好几个中年男人急匆匆地跳下车上了锁，就顶着寒风钻入不远处的住院大楼。

母亲似乎不愿意在新年第一天就一卧不起，午饭后不久就要求我扶她下楼去透透气，顺便去一楼大厅充一下饭卡。我为她披上那件她亲手织的红色毛衣，又添上一条围巾，一路搀着她来到电梯门前等候。

我们在走廊上遇到了一位推着一车药物的护士，她笑着主动向母亲打招呼道：“哟，叶阿姨，你儿子又来看你啦？”

“呵呵，是啊！他陪我下楼走走。小姑娘，你午饭吃过了吗？”

“还没呢，”护士微笑着，指了指走廊那头，“那边有个病人要换药，忙完我就去吃饭。”

“你们做护士的也很辛苦，平时要翻班，今天元旦还这么忙，真不容易！”

听到母亲说得恳切，那位护士莞尔一笑，腼腆道：“哪里哪里，这是我们应该做的。”说罢，她便继续推着装满瓶瓶罐罐的药车，向病房的方向走去。

我没想到，虽然母亲在家中有些抑郁，但在外人面前却总显得很阳光。正因为如此，街坊邻里们都很乐意和她打交道，久而久之，她便树立了良好的口碑。母亲不仅和邻居关系融洽，在医院的这些日子里也和许多病友们相处和睦。好几次，我搀着她到病房外透透气时，有几位病友见到我们路过，一个个笑着走上来和她闲聊，而她总能以风趣幽默的言语逗得大家开怀一笑。我能体会到她的性格为何会出现这样的反差——或许，人前的阳光开朗只是一副自尊铸就的面具，又有谁知道它的背后却藏着一个伤痕累累的真实自己呢？

等我充值完饭卡后，母亲却不急着回病房了，说是要去大厅外走走，还想去南门旁的小卖部买饼干。

“妈，我扶你到那边去，”我搀着她，指了指前方的一排椅子，“来，慢点。”

“放心，妈妈自己还能走。”她嘴上有些逞强，脚下却不稳健。

母亲一步一停顿地来到椅子旁，一手拉住把手，一手微微抚着背后的刀伤处，费力地坐下后，这才道：“过一会儿，妈妈和你去对面小卖部买点咸饼干好吗？”

我弯下腰，小心翼翼地将她的围巾向上提了提，以便为那苍白的脸庞保暖，劝道：“别了吧？外面风冷，容易感冒，你坐这儿等着，还是我去吧。”

母亲并未讨价还价，可失望的眼神却耐人寻味：“那好吧，妈在这儿等你。”

我也没多想，只是环视了下空荡无人的大厅，又看了看她，便出门去了。

来到小卖部，我迅速在货架上找到了她常吃的太平苏打饼干，挑了几包最近生产的就去结账了。

在返回住院大楼的路上，我远远望见母亲居然在住院大楼下的台阶旁慢步徘徊。望着她弯着腰的羸弱样子，我很担心她摔倒，就疾步上前道：“小心！不是叫你别出来的吗？”

她没立即作答，而是伸手挽住我的胳膊，眼里闪着粼粼泛光的委屈，感慨道：“唉！妈妈想回家，不想待在这里了！”

我用身子挡住了北风，无奈地解释道：“其实，我们也想早点接你回家，可是你还没完全恢复，医生也没同意啊。”

母亲抿了抿干瘪的嘴唇，又看着我眨了眨眼，泪水在眼眶里打转，皱眉道：“我想回去，我可不想在医院过年，一个人住在这儿我心里不踏实！”

我一边搀着她回大厅去，一边问道：“心里不踏实？不是可以祷告吗？”

母亲没有说话，这份突如其来的沉默倒使我陷入了沉思和回忆。

雪：“看到你的朋友圈，我都感动得哭了。”

我：“嗯，那阿婆还送了我妈一本《圣经》，病房里很枯燥，看看书挺好的。”

雪：“真的，我很为你妈妈感到欣慰，也为你感到高兴，因为你们真的有福气了！我相信这都是上帝的安排，她会好起来的！”

我："谢谢，她现在每天自己祷告，我也相信她一定会康复的！”

雪："记得，阿门的意思是：肯定、承认上帝是自己的神，耶稣是自己的救赎主。”

我："好，我会转告她的。”

这是雪在2015年12月7日联系我时说的话。此一时彼一时，我想现在恐怕得收回刚才对母亲说的话了。

因为我开始意识到：她说下楼走走和出去买饼干的初衷是同一个，就是想暂时脱离那个压抑的病房。此外，她信奉基督的决定并未使她真正摆脱对病的恐惧。从她将《圣经》从枕边移放到抽屉里的改变来看，我隐隐觉得她走近基督的原因并不纯粹，其中似乎暗藏着尚未告知我的复杂心理。或许，那纯属一种心理安慰。既是如此，我若现在复述雪的话来开导她，想必也是枉然。

我没有继续在宗教信仰的问题上深究，而是更关注她想回家过年这样一个最简单的心愿。其实不仅是她，我和父亲也很盼望她早日出院，一家人开开心心过个好年，让新年的喜庆冲淡过去这大半年的不顺。

“好的，我知道了！”我彻底会意了，拍了拍她肩膀，重重地点了点头，“妈，过几天，我们会去和H医生商量下，务必让你回家过年！”

“嗯，这样就太好了！”

若没有母亲，这个家怎么能算是完整？

若没有母亲，亲人们的心又怎么会踏实？

若没有母亲，这个新春哪儿还有年味？

6.慈母日记3

下文收录了母亲从2016年1月1日至2月14日的日记节选。

2016年1月1日 周五 晴

第七次吊水，“来立信”两袋，白色营养液一袋。

中午，张大姐来电话问好并祷告，谢谢耶稣！

2016年1月3日 周日 阴转晴

吊水“来立信”两袋，白色营养液一袋，第九次。

儿子明天又要开始工作了，继续加油，前途无量。

（笔者注：母亲，无论何时看到您这句鼓励的话，我都无比欣慰，谢谢您！）

2016年1月4日 周一 阴

换药和纱布，吊水“来立信”两袋，白色营养液一袋，第十次。

上午10点多，基督徒古大姐来病房看我，在床边为我祷告，谢谢耶稣。下午3点多，老公来电话说，自己要睡午觉，加上外面在下雨，所以今天不想来医院。我说，不来就不来，我反正很“好”。晚上7点，儿子下班来医院看我，顺便带着盒饭来吃，再谈谈事。儿子真好。

2016年1月6日 阴雨天

吊水“来立信”两袋，白色营养液一袋，第十二次。

上午老公来医院，中午回家，一肚皮不高兴，我全知道。

2016年1月8日 周五 阴

中午，基督的张大姐和另外两位妹妹来医院看我，为我祷告，送一袋食品和一只用于听赞美诗歌的收音机，谢谢耶稣。儿子下班来医院看我，8点回家。

2016年1月9日 周六 阴转晴

吊水“来立信”到下午2点，白色营养液一袋，第十五次。

下午出院，儿子和四姐来接我回家。我从2015年11月29日入院，到2016年1月9日下午出院，预付1500元，补交7000元，住院费用67088.87元，自付现金3600元。实际这次住院费用12100+ 护理费1120+ 红包2000=15220元。因出院结账时钱不够，儿子用卡付了1800元。

2016年1月11日 周一 雨

今天没有买菜，我在社区为老公配了点药，共计129元。

儿子为我买了一台苹果的iPad，谢谢儿子的心意。他说，第二次出院后要好好地开心过每一天，因为住院身体还没有康复，所以有空就在家用iPad看看新闻、电子书等内容。总之，要开心每一天，谢谢!

中午，张大姐来电话问我身体情况，并在电话内为我做了一次祷告。谢谢耶稣，给我信心和力量!

2016年1月13日 周三 阴转晴

中午我去E院换纱布，顺便去看了中医门诊，配了7天的药。

2016年1月15日 周五 晴

早上7点15分出门，8点我到了E院等H医生第二次换药，他看了伤口情况，改为其他医生换纱布。

2016年1月17日 周日 雨

早晨8点到医院换纱布。

2016年1月20日 周三 阴

下午，四姐陪我去医院换纱布，第二次中医配药。

H 医生进手术室，让小医生换药。

2016年1月22日 周五 雨夹雪

早晨10点多去医院换纱布。儿子今晚单位吃年夜饭，9点多回家。

2016年1月26日 周二 晴

下午我独自一个人去 E 院换药换纱布，看 H 医生的专家门诊，再看中医门诊，还办了2016年2月4日以后半年的大病医保。

2016年1月28日 周四 雨

因有点发热，我睡了半天。下午2点多，张大姐来电话问候病情，并鼓励我要坚持努力祷告。

2016年1月29日 小雨

今天，三姐在 S 医院开刀，妇科病微创手术，下午3点多进病房。

2016年1月30日 周六 阴

早上7点我去医院换纱布。

儿子下午去 S 医院看望他的三姑妈，今天是她开完刀第二天。

2016年1月31日 周日 阴

中午，耶稣基督的姐妹来我家看我，并为我祷告，送上过春节的礼品，包括麦片、饼干、牙膏和肥皂。再次感谢耶稣，谢谢大姐们对我的关心!

2016年2月1日 周一 晴

我上午去了卫生站配药验血，血糖14.2，上次是18.5。

晚上儿子回来时有点感冒，人没有劲，很早就上床睡了。

（笔者注：母亲多年有高血糖，这段时间三次检查结果都偏高。关于“手指血糖（餐后2H)”一项，参考值为3.9-7.8mmol/L，她在1月26日、2月1日和2月15日三次结果分别为18.5、14.2和10.3mmol/L。2月15日又加测了手指空腹血糖，参考值为3.9-6.1mmol/L，结果是8.5mmol/L)

2016年2月3日 周三 晴

早晨7点45分，我到 E 院换纱布，H 医生亲自看伤口。我再看中医门诊，开了14天药。今天下午，三姐出院，真开心。

2016年2月7日 晴 周日 大年夜

下午，张大姐来电话，问声新年好。晚上，年夜饭在四姐家吃。

（笔者注：据我回忆，母亲当晚是强撑病体吃的年夜饭，饭后她一脸疲态地坐在沙发上，静静地望着众人看电视、嗑瓜子和聊天。我见她面色不对劲，便扶她回家休息去了。）

2016年2月11日 周四 初四 阴雨天

儿子早晨9点45分出去，到晚上10点多回家。我和老公在家很不爽的一天。

（笔者注：这天，我、阿杰和阿委三人聚餐去了，他们还问起家母的近况，并用电话向她表示了慰问。）

7.临终在即，邻床阿姨的告别

爱是什么？无数人穷尽一生也未能读透这个字，始终得不到其真谛。

金、元之际的著名文学家元好问在《摸鱼儿·雁丘词》中写道："问世间，情为何物，直教生死相许。"

在文人的笔下，爱情是可以这么凄婉动人，而对于那些在现实中迷失的人，爱情又是那么虚无缥缈。直至死亡来临前，有些人依旧为情所困。母亲住院期间，我们遇到了继张阿婆之后的第二位基督徒，她临终前的故事正是如此。

2015年12月下旬，继张阿婆出院后不久，母亲右手边的14床来了一位六十出头的妇人。初见时，她面色暗沉，一头夹白的卷发已脱去了一半，显得格外憔悴。至于她坎坷的经历，是母亲告诉我的。

这位阿姨在年轻时谈过几次恋爱，或许是她年轻时容貌出众、能歌善舞的缘故，追求她的男士络绎不绝。但出于种种原因，她和男友迟迟未能走入婚姻殿堂，以致终身未嫁。若干年前，她不幸患了乳腺癌，请H医生做了切除手术。出院后，无依无靠的她偶然间信奉了基督。但前不久，她在旅游时感冒了，来院求诊时发现已有肺部转移。阿姨自知病情严重，便将名下唯一的一套房子卖了，换得160多万元用于治疗。

阿姨的前男友闻讯后，数次前来探望。多年不见，一个已是别人的丈夫，另一个则沦落为病痛交加的孤苦妇女，两位旧情人一见面，必然少不了回忆过往。阿姨为弥补年轻时留下的遗憾，竟要求那男人和自己登记结婚，而那男人哪里会真的答应，只是推说等她病好后方可兑现。阿姨信以为真，事后经常强打精神，坐在床上梳妆整容，只为了拍一张登对的结婚照。可惜，这最后的"求爱"也是徒劳的，因为这份感情既违背法律，也所托非人。在我记忆中，虽然那个男人经常过来，但从不久留，不一会儿就找个借口急着离去。他不知道，为了将自己最好的一面展现在他面前，阿姨明明胸闷气喘，也要在他来之前摘下氧气管。

我想，阿姨可能是猜得到那个男人看望她的缘由的。毕竟，曾是亲密无间的恋人，又岂会一点不知对方的秉性？但她还是说："既然曾经爱过，那生离死别时，我无法带走的繁华就留给他吧！"

后来，随着病情恶化，她做出了一个惊人的决定：将手上剩余的百余万元送给那个男人。

于是，在2015年岁末的某一天出现了怪诞的一幕——那男人和他妻子一起来看望阿姨，对赠款表达了谢意——所谓的结婚一事就此作罢。

我不必去评论阿姨这么做是否正确，那是她的私事。不过，我猜想：她那时应该是留有遗憾的，因为自己临终前仍得不到苦苦寻觅的归宿，难道心中不会感到凄凉?

如果可以，我想以我举手之劳，带给她一些人间的温暖。

2015年的平安夜，我提着一袋上好的红富士前往E医院。母亲接过我递上的苹果时，可谓满目欣喜。她双手将它捧起，放在鼻前嗅了嗅扑鼻的清香，却又舍不得吃，只是轻轻地将它们置于低柜上，还时不时转头看一眼。在我们谈话之际，我留意到阿姨正注视着这边，而当我望向她时，她却佯装熟睡。

那天夜里离开住院大楼时，我站在下行的石阶上，望着夜空中的漫天大雨，一个人发起了呆。

看，那些滴滴答答的雨水飘洒得毫不吝啬，像不像上天对苦难者的怜悯？曾几何时，母亲因为病情复发而悲观低落，是张阿婆引导她学会积极面对现实，让她看到了希望。而这份温暖的希望，应该是用来传递和分享的，而不是独自享用的。想到这里，我忽然意识到了什么，立即给母亲打了个电话。

“妈，今晚是平安夜，你也分一个苹果给那个阿姨吧？”

她一口赞同了我的提议，回道：“可以，我也是这么想的啊！她会很高兴的！”

我欣慰一笑，心想：母亲是很善良的，她总会考虑别人的感受，却常忽略了自己。

于是，我有些感触地补充道：“妈，你说，假如上帝真的存在，那他应该是会眷顾每一个基督徒的吧？”

说的时候，我在“每一个”上加了重音，而母亲似乎也知道我的用意，在电话那头坚定地“嗯”了一声。

回家路上，雨水落在伞上的滴答声清脆而舒缓，我的心中洋溢着一股不知名的暖流——原来，给予也会使人很满足。

不过，现实是很残酷的，因为那是阿姨收到的最后一只平安果了。

2016年1月29日晚上，母亲无奈地告诉我，这天她回医院换药时，竟得知那位阿姨已经过世了。据悉，她离世前几日甚是痛苦，双手双脚因吊针过多而血管硬化，不得不从背后扎针。此外，她身体里积蓄的毒素也浮上了表皮，起初是小斑点，后来一点点扩大溃烂，这令她疼痛难忍，苦不堪言。

听完母亲的描述后，我不禁扼腕感慨，脑海里浮现出了我1月中旬接她出院时的情景。当时，阿姨戴着氧气面罩费力地从床上坐起，羡慕地望着我搀着母亲走向门外，神色凄凉地苦笑着，向我们意味深长地挥了挥手。

阿姨："妹妹啊，出院了啊，回去好好休息，祝你早日康复啊！"

母亲："好的，谢谢阿姐啊，你也多保重啊，再会了！"

我心里顿时"咯噔"了一下，和母亲一起挥手道别，惆怅地望着那消瘦枯倦的脸永远消失在了门的另一边。是的，阿姨此刻的心绪定然是寂寞、凄苦和羡慕的。因为同样是身患肿瘤，母亲尚能获准出院，回去大可休养生息，而她却已处于晚期，来日不多；母亲还有老公和儿子的亲情，而她既没有兄弟姐妹的羁绊，也没有来自家室的温馨；母亲出院后还有家可回，而她早已变卖房产赠与他人，此时病房就成了她的"家"。也许，这时阿姨已经意识到，医院正是她人生的最后一站。可想而知，她的内心会是多么的五味杂陈！

谁也不知道，人走后到底去了哪里，但据说，天堂里没有孤独和痛苦，那里应该能够收容和温暖这个受伤、疲惫和迷惘的灵魂吧。

七绝·寄邻床阿姨

百年人世入江洋，

一缕晨曦破夜长。

白羽被蒙消痛楚，

神明垂爱享天堂。

当人要离开这个世界时，纵使将一段感情念上一百年，也终究要付诸东流。

虽然生病苦，思念痛，但一个真正爱过对方的人是不会后悔生前的抉择的。因为，在自己漫长的孤独岁月中，这个人终究会意识到：接受昔日的别离，且把自己最好的东西留给对方，看着对方幸福地活下去，亦不失为一种告别这个世界的体面方式。

我想：阿姨她到了生命的最后时刻，应该会顿悟得很通透，从而抛开纠缠了大半辈子的男女情爱，去仰望一份更博大、更无私和更可贵的大爱。

8.再度复发，平静破灭

自母亲一月份出院算来，已过去了一个多月，日子仿佛又回归了久违的平静。

回家后，母亲也曾说过，这次顺利能够出院有两个主要原因。一是临近过年，医院也提倡情况稳定的病人回家过年；二是她多次向H医生表示，希望早点出院过个好年，年后再来随访。

2016年2月16日，站在地铁3号线的车厢里，我透过沾有灰尘的玻璃望向窗外，远处的天际层层叠叠地积压着几片乌云，这使我原本就疲于工作的心中更添一份焦虑。

到底是什么焦虑？我说不上来，只觉得心情莫名低落。

到家后，我第一眼便看见母亲无精打采地倚坐在餐桌旁，四姑妈正和父亲站在厅的中央，两人面色凝重地朝我望来。一与我目光接触，父亲的愁眉竟压得更弯了，目光中闪动着明显的焦躁。而四姑妈的脸上一扫平日的微笑，此刻也愁容紧绷，沉默地与我稍稍一对视，分外严肃的神色不见丝毫缓解。客厅里的气氛沉重至极，我感到心头有一种不祥的预感正在这反常的寂静中愈演愈烈。

我根本顾不得去收拾地上的鞋子，忐忑地向母亲走去，目光始终没有离开她充满倦意的脸。她的表情沮丧而失意，使我不得不犹豫该从何问起，而我也害怕听到有关那两个字的回答。

什么？复发！

我万万没想到，这次复发竟又是来得这么快！

“你看，妈妈背后又长出来一个瘤！”母亲叹息着向我坦言道，语气中满是哀怨和忧伤。

当我看到她背后又生一团肿块时，连我自己都听到了内心泄气的呼声，很快胸口发闷，气息不畅，哑然而立。而一旁的父亲和四姑妈很受打击，除了建议说再去医院检查，也别无他话，两人似乎也意识到此时多说无益，唯有明天去听听医生的见解。

难道又要开刀吗？现在，母亲还没从上次手术中完全恢复。若再开刀，人还能吃得消吗？见瘤割瘤的做法，到底行不行？

我不知道那顿沉闷的晚餐是如何咽下去的，也不记得饭桌上父母说过什么。晚饭后的几个小时里，一家三口都愁眉不展，气氛格外沉闷。我心事重重地回房而去，躺在床上挣扎，脑中反复回忆着刚才触目惊心的一幕。

距去年11月底的手术才短短两个半月，母亲背后的十字形伤疤交汇处的右下角又长出了一个鸽蛋大小的瘤。若论瘤的体积，这次是比上次的要小一些，但是摸上去的触觉却已有变化。记得前两次的瘤，尤其是第一次的，手指轻按能感到它质地较软，还有小幅度的移动，而这次的却硬得像绷紧的肌肉，推之不动了。直觉告诉我情况似乎不对劲，可惜我不是学医的，确实说不出个所以然来。

我根本没心情像往常一样练琴，也无法沉下心练字，只是用手机疯狂地搜索着相关的病情。在关掉了几篇不甚乐观的帖子后，我下意识地去寻找能为母亲复发的现状提供参考的案例——或许，这正是在心急驱使下的自欺欺人。

不知几点了，母亲端着一碗热腾腾的中药来到我房间，将碗放在桌上后，叹息道：“唉，对不起，妈妈这次不争气，又要拖累你了！”

我立即坐起身来，望着憔悴的她，劝道：“妈，你可别这么说！我相信，你一定会好起来的。”

母亲若有所思地盯着深棕色的药汤看了许久，眼中流露着显而易见的沮丧，两鬓不知何时又添了几缕银白的虬丝，整个人的精神状态很是低迷。

我不愿见她如此消沉，于是接着劝慰：“妈，现在不是谈拖累的时候，现在我们先去医院看医生怎么说，然后对症治疗。这次复发有可能是上次手术的残留导致的。但因为这次瘤小，手术切除的话伤口不会太大。还有，这次还是复发在老地方，我觉得这种瘤不会远处转移。总之，你不必焦急，来日方长，医生肯定有办法治好你的病的！”

我临时想出的话听起来似乎有些道理，但话出口后，我还是发现很是牵强。因为复发在原处，就否认了转移的可能，这犯了用结论推条件的错误。可急事当前，我无心深究刚才的一番话，反而更加心系母亲的反应。

“唔。”母亲端起了那碗药，待吹凉后，浅尝了一口，顿时苦涩的味觉便浮上了她紧皱的眉头。不过，她嘴唇并未离开碗边，而是缓缓喝完了剩下的药汁。

在书桌台灯的光线下，喝完后的她坐在我的写字桌前一言不发，双眼中闪动着什么。许久，母亲突然轻叹了一声：“事到如今，只能这样了。你早点睡，明天还要上班的。”说罢，她便回房去了。

可是，我怎么可能静心入眠呢？寂静但不宁静的半夜里，我焦急得翻来覆去没睡着，胸口像是压着巨石般郁闷，心口像是被火灼烧着，失眠带来的烦闷像是一条炽热的锁链，紧紧地捆绑着不知所措的我。

七绝·祈暖

药苦泪凝眶，

眉愁鬓染霜。

我言春意暖，

来日定方长。

说出去都是乐观的话，留在心里的却都是深深的担忧。

“不！百折不挠，永不放弃！妈的病一定可以治好的！”就像是重摔在地而又高高弹起的皮球一样，我听见内心有个声音在不屈地高喊。

对，不可以放弃！复发已成事实，那我还不赶紧上网查查有没有好办法？

9.母亲做给我的最后一顿早饭

这是母亲为我做的我的最后一顿早饭。确切地说，是在母亲从医院回来前，我最后一次尝到她亲手做的蒸蛋了。

母亲这一次复发后，我们第二天便去了医院。H 医生查看肿块后，当场表示还要手术切除，并希望母亲次日入院。对此，父亲曾提出送母亲去大医院手术。但由于第一刀是在 E 院，不少亲友去打听的医生都不愿接收，这路就没走通。对此，我天真地认为，既然之前母亲是由 H 医生主治，他应该最清楚病情，于是就主张继续请他治疗。

2016年2月18日是母亲第三次入院的日子。早晨，我挣扎着从床上坐起，第一件事便是问自己，这一切是不是真的。失望之余，我迷迷糊糊记起，这天早晨5点多时，母亲似乎就已起床，想必她因为这天入院的事也没睡安稳。

起床后，我发现母亲已为我准备好了可口的早饭，那是一碗温热的蒸蛋和几片新鲜的面包。

待我刷完牙，母亲精神不振地靠在客厅的椅子上，对我轻声说道："时间不早了，快趁热吃早饭吧。"

我望着客厅桌上的早餐，心中十分过意不去："妈，其实我可以路上买点包子的。你现在就回去多睡一会儿吧。"

母亲坐在客厅的靠椅上，双手撑在膝盖上，眨着隐含泪滴的双眼，有点疲惫地说："哎，没关系。吃完这顿，后面你又要自己外面买饭吃了。"

我顿时领会了她的意思，她是想在进医院前再为我做一次早餐。

母亲已经带病在身，居然还在为我着想？想到这里，我更觉得这一勺勺的蒸蛋吃到嘴里，变得格外烫口。

咽得下的，仅仅是食物本身；咽不下的，永远是母爱的深沉。

吃完这特殊的一餐后，我拿起皮鞋缓缓走到门口，忽然想起到E医院不设有代煎中药的服务，回头提醒道："妈，去医院前，你先把今天的中药喝了，要喝加热过的才有药效。还有，把白茶也带上，我每天帮你泡，你得喝……"

"知道了，妈妈会喝的。"母亲一手扶在厨房的门框上，那双眼写满了忧伤。

我望了望她，忽然留意到一旁墙上挂着的那副十字绣——那是前几年她身体健康时完成的，一方白布上用五彩缤纷的丝线勾勒了一位古装女子。除了那幅快要绣完的清明上河图之外，这可是她众多手艺中最得意的作品了。

墙上绣画里的女子青春依旧，可我的母亲却已两鬓飞白！

我看不下去了。

走到门外，我将门缓缓关上，但又有些不放心，伸手推了推门框，生怕没有关好。其实，我是不愿意她今天出这个门的，因为一旦去了医院，她又要面对那张冰冷的手术台。

天啊，为何母亲非要经历这样的命运？这究竟是为什么？

"上班别迟到了！"

走出居民楼没几步，我就听见她在背后嘱咐了一句。我猛一回头，只见她正从厨房的窗子探着脑袋，又朝我挥了挥手。

"听话！"

见我呆在原地，她又补充了一句，而声音中分明透着哭腔。

我心一酸，说不出话来，只得一个劲掩饰着满腔愁绪，故作平淡地向她挥手告别。但一转过身后，我便忍不住怅然长叹，不敢回头，咬着牙径直离去。

七绝·早餐有感

隐默笼寒晨，

蒸羹暖烫唇。

临行三肺腑，

忽泪染围巾。

是的，妈，下一次也就是今晚，我们只能在医院里见面了！

10.化疗？一个药盒引发的怀疑

疯狂的病势让我们长期在迷惘、惊恐和无知中徘徊，始终没能静下心去研究或质疑。我们所依赖的，只有听从医嘱，那往往是一种权威的存在。

2015年2月，母亲第三次住进E院，得到的入院诊断如下：

查体：神清，精神可，背部见原肿瘤切除后切口大部愈合，形成片状瘢痕，疤痕中央约3cm×2cm创面，肉芽组织鲜红，瘢痕边缘右下方略隆起，扪及一梭形肿块，约4cm×1.5cm，质硬，表面光滑，边界尚清，无压痛，活动度欠佳。

对照母亲去年5月第一次入院的情况，光是文字表述就已有部分变化。对此，我觉得很有必要向H医生要个合理的解释。

2016年2月20日是母亲第三次背部手术后的第二天。这晚7点多，母亲的病房早早地熄了灯，显得有些昏暗。我停下匆匆赶来的脚步，在门口注视着靠窗位置那张被隔帘挡住的床，嗅到了一股熟悉的沉闷味。走近后，凭借窗外微弱的月光，病床上一个蜷缩侧卧在黑暗中的人影使我忽然感到莫名的不安。

我弯下腰，把手轻放在她肩膀上，问候道：“妈，我来看你了。”

“哦，你来了啊。”暗影中，那人微微蠕动了下，随即传来了母亲的声音。

我打开了低柜上的台灯，搬来一把椅子，坐在她床边。见她一副心事重重的样子，我开门见山地问道：“妈，你今天有心事啊？”

母亲侧卧着不能动弹，用带有情绪的语气抱怨道：“唉，我再也不想开刀了，真的！”

“到底是怎么了？”说着，我抽了一张纸巾，替她轻轻拭去额头的汗水。

她叹了口气，情绪低落地说道：“前两次开刀我都是全身麻醉开刀的，这次用的是局麻。局麻也就算了，可是手术到一半药效就没了，我对着H医生喊疼，他就帮我又打了一点点麻药。过了一会儿，又疼得我快从手术台上跳起来了！他们几个医生护士一把按住我，说是不让我乱动。可我快疼死了啊！H医生就说，快好了快好了，再忍忍。随后他就又帮我打了一点麻药。前前后后五六次，我疼得汗流浃背，这次和上刑一样痛苦。妈妈真的不想再开刀了，好害怕！”说完，她突然揪起掌下的被单，双目紧闭，眉间顿时刻上了两道深深的皱痕。

我倒吸了口冷气，不仅听得头皮发麻，还陡然生疑：以 H 医生为主刀的手术团队，居然会无法准确估计麻醉剂的用量，这合理吗？即使是手术中加药，居然还需要多次才能达到病人可以耐受的麻醉效果，这规范吗？

暗气有余，我调整了下呼吸，安慰道：“妈，别多想了。现在刀都已经开好了，您先安心养伤，一会儿我去问问 H 医生。”说完，我又安慰了几句，本以为她的情绪会平复下来，不料她眼中的泪水竟在偷偷打转。

难道，还有其他事？

在我催问之下，她才沮丧地拉开床边的低柜抽屉，我顿时警觉地注意到了两盒新药。取来一看，药盒上写着“替吉奥胶囊”几个大字，侧面小字居然白底黑字地印着“功能主治：不能切除的局部晚期或转移性胃癌”！

我被这几个关键字眼震撼到了，迅速抬眼看了看母亲，只听她说药盒小字看不清，问我这药有何作用。

面对她的明知故问，我捏着那张印满密密麻麻的医学术语的说明书，顿时如鲠在喉，只好含糊其词道：“啊，这个……也没啥，应该是一种抗生素吧。”

我掏出了手机，一边低头迅速上网查阅该药的信息，一边谎称道：“妈，工作群里有点情况，我回个消息哦，你先闭目养神一会儿。”

“好的。”她闪动着敏感的眼色，将头转向了另一边。

无视羞涩难懂的药理学和剂量等描述，我一目十行地从大段的文字中筛选着对自己有用的信息。

根据网上所查资料显示：替吉奥是一种口服化疗药，常用于胃癌、结直肠癌和非小细胞肺癌，和其他化疗药一样，具有一定的毒性和不良反应。

化疗？！难道都已经到了用化疗的地步了？可是，母亲得的又不是胃癌，给她这个药是何道理？莫非，她的病已经转移到了胃里了？！

不！

一阵突如其来的惊慌袭来，我觉得此刻简直是如坐针毡，背脊上燥热的汗使我不得不脱下呢子大衣透透气。我将大衣盖在她的床单上，告诉她我去 H 医生办公室问问这次住院要多久，请她稍等一下。母亲一言不发，只是点了点头。

出门后，我来到护士站旁的值班办公室，里面两位年轻的男医生都表示，今晚虽然是 H 医生的夜班，但是这会儿他却不在，并建议我去主任办公室看看。随后，我快步来到走廊尽头的主任办公室门外，但此时门却被锁上了，几次敲门也未听见里面有任何动静。

我有些困惑，心说自己刚才一路过来时，已经顺便把每个病房都看了一遍，也没见到 H 医生。应该在岗的时间点，他究竟去哪了？兴许是去洗手间或是吃晚饭去了吧？好吧，姑且先等一会儿，看看情况再说吧。

我靠在一侧上悬窗边的栏杆上，急切地望了眼窗外漆黑的夜色。不经意间，我注意到一旁也在等候的那个陌生男人，他正用好奇的眼光望着我。

那是一位20岁出头的小伙子，梳着一头抹了啫喱水的短发，身穿一件黑色的休闲西服，手提一个黑色牛皮公文包，脚踩一双高光尖头皮鞋，脸上正挂着销售常有的职业化笑容。

“你也在等 H 主任吧？”那男青年一副和我自来熟的模样，笑着试问道。

“嗯，是的。你是……”见他表情太过殷勤，我一边谨慎地回答，一边心中猜测，眼前的这个人可能会知道 H 医生的去向。

“哦，呵呵，我今晚约他吃个饭的，可他这会儿也不知去哪里了。”男人那双发亮的眼紧盯着我，又把身子向我凑近了半步，“嘿，我看你这打扮，不像是病人家属啊。难道，你也是干这行的？”

“这行？什么意思？”我有些困惑地问道。

“好啦！兄弟，别装了，呵呵，”男人上下打量着我，忽然不怀好意地贼笑了出来，“你也是医药代表吧？哪家的？”

我低头看了下自己的衬衫和西裤，顿时明白了他的意思，只是苦笑：“不是的，我只是病人家属。”

听他继续要试探我的口风，我觉得多说无益，况且 H 医生也迟迟不回，便无心再等，转身就走。

走虽走了，但我心中的困惑却被刚才的对话放大了。虽然我不了解医院进药流程，但直觉告诉我：大半年来令我深信不疑的 H 医生和这类群体来往甚密，不见得是件好事。再者，这个男人今晚来找他，就仅仅是吃一顿饭这么简单？

我不愿就这样回母亲病房，于是从裤袋里掏出那张药品说明书，走进值班办公室，打算询问刚才那两个年轻医生。这时，他二人正坐在办公室中央的圆桌前，一边看着手机，一边吃着外卖，见我走了进来，一齐向我投来了存疑的目光。

我开门见山地问道：“医生您好，我是25床病人的家属。我妈得的是低度恶性梭形细胞肉瘤，但今天 H 医生开给她这种药。我看说明书上说这是治疗胃癌的，这是怎么回事？”

其中一位医生先往嘴里送了口饭，随后接过了我递上的说明书，一边咀嚼一边快速扫视了一番，说道：“他开这个药总有道理的，应该是这个药具有普适性吧，很多癌症都能用吧。”

说罢，他又把那张纸退了回来，目光飘忽不定，似乎对自己的解释底气不足。

我有些不悦，不敢相信自己的耳朵，眼前这位医师居然会贸然说出这样听似有理、实则漏洞百出的话来。好吧，既然你有忽悠的意思，那我这个平民就班门弄斧一次，说错了也没关系。我倒想看看，你是否能自圆其说？

“医生，我听说肉瘤常来源于间叶组织，而胃癌则属于胃黏膜上皮组织的病变。这两者来源都不同，况且这说明书上所说的适应症都是消化道肿瘤居多，没提到肉瘤。您说的普适性又怎么解释？”

我并非学医出身，仅仅结合近期查阅的书籍问了个初级问题，甚至在表述上我自己也觉得或许存在纰漏，但两位听我这么一问，竟一时没有答话。

在两人短暂的面面相觑后，另一位医生有些谨慎地答道：“这个嘛，我们也不是很清楚，你还是问问H主任吧。”

“好的，谢谢医生，打扰了。”见再问下去也没有结果，我准备回病房了。

可正当我准备迈开步子时，忽然望到母亲倚靠在办公室的门框上，微微向办公室里探着脑袋。此刻她那凝重的脸上写满了惊恐和狐疑。

难道，刚才我们的对话她全听到了？

果不其然，只见她蹒跚地走了进来，把刚才的问题又重复了一遍，两位医生面色顿时尴尬了起来，看了看我，然后连连点头称该药真有普适性，对肉瘤有一定效果。

我有些不知所措，母亲既然已听到我们刚才的对话，这无疑会增加她惶恐的心理负担，这是我极不愿看到的。但现在既然两位医生口径一致，那我也就借坡下驴，打了个圆场，先扶她回病房去了。

在搀她返回的路上，我心里十分忐忑，想说些什么，但最终还是沉默了。

罢了，万一哪里说得不妥，岂不是越描越黑？况且，我自己都没调整好心情，现在若开口，善于察言观色的她一定会捕捉到我的焦虑。

以母亲蹒跚的步伐计算，从办公室到病床前也就大约二十步路。她每走一步便会牵拉到后背的伤口，一步一痛地走完这段路后，已显得疲惫不堪，不知不觉额头上又渗出汗珠了。

“妈，对不起，刚才让你担心了。”

“没关系，其实妈自己也想去问问H医生。”

“但刚才我没找到他。”

“今天就算了，明天再说吧。”

我一边和母亲说着，一边扶她侧卧下来。这时，我竟注意到了床单上的一小片血迹。这片血污和第一次手术时半张床的血迹相比，面积要小许多。然而，这片血迹仿佛在我心中化了开来，还是带来了一种沉重的压抑感。

母亲缓缓靠到叠高的枕头上，顿时吸了一口气，又指了指后背，折眉道："哎哟，你看看，妈妈背后是不是还有血出来啊？"

"哦，一点也没有。"思考片刻后，我说了句善意的谎言。

短时间内复发的现实、有些憔悴的母亲、莫名的新药、不在岗的H医生、闪烁其词的年轻医生，还有那自称医药代表的可疑男人，我开始怀疑自己和父亲信任的某个人是不是和其外表看上去一样可靠？不妨再多问一句，每次一看到长出一个肿瘤就立即切除的做法到底对不对？假如答案是否定的，那么，我们是不是已经没有回头路可走了？

我既胸闷又难过，一个劲地告诫自己：绝不可在母亲面前流露出来，我怎么可以在这时被悲伤击垮呢？

"妈，我给你读一段经文吧。我相信，您一定会好起来的！"掩饰着内心翻滚不停的愁绪，我捧起了她床头的那本厚厚的《圣经》。

"好的。"在那盏台灯的微弱灯光下，虽然母亲笑了笑，可只有半张脸是被照亮的。

我翻到了书中"以赛亚书"中的某一小段文字，小标题叫"神要赐福给他的子民"，我希望借此鼓励母亲振作起来。

待我读完后，她轻轻拍了拍我的手背，竟反过来劝我道："妈妈这个毛病，好也好，坏也罢，都已经在这里了。别担心了。你爸这几天肺不舒服，正在发烧，你还是早点回去陪陪他吧！"

母亲说的是对的，我不能因为她而忽略了父亲，必须两者兼顾。意识到这个后，我更加无法放松紧锁的眉头，眼球酸胀，手臂发凉，感觉自己肩上的担子更沉了。我下意识地深呼吸了一次，小心地合上了那本书，沉默地放在她枕边。

七绝·榻侧忧吟

九月三刀痛蚀魂，
纱红一点老愁人。
男儿宜长方刚气，
莫教经书染泪痕。

临走前，我悄悄唤来了护工阿姨，多给了一份工钱，嘱咐她今晚务必多多留意，劳烦照料。到家后，我见父亲已卧床休息，也不便向他交代今晚的事情，怕影响他恢复，所以只得回房独自琢磨。

我们作为普通老百姓，通常对疾病是知之甚少的。即使知道，往往也是久病成良医的结果。可是，有些疾病又岂容得了久拖？为了减少犯错风险，那我们只能依靠医嘱。可是，H

医生说的就一定是对的吗？他总是一句“还可以”，那这个“还可以”究竟是怎么个可以法？他没说，问多了就嫌家属烦，借口忙碌去了。今晚，明明是他值班，却不见人影，还约了医药代表吃饭，这里面恐怕没那么简单。我又何必将母亲的命运押在他身上呢？万一他是在忽悠我们，受害的还是母亲。其实，我宁可相信，对他的疑惑都是我个人的胡乱猜测。

但若跳出对H医生信任的动摇来看，又有哪位医生能够打包票说“绝对没问题”或是“铁定无药可救”？想必，他们这个群体也很矛盾。他们既要同时兼顾众多病患的诊疗，哪怕自己有新颖的思路又不敢逾越行业规范，更要在家属的盘问下给自己留出余地。

而站在家属的角度看，大家的潜意识里都觉得癌症治不好，那即使病人不治而逝，院方也大可归因于“癌症是不治之症”，而非医生失职。一句“还可以”未免有敷衍的意味，同时也是他对某个病例失去专注力和责任心的体现。

或许，正是各人所处的立场不同，有时候医患间的信任才脆如薄冰。

11.慈母日记4

下文收录了母亲从2016年2月16日至3月21日的日记节选。

2016年2月16日 周二 晴

今天下午，我去看了H医生的专家门诊，查定后，还要开刀，急，急！

2016年2月17日 周三 晴

今天早晨，四姐陪我去肿瘤医院咨询病情，托朋友找熟人蒋工帮忙，最后还是没有做决定。

2016年2月18日 周四 晴

上午，四姐陪我入E院，查超声波、心电图、CT和验血。下午1点15分进手术室，这次是局麻，2点多回病房，三姐也赶到手术室外等。老公因发热不舒服，所以没来。晚上儿子来了，带面包给我吃。我一天没有进食了。儿子自己随便吃点晚饭，8点回家休息。大家为我都很辛苦，谢谢！体重57公斤。

2016年2月19日 周五 阴

上午，老公在E院看内科，到13点30分回家。中午，张大姐和另一个姐姐来医院为我祷告。儿子下班来病房看我，8点30分回家。

2016年2月21日 周日 晴

H医生查房，叫我吃“替吉奥胶囊”，每天两次，一次两粒，吃一周停一周，今天开始吃。中午，教会的姐姐们来病房看我并为我祷告，带来了牛奶和水果。她们是王、何、许三位大姐。下午，儿子来看我，带上火龙果和贞芪扶正颗粒冲剂给我吃。

2016年2月22日 周一 雨

今天是元宵节，H 医生说可以下午出院。后来我跟他说明我情况，因引流管还未拔，拔掉后情况怎么样还不知道，所以还要看看情况再决定，于是暂缓出院。中午，其他医生换纱布，说这回伤口很好。体重55公斤。

老公到医院来取自己的验血单，顺便到病房看我。

儿子下班来病房，谢谢，谢谢！三个人，三个地方，元宵节也没有过。

2016年2月23日 周二 阴

今早，H 医生等人查房，拔了引流管并换纱布。教会朋友前后来了两批，她们为我祷告，送莫斯利安酸奶一箱。谢谢！下午，四姐来看我，谢谢！晚上儿子下班来医院看我，带上面包，8点回家。谢谢大家！

求求耶稣，求耶稣给我力量！

2016年2月25日 周四 晴

出院！ 8点45分，四姐带我出院。结账9000多元，押金1500元。

2016年2月26日 周五 阴

今天早晨，我去社区卫生站配了贞芪扶正颗粒五盒。

2016年2月28日 周日 晴

今天替吉奥胶囊停药第一天。

2016年2月29日 周一 晴

今天一早，我去 H 医生处换纱布，他亲自看伤口。接着，我又去中医科挂号，说明病情，再调整一下，继续吃中药。

2016年3月1日 周二 晴

今天上午，我去社区卫生站给老公配药。

2016年3月2日 周三 晴

中午，张大姐电话联系询问病情，并求耶稣给我力量。

2016年3月4日 周五 晴

我到 H 医生专家门诊配替吉奥胶囊，共2359元。大病医保自付405.2元。

2016年3月5日 周六 晴

下午，嫂嫂和她的妹妹特地来看我，带上饼干、牛奶、水果，真不好意思，谢谢大家对我的关心！

老公高中时期的几个同学派了两个代表，特地来我家看我，并送上一个红包。

2016年3月6日 周日 阴

今天，开始吃替吉奥胶囊第二盒。老公上午去小余家看望他，他生白血病住院一个多月，现在出院在家，也要求求耶稣帮帮他!

（笔者注：读到这里，我发自内心敬佩母亲的善良。她已领悟到：既然常有人为自己祷告，那么自己也要为他人祷告，将这份人间的温暖传递下去。）

2016年3月8日 周二 雨

我中午去H医生处挂号，配药并咨询病情。我问同时吃化疗药替吉奥胶囊与自己烧的中药可不可以，他说没关系，就是中药效果来得慢点。他说还要做放疗，这要等开刀的伤口处皮肤完全好后再做。

儿子6点就回家了，我很高兴，一起吃晚饭。

2016年3月9日 周三 阴

今天去H医生处配了替吉奥胶囊三盒（每盒28粒），华蟾素胶囊四盒（每盒24粒），药费5174元，实付890元。我又去配了7天中药，含17种药材，药费261元，实付26元。

（笔者注：华蟾素胶囊主要由干蟾皮制成，用于治疗中、晚期肿瘤，此药最先是H医生于2015年11月手术后给母亲服用的。母亲为了求生，配了很多囤积在家里，每日服用。尽管视药如命，她有时还是会抱怨吃了这么多药，导致胃部不适，整日食欲不佳。）

2016年3月12日 周六

替吉奥胶囊最后一天。

2016年3月13日 周日

今天一大早，7点20分我就在H医生办公室门外等候。他亲自看了伤口，说不要换纱布了，接下来就去放疗，大约持续半个月时间。

2016年3月15日 周二 晴

今天，H医生通知我下午去W院办手续做放疗，四姐陪我去。W院的P主任根据病情，说明了放疗和不放疗的大概情况和程度，只有40%的控制度。费用5万元，进医保，自己先付5000元，最后报销到手后自己承担2000元。

2016年3月16日 周三 晴

今天早晨，我9点钟到W院放疗科的P主任办公室，做了必要的验血、心电图、打针和放疗前的定位准备，搞好全部手续已下午2点。P主任说，今天全部项目完成，明天下午5点开始第一次放疗。

2016年3月17日 周四 阴

今天第一次放疗，下午5点进行，三姐陪我去的W院。

2016年3月18日 周五 阴

今天三姐陪我去做放疗，下午3点50分进行，并打了一针。

2016年3月19日 周六 阴转晴

我发热睡了一整天。

2016年3月20日 周日 晴

今天开始吃第三盒替吉奥胶囊。

2016年3月21日 周一 晴

今天第三次放疗。我办理了手续，本周二、四打针，下周一、三、五打针。

儿子补休一天，今天陪我去W院，15点15分放疗。

12.别无选择，尝试放疗

手术、化疗和放疗被称为西医治癌的三件法宝。前两项我们已尝试，效果不理想，那放疗是否可以使母亲的病情不再复发？

2016年2月底，E院给出了如下的病理学检查报告单：

标本名称：皮下肿块

大体标本检查：带少量的条状皮肤一块8cm×0.3cm高2cm，切面灰白，切面见一个灰白结节1.5cm×1.2cm。

病理诊断：背部低度恶性软组织肉瘤复发。

肿瘤类型请结合以前肿瘤医院会诊结果！

送：2016.2.18

报告：2016.2.22

对于此次母亲入院的治疗效果，院方在出院小结上用了“好转”二字。然而，这个模糊的“好转”是否意味着不会再次复发？谁也说不准。于是，为了预防再次复发，H医生建议母亲尝试放疗，目的是杀死背后残留的肿瘤细胞。他因E院没有放疗设备，故推荐我们去W院的放疗科，说是那里的放疗设备定位精准、疗效好、副作用小。

虽然，此时我已对他存有怀疑，但只要他说得有道理，我不会因为个人偏见否定他的观点。一方面，W院有位40多岁的放疗科负责人P主任，他坦言放射线的确能杀灭癌细胞，即达到抑制该区域癌细胞增殖的目的；另一方面，虽然放疗也有其弊端，但和重伤的手术和含毒的化疗相比，它的副作用相对更小——我们不愿看到母亲再流血，也认为她已无法耐受第四次手术。就这样，经过我、父亲还有亲戚们的讨论，一致觉得这是个可行的方案。

2016年3月的某日下午，我和母亲前往W院接受放疗。从公交车站到医院的步行时间大约十分钟，她像往常一样好强，不用我搀扶，坚持一个人能走。我有些不放心，仍旧一路轻扶。

在通往W院的沿路围墙上，一字长蛇般地陈列着该院各科室知名医师，一张张仪表堂堂的肖像配上诸多头衔以及大段成果介绍。那字里行间的赞誉之词使人看得目不暇接，似乎想对外宣示其医疗技术的先进和医师技术的高超。

虽然对此院的第一印象还不错，但这份好感并没维持多久。

我们走在院内的大道上，迎面驶来了一部重型货车，它也没有停下来的趋势，我只得拉着母亲躲进两辆停着的车之间暂避。那车喧嚣而过，扬起了呛人的灰尘，而我立即掏出手帕，轻轻捂住母亲口鼻，不满地望着车尾无奈摇头。

待灰尘散去，我们接着前行，来到了住院大楼的侧面，展现在眼前的是一座两层楼高的广告牌，上面挂着“精确放疗中心”的红色大字。在那广告牌的后方，是一座低矮平房。母亲看着那座平房介绍说，那里就是病人们接受放疗的地方。

不一会儿，我们就办完了打针手续，前往放疗室外等候。

通往放疗室的路被设计成一个向上的缓坡，在前方十米的上坡尽头是一间办公室，门外已等候着不少年迈体弱的患者，其中有几个阿婆正好奇地望来。

我搀着母亲走上前去，隔着玻璃窗望见室内有几位年轻医师，他们正注视着显示屏，不时调节着仪器面板上的旋钮，并记录着什么数据。

母亲缓缓来到窗前，吃力地弯下腰，指着玻璃上贴的那张A4纸，告诉我那上面有每个病人次日的放疗时间。不过，这份时间表每天都有变动，次日的放疗时间通常是在前一日的基础上顺延几分钟到十几分钟不等。

我有些懵懂，心想：难道，放射线对癌细胞的杀伤效果存在周期性？所以，才刻意间隔24小时以上吗？

听，那是什么声音？

这有规律的金属敲击声，像是一组正在运行的链轮传动机构发出的。

我闻声望去，确实如此，旁边那扇厚重的隔离门正被缓缓打开，门后有一条狭长的走道出现在我眼前。在我目光所及的尽头，有一个向右的拐角，而拐角附近的墙根边则整齐地堆放着许多蓝色布套着的“枕头”。对此，母亲说医院会事先为每个病人量身定制一个“枕头”，待每次放疗时，病人躺在它上面，仪器便能根据“枕头”上的标记，锁定肿瘤位置。

这时，办公室里有人用麦克风喊着母亲的名字。只见她熟练地解下系在后脑的发绳，连同毛衣一起塞到我手中：“帮妈拿一下，这些不让带进去的。”

我点点头，陪母亲一同走入那个走道。刚走入几步，我便明显感觉到一股刺骨的寒气袭来，于是警觉地向四周灰白的墙面查看，心里有一种说不出的压抑感。

走过那个拐角处，我一眼便望见有一台大型设备放置在治疗室中央。根据刚才门外的宣传页上的介绍，这台仪器通过巨大的电机驱动，可使圆盘状的粒子发射端绕人体做接近360

度的环扫。这样不仅可以根据肿瘤的形状适形照射，还可以精确调节放射野内的剂量。

治疗在即，母亲从“枕头”堆里找出了那个印着自己号码的，双手抱在胸前，在我的协助下，顺利地卧于放疗设备前的躺板上。同行的两位医师为她套上一个定制的面罩后，反复强调说整个过程必须躺平不动，否则会影响放疗效果。待那两人和办公室内的同事确认无误后，便转身和我离场。

回到等候区，我只能透过办公室的玻璃，紧盯着室内屏幕上闪动的影像——母亲一动不动地躺着，而那个发射端正围绕着她缓慢扫描。我注视着屏幕上画面的细微变化，脑海中却想起了她几天前写在香烟包装纸上的放疗细节：

Varian IX 加速器（6MV 3D-CRT / Comforn Arc / IMRT / VMAT）

治疗剂量：局部肿块5500cGy / 22F / 4W+

我心想：这“加速器”应该就是指眼前的放疗设备，而“cGy”可能是射线剂量的单位，而“22F”可能是指治疗的总次数。

大约两分钟后，那扇厚重的隔离门再次打开，我第一个冲了进去。我一手从躺板上扶起母亲，另一手迅速摆正了台阶上那双黑色软底布鞋，然后抬头观察了下她的神色。见她放疗前后没有什么异样，我舒了口气，迅速为她披上毛衣，一路扶着她离场。

走在那条阴冷狭长的封闭走道上，我们遇到了下一位进来放疗的老人和她的家属。那骨瘦如柴的老人坐在轮椅上，面色苍白，目光暗淡，似乎已病得不轻。我为眼前的这一幕感到疑惑，分不清她到底是因病而虚弱，还是因放疗副作用而衰弱。

我对此心中犯疑，才刚走出底楼大厅，就不禁问道：“妈，你也做了几次放疗了，人有什么不舒服吗？”

母亲笑了笑，答道：“没啥不舒服，只是每天下午会有点发热，一会儿又自己退下去。”见我听后欲言又止的样子，她又补充了一句，“放心好了，一起来放疗的那些阿姨爷叔也都这样，有的发热，有的腰酸。看来多少有点副作用的。”

“嗯，可能是我多虑了。先观察几天看看吧。”听她这么解释，我把梗在喉咙口的疑惑暂时压了回去。

我们刚来到户外，侧面忽然横吹来一阵凉风，母亲顿时眯了眯双眼，微微地缩了下脖子。我立即挡在了上风口，迅速取出包里的围巾，替她戴上，又掏出包里的一小盒光明牌纯牛奶，建议道：“来，放疗伤身，喝完再走。”

母亲甚是欣慰，动容地笑道：“好儿子，谢谢！”

虽然，手术没杜绝复发，但我仍相信西医是治好肿瘤最重要的途径。

母亲经过了三次手术，现在又口服化疗药配合放疗，这下背上不会再复发了吧？可是问题来了，她的身体能不能经受住如此高强度的治疗？

对此，我想近期再请她服用中药调理。毕竟，杀癌不能忘了固本啊！

13.懦弱与自责

其实，即使我将来在其他方面做得再好，也无法弥补因为我的懦弱而没有履行作为人子的责任和义务。

2016年3月下旬，母亲休养在家，化疗和放疗使她身子羸弱，只得依靠中药调理。不过，这段日子父亲心情不佳，这或许是因为他为妻子的病情而心烦，或许是因为我未成的事业而生气，又或许是因为对我这半年一直单身的失望。我和母亲见他经常板着一张冷脸，都不敢多言，以致家里弥漫着一股如履薄冰的异常气氛。

清明节期间，父亲曾因生活琐事，几次向母亲发火。可耻的是，我又一次没在剑拔弩张的场面下挺身而出，致使母亲悲伤不已。

我想，那晚外面的倾盆暴雨，恐怕是母亲委屈和失望的泪化成的。

记得是4月2日晚饭后，父亲要求母亲找出一块咸肉，母亲说家里没有，而父亲坚持说有。不料，父亲火气猛增，居然口出恶语，说假如他从哪里翻出来的话，就把那块肉扔掉。不一会儿，他确实找到了那块肉，随即将它扔进了垃圾箱。

母亲向来勤俭，见状后急问道："这么好的肉，干吗扔掉啊？"

"不扔掉干什么？"父亲怒目圆瞪，厉声咒骂了回来，"你可以去死了！"

"你，你……呜呜哇……"母亲低头坐在客厅的椅子上，气息变得有些急促，突然委屈地放声大哭，"不就是一块咸肉吗？是我不小心忘记了，你干什么对我发这么大火啊？"

满屋子此起彼伏的咆哮和哭泣中，早已成年的我竟彻底变成了一个不折不扣的懦夫，立在一旁不知所措。

面对一方急促的抽泣声和另一方疯狂的咒骂声，我究竟该怎么化解？

站在母亲那边，怒斥父亲？恐怕不妥。近来，家里开支激增，父亲又工作不顺，多次接送母亲去放疗也不容易。客观地讲，他为这个家也活得很累。

站在父亲那边，提醒母亲下次注意？那更不行。母亲休养期间本就要静心宁神，就算出点小错又何必如此较真？难道身为亲人，还不能包容她的失误？

"你再哭一声看看？你信不信我……"父亲的话说到一半，但嘴唇却分明继续蠕动着，目光中还窜动着高亮的怒火。

"呜呜呜……你不就是因为心疼我住院用钱太多了吗？"

"你不要胡说八道！"

“结婚这么多年，我还不知道你啊？”

“你敢再说一句试试！”

“呜呜……你一点也不体谅我！我现在生了这毛病，从没吭过声，我哪里惹到你了啊？呜呜……”

随着一连串气急败坏的出气声，父亲变本加厉地吼道：“你这是活该！只有坏人才会生肿瘤！”

“呜呜……我真的是命太苦了！呜呜……”母亲的泪像断了线的珠子垂落下来，她刚刚轻抹眼眶，下一颗泪便盈眶而出，不一会儿工夫，襟前已湿了一片。

俗话说，良言一句三冬暖，恶语伤人六月寒。父亲生气时的话总很偏激，而母亲本就因病抑郁，现在连夫妻情分都被咒灭了，哪里会不往心里去？她顿时极度伤心，明明是一个57岁的中年妇女，现在却抽泣得像个委屈的可怜孩子，怎么会不让人听得越发刺痛呢？

“这是大人的事，小孩子别管！”

我忽然回想起小时候听过的话，顿时更加犹豫了，始终没勇气走上去。扪心自问：我虽然是想为母亲辩护，但这个念头却远弱于我对父亲威严的畏惧。于是，我又一次懦弱地选择了不作为。

母亲忍无可忍，一个人躲到了厨房的阴影中偷偷吞泪，连大气都不敢出，生怕坐在客厅里的男人听见哭声后，又会丢来几句扎心的恶语。

过了好一会儿，父亲终于回房看电视去了。母亲这才从厨房的暗处走了出来，又躲进了我的房间。我打开了写字桌上的台灯，借着灯光，发现她前额的头发有些散乱，还一个劲地擦着红肿的眼眶。

这一次，任凭我如何安慰，她都没有丝毫改善。我明白，她在为生了一个像我这样不能为自己出头的儿子倍感失望，却又不忍心直接告诉我。

我这算什么儿子？不，我这样还算男人吗？

“妈，对不起，我……”我说得很是无颜以对。

“妈妈不怪你，但你一定要永远牢记：就算不高兴也不要表现出来，否则以后你就没好日子过了。”即使是在灯光的照射下，母亲的目光依旧黯淡无光，悲伤从她哭得扭曲的脸上消失了，取而代之的是一种心如死水般的冷淡。

想起父亲刚才那些气头上的重话，我仍旧为此愤愤不平，心中的某些言语像沸腾的水蒸气一样不停地蹿腾上来。

五绝·屈威

冲冠满面铮，

恶语口频生。

暗自怆然恸，

哀魂悸雨声。

该挺身而出的时候没有作为，事后檄文式的五言又有何意义？

她望着发呆的我，表情仍然很僵硬，显然还没从刚才的哭泣中恢复过来，缓缓对我说道："你知道吗？妈现在是为你在活！"

这句话一出，我既为母亲的遭遇感到悲愤，又因为自己的懦弱而羞愧，眼眶很快湿了。

妈，您总是为我着想。十几年前，外婆劝你趁早离婚，而你顾及还在襁褓中的我，所以没有同意。如今，父亲对您侧目辱骂，而我在这种紧要关头也没有帮您出头，你难道会不悲哀吗？

啜泣涕零没雨声，莫伤神，徐抚弦丝慰泪人。

"妈，你坐好，"我背对着她，胸口随着一声叹息阵阵发凉，又望着书架旁搁置的吉他，心中惭愧，"我给您弹一首曲子，还是忘记刚才不开心的事吧！"

"什么曲子？"

"你一直唱的那首基督歌曲，《要祷告》。"

早要祷告，晚要祷告，吃饭要祷告。

走路祷告，做事祷告，样样要祷告。

顺服圣灵，喜乐平安，充满我心怀。

患难临到事务多，必定能胜过。

外面的雨停了，房间里没有了窗户上的雨滴声，房间里的氛围顿时显得格外压抑。我端起那把吉他，将苦恼融入到每一个音符中，想带着母亲轻唱。可是，她只是坐在我床沿，默默擦着红透的眼眶。

对不起，母亲，我好没用！现在，我既要向您道歉，也代父亲向您道歉！

14.慈母日记5

下文收录了母亲从2016年3月22日至4月19日的日记节选。

2016年3月22日 周二 晴

傍晚，曹大姐来电话问病情，送了500元，谢谢耶稣！

今天三姐陪我去W院打了针，15点10分放疗。

（笔者注：我母亲曾说，这针是为了在放疗期间，提升白细胞数量至正常水平。）

2016年3月23日 周三 晴

今天下午14点30分放疗，验血合格。

2016年3月24日 周四 晴

今天四姐陪我去医院打了针，14点05分放疗。

2016年3月25日 周五 晴

四姐陪我去医院，13点55分放疗。

2016年3月26日 周六 晴

儿子没有休息，加班了，晚上7点回家一起吃饭。

2016年3月28日 周一 晴

今天放疗第八天，老公开车送我去 W 院，打了针，13点40分放疗。

儿子和阿杰吃晚饭。

2016年3月29日 周二 晴转阴

今天放疗第九次，老公开车送我去 W 院，13点25分放疗。

2016年3月30日 周三 晴

今天13点10分放疗，打了针，验血报告合格。

2016年3月31日 周四 雨

今天停一天放疗，机器坏了，推迟到4月1日。

2016年4月1日 周五 晴

今天停一天，放疗机器还未修好，浪费一整天。

2016年4月2日 周六 雨天

今天，我和儿子一整天都在家休息。晚上我和老公大吵。

（笔者注：后面这句话被母亲用黑笔框了起来，显得格外醒目。）

2016年4月3日 周日

今天开始吃第四盒替吉奥胶囊。

2016年4月4日 晴 周一

今天徐家都去扫墓了，老公开车送我和儿子去医院。13点10分放疗，正常。

2016年4月5日 周二 阴

今天老公开车送我和三姐去 W 院，13点10分放疗，打针了。

2016年4月6日 周三 雨

今天老公开车送我去 W 院，13点10分放疗。

2016年4月7日 周四 阴雨天

今天13点10分放疗，打针了。

2016年4月8日 周五 晴转阴

今天老公开车送我去医院，12点50分放疗。

2016年4月10日 周日 阴

儿子有点感冒，一天难过，吃药、喝水、睡觉。

2016年4月11日 周一 晴

今天13点放疗，打了针。

2016年4月12日 周二 雨

13点放疗，P 主任说要加两次放疗。

2016年4月13日 周三 阴

今天老公开车送我去医院，13点放疗，送验血单，打了针。

2016年4月14日 周四 阴

12点40分放疗。

2016年4月15日 周五 阴

今天12点40分放疗，打了针。

2016年4月16日 周六 雨

儿子休息，与卿、舟外出。

2016年4月17日 周日 雨

今天开始吃第五盒替吉奥胶囊。

2016年4月18日 周一 晴

12点30分放疗。

2016年4月19日 周二 晴

一共22次，今天是最后一次放疗，12点30分。放疗结束后，我和三姐先去了 E 院办理大病医保手续，又去办理了放疗报销手续，报销费2727.2元。

15.母亲节的心结

意大利著名作家亚米契斯先生曾说过："一个人如果使自己的母亲伤心，无论他的地位多么显赫，无论他多么有名，他都是一个卑劣的人。"

2016年5月8日是母亲节，她过得很伤心，而我身为人子，却没能帮助她摆脱悲伤。虽然，她的泪并非因我而起，但我也难辞其咎。

这天下午两三点，父母又吵架了，原因是：父亲在拿热水瓶冲茶时，热水沿着把手流下，并烫到了他的手。兴许是近期他有烦心事，所以这样一件小事竟使他大发牢骚，抱怨母亲灌的热水太满，并骂她笨得无可救药，更扬言要用手枪钻在热水瓶上钻个洞，以此来防止她再犯错。大家一场喧嚣过后，父亲摔门外出。

不一会儿，我就听见厨房那传来了母亲的抽泣声，此外，分明还有剪东西的声音。我有些不放心，便闻声寻去，只见厨柜上堆着许多照片，而她散着额角的几丝华发，正一手拿着剪刀，另一手抓来几张照片，负气地全部剪碎，最后扔进一只皮包里。

我一见状，急问道："妈，你干什么？"

母亲鼻中喘着粗气，低头不语，并没搭理我。

困惑的我定睛一看，发现那全是老式的黑白照片，有一些是她年轻时的单人照，有一些是她和父亲婚前的合影，还有一些是她和亲戚朋友们的合影。

"别啊！为什么要剪掉这么好的照片？"我惊呼道。

母亲丝毫没有停下手里的动作："这事你别管了。"

咔嚓！咔嚓！

她又剪碎了几张照片，一把将可怜的碎片扔进了那只女士皮包里。

我认出了这只黑色鳄鱼皮女包，母亲平日里明明很喜欢它。而如今，包的侧面竟然有好几处破口，惨烈得像是一张张哭泣的嘴在悲呼。

"别剪了！"我看不下去了，猛地按住那把锈迹斑斑的剪刀，"妈，我知道你还在生刚才的气，但是这些照片有纪念价值啊，剪了太可惜了！"

母亲的脸忽然变得有些陌生，布满的泪迹化作了一种冷漠，那是一种几乎万念俱灰的可怕面容，冷冷道："还有什么值得留念的？留着这些东西，以后让他看到的话，他还是会骂我，什么东西都舍不得扔掉！"

看着她如此绝望，我苦恼不已，眼睛很是发酸，只得背过身去，面对窗外偷偷眨眼，勉强吐出几个发音不清地字来："你别这样，是我……"

我才刚启口，就说不下去了，心中忽然有种感觉：这些年来，她除了对父亲说过的恶语愤恨不平外，恐怕也对我一直未能挺身而出颇为失望。

"现在说什么都晚了。要是我当年听你外婆的话，早点离婚就好了。"母亲抽泣了一声，眼泪随即滴落到照片上，"我的命怎么这么苦？"说罢，她又拿起剪刀，狠狠地在皮包上补上几刀。

看着都疼！这下，那只可怜的皮包彻底面目全非了。

"你别这样，"我再次按住她的手，难过地劝道，"这都怪我软弱无能！"

"妈妈不怪你。那时候，我觉得你还太小，真要是离婚了，那你怎么办？"

"我知道你为我好，但这些都过去了，我们要向前看，我现在只希望你可以振作起来，早日把身体养好！不要被那些气话影响情绪，这对你身体不好的！"

母亲怎么会不知道悲伤会影响健康？可面对夫妻吵架和婆媳矛盾，她一忍二十多年，这样日复一日的积弊，怎么不需要一个宣泄情绪的出口？假如，哭可以缓解伤心，剪破皮包可以发泄不满，倒也不失为一种途径。但我希望她哭过、剪过之后，能够将那些不快乐抛到脑后，不要影响她的恢复就好。

可是话虽如此，但总有种马后炮的意味。为什么我非要等事情发生后做一个安慰者？我就不能在事情发生前或发生时做一个杜绝者和终止者？一想到这里，我又把自己问倒了，顿时觉得自己刚才的话形同隔靴搔痒般浮于言表。

母亲低着头，湿润的眼眶早已红透，目光暗淡道："你现在知道妈妈为什么要信基督了吗？"

我注视着她，想要把话题往积极的方向去引导："我知道，您是想求耶稣让你战胜病魔。"

"不是的，"母亲闻后，抬眼看了看我，转瞬又黯然地低下头去，"妈妈听说，信基督的人死后是不用烧钱点香供奉的。其实，我只是不想身后给你们添麻烦，省得你们每年操办这些麻烦的后事，所以才信的。"

"什么？！"我心下一震，简直不敢相信自己的耳朵，"你千万别说这种不吉利的话！"

咔擦！又是一声！

我低头发现她已将最后一叠照片一刀剪断，那一刀恰好剪在了第一张照片中某个男人的脸上。随即，她坚决地一甩手，便将最后一把碎片扔进了那只破包。

我心中一凉，暗想：只要现实一日不改变，即使她向神祷告几百次、几千次，那些重话系紧的心结还是会令她耿耿于怀，这样又谈何宽心休养呢？如此一想，连我也被感染得好失落，好无助，好苦闷。

一个小时过去了，母亲掩面侧卧在床，我则无奈地坐靠在墙边，惆怅地望着窗外那一成不变的灰色。这一刻，即使她不作声，我也能从凝固了的空气中感到她的委屈和心酸。

莫非，刚才我都白劝了？

我无法压抑心中的抑郁，于是掏出手机，想写几句日记来排解一下愁绪。忽然，屏幕最上方弹出了一条新消息。

"祝福你的妈咪早日康复……还有节日快乐！"

雪？！

一看到了她的名字，我的脑袋仿佛被一把烈火点燃似的灼痛起来。接踵而来的窒息感若一股呛人的浓烟，瞬间升腾到我喉咙口，简直是如鲠在喉。我努力平复了心中的躁动，反复读了几遍，觉得这句祝福读起来有点拘束，猜测可能是她犹豫了一会儿才发来的。

可是事与愿违，她今天反而过了一个极悲伤的节日。

"谢谢你的关心，我替她谢谢你，放心，我坚信她一定会康复的！"回完消息后，我把手机放在地上，想一个人静静。

随着傍晚的临近，我一个人坐在地上，感到一阵阵的凉意袭来，也不知这是来自窗外的风还是内心的凄凉。

看那窗玻璃上的倒影，那是一张多么苦涩难解、烦愁闹心、色调暗沉的皮囊——我注视着玻璃上的那个人脸，那玻璃上的人也同样诡异地注视着我。

难道，正应了那句话？人怎么对待生活，生活就怎么对待人？

若是如此，那母亲的遭遇又如何解释？这么多年来，她一心一意为了这个家忙里忙外，相夫教子，伺候祖母，最后她得了善报了吗？她带着善良和憧憬走入婚姻，却拖着重病的身躯被丈夫颐指气使地抱怨？

这就是婚姻吗？人一边在纷争中煎熬，又一边在冷战后隔阂。

假如，母亲当时听从外婆的话而选择离婚，那她至少会比现在过得幸福美满吧？如此来看，我反倒希望自己从未出生，以此换得她一次重择人生道路的机会。

不，不能否定自己出生的意义！母亲虽然体弱，但仍在积极治疗；我现在虽然没大的出息，但是来日方长！我们不能寄希望于下辈子，而是要过好当下。

五律·心结

钉齿残如虎，污叨念不休。

潮眸枯倦面，飞泪放悲喉。

心悦医羸病，胸宽愈肿瘤。

但凭身体健，别复有何求？

写完日记，我忍不住又看了一次那条消息，竟从苦涩中读出了一丝欣慰。

雪，谢谢你。我想，假如当时你选择了我，那以你开朗阳光、敢说敢做的个性，或许我会受此激发，彻底改变家庭氛围。但是，从另一个角度讲，这样的家庭环境定然合不了你意，最终我们还是会分道扬镳吧。从某种意义上说，一个人会如何维护生母，那他就会如何呵护妻子。所以，去年的我的确无能担当你的寄托，你的选择是很明智的。

“雪，节日同乐……也祝愿你父母身体健康！”

发完消息后，我振作了下精神，走到母亲床边，伸手试了下母亲额头的温度。不过，她却本能地推开了我的手。

妈，别难过了！真的对不起，是我照顾不周！那壶热水应该是我去灌才对。

16.慈母日记6

下文收录了母亲从2016年4月20日至5月10日的日记节选。

2016年4月21日 周四 雨

儿子晚上和阿舟碰头并送礼，因他周五要飞美国。

中午，张大姐和另一位大姐来我家看我，送了鸭蛋，她们特地为我祷告了一次。谢谢耶稣，感谢！

2016年4月23日 周六 雨

今天吃最后一粒替吉奥。晚上，儿子去看望他的三姑父，并带上一串香蕉。

2016年4月26日 周二 阴雨天

儿子回来吃饭，购了好多速冻品和菜。

中午，曹大姐还有两位耶稣大姐来我家看我，并为我祷告一次，谢谢耶稣，感谢耶稣！教会送红包一个，500元。

2016年4月30日 周六 晴

今天早晨，徐家三辆车14个人回老家游玩，我们三人没有去。

一切一切全部是我的错，因生病带来不顺，对不住各位！

（笔者注：不知不觉中，母亲的字迹出现了变化。字的笔画逐渐歪扭，也不再用红色标注关键词，每日的记录量更是骤减。）

2016年5月1日 周日 晴

今天开始吃第六盒替吉奥胶囊。

2016年5月2日 阴转雨

配眼镜花了250元。节日里，张大姐和曹大姐都来电话问病情。

2016年5月4日 晴

儿子“五一”节放假最后一天，帮我去取眼镜。

2016年5月5日 周四 阴雨天

儿子第一天上班就加班，晚饭没回来吃。我去E院看中医，配药半个月的量。

2016年5月6日 周五 晴

今天放疗后第一次开始吃中药。

2016年5月9日 周一 阴天

今天我独自去办理综合减免报销，一个月后到我账户上。

笔者注：在这段时间里，母亲像是越发感到无事可提似的，每日写的字数渐少，最终搁笔了。我读着她留下的日记，仿佛听见她在说：“再写也没意思了。”我忧伤地翻阅着她的日记，发现她在本子后半部分的空白页上贴了两张纸。一张是我在得知她信基督的那晚写给她的字条，内容是祷告词的格式，而另一张上则工整地写着两行字：

感谢，感谢耶稣，感谢，感谢耶稣，感谢感谢，耶稣在我心。

跟谁跟谁，我要跟谁，耶稣，只望耶稣引导，我要跟随耶稣走。

母亲，您别走！

读得骤然大悲，读得泪眼蒙胧，我感受到了她的虔诚，也体会到了她凄苦无比的心境。母亲的这段话没有对病痛的诉苦，没有对处境的感伤，她是把自己正在承受的和不能承受的都化为了催人泪下的谢意。透过字里行间，我仿佛看见了她当时含泪写着这样一首小诗，或许她是想把它永远留在这没写完的日记里吧。

翻着日记本后面几十张空白页，我黯然心酸，含泪立誓道：“妈，您没写完的故事，就让我替您写下去吧！”

第7章
落叶，我们舍不得你凋零

法国著名作家莫泊桑在他长篇小说《一生》中写道："生活不可能像你想象的那么好，但也不会像你想象的那么糟，我觉得人的脆弱和坚强都超乎自己的想象，有时，我可能脆弱得一句话就泪流满面；有时，也发现自己咬着牙走了很长的路。"

诚然，一个人的脆弱和坚强是共存的。至刚者易折，至柔者不克。人在面对祸福相依的人生时，承认脆弱才会懂得怜悯，学会坚强才能活出意义。

1.痛在520

若问一年四季我最不喜欢哪一季，那一定是夏季。因为痛。

2016年5月20日下午18时左右，我站在地铁上，望着窗外灰蒙蒙的世界，那边有几片阴沉的云朵积压在楼宇上方，也不知是谁在天幕上打翻了砚台，使得它变得墨迹斑斑。而在车窗的另一边内，我忽然很羡眼旁观地铁车厢里搂搂抱抱的情侣们，无奈于心中的孤独感越发猛烈。

听说，男人没有爱情的话，还可以追求事业，但是，现在的我事业成功了吗？想到这里，身心俱疲的我把头靠在门框上，不由得回忆起自己从毕业至今所走过的路。曾经意气风发的有志学子消失了；曾经西装革履的勤快销售不复存在了；曾经情场失意的那个落魄男青年早已腐烂了。如今我在T公司从事机械设计已有八个月了，由于专业基础既不牢固，工作业绩也不出众，我一度对自己的现状既着急又失望。

注视着车窗玻璃上这张面黄肌瘦的脸，我深呼吸了几次，试着给自己打气。即使爱情和事业都没有成果，我的身后还有一个完整的家在支持我。母亲一直是最支持我的人，她从未因为我的一时失利而指责我，倒是一直鼓励着我。

想着想着，恢复平静的我掏出手机，给父亲发了条微信："爸妈先吃晚饭，我还在路上，要晚点到家。”

父亲回复得很快：“你老妈身体不好，你快回家。”

什么？！

看到这条消息后，我心中重重一沉，脑海飞快地揣摩着这句话背后的含义。母亲近日食欲不振，精神面貌也显得疲惫，这些都是事实，但我们都把这当作上个月放疗的副作用，只是静等她慢慢养好身体，再做打算。

莫非，又是……

不！猜准一个坏消息是十分残忍的事，我真的不愿继续想下去。

我匆匆赶到家，一进门便见父亲一脸阴沉地朝我望来，顿时感到事情大大不妙！我直奔母亲房间，她正侧靠在床头，听到我的声音后方才微微睁开眼来。

我和父亲扶着跌跌撞撞的她走到客厅坐下，心急得像是正被火烤着：“妈，又发生什么事了？”

母亲满脸委屈，叹了一声，忽然哭了出来：“哎，妈妈又连累你了！”

“什么意思？到底是怎么了？”我越是得不到答案，心里越是发急。

父亲轻轻松开了母亲脑后的发髻，面色凝重地对我叹道：“你看！”

随着那卷掺杂着银丝的辫子松散开来，母亲后脑勺右下方赫然露出一个接近拳头大小的肿块！

完了！

我顿时感到恐惧在我脊梁骨上闪电般地爬过，慌得轻颤着手去触碰这个肿块，绝望得心痛道：“妈啊，怎么会这样啊？！”

“儿子啊，妈妈头顶这里还有一个瘤。”母亲伸手摸了摸自己头顶说道，语气比刚才更加沮丧了。

什么！

拨开她头顶的乱发，我发现上面居然还凸着另一个半只乒乓球大的肿块！

彻底完了！

我的意志从未如此迅猛地崩塌过，摧枯拉朽式的绝望瞬间盖过了其余感官。

我脑袋一晕，伤心地喊道：“都这么大了啊，为什么到现在才说啊？！”

母亲含着泪抬起头，委屈地望着我，自责道：“是妈妈不争气，你别难过。”

“不！不是的，都怪我，是我没早点发现啊！”

客厅里死一般的沉默，空气冰冷得像是凝固了。

我不知所措地转头看看父亲，只见他愁容满面，整张脸已经被巨大的痛苦折磨得有些扭曲。我哽咽得失声了，低头凝视着满目沮丧的母亲，心中不停地谴责自己没能早点发现。

记得母亲接受数次放疗后，就出现了腰酸乏力和发热的症状，回家后时常靠在床头休息。医生将之解释为放疗副作用，并再三嘱咐她千万不可感冒，否则她原本就薄弱的免疫系统会面临崩溃，而癌细胞可能会乘虚而入。于是，我每天都会用手抚在她额头，确认是否有低烧。不过，上个月有好几次，当我伸手放在她额头上检查体温时，她都会反感地将我的手一把推开。当时我只觉得有些奇怪，但怎么也没想到是这么可怕的事!

现在，我才恍然大悟：原来她那时是不希望我察觉到病情的巨变!

为什么？我不明白母亲为何要这样做？难道，她在这两个瘤刚出现时，就已经放弃了生的希望了吗？所以，她才隐瞒不说？可即便想隐瞒，自己脑壳上长了这么大的两个肿瘤，她为何连如此剧痛也能一声不吭？这是何等顽强的决意啊！母亲不把这份坚韧用于对抗病魔，而是用于隐忍不发，着实令我又气又急。

深夜，我和父亲扶母亲卧床小睡后，便通过“好大夫”App 询问医治方案。我靠在床头，网上有几个不乐观的案例使我气急头胀，简直像脑浆要喷发而出了。

不一会儿，父亲红着眼走了进来，身上还带有一股浓厚的烟草味。他伸手扶在把手上，缓缓坐定下来。良久，他忽然泣不成声，极度悲伤的脸上写满了焦急、悔恨和无望。我至今从未见过他如此伤心，他的声泪俱下迅速将我感染，而我又何尝不是忍受着戳心的焦虑和悲痛?

“呜哇……我真的快受不了了！你老妈这次真的危险了，老爸我该怎么办啊！”父亲急得大哭起来，深深地将头低下抽泣着，仿佛身上被压着一座大山。

昏黄的台灯下，巨大的心理负担硬生生地在他平日威严的脸上刻下了两道泛光的泪迹，怎能不叫我心酸？但我意识到，此时决不能陪他一起难过，这样的话，这个家的精神支柱也会垮的!

我强忍着泪水，极力克制着脑中翻腾的负面情绪，尽力保持冷静，反复在心底用陈述句告诫自己要理智应对，欲借此缓和糟糕的情绪。

“爸，妈的病是很严重，这是事实。”我努力平复着刚才那一阵刺痛的心潮，想要安慰他几句，“现在当务之急，应该是先确认这次复发仅仅是头皮下还是已经进入脑子里了。我们明天就得带她去拍片检查。”

听到我的话，父亲抽泣着，向我投来了半信半疑的目光，似乎想听我说下去，似乎想听我分析出一些乐观的治疗方案。

我急于稳住他的情绪，接着说道：“因为在头部，我觉得这次用手术很有难度，稍有不慎就有性命之忧。我们还是问问医生，能不能先用放疗和化疗控制住肿瘤发展的趋势，不让它继续恶化吧？”

“唉！事到如今，我们还能怎么办？但这次我们一定要想尽一切办法救救你妈！”父亲微微摇着头，又重重点了点头，把重音落在了“一切”二字上，眼中的决意在灯光的照射下显得无比强烈。

这次病情太严重了，我心里一点把握都没了，怎么会不焦虑？但见他说得斩钉截铁，我更加不敢流露出内心的不安，于是立即附议道：“嗯，老爸刚才吃饭时提到过，你可以试试托人去某山医院找医生，听说这家医院精通颅脑手术，全国一流，相信一定有治疗老妈的方法的！”

见他脸上的悲痛稍有收敛，我继续说道：“一方面，我一会儿打电话问问阿轩。他是我高中同学，人脉广，而且他老婆又是护士，我相信他一定会提供一些线索的！另一方面，我再上网查查案例。这次一定要为妈妈选一个稳妥有效的办法。”

“嗯。”父亲吭了一声，使劲抹了抹脸上的泪水，起身照看母亲去了。

他刚回房，我刚才压制下去的悲痛便肆无忌惮地席卷而来——终于不必再掩饰了。关上房门后，满腔的忧虑和恐惧扰得我心烦心乱。我一把抱起书架旁的吉他，疯狂地反复扫弦，按得指尖皮破，弹得琴弦嘶吼。

“我居然会蠢到这种地步！观察得太不细致了！是我的糊涂害了妈啊！”我痛苦地把脑袋靠在墙上，耳中尽是弦狂振后的嗡嗡嘶鸣，难过地自责着。

七绝·痛

触目惊查肿块生，

熬肝涨肺绪难平。

酸眉潮眼弦音乱，

骤雨戳心忍泣声。

这时，窗外忽然响起了一记雷鸣声，紧接着是一滴两滴的雨点声，很快发展成了越来越密的嗒嗒声。

好一场不请自来的暴雨，催得我更加痛悔难当！

2.她说，疼，疼！

夜深了，窗外的雨声愈来愈大，像是地上的人们因为夙求未得而哭泣，也像是九霄之上的天公越叹越深的痛惜。

“不！我不能这样沮丧下去。”我把琴搁回原处，又擦了擦湿漉漉的镜片，“我要用尽一切办法，为母亲争取一切可能，决不放弃任何希望！”

打开房门，父亲告诉我母亲正在洗手间，我便站在门外等候。过了一会儿，不见里面有动静，于是我不放心地上前一看究竟。接下来的一幕令我两眼发酸——她坐在那里，正勉强地伸手去捡掉在地上的一张草纸，一个简单的动作竟重复了三四次才完成。我内心剧烈一颤，脑海中闪过一个不乐观的猜想。

大约是今年4月下旬，母亲说她视力下降了，看东西没以前清楚。那时，我以为这是放疗副作用所致，后来就陪她去眼镜店配了一副老花眼镜。不过很奇怪，母亲戴上眼镜后的视力也只是略微改善，且没过多久就以眼睛不适应为由摘了下来。待到5月8日那天，她不慎将热水瓶的水灌太满，父亲还为此和她闹得不欢而散。

莫非，是头上这两个瘤的缘故导致了她的视力模糊？若是如此，就表示瘤已影响到了视神经。换句话说，这次很可能不是皮下的瘤，而是已经侵入脑内？！

我不敢继续想下去，也不敢和父母说，生怕不确定的乱猜会击垮大家的心理防线。于是，我一边掩饰心中的烦闷，一边搀着母亲穿过昏暗的客厅，回房休息。

母亲躺下没多久，床另一侧的父亲就转过身来，满目怜惜地注视着她，心疼地用手轻拭去她额头的汗。

我站在床沿边，眼见电视机屏幕上的光投射过来，将她紧绷的眉目照得忽明忽暗。胸闷和焦虑竟使我站得双脚发酸，只得乏力地在床边坐下，伸手下意识试了试母亲脚底的温度。

不好！双脚是冰冷的。

我回想起查阅过的书籍，猜想她现在身体很虚弱，可能是因为气血不足，才会足底发凉，而头上冒汗的症状看似与之矛盾，实则多半是因为癌性发热。书上说，这是一种因肿瘤的发展导致的低烧，通常不会高于38℃。我这才意识到，在母亲接受放疗期间，每日的低热并非放疗副作用，而应该是发展中的肿瘤在作怪。这么重要的蛛丝马迹居然被我们忽视了！

事到如今，胡乱猜测不能解决问题，倒不如先让她足底回暖再说。于是，我试着用曾在书上粗略学过的手法对她的足底进行按摩。经过几番推按后，母亲脚底终于变得暖和起来。我将她的双足放回到被子中，又严严实实地裹好，心情沉重地抬头望了眼，心中暗叹：她仍然紧锁眉头，今晚该怎么熬过去呢？

这时，父亲低头在她额头亲了一口，关心道：“现在好点了吗？”

母亲紧闭着眼，咬着牙关，皱着眉向他苦诉道：“疼……疼得睡不着。”

“唉……”父亲话说到一半欲言又止，转而茫然地瞅着我，眼睑湿润。

母亲不再说话，而是将头靠在父亲腋下的被褥上，额头一侧的汗珠被电视机投来的光照得透亮。

可怜而又坚强的母亲，这两个月来，您宁可默默忍痛，也要隐瞒不说？是因为不希望让我们担心吗？您就这么放弃生存的希望？您可要知道自己放弃的不仅仅是求生的希望，同时也舍弃了我们对您康复的期盼！

合上眼，我心里默念起来：如果可以，我真的愿意拿自己的命来换她的生！可冷静一想，这世上哪里存在这么简单的交易？倘若真的实现了，那担心的人便成了母亲，还是没解决问题。

睁开眼，现实是如此残酷。此情此景，于心何忍？我无法继续毫无作为。对了，有一家华氏大药房离家不远，现在可以去买点止痛药帮她撑过今晚。

晚上11点，我顶着无情的风雨，踩着阴湿的积水，马不停蹄地赶往那家药房。虽然，店家已拉上了一扇锈迹斑斑的铁栏栅，但里面还亮着几盏日光灯，看来是有人在值班。

七绝·求药

更深铁冷锁医门，

泪影残灯雨益沉。

莫效桓公轻扁鹊，

愿凭吾命保一人。

我一边叩着冰冷的铁栏栅，脑中有个念头忽然飞过：母亲头上生了这么可怕的瘤，怎么可能只是今天才这么痛？那她是怎么熬过来的？明明经受着剧痛，她不但瞒了家人，还瞒了定期复诊的门诊医生。难道，她在经历了三番五次的刀伤药苦之后，已变得不再相信医生了吗？

3.忍泣的清晨

2016年5月20日，这一晚我彻底失眠了，与其说我一直醒着，不如说是我在苦等窗外的一丝晨光。

我躺在床上辗转反侧了好几个小时，心叹这无尽的黑夜是何等地漫长，而醒来后又会对现状的残酷深深失望。我多么希望睁开眼看到的只是梦，而睡着后才是现实！

第二天清晨，我带着头晕和胸闷走到了客厅，发现母亲正呆呆地坐在椅子上。她斜着上半身倚在靠背上，将左手肘部支撑在扶手上，两眼无神地望着我，整个人疲态尽显。

重病摧残和精神折磨面前，有时言语是苍白无力的。我试着安慰了母亲几句，欲为其增强些信心，但望着她头上两个瘤，我真的乐观不起来。我问自己，凭什么说这次一定可以绝处逢生？

我蹲在她膝下，望见她渗着汗液的手背，猜想她还在隐忍剧痛，心疼道：“妈，你怎么不多睡一会儿？现在还早着啊！”

母亲神色苦恼，眼圈微微发黑，面带油光暗尘，费力地说道：“妈妈一点也睡不着。”

我又问：“那你早饭吃过了吗？”

“没。妈身体不舒服，还没吃……”她摇了摇头，双目紧闭。

我心间一叹，无奈地道：“你现在稍微吃一点粥，然后还是去躺着吧！”

母亲一脸沮丧，哽咽道：“嗯，你赶紧吃早饭，上班要迟到了。”

沉默了一会儿后，我忽然听见父母卧室里传来了一记抽泣声。一小会儿后，又是一声，而这次声音更清晰，也彻底打乱了我努力维持的故作镇定。我知道此时父亲肯定是醒着的，我猜昨晚他也失眠了。

“时间不早了，你还是快去上班吧。”母亲拍了拍我说道，语气里不仅还有些悲伤，脸上竟已滑落下两行清泪。

此时此刻，客厅里外的父母二人都在流泪，我何尝不难过？但又不能这样做。

五绝·泣

瘦影昏灯坐，
身斜忍病呻。
哀忡催四泪，
莫再泣一人。

男儿有泪不轻弹，可即使要弹，也应该在独处的时候。

“不，我今天请假一天，陪你去医院一趟吧！”

“不用了，你还是去上班。放心，你爸会带我去医院的。”

“我……”

“别再说了！”母亲立即打断了我，皱着眉，看上去很不如意，“快去上班，不要迟到！还有，画图纸时别出错！”

母亲的话听起来是那么不容置疑，但我又不放心这么出门，就这么僵持着。她见我迟迟不走，越发烦恼。我不禁转念一想：即使今天我全程陪同，也只是挂个号面诊，晚上回来还是要一起商量对策的，况且今天有父亲和姑妈陪同，他们会照看好她的。请假一次不易，还是留着后面母亲住院时再提吧！

“那好吧，”我一手轻轻按在母亲肩上，做了让步，“妈，放心吧。晚上我和爸会好好评估这次的治疗方案，选最合适的方法治好你的病！”

“嗯。”母亲叹了口气，闭上双眼，靠回到椅子的靠背上，不再说什么。

无奈间，我提着公文包走到门前，背对着身后的她，紧紧地咬着牙关，不敢回头看她，生怕被她看见什么。

“妈，那我去上班了……”

我想：无论形势多么严峻，人都不可以放弃！每天都是个崭新的开始，虽然它可能是前一晚烦恼的延续，但只要人还活着，就一定会有解决办法！

4.往返超市的一公里

我家距离华联超市大约有一公里的距离，多年来，我陪同母亲来往于这条路上，即使双手提着重物，也不觉得远。而今，这条路竟变得无比漫长。

2016年5月22日周日，早上大约10点，母亲从前一天晚饭后就一直卧床不起，她说自己越躺越觉得头昏脑涨、浑身乏力，想出门购物活动下身子，我和父亲就同意了。看着母亲颤颤巍巍地从床沿上缓缓站起，我弯下身为她整理皱巴巴的裤脚管，忽然发现那几个月前圆鼓鼓的小腿竟已瘦了一圈！

“快帮妈妈找找拖鞋。”面黄肌瘦的母亲坐在床边上，双脚在木地板上来来回回地探着，始终没能寻到另一只鞋。

我连忙弯腰抓来不远处的那只鞋子，送到她脚下：“妈，找到了，来，您慢点站起来。”

我搀着她步步缓行，在路上遇到了一条带有黄色和棕色斑块毛皮的草狗。它见我们走来，也没躲开，只是直直地注视着我们。我忽然想起，母亲向来是怕狗追着她脚不放的。这些年来，每次遇到这种情况，我都将狗挡在外侧。

快到小狗跟前时，我提醒道：“妈，走这边，那里有只小狗。”

出乎我意料，她这次居然没对狗退避三舍，继续向前挪着步子。

或许，这狗是通人性的。只见它伸出前爪才刚触地，就缩了回去，继续站在原地目送着她蹒跚走过，而后悄然离去。

起初，我以为母亲因为视力模糊才没注意到这条狗，自然不会害怕。但待我们走远后，她对我说：“刚才那小家伙，妈妈认识。”

没错，这小狗我们曾经偶遇过，但我没想到母亲竟然还记得那件事。

那是2016年1月下旬的某个周末下午，天很冷，我和母亲正购物归来，不经意发现路旁有一只刚出生不久的小狗，正躲在积满雪的草丛里。小家伙看上去又冷又饿，蜷缩着身子瑟瑟发抖。母亲见它怪可怜的，就让我掰下一块面包喂它。

我暗暗敬佩母亲与生俱来的善良和同情心，抬头望天，我又转瞬陷入苦恼之中——为何这世上像母亲这样的好人总是多磨多难？这不公平！

不，我相信，这种不公平是可得到弥补的！假如，视觉模糊的母亲走路蹒跚也是一种不公平，那么就让我当她的拐杖和眼睛吧！

走出超市，我扶着母亲一步步下台阶，原本轻松的拾阶而下如今变成了举步维艰。母亲喘了口气，踉踉跄跄地站定后，说道：“哎对了，这次住院真不知啥时候出院。来，快扶妈妈回去，我要给你老爸买五条香烟备着。”

没想到，在母亲病患缠身之际，她心里还一直惦记着父亲的事。虽然她明知吸烟有害健康，也太多次劝他不许抽、别抽、少抽，但只因那是父亲的唯一嗜好，她最终还是妥协了。其实，父亲大可以自己买烟，但只要是举手之劳，母亲便乐意为他去做。不得不说，她的爱有一部分是溺爱，但出发点是善意的。

我不便把母亲晾在台阶上独自买烟，于是搀着她再拾级而上。谁知，她两脚发软，脚下踩空，差点摔了下去，幸好我及时扶住。

“别怕，我扶着你呢。摔不了！”我一手牢牢抓住她纤细的胳膊，另一手将她扶正，看着她额头垂下的几缕苍白发丝，已然披散在那张惊慌未定的脸上。

母亲喘着气叹道：“稍微走慢点哦，妈妈眼睛已经看不清了。”

“可我……看得很清楚……”刚一启口，我便觉得这话不妥，于是越说越轻，后面声音低得像是蚊子叫。

在回去的路上，我努力抑制着眼眶中酸涩的悲伤，还给母亲说了许多安慰的话，告诉她明天周一父亲会带她去看某山医院的医生。我还说，对方对颅脑有丰富的临床经验，一定会提供可行的治疗方案的。可惜，消沉的她只是不断地“嗯”了几句。我百感交集，忽然觉得说不下去了，只得用行动表达着心中所思。

五绝·一公里

强忍千酸泪，

搀陪软步行。

挽儿如手杖，

吾作汝明睛。

明明不远，你却走不稳，那就把我当作你的拐杖吧。

明明很近，你却看不清，那就把我当作你的眼睛吧。

5.一天三家医院，我们在失望与希望间奔波

虽然我知道，母亲这次实属病入膏肓，但我仍然抱着一丝侥幸心理，期望能治好她头上的肿瘤。可是，就连这最后一点点幻想也被现实击得支离破碎。

2016年5月23日周一早上9点，父亲正陪母亲在某山医院挂号，我人虽在公司上班，却无时无刻不心系面诊的结果。不一会儿，我就收到了父亲发来的两张照片——那是上周五下午，经堂姐夫小朱托熟人相助，母亲在长宁区某二甲医院加急做的核磁共振结果。

检查名称：颅脑 MR 增强

检查方法和技术：

头颅20通道线圈，扫描序列 DWI ep2d_diff，90/FL；T2WI t2_tse_tra，90/FL；T1WI t1_flash_tra，70/FL；T2FLAIR t2_tse_flair_tra，150/FL；范围：颅底-颅顶，层厚5mm，间隔1mm，轴位。矢状位 左-右，层厚5mm，间隔1mm，增强扫描 t1_fl2d_fs+c，从肘静脉手推注射造影剂后行轴位、矢状位扫描，必要时加扫冠状位。造影剂：门诊使用造影剂-钆喷酸葡胺针15ml/7.04g。

放射学表现：

平扫，可见枕部皮下巨大软组织肿块，大小约50mm*60mm*90mm，局部破坏枕骨，突入颅内。颅内结节直径约40mm，枕叶及小脑半球明显受压，与肿块境界不清。整个肿块形态欠规则，信号欠均匀，T1WI 呈混杂稍低信号，T2WI 呈混杂等信号，肿块内见少量囊变信号灶。增强扫描，肿块明显不均匀强化。枕部静脉窦显示不清，顶部见一直径约25mm 结节，局部颅骨骨质破坏，局部脑膜明显增厚，强化明显。其余脑实质内未见异常信号，灰白质结构清晰，中线结构居中，脑室及脑池形态规则。

放射学诊断：

顶部皮下结节，破坏颅骨，侵犯脑膜，枕部头皮下巨大软组织肿块，破坏枕骨突入颅内，结合病史，考虑恶性肿瘤，请结合临床。

破坏颅骨？！侵犯脑膜？！完了！！

反复读着这段病情恶劣的字眼，我感到又胸闷又绝望，脑中一阵阵晕眩。待我缓过神来，只见父亲又在微信上大呼：“看来很不好，我急！急！”

爸，你急，我也急啊！

我简短地安慰了他几句，决定立即请假赶往医院和父母会合。所幸的是，T 公司的副经理 Z 女士表示理解，特许我即刻下班，处理家事。

早9点40分左右，我独自站在熙熙攘攘的医院门口，在人山人海中踮起脚，时刻留意着路口驶来的车辆。就在我久等不见父亲之际，忽然接到了他的电话。信号刚接通，我顿时就听见他哭喊：“怎么办啊？刚才医生看了片子后说一塌糊涂啊！我好好求他，他都懒得再看一眼，就把我们请出门诊室了！”

“什么！”我心一惊，浑身像是被浇了一盆冷水。

原来，刚才父亲在同事朱先生的安排下，先到医院的某颅脑外科医生门诊询问治疗方案。由于排队的人非常多，没挂号的父亲又是中间插队去问，那医生难免有些不耐烦，以致说辞一针见血，态度几近放弃治疗。

“电话里说不清，你赶紧来门诊大厅！”父亲继续在电话里哭喊。

待我赶到门诊大楼的挂号大厅时，远远便望见人群中母亲的背影。她穿着那件亲手织的红色毛衣，坐在不远处的椅子上，而父亲和朱先生则站在一旁，见我走近，两人面色凝重地向我点了点头。我本想细问情况，但由于母亲在旁，又生怕有些话不便让她知道。此刻，父亲眼中充满了焦虑和绝望，而朱先生则面有难色，还有意避开我的目光，他们两人极快地对换了一次眼色，还是一副欲言又止的模样。我猜想，这时他们还未将刚才那医生的说辞告知母亲。

沉默的气氛中，我不禁低下头去，只见母亲无助地坐在椅子上，时不时抬头用湿润的双眼来回瞅着我们的脸色，见大家都面面相觑，很快便沮丧地低下头去，呆呆地望着前方的电子屏幕。沉默了好一会儿，她终于忍不住问父亲："小徐，刚才医生到底怎么说的？"

父亲闻后色变，支支吾吾道："哦……刚才人太多，医生很忙，看了胶片后说，问题不大，但现在还不能下定论。"

"哦。"母亲眼中的泪花在打转，悻悻一低头，便不再说话了。

我看得出父亲一脸难以掩饰的焦急，可他刚才分明对母亲说了"问题不大"，难道母亲会看不出这种异常的反差？不行，事到如今，决不能坐在这里干等，我们必须争分夺秒，多听几位医生的看法，以便全面掌握病情。

于是，我对沉默的三人说："在这儿等着不是办法，我们试试中医吧，不管什么办法，哪怕只有一点效果都值得尝试！"

正巧，朱先生听说在黄浦区有一家Q门诊的中医素有口碑，可接诊肿瘤患者。于是，我和他立即前去咨询，而父亲先带疲惫的母亲回家休息。

Q诊所分为两层，一楼是挂号和取药处，二楼是门诊室。由于第一次来，我得从当日坐班的医生中选一位就诊。来回浏览了墙上的介绍后，我最终选择了J医生。之所以选她，一是由于当日的医生中她从业最久，经验丰富；二是因为她也是女性，年龄又与母亲相仿，或许更能准确掌握母亲的身体状况。

看完我呈上的CT胶片和各种病历后，J医生微微皱了下眉头，又很快恢复成平静的神态，镇定地问道："病人现在在哪里？"

我焦急道："在家里休息，医生，求你快想想办法，救救我妈吧！"

"小伙子，可你妈病得不轻啊！"她一声轻叹，眉宇间再次流露出不乐观的神色，"如果见不到病人的话，我也没办法开药。要不你下午带她早点来这里，我看了再说吧！"说罢，她目光便投向了我身后的下一位患者家属。

走出门诊室，我一度绝望的心像是找到了一棵救命稻草似的，就立即打电话回家。接电话的是大伯和伯母，他们告诉我，父亲带母亲回家后，情绪十分沮丧，愁眉苦脸，一直抱怨回天乏术，竟准备放弃治疗！所幸，在众人苦口婆心的劝慰之下，他终于重拾信心，答应带母亲来就诊。

下午，J 医生在面诊母亲后，还是无奈地摇了摇头，说是先按她开的药吃一个星期看效果。我明白，她的潜台词可能是：这病她没把握医治，请我们抓紧这接下来的一星期，另请高明。

我意识到，中医需要较长的时间发挥作用，而母亲的病情却在加速发展，可谓远水救不了近火。因此，我事先在中午用好大夫 App 预约了本市某三甲医院神经外科 R 医生的普通门诊，准备一会儿从中医门诊直接前往就诊。

在门诊室外一个多小时的等候中，母亲头痛得如坐针毡，我和父亲看在眼里，急在心里，只得轻轻抹去她额头上渗出的汗珠，扶着脸色苍白的她趴在椅子靠背上休息。我时不时留意着那块滚动叫号的显示屏，又低头凝视着母亲夹杂了不少银丝的乱发，却不能为她做些什么。

好不容易快轮到我们时，父亲见母亲未醒，迅速给我使了个眼色。我会意了，一个人悄悄带上胶片，挤过走廊上的人潮，站在门诊室外等候。

不一会儿，我终于见到了这位 R 医生，他看起来40岁上下，精剪的短发显得分外精神抖擞，挺拔的鼻梁上架着一副圆框眼镜，白大褂下着一件整洁得体的纯色衬衫，颇有一股高级知识分子的严谨气质。

我简述了自己的来意，又毕恭毕敬地递上几张 CT 胶片。他接过后，十分熟练地将它们固定在一旁的白光屏上，随即快速读片。其间，我简明扼要地描述了母亲的发病史和近期症状，而他一边听，一边目不转精地在胶片上寻找着什么。不一会儿，他便把注意力集中到了下方那几张颅脑纵向剖视图上，眉头一皱，双眼露出了显而易见的无奈。

“病人本人没来吗？”发问时，他的双眼继续注视着胶片，像是在分秒必争地了解病情。

“来了，就在门外。我担心我妈得知实情会更加沮丧，所以我先进来。”我解释道。

他终于转过头来，叹道：“嗯，现在情况比我想象的要严重得多。很遗憾！这已经很晚期了，肿瘤转移到了头上，都长这么大了，而且破坏枕骨，一部分已经侵犯到脑子了。现在，假如要用手术的话，恐怕……”话说到一半，他忽然一手握拳，放在嘴唇边，不再说下去了。

我心猛地一沉，双手紧扣起来，把身子向前探了一些，向其恳求道：“R 医生，我了解情况的严重性，但还是希望您想想办法。哪怕没手术机会，那是否可以提供一些治疗方案或治疗思路？我们不懂这个，谢谢您指条明路！”

“唔，老实说，”他顿了顿，似乎在考虑如何将观点谨慎地表达出来，“这样晚期的病例，我只能劝你先做好思想准备。现在如果手术的话，不仅没法确保切干净，而且这种情况下开颅，风险非常大，多半下不了手术台。化疗嘛，很遗憾，一般肉瘤对化疗药都不敏感，疗效不理想，你们之前服用替吉奥的做法有些……唉！不过放疗倒可以尝试，但具体能不能做，最好问问肿瘤医院吧。”

他的话里分明有些重症难医的意味，既未把话说绝，又推荐我们另投其他医院。我虽然顿觉灰心，但还是在心中一遍又一遍地给自己打气：即使只有一丝希望，我们也一定要挽救她的生命!

这时，我背后的门忽然被推了开来，门缝里挤进来了一张焦急的陌生男人面孔，伴随而来的是门外走廊上的嘈杂声。

R 医生一抬手，远远地劝道：“哎，你先等等。把门关上，还没轮到你。”

我意识到门诊时间很有限，但又不甘心就此徒劳而返，于是紧接着说道：“R 医生，您的意见我了解了。我妈现在精神比较萎靡，我准备现在带她进来给您看一下，麻烦一会儿您对她说几句鼓励的话，加上一些治疗思路，我想她会听得进去的。假如这样可以帮她建立一点活下去的信心也是好的！好吗？”

他先犹豫了下，随后点了点头，这才意味深长地说道：“好，我明白了！”

在面诊母亲病情的过程中，R 医生显得十分温和，耐心而详尽地对她解释道：“你好，刚才你儿子已经介绍了你的病情，我也看了你的 CT 胶片，情况确实有些棘手，但依我看，现在的情况还不能算最糟糕。”

母亲红着眼眶，目不转睛地注视着眼前这位医生，显然在期待他接下去的话。

“我看下来，现在手术的可行性比较小，风险也大，基本上不建议开刀。”说到这里，R 医生抬眼看了看我，而我在母亲身后对他点头表示赞同。

这句话让父母二人瞬间如释重负。毕竟，母亲已对手术产生了恐惧心理，而父亲这次也更倾向于不开刀。

沉思片刻后，R 医生抓起一支笔，在纸上简略地画了一幅草图，同时补充道：“不过，假如今后存在手术的机会，建议你们先对这个区域做个增强 CT，这里有个静脉窦，你们需要查明它是否完全堵塞，这将决定手术能不能做。”

这时，父亲忍不住发问道：“R 医生，手术我们还是不考虑了，那现在还有没有其他疗法？”

“嗯，既然不开刀，那我建议试试放疗吧。这个你可以去肿瘤医院放射科咨询，他们更专业，这类病例也见得多。”

听他如此论调，我心想：既然他是神经外科的专家，连他都建议尝试放疗，那就意味着本次门诊将近尾声，我们应该往其他方向继续探索了。

沉默了片刻后，R 医生似乎又想到了什么，对不知所措的母亲劝慰道：“你放宽心，病情虽然不轻，但不代表一点机会也没有。我们现在只能先设法控制住恶化的局势，让它别再发展下去了，这才是当务之急。”

他停顿了一下，抬头向我和父亲交换了一个眼色，见我们点头赞同其观点，又接着说道："在控制病情的过程中，恶化趋势不太可能一下子好转，很可能是慢慢地下降到某个点，然后再回升的。换句话说，以后可能还会比现在更糟一些，但你们得有心理准备！哦，对了，现在肿瘤长到脑子里去了，会导致颅内压力升高，严重时会出现昏厥，到时候你们可以用甘露醇来缓和症状。这个药很常见，各级医院都有的。"

"好的，好的，今天真的太谢谢您了！"我们一家三口连声谢道。

出了诊室大楼，已是黄昏，我和父亲搀着母亲一步一步向地下停车场走去。人生地不熟的我们未能及时找到通往地下车库的电梯，只能就近走一侧的楼梯。即使在我和父亲两人小心翼翼的搀扶下，不多的几个台阶也令她走得颤颤巍巍，大汗淋漓。我们每走一段，就让母亲缓口气，几次下来，终于将她送上了车。

在回家的路上，父亲把车开得很稳，疲惫的母亲悄然在后座上睡着了。我注视着她那张面黄肌瘦的脸庞，心中又开始自责了：我们整整一天拖着她到处看病，这样的舟车劳顿确实太难为她了，而惭愧的是，我们还是没能取得实质性进展。想着想着，我又回到了对自己的拷问。

为什么会转移到头上？

为什么这几个月没能发现她病情的变化？

为什么非要到现在才急着临时抱佛脚？

不！现在不是想这些的时候！我们必须迅速找到一条适合她病情的治疗方案。我仍然坚信：转机一定会出现，奇迹一定会发生！

6.愚子日记1

2016年5月21日 周六

或许中医是母亲现今最好的选择，她的身体经受放疗还未恢复过来，如今继续手术岂不是铤而走险？父亲托了关系，请某山医院的医生看看是否可以开刀。我想劝家人给她看中医调理，可父亲等人很不认同中药。早在第一次开刀后我便主张中医，可现在已在E院开了三刀，积弊太多。无论如何，我要争取一下！

2016年5月25日 周三

我将母亲的患病经过整理成以下文字，通过好大夫App广发求医贴。

2015年5月，患者背部皮下有一个拳头大小的低度恶性梭形细胞肉瘤，做了手术切除。2015年11月和2016年2月患者背部脊柱线附近皮下复发肿瘤，均手术切除。2016年3月开始做背部预防性放疗22次。如今，头顶和脑后皮下又复发2个恶性肿瘤。头顶瘤约有半个乒乓球大，脑后的瘤接近拳头大小，已部分侵入颅内。患者思维正常，视力模糊，瘤内有压迫疼痛。

2016年5月26日 周四

昨天，父亲带着母亲去找肿瘤医院放疗科的医生，对方否认了他院放疗的可行性，并推荐我们去浦东新建造的重离子医院试试。据说，重离子是国外引进的最新治癌技术，但收费约30万。父亲据此找我商量，我立即表示：假如能有一丝挽救母亲的可能，即使再昂贵，再东拼西凑，我还是把救母亲放在首位。我对父亲说，不必顾虑我今后结婚买房的问题，花再多的钱我都可以挣回来，但没了母亲却会抱憾终身。

随后，父亲通过各种渠道得知，这个重离子治疗是最近才引进国内的，目前刚开始试点没多久，治疗效果没有实例参照。此外，院方对收治病人有若干项较为苛刻的筛选条件，其中一条是：已经手术的或晚期癌症患者拒不收治。于是，这条路没能走通。

傍晚，我接到了一个来自陕西的陌生电话，那个熟悉而又陌生的声音竟在我耳边再次响起。

雪！

两个多星期前，她曾在母亲节发来慰问家母的消息，如今她仍不忘关心近况。我不打算再隐瞒，便如实相告，但又马上发现自己言语中流露出了不知所措的苦闷。我告诫自己，自己对已经远走高飞的她倾诉烦恼已不合适，于是又说自己有能力应对。雪安慰我说，现在唯有祈求上帝怜悯母亲，把一切全权交给上帝就可以了，还说她当晚会为家母祷告一次。

她对生老病死的淡然态度使我有些不理解。我和她不一样的是，我有一份深深的执念在心，我不甘心就此把希望寄托给一个素未谋面的神，无论如何我想要通过自己的努力挽救母亲。

晚上10点，雪在远方准时为母亲祷告了半小时，还鼓励我说，母亲一定会好起来的。她表示，自己会动员身边的教友们，在远方为家母祷告祈福。

往事归往事，我很感谢她的关心。至少，她善意的慰问给了我鼓励和温暖。

深夜，我继续活跃在好大夫 App 上，到处发帖求助，和多位医生讨论病情。所幸，其中一位大夫提到了射波刀的方案，我立即顺藤摸瓜查阅了相关资料。从网上资料来看，射波刀是一种用大剂量射线高精度照射肿瘤的治疗方案，相比其他放疗手段，无伤口、无痛苦、无流血、无麻醉和恢复期短是其显著优势。

我想，射波刀才是我下一步需要去确认的治疗方案。

2016年5月27日 周五

今天父亲联系了 E 院的 H 医生，告知了母亲的近况并询问治疗方案，对方建议再去 W 院接受放疗。

目前来看，我们可选的治疗方案已逐个浮出水面，剩下的便是对比和抉择。

2016年5月28日 周六

这几天，我深刻体会到了在希望和绝望之间被拉扯的撕裂感。白天，我还得投入紧张的工作中，心中苦恼极了，可我不想放弃任何机会。我要救她，一定！

出乎预料的是，雪竟委托了她在上海期间结识的几位教友，今早冒着大雨来我家慰问母亲。

来客有三人，一位是海阿姨，另一位是叫牧的女青年，还有一位叫婧。值得一提的是，婧是一位身患红斑狼疮的中年护士，曾经险些因此丧命，后来信奉了基督。她目光坚定地表示，自己一直会积极和病魔做斗争，其乐观而坚定的人生态度给了母亲不少的精神安慰和鼓励。

趁着婧的鼓舞，另外两位提议当场为母亲祷告一次，祈求耶稣庇佑她免除病痛。接着，我们扶母亲回卧室躺下，请她们开始仪式。

基督徒们的祷告是这么虔诚和热忱，每一句话都发自内心地向那位神明坦言着她们的心声，可谓声声入耳，句句触心。不知不觉中，我仿佛感觉雪此刻就在我身边陪着，可回神一想，她明明已远在北方过着如意的同居生活。分手的回忆是一种戳心的遗憾，残酷的现状是一种沉痛的绝望，而她托人送来的祷告倒使我获得了一丝温暖，于是苦恼、悲痛和欣慰混杂在一起，我不由得泪如雨下。

父亲也在潸然掩面。这些日子，一家人都活在阴影中，身心俱疲。好吧，这些天压抑在心的悲苦真的太多了，此刻在如此虔诚的热心人面前，倒也无须再忍。

婧在临走前，来我房间和我短谈了一次，她目不转睛地对我语重心长道："我以前在医院里做过护士，我不得不告诉你，你妈妈的病情恐怕……所以，你要做好心理准备。"

我心情格外沉重，既不愿接受这个事实，也不知怎么回话。

"刚才祷告时，我注意到你心事很重，我能感到你除了妈妈的事以外，好像还有其他心结没打开。现在就你我两个人，你有什么想对我说的吗？说出来，或许会好受些。"她一手放在我肩膀上，泛着怜悯的泪光注视着我，眼中满是同情。

我望着她关切而带有怜悯的目光，苦苦一笑，谢谢她的关心，但我始终没有提起那个想忘却没忘记的人。

婧，其实你明明认识她。

2016年5月29日 周日

昨天下午，我和H医生约好了，下午4点在他办公室讨论治疗方案。

我提前5分钟赶到，他让我在办公室门外等了好一会儿。等到终于见到他时，他却急着赶去做手术。我们一路边走边聊，他面色冰冷，对我的提问竟显得有些不耐烦。我一路紧随，恳请他能够就目前情况给出建设性的意见，但他随口敷衍了几句，便躲到手术室的电动门后，将那扇隔离门关上了。

你就这么急着做手术吗？想当年，你是不是也像今天这样急着做我母亲的手术呢？而现在呢？

罢了！现在不是追究谁对谁错的时候。

回到家里，我询问并记录下了母亲当日的感受。

今天她腿有点抽搐感，她说比上周好一点了。她醒后出汗，常说头热，整天耳鸣，脚底冷，瘤内还有压迫感。我觉得越来越焦急，怎么看都觉得头顶瘤好像比上周大了一圈，发展得这么快？她还觉得头颈两侧有酸痛感，眼睛依旧模糊，有时眼眶也疼，且有些发黑。从本周二服中药和冬虫夏草至今，改善不明显。胃口不好，只吃一小碗饭，睡眠也较差。

2016年5月30日 周一

今早，父亲带母亲前往W医院放疗科找P主任咨询放疗方案可行性，讨论是否可以先放疗缩小头上的肿瘤。所幸的是，他愿意收治母亲，不过疗效预计不会很理想，劝我们再拜访其他医院的名医，看看是否还有别的办法。他还说，假如其他医院走不通，随时可以找他入院。

到了晚上，母亲走路更困难了。我触了下她额头和颈部，那温度的确可以使人大汗淋漓。不过，她四肢都是正常体温。我想，这很可能就是所谓的癌性发热。

正值初夏之夜，母亲汗衫的领口附近满是汗的印迹，在床上翻来覆去无法安心入眠。我和父亲轮流为她扇扇子和喂水，希望她凉快一些。

怎么办？时间不等人，我们必须尽快拿定治疗方案了！

2016年5月31日 周二

一早我赶往某山医院，挂了神经外科U大夫的门诊。

这位大夫我先前在好大夫App上联系过，很有名气。巧的是，昨晚海阿姨也将他推荐给我，并托熟人和对方打过了招呼。这或许是一种天意，我决定拜访他一次，兴许能有不一样的思路。

来到医院，U医生的号早已被抢空，所幸的是，他很快提供了我一个加号。我在人山人海的走廊上等了三小时，顺便继续在网上咨询其他医生。

就诊时，他很耐心地为我讲解了病情，也否认了手术的可能性。他表示，他虽精通颅脑手术，但母亲头部瘤既大又侵犯脑组织，很难保证手术安全，建议先用放疗缩小肿瘤，然后再来找他讨论手术的可行性。此外，他表示此次病势如此凶猛，已不像是低度恶性，并说这可能是滑膜肉瘤。

难道，在多次复发后，母亲起初的低度恶性肿瘤会变为高度恶性？但这大半年来，细胞分化程度的降低是什么引起的？是免疫机能的下降，还是化疗和放疗刺激下的基因突变？如果答案是肯定的，那我还有必要送他去P主任那儿放疗吗？可若不去，就只能回家等死！

这又不行，那又不行！难道，一切都太迟了吗？

不，无论怎样，我都不能放弃！

上午11点半，我赶往W医院找到P主任，想进一步了解放疗可行性。他也没吃午饭，把我请到办公室里，与我长谈了半个多小时。他认为，关于放疗，可选的有三个方案。按治疗效果排序的话，首选重离子，其次是射波刀，再者才是他这里的放疗设备。我告知他，我们已联系过重离子医院，可惜母亲的情况不符合收治条件。

P主任一边翻看着CT胶片，一边耐心地解释着病情，再三向我说清利弊。他语重心长地提醒我，现在我仍有选择的余地，因为放疗后的皮肤在手术后一般不易愈合。换句话说，假如放疗了，就会失去手术的机会。但若真的在他这里放疗，治好的希望也是很小的。虽然前景很不乐观，但对比H医生模棱两可的措辞，P主任知无不言、言无不尽的踏实态度的确使我有一种相识太晚的遗憾。

离开W院时已是中午12点多，我回想起那家三甲医院的R医生曾在网上建议我去某山医院附属的某马医院，找S医生讨论射波刀的可行性。我觉得很有必要一试，毕竟刚才P主任也提到过，射波刀可是他认为疗效排第二的方案。

下午约3点，我终于在办公室门口等到了S医生。他看过胶片后，断定瘤的大小已超出了射波刀的覆盖范围，并婉言拒绝了我的请求。但我不甘心就此离开，于是又提出了外行人的看法，我说是否可以先用射波刀照射颅内那部分病变组织，待它缩小后，连同颅外的那部分肿瘤一起治疗。他还是没答应，面有难色地说这是疑难杂症，将桌上的CT胶片退还到我面前。在我再三恳求下，他最终建议我明天再来找院长咨询，若院长说能做就让母亲入院治疗。

至此，我才清醒过来，连身为该院射波刀权威人士的S医生都否定这个方案了，若明天我再去问院长的话，局面会改变吗？

傍晚回家后，我把一天的走访结果告知父母。经讨论，他们都觉得不必再去找院长了，这多半是推脱和婉拒之词。再考虑到这几次接触的P主任，感觉他为人认真负责，说话推心置腹，对家属反复晓以利弊，应该是位可以信赖的医生。换一个角度说，如今遇到的所有医生都不愿接手，也只有他肯出手相救。

就这样，我们最终选择去W院做放疗。我知道，在如此分秒必争的节骨眼上，这恐怕不是最好的选择，但却是我们唯一的选择。

7.病房中的儿童节

其实，人到中年也可以过儿童节，因为每个人都是另一些人的孩子。随着时光的流逝和机体的衰老，有时候父母反倒成了需要照顾的“孩子”，而中年人在懂得换位思考之后，也越发能理解自己父母当年的养育之辛。

2016年6月1日周三一早，母亲顺利住入了 W 院。P 主任在获得了入院体检结果后，就立即请父亲到他办公室讨论病情。

核磁共振显示：相比十天前，母亲头上的两个肿瘤又增大了一圈，后脑勺的瘤已经把后脑骨撑开，影像上竟出现了一道裂缝！

由于母亲得的是肉瘤，P 主任说通常放疗对这类肿瘤效果并不好，况且肿瘤到了晚期常呈几何级数疯长，若用加大放射剂量的方法去缩小肿瘤，很可能导致脑水肿或死亡。若用较小的放射剂量，则是杯水车薪，治疗效果较差。因此，P 主任十分无奈，最终决定在病变区域上尽全力精准放疗，在母亲可以耐受的放射剂量内，调强放射野内的射线强度。可即使这样做，据他保守估计也只有5% 的可能治好。理智告诉我，或许他所说的5% 仅仅是为了安慰几近绝望的家属，但救母的心情让我恨不得想把这个可怜的数字放大无数倍。

这天下班后，我立即赶到了医院，路过高耸的住院部大楼，直冲放疗中心那块招牌，再沿着小路右转，就可望见前方有一幢四层高的旧建筑。在它一旁临时搭建着一所简陋破败的护士站，该站的墙上还醒目地刷着“伽马病区”几个红色大字。根据父亲的来电，母亲的病房就是那座建筑物底楼靠近电梯的那间。

病房外的门上平铺着一张旧报纸，上面用黑色粗体字印着“× × 神药、癌症克星”等夸张标题。我对此很是不以为然，心说一个人越是身处困境，就越不能急火攻心，走了歪路。且先看看母亲今晚的状况和 P 主任的方案再说。

房内一共三张床，母亲卧在中间，而父亲正在为她扇风，神色颇为愁闷。旁观左右，其余两床竟都是50多岁的中年男人。我心底不由嘀咕起来：“这么小的病房里，居然还男女混住，院方为何这样安排？”可转念一想，这种不合理的安排或许正反映着一个事实：现在肿瘤病人数量庞大，相当一部分医院病房供不应求，有时不得不男女混住。

两边的病友大叔虽有各自妻子陪同，但见我到来，竟很默契地以我探母为引子，间接宽慰父母，只要一家人心齐和睦，就没有过不去的坎。他们说这话，我估计是暗自感叹各自子女为了工作和小家庭而分身乏术，就听着母亲和他们有一句没一句地交流患病感受。

左边那位大叔戴着一副眼镜，面黄肌瘦，颧骨高凸，据说是肝胆肿瘤术后来此放疗。他的胃口很不好，只勉强喝了一点点粥水，便推开了妻子执意递上来的汤勺，而后者只能坐在床沿边怅然暗叹。

右边这位大叔脑门光秃，脸庞倒不见消瘦，但上下床行走很费力，需要妻子搀扶，据说是前列腺方面的肿瘤。对此，他苦笑着对妻子调侃称，虽然已经没了夫妻之实，但妻子对他这阵子的照顾很周到，使他心怀歉意。

青年时的伉俪情深，老来的相濡以沫，终究还是会被这可恶的癌症所击碎吗？这个沉重的问题不仅使我陷入了沉思，也让父母二人不再接话。

扇风的继续扇风，忧愁的继续忧愁，观望的继续观望，房内一片诡异的死寂。

良久，母亲建议父亲早点回家吃饭，且留我多陪她几个小时就好。

临近夏至的夜晚，母亲头疼欲裂，备受煎熬，几次掉转180度变更朝向，以致大汗淋漓，根本无法镇静。她苦恼地一手抱头，把脸贴在床单上，痛苦地呻吟道："热死了！疼死了！"

我抬头见墙上空调液晶屏正显示着26℃，刚欲调低温度，不巧，两位阿姨因为老先生们畏寒，制止了我。于是，我只得换了把更大的蒲扇，并加快了摇扇频率。

"妈，既然这么疼，还是先吃一粒止痛片吧！"我放下扇子，伸手取来那盒氨酚羟考酮片，一边打开一边劝道。

她回答得很是勉强："止疼片有药效时间的，吃得太早，妈妈下半夜就睡不好了。现在几点了？"

"8点，现在吃吗？"

她皱着眉，摇摇头说："不，等9点吧，到时候妈妈吃完药就睡。"

不一会儿，我见两侧的老先生们都已准备就寝，便起身去关日光灯。我打算多陪母亲一会儿，至少也要陪到她吃完药。

在小台灯的昏暗光线下，母亲头痛得辗转反侧，不断翻身，最后又调整了180度卧下，竟抱起枕头大声痛哭："疼啊……太折磨人了！你们为什么还要救我啊？呜呜……"

她额头上渗出的是豆大的汗珠，眼眶里锁不住的是滑落在枕的泪珠。两者在枕头上湿了又干，干了又湿，终于分不清楚那摊痕迹到底是痛楚还是伤心，又或者两者都有。

因为您是我母亲，我非救你不可！我心里就算有一百个、一千个难过，也不能当着您的面流泪。我想救您，怎么能袖手旁观？即使放疗的成功率再低，我也不愿放弃这个机会。平时生活中您一向坚强，这次怎么可以向病魔低头呢？

可是，为什么上天要母亲忍受如此巨大的痛苦？没错，在天堂是不会感到痛苦的，可挣扎在沸腾的人间呢？

七绝·莫恸哭

漏窗硬枕倦枯眸，
罹患催心忍泣喉。
莫道天堂无病苦，
人间热泪暖床头。

不行，这样下去太遭罪了，止痛药本就是拿来止痛的，岂有因为担心药效时间不长而忍痛等待的道理?

在我劝说下，母亲这才服下了一粒止痛片。随着那药在半小时内逐渐生效，她渐渐安静了下来，额头的汗珠也逐渐风干，刚才的焦躁终于得到了平息。

我关上最后那盏灯，坐在黑暗的病房内静等母亲熟睡。也不知过了多久，房间里突然冒出了一个中年男人粗浑的呼声。

“妈妈啊！”

我吃了一惊，借着空调上微弱的LED光寻去，隐约看见右边那张床上的老先生动了动蜷缩的双腿，很快又打起了鼾声——那只是梦话罢了。

我不禁暗自感叹起来：原来，任凭一个男人再年老，生母在他心中的地位是不可撼动的，记忆是不可磨灭的。只要身处困境，母亲总是一个男人常常念起的精神港湾。

“嗯？你还在啊？”没想到刚才那一呼居然惊醒了母亲，她看了看手机上的时间后，又看看我，“都10点多了，太晚了，你快点回家吧，明天还要上班呢！”

我了解母亲的个性，我若继续强留，她反而会担心。

“妈，那我走了，明天我早点来看你。”说着，我瞅了眼愁眉不展的她，迅速收好行李后走到门口，转身朝她挥了挥手，轻轻带上了房门。

然而，我并没有立即离开，只是独自站在病区外的空地上，惆怅地望着漆黑的夜空，心中有种难以言说的苦涩浮了上来。

今天是六一儿童节啊。我还记得小时候每逢儿童节时，母亲都会带我出去游玩，还不忘买一些画册和零食给我，那时的我拿着一本母亲买给我的新书都会喜出望外，高兴好一阵子。

原来，幼年时人总是这么容易就得到快乐和满足，而等长大了，就会越来越难以体会到那种童趣了。这到底是为什么？到底是因为我接触到的事情越来越复杂，还是因为我对快乐的定义改变了？

不，不是这样的。孩童时，我有母亲无微不至的关怀，生活无忧无虑，但这不代表生活没有苦涩的滋味，只不过是母亲为我承担了。如今我长大了，但她却病倒了，我才彻底尝到了生活中不加掩饰的苦味。我想起了有句话似乎是这样说的：生活哪里轻松过，你的轻松只是因为有人在为你负重前行。

妈，是我懂事得太晚了!

我仰天长叹，远远望着那堆阴云在住院大楼的上方缓慢飘行，一点点抹去了最后的月光，像是为之蒙上了一层暗色的厚布。

难道，就这样眼睁睁地看着这最后的光明被黑暗一点点蚕食殆尽?

不，我心中还燃有执念！我相信母亲一定能战胜肿瘤，康复过来！如今在这么重要的转折点上，我又岂能懈怠？纵使希望渺茫，我也要为她尽全力争取机会！因为我长大了，不再是孩子了，我必须照顾好母亲。

8.愚子日记2

2016年6月3日 周五

今晚风雨交加，我下班后就立即赶往医院，换父亲回家休息。

从昨天算起，今天是母亲放疗第二天，下午4点多她才从治疗室回来。

她看起来精神不太好，一直在喊头疼腰背疼。回想起来，今年三四月时，母亲去W院做背部预防性放疗后，回家也出现过腰酸背痛的现象，当时她说，那是放疗副作用。因此，我感觉今天她喊腰背疼，应该是体内的放射损伤还未恢复，再加上卧床不动的缘故吧。

初夏的气温渐升，空气中微微传来她头发上的油脂味。我忽然想起，自从我们知晓她头上的瘤后，她就再也没洗过头。其实她也不敢洗头，生怕碰疼碰破。想到此处，我恨恨地注视着那两个可恶至极的肿瘤，怒火中烧，恨不得用眼神把它们统统杀死，还母亲健康！

她紧皱眉头，依旧在床上疼得翻来覆去睡不着，痛苦地呻吟着，直呼额头太热，头上的瘤剧痛。我看在眼里，急在心里，不停为她扇风降温，劝她闭目养神。

昏暗的灯光下，她的眼泪犹如断了线的珠子似的一串串地滑落下来。我格外心疼，不住地在心里对自己呐喊：不许哭！我握起她发凉的手，那手上的皮肤早已被多年的家务活摧残得又粗又糙，又见她满头大汗，就小声告诉她，我在旁边。母亲似乎也没有力气回答我，但这也无妨，我其实也不忍心要她费力气说话，这时只要听我说话就够了。

和前两晚一样，她辗转反侧，难以入眠，两眼显得疲惫而无神。这才刚刚坐起身来不久，不一会儿她又得重新躺下，不停地更换朝向，丝毫找不到能平静的卧姿。好不容易安静了一会儿，她又因为饮水较多而不得不去上洗手间。

洗手间出来后，我建议她出去呼吸下新鲜空气。病房外，她吃力地倚靠在门框上，侧望着门外的雨，费力地松了几下肩膀，又试着扭了扭腰，才一会儿，便要我搀她回去休息了。

晚上8点，我提前给她服用洛芬待因片缓解疼痛后，关上最后一盏灯，默默地坐在她床边，心里考虑着下一步可选的方案。不过，焦虑的心情和糟糕的住院环境并没使我能静静地思考。

母亲病床上方有一扇老式开窗，窗外临时搭建着一顶破旧雨棚。随着外面雨势渐大，雨棚上发出的撞击声也越发响亮，加上门外的电梯前时常传来家属的说话声，我深感这间病房的环境很不利于病人安心休息。

我伸出手指放在母亲手腕上，像前几天一样留意着她的心跳频率，并与我的做对比。她的心跳比我急促很多，估计每分钟一百次，且每一跳也不如我缓和，显得很重。我回忆起曾经看过的医书提到过“数脉”这个概念，猜想：她此时体内邪热亢盛，说明这几天放疗并没使病情稳定，恐怕还在发展。我又伸手触了触她头颈两侧，那里黏稠的汗液有些发凉，可额头却是烫的。我只得继续为她扇风降温，不到半小时工夫，止疼片起效了，她终于睡着了。

今晚坐出租车回家，行至高架上，我透过车窗外的风雨，又望见了E院的住院大楼。那座大楼虽然在夜幕下一片漆黑，可楼顶那几个红字招牌依旧通明。

啧啧，一阵想要嗤之以鼻的逆反心绪忽涌而起，随即又被一片自哀自伤淹没过去。是啊，怪就怪自己当初不够关心母亲，怪自己轻信庸医、所托非人，才落到今天这个地步，怨不了别人。可现在后悔还有意义吗？有这精力，不如再想想明天母亲需要些什么，除了正在做的放疗，我们还有没有下一步可以走。

诚然，肿瘤虽然长在母亲身上，却也像是长在我和父亲心里，时刻摧残着一家三口的心境。失望无助的时候，每日不知多少次有泪水将要流出，又被强行含回眼眶。

司机知趣地一路沉默，电台里播报着近期中高考的消息。眼睛又有些发酸了，我的思绪随之回到了十年前的这个季节，当时母亲身体很好，送我去高考，还一路鼓励我放松迎考。

曾经的健康，就像这无情的雨一样，下过了，就再也回不去了。

2016年6月4日 周六

今晚，我询问母亲自身感觉，还拍了舌苔和面部照片，用于明天再去中草药店配药。

放疗两次，胃口下降，每餐约一两饭。放疗前，有胃潮胀痛，服用中药后有所改善。大便不规律，且不成形。眼睛还是模糊。体热汗多，以额头和头颈最明显，醒后出汗，口干身体虚弱，一分钟心跳95至100下。头上的瘤还是疼，每日靠止疼片缓解。放疗后，背后靠近臀部处酸痛。上周头颈两侧酸痛稍有缓解。

2016年6月5日 周日

今天是我第三次前往Q门诊为母亲配药。路上，我自己对比着这三次的药方，查看每周用药的异同点。

第一次是5月23日，是J大夫面诊母亲后开的七日药方，清单如下：

蛇六谷30克，半枝莲15克，半边莲15克，蒲包草根15克，蜈蚣2克，猫爪草15克，山慈菇9克，铁树叶15克，大枣21克，苍耳草15克，枸杞子15克，生白术15克，泽泻15克，牛膝15克，桑椹15克，灵芝15克。

第二次5月29日，因J大夫不坐班，我换由另一位老中医X又开了七天药。从这次起，因母亲已住院，为避免让她舟车劳顿，我只能凭借母亲的自述感受、面部和舌头照片配药。用药清单如下：

蛇六谷30克，半枝莲30克，白花蛇舌草30克，蜈蚣2克，猫爪草15克，山慈菇9克，车前草15克，大枣21克，太子参15克，黄芪15克，黄精15克，枸杞子15克，灵芝15克，卷柏15克，蒲包草根15克，佛手9克，预知子15克，鸡内金9克，合欢皮15克，炒白芍15克，延胡索15克。

此次X大夫的药方种类较前次多，但可以看出，他在沿用蛇六谷、半枝莲、白花蛇舌草、蜈蚣等抗癌肿药材的同时，新添了太子参、黄芪等补气益血的中药，符合母亲这类晚期患者"多固本、少杀伐"的用药思路。此外，延胡索是一味止痛效果不错的药材，结合母亲头痛腰痛的情况，这也是对症下药的。

今天是第三次，我继续找X医生看病，药方如下：

蛇六谷（颗粒）30克，半枝莲30克，白花蛇舌草30克，蜈蚣（颗粒）2克，猫爪草15克，山慈菇9克，车前草15克，大枣21克，（甲）太子参15克，黄芪15克，黄精15克，枸杞子15克，灵芝（颗粒）15克，卷柏9克，蒲包草根15克，佛手9克，预知子15克，鸡内金9克，合欢皮15克，炒白芍15克，延胡索15克，炒白术15克，瘪桃干15克。

X医生开完药，神色凝重地在母亲病历本上写道：病情严重！！写完后，便无暇再多说什么了。兴许他已是无可奈何了吧。

2016年6月6日 周一

下午，我看望母亲时，她高兴地告诉我，她这一天都没吃止疼片，只是腰背有点酸疼，并说可能是放疗副作用。

晚上，她看着电视剧，我一边替她擦去满头大汗，一边喂着她吃饭。可是，现在就连易咀嚼的香菇和青菜，她都吃得那么辛苦，像是为了生存下去而拼命摄取营养。我思索着她近几天的腰痛，感觉心里不踏实，于是手里的勺子方向也歪了，母亲一口菜没吃到，全掉在了她衣服上。虽然她没说我什么，但我内心震荡不已。曾几何时，我和露一起吃晚餐时，露曾用半撒娇的口吻，说我喂人手法很差。望着母亲衣服上那摊油渍，我心中责问自己：为何当初就没把这练好呢？

2016年6月7日 周二

近期，母亲一直在喊背后靠近尾骨的两侧酸疼，以致卧床也痛得不能缓解。我昨天就把这情况告知了P主任，他和我一样开始担心有骨转移，于是立即安排核磁共振检查。

晚上，我把准备做核磁共振的消息告诉母亲，希望她配合做完，但她表示平躺时腰背疼得特别厉害，平时只能侧卧着睡。她听说头部、背部和尾骨附近彻底检查完需要一小时，连连表示自己无法忍痛这么久。她流着泪问我，为何还要做检查，事已至此了，做不做难道不一样吗？我劝她说，可以试试打一针止痛针，就能顺利完成检查了。我还告诉她，核磁共振并不是放射线，对人体没损伤。

我想：母亲一方面是因为腰痛难忍不能坚持做完整个检查过程，另一方面是对检查结果感到恐惧，生怕再检查出什么不好的。可无论好坏，我认为这次检查都是必要的——若没大碍，则我们放心；若真的骨转移了，那我们得尽快行动了。

我生怕母亲因为不想让我们担心而故意再隐瞒什么，于是在临走前，我唤来护工高阿姨，询问这几天母亲晚上睡眠情况，以便和母亲的口述核对。她也证实了，母亲近期确实浑身不舒服、出汗多和睡眠差。闲聊中，我了解到她从农村来上海打工很辛苦，还要供儿子上中学。将心比心一想，我觉得她这个当妈的也很不容易，于是从包里拿出一些小费递给了她，并请她多和家母分享点家常事，把她的注意力从病情上引开。

夜晚回家的路上，我仰望着头顶的天空，一想到骨转移的猜测，根本无法接受。短短半个月来，我们的信心在一次次的打击中消减，我家已不能再次雪上加霜了。出租车驶过市中心那一大片喜气洋洋的商业街时，我远望着四周霓虹灯的光晕，不断憧憬母亲结束这次放疗后，可以安然回家休养，我们一家三口一定要其乐融融地生活。

真希望憧憬能变成现实，而悲痛只是幻觉。

2016年6月8日 周三

下班后，我去看望母亲，见她今日气色还不错，我很欣慰。母亲告诉我，今天她吃了止疼片后，头上瘤不像往常疼了，但是腰背的酸痛仍在持续。

晚饭时，我喂她吃了一个猕猴桃，她说今天似乎感觉胃里有点饥饿感，想吃东西但又吃不下。我猜这可能是她胃潮发作，看来这周配中药时要据此调整药方了。后来，我陪母亲说了不少安慰和鼓励的话，我告诉她，家族成员、公司领导，还有邻居们都在关心她的病情，都说她一定会渡过这个难关的。我请她说了几句下定决心战胜疾病的话，并用手机录下来，试图用这种方式来帮她形成积极的心理暗示。

“谢谢你们对我疾病的关心，我一定不辜负你们的期望，我一定能战胜疾病！”母亲声音里虽然缺少点底气，但还是把活下去的愿望表达了出来。

我告诉她，即使只有1%的可能，我们也要在这1%中绽放出100%的希望！

9.骨转移！她在雷鸣中痛呼

正值黄梅季节，窗外阴云密布，母亲的腰痛已经喊好几天了，可至今未查明原因。

事实上，6月7日后，P主任就已安排母亲做过一次腰部的核磁共振检查。可惜，她一旦平卧后，腰部就钻心地疼，不得不弯起左膝盖，再将身子右倾，这才能减轻疼痛。可这种反常的卧姿维持不了多久，她就因为疼痛难忍而辗转反侧。虽然，第一次检查就这样半途而废了，但大家都很理解她的难处。我们和P主任一致认为：这个检查是很有必要的。我们都不希望再错过掌握病情发展的机会。在我和父亲的劝慰下，母亲勉强答应，于6月12日再次尝试检查。

下午3点前，我就喂她吃了2粒氨酚羟考酮片（一种强效癌痛缓解药物），而P主任为确保检查顺利，还追加了一支止痛针。半小时后，我见她仍然心绪不宁地反复换卧姿，神色很是紧张。

眼看检查的时间快到了，我和护工高阿姨扶她坐上轮椅，准备把她从伽马病区送到门诊大楼的检查室去。不料，外面忽然下起了暴雨，于是我一路打伞，由高阿姨推行。

轮椅在凹凸不平的水泥地上颠簸着，母亲一只手扶着后腰的脊椎骨，竟疼得前俯后仰，如坐针毡！大雨中，她撕心裂肺地哭喊起来，嘴里不断地悲呼："耶稣救救我！耶稣救救我！耶稣救救我……"

从伽马病区到门诊大楼的路并不远，若按平常步速，也就两分钟的路程。可是，现在这两分钟却是如此漫长，如此煎熬！

我一只手扶住轮椅，使它尽可能平稳前行，另一只手接过母亲手中抱着的枕头，飞快地垫到她背后。但她的剧痛并未得到丝毫缓解！听到她越来越急促的呻吟，哭得几乎痛不欲生，我焦急地朝向百米开外的门诊大楼望去。

"还没到啊？"母亲龇牙咧嘴地忍着腰痛，挣扎着从嘴里挤出一句话来。

坏了！这根本就不像肌肉酸痛！更像是钻心的骨痛！事到如今，难道我真的想不出是什么引发的骨痛？

"怎么办？叶阿姨她疼得这么厉害，要不我们……"护工高阿姨停下了步子，抹了一把脸颊上的水，隔着风雨声朝我喊道。

随着轮椅的停下，母亲的哭喊声顿时轻了下来。我低头看了看将脑袋垂靠到一边的她，心里犹豫极了：我这样做是不是有点自私？我一味地想送她去检查，却要劝她一路忍受这般剧痛，我是不是太不为她着想了？不如，回去吧？

不行！这路都走到了一半，眼看就快到门诊大楼了，现在回去的话，不但会再次延误她的病情，而且她刚才吃的苦也会白费！若真为她好，那就得及时检查，才能有的放矢地对症治疗。拼了，纵然是痛，绝不能退！

"妈，你还忍得住吗？"我俯身问她。

母亲紧皱眉头闭着眼，几簇半白的发丝从耳边垂散下来，她紧皱眉头，一连喘了好几次气后才微微点头，侧脸上挂满了水，不知是落的雨还是痛的汗。

我轻轻抹了抹她脸庞上的水珠："妈，稍微坚持一下，就快到了！"

无情的雷阵雨中，迎面而来的瓢泼大雨将我沾有汗渍的眼镜片打湿了，我看不清前面的路了，索性进一步放慢推车的速度，但耳中仍然充斥着她在雷鸣中的痛呼。我尝到了绝望的味道，心里暗暗叫苦：看来她的腰椎骨已承受不了坐姿时的自重了，所以推得这么慢她还这么疼。想想都觉得难以置信，这可是在吃了三级癌痛缓释片和打了止痛针的情况下发生的啊！可见，这腰痛的来源很可能是神经，那到底是什么侵犯了神经？一想到这里，我便觉得那个答案是多么令人胆寒！

拖着湿漉漉的鞋印，我们终于到了核磁共振检查室门外。所幸的是，其他坐着等候的病友们听闻缘由后，纷纷热心地让座给母亲。待她躺在长椅上后，刚才脸上痛苦不堪的表情才慢慢淡了下去。至此，我更加确信了刚才的猜想，心中又是一凉。

她在检查室的几分钟里，我闭上眼一刻不停地在门外为她祈求老天，我是多么希望她说的腰背疼痛和肿瘤的发展无关！才过了一会儿，那扇沉重而冰冷的铁门就缓缓打开，我心下一惊：怎么，检查怎么可能这么快结束？莫非……？

“哪位是叶 ×× 的家属？请马上进来！”里面有个声音向外高喊着。

我立即忐忑不安了，紧张地屏住了呼吸，困惑地冲入内室，只见在一组显示屏前，正坐着两位医生。他们指着屏幕严肃地说，因为母亲疼得发抖，一直在动，他们无法截取影像，检查被迫中止。我感到悬在喉咙的心又回到了胸膛——原本我还害怕他们发现了骨转移的铁证，这下倒使我暂缓了一口气。可是，更深的担忧接踵而至，她腰背疼痛的原因依旧没查明。

回到病房后，母亲躺在床上委屈地哭了起来，她既担心父亲会因她检查失败而失望，又担心他明天在 S 院的肩部肿瘤切除手术。自责、担忧、恐惧和疼痛搅在一起，令她苦不堪言。我告诉她，放下心理负担，我们没法完成核磁共振检查，还能通过其他办法检查，至于父亲那边，两位姑妈会帮忙照料，我也会时刻关注。

夜幕下，我徘徊在伽马病区外的空地上，看着被月光拉长的灰色影子，一腔苦闷无处可说——母亲今天做检查又失败了，我更加怀疑是骨转移了；而父亲明天就要去切除肩上的肿瘤了，良恶性尚不知道。好好的一家人居然走到这样的深渊，我没勇气面对将要发生的事！哭有何用，况且此时欲哭无泪。随着夏夜的热风吹过，我只觉得身后阵阵发凉——背后的汗已渐渐风干了。

冷静，我现在只有冷静下来；头绪，我现在必须整理头绪。

父亲肩上的瘤可能是良性的，因为它的大小维持了五六年不变，但最终还得等明天 S 院医生的最终结论。

而母亲这边则更棘手。失去了核磁共振的手段，我们如何才能证明没有骨转移呢？我忽然想起自己曾在网上读到过，骨转移患者存在不同程度的骨质破坏，可能会出现血钙浓度上升的现象。那好，明天，我就去请医生化验下她血中的钙浓度和癌坯抗原。这虽然不是

100%明确病情的依据，但如今的情况下，至少可以提供一些参考。

闷热的夏夜，我独自走在回去的路上，只见一道闪电划破夜幕。

雷声滚滚，天又下雨了，我心亦然。

10.父母都住院，孤人孤琴一孤灯

母亲住院不到两周，父亲也住院了，我一个人如何面对两份危机？

事实上，父亲右侧肩头生有一个鸡蛋大的肿块，质地较软，最近五六年来未曾变大。那时，我们错误地将囊肿和肿瘤混为一谈，并没意识到这病的危害，且父亲自认为是良性的脂肪瘤，我和母亲也没重视它，所以一直没切除。可现在，母亲的前车之鉴让大家警觉起来，这个肿块即使是良性的，也万万不可拖延下去。

2016年6月初，三姑父通过熟人结识了S院的某外科医生。这位医生结合临床经验，初步判断父亲的情况多半是良性脂肪瘤，只需手术切除即可。他和父亲进行了详细的术前沟通，连自己下刀的位置、切法和深度都逐一相告，比起H医生，可谓既严谨又规范。父母的同时住院使我不得不向T公司请了长假，整日在各个医院间求医问药，生活从没这么无助过。

2016年6月12日深夜，我刚从W院回来，踏进家门，见到的再也不是母亲摆满的一桌美食，再也不是父亲为我留的一盏节能灯，而今则是漆黑一片的暗室。我关上门，也不开灯，就仅仅是站在客厅中央，这股刺骨的冷清就已令我倍感陌生。来到昏暗的卧室，我独自坐在孤灯下，开始一个人怅然反思。

为什么一家人会被分在三处？

为什么这种倒霉事会到我们头上？

到底是悲惨，还是天生犯孤？

到底是巧合，还是命运使然？

听，这扇窗外隐隐传来几声不太和谐的虫鸣，而我的房间里却静得可怕。但这种死一般的寂静没有持续多久，窗外的雨声从原先的零星几滴变得越来越密，不一会儿就放肆地瓢泼而下。

呵，今晚的雨下了又停，停了又下，好烦！

我打开扇，想望望夜空，可户外的一股热气伴随着更大的雨声一起迎面袭来。

看，人若不幸，天也会动容，原本司空见惯的自然现象也会变得别有深意。

我问自己，到底是什么造成了现在病态的局面？

第一，食品安全。

这点我倒不觉得有问题，毕竟我们吃的家常菜全是母亲悉心准备的，在正规市场买的新鲜蔬菜和肉类，回家全部煮熟的，菜肴种类也是经常在换。

第二，作息习惯不佳。

我觉得有这种可能。多年来，父亲晚上常看电视到凌晨一两点，母亲睡在旁边，她睡眠质量一直不好，而第二天她又会早起准备一家人的早餐。现在想来，她当时是何等地辛苦！我曾在书上读到过，夜晚人体细胞分裂速度较白天快，会产生许多新生细胞。这些新生细胞数量庞大，总会有极少数变异细胞产生，这就需要人体免疫系统识别和消灭它。而熬夜的习惯不利于免疫系统正常运行，这也就是人们会得癌的原因之一。

第三，对健康的态度。

是的，我们没有重视疾病，一拖再拖，最终导致小病不治，大病难医。这方面，我有不可推卸的责任。我既缺乏对疾病的判断和认知，也没有足够重视，更没有说服他们第一时间去看病。这点上，我身为人子是很失职的。

第四，长期的不良情绪。

说到父亲脾气的形成，这得从他年轻时说起。那时，他自学能力不错，掌握了过硬的机电知识，具备了出众的动手能力，又是某国营土产公司培养的唯一驾驶员（当时驾驶员很稀缺，待遇较好），因此在公司里锋芒毕露，出尽风头。他有一位好大喜功、中饱私囊的上司，是他和母亲的介绍人，因此在最初，两人关系很好。婚后，父亲逐渐看不惯上司以公谋私、用公款吃喝玩乐的勾当，不愿同流合污，还多次公开拆对方的台，在全公司闹得沸沸扬扬。两人矛盾是如此激烈，甚至有一次，父亲趁上司开会，用车堵住他办公室的门，以至于他只能从车底爬离现场。

我读小学时正逢20世纪90年代的下岗潮，他因此下岗待业在家，虽然数年间几次换工作，但在事业上一直不得志，或许就是那时养成了自诩怀才不遇和遇事偏激的性格。除了工作，他也常为婆媳矛盾而闷闷不乐，他要么沉默不语，一旦开口便把话说得过重。母亲是习惯于隐忍不发的人，受了气后常暗自神伤很久。待我上了中学懂点事后，常劝母亲在家察言观色后再说话行事，不宜在父亲抽烟苦思的时候触其逆鳞，能回避的尽量回避。久而久之，母亲变得更加抑郁，加上我和父亲都没帮她分担家务，她才会在负面情绪下积劳成疾。

但是，以上这些原因在别的家庭也有可能出现，但为何唯独我家会出现这么严重的后果？

外面的雨声开始变小，传来了几声楼上某家儿子的歌声，是那么深情而响亮。我苦闷地叹了口气，我想我找到了最后的原因——我对家庭义务的缺失。

第五，家庭成员间的和睦。

因为我在家里没有做好一个儿子的义务，我没能在父母之间建立起良性的沟通桥梁。我没在母亲难过时去实际解决她的心结，我也没在父亲烦恼时去和他探讨工作中的不顺，我只是沉浸在我自己的小世界里——我小时候很贪玩，本科时被网游吸引，读研时偏执于怎么多发论文，恋爱时陶醉在和女友的吟风弄月中，失恋后迷失在痛苦中写诗弹琴。我何时有多花点时间去照顾父母了？

现在我意识到了，是我错了。多年来，我畏惧父亲的威严，对他敬而远之，退避三舍；我偏爱母亲的宽容，但对她仅停留在口头上关心的层面，我没能做到实实在在地维护她。说到底，我的懦弱和无作为是家庭不幸的一个重要原因。假如我及早懂事，承担多一点家务，帮母亲分忧解难，调和父母常年来的矛盾，兴许今天就不会发生这样凄凉的事。

快要凌晨了，以我对父母的了解，此刻他们恐怕还未入睡。我喝了一口刚泡好的信阳毛尖，又伴上这夜浓郁的孤寂，可真是涩了味蕾，苦了心头。

七绝·抱孤琴

聒噪虫鸣扰透魂，

夜深欲静雨倾盆。

半杯苦水人三处，

怅抚愁丝岂六根？

这夜真是太孤独了！寂寞张开冰凉的爪子冷不丁地从我脊梁骨上爬了上来。一阵寒战过后，我捧起书架边的吉他，缓缓地拨出零碎的几个单音，涩在心头。

“亲爱的，我相信，有一天，吉他会成为你所诠释的生命。”

我忽然回忆起这句话来，心中不由得浮现起那模糊的背影，黯然沉思了良久，心中叹道：“是吗？可现在我能诠释的东西，就只是孤独和悲伤吗？”

音由心生。

雪一直是崇尚快乐的，所以她的琴声里总是少不了一种歌颂生命的活力，这和她从小的生活环境和现实中的境遇息息相关。现在，她应该正幸福地依偎在别人的怀里，并依靠所得到的周到呵护，在她的吉他上弹出快乐灵动的音符，去描绘自己健康快乐的每一天。

我也可以用指尖拨出自己这一天的感受，但怎么听都觉得夹杂着一种孤愤。

既然，只有琴声陪我度过这个灰色的夜晚，那么，就让这些零碎的四分音符填满这空荡荡的家吧！

吉他啊，吉他，为什么你有六根弦，而我此刻的忧愁却数也数不清呢？

11.愚子日记3

2016年6月13日 周一

两次核磁共振检查的失败让P主任也紧张了起来，他又安排了今天中午的CT检查，请母亲务必坚持几分钟，他会尽快扫描完疼痛部位的影像。

午后的 CT 室外，病患及其家属们大排长龙。母亲刚进去检查不到一分钟，P 主任就开门大声喊我入内，我顿感不妙！

命运捉弄！ P 主任指着屏幕上的腰椎骨，遗憾地对我叹道 ：“唉！你说说看，骨头都被破坏到这地步了，她能不疼成那样吗？”

当头一棒！我没有多说什么，眼睁睁地瞧见图像上的腰椎骨右侧愣是缺失了一大块骨质，不由得痛心疾首——母亲的腰椎骨上竟然隐藏着一个5cm×5cm 的肿瘤，目测已侵犯到了脊柱腔内的神经，所以她才会疼得苦不堪言。

我抬头向 P 主任投去求助的目光，但他无奈地转过头去，只是摆摆手示意我先出去，换下一个病人检查。

回病房后，或许是刚才 P 主任那句话通过麦克风传到了 CT 室，又或许是母亲注意到了回房后我难以平静的表情，她直截了当地问值班的张医生，今天的 CT 结果是否不太好。张医生脸色有点不自然，但很快说自己还不知情，并勉强地笑着劝母亲不必多想。不一会儿，三姑妈和四姑妈来了，趁她们慰问母亲的时候，我一个人走到病房外，苦苦地望向梅雨季节的灰色天空，为下一步而发愁。

不一会儿，上午刚手术完的父亲在微信里问起检查结果，我脑中浮现起他一只手拿着手机，焦急地在远方等候消息的样子，心中十分矛盾，不知道该不该把刚才这么沉重的消息告知刚做完手术的他。于是，谨慎起见，我只说母亲因为疼而延期检查，并没说骨转移一事。不料，父亲更加怀疑她骨转移，叮嘱我集中精力照顾好母亲，一边稳住她的情绪，一边多找 P 主任想办法。我问他情况如何，他只轻描淡写了几句，说自己两三天后便可出院。

临近傍晚，P 主任通知我明天去找他谈话，想必是讨论下一步的治疗方案。我心中已做好了初步打算。考虑到母亲的耐受程度，我试想先降低几天脑部的放射量，同时对腰椎骨进行放疗，用几天的集中放疗缓解或遏制腰椎骨上肿瘤的侵蚀趋势。但几天后，再如何同时兼顾脑部和腰椎骨放疗，涉及放射量分配和患者可耐受度，我心中一点没底，需要听听 P 主任的意见。

2016年6月15日 周三

今天做脑部的第10次放疗和腰部的第2次放疗。

按照昨日 P 主任的意见，他也同意头部和腰部同时放疗的方案。

根据影像对比，P 主任认为脑部肿瘤已经缩小了大约1厘米，质地较之前变软了，有必要重新做头部定位，这也算是这些天来的第一个好消息。可当我高兴地望着 P 主任时，竟无法从他脸上看到一丝欣慰！情况显然没表面上那么简单。

中午，我扶母亲去医务室做头部和腰部定位。我扶她躺在一块大平板上，由两位年轻的男医师将一个网状大面罩扣在她头部，紧贴面部固定好。我观察下来，估计是采用热胀冷缩的原理来固定面罩的形状。

这时，其中一个医生用命令的口气说道："腿放下来！"

母亲始终保持着左腿屈膝的姿势，不是她不配合，而是一旦放下后，左侧的腰椎骨就得不到支撑，她又会钻心地疼起来。她勉为其难地将左腿平放下去，一记抽搐后，又不得不屈膝支撑起来。

"膝盖不要弯，腿放下来！"另一位医生一边命令道，一边把手按在母亲左腿膝盖上。我正欲上前制止他们，忽然听见一个中年男人大声叫停。

"停！停！你俩在干吗？"

"哦，P 主任，病人一直动，不肯配合我们。"

"我一直提醒你们的，我们身为医生一定要懂得体谅病人的难处，一定要会换位思考！人要将心比心，假如现在躺在这儿的是你们呢？"

"可是……"其中一个似乎还想说些什么。

"没有可是！"P 主任猛地一摆手，打断了他的话，"你去忙别的，这里我来。"

我惊讶地在一旁目睹一脸严肃的 P 主任训斥着他们，短短几句话让我对这位大夫的敬业态度肃然起敬。

是的，不因为自己年轻力壮就怠慢病老，不因为自己是医生就对病人趾高气扬，不因为病情的棘手就放弃努力，做到这些才对得起这个人类最神圣的职业。

2016年6月16日 周四

我记得中医门诊的 X 大夫在6月5日的药方基础上，去除了炒白术，每日新增15克地黄。今天，我依旧拍下她舌苔照片，准备周日去配中药，并总结了她这几天的身体状况。

（1）患者腰部查出肿瘤，侵犯腰椎骨，5cm × 5cm 大小，至今已做4次腰部放疗，没呕吐和口臭；

（2）即使不动也经常额头出汗，出汗时额头微凉，体温正常，血压150/100mmHg；

（3）大便烂不成形，量少，排便困难，深褐色，而小便一天五六次，量多，颜色正常；

（4）每顿饭吃一两颗大蒜，其他吃葡萄、猕猴桃和胡萝卜；

（5）头上的瘤都有缩小，但还是有点疼。

2016年6月17日 周五

中午，父亲带回来一个消息，说母亲从昨天开始，右边的腰开始疼了。我回忆着先前看过的 CT 影像，记得腰椎骨上的瘤是靠近左侧的，右侧并没发现有侵蚀。我判断，这条信息的参考价值不大，但我已是惊弓之鸟，下午还是去询问了值班的张医生。他告诉我，从6月13日至今才四天，不可能这么快又长出一个新瘤，因此疼痛可能是原先被破坏的腰椎骨的神经痛。他接着给我看了前几日的 CT 报告，我顺便拍照记了下来。

腹部 CT 平扫，横断位层厚5mm，层距5mm。

胸11- 腰1椎体水平左侧腰背部皮下脂肪及肌间隙见团片状软组织密度影，边界不清，腰5椎体见溶骨性骨质破坏，局部见团块状软组织影，与左侧腰大肌界限不清。肝脏大小形态尚可，肝实质密度均匀，未见明显异常密度灶，肝内外胆管无扩张。胆囊不大，壁不厚，腔内未见异常密度影。脾不大，内未见明显异常密度。胰腺及两肾形态尚可，未见明显异常密度影。腹膜后未见肿大淋巴结。

影像学结论：左侧腰背部软组织肿瘤术后改变，腰5椎体骨质破坏伴周围软组织肿块，考虑为转移，请结合诊断用资料。

此外，我还得知，前几天我临时新增的检测血钙浓度在正常范围内，但癌坯抗原为9ng／ml，超过了常规正常值上限的5ng／ml，但我不理解，为何院方给的正常值上限为10ng/ml呢？此外，CA72-4这个指标也是偏高的，大约超过正常值上限一倍，而这个指标常和胃癌等疾病有关。对于上述情况，张医生认为：一方面，母亲脑部和腰部都有肿瘤，因此，癌坯抗原升高是可以解释得通的；另一方面，在没有肠胃异常症状的情况下，单凭一个 CA72-4偏高就高度怀疑胃癌大可不必。

我回到病房时，见伯母正在看望母亲。交谈中，伯母的一句话让我再次绷紧了神经。她注意到，母亲的右侧髋骨比左侧的更加隆起。这个现象我在一两天前也注意到，我还特地用手指按压确认过，那里是硬邦邦的骨质，并没有可疑的软组织肿块。伯母和我无法解释母亲髋骨凸起的现象，我也没再深究这个问题，而是继续思索：下一步，如何在保证母亲耐受这么多放射线的前提下，尽全力控制脑部和腰部病情？

看来，这周末要找 X 大夫开一些削弱放疗副作用的中药了。

2016年6月19日 周日 父亲节

由于父亲肩上的手术伤口较小，前天申请出院，昨天在家休息。

今天一大早，父亲急着先去医院看望母亲，但很快便发来消息称，母亲刚才吊针时晕倒了，现在血压很低，人也很虚弱！我和两位姑妈正在准备中药，一听这消息，感觉又被当头一棒，立即出门赶去。

进病房时，我就看见焦急的父亲守在母亲身边，而那吊针早已拔去。她一动不动地平卧在那里，紧闭着眼，脸色格外苍白。听见我的脚步声后，她短暂地睁开眼看了看我，唤了我一声，又疲倦地睡了过去。

我向高阿姨询问今早的经过，她表示母亲当时还一直保持清醒，但就是说头晕。她还补充说，母亲是在吊针到一半时，本已觉得身体不适，但又想快点吊完，于是调快了点滴，之后坐起时出现的头晕。

我从张医生处得知，母亲今早的便检中有一个加的出血量，他怀疑是肠胃中有地方出血。我心中咯噔一下，联想到前几天查出她CA72-4偏高一事，生怕母亲肠胃也有转移。

父亲下午回家后，我守着母亲，直到晚上才离开。值班医生开了几瓶营养液，吊到傍晚时，母亲的情况才比早晨稍有改善。临走前，我吃惊地发现，母亲摸着右侧腋下一拳处的地方说有点疼，我又陷入了无尽的担心中！

疼的地方也有肿瘤？可那地方应该是肋骨，往内就是肺了！难道是肺转移或肋骨转移？不像肺转移啊！她又没有咳嗽出现。

我不敢断言这疼是偶然还是其他原因引起的，准备明天再继续观察。

12.深陷绝望旋涡的抢救

绝望，希望的双生子。

一个人若反复徘徊在这两者之间，那就很容易被推到意志崩溃的边缘。

2016年6月20日周一，我很早就醒了。由于前一晚又失眠，再加上彻夜暴雨的烦扰，此刻的思维都有些恍惚了。我疲惫地坐起身，靠在床背上调整着心情，以便应对这一周的工作。由于我从端午节就请假至今，已有一星期多了，今早不得不先回公司上班去。

上午9点不到，我正在公司绘制着一款零部件的图纸，不料，护工高阿姨忽然来电说，母亲现在语无伦次，医生要做CT查明病因，而父亲正在赶去的路上。9点刚过，父亲发来消息，称情况极不乐观，母亲昏迷，血压低，需要输血输氧，正在抢救！！我大为吃惊，无心工作，立即向上司Z女士说明原因。所幸她又一次表示理解，将我的任务分派给其他人后，准许我即刻下班。

我上气不接下气地推开病房门，只见守在床榻边的父亲眼里从没那么凄苦过。他转过头来，眼眶微红，无助地朝浑身雨渍的我望来。

“妈怎么了？”我飞步上前，悲伤地托起她满是针眼的手背，任凭我叫唤，戴着氧气面罩的她依旧陷于深度昏迷中。

父亲朝我摇摇头，神色黯然道：“不要吵醒她，不要打扰她休息了。”

我闭口暗急，只得凝视着母亲苍白的脸庞，心急如焚。这寂静的房间里充斥着心电监护仪的声响，就像是某种倒计时，使我备受煎熬。

不一会儿，亲戚们都得知了母亲病危的消息，纷纷冒雨赶到。在众人悲伤的注视下，张医生、P 主任和三四个护士全部前来参与抢救。一时间，在这个最靠近电梯的病房里，气氛紧张得如同战场，而门外那点空间则被亲戚和张望的人们挤得水泄不通。我守在母亲床尾，强作镇定地注视着残酷的现实，手心都攥湿了。

昏厥中的母亲浑身接满了各式各样的数据线，她时而半醒过来大口呼吸，手舞足蹈地胡乱扯着那些线，但时而又昏迷过去。从那台心电监测仪屏幕上的数字看，此时心率每分钟120跳，但血压却很低。P 主任大声指挥众人抢救，转眼间，心脏起搏器、氧气瓶、各种针剂等抢救手段接连用上，房间里充斥着死神来临的恐惧，吓得邻床的两位病友在老伴的搀扶下一个劲地往外躲。

我心痛无比地凝视着她惨白的脸颊，欲通过目光将自己的生命力传递给她，心中默念："妈，醒醒！医生还没放弃，我也不会放弃，您也不可以放弃，您一定可以脱离危险的！"

妈，我知道，你在这生死的边缘，很想活下去，却又太痛苦；想了却俗尘，却太不舍得！于是，苦了你身，痛在我心！可是，我一直坚信，只要我们和医生护士们没有放弃，您一定还有生的机会！

这时，张医生大喊，他测得母亲此时的血色素低得只有35g/L，他判断她消化道内有大出血，但出血点连 P 主任也判断不出。很快，他们急调 B 超室主任医生前来，欲用便携式的仪器检查胸腔和腹腔可能的出血点。兴许是设备精度有限或是临场慌乱，这位主任医生并未发现异常。

"P 主任，求求您，快救救我老婆！"见妻子仍旧没能苏醒，父亲再也看不下去了，上前扯了扯对方的衣袖，气息错乱地哭求不止，"我们不能没有她！"

P 主任转过身来，望着泪流满面的父亲，为难道："这个我知道，我们会尽全力救的。你先退后。"说罢，他一只手扶在父亲肩上，又移动目光望了一眼伫立在病房中央默默神伤的我，无奈地回过头去继续忙碌。

时间稍纵即逝，每一秒都容不得浪费。由于紧张，几位年轻的护士发挥失常了起来。

P 主任向 B 超主任点头道别后，催问起来："葡萄糖还没好？"

"P 主任，不行，我一直找不到血管！"小护士低头抱着母亲的左手，不时拍打着手背，着急道。

"换小 A 来，用脚上的静脉，你去帮她按住脚，别让病人乱动！"

"还是不行啊，病人一直在乱动，我没法找血管！"

"快用带子固定住手脚！"

…………

"现在呢？找到了没？"

“不行，刚扎进去就被动掉了！”

“小 A，换我来吧，你忙别的！”

几个护士忙得满头大汗，兴许因为是母亲在昏迷中抽搐的手脚影响了她们扎针，几人都宣告失败。

“抓紧时间！那就在大腿上埋针！”P 主任看不下去了，语气急切地敦促道。

张医生抽身对我和父亲解释说，他们准备在大腿根部找一根较粗的静脉，在那里做埋针，如此可以方便今后反复输液。兴许是埋针位置比较敏感的缘故，我见 P 主任和张医生交托给护士们后，就转身向门外走去，我也就同父亲紧随其后，忽然听见背后一位护士惊呼：“啊！快！谁来帮我按住她的手？”

我猛然回过头去，定睛一看，母亲在迷迷糊糊中又开始手脚抽搐了，嘴里说着语无伦次的话，仿佛正在生死线上拼命挣扎。她虽然半昏半醒，但却欲用发抖的手抓扯胳膊上的血压计袖带，两只脚掌也在皱乱的床单上来回蹬踢，使负责埋针的护士惊慌得无从下手。脚上的约束一松，母亲的发力似乎找到了支点，抽搐的手在拳和爪之间来回地扭曲着，很快便挣脱了另一位护士的按压，在半空中颤抖着屈伸起落。

“我来！”说着，我健步上前，双手牢牢按住她的胳膊和手腕，配合对面的两位护士不让她动弹。

P 主任似乎默许了我的加入，走去门外和亲戚们交代情况去了。而我守在床旁，见她虽然手臂不能动，但手指却仍疯狂地抓握着，像是急切地想抓住生的希望。我低下头去，心中满是悲凉：对不起，妈，为了救您，我不得不按住！

“儿子啊，你看你看，妈妈这几天吊了不知道多少针，我两只手背血管都被针扎得变硬了，下次不知道她们还能在哪里扎。”

我望着她苍白手背上那几处针孔，突然想起几天前她对我说的话，倍感怆然。

“妈，不用怕，我在你旁边。”我换了另一条腿蹲下，贴在她耳边轻声道。

虽然手脚动不了，但她嘴里却仍说着含混不清的话：“呜……呀……啊……喂……”在这些杂乱无章的语句中，终于有一句被我和父亲听懂了——迷乱中，她用上海话喃喃自语：“阿爹来了，让我帮侬烧几只小菜！”

视线变得更加模糊了，我和父亲面面相觑，他热泪盈眶的目光传达着一个信息：我们理解的是同一个意思。万万没想到，在这生死关头，昏迷中的母亲居然仍想为我祖父下厨做菜！即使临死，母亲都在惦记着怎么孝敬已故十九年的公公？她对这个家太无私了，总是考虑别人，唯独忘了自己！

半昏迷的她继续自言自语着，还时不时地抽动着双手，正在给她大腿上埋针的护士一个没按住，一行鲜血流了下来。父亲不忍直视，含着泪从上衣内袋里掏出了一包中南海，动作僵硬地抖出了一支烟，背影凄凉地向门外走去。

几分钟后，虽然在大家的努力下，埋针成功了，护士们也按部就班地挂上了几袋营养液，但母亲依旧没能脱离危险。

“家属都到了吗？”梳着板刷头的P主任站在门外围观的人群中，刚毅的脸上神情严肃，从他脸上丝毫看不出对死亡的恐惧。他环视四周，确认我和父亲都在场后，面色凝重地对我们说：“现在情况十分危险，说走就走的。即使今天抢救成功，接下来的几个晚上也很难说，你们一定要做好心理准备了！”

听到P主任说得都这么悲观，门外人群中传来了一声低沉的哭声，我循声望去，见三姑妈哭得涕泪纵横，正用怜悯的目光注视着我，而四姑妈和二姑妈也垂泪悲伤。我不敢和她们保持对视，生怕自己的情绪崩溃。这时，P主任将目光锁定在我身上，眼里流露出几分同情和惋惜，而我从他无可奈何的表情中得知，母亲的病情已经回天乏术了！

不，一定还有别的办法的！我绝不能放弃！

我含着泪，努力维持着镇定，极不甘心地提问：“P主任，我知道您尽力了，但有没有办法可以尽量延长我妈的生命？”

他听后一怔，迟疑了会儿，才道：“假如现在马上输血的话，或许可以……但我也要能从区级血液中心申请到血啊。”

“好的好的，那就快输血吧，不管怎么样，我们一定要救救她！”父亲眼中燃起了希望的光芒，急忙道。

“你们有献血记录吗？”

“有，有！我儿子在大学里献过两次，可以吗？”

“行，你快带上你儿子的献血证和你老婆的退休证去血液中心办手续，我这边也会再努力下，看看能不能先用了血再走流程。”说着，P主任掏出手机开始拨号。

目送父亲和大伯开车去办事，我又回到了病房内，呆呆地坐在奄奄一息的母亲身边，抬头望了望滴斗上不断下落的药水，又低头凝视着面色苍白、鬓发添霜的她，整个人仿佛沉浮在黑暗的海潮中——水面上是生的希望，水面下全是死的绝望。

可我不能绝望，我还有亲人陪伴。二姑妈、三姑妈、三姑父、四姑妈，堂姐和堂姐夫等人都在一旁，他们的出现使我在直面死亡时，仍握有亲情的温暖。

堂姐一身职场装，正提着皮包站在床尾，衣衫上分明还留有几处雨渍——我猜她和姐夫应该是刚从公司赶过来的。

我大为感触，上前道：“姐姐，姐夫，谢谢你们特地过来！你们不用担心，还是快回去上班吧！”

“弟弟，别这么说，我们都是一家人啊。”堂姐惋惜地望着我，语速也放慢了，“有些事情我们无法改变，但我相信，我弟弟已经是个男子汉了，有足够的勇气面对一切的！”

我怅然点头，无可奈何地沉默了，但心在想：若面对母亲的离开需要勇气的话，我宁可一辈子不要勇气，以此换取母亲活下去的机会。可是，冷静下来想想，又觉得这样不妥。我若一辈子是个懦夫，即使母亲长命百岁，想必也不会乐见。

“大家先回去休息吧，今天谢谢大家大老远跑来了。天又下大雨，大家早点回去吧，这里我看着，没事的。”我对其他亲戚们说道。

“你自己也要保重身体哦！”

“想开点，有些事没办法的，哦？”

“那我们先走了哦。”

“有事给我们电话哦。”

“好的。”我一并答道，说罢，转头继续望着垂死挣扎的母亲。

悲！母亲从未做过坏事，为何要承受这样的磨难？

愧！她在氧气面罩里大口吸气，而我欲哭无泪，什么忙都帮不上！

烦！病房外的雨越下越大，雨点把窗外那块塑料遮雨板敲得当当作响，有完没完？

母亲只是徘徊在生死边缘，而我只是迷失在绝望边缘，只要还有一丝希望，我们都不能放弃！

13.复苏有希望

生？还是死？

是等？还是守？

是的，我愿意等她醒来，但我不愿空等。

我更需要的是守，不是仅仅守在她身旁，还要守候她的复苏。

2016年6月20日傍晚，大部分亲戚都陆续回去了。他们中有些是上了年纪的长辈，有些是和我同辈的上班族，若让他们继续久候下去确实不妥。

待到晚10点半，只剩下我、父亲和大伯三人站在护士站外的空地上，商议着谁来守夜。对此，父亲本想由他来，但我和大伯因为他一周前刚手术而坚决不同意。大伯在这个关键时候表现得倒很仗义，他自愿留下守夜，但被我婉拒了——这是我的母亲，这事我责无旁贷，况且他回去晚了也可能遭伯母冷脸。见我主意已定，他们两人踩灭了地上的烟蒂，嘱咐了几句便回去了。

夜越来越深了，病房里邻床的两位老先生已于下午回家暂住，只留下我和病危的母亲两人。病房外，微弱的风声和零碎的水滴声忽而响起，又忽而停歇，使气氛显得有些诡异。为了在当晚保持警醒，我一口气喝下两罐雀巢咖啡，振作精神，告诫自己决不能合眼。我一刻不离地坐在母亲右手边的椅子上，目光时不时地来回于她、心电监测仪和头顶悬着的血袋之间。每隔一个小时，我都把这段时间母亲的心跳、呼吸、血氧饱和度和血压值记录在手机上。

接近凌晨时，她的心跳大致在每分钟100次左右，呼吸每分钟20多次，血氧饱和度大致间于85%到95%徘徊。凌晨过后，困意渐渐袭来，我又喝下一罐咖啡，独自望着眼前的白床榻，脑海中忽然浮现出大姑妈去世时的画面。

2014年11月，大姑妈因大肠疱疹入本市某二甲医院治疗，随着病情的加重，各种并发症接踵而至。那天傍晚，她也是语无伦次，直到后来声音越来越轻，血氧饱和度从70%多开始迅速下滑……

我瞥了一眼低柜上的心电监测仪，显示屏上的血氧饱和度竟然瞬间跌到了85%以下。不妙！我立即打铃叫来了值班护士。那护士见状，淡定地将氧气阀调大了一些，那个指标才逐渐回升。待护士走后，我望着熟睡中的母亲，刚才的紧张才微微淡了下去，可是我又陷入了另一个问题的沉思。

血色素就是血红蛋白，存在于人体红细胞中，主要功能是运输氧气，因此，一个人血色素过低，就容易出现休克的症状。那么，到底是什么原因导致母亲的血色素下降了这么多？莫非是逐渐下降的，只不过我们先前都没注意到？这恐怕不太可能，因为医院是会定期抽血检查血常规的，假如有血细胞含量下滑的迹象，医生应该会察觉才是。

那假如是突发性的血色素大量消亡，又会是什么原因引起的呢？会不会是肿瘤引起的呢？会不会和近期脑部和腰部同时在做放疗有关？

关于前者，我从网上的文献得知：临床上出现原因不明的贫血、骨痛、血小板减少、发热、出血和消瘦等症状，尤其是用原发癌无法解释的患者，有人认为这可能是骨髓造血的部分被转移癌细胞侵犯，癌细胞分泌负性造血调节因子，使骨髓红系干细胞或微环境受损。这种情况下，可以考虑做骨髓细胞学检查或活检，还可做免疫组化检查、聚合酶链反应和肿瘤标志物检查。

关于后者，我忽然回忆起书上有过一个现象叫骨髓抑制，是指放疗过度会影响人体骨髓造血功能，导致血液中各种正常细胞含量的下降。假如，母亲的血色素下降是放疗导致的，那放射线对红细胞的杀伤是瞬间完成的，还是要经历一段时间才表现出来呢？我觉得两者都有。若从今天反推6天就是6月14日，那天正是母亲第一天开始接受腰部放疗的日子。我猜想：那几天连续的腰部放疗既杀伤了红细胞，又引起了骨髓抑制——旧的一批血色素凋亡殆尽，而新的一批却因造血障碍而无法合成，最终表现为急性贫血和休克。

除此以外，我觉得还有第三个可能：消化道出血。前几日，母亲就已有便血一个加的情况，说明她肠胃应该存在出血点。我猜想，出血的原因可能是放射线照射腰椎时，肠胃等内脏也受到一定程度的损伤。

至于为何那位 B 超主任没当场确定出血点，我觉得可能是：一、检测设备是便携式的，精度不高；二、现场混乱，未能静心细查；三、抢救时间紧迫，查明出血点不是主要矛盾，输血才是更优措施。

所以，是上述三种原因叠加在一起，最终导致了这次危机？

并非学医的我只能凭借查阅资料主观猜测，无从得知是否正确，但有一点是可以肯定的：住院以来，每日大量的药物使用、放射线、肿瘤的发展、环境嘈杂、睡眠不佳和胃口不好等因素综合起来，对母亲的身体造成了巨大的负担。但在迅速发展的病情面前，这些带有副作用的治疗措施又是为了遏制病势的无奈之举，令我们进退两难。我忽然萌生了一个全新的猜想：对于某些肿瘤，我们一直提倡的早发现早治疗可能是不恰当的。部分手术、放疗和化疗的做法野蛮地破坏了人体原本勉强维持的免疫平衡，肉体的损伤触发了人体的修复机制，而癌细胞也趁此机会获得了加速增殖的窗口期。可能是这个原因，如今很多病例反而落入了“越干预越病重”、“一旦治疗，就难回头”的怪圈里。可若不用现代医学干预，难不成等死？我始终想不明白，或许目前全人类都没彻底弄清这个问题。

凌晨2点多，兴许是输下去的血起了效果，母亲终于醒来了一次。她用略带含糊地口音告诉我，尿布湿了，随即又疲态十足地合上了眼。趁着护工高阿姨换尿布期间，我走出病房，来到伽马病区外的那片空地上。

站在这片大约二十个平方米的狭小空间中央，我身后是破败不堪的四层式住院楼入口，左手边的矮墙下摆放着一张开裂的塑料长椅，再过去是一个阴暗潮湿的死胡同，尽头有一套脏乱不堪的水龙头和水斗，常供病人家属们在此洗刷碗碟；右手边是一段白漆剥落的围墙；正前方的不远处坐落着那所临时搭建的简陋平房，外面印着一个红十字记号和“护士站”三个汉字。我低头看了看脚下凹凸不平的水泥地面，不少地方还积着脏兮兮的雨水，令人不愿直视。迎着零星的小雨仰望夜空，我却发现今晚的弯月没那么明亮，而是隐没在几朵灰云背后。

好无力的月，分明有光，却透不过来；好虚弱的人，分明活着，却醒不过来。

母亲正当中年，身体却虚弱得好似风中摇曳的残烛，难道这不是一种油尽灯枯的悲哀吗？一阵夜风袭来，我打起了寒战，到底是我太累，还是我心中秉持的希望破灭了？即使今天救她回来，后面呢？母亲现在头上和腰椎上一共三个瘤，往后要怎么才能治好？！

瞧，那轮残月已经完全被厚重的灰云遮蔽了，不过我周遭并未因此陷入漫无边际的黑暗中——还有墙上吊着的那盏节能灯投来的光。

“我必须要相信，有光，就还有希望。”我喃喃地告诫着自己。

又是一阵夜风吹起，不远处的几棵树上传来了树叶沙沙的响声，我疲惫地转身，准备回去，突然瞥见身边有个黑影在动！原来，一旁的矮墙上投影着我被拉长的影子，顿时有一种不寒而栗的惊诧顺着背脊爬了上来。

人道是，相由心生，那这扭曲的影子不也是我矛盾而痛苦的心境写照吗？

我苦笑着继续往回走，见高阿姨还未出来，便来到病区一楼的楼梯前，找了个台阶乏力地坐下。借着楼道里幽暗的灯光，我呆呆地望着眼前那片粗糙的水泥地。是的，白天就在这里，我和亲戚们一起听候 P 主任的生死论断，而现在，那一幕又重新在我脑中回放起来。我仍能清楚地感受到当时心中蔓延开的绝望，不禁把头深埋在交叉的双臂间，希望缓解一下身心的煎熬。

是不是我做错了什么？上天要对我行此报应？假如是，又为何要施加在母亲身上，何不冲我来？

不知何时，我忽然感觉有什么东西拍了拍自己的肩膀，心里先是一惊，猛一抬头，才发现那人正是高阿姨。她正关切地注视着我，闪动着双眸劝道：“小伙子，我弄好了。外面容易着凉，你还是进去睡吧。”

“我没事，谢谢阿姨，您也快回去休息吧。”说着，我将手掌撑在印有汗渍的牛仔裤膝头，费力地起身回房。

我又吞下了一罐咖啡，静坐在母亲床边，抓紧时间看着医学类的电子书。这期间，她自己翻身了几次，我生怕碰落了那腿上的埋针，立刻俯身护住针头。这时，母亲又醒了，她透过半开的眼缝朝我望来，像是使劲在回想着什么，过了会儿才问我为何没回去。我看着她担忧的眼神说不放心，今晚我势必要陪她渡过这个难关。母亲听后颇为欣慰，嘴角挂起一个淡淡的微笑，随即再次入睡。

见她渐渐睡熟，我抬头望着半空中的那块输液记录牌，上面用水笔写着“AB 型 RH 阳性”几个潦草的手写字，不禁又陷入沉思：输完血后，虚弱的母亲还能继续耐受放疗吗？假如这次是因为骨髓抑制导致的昏迷，那么新输的血细胞总会有生存期限，届时难道还要通过输血来维持生命？如此大量的用血从何而来？后面还能再申请得到吗？

早晨4点了，我见心电监护仪上的数据已比上半夜稳定许多，血氧饱和度也能维持在 90% 以上了，终于松了口气。后半夜这段时间里，我把手机上的两本电子书里有关肉瘤的部分都读完了，但很遗憾，我没找到什么有用的线索。为了不让自己秒睡，我喝下最后那罐咖啡，捧起了她放在枕边的那本厚厚的《圣经》，随手翻阅了起来。

诗篇23由大卫在逃亡中所作，它是《圣经》中的名篇，雪曾推荐我读过。当时我不曾有何感触，而现在倒有了新的体会。作者大卫一生都在逃避敌人杀害的日子中度过，他除了早年被扫罗追杀之外，身居王位的他在晚年竟然遭到儿子押沙龙的叛变，再次浪迹天涯。不过，即使经历了命运的多次捉弄，他依旧保持着积极向上的态度，对死亡的步步紧逼坦然处之。这是多么可敬的卓越人格！

七绝·复苏

风穿雨漏月孤悬，
蜡炬光穷怎命延？
危夜昏黑迷眼亮，
《圣经》纸软汝心坚。

对！我绝不能被眼前的遭遇打倒，我坚信：光影相生，再大的暗影中也会藏着一道光明！而我现在最需要做的，就是竭尽所能，多方求医，争取生的希望。

妈，加油！您一直都很坚强，我相信，你一定可以闯过这个难关的！

14.愚子日记4

2016年6月21日 周二

好不容易熬到早晨7点多，母亲情况稳定，我也终于等来了父亲。不一会儿，张医生来查房，听了我的描述和护士的夜间记录后，他长舒了一口气，表示这是不幸中的万幸。

回家路上，我遇到了小区居委会干部Z书记，她和其他街坊邻里一样，很关心母亲的病情。

“哎，你妈她真是个苦命的女人！”得知母亲的近况后，她摇着头表示同情，“你知道吗？前几年你家为了晒被子，自己搭建了两根铁杆子在绿化里，我还来你家劝你爸拆掉的。这事你有印象吗？”

“有啊。我那边采光不好，爸也是想方便晒被子，给您添麻烦了。怎么了？”我问道。

“那天你应该还在学校里，我来你家做思想工作，谁知，你爸火冒三丈，当着我的面，把你妈骂得狗血淋头。哎，我当时就傻眼了，从没见过一个男人会这么吆喝自己老婆，而且还是当着外人的面，反而把我们弄得尴尬得不得了。”

什么！还有这种事？！

我郁闷地回到家里，在床上挣扎了四五个小时，怎么也睡不着。中午1点一过，我又赶去了医院。

下午4点左右，Z 和 C 两位领导代表 T 公司来看望家母。此时，母亲侧卧在床上，一边输血，一边发烧，也没精神说话。两位领导并排坐在她床边，一见到她头上两个硕大的肿瘤，面色顿时凝重了起来。两人慰问了几句，又看着我那件被汗浸湿的衬衫，都说几日不见，我变瘦了。我以为她们是开玩笑，谁知她们是认真的，并提醒我也要保重身体，这样才能好好照顾母亲。至于公司的事，她们让我不必担心，老板近藤已准许我忙完后再去上班。

病房外的空地上，目送她们离去，我清楚地听见 Z 女士对 C 女士说道："他妈妈看起来很痛苦！"

我无奈地转身回房，心叹："是的，但痛苦的人不止她一人。"

下午5点，我请高阿姨照看母亲，就去找 P 主任商议对策。办公室里，他一边耐心讲解着病情，一边打开电脑上的软件，翻查着从6月1日入院至6月16日的脑部肿瘤影像资料。经过前后对比，颅外突出的部分已由4.9cm 缩小到2.8cm，但腰椎肿瘤侵蚀很严重，脊柱的半边已被破坏。P 主任坦言，虽然已有一定的疗效，但现代西医就是使用伤害性的治疗手段，直到病人最后体力不支而亡，这是事实。我一怔，暗暗佩服他身为西医，却敢于直言西医弊端的作风。

接着，他说了一个他遇到过的病例——那是在去年，他收治过一位30多岁的骨转移男病人。一开始，那位男士还能从地铁站一路走来 W 院就诊，才10多天后便走不动了。几经放疗，对 P 主任说了一句令他印象深刻的话。

"只求你别让我死得太痛苦！"

P 主任讲完故事后一脸无奈和遗憾，他表示：一个1立方厘米的肿瘤长到5立方厘米的过程中，哪怕单方向的尺寸增加一个毫米，体积也是呈指数形式激增，因此病情越是到后期越是难以控制。

他委婉地说了很多，最终还是回到了母亲的话题上，极其严肃地望着我问道："你现在有做好心理准备了吗？"

"P 主任，谢谢您昨天救活我妈，但是……"我看着他眼睛，想了想又道，"但我们和她决不放弃！"

他没有接话，只是微微点了点头。

2016年6月23日 周四

我守了母亲两个整晚，见她昨晚能自己用吸管喝水了，便交给高阿姨守夜，回家休息了一晚。今天一早，我到医院时，病区外长椅上那些晒太阳的老人似乎都认识我，其中几个望着汗流浃背的我，一副指指点点、交头接耳的样子，像是在议论什么。

早8点，张医生早上检查时表示，在前后输入1800毫升血后，今天母亲的血色素已上升到78g/L，距离 P 主任说的目标线80g/L 相差无几，这令大家暂时松了口气。我顺势想到为母亲补充点营养，就用贞芪扶正颗粒加麦片给她当早餐，还喂了她昨晚调制的胡萝卜、橙子加葡萄的混合果汁500毫升。见她一口口喝下果汁，张医生和P主任站在一旁欣慰道："好的，这样就好！"

由于昨天我通过短信将有关骨髓抑制的猜测发给过P主任，这时他看看母亲，又看看守在一旁的我，点点头补充道："你儿子这阵子看了不少医书啊！"

我想：或许我那些门外汉的猜测是错的，但P主任既然这么说，可能是想说几句令母亲欣慰的话，或是仅仅对我努力不懈的态度给予肯定和鼓励。

在后面的谈话中，我听张医生说母亲被查明出现低钾症状，于是买来了香蕉，配合医院配发的氯化钾口服液一起喂她，希望体液中钠钾重新平衡。

下午，一位内科医师告诉我和父亲，几位主治医生讨论后认为，母亲这次休克很可能是肠胃长期出血，这才损失了大量血红蛋白。她还说，原因可能是我给母亲吃的中药药方不妥，刺激了肠胃，导致每日出血。我听后有些郁闷，自己明明是请中医配辅助放疗的中药，现在反倒成了别人免责的借口？我记得，母亲自从吃了中药后，一般两三天排便，颜色发黑，当时我认为这是服用中药的结果。可是，父亲认为那医生说得有理，严厉指责我太相信中医，乱配中药，以致给她吃坏了肠胃，现在弄得放疗也停了，这样一天天下去简直是坐以待毙！我觉得有点冤枉，心里暗暗叫苦，既不愿和父亲争辩，又对他的指责无可奈何。就这样，从今天起，中药停用。

妈，假如这真的是我配中药的缘故导致了您的休克，那我真的是一千个、一万个对不住您了，都怪我太心急了！

2016年6月24日 周五

今天，我发现母亲后脑的那个肿瘤变软了不少，以前摸上去像是石头，现在像是表面酥软的水蜜桃了。P主任表示，这是放疗导致肿瘤内部坏死，属于正常情况，而瘤内的坏死组织会被人体吸收。我让母亲注意不要平躺，千万不能碰破。

2016年6月25日 周六

从昨天开始，母亲就开始服用通便药物，今天下午还是查出便血两个加。

事实上，母亲这几天是依靠高阿姨用手抠挖，才完成排便的。此后，根据病房里弥漫的那股酸腐的血腥味，我才认定她的消化道出血是真的。为了帮助她止血，我和父亲又请医生加用了一剂止血针。

饮食方面，她比发生昏迷前少吃了许多，每天只吃一些麦片和水果。值班医生建议，今晚暂时不要吃除了水以外的东西，放空肠胃，看看是否仍有黑便。

我临走前，母亲依旧说腰椎骨疼痛，我无奈地为她剥出一粒止痛片，心想：怎么办？已经不能再用放疗缓解腰椎骨上的疼痛了。难道除了止痛片，我们只能坐以待毙了吗？

2016年6月26日 周日

这些天我买了很多关于肿瘤治疗的书，有著名记者凌志军先生的《重生手记》，有《近藤诚说：为什么有人带癌长生？》，有济阳高穗先生的《癌细胞害怕我们这样吃》，还有一本是陈卫华医生的《每天清除癌细胞》。

下午，我一边守着小睡的母亲，一边在床边翻阅新书。令我诧异的是，作者陈卫华医生从32岁起接连罹患过三种癌症，在之后的20余年里经历多次手术，至今抗癌成功，身体康复。等母亲醒后，我便像捡到宝贝似的将此书大意相告，并开导她说，别人生了三种癌都康复过来了，我们千万不能气馁，坚持到底还有生机，放弃了的话就啥都没了。

母亲听后微微一笑，我见她笑了，便趁着兴致告诉她，我准备把她和病魔抗争的经历写成一本书。我说，我很希望这书的结尾是她的康复，这将是我最大的心愿，也是这本书最大的意义。

母亲犹豫了一下，答应了一句："好，既然想写，那就写吧。"

2016年6月27日 周一

周一，天还是如上周一那样阴雨连绵。昨晚我还是没睡好，烦扰人心的雨声让早已是惊弓之鸟的我越发心事重重。

这几天，母亲还是进食流质，还吃用藕粉、蛋白粉、饼干和冬虫夏草泡的水。父亲情绪变得有些急躁，但他的心情我理解，我们已不能再犯错，要格外小心。

今天的血检结果，母亲血色素已达到80g/L 多了，但血小板仍然较低。P 主任说明天准备定下一步治疗方案。

此外，今天父亲用剪刀，小心翼翼地把母亲的长发也剪短了，这样也方便直接观察瘤的大小。

2016年6月28日 周二

依旧是阴天，我中午赶到病房，起初是欣慰的，因为听高阿姨说母亲今天排便颜色由黑变为褐色，这让我以为出血止住了，暂时松了口气。我有点不放心，下午又采集了样品拿去化验，令我疑惑的是，这次还是两个加的隐血。

为何这么多止血针用下去，依旧有出血症状？到底是血没有止住？还是因为取的样品只是几天前的宿便？我回想起前些天有一次血检 CA-724时，该指标超出了正常值一倍，这让我忽然警觉起来。会不会是胃癌？会不会是胃里出血？

我知道自己的怀疑并没有十足证据，母亲也表示没胃痛胃胀的不适。看来，若要弄清楚，只有做胃镜是最直接有效的方法。

下午，P 主任让我们明早8点到，讨论下一步方案。我心里很不踏实，晚上就找父亲讨论。他觉得，这几天用药已不如刚入院时那样多，现在每天只是营养类的输液，可见 P 主任已用完了可用的治疗手段，明日的谈话恐怕会泼冷水。

15.教授束手无策，我们拒绝放弃

在残酷的现实面前，坚持和挣扎往往很痛苦，放弃反更容易让人获得精神上的解脱。但是，正因为不愿向步步紧逼的死亡低头，生命才能焕发出光辉。

2016年6月28日，一整晚乱雨不停，扰得我心烦意乱，满脑子是这些天提心吊胆的事，精神上备受煎熬。自从上周抢救母亲的事情出现至今，我每天都要在心里默默祈福好几次，希望她可以渡过难关，恢复健康。我对老天爷说，假如这次可以治好母亲，哪怕让我折寿三十年，我也愿意。

第二天早晨7点40分，外面依旧下着大雨，我踩着湿漉漉的跑鞋，一个人来到 P 主任办公室门口，等待8点和他讨论下一步治疗方案，心里七上八下的。我在走廊里找了张长椅歇歇脚，迷惘地听着背后的雨声越来越大，隐隐担忧起来：P 主任是不是真的没有办法了？今天这次面谈会不会是他想和我们摊牌?

不一会儿，他到了，只短促地唤了我一声，便一言不发地带我来到二楼的物理室门外，嘱咐我在那儿等候。

早8点，众医生和护士集合在这里开会，前后也就十来分钟。等他们散会后，我和后到的父亲用求助的目光试着去接触路过的每一位医生。我看见来往的人群中，一位参与母亲病例的值班医生迅速回避了我的目光，我心知情况不妙。待到8点20分，我们欲随 P 主任进办公室讨论，但被他制止，他表示先要和 N 教授沟通后，才会请我们入内详谈。

几分钟后，我和父亲才被允许进办公室。一进门，我便望见 N 教授老成持重地坐靠在房间中央的扶手椅上，反倒是 P 主任毕恭毕敬地站在他一旁。这位 N 教授看上去大约60岁，面带油光，前额谢顶，戴着一副圆框眼镜，据说是本市北部某三甲医院的资深医生，在肿瘤治疗上有多年经验，在业内很有权威。

P 主任对着电脑上的 CT 影像，简短地向 N 教授表达了自己的观点，并用征求意见的口吻对他说：“老师，经过放疗后病人颅部肿瘤小了很多。您看是不是可以……”

什么？难道是我听错了？ P 主任这样称呼对方？莫非，这位 N 教授是他的导师？ P 主任为了我母亲的事，竟然动员了自己的导师来攻关？看来，他为了家母的病情已到绞尽脑汁的地步了。不过，也由此可见，他对待疑难杂症的态度不是含糊了事，而是本着钻研精神和身为医生的良心在认真对待的。

“哎，刚才我都已经说过了，这个病很晚期了，看不好的，”P主任话没说完，N教授已直截了当地一摆手，眉头一皱，“而且，这很快的。”

很快？什么很快？难道是说，病情后面会恶化得很快？不，我不接受！

我和父亲连忙请求两位医生想想办法，但N教授一脸无奈，摇了摇头，说是病情已发展到回天乏术的地步。

见我仍然不甘心，P主任似乎想在这位权威面前再次争取，便劝道：“要不先减小放射剂量试试？”

“不行了，都已经这么晚了，单单在一两个地方做放疗于事无补的！”N教授斩钉截铁地说道，语气中丝毫没留回转余地。

办公室里顿时鸦雀无声，只见P主任投来了抱歉意味的眼神，向我们解释道：“病人出血问题一直没解决，按她现在的体质，我们不建议做放疗了。”然后，他顿了顿，迎着我们焦急的目光，忽然将嗓音降低了一级，一字一句小心翼翼地补充道：“你们看，接下来是不是把她带回家去？”

此话一出，我和父亲立即理解了其话中含义。父亲不愿放弃，仍表示我们希望继续治疗，于是P主任面有难色，但还是表示，他可以安排母亲今天下午转去消化科，优先治疗出血，避免再度休克。

见我们同意了，他半低着头连连说：“这样好，这样好。假如今后身体恢复了，再来我这里治疗吧。”可以听得出来，他的语气中既带有束手无策的无奈，也带有一些如释重负的意思。

我在心里短暂思考：母亲刚脱离休克的危险境地，而P主任判断她无法再耐受放疗，这是事实。在不能放疗的这段时间里，与其干耗着，不如把消化道出血的问题解决了。可是话说回来，若送母亲去消化科，她头部和腰部的三个瘤怎么办？就任由它们疯长？进也不是，退也不是，我们抉择得很苦。

也罢，人就是人，既理性又感性的人——明知是九死一生的事，却怎么也不愿向现实妥协，也就只能走一步看一步了。

走出办公室后，我并没离去，和父亲呆坐在门外的椅子上欲哭无泪，忽然听见身后的办公室里传来了P主任沉重的叹息：“哎！这个病人太可惜了……”

中午一过，我们趁着雨停之际，用轮椅将母亲从伽马病区送到了住院大楼消化科病房。这次的病房倒是宽敞了许多，足够容纳八位病人，而母亲的床位在靠窗的17号。至于主治医生，则换成了一位30多岁的K医生。她与母亲初次见面时，我就察觉到她僵硬的表情中有不加掩饰的冷淡和不悦。

我猜测：一方面，她主治消化科，对母亲颅脑肿瘤无从下手，所以她会对职责范围外的病情表现漠然；另一方面，母亲病情已很严重，若非P主任托付，她恐怕是断然不愿接手的，所以她将某种抵触写在了脸上。理智告诉我，我恐怕不能寄希望于这位医生，无论如何，我们得自己再想办法。

傍晚，父亲决定由他陪母亲到晚上，换我去休息。我怀着苦闷的心情回到家，才刚坐定，手机上就跳出了一条消息。

雪："昨晚梦见你在哭，好害怕。"

雪！你竟然会……

我："你也会梦见我？"

雪："你妈妈怎么样了？放疗做了几次了？有没有效果？"

我："上周一，她血指标大跌，昏迷不醒，放疗中止。"

雪："现在呢？"

我："放疗主任放弃了治疗，今天他劝我带她回家，我不甘心。"

雪："我知道你心情不好，但每个人都有自己的路。我昨天梦到你了，其实你一开始没出现，我问了句，你妈妈好了没？然后你立马出现了，就在那里哭，这个镜头一下子闪过去了，然后我就醒了。"

我从她发来的语音中听出了气息的浮动，或许她此时也正心生触动。

我："我代母亲谢谢你的关心。"

雪："我也不能做什么，我能做的也只是为你们祷告，求上帝来改变这一切。我不知道上帝他是不是有自己的想法，但在那之前，你千万不要灰心！"

我："雪，我会坚持到底的。吃过晚饭了吗？"

雪："没有，我回家就能吃，有人为我做晚饭，不用担心我。"

我："你很幸福。"

雪："我……幸福吗？虽然现在没有过得非常非常好，但我已经知足了。因为，是上帝这样一步一步带领我。若没有他，我也不能做什么。"

我："嗯。"

雪："我也挺疑惑的，有时也会有埋怨，我们这么多人一起为你妈妈祷告，为什么上帝就是不愿意转折一下呢？但你还是要相信，也许这件事将来会有所转变，也许有一天你会明白，这件事对你的生命是有所建造的。"

建造？我觉得雪的这个词似乎在委婉地表达，我得从母亲患病这件事中变得更加坚强。换言之，难道无论梦境中的我还是现实中的我都留给她一种软弱的印象吗？的确，一年过去了，我在她的梦中居然这样哭哭啼啼，太失态了。一个眼泪都控制不住的男人，又谈何向她许诺未来呢？

哭，是因为心里还对现实寄予希望，对残酷还会反抗和挣扎，如果是这样，哭也是种坚持。

不哭，是因为心里对苦难充满藐视，既然流泪无用，不如奋起另寻他路。

哭与不哭无关紧要，但放不放弃至关重要，我不能寄希望于虚无缥缈的神明，而必须去做切实的举措，厘清头绪，及早采取下一步措施。

16.好消息，不是胃癌

事到如今，我才重新体会平淡的意义——人生，哪有这么多好事发生？现在，我和父亲只要求每天不要再听到坏消息，这对我们来说就是好消息。

我们打算送母亲去做胃镜检查，以排除胃癌的可能。我们对此有些矛盾，既想马上知道结果，却又惧怕听到坏消息。现在，母亲已经身负三个肿瘤了，我们不再奢望有什么特效疗法，但千万别再雪上加霜，否则真的接受不了。

2016年6月30日一早，我推着轮椅送母亲去胃镜室。门口，医生让她喝下两小瓶药水，据说这可以减轻喉部的不适。等候中，我在门外不断地为她祈求平安，而父亲蹲在十米开外的墙边独自抽烟，看上去精神极度紧张，异常焦虑。

漫长的检查终于结束了。负责检查的医生简短表示，胃里只发现溃疡。我听后先是一喜，然后又不太放心，于是四处张望，终于在前方不远处发现了一个显示屏，屏幕上闪动的字符。我定睛一看，只见医生正在撰写检查结果。我探身仔细速读，看到报告上逐一输入了“胃炎”和“胃溃疡”的字样，另外还有“直径约0.8cm”和“十二指肠旧疤痕”等几个关键词，这才稍稍松了口气。

在一位医生的几次催促下，我扶着母亲被请了出去。一出胃镜室，父亲三步并两步地凑了上来，一把抓住我的手臂，目光中充斥着忧恐，语气紧张地急切问道：“怎么样？怎么样？到底是不是胃癌？”

“不是，只是胃溃疡和胃炎。”我一字一句地答道，望见父亲紧绷的脸终于恢复了平静。

两天后的7月2日，我们取得了胃镜检查结果，报告上这样写道：

综合描述：食管中下段黏膜正常，齿状线清晰，40cm过贲门，黏液湖稍混。高位倒转胃底贲门无异常；胃体黏膜稍充血，胃角光滑无溃疡；胃窦部充血水肿，小弯侧可见一直径约0.8cm大小溃疡，表面覆白苔，周围黏膜充血水肿，胃窦散在黏膜红色点状糜烂灶，蠕动正常；幽门口圆，开闭好，十二指肠球部前壁可见一陈旧性溃疡疤痕，降部深入未见异常。

诊断结论：胃窦溃疡，性质待病理。慢性浅表性胃炎（胃窦糜烂型）。

我安慰父亲说，这次检查出来，母亲没得胃癌，这可算是好消息，我们再接再厉。谁知，他并未松下紧绷的心弦，心情还是很烦躁，他再三强调，现在千万不能有一点放松，一定要继续积极想办法救她。

下午，三姑妈、四姑妈和大伯一家三口前来看望正在午休的母亲，众人你一句我一句地询问着她的近况，这让父亲很是不悦——他是希望让疲惫不堪的母亲少说话多休息的。

将近5点时，我打算外出买两盒饭，欲和父亲在医院吃完晚饭再回家，便开口问："爸，是不是让我去买点饭来？"

父亲闻后，回过头来望了望身后的众人，又迅速瞪了我一眼，嘴角的肌肉忽然跳动起来："你想吃饭那就去买啊！"

两位姑妈和大伯见语气不对劲，顿时止住了话音不敢再发问，只得呆立在那里。一片沉默中，我缓缓走到母亲的左手边，心事重重地望着已经颧骨外凸的她，而她无力地平躺在床，侧着脑袋，用忧虑的目光注视着我。

这时，父亲突然转过半张脸来，面目狰狞，侧目圆瞪，用责备的语气对我高声喊道："去买饭啊！吃完就回去！"

这句话像是燥热的空气中突然炸响的惊雷，彻底惊动了病房内其他床位的病人及其家属们。一阵胆战心惊之后，我从余光中发现，不远处有几人正向这边投来目光。我顿时脸上火辣辣的，但我觉得自己没做错什么，因此很生气。但仔细一想，我意识到他或许是借呵斥我的机会，以此暗示大伯一行人马上回去，不要再打扰母亲休息。又或许，他只是因为心情烦闷，用了一种他最常用的方式将苦闷转嫁到别人身上。无论父亲是为何原因发怒，我不在意，倒是他的呵斥再次警醒了我：我不可因为今天胃镜结果正常就放松下来，现在我们必须争分夺秒！

康艾针、转化糖电解质针、脂溶性维生素、氯化钾针、甲强龙、果糖、左卡尼汀针和复方维生素针……

"那好吧，我现在就回去。"我无奈地望着半空中输液的记录本，上面密密麻麻地打印着一连串的药名，颇为伤感地叹了口气说道。

是的，她一天要输入这么多药水才能维持现况，我眼睁睁地见她吊得手脚浮肿，怎会不让人心疼？

我离开医院后并没回家，而是冒着大雨去了上海图书馆。我这几天在网上得知了一种叫海扶刀的技术，介绍上说这是我们中国人发明的。它不同于放疗，是利用超声波振动来完成肿瘤周边血管的切割，据说无副作用。

也许，这才是我要去努力查明的好消息？

17.沉痛！肿瘤转移到肺部

算下时日，自从6月20日母亲休克抢救至今，我已向T公司请假两周了。近藤和Z女士两位领导曾询问我的归期，考虑到胃镜检查结果正常，且公司近期事务较多，我就答应回去帮忙了。我以为母亲的情况应该可以稳定一段时间，然而，事情远没像我想的那样简单。

直到7月4日周一，她已经气喘五天了，我为此甚是焦虑。最初，我推测她不会有肺转移的可能，因为她之前没有咳嗽，也没有痰中带血的症状。而这天，她居然主动要求做一次肺部CT！

晚上八九点时，我下班赶去医院，当时母亲气喘难受，竟含着泪询问前来换药的护士，自己的病情到什么程度了。那护士含糊地推说，她也不知道，这得问医生。母亲有点失望，平躺在床上，连口带鼻地大口呼吸，眉目中忧愁毕现。才过了一会儿，她便无法继续维持平卧的姿势，看上去呼吸更加困难了，我只好扶她坐起来，这才使气喘的症状缓解。

望着刚从急喘中缓解过来的她，我如坐针毡。正巧，新护工董阿姨来为她换纸尿裤，我便趁着回避的时间，前往医生办公室，申请再给她加一支平喘针。不料，那位女医生在了解病情后，告诉我这个已晚期了，是治不好的，只能过一天是一天。听到这种泄气的话从一位年轻医生口中说出，我顿感失望，一个人徘徊在病房外的走廊里，迷惘不已。

7月5日是我重返T公司工作的第二天。这天早晨9点多，我正在绘制一张零件图，手机上忽然跳出一条父亲发来的消息。

“你妈又有一个最不好的消息，肿瘤已转移到右肺，6cm*8cm大小，左肺积水严重，这病魔太残忍了！”

这下真的完了！

痛苦再次充斥脑海，我停止了手上的工作，胸闷不已。怎么办？事情来得这么急，我是否熬到下班了再去？不，昨晚母亲已经气喘很厉害了，必须尽快处理，利用这大半天，要么找主治医生商量对策，要么再跑一家医院咨询也是好的。工作和母亲都很重要，但若只能选其中之一，那我只能放下工作。上司Z女士对此有些无奈，但也表示能够理解，随即安排其他同事接下我当天的任务。

一路上，我的意识一度被绝望淹没，脑海中不断冒出一条条失落伤感的字句。我甚至有些害怕去见母亲，生怕她读懂我眼中的绝望。

我赶到病房时，她见到我居然放下工作回来陪她，顿时一脸疑惑。她又转过脸去看了看守护在旁的父亲，见他满面憔悴，似乎猜到了今早肺部CT结果的严重性。她一直保持着沉默，静静地望着滴斗中反复落下的液滴，眼里闪动着泪光。

待到中午，我也没见K医生回来，便进办公室咨询近日的血常规结果。

中性细胞比率83.54%，淋巴细胞比率11.82%，嗜酸性粒细胞比率0.24%，红细胞2.5×10^12/L，血红蛋白70g/L，红细胞压积21.6%，血小板83×10^9/L，血小板比积0.09%，淋巴细胞数0.68×10^9/L，单核细胞0.24×10^9/L。

望着电脑屏幕上这些标红的数据项，我不愿坐以待毙，立即在好大夫 App 上广发求医贴。一阵苦等之后，只有本市三甲 G 医院脑脊髓外科的 C 大夫答复了我，他主张手术治疗，并预约我当天下午前去面诊。我虽知此时万万不可手术，但出于研讨病情和寻找出路的考虑，还是决定赴约请教。

下午，C 医生在看过我呈上的胶片后，彻底否定了他几个小时前的观点。他指着胶片上那些不正常的密度影告诉我，母亲颅部内被侵入的区域正是视觉区，所以才出现了视线模糊的症状。我借机向他打听近期我正在查阅的介入消融术，他便写了个字条并盖上章，让我第二天去找该院介入科的 A 医生，并说假如他愿意收治，就有一线生机。此外，C 医生还表示，即使能用介入术缩小肿瘤，也是杯水车薪。临走前，他注视着我，仿佛读懂了我的焦虑和失望，嘱咐我要对病情有心理准备。

这份似曾相识的嘱咐我已听闻太多次，此刻虽已有些麻木，但还是在心底对这份特殊的关照表示感谢。毕竟，看到我始终不舍不弃，他或许不忍心像前一日那位女医生一样说得太直白，而改用了一种大多数人能接受的委婉方式吧。从这个角度说，那位女医生也只是陈述了一个当前行业内的事实，与 H 医生含糊的态度相比，这份未经人情世故打磨的耿直倒不失为某种意义上的坦率。

在回 W 院的路上，天下起了倾盆大雨。因为风的作用，大滴的雨从出租车窗上滑落，又渐渐被抛离开来，形成了一条细长而曲折的流迹。我忽然有种感觉：窗上的是伤心人的飞泪。难道，此刻也只有这雨能懂我苦闷的心境了？

我这次真的不能接受！明明最开始是背部皮下的低度恶性肉瘤，怎么就演变成肺部肿瘤了呢？现在肺上积水这么严重，人的呼吸一受阻，是会有生命危险的。这病真的太可怕了！

衣衫浸湿的我拖着湿漉漉的脚步，刚一走入病房，其他病床的家属们就齐刷刷地投来了目光。他们见我肩背一只滴着水的公文包，腋下护着一大袋 CT 胶片，其中几位的目光中流露着异样的神色。

令我意外的是，此刻，教会的沈阿姨和另外两位长辈正在为母亲祷告。几位老人高声唱诵着教会的歌，并祈求上帝保守母亲康复。一时间，这些虔诚而感人的祷告词再次触动了人心最柔软的地方。

在环环相扣的祷告声中，我俯身到床边，听见母亲转头询问道：“外面雨这么大，妈妈还在想你怎么还没回来呢？”

“妈……不好意思，让您担心了。”我有些悲伤地注视着她道，而她眼中闪动着微动的泪光，不再继续说话。

她既然不愿发问，可我也不忍直说！我内心很是惭愧，一想到自己奔波一下午并没什么进展，就焦急得想跺脚。我沉默地蹲靠在她的床沿，不敢抬头再看她，只得假装转头望着窗外的漫天大雨，实则想借此机会将泪含回去。

听，那雨声渐大，可像是老天爷忍无可忍的哭声？

我忽然感觉自己喉咙在颤抖，气息也乱了起来。

既不能放弃，又不能哭；既不能明说，又不能欺骗。

惆怅至极的我，除了合眼闭嘴，方能维持不弃、不哭、不欺的初衷。但即使如此，我尚有一个感官仍在牵动着刺痛的心：听觉。

窗外，下的是悲天悯人的夏雨。

房内，念的是暖烫的人情。

“阿门！”

我紧闭着眼，忽然听见母亲在老人们的祷告词后附上了一句，而这她嗓音里的哭腔是那么清晰可辨。我猛然睁开双眼，惊讶地发现，她正伸出双手，紧紧地握住床两旁的铁栏杆，皱眉闭目，凭借残余的气力将上半身微微撑起，眼角一串泪珠顷刻滑落！

此情此景之下，一旁的父亲早已哭红了眼睛，他拿起低柜上的手帕，心疼地将妻子的泪擦了一遍又一遍。而我紧咬着牙关，伏在床边，一只手握住她发凉的手，另一只手为她摇扇解暑。

看，母亲都还燃烧着如此强烈的求生意愿，我又岂能失去希望？

是的，即使转移了又怎样？我仍相信，只要人一刻没放弃，就一定会有转机！

18.四处求医，寻求希望

每天醒来时，我还是怀着一丝希望的，并告诉自己：即使身陷绝境，人活着就要寻找希望。

2016年7月6日清晨，我坐在赶往W医院的出租车上，回忆着前一天傍晚的经历。那时，我去找K医生，不料她休假去了。郁郁而回时，我在走廊墙上的宣传栏里得知该院有热疗室，而我记得网上介绍过，热疗是一种通过全身加热来杀死肿瘤细胞的纯物理疗法。于是，我顺着这条线索，随即找到了该层科室的M主任。她梳着一头齐肩的鬈发，看上去将近50岁，是K医生的上司。

初次见面，她就十分热情地招呼我进办公室详谈。经我简述，她大致了解了母亲病情，并乐观地表示家母头部肿瘤是因为皮下肿瘤向内侵入，热疗应该不会导致颅内高压，此疗法可以用。此外，她还提到，除了热疗之外，后续会安排超声室的O主任评估一下海扶刀的可行性。几番交谈后，她以自己亲人因癌症去世的故事，安慰我要面对现实，并说此处反而比其他大医院更加人性化，更懂得关心病人和家属，而不是一看到晚期病人就扔在一边。这番话真是说到了我心坎里，对比K医生的态度，我顿时觉得眼前这位M主任的态度又使我看到了希望。

出租车很快便抵达了W医院门口，我也中止了回忆，一下车便直奔CT室外的取片窗口，领取昨天的肺部CT胶片。虽然我非医科出身，但也可以通过对比胶片上灰度的反差，大致猜到肿瘤的位置——由于肺部大量积水，两肺的影像已明显不对称，一侧肺的下方的白色区域想必就是胸水，而肿瘤可能就在这片区域中。

影像学结论如下写道：

*右侧部分肋骨溶骨性骨质破坏，局部可见软组织肿块影，跨肋骨内外侧生长，最大层面大小约6.3cm*8.5cm，CT值31HU，两侧胸腔内可见条片状液性密度影，以左侧为著，左肺组织容积缩小呈实变影。右侧胸膜和叶间裂结节状增厚。纵膈居中，内未见明显肿大淋巴结影。心影未见明显异常。*

右侧部分肋骨骨质破坏伴局部软组织肿块，右侧胸膜结节状增厚，结合病史符合转移，建议增强扫描随访。两侧胸腔积液，以左侧为著，伴左肺膨胀不全。

我反复把这样几行字读了好几遍，读完后身上衬衫湿了大半，眉头有汗珠流入眼眶中。我疲惫地揉了揉眼睛，欲哭无泪地坐在取片室外，良久没有起身。

我忽然想起了昨天遇见的M主任，正准备带着胶片再去咨询治疗方案。但仔细一想，我又停下了脚步，心中犯疑。这份诊断结果一出，医生们都能网上查到，兴许她已从下属K医生处得知了这情况。试问，她若看到这么严重的诊断结果，还能像昨天那样满脸乐观吗？那我此时去求一个治疗方案的话，结果会怎样？可事已至此，即使结果很可能不尽如人意，我也必须去争取一线生机。

回到住院大楼里，我先去探望了母亲。其间，我对肺部CT结果只字未提，只是告诉她，今天超声室的O主任会给她试试海扶刀，我再三鼓励她打起精神来。见她面色枯黄，身形异常消瘦，我很担心她会被对方拒绝。于是，我劝她说，假如她看上去很衰弱，那医生可能不愿收治；相反，假如她看上去求生欲很强，那医生可能更愿意鼎力相助。母亲觉得有道理，重重点了点头。

中午的超声室外，我和父亲推着轮椅，陪母亲在门外等候。我们前面的是一位陪母看病的中年妇女，她的母亲身患肝癌且有转移，已被重病折磨得白发苍苍、骨瘦如柴。轮到她们时，只见这位壮硕的中年女士双臂一振，腰杆一挺，猛然抱起老母，三两步就将她平放到室内的检测台上。

我站在超声室外，望着微微掩上的房门，心想：“看，这位女士的母亲都病成这样了，O 主任还是收治了她。由此推测，他应该会帮我母亲治疗的吧！”

不过，等轮到我们时，父亲和我却高估了母亲的脚力。在平地和检测台之间有一个木制的三级台阶，我们从两侧架住她的腋下，打算搀扶她走上前方的台阶。谁知，母亲竟已没有一点脚力，在第一个台阶上就一脚踩空了，这一突然的踉跄让我和父亲猝不及防，三人竟差点一起摔倒。这一幕被 O 主任尽收眼底，他草草地在 B 超探测端上抹了点油，抵在母亲一侧肋骨上随意滑动了几下，而一旁显示屏上晃动着目光跟不上的影像画面。

“起来吧！”O 主任手掌向上一挥，淡淡一笑，“B 超都没看到肿瘤，看来海扶刀没法做了。”

我顿时很着急，连忙问道：“医生，麻烦您再仔细看看，我们 CT 报告上……”

“你不信？”对方顿时露出了敷衍的神情，转身又抓起那个探测端，在母亲肋部接触了几下，“你看，影像上都看不到。”

我望着他身旁的显示屏，上面黑白的画面飞快地切换着，令人目不暇接。父亲也不管那画面代表着什么，只是望了一眼沉默中的母亲，也耐不住了，恳求道：“O 主任，求您帮帮忙，说不定换个角度就可以了呢？”

“我说了做不了就做不了，你们还是回去吧，后面还有人等着！”O 主任的态度开始不耐烦了，他转过身去，一只手插在裤兜里，另一只手掏出上衣内口袋的手机，打起了电话：“喂，是 M 主任吗？那个，你给我的那个病人啊，出于一些原因……”他说到一半停了下来，瞟了我们一眼，做了个手势，示意我们出去回避。

我们三人此时都已心知肚明：这又是一次空头支票，海扶刀这条路走不通了！

回到病房，我眼睁睁地看着母亲重新戴好氧气管，她用满是委屈的眼神看了看我，又看了看父亲，呼吸急促地对他说：“小徐，对不起，都怪我不争气！”

“小叶，这不怪你，别担心，我们再想其他办法哦！”父亲伸手捋了捋母亲耳边的碎发，眼神忧伤地安慰道。

我不愿坐以待毙，立即就前往 M 主任的办公室。谁料，再见到她时，对方已态度大变，斩钉截铁地拒绝昨天建议的方案不说，竟还劝我放弃。她显得很没有耐心，找了个借口就准备离去。

我追上去挽留道：“M 主任，既然海扶刀不能用，那您说的热疗可以用吗？”

她终于停下脚步，面色颇为难堪地说道：“不行，不行！像你妈这么晚期的病例，我也没办法了！你还是先回去吧！”

“M 主任，可你昨天还……”

对方抬起一只手掌，打断了我的话：“好了，我还有事，就这样。”

走廊里，我望着她决绝离去的背影，胸闷地留在原地，一时间倍感失望。明明昨天还热情地向我提供方案，还信誓旦旦地说能治，如今即使病情比想象中棘手，也不应该抱着这种治不好就翻脸的态度。

“其实，我们这里反而更加人性化，有些大医院一看到晚期病人就扔在一边，我们不会，我们这里更懂得关心病人。”

假的，全都是假的！

我回忆着她昨天傍晚说过的话，忽然觉得很生气——某些人面对的是活生生的人，不是没生命的零件，零件报废了可以换新的，人病得再重，岂能随意言弃？

但过了一会儿，我冷静一想，反倒不再执着于请她医治了。她能尽早说出自己最真实的观点，也算是一种负责。只是，我绝不会因为她的话而灰心，说我固执也好，说我偏激也罢，就算 W 院的医生都放弃了，我还可以去外面另请高明！

下午，我整理好了所有病史和胶片，独自前往市三甲 G 医院求医，并挂号了昨天 C 大夫推荐的 A 医生门诊。

排队两小时，看病五分钟。这虽是病友们私下调侃的话，却也是事实——太多的人，忧心忡忡地来，满怀期盼地等，却怏怏而归。整个候诊大厅里坐满了来自全国各地的患者及家属，不但环境嘈杂，空气也有些浑浊。

我独坐在这个弱势群体中，不时注意到有几双忧愁的眼睛朝我望来，又似乎了然于胸地移开了视线。大家都是为了亲人来看病的，都背负着相似的压力和苦闷。我能从周围的交谈声中听到其他人的病情，不由得投去同情的目光——在我看来，那些已有转移的病人恐怕是凶多吉少了。可是，我却接受不了他们同情的目光，这会加重我的窒息感。尤其是当我看见他们将目光抽离而去时，我觉得自己仿佛被这个世界抛弃了，心中的焦虑像是个可憎的肿瘤，一层层侵蚀着我的心灵。

我万万没想到，此时的自己竟已忧虑到了极点，哪怕是陌生人的一点肯定的眼神都能给我一股聊胜于无的力量，去面对这一天天暗淡下去的现实。

在等候的三个多小时里，不断地有陌生人手持几张广告纸前来搭话，大意都是推销某抗癌神药，有一些甚至自称门店就开在 G 医院对面，全被我一一拒绝了。我明白，越是到这种希望渺茫的时候，越是要相信科学、理性面对，不要被那些来路不明的“特效药”迷失了方向。

我摇了摇头，问自己：既然还存有拒绝“神药”的理性，那现在真正的方向又在哪里？是前方屏幕滚动栏中那些名医的专家门诊吗？快看，A 医生的名字在那块大屏幕上反复出现，他的名字也被柜台的叫号提示音重复着。在他成果丰硕的简介中，也确实有一些软组织肉瘤的临床经验。可是问题又来了，昨天是这个医生的普通门诊，今天来就成了专家门诊，两次都是同一个医生，为何收费就相差数倍，甚至更多？但现在也来不及去想这些了，只要能看好母亲的病，多花几百元钱我也能接受。

走进诊室，一位身形微胖的男医生出现在我眼前。他鼻梁上架着一副浅色边框眼镜，看上去年龄不到40，朝我职业化地一笑后，请我坐下再说。我几乎是怀着一份敬畏救世主的心，注视着这位A医生，尽量掩饰着心急如焚的心情。不过，在我口述病情时，他似乎对CT胶片更关注，似听非听地低头读着胶片，好一会儿后，终于抬起头来，但脸上并无任何表情，严肃得像一台机器。他提出了想见家母本人的要求，并表示若不见到本人，就无法确定医治方案。

这样的要求让我暗自矛盾，心想：现在母亲已无法下床走动，且整天依靠氧气维持呼吸，送她来这里排队的话，无异于让她冒生命危险。况且，万一院方拒收呢？这不是在折腾她吗？现在，既然不方便带母亲过来，我又不能如实相告，因为我担心他一听那么严重，会一口拒绝。望着等待我答话的他，我在心里暗暗叫苦，这真是进也不是，退也不是！

可我不愿白跑一趟，还是恳求他先收治入院，并表示哪怕疗效欠佳，我们做家属的绝不会埋怨他，但他的立场丝毫不变。

走出诊室时，我很迷惘，一想到母亲如今身负四瘤，正苦苦挣扎在生死线上，而我却一筹莫展！这到底是我办事不力，还是我蠢笨无能？

我在诊室门外的长椅上坐下，望着大排长龙的看病人群，试着换位思考，倒也觉得A医生的说法不无道理。医生诊断患者的病情，就像我作为工程师评估零件的可加工性——医生在没见到病人前，是没法完全了解病情的；而工程师在没见到图纸前，也不能完全保证客户口述的零件是否能加工出来。既然这样，那我是不是可以邀请他去W院见母亲呢？不如试试吧！

就这样，我在诊室外又等了一个小时，届时临近医院下班时间，走廊上的人群也已逐渐散去。这时，走廊上有一连串高跟鞋的脚步声陡然而至，我一抬眼，见不远处走来了一位衣着艳丽的年轻女子，她既不像病人那样面色暗沉，也不像病人家属那样忧心忡忡。只见她披着栗色的长发，不但画了眼影，还抹了口红，肩背LV名包，身穿红色镂空衫和一条黑色网纹热裤，脚踩一双硬底高跟鞋，走起路来神态高昂、步姿轻佻。她有些得意地继续高调前行，最后驻足在诊室外，像是在等候着谁，不时有些做作地向后拂了拂飘香的秀发。

5点刚过，A医生一走出诊室，还未等他锁上诊室的门，那女人便抢着上前和他交谈着什么，不一会儿，便紧随他匆匆的脚步向走廊尽头走去。

我背起沾有汗水的公文包，提着一袋 CT 胶片，紧跟在他们身后，犹豫了一下才道：“A 医生，不好意思，请等一下。”

A 医生听背后有人叫他，回头一看是我，不由得一愣，冷冷道：“哦，是你啊！你还在啊？还有事吗？”

“是的，我妈现在腰和肺部都转移了，下不了床，所以我是想找个时间邀请您去 W 院，当面评估下病情，看看是不是可以转到这里来治疗？”我为了表示诚意，调整了语速，小心翼翼地建议道。

他听后，面无表情地摇了摇头，只道：“要么你带她来让我当面看下，但收不收到时再说。让我去别的医院，不可能。”说罢，他便转身而去。

我不甘心，立即一路紧随在他身侧，恳求道：“A 医生，我母亲的肉瘤您比其他医生更有经验。我恳请您再考虑下，麻烦您去看一下，哪怕只是提一些治疗建议也比现在好啊！况且，我们不会让您白跑一趟的！”

他再一次停下了脚步，望着我正欲开口说些什么，而贴身侧立的那位红衣女子竟偷偷扯了扯他手肘处的白大褂，长锋般的细眉下流露出了几分不屑。

“不行！”

他斩钉截铁地拒绝我后，掉头便走，像是对我避之不及。我不甘心，又跟了上去，这反而促使他越走越快，在迅速转过几个转角后，他见我仍然一路恳求，猛一转身，反感地敷衍道：“你别纠缠了，我不可能去，而且现在我下班了。”

我停下脚步，失望地注视着几米开外的冷漠背影，忽然听见他身边的红衣女子娇声问他：“今天过得怎么样？”说罢，女人一手挽在了他的右胳膊上。

“忙！那你呢？”A 医生侧过脸来，笑眯眯地望着她。

我忽然发现刚才心生的敬畏此刻早已烟消云散，而是改用另一种目光漠视着两人越走越远。

回到 W 院时，夜色已快降临，父亲正在喂母亲喝着热腾腾的白米粥。

“这么晚回来，儿子太辛苦了。”母亲没去吃那勺送到嘴边的粥水，眨了眨湿润的双眼对父亲说道。

父亲更关心我此去的结果，问道：“那个医生怎么说？”

“那医生不见本人就不能决断，就算见了也不代表他收治。我看我明天再去一次，找找别的医生吧！”我犹豫了下，隐去了刚才发生的内容，为难地答道。

“唉，又是一天……”父亲沉吟了一声，忽然不说下去了，只是端起了碗，拿起勺子继续喂母亲喝粥，“来，小叶，再吃一点吧。”

我转过身去，隔着窗玻璃，眺望远处楼宇间残存的余晖，心中积郁难消，而背后又传来了母亲吞咽粥水时的咳嗽声，于是心中的苦闷变得越发无边无际。

为什么那位医生在我们愿意支付报酬的情况下仍不肯上门面诊呢？

七绝·悲魄吟

恶患游缠转肺侵，

归期盼透喘呻吟。

白衣略诊皆言弃，

轻遣愚郎不死心。

冷静下来一想，我觉得除了他自己不愿意外，还可能和院方的规定有关吧。即使他着便服，又于下班时间去他院看病人，可能也有触犯医院某种规定之嫌。假如这个猜测是真的，那他拒绝我也属正常。况且，我当时救母心切，措辞也有失策略。也罢，还是明天再找其他医生吧，但我要上哪儿去找呢？

望着窗外那淡红的夕阳沉没在楼宇间的夹缝里，我偷偷叹了口气，本想点亮手机屏查看时间，却发现了一条未读消息。

“刚才收拾东西，我翻到了这个。”

点开对方附上的那张图片，我发现那是我曾经送给雪的镶钻项链，此时正捧在一只熟悉而又陌生的手掌上。项链上的心形边框依旧光亮如新，边缘上还激光雕着“念想 ××”四个小字。

我：“没想到你还留着……”

雪：“嗯，你妈妈今天怎么样了？”

我：“很不乐观，院内医生放弃了，每天用吊针空耗过去。”

雪：“我也不知道怎么安慰了，能做的就是继续祷告。”

我：“我代她谢谢你关心，我会再去外面找医生的。”

雪：“我想说的是，在你去找任何一个医生前，一定要向上帝祷告，求上帝给妈妈预备一位她现在最需要的医生。”

我：“谢谢，放心，我相信我会找到的。”

雪，真的很感谢你总在我低落无助时发来消息。这条项链难免会使我有破镜重圆的幻想，但很快我又觉得自己很可笑。虽说你和他现在只是同居订婚，尚未礼成，但我是清醒的，你只是家母也是基督徒的缘故，才会几次主动联系我。不管怎样，今年母亲节时，是你主动关心她的近况，是你请上海的教友来我家慰问她，甚至动员你在北方的朋友们为她祷告。这些她都已知道，并嘱咐我代她传达谢意。尽管我们曾在一起过，但毕竟观念不同，即使那位叫桐的男士没有出现，我们恐怕还是避免不了分道扬镳的命运吧。

我总觉得，物质的世界里，神明恐怕是虚无缥缈的存在，而人的努力才是实实在在的。我也不愿如你所说的那样，看淡和亲人在地上的别离，期待日后天堂的重聚。我也没有你神圣崇高的豁达，我只有燃烧不息的执念。我所求的在今生今世。倘若此生救不活母亲，待我死后，我还能上哪儿去找她？天堂真的存在吗？谁也不能百分百确定。那么，就只能坚守和珍惜此刻尚在的亲缘。

我会再去那家医院寻医，纵使今天一连串的遭遇令我失望透顶，也决不向这样的现实妥协！

19.七月七日阴

2016年7月7日一早，我已搭上了前往W院的出租车。纵使隔着车窗望着湛蓝的天空，我仍感觉目及之处尽为愁云。

昨天半夜，我和父亲就母亲病情讨论了一晚上，双方观点竟一拍即合。

转化糖电解质针500ml、脂溶性维生素II(知维保)1瓶、10%氯化钾5ml、甲强龙40mg、果糖氯化钠针（一川）250ml、左卡尼汀针（卡尔特）3g、卡络磺钠氯化钠针80mg、果糖针（12.5g）250ml、康艾针60ml、甘露醇125ml、兰索拉唑针（奥维拉）90mg、尖吻蝮蛇血凝酶针（苏灵）2支、托拉塞米针（特苏尼，静推）2ml、复方维生素800ml、0.9%氯化钠输液400ml、0.9%氯化钠针静推20ml。

我们觉得，这些天从清晨到晚上，如此大量的输液已对她的肾脏造成了巨大负担，因此出现排尿困难、腹胀难受的症状。起初，医生使用了利尿针，效果明显，但后来效果越来越差，医生建议只能插导尿管了。临睡前，父亲坐在客厅里，对我愁眉不展地强调，明天开始一定要把输液减量。

“小伙子，W院到了。”

司机的一句话打断了我的思绪，我睁开眼，发现此刻出租车已停在了W院大门外。我下了车，直奔CT室外的取片窗口，待拿到最新的腰部和胸部CT胶片后，直赴G院求医。虽然距离下午A医生的专家门诊还有三个多小时，但我这么早过去，其实是想去介入科的病房实地考察一次，顺便寻找新的思路或线索。

G院的病房区给人的感觉就是干净、整洁和安静。我走在一条一通到底的走廊上，呼吸着残留着轻微消毒药水味的空气，轻踩着地上铺着的浅色地砖，心中不禁暗叹：到底是名牌大医院，岂是E院和W院那些地砖墙角积满灰尘和油腻的环境可比？

在路过走廊中间的护士站时，我还发现在站内的白板上，有人用马克笔端端正正地写着各个医护人员的排班时间以及个别病人的注意事项。连护士们都如此兢兢业业，又何况是这里的医生呢？

再往走廊深处走去，我发现右边的墙上贴着几张宣传页，上面图文并茂地印有射频消融术治疗肝癌的成功案例，还有海扶刀和冷冻消融术等技术的科普海报。看来，我这次终于来对地方了吧？

我路过了一个病房门口，顿时被墙边放置的小书柜吸引了，便驻足细看，发现那柜里整齐分列着可供病人和家属阅读的有益读物。随手翻看了几本有关心理类的书后，我见出版时间是近几个月的，但书页却存在多处折痕和卷角，心想这些应该常有人翻阅。将书放回柜子里后，我又注意前方不远处有一面心语墙。走近一看，上面满满地写着出院的患者及其家属对医生们的感谢词，其中常提到一位B医生，可见患者对他评价较高。

我立即从好大夫App上查询了这位B医生的简介，原来他在肿瘤治疗领域已有超过20年的临床经验，担任国内抗癌协会多个学术职务，而当天下午刚好有他的专家门诊。

"好！下午就去他门诊问问！"我一边思索着，一边提着CT胶片袋往回走，路过了医生休息室，刚才还紧闭的门此时正半掩着，于是我推开了门，想看看A医生或B医生在不在。

门刚推开一半，房间里一个穿着蓝色手术服、头顶手术帽的中年男大夫出现在我面前，一边用小刀削着手头的苹果，一边和气地问我："你找哪位？"

定睛一看，我认出了眼前这位便是B医生，我刚想拿出胶片咨询他治疗方案，忽然见他略显疲惫的脸上挂着汗水，猜想他可能刚完成一台手术。我觉得此刻是他休息时间，不便打扰，况且下午还能挂他的号慢慢聊，于是便改口问道："我找A医生。他在吗？"

"他啊？哼，他不在这儿。"B医生脸上的微笑忽然消失了，低下头继续削着那半个苹果。

见他突然转变了态度，我似乎从中得到了某种启示。

下午我去拜访B医生时，他耐心地听我说完了母亲的病情，又看了看母亲颅部和腰部的胶片，摇摇头道："已经很难弄了。"

"B医生，我明白已经很难了，就您看，现在还有治疗手段吗？"我问道。

他放下手中的胶片，看着我问道："腰上的肿瘤也许可以做个冷冻试试看，但效果嘛……都到这地步了，你这次是为了什么来我门诊的？"

我整理下思绪，用平缓的语气道："我想先让她减轻肿瘤的负担，带瘤生存。"

"那你去再拍个腰部肿瘤的增强CT给我评估，我才能下结论。最好下周带她本人来让我看下。"B医生的说辞也和A医生一样，非亲见面诊不能定论。

"这个……"话刚到嘴边，我就想起了昨日和A医生的对话，胸中顿无底气，吐出的两个字轻得像蚊子叫。

B医生此刻的目光炯炯有神，凭他的经验多半也猜到了我的为难，便一针见血地补充道："假如还能活三个月，才有治疗意义，否则只能活一个月的病人我就不收了。"

我似乎听出了他的话中话，心想：一是他认为病情太重，且是“隔手账”，便不考虑接手，因此以腰部肿瘤不是增强CT为由，婉拒我的请求。其实腰部肿瘤已不是如今的致命点，致命点在肺部的肿瘤；二是他质疑母亲现在的病情根本无法支撑三个月，于是他把话说在前面，好为下次婉拒做个铺垫。

回到W院，我仍抱着一丝希望，鼓励母亲尝试站起来，但她在我的搀扶下，整个人摇摇晃晃地试了几次都失败了——她真的做不到了，无论坐或立，她腰部疼痛不止，而且左腿根本不能伸直，只能蜷曲着。我无奈地重新扶她躺回去，一个人望着窗外沉甸甸的夕阳发呆。

她一步都走不动了，又谈何去G院？不去G院，又如何让B医生面诊？不，也许母亲不必去那里，因为即使去了，对方也会拒绝吧？

不行，不能自我否定，不试试怎么知道不行？可是，母亲现在糟糕的身体又岂能经得起“试试”？

夜晚，我回到家时，父亲正躺在床上，呆呆地看着关闭了声音的电视节目。他说他今天又去向上次那个同事朱先生求助，希望他帮忙走走关系，但对方这次婉言拒绝了。父亲还说，他从护工那儿得知，母亲这几天整夜翻来覆去，无法入睡，但当他第二天询问时，母亲却谎称自己睡得挺好。据此，父亲估计母亲已意识到自己无力回天，一想到还有诸多放不下的事，这才彻夜失眠。而母亲为了不想加重我们的精神压力，干脆对父亲说了善意的谎言。

昏暗的卧室里，父亲的语气听上去很气馁，躺在床上连声叹气，沉默了良久才问我今晚的情况。我说，今晚母亲仍要靠利尿针才能勉强排尿。不料，他越听越消极，怀疑母亲膀胱附近有肿瘤压迫，并认为事情已到了不得不放弃的地步。

爸，连你都开始打退堂鼓了？就剩我一个人苦苦坚持那一丝渺茫的光明吗？

我越想越发怵，顿时觉得整个人被打击得有气无力，疲软地靠在他卧室的门沿边上，任凭电视机上忽明忽暗的光线刺入我的眼角。

听，他又在叹气了。

喘不过气来了，胸闷得头晕了，腰背无力了，我好想找个地方坐下去。

虽然现实就是这么残酷，可人正因为倔强才不愿死心，正因为不死心才会挣扎得伤痕累累。就且让我缓一缓，缓一缓吧！今晚，我需要一点时间，好让我排解心头的阴霾。

20.别崩溃，再坚持一下

我听说，一个人若被迅速杀死，他的情绪尚可做到慷慨激昂，但若告诉他会在何日何时被处决，那他的精神最有可能崩溃在临刑的前一晚。

如今，我似乎有了类似的体验——母亲的生命之火仿佛是将要燃尽的灯芯，这使我每天醒来后，都饱受无比难受的窒息感，我深深恐惧接下来将会发生的事。

我后悔当初没能足够关心她的病情，可事到如今，再后悔也无用，留给我的时间不多了，我必须赶紧想办法！

2016年7月8日早晨，我又联系了那位在本市三甲S院后勤部门任职的小学同学。他说S院的介入科并不成熟，技术还是从其他医院引进的，并且他熟悉的几个医生都不愿或不敢接手。很遗憾，我想转母亲去做介入治疗的路走不通了。

另外，父亲也在努力为母亲寻找转院机会。经他托关系，一位朋友的朋友认识G院的后勤人员L先生，巧的是，他和该院介入科B医生关系很好。尽管昨天和B医生见面时，我没能请得动他，但父亲觉得还有希望，便命我下午1点去找L先生求助。

上午，我正整理着病房阳台上储物柜里的CT胶片，这时，基督教会的张阿婆带着宋、王等老人前来探望。母亲一见是她们，精神顿时振作三分，嘱咐我扶她坐靠在床头。即使如此强打精神，母亲的衰弱也显而易见——她鼻中接着氧气管，面色憔悴，眼袋发青，嘴唇苍白，散乱的短发夹杂着几缕银丝，不但身形渐瘦，就连精神也萎靡不振。老人们见状，脸上纷纷露出了惋惜的神色。几番慰问后，张阿婆提议为她合唱一首《十字架》。虽然这首歌的歌词很简单，但老人们却把它唱出了温情。随着歌声回荡在沉静的病房里，每一句歌词都深深感动着我们饱受煎熬的心。

母亲时不时轻声唤一句“阿门”，但声音听起来像是用尽全身力气祈求活下去。母亲自知病入膏肓，不由得眼眶湿润，泪珠滚滚，但她却坚强地没让它们落下。

要忍住被人间真情感动的泪是很艰难的。

我紧紧握住母亲苍老的手，想着下午要去求那个L先生，心叹此去把握不大，于是也不敢直视她的眼睛。故作镇定是假的，真可恨这不争气的泪水，竟打湿了母亲布满皱纹和茧的手背。

男儿昏庸，挥泪何用？！

若是因为感动而流泪，说明母亲在我心中分量很重。可既然很重，那这么多年来，我为何迟迟没去解决她的难处？到底是懦弱，还是无能？若是因为害怕失去母亲而流泪，那此刻在她面前，更不值得这么做。那样，我怕会使她失去求生的信心！

听，她这些天来越来越严重的喘气声，K医生在几天前就多次建议我们放胸水。对此，我和父亲犹豫了好几天，觉得这是一个开弓没有回头箭的抉择，直到今天才勉强同意。

癌症导致的胸腔积液通常是带血性的，网上说这是因为肿瘤侵犯了血管。放胸水，就是通过导管把胸腔积液引出体外。倘若放，虽能解一时气喘，但血细胞和蛋白质会随着胸水大量外流，人体会越发虚弱，此法如同饮鸩止渴；而若不放，母亲如此喘气还能坚持到下周吗？

况且今天已是周五了，周末K医生休息，万一有情况，值班医生真的会插手帮她的患者放胸水吗？

歌声没有停，我没松开母亲的手，只是侧过脸去，借用肩头衣袖抹去眼角的泪。我低头望着平放在地板上的透明医用胶袋，里面盛满了从她左侧胸腔引流而出的胸水。那真的是血水，颜色只比鲜血浅一些，目测已经放出了五六百毫升了！

这时，母亲又是一连串的咳嗽，但总有一种咳不干净的感觉。我迅速抽来一张纸巾，托在她下巴，眼睁睁地望见她吃力地在纸上吐了几口唾沫。

我微微一喜，猜想这咳嗽似乎代表着原本被胸水压瘪的肺叶恢复了充气，因此母亲才出现类似呛到的反应。但紧接着，我又重重一忧，望着纸上那摊浅红色的泡沫背后发冷，立即意识到她的肺正在出血。

出血在哪里？是因为肿瘤侵犯了肺部血管，还是引流针刺破胸膜时的出血？

不行，不能再拖下去了！虽然和L先生的见面约在午饭后，但我按捺不住性子，起身收拾好CT胶片和诊断报告后，出门而去。

午后，我站在夏日的热浪下，提前到了挂号大厅的门外，心绪不宁地在熙熙攘攘的人群中来回张望。过了好一会儿，一个男人骑着电瓶车缓缓停在我面前。

那是一位黝黑皮肤、嘴角留着胡楂的中年男人，身着一件褪色的褐色圆领汗衫和一条皱巴巴的迷彩裤。只见他若有所思地上下打量了我几下，问道："是小徐吧？"

"嗯，是我，你是L先生吧？"说罢，我看见他将眼光朝一边移去，显得有些漫不经心的样子。

"是我，关于你的事，我那朋友已在电话里告诉我了，你有什么打算？"只见他嘴角的肌肉一紧，一脚支撑在地上，重新将视线落到我身上。

见他开门见山，我也直接说明来意："我妈得了肿瘤，现在人在W院。昨天我挂B医生的号时，他说也许冷冻疗法可用，但必须亲眼见到病人才肯收治，可我妈身体虚弱，不便过来，不知是否方便请B医生来W院看下情况呢？"

其实，关于这个问题，两天前我在A医生那里吃过闭门羹，我也明白请动他们来W院面诊母亲可行性是很低的。但事到如今，绝不可知难而退，希望再渺茫也要试一试。

"哦，原来昨天是你啊！"L先生顿时像是恍然大悟，望着疑惑的我，摇了摇头，"我昨晚刚和他一起吃饭呢，他说昨天遇到一个病人的儿子找他，听这情况，估计就是指你。他说病人情况已经很晚期了，所以，你应该知道了吧？"

我见他忽然把后半句咽了回去，急着追问："知道什么？"

他看了我一眼，表情有些僵硬，转过脸去说道："唉，这事只有他同意，病人才能住进来。"

“这个我明白，我的意思是您能不能帮帮忙，请他来W院……”

L先生忽然打断了我的话，插了一句：“不不不，我看他是不会同意的。”

午后的骄阳迎面照来，本已使人燥热难耐，听他一味拒绝，一大滴汗珠从我脸庞挂落下来，我急忙劝道：“什么？L先生，现在我妈情况危在旦夕，哪怕只有万分之一的机会，我们也会全力以赴去争取。求您看在介绍人的面子上，帮忙劝劝B医生吧！”

L先生听完后显得有些不以为然，说道：“小伙子，该说的我都说了，他是不会答应你的。像你这样的情况，我也见得多了，我看，你还是回去吧！”说罢，他将一只原本踩在地上的脚很自然地放回到电瓶车的踏板上，正欲离去。

我连忙按住他准备转动的右手，悲伤地望着他黯淡无光的双眼，恳求道：“L先生，求您了！我妈还年轻，求您大发慈悲，我无论如何都想救她！麻烦您帮忙问问B医生，他是否可以破例一次，来W院看看吧？假如，他判断我妈真的没法救，那我们也无话可说。假如，他不肯治，那提点建议也是可以的啊。无论怎样，只要他愿意来，我们一定会好好酬谢你和他的！”

他抬眼瞅了我一眼，将右手从我掌心下抽出，面有难色地将视线移开，含糊地敷衍道：“就这样吧，我还有事，先走了！”说罢，随着一连串电动机的运转声，他掉了个头便扬长而去。

望着他远去的背影，我站在原地有些失落——即使再多求几次也一样，他只是在敷衍。我抹了抹脸上的汗水和油腻，抬头望了下头顶那几乎能刺痛双眼的烈日，径直向挂号大厅走去。

“侬一定要记牢，谁都靠不住，你只有靠自己！”

我忽然回忆起母亲曾说过的一句话，那时我还在上初中，有天晚上她和父亲吵架后，哽咽着涕泪，悄悄对我这样说过。

对，所托非人，求人不如求己！只要母亲还活着，我的精神就还有支柱，就绝不会崩溃！我岂能停下寻医的脚步？多求人几次无妨，多失败几次我也不气馁，我需要的只是最后那次成功啊！

21.莫让这悲切的泪水流下

其实，我还没灰心。虽然，就在一分钟前，L先生当面拒绝了我的恳求，但我不愿就这样徒劳而返。

我来到挂号大厅，得知这天下午1点半有A医生的普通门诊，心想：既然机会就在眼前，虽然渺茫，不妨再试一次，我若抱着诚意，兴许他会提点建议。可待1点半时，我在诊室外等候多时，却不见A医生现身，不由得向走廊外张望。这时，一对中年夫妇步入了我的视线。

那男人搀着妻子缓缓地在我对面的长椅上坐下，手里紧紧抓着一个CT胶片袋。那女人戴着一副眼镜，看上去才40多岁，却面色蜡黄、睛暗无光、身形消瘦，一副病恹恹的模样。男人低头凝视着怀中虚弱的妻子，用手轻轻扶正了她头上那顶草编的遮阳帽，似乎想盖住她稀疏的短发，眉目中露出了满满的痛惜。

在和他们的闲谈中，我得知那位女士先是患了宫颈癌，有过化疗经历，而今不幸已有肺转移。此次他们带着PET-CT报告（一种彻查全身癌细胞的检查），想请A医生定夺下一步的治疗方案。

别人尚且有本事带着病人本人前来，而我呢？一想到母亲现在一刻都离不开氧气管，也下不了床，我就心中犯难。

一个小时过去了，大家仍不见A医生前来，有几个男人开始坐不住了，急得在走廊里来回踱着步子。又过了十五分钟，A医生还是没来，我和几位患者就前往该层楼面的办公室询问，得知他因为临时有事不来了。对方话音刚落，我就听见几个家属在嘀咕："什么医生？自己明知来不了，那就早点通知出来，早做安排啊，现在让我们在这里空等算什么嘛！"

我摇摇头，对刚才浪费的时间感到不值，心中也彻底放弃了再求A医生的念头，于是立即赶回W院。

当我大汗淋漓地赶回病房时，只见护工董阿姨正在协助护士为母亲放胸水。我紧盯着地上那个原本干瘪的医用塑胶袋，眼睁睁地见它逐渐被鲜红色的胸水充满，心底的悲怆感又一次涌了上来！

我这边连续三天没有进展，而母亲的血和时间却在白白流逝！这流进袋子的每一滴都是她急需的血细胞和蛋白质！前些日子，好不容易输进去了1800毫升血，现在照这样流失下去，还能剩多少？她岂不是又要昏迷了？！

见她胃口越来越差，父亲无奈地将剩下的半碗粥汤搁置在低柜上，急得坐立不安，朝着我抱怨了一句："快想想办法啊，再这样下去，可怎么是好！"

我也很心急，被他这么一问，心中更是急如火燎，忽然想起某本电子书上说过，胸水内含很多人体的蛋白质，流失过多会导致人体更加虚弱。若我没记错，有一种叫人血白蛋白的药应该管用，而这类药通常需要凭医生的处方，在医院周边的药店自费购买。

"要不先买点人血白蛋白来吊着，好歹补充点蛋白质，争取点时间吧。"我望着含泪抓住我袖口的父亲，轻声说道。

"好，好！那快去！"父亲眼中一亮，像是又有了希望似的。

临走前，我贴在母亲耳边说道："妈，我现在去附近药店帮你买药，只要吊了这个，相当于给你补充了很多营养。"

"好的。哎，等等，"母亲眨了眨含泪的双眼，目光中闪动着一股请求的意味，有些有气无力，“妈妈热，想吃赤豆棒冰。”

我顿时怔住了，脑海中飞快地回忆起小时候无数次缠着母亲，请求她买玩具、买书、买零食的场景。而今，她重病在床，只是请求我买一根赤豆棒冰给她吃，不知不觉中，我眼眶湿润了，随即感触地握住她微凉的手：“好，好，没问题！我马上去买！”

二十分钟后，母亲用那只浮肿的手握着棒冰，一边小口品尝着，一边微微点头，脸上浮现出满足的表情，而这一幕竟看哭了一旁的父亲。

母亲转过头去，见往日严肃的丈夫此刻正在流泪，似乎不忍续看，将头又转了回来，用很是凄苦的眼神瞅了瞅我。这一刻，我忽然感到，她的心也在流泪!

“妈妈，我记得我小时候，您经常买好吃的棒冰给我吃……”我低下头去，难过得竟无法将话表述完整。

孝心可以有很多种表达方式，山珍海味或是绫罗绸缎，都比不上一颗真正关心她的心，而这一切，我和父亲都给得太迟，太迟！是的，正因为她在生活中得不到应有的幸福，才会对生活失去希望和期盼。于是，即使发现自己生了病，她也选择了自暴自弃式的隐瞒和拖延!

对不起，都是我的错!

我抬头望着上方接着人血白蛋白的滴斗，忽然被玻璃管上反射而来的一道耀眼阳光刺痛了双眼。

看，那远处的夕阳，红彤彤的，孤零零的，它正默默地沉入那片隔岸观火的楼宇背后。

瞧，眼前这晶莹的液滴，它在夕阳下折射着光芒，可是，这份微弱的光又能维持多久?既然已日薄西山，纵使凡人再秉烛续光，又岂能使这世间光亮如昼?

听，耳边还有充斥着其他病床边笑谈闲事的家属们，而其中分明夹杂着母亲吃力的喘气声。

城里的月光把梦照亮，请温暖他心房。

看透了人间聚散，能不能多点快乐片段?

城里的月光把梦照亮，请守护他身旁。

若有一天能重逢，让幸福洒满整个夜晚。

不知是病房里哪位家属的手机铃声，忽然唱起了许茹芸的《城里的月光》，真叫人倍增伤感。眼眶更加发酸了，我找了个借口，独自走到门外，找了个走廊上无人的角落，使劲将流下的泪擦干。

再难过，也不许哭！莫让这悲切的泪水，洗涤我手背上徒劳的汗!

22.夏雨的怜悯，觅得转院机会

小时候，曾听大人们说，天上下雨是因为老天爷在落泪，那时我信了。

如今，我已长大成人，回想起这句话，心中却多了一个疑问：如果说，人的命运在冥冥之中自有定数，那作为导演的老天爷肯定是知道某个人的过去、现在和将来的，那他又为何会为了这个人的遭遇而哭？

是因为老天爷的大爱，还是感同身受的悲哀，抑或是两者都有？

2016年7月11日早，我坐在赶往W院的出租车上，窗外的梅雨仗着肆意的风势，将车窗玻璃吹打得滴答作响，甚是烦人。

我回想起昨天下午发生的一件小事。

“哎，打不进气的话，就算了吧。”

“不行，不能放弃。”

“妈，你看，医院就好比这坏掉的气筒，既然现在没用了，那我们要靠自己去恢复！”

“好，妈妈知道你的心意了。”

由于母亲久卧病榻，无力翻身，导致皮下生疮，我们便买来了一个气圈，垫在她身下。午休时，我发现那个气圈瘪掉了，就想用配套的气筒打气，可气筒坏了。见我试了几次都失败，母亲有些失望地摇了摇头。为了鼓励她，我改用嘴吹，很快将气圈重新吹鼓了。

我把头靠在出租车的窗上，刚一合眼便想起母亲日渐消瘦的脸庞，忽然鼻子一阵发酸，虽然没有流泪，却从口中尝到了泪的苦涩味。

不，我们还有希望，自从前几天在G院求医失败后，我今天决定去同为三甲的S院试试。我是近日才从好大夫App上得知的，原来该院有一位Y医生，他不但精通肉瘤的化疗诊治，也熟悉骨转移的肿瘤，这点和母亲的病情比较贴近。

早晨约10点，我在门诊室终于见到了在病友评论中享有口碑的Y医生。他是一位态度严谨、目光炯炯有神的中年男士，虽然前额的寸发谢了大片，但岁月在他印堂上留下的皱纹反而使他多了几分源自骨头里的硬朗。

他耐心地听完我的病情描述，又看了看几份最近的CT胶片，费解地问道：“怎么到现在才来找我？”

我无奈地答道：“一开始，我们太相信某个外科医生了，选错了治疗方案，也耽误了病情。现在W院的医生放弃了，今早催我们转去其他医院。我也是最近才从网上知道您的。事到如今，请您帮忙指点迷津，我们感激不尽！”

Y医生短叹了一口气，大声问了我两遍：“都这样了，早干什么去了？”

我见他神色中既有几分惋惜，也有几分责问，极快地回忆着自己过去一年来的无能、无为和无知，顿时感到既惭愧又后悔。

他翻了翻病历，发现手术是在E院普外科做的，顿时眉头一紧，摇头叹道：“小伙子你真是糊涂啊，这病怎么能去那里看呢？到这地步了，已经很难弄了！”

“Y 医生，我知道现在也许很难扭转局势了。可不去争取的话，就一点希望都没了！”我越说越难过，转过脸去，努力眨了眨眼，不想让场面太难堪。

可能是出于尴尬，他切换了话题，又问起母亲的现状，我便掏出手机，对着照片向他介绍母亲的近况。随着一张张照片滑过，他的神色显得越发严肃，当看到那张充满鲜红色胸水的医用塑胶袋时，顿时火冒三丈地喝道：“这简直是在放血！都火烧眉毛了，他们 W 院不管死活，只顾赶你们转院，真的该关门了！”

我顿时吃了一惊，对眼前这位敢于直言的医生心生几分敬意——这可不是所有医生都敢说的话，同时也道出了我们这些做病人家属的心声。

说罢，他像是意识到了什么，很快调整了下情绪，又沉重地叹了口气，在母亲的病历本上写下了三条治疗方案，分别是：在 W 院完成输血后再转入 E 院、输液人血白蛋白和用化疗药博来霉素。

他一边在本子上写着，一边表示愿意为我母亲治疗，但目前 S 院本部是住不进了，我们只剩下两个去处。一是前往其在偏远郊区的分院，二是再回到 E 院，但不是原先的普外科，而是去肿瘤内科。我这才得知，目前 E 院虽然还是二级甲等，但其肿瘤内科最近才被 S 院接管，而该科正是由 Y 医生负责。

说罢，他又在纸上写下了郊区分院和 E 院肿瘤内科主任医生的姓名和联系方式，并在递到我手里时嘱咐道：“无论你去哪个分院，我每周都至少会去一次，你可以先联系上面的医生，他们是我带的学生，报我名字，他们会开住院单的。”

我注视着纸上那行刚劲平直、正气十足的字体，又抬头望见他镜片后的关切目光，充分感受到了眼前这位医生的诚意。

离开 S 院后，我为了亲自确认事情的真实性，马上赶去了 E 院，抓紧时间挂了门诊，并向当班医生核实了刚才 Y 医生的陈述。这位医生了解病情后，摇摇头说，若是早来三个月还有办法，现在已无力回天了。他提醒我，按照院方规定，即使母亲顺利入院也只能申请七天的住院时间，时间一到就请我们回家或转院，等过一段时间可再申请回院。一想到留在 W 院形同等死，我立即同意了。

离开门诊室后，我又前往 E 院肿瘤内科的病房楼，在那里遇到了 Y 医生的在职博士生 Q 医生。他听闻我是 Y 大夫推荐而来，很爽快地答应为我们安排床位。他还提醒我，由于母亲仍在 W 院名下，目前他这里开不出住院单，但他向我保证，只要我办理好 W 院的出院手续，当日即可住进来。

调查到这里，虽然我对转回 E 院的可行性已有了八九成把握，不过我仍然对 G 院的 B

医生抱有幻想。我最后一次拨通了前几天那位 L 先生的电话，而他用不耐烦的语气告诉我，B 医生说他仍坚持要见到病人本人，且他不愿前往 W 院当面诊断。接着，还没等我回话，对方就已挂了电话。

罢了，就去 S 院的分院吧！

可究竟去哪个分院呢？去郊区分院的话，虽然医疗条件更好，但是地方偏远，来去交通很不便；而 E 院虽然软硬件条件不佳，但距离更近，方便照顾。尽管，我更倾向于 E 院，但不得不征求父母的意见。

"真的？好的好的！就让你妈去 E 院吧，反正 Y 医生也在的。你等等，我把电话给你妈！"

"儿子啊，妈知道你为了我跑了很多路，太辛苦你了！ E 院就 E 院吧，妈相信你们的选择！"

我放心地挂了电话，心想：尽管 E 院留给我们的印象并不好，但综合来看，它似乎是我们现在最合适的选择了。

就在准备回 W 院的时候，我忽然又担忧起来，生怕这次的决定和以前一样草率。没错，站在几近绝望的悬崖边，形势逼着我慎之又慎，我还想去个地方。对于肺部肿瘤的化疗，我还想听听那里医生的意见。

下午，我冒雨前往某肺病专科的三甲医院，找到了 F 医生。他40不到，整个人朝气蓬勃，措辞中透着青年的敏锐和饱读著作的学者风范。或许是因为母亲的病情确实太晚了，他只愿意提供意见和建议。他不赞成用化疗控制肺部肿瘤的疯长，并表示类似紫杉醇、顺铂之类的化疗药对青壮年都有较大的副作用，而我母亲现在这么虚弱，更是不可能耐受。在仔细阅读 CT 胶片后，他还大胆推测说，母亲右肺有转移瘤，胸水却以左肺居多，由此判断左肺也有肿瘤。但因为胶片上左肺有胸水的区域白茫茫一片，是否有肿瘤难以辨识。后来，我换了个思路征求他的看法，我询问针对肉瘤用靶向药是否有可行性，他建议先做一次基因检测，假如母亲的 C-met14外显子突变，则可以使用靶向药。

快要走出诊室时，F 医生忽然喊住了我，神色惋惜地提醒说，若家母再放胸水，则会逐渐失去营养，最终会油尽灯枯；若不放胸水，也就剩下一两个星期的时间了！一听已近绝路，我立即悲从心来，忍着泪向他郑重道别。

一回到 W 院，我就在病房门口遇到了护工董阿姨，只见她端着一脸盆猩红的血水走了过来，我立即上前确认道："阿姨，这是……？"

"你妈下午气喘得受不了，医生只能又放了500毫升胸水！"

又放500毫升？！一阵突如其来的紧迫感使我哑口无言，只是低头盯着脸盆底晃动的红色波纹，心下又是一痛。

回到病房时，父亲正在喂母亲喝蛋白粉调制的汤。在他的询问下，我便将Y医生和F医生的观点告知了他们，打算一起商量是否考虑化疗。基于如今母亲不能手术和放疗，又急需控制她全身肿瘤的疯长，父亲显得有些孤注一掷，当即主张抱着一丝希望选化疗，而我却望见母亲眼里闪过一丝恐惧。

“听你们的吧。”母亲吃力地从嘴里挤出了几个字后，无奈地侧过脸去。

我明白她不愿化疗，几个月前她服用H医生给的“替吉奥”化疗药不但没效，还引起了食欲减退等不良反应，如今她的体质再也不允许有一丝折腾。

“不，现在决定还太早，化疗副作用太大，妈吃不消，能不用就不用吧。”我望了一眼母亲，立即表明自己的立场。

“哎，开刀和放疗都不能用，现在化疗再不用，这可如何是好？”父亲一听我有拒绝化疗的念头，有些急了。

为了回避母亲，他和我走出病房，并要求我把一天的经过详细道来。当他得知B医生再次拒绝我们的请求后，显得异常失望，情绪有些失控地指责我办事不力：“哎，你整天跑这跑那的，要你办这点事都办不好！我们已经没时间再犹豫了，最佳的治疗时机都给你错过了！”

“爸，妈的事我也很着急！你没见到我是怎么低声下气求你托来的那个L先生！”我克制着烦躁不安的心情，有些委屈地反驳道。

我以为他还会责备我无能，但没想到的是，他刚才还严厉的神情忽然变得哀伤起来，泣不成声地拍着我的肩膀：“我都知道，好儿子，你辛苦了！”

罢了，我明白，他刚才那番气话只是想宣泄一下压抑已久的焦虑和悲伤。

此时，P主任刚好从走廊上路过，惊讶地发现我和父亲神色哀伤地呆立在病房门口，迅速上来询问事由，脸色显得有些紧张：“你们……到底出什么事了？”

我们向他解释了母亲的近况后，他频频点头表示理解，为难道：“老实说，现在国内医生都怕接手肉瘤病例。前几个月，魏则西的事闹得沸沸扬扬，国家卫计委就叫停了免疫治疗的临床应用。其实，原本这个研究方向是最有希望治疗肉瘤的，我们中国有些地方已领先了别的国家，不少美方机构都想和我们合作。”

“P主任，求求您，再帮我老婆安排一次肺部放疗吧！她现在都快喘不过气来了！”父亲含着泪央求道。

P主任见状，似乎因为爱莫能助而面露惭愧之色，连忙解释道：“啊呀，真的很抱歉！这次我真的帮不了这个忙了。这种情况下再用放疗会有生命危险，已经超过界限了，这绝对是违规操作，希望你们理解！”

见他一边说，一边双手合十在身前摆了摆，我们意识到，不可再为难他了，他真的已无能为力了。不过临走前，P 主任还是诚恳地表示，假如我们在 W 院有任何需要配合的，只要他力所能及，他定会想办法帮我们协调。

P 主任，谢谢您一直以来的努力和帮助，在您身上我看到了个别医生缺乏的耐心、体恤和责任感！现在，想必还有很多其他病人正等着您治疗。我想，后面的事还是我们自己处理吧！

告别他后，我和父亲回到病房，母亲正坐靠在床头，质问我们为何出去谈话了这么久。

“没什么，你不要多想，我们明天就想办法送你去 E 院。”父亲答道。

母亲半信半疑地望着他，侧过脸去，嘴里嘀咕着：“怎么办？怎么办？”

父亲听着有些不解，抓起低柜上的手绢，一边擦着她额头的汗珠，一边问道：“什么怎么办？”

“小徐，你是不是又责备儿子了？”母亲再转过头，皱眉问道。

父亲沉默了片刻，抹了抹脸上残留的泪痕，继续辩解道：“我没有啊。”

“呃，都怪我不好，得了这病。呜呜……”母亲还是不信，瞅了一眼站在床尾的我，忽然情绪失控地大哭起来，夺眶而出的眼泪像是断了线的珠子，一个劲地滑落到她的病服上，迅速染开了一摊湿痕。

父亲见状，越发感伤：“别哭，别哭啊！我不是叫你别胡思乱想的嘛！”

可这次，任凭父亲怎么说好话，母亲仍在痛哭不止。见妻子如此伤心地哭泣，他一把将她的身子紧紧抱在怀里，大哭道：“小叶啊，不要难过！你一定会好起来的，到时候我们一定把你接回家！”

两人的哭声传遍了整个病房，周围六七个病床的家属们都纷纷向这边投来了异样的目光。我被眼前的景象深深触动了，是的，这二十年来，我第一次见到父亲如此动容地抱着母亲。

或许，这就是母亲这么多年来一直苦苦等待的温暖。可是，非要到面临绝境了，才能拥有这份关怀吗？以前的我们竟是如此无动于衷吗？不可原谅啊！

我无助地望着悄然走近的董阿姨，叹了口气，一股深深的自责浮上心头。

我轻轻将母亲病床周围的隔帘拉上，借此阻隔四周多余的目光，然后独自走到门外走廊的尽头，满心惆怅地望着窗外。

听，楼道里又传来了谁家姑娘号啕的哭丧声，诉说着多少和我类似的绝望，触发了多少我心底压不住的悲伤。癌症患者主痛在身，而癌症患者家属的主痛在心，此时的苍天下还有多少和我一样苦闷的人呢？

同样是不幸的癌症患者，结果却不尽相同。著名记者凌志军先生凭借过人的理智和果敢，从罹患肺癌到康复后去滑雪健身，每每闻之，总令人精神一振。然而，大学生魏则西和复旦大学女教授于娟却已离世。他们一位是正值大好年华的学子，却不慎落入了医疗骗局，人财两空；另一位是开朗坚强、硕果累累的伟大人母，即使病痛难当，也不忘她在山东九仙山的黄连木能源林公益项目。而当我此刻念及尚卧病榻的母亲时，脑海中又闪过了她为我和父亲缝衣补袜的景象。

七律·望凋忽感怀（新韵）

风沉云暗萧萧起，触念同群感万千。

常羡凌君寒岭越，猝伤魏少苦床蜷。

九仙遍绿娟频惦，三袜缝红叶未眠。

雨锁残夕今恐晚，堪悲薄暮翠阑珊！

看，那片翠绿的树叶正用最后一点力气，紧紧抓住光秃秃的枝条，就这样在风雨中苦苦挣扎。雨水一滴滴从叶片末端垂落，仿佛老天和叶子同泣！

叶子？

是的，叶子！

叶子啊，叶子，你是多么不愿被风从枝头硬生生地扯下啊！

远还没到秋天，怎么能早早凋零？

叶子啊，叶子，正值草木长青的季节，而你却为何如此憔悴，如此垂泪？

爱！癌！哀！

23.抽放胸水的痛，用亲情缝补

亲情，是种痛在汝身、伤在我心的纽带。因为它，我焦急、我悲伤、我绝望，却越发觉得自己应该掩饰这种情绪。因为，纽带的两端是互相影响的。

2016年7月11日，母亲的气喘症状在近两周内不断加剧，原先还能依靠氧气管平卧在床，而今每过一小会儿，就不得不扶她坐起，方能缓解。这晚8点多，我和父亲刚回到家，就接到护工董阿姨来电，说是母亲气喘严重，咳嗽不止，值班医生已放了500毫升胸水！虽然，这位医生又注射了一支平喘针，甚至还安排了吸痰，但母亲的咳嗽仍然得不到缓解——因为平喘针和吸痰的手段都是针对支气管发炎多痰导致的呼吸不畅，而她的气喘是因胸水压迫肺部所致。

父亲不顾自身疲惫，决定立即赶回 W 院陪她到半夜，令我后半夜再去换他回家。晚上9点后的几个小时里，我坐卧不安，既静不下心翻阅医书，也无法入睡，就这么在席子上挣扎了许久。直到凌晨1点，父亲突然回来了，说是我不必去了，他令我赶紧养精蓄锐，防备明天随时可能出现的情况。

第二天一早，我和父亲赶到 W 院时，母亲仍然气喘难耐。我觉得有些费解：明明前一晚已经放了500毫升胸水了，现在居然还是气喘，难道胸水又生成了？为了缓解症状，我望着气喘吁吁的母亲无可奈何，只得接受 K 医生的建议，再给她放500毫升胸水！随着深红色的血水顺着她体侧引出的细管流入地板上的医用塑胶袋，母亲的气喘症状好转了不少，可人却显得更加虚弱了。只见她静静地平卧在那里，脸色苍白，嘴唇也失去了血色。

父亲眼睁睁地见妻子虚弱得像一盏渐渐熄灭的烛火，忽然泣不成声，而母亲听见了抽泣声，随即睁开了湿润的眼。我连忙安慰他们说，我准备再去买一瓶人血白蛋白，母亲一定会好起来的。父亲悲伤地点了点头，而母亲则微微皱了下眉，抬起手掌缓缓一摇，劝我不要破费。我告诉她，我小时候是她用来之不易的工资买零食给我，现在轮到我回报她了。

我曾听闻这样一种说法：新生儿是来报答父母上辈子的恩德的。是的，回报其实就是一种内心感恩所驱动的外在举措。

下午，父亲回去午睡了，留下我陪着母亲。我喂她喝了一碗贞芪扶正颗粒冲剂，见她一口口费劲地喝着汤药，我将心比心一想：当我还年幼时，母亲照顾我饮食起居是多么不易！

如果，新生儿是老天爷派来报答父母的，那为何不让孩子天生就会体恤父母的不易，而是要他们通过后天的成长来感悟？这难道不是一种意味深长的安排？

我回过神来，见母亲正呆呆地望着天花板，目光有些涣散，一侧的眼角分明凝着半颗泪珠，我用纸巾帮她轻轻拭去，并劝她小睡休息。但她睡了没多久便喉咙作响，呼吸又急促起来，一阵咳嗽过后，整个人硬是被活活呛醒。我一手托在她背后扶她坐起，见她仍然咳嗽不止，就再次叫来了 K 医生。

只见 K 医生一脸犯愁地站在床尾，两手深深地插在白大褂的口袋里，说道："还能怎么办？只能放胸水，没别的法子了啊！"

我听后顿时急了，大惑不解地追问："医生，昨晚和今天早上加起来都放了1000毫升了啊，还要放啊？我妈前几天血色素都跌倒60多了啊！"

只见她微微耸了耸肩，一副不容置疑的样子，解释道："我跟你说过的，这胸水里的血已经没用了，留在她胸腔里的话，只会影响她呼吸。明白了吗？"

"那就再申请输点血吧？"

"没用的，现在即使输了也没多大意义，而且按这情况是申请不下来的。"

望着坐在床头喘着气的母亲，纵然我百般无奈，也只能选择先放胸水以缓解燃眉之急。但考虑到她的身体，我们只放了350毫升，并请护士调缓了引流速度。

扶母亲躺下时，我在她后背触到一片热腾腾的汗液，而那件褪了色的病服都被浸湿了。我担心她脱水，于是端起低柜上的那碗温水，将吸管送到她嘴边。她断断续续地吞了几口水后，嘴唇松开了吸管，只用那无神的双眼注视着我，眉目间明明存有忧虑，却欲言又止。

"哎，怎么办？"沉默良久后，她终于开口了，语气中带有几分感叹和自责，"妈又拖累你了，你一直这样请假也不是办法啊！”

母亲说的是对的，虽说近藤和Z女士特许我忙完后再回去上班，可如此日复一日下去，她们会继续保持通融吗？那可是职场，就因为是职场，人情不但被排在利益之后，而且也是有限度的！

我很想直抒胸臆地告诉她，她比什么工作都重要，我也不怕被老板开除，可是转念一想又觉得不妥，这才回答她：“妈，没关系的，现在你好好养病，工作的事不要担心。况且，领导上次来看你时，也准许我忙完后再回去。”

母亲疲惫地点点头，用手指在我手背上轻轻触了几下，嘱咐道：“算了，但你要记得，工作也是要讲担当的。”

担当？不错，母亲的话点醒了我。我自知不能因私废公，但自古忠孝不能两全。如今我工作也两年了，越发觉得人一踏入社会，就不再会遇到校园课本上那种非黑即白的选择。所以，我们叫它抉择，就是无论怎么选，我们都不可避免地会失去些什么，或是亲情的守护，又或是工作的职责。

我沉默了半晌，再抬头时，发现她已闭眼养神了，便打开手机继续在好大夫App上寻找线索。没过多久，屏幕上方就弹出了一条来自父亲的消息。

“一切都无济于事了，为什么上帝一定要我们接受这个事实呢？我们要的是你妈，事实上他强行要把你妈从我们身边夺走，我已什么都不信了。我深深地爱着你老妈，一切都是我错了，不该让家庭的重担落在她身上。我心里最清楚，我们现在不得不考虑你妈的后事，想到这一点我伤心到了极点。现在我希望她能原谅我，理解我的苦衷。她最不放心的是你，她一生就是为了你，为你哪怕再苦再累她也高兴，你有一点点成就，她就不知道有多高兴。她现在昏昏欲睡，像是一盏油灯一点点地暗下去了，随时有休克的可能。你现在回家把你妈的衣服拿出来放着。”

父亲还是放弃了！虽然很快就可以转回E院治疗，又有Y医生相助，可是，这真的可以改变那个事实吗？随着病情的步步进逼，看着母亲一点点衰弱下去，我也意识到了什么——我明白父亲让我准备衣服是什么意思，但我却不愿接受这样的事实。接受越来越近的死亡气息，令我绝望和哀伤，但若不接受这一切，却令我焦虑和悲伤。两者都很痛苦，却截然不同，前者是妥协于命运的裁决，后者是带着痛最后一搏。为了她，我更愿意选择后者。

在医院门外，我遇到了三位姑妈，她们见我一个人呆呆地望着天空，显得很不放心，纷纷劝我接受现实。

“我们知道你这段时间很辛苦，但有些事是没法改变的，”三姑妈走到我身旁，用手帕抹了抹眼角的泪花，“我是看着你长大的，看到你这么难过，姑妈我心里也一样不好受啊！”

说完，她神情忧伤，眼中有什么东西在闪烁。

“是啊，别太难过了。前年你大姑妈走了，你表姐现在也不是过来了吗？你要做个男子汉，你一定要挺住，知道吗？”四姑妈在侧面扯了扯我被汗浸湿的短袖，又探过身子来，想看清我的表情。

我还是无法接受这样残酷的现实，心中仍有种被烈火灼伤的刺痛，苦叹道：“四姑妈，你说得不无道理，但表姐都50岁了，有丈夫有儿子，即使再难过，她还有精神支柱，而我呢？我28岁，无妻无子，现在妈要是不在了，打击的程度会一样吗？”

“我们知道你现在心里说不出地苦，但我们想告诉你，我们都是你的亲人，全很关心你！”二姑妈也走上前来，望着沉默的我，含着泪哽咽了，“我们都是徐家门的人，你有什么难过的事不要一个人硬扛。听到了没？”

徐家？

我心头顿时跳起一记刺痛，心中悲号：“可是，我身上流着一半叶家的血，而我却在母亲的事情上一错再错，以至于到了今天这种穷途末路的地步！难道我身为徐家的人，不该对叶家感到惭愧吗？”

我叹息着摇了摇头，抬眼看着离我最近的三姑妈，只见她穿着一件蓝色的旧款印花圆领衫，卷曲的头发已半数花白，正猫着腰，用手帕默默擦泪。见她也一样憔悴，我心情越发沉重——她是我小学的语文老师，由于表哥年轻时就赴日、美两国发展，于是她就像是半个妈一样关心我，而我也经常去陪伴她和三姑父，顺便分享点学校和职场上的见闻。如今一晃眼，她年逾七十了，非但没好好享受清福，这一个多月来反倒为了家母的事多次奔波，我又岂能再让她担心？

“你三姑妈和三姑父两个人很好。你小的时候，你爸下岗在家没工作，三姑父特地托人介绍了一个司机的工作给他，还托关系把你送去免费补课。那时，我们家里没钱，是你三姑妈三番五次地帮我们，你好几次学费也是她出的。后来，我们老房子要动迁，你爸还差几万块才能买，只有他们愿意借给我们！没有他们帮忙，我们哪有现在？他们对我们家有大恩，这点你以后绝对不能忘，将来有机会一定要报答他们！”

我忽然想起了母亲曾叮嘱我多次的话，不禁眼睛发酸，气息难平。

是的，这三位姑妈都超过70岁了！这一个多月下来，她们本该祥和的慈容上竟增添了不少愁纹。于情于理，我都不该让她们再为我担心了。

“谢谢你们关心，放心，我没事了。”

24.我在守夜时的心绪

2016年7月14日的深夜，我在E院病房的简易躺椅上辗转反侧，彻底失眠了！此刻，我只能保持警觉，维持侧身的姿势，紧盯着不远处睡下的母亲，细细回想着白天发生的事。

早上8点，我赶到E院，Y医生的在读博士生Q医生确实腾出了19床给母亲，还引荐了同事T医生给我认识，并表示以后由他担任主治医生。

T医生是个看上去约45岁的中年男人，个子不高，戴一副黑色方框眼镜，留着复古的中分长刘海，颧骨高凸，两腮内收，下巴还残留着好几簇胡楂，显得有些邋遢。也许是我的错觉，他的眼神似乎总透着几许狡黠。若不是我事先得知他是位医生，我难免会觉得这样的扮相有些獐头鼠目。

离开医生办公室后，我独自前去病房踩点，发现这个病房可容三人住，不过依旧是男女混住。这一点我知道母亲一定会介意，但由于床位确实紧张，此时只能以大局为重了。

临走时，我忽然发现，靠门床位的老先生脚跟的被子上放着一本似曾相识的书，便随手翻看了下。若没记错的话，书名好像是《肿瘤的防治和康复》，不过这本书似乎不是正规刊物——虽然封面上印有××出版社，但内页既没单书号，也没写责任编辑。早在一个月前，当母亲还在W院的伽马病区时，我就在她邻床病友的床铺上见过此书。那时，我还对书中罗列的神效药方颇为好奇，便将药名和院名上网查了下，了解实情后，我就再没翻看过。

为何同一本书会出现在W院和E院呢？我从这位老先生的私人护工朱阿姨口中得知，他曾在W院治疗过，如今因病情恶化，才被劝着转来E院，而这本书便是朱阿姨从W院带来的。

可见，E院和W院之间有着某种关联，这在我四个月前同意送母亲去W院做放疗时就已知道。不过现在见到这位老先生同样以E院为起点，历经W院再躺回E院的病床，如今只能靠氧气面罩苟延残喘地度日，我就不敢想下去，这只会令我不寒而栗，甚至悔不当初。说到底，当时我既太愚昧又太草率，愚昧的是没有经过调查就武断地觉得各医院的放疗设备都是进口的，原理、方式和疗效都大同小异；草率的是我虽然那时有怀疑过H医生建议的可行性，但行动上太过懒散，没有真正去大医院寻找放疗的其他途径，就默认了他的建议。

我越想越内疚，正是我在一个个关键节点上的懒惰摧毁了可能存在的转机。

回到W院，我在办理出院时发现，这短短40天住院就消耗了将近20万元，虽然有医保在，但对一个普通家庭来说，仍是一笔大开支。母亲躺在床上，歪着脑袋追问我花了多少医药费，我谎称五万而她瞪大了眼睛不信，又推说八万，她才没再逼问下去。没想到，即使母亲病重，我连一个小小的善意谎言都瞒不过她雪亮的眼睛。

或许她知道我仍在瞒报，生怕她心疼费用，但马上来了一件比此更令我头疼的事——我在她的出院小结上看到了髋骨骨转移的诊断结论！小结这样写道：

住院期间主要化验结果：

（2016.7.13）急诊血常：白细胞6.23×10^9/L、中性细胞比率86.4%↑、血红蛋白

66.00g/L ↓、血小板70×10^9/L ↓；急葡萄糖18.30mmol/L ↑、急尿素6.09mmol/L、急肝酐34.0umol/L ↓、急总蛋白57g/L ↓、急白蛋白34g/L ↓、急结合胆红素4.6umol/L、急总胆红素16.2umol/L、急谷丙转氨酶30U/L、急谷草转氨酶52U/L ↑、急钾3.30mmol/L ↓、急钠134mmol/L ↓、急氯95mmol/L ↓。

住院期间特殊检查结果：

（2016.6.2）行MRI检查提示：颅顶及枕部颅骨转移伴软组织肿块，其中枕部肿块向下延伸至上颈部软组织内；右侧顶枕部、颞叶底部和左侧小脑底部转移瘤。脑膜转移不排除。两侧基底节、放射冠多发陈旧性腔隙性梗塞。

（2016.6.2）行CT检查提示：顶部及枕部颅骨骨质破坏，枕部颅板内外巨大肿块，左侧小脑底部及右侧顶枕部、颞叶底部强化灶，可符合转移，请结合增强MR。左侧后颈部皮下软组织内转移。

（2016.6.15）行CT检查提示：左侧腰背部软组织肿瘤术后改变，腰5椎体骨质破坏伴周围软组织肿块，考虑为转移，请结合诊断用资料。

（2016.6.16）行CT检查提示：顶部及枕部颅骨骨质破坏，枕部颅板内外巨大肿块，左侧小脑底部及右侧顶枕部、颞叶底部强化灶，可符合转移，请结合增强MR。

（2016.6.30）行内窥镜检查提示：诊断：1. 胃窦溃疡，性质待病理；2. 慢性浅表性胃炎（胃窦糜烂型）。行病理检查提示：慢性（非萎缩性）胃窦炎，少数肠化。

（2016.7.5）行CT检查提示：右侧部分肋骨骨质破坏伴局部软组织肿块，右侧胸膜结节状增厚，结合病史符合转移。建议增强扫描随访。两侧胸腔积液，以左侧为著，伴左肺膨胀不全。

（2016.7.12）行CT检查提示：右侧髋骨骨转移伴周围软组织密度，与2016.6.13片对比为新发。建议必要时骨扫描检查。

住院期间病程与治疗结果：

患者此次入院主要行头部转移灶的放射治疗，但在治疗的过程中，患者出现血红蛋白进行性下降，考虑为：上消化道出血。给予止血、输注少浆血等治疗措施，进一步胃镜检查，提示胃窦溃疡。此后患者出现反复气急、胸闷，给予胸腔穿刺引流术，同时给予解痉、平喘等治疗措施。

出院时情况（症状与体征）：生命体征平稳。

已经岌岌可危了，还生命体征平稳？

我困惑地拿着出院小结站在病房门外，朝里面愁眉不展的父亲挥手示意了下，请他出来。他焦急地问我：“怎么样？怎么样？出院办妥了吗？”

“办妥了，但……”我一边说着，一边递上那张出院报告，“爸，妈的情况变糟了，你看这个。”

父亲接过这份报告，眼睛在密密麻麻的文字间只逗留了一小会儿，不耐烦地问道：“到底什么事？”说罢，他便将那份报告推回我手中，而那张纸被如此突然的动作弄得哗啦直响。

我心一沉，和他商议道：“爸，你看这里，医生诊断说她髋骨也有转移啊，这实在太快了，怎么办？”

父亲听后，先是脸上一抽筋，又迅速变得颇为生气，厉声道：“都已经性命攸关的时候了，转移了怎么样？没转移又怎么样？！现在你还来说这个？”

我顿时因他激烈的语气吃了一惊，当即郁闷得哑口无言，低头看了看手机屏上的时间，无奈地叹了口气，下楼去了。

上午10点半，原本多云的天空忽然下起了阵雨，交通变得拥堵起来，院外的十字路口处弥漫着尘土和汽油混杂的呛鼻气味。所幸，三姑妈和四姑妈已在E院接应，我们三人分头行事，终于赶在11点前办妥了住院手续。

既然已对接成功，我们便让母亲先吃午饭，同步联系120救护车来接送。

其间，教会的张阿婆等四位老人前来探望。我和父亲衷心感谢她们一直关心和鼓励着母亲，并前来探望了不下五次。若非亲身经历，我可能至今不知道人间还存在如此不问血缘、不分彼此、不求回报的关怀，她们的慰问充满了人性的温暖，她们的赞美诗唱出了人情的浓厚，唯独体会不到她们对生老病死的忌讳和恐惧。

“伟大的耶和华啊，求求您保守我们的叶姊妹，用您无尽的智慧和力量，消除她身上所有的痛苦！阿门！”一位老人高声祷告道。

“阿门！”其他老人立即附声道。

实非我弱轻弹泪，心暖情忧感触深！

迷糊的视线中，我看见父亲正流着泪，伸出双手握住母亲的手，将它紧紧地贴在额头上，神色悲伤道：“我也求求上帝保佑你，保佑你可以好……起来！”他一边说着，语气分明有些颤抖，在说“好”这个字时，忽然失控地痛哭了出来。

话音刚落，只见母亲挣扎着伸出一手，紧紧抓着床边的护栏，闭目昂首，两行热泪化作了两道晶莹的细流越眶而出。伴随着老人们此起彼伏的祷告词，她合上双眼，用尽浑身力气，虔诚地跟着一句又一句的“阿门”！

心中的痛、嘴边的咸、鼻内的酸和眼里的涩，唯独没有甜！

哦，不！也许有，当我看见仍有这么多非亲非故的老人愿意一次次前来嘘寒问暖的时候，这何尝不是一丝欣慰的甜？

老人们祷告词中有一句话令我印象深刻，意思是说：地上的生离死别是短暂的，天国的重逢则是长久的。这句话对我产生了一丝安慰——原来，百年之后，我还是可以和母亲团圆的。虽然老人们的话带着浓厚的宗教色彩，但细细思索之后，又觉得不无哲学意味。她们明白，生死是自然界的常态，即使基督徒也不免一死，但对信仰的虔诚，却使她们对死亡的理解超脱了世俗范畴。人若不再恐惧，也便获得了一份淡然和从容。

尽管，这温暖的赞美诗还没结束，但120的医护人员已经到了。由于母亲腰椎剧痛，无法平卧在较硬的担架上，我们只得换用一张麻布，一人拎着一个角，将蜷缩瘦弱的她托运到楼下。同一病房的七位病友及其家属们见此狼狈的场面，纷纷投来了关切的目光，有的唏嘘不已，有的宽慰送别，还有的保持着肃然的缄默。

谨慎起见，我随救护车同行。

我是生平第一次进到救护车的内部，觉得这里面宛如一个小型的病房。车厢的两侧被分隔成若干个桌面，上边放着几台测量仪器和一些医用品。抬头一看，可见在车厢侧面的塑料隔板上，还有一处氧气管接口和好几个220V 插座。有此等齐备的设施在，要为母亲提供短途的护理那是绰绰有余了。

身穿一件蓝黑横纹短袖的母亲，鼻上挂着氧气管，身前抱着那件她亲手织的红底蓝袖拼接毛衣，面向车尾地靠在一张躺椅上，正透过后车窗玻璃望着大雨中逐渐模糊的 W 院大楼，神情中露出了一种恸哭后的平静。

随着救护车一个转弯，车厢随之摇晃了几下，母亲身下的躺椅支架立即传来了几记金属摩擦声，我连忙扶住她肩膀，说道：“没事，我陪着你呢！”

母亲看了看我，会意地点了点头。

我见车子正朝家的方向行驶，心中有个念头，就是想接母亲回家看看，哪怕一分钟也好，那里可是她住院一个多月以来最想去的地方。于是，我一时也没考虑过120医护人员是否会同意，就直抒胸臆道：“妈，反正也顺路，要不要先带你回家看看？”

“不用了。”母亲平淡地回答道。

“什么？”我顿时有些不解，连忙反问，“可你在医院时，不是最想早点回家的吗？”

母亲摇了摇头，目光依旧锁定在后车窗外，面上没有任何表情变化，只是重复道：“不用了。”

“那好吧。”我顿时有些惭愧，感到此刻的自己还不如病重的母亲头脑清醒。

大约十五分钟后，母亲经历了一路颠簸，顺利住进了 E 院肿瘤内科的病房。她躺在房间中央的病床上，侧首看了看干净的床单，又朝窗外的倾盆大雨望去，不一会儿，便转头打量着衣衫半湿的我，眨了眨眼，将手放在了父亲的手背上。

“啊？小叶，怎么了？是不是对这里不满意？”父亲连忙问道，说着又不自然地朝房间四周的白色粉刷墙环视了一圈。

“不，挺好的，”母亲眼里闪动着几点泪光，嘴角微微上扬，神色有些感动地望着父亲，“儿子长大了！”

嘀嘀嘀嘀!

忽然，心电监控仪响起了警报，一连串蜂鸣声瞬间打破了半夜的寂静，也打断了我的回忆。

我连忙循声望去，只见在黑暗中，那台仪器面板上心跳一栏和旁边的红色指示灯同时闪烁着，但不一会儿又恢复了正常。母亲似乎也被吵醒了，迷迷糊糊地呻吟了一声，便翻身继续睡去，而那条轻薄的毯子却滑落到了地上。

为了不再吵醒她，我用极其缓慢的速度起身，尽最大努力不让躺椅的金属支架发出摩擦声，然后蹑手蹑脚地来到床边，悄悄为她重新盖好。

我没有回去重新躺下，生怕躺下时那把躺椅发出声响，于是就走到了窗台前。

抬起头，看，又是一个望不到星星的夜晚，那轮苍月显得多么孤寒。

转过身，瞧，空调的指示灯在一明一灭，像是在这满房的昏黑中挣扎。

虽然母亲顺利住进来了，可是Y医生到底何时才能来面诊？难道中间耽误的几天就这么耗着？再者，Y医生的到来是否真的可以力挽狂澜？我心里很没底，真不知道这一步到底是一次崭新的转机，还是另一个无果的起点。

如今，母亲还在生死线上挣扎，而我也一样，我在希望和绝望的边界上徘徊。

纵使我们三人强作乐观，可这何尝不是一种在现实面前的逞强？

小重山·遥夜

夜半喉音惊浅眠。

息轻添落毯、月光寒。

梦多不解醒时烦。

离巢久、盼尽速飞还。

几度鬼门关。

无方平惫喘、忍将瞒。

背身偷抹掩悲酸。

明朝好、六目逞强欢。

写完当晚的日记，我按灭了手机屏，回望着空调上那个忽明忽暗的指示灯——光与暗，我忽然意识到了什么。

试想：这么一点荧光若是放在大白天，一定会被耀眼的阳光所吞没，而在这伸手不见五指的深夜，才有机会绽放出一丝明亮的闪光！

光，正是因为暗的存在，才体现出最完全的意义。

而现在，我还是要劝自己相信，母亲即便身处绝境，我们还是要想方设法为她去找光明的突破口，哪怕只是通过一道微微的荧光！

疲惫的我深吸了一口气，头皮有些发麻，背脊上传来了熟悉的酸痛感。

“对了，爸今天打听到一个好像叫什么中大的医院，不如查查这家有没有线索吧？”我心想着，倚身靠在窗台边，重新点亮了手机屏。

这一夜，又很长。

25.愚子日记5

2016年7月13日 周三

昨晚我又是一夜没睡好。醒来还是如此焦躁不安。

记得昨天，K 医生让我签署了病危通知书，并希望我们尽快出院，说是医保到期，欲安排我们转去某二甲医院呼吸科。今早，我去找她询问下家医院的治疗方案时，她一改笑容，耸了耸肩，坦言称那边也没啥办法。于是，我和父亲商议，当初 E 院推荐母亲去 W 院放疗，如今 W 院推荐我们去其他医院，我们不能让同样的错误出现两次。父亲同意了我的观点。

下午，母亲一直躺着，怎么都不舒服，也不能入睡。由于她早晨已放250毫升胸水，父亲特地送来了赤豆汤给她补血。我们三人商定明日转回 E 院后，我就去找 K 医生坦言去向，她看上去顿时松了一口气，十分爽快地答应了。

我明白，明天转院的事又是一道坎，而今晚又是一个难眠之夜。

2016年7月15日 周五

自从前天母亲放了250毫升胸水，她至今没再放过，但是依旧气喘吁吁，还伴有低钾血症。今早的血检结果显示，血色素为64g/L，血小板偏低。

下午，母亲气喘症状加剧，我想找 T 医生处理，不料他居然外出了。医生办公室里只有一位二十五六岁的女医生，似乎正在查阅资料。于是，我上前说明来意，恳请她帮忙缓解气喘。她为难的表情像是心里没底，但本着学医救人的初衷，勉强答应一试。

不一会儿，她推来一台 B 超仪器，测出母亲左肺的胸水水位并不高。就在她想检查胸水引流管的时候，竟不慎把胸腔引流管的针头弄脱落了。她一脸紧张地望了我一眼，随即用很不熟练的手法将针头重新刺入母亲左肋皮下，还试图外接注射器将胸水抽出，结果均以失败而告终。虽然，心中暗急的我对她的失误十分失望，但见她正在努力补救，始终没把责问的话说出口。毕竟，她真的已经尽全力了。后来，有一个中年男医生来帮忙，他从两肺的呼吸声也判断胸水不多，不建议放胸水，只请我和护士先密切关注。

晚上，我正在家里休息，父亲发微信告诉我，母亲气喘厉害，打了平喘针，却不见效。我立即出门，于23点30分赶到病房大楼。和我一同乘电梯的还有一个男子，似乎是运尸人员。他一身白色装扮，戴着口罩，手里拉着一台不锈钢平板推车，这副架势让我忽然感到一丝不安。

走出三楼电梯，过了第一个转角，我远远望见前方的病房门口站着一个老年男子。深更半夜走廊竟站着人？再过一个转角，突然看到五六个陌生人立于母亲病房门外，听见我急促的脚步声后，他们一齐朝我望了过来。我清楚地听见有人低声说了句“来了来了”，我的不安瞬间被放大了！

进入母亲病房时，我望见三张病床周围的浅蓝色帘子竟都被拉上了，无法看清帘子背后到底发生了什么，只是一位中年妇女涕泪纵横地呆坐在窗边，朝我投来异样的目光。步入病房的过程中，不时能听见隐隐约约的抽泣声从靠窗的那幕帘子后传来。我和这妇女对视了一眼，试图从她眼中得知发生了什么事，但她显得精神有些恍惚，眼中只有凄凉。我走到母亲的床尾，刚抬起手，竟有些犹豫不决，不敢去拉开帘子，心中不安到了极点。

原来，邻床老先生在傍晚时因胰腺癌过世了。从他发现病情到四处求医，再到今天才短短一个月。

父亲紧皱双眉地望着我，一会儿又侧目瞥了一眼身后的他们家属，脸上一副隐忍已久的恼怒，似乎对近在咫尺的哭哭啼啼甚是不满——毕竟这惊扰了母亲。

呼吸困难的她，此时进入了半昏半醒的状态。好一会儿，我们终于唤醒了她，只见她睁开极度疲惫且带有黑眼圈的双眼，迷迷糊糊地对父亲道：“小徐啊，你到最后还是没救活我！”

原来，母亲在昏睡中听见有人在哭，误以为自己病情危急，而这些哭泣的人都是自己家的亲戚。

父亲注视着妻子消瘦泛黄的脸，双手轻轻将之托起，吻在她额头后道：“小叶，别胡思乱想，我们怎么会不救你呢？”母亲只是微微点了点头，也没说话，只是有一颗眼泪从脸上悄悄滑落。

我让父亲回去休息后，便从包里掏出刚买的善存片和泡腾片，泡上了一杯，希望这些微量元素的补充可以缓解她现在电解质紊乱的糟糕体质。不过，可能是输液较多的缘故，她只是喝了一小口便把杯子推开了。

后半夜，我继续侧卧在那张躺椅上，直到听见母亲微弱的呼噜声，才决定小睡一会儿。

夜深人静，一旁的护工阿姨早已打起了呼噜，而那台心电监护仪好几次发出响亮的报警声，提示母亲心跳过快或呼吸过频，没过一会儿又恢复正常了，如此周而复始也没使护工醒来。我无奈地望了眼那台仪器显示屏上的读数，此时心跳数在每分钟100到120次徘徊，呼吸数约每分钟20到25次。

我不敢怠慢，悄悄起身，静坐在她床边的椅子上，一边观察着心电监护仪的动静，一边继续上网查着资料。

只有守夜的人懂得夜的危险吧，亲自陪着才使我感到稍许放心。

2016年7月16日 周六 雨

短暂的两个小时睡眠后，我再次被清晨走廊上喧闹的脚步声吵醒。6点刚过，打扫卫生的阿姨便来拖地了，一连串嘈杂的稀里哗啦声后，我被迫拖着疲惫的身躯起床了。

来到窗前，我望着一旁已被收拾过的空床，回想起昨晚那位老先生的离世，那阵死亡气息竟仍留有如此强烈的逼迫感，使我心神不宁。无奈远眺窗外，迎面尽是瓢泼梅雨袭来的湿气，而身后忽然传来的是母亲的咳嗽声，两者混在一起使我忧愁倍增——我预感到了什么，很怕同样的事发生在我身上。

尽管雨声很大，但我还是被身后那台心电监护仪不定期的报警声吵得心烦意乱。此刻，母亲心跳接近110次 / 分，呼吸时常超过30次 / 分。看着她半耷拉眼皮、呼吸困难的样子，我紧紧地咬着牙关，努力将钻心的忧伤吞咽成枉然的沉默。

这时，阿杰和阿委又在群里问起母亲的近况，执意要来医院探望，但我还是婉拒了他们，并表达了感谢。是的，阿杰最近正忙着去新女友小张家上门的事，休息日也常排得满满的，似乎离订婚不远了；阿委才刚刚忍痛接受分手的事实，难过的他需要淡化心伤，而不是来医院再添惆怅。母亲见我发愣，问明了缘由，也说外面雨太大，这两位后辈的情她心领了，并嘱咐我代她道谢。

不一会儿，护工阿姨端来了早饭，母亲说自己胃口不好，而我只得哄着她坐起，喂她几口芝麻糊拌蛋白粉和一点点汤面。

早9点不到，父亲赶到，我就先回家休息去了。因为一直心系医院的情况，我中午那觉睡得很浅，醒来后大汗淋漓，胸中烦闷而浑身酸软。坐立不安之下，我又顶着转晴的烈日，在下午2点半赶到医院，换父亲回去午睡。

下午，母亲连坐靠在床都喘着粗气，躺着更是几近窒息，她用上海话连连叹道：“哎，太闷了……要死了。”说罢，见我眉头一紧，又勉强一笑地改口道，“放心，其实……还好。”

母亲到这时还要逞强？不，我忽然觉得她故作坚强，并非她不畏病痛，而是想把对我们的负面反馈降到最低，不想让我们再添焦虑。

我没信她的话，还是冲出去找医生，可办公室里空荡无人，各个病房也不见人影。我转而求助护士站，随即请来正在休息室的值班医生。

那位医生听诊后，见母亲确实气喘吁吁，且脸色苍白、双目无神，心跳已不下110次 / 分，呼吸甚至一度升至50次 / 分，摇着头淡淡道：“已经没办法了，这是正常的晚期症状。”说罢，为母亲加了一支利尿针就走了。

我不甘心，急忙跟上去请求她抽胸水，她停住脚步，对我严肃道：“我是 S 院的医生，今天只是来值班的，而且我也不是她的主治医生，放胸水这事我没法做主。”

规章制度是死的，而人是活的，若只认前者，虽然不容易在职场犯错，但再也做不到因时制宜、因势制宜、因事制宜。

现在，母亲快透不过气了，难道要坐以待毙？若要她硬生生地煎熬到下周一主治医生上班，岂不是延误病情？在理性上，我理解她的尴尬立场，但在感性上，我对她的做法有些失望，也难以接受在这关键时刻叫天天不应，叫地地不灵。

我很不甘心，马上电话 T 医生，然而对方却远在外地，还不答应放胸水，说是一切等到周一来了再说。

踢来踢去的皮球！

因为我的错误，让母亲受了这么多苦，我深深为她的处境痛心。

回到病房后，母亲问我 T 医生何时来处理，我安慰说，医生判断只要用利尿针协助她排出多余的水分就能缓解胸水了。虽然谎话多说无益，但有时也胜却直白。我只能违心地强撑平静，连哄带骗似的喂她喝下了一碗加了蔗糖的赤豆汤。

可是，现实又一次和我开了个玩笑。使用利尿针后40分钟了，母亲仍然腹胀难解。我估计她卧床太久，代谢已经紊乱，肾脏也不堪重负了。与此同时，那台不断报警的仪器，提示着心肺功能也在接近极限。

仪器是最诚实的，但有时又是最无情的。

一晃眼，我发现她正望着如坐针毡的我。只见她故意避开我的目光，眼角挂着的是一颗欲坠的泪珠。

22点55分，我继续睡在病房里。这晚，她心跳一直在每分钟110次左右，呼吸经常超过30次 / 分。

凌晨1点半时，心电监护仪发出特殊的连续两次响亮的提示音，呼吸显示为零！我顿时感到一阵恐慌，害怕母亲就此离开我！我努力维持着冷静寻找原因，发现那只是因为夹在其手指上的测量夹脱落了，跳到嗓子眼的心这才滑回去。

后半夜，仪器显示母亲每分钟呼吸竟有50至60次 / 分，我顾不得躺椅的声响，赶紧起身将迷迷糊糊的她扶起坐着，待她恢复呼吸平稳后再扶她躺下。

又是一夜没合眼。

2016年7月17日 周日

母亲昨晚也睡得不好，这加剧了她焦虑烦躁的心情，额头上的汗整夜就没干过。待到今天早晨7点15分，她的血压是132/87，心跳接近120次 / 分，呼吸在32次 / 分。

“哎！这日子怎么过啊？”她忍不住对我苦恼道。

我将耳朵贴在她身上静听，发现她右肺有明显的呼吸气流声，而左肺声音混沌不清，只有快速的心跳声。我判断左侧积水又多了，肺部不张导致人体缺氧，只能靠加快血液循环来勉强维持人体所需的氧气。但左侧的胸水可能压迫到了心脏，使得每一次心跳都伴随着明显的沉重感。

眼看着母亲的心肺正濒临器官的极限，整个人正痛苦地挣扎在生死边缘，我的痛心疾首就快要冲破故作镇定的围栏了，心里暗急得快要疯了。

不行，我得冷静下来，事已至此，今天就算医生休息，也必须放胸水！

下午，在我的一再恳求下，另一位值班医生终于为母亲放了800毫升胸水。不一会儿，她气喘就有了改善，不像今早那么坐卧不安了，好歹可以静坐好一会儿了，心跳也回落到105次 / 分。不过，她还是不能动，一动就呼吸和心跳加快。我请她好好休息，不必说话了——不知怎的，今天她说话连发音都不准了。

临近傍晚时，我抱着试一试的心态，我联系了去年为母亲手术的 H 医生。听完母亲的现状后，他也只是敷衍了些“对症处理、维持生命体征”的话。

失望之余，我又想起了 Y 医生在门诊时给的对症三策：输血、输人血白蛋白和用博来霉素控制胸水。但前两条都是维持生命体征的办法，唯有第三条才是控制癌细胞在胸腔内继续侵蚀的方案。我早就把 Y 医生的方案告诉过 T 医生，但他至今迟迟没用。我理解，不是他不愿用，而是这种化疗药对现在的母亲来说形同毒药，他既没把握，也没胆担责，恐怕还想等 Y 医生当面确认。

我又看了眼那台心电监护仪上的心电图，不仅那频繁响起的警报声让我感到紧张，就连心电图也让我忧心忡忡。看网上说，正常的心电图是一个有规律的波群，中间有个幅度最大且高尖向上的波峰，而如今我看到的竟是一个向下的尖峰！我隐约记得曾在书上读到过，这类波形似乎和心动过速或心肌缺血有关。

怎能眼睁睁地看着她的心脏整天超负荷地跳着？我得想想办法！

下午4点半，值班的 D 医生和我们在办公室讨论病情时，他否决了化疗的方案，因为他认为一旦用了，母亲恐怕活不过今晚。听完他的观点后，父亲绝望得涕泪纵横，D 医生来回观察着我们，最后把视线定在我身上。我努力控制着自己几乎绝望的情绪，一字一句问他，克挫替尼或贝伐单抗的靶向药是否能用？他闻后一摆手，转过脸去，表示这些只对于小细胞肺癌等有效，对肉瘤无效。

“你们要做好心理准备，现在已经是按天数来计算了！”他最后这句话像是一记震耳欲聋的警钟声，迫使我和父亲面面相觑，再也问不出一个字来。

看来，我们不但无法用靶向药方案，连做基因检测的时间和机会都没了！

父亲颤抖着抓住我的手臂，缓缓走出办公室，在门外忽然止步，逼问我有何办法。此时的我也已心灰意冷，只能先考虑为母亲补充一些流质了，至少要有体力撑到明天周一T医生上班。

时至傍晚，我买来了海苔和南瓜粥，看着父亲喂母亲喝下，又俯身抱着她脑袋，轻声安慰了几句耳语，面如枯槁的母亲很快便泪眼汪汪了。

吃完粥后，母亲的呼吸比刚才更快了，偶尔测得50次/分。听着烦人的仪器报警，我坐在床榻边缓缓按摩着她干瘦的足底，心中的酸痛在来回翻涌，却又要极力不露声色。

老天啊，假如这一切都是你早就设定好的话，至少告诉我吧，怎样才能将她的痛苦减到最小?

2016年7月18日 周一

周一来得好不容易!

昨夜我依旧守夜，凌晨3点时母亲醒来后就表示呼吸困难，那时心跳125次/分，呼吸35次/分。我见母亲气喘得说话都含糊起来了，只好请值班医生放了500毫升胸水。凌晨4点时。我估计母亲可能口渴，就喂她了一口水，但我好心办了坏事，她刚吸了一口水就被咳嗽呛到了。之后，她躺着就开始连续咳嗽，于是我扶她坐起来，帮她拍拍背，待缓解后再躺下。可没多久，她又咳得厉害，不得不再次扶她坐起，如此来回折腾了两个小时。

凌晨5点了，心跳129次/分，呼吸39次/分，血压124/90mmHg，心电监护仪的警报声变得十分频繁，那一声声蜂鸣扰得母亲也无法安然入睡。

太累了，我合上眼，但眼前又浮现出心电监护器那明暗交替的警报灯，我睁开眼，看见的是显示屏上居高不下的心肺读数。

不睡了!

按现在的状况，每晚不得不有人陪着她。其实，我是可以让那个护工陶阿姨代劳的，可是我对她不放心。

前几天刚来时，陶阿姨就前来毛遂自荐，说是愿意接手母亲的护理工作，并开出了价位。我有些不放心，便通过护士站请来了此处护工的总负责人，这才了解到陶未经上报，打算擅自接私活，给我的报价也高于正常收费。那位总负责人当着我的面在走廊上将陶阿姨痛斥了一顿，表示此时除了陶阿姨有空外，其他护工都已排满。考虑到我和父亲这些天都已疲惫不堪，未必能24小时守在医院，况且有些护理事项我们既不便着手，也做不妥善，因此我还是答应了。不过，可能是出于对我的隐怒，陶阿姨对母亲的态度一直很冷淡，护理时的动作也很轻慢，一副不靠谱的模样。所以，我这才坚持每晚守夜，以确保第一时间响应。

夏季的天总是亮得早，我见窗外的夜色中隐隐有些晨辉，就靠回椅背上休息。听着母亲浅浅的呼噜声，我忽然将心比心地意识到：我小时候那么多夜晚里，母亲也曾这样寸步不离地照顾我，二十多年后的今天，我们的位置交换了，我此刻才深刻体会到她当时的不易。

清晨，脑袋昏沉的我挣扎着从躺椅上起来，今早6点不到走廊上又传来陆续增多的走动声和拖地声。

8点半，Q 医生和 T 医生来后，又为母亲放了550毫升胸水。T 医生找我和父亲谈话，他不建议用化疗药，哪怕小剂量用药，母亲很可能无法耐受。我们问他是否还有治疗手段，T 翻动着双眼，用询问的语气问我们是否尝试生物治疗，比如香菇多糖。他说，这种药是一种增强免疫的辅助药物，常和化疗药顺铂联合使用来控制恶性胸水。使用时，直接用注射器输入胸腔。若单独用药的话，实际作用不大，且价格高，不进医保。虽然，我和父亲很快答应了，但那时就有种猜测：他似乎利用了我们焦急的心理，以此创收。

其实，大多数人真到了病情紧急的关头，的确顾不了这些，哪怕只能对患者产生很小的积极作用，也多半会愿意尝试。

待到上午9点50分，我正要离开，教会的张阿婆和她丈夫一起来看望母亲，感谢他们情义深重！

下午2点左右，母亲双手拉着床两边的护栏靠坐着，仪器依旧显示心率过快。在我的注视下，T 医生又放了500毫升胸水，并向胸腔注入生物抑制剂香菇多糖，并示意母亲来回翻身几次以便药物充分接触胸腔。

下午2点半，我在烈日下推着轮椅，送母亲去另一幢大楼做肺部 CT。因她已离不开氧气，只能抱着一个枕头大小的氧气袋，以致整个过程来去匆匆。一路推到户外时，我看见母亲额头上的汗珠，心生怜惜，问她是否呼吸困难。她睁大眼睛看着我，装作平静地摇了摇头，尽管两眼微微有些湿润，但气息还算平顺。若非时时念及她危在旦夕，这副乖乖抱着“枕头”的模样倒颇有几分别样的可爱。

傍晚，我去超市为母亲买了一些香蕉，据说这对她现在的低钾血症有用。路上遇到了前来换班的父亲，他紧张地询问我控制胸水的药是否已用。在得知母亲胸腔已注入香菇多糖后，他的焦急并没有平息，大声质问我这又怎样呢？我说明天还得再打药进去，他闻后终于平静了下来，“哦”了一声就匆匆赶往病房。

就根据刚才的交谈，我能感觉得到，在越来越束手无策的局面下，父亲已经方寸大乱。

其实，我心里何尝不是焦虑万分？

2016年7月19日 周二

昨晚凌晨1点半时，可能是心电监护的测量贴片使母亲难受，她把它们都扯了下来。如此，仪器也就测不到她心跳和呼吸数据了，于是我请护士为她重新贴上——虽然，母亲嘴上很不情愿。

后半夜，她开始语无伦次，重复了好几遍含混不清的话，而我完全听不懂她在说什么。但是我注意到，她几次想伸手去拿水杯，于是就用吸管喂她喝水。也许她太口渴了，竟一口气喝下了大半杯。这一刻，我发现她浑身在发热，忽然想起这几天母亲曾说过有发热难受的情况。我猜想：她此时五脏六腑可能因为癌性发热感到不适，所以才扯去身上的贴片，又喝了这么多水？不，我反而有些担忧，会不会是昨天那个香菇多糖的副作用？！

凌晨3点，我被母亲含糊的唤声叫醒，我立即从躺椅上跳了起来。昏暗中，她躺在床上，居然颤颤巍巍地向我伸出双臂，结巴地发出零零碎碎的语气词，像是示意我扶她起来，而一双眼睛在门外射来的灯光下闪动着求助的微光。

我大吃一惊，马上扶她坐起，发现她后背都被汗浸湿了，而那汗水里竟有一种说不出的药水味。我帮她重新戴上脱落的氧气管时，她又颤抖着用手指了下桌上的杯子，不一会儿又喝下了大半杯水。

到底是渴，还是身子内部灼热，想通过喝水来降温？听T医生说，这种生物制剂好像可以使胸膜粘连。莫非，这灼热是……

此刻，我开始有点后悔同意注射那支香菇多糖了。

短短一个小时间，值班的D医生前来观察过几次，不过他劝我等到天亮后，请T医生处理。他看上去很困，给了一支平喘针后，摇摇头便去休息了。

接下来的时间过得很慢，很慢。

“没用……不要了！”

昏暗中，我终于听清楚母亲反复嘟哝着的那句话，像是恨透了身上的电线和贴片，又把身上的它们扯了下来。

我没再坚持已见，只是劝她保留食指上的心跳测量夹。

之后的几个小时里，她躺下后没过多久，又唤了我几次——她躺着时的呼吸越来越困难，不得不过段时间坐起来缓解下。

连续几天没怎么睡，我的思维变得很迟钝，再也想不动了，一阵阵乏力感像是一张带有倒刺的网一样罩在我身上，困得我头皮发麻。可当我再看一眼命悬一线的她时，我很快又被恐惧和忧伤的暗潮淹没了。

26.来迟的救星

2016年7月19日清晨，6点一过我就躺不住了。前一晚，母亲的情况已恶化到意识混乱、言语含糊、心肺异常和双手颤抖的境地，再加上今早Y医生会来这里视察，我急得彻夜未眠。

他，可是我们这几天一直在盼望的最后一丝希望。

大约早7点，护士来抽血化验，说是一会儿可以给Y医生参考。其实，我是极不忍心看她从母亲早已骨瘦如柴的大腿上抽血的。回想母亲转院来时，血色素才60g/L出头，这些天恐怕是有下降的。如今正是缺血之际，还这样抽走一大管，岂不是雪上加霜？我想开口制止那位护士，但我又生怕惹恼了主治医生，最后连救命稻草都丢了。如此思来想去，这心里太难受了！

7点半，Y医生终于来了！我像是看到曙光一般，走上去请他进病房一叙，但他严肃地表示，要开完晨会后来巡视。随后，他径直走到护士台，翻看着记录册，细读着护士们记下的各患者病情。

8点，母亲说自己虽有便意，但腹胀难解。于是，趁着陶阿姨为她护理和擦身的时候，我站在病房门口，按捺着性子，旁听Y医生主持的晨会。

这次晨会是在楼层中间的护士站举行的。几位医生连同护士们齐刷刷地站成两排，先将所有病人的情况向Y医生汇报。当提到母亲时，我见Y、Q和T医生三人互相交换了眼色，又点着头，想必已事先达成过统一意见。在了解一周的工作进展后，Y医生考查了几个主治医生和护士关于癌性发热和炎症发热的区别，可是并没人立即回答这个问题，更像是明明知道却闭口不答。

“呵呵，没人知道吗？”Y医生扫视了一圈，淡淡一笑，“小Q，还是你来说吧！”Q医生身为他的在读博士生，顿时一脸正色，思路清晰、言简意赅地回答了这个问题。Y满意地点了点头，关照众人要加深病症理解，加强判断能力。

虽说他们聊的都是正事，说的也是我想了解的知识，可我却越发没有耐心听下去，一心希望晨会早点结束。

8点半，Y、Q和T医生三人终于来到病房，而我从母亲睁大的眼中看出，她这几天之所以还能苦苦坚持，是因为她一直在盼着这一刻！

Y医生站在床尾，望着脸上没有血色的母亲，镜片后犀利的目光从她干枯的蓬乱碎发上掠过，又瞥见毯子下露出的那段早已皮包骨头的小腿，似乎在飞快地思索着什么，脸色渐渐变得凝重起来，连两腮的肌肉也开始紧绷了。

见气氛有些凝固，Q医生便向他征询：“老师，我们判断这病人已经很晚期了，现在胸水严重，压迫两肺，也放了几次胸水，但治标不治本。您看……”

“Y 主任，现在是不是还能用博来霉素？”T 医生偷偷望了我一眼，又抬眼瞧了下 Y 的脸色。

Y 医生听后，对着 T 医生脸色大变道：“No! Don’t touch it! Don’t touch it!”

T 医生吓得涨红了脸，缓缓低下头去，不再说话。

我听得心里咯噔了一下，对 Y 医生极力拒用博来霉素的训诫颇为意外，只得小心翼翼地接过话头，咨询是否还有免疫治疗的可行性。很遗憾，他闻后沉下了脸，不假思索地一摆手予以否决。

“你应该听过今年四月魏则西的事吧？就因为这个，前阵子免疫疗法被叫停了。不是我不想用，是现在规定不能用。”说罢，Y 医生对失望的我注视了片刻，忽然欲言又止，转过头去，愁眉不展道，“小 Q，病人的血指标怎么样？”

Q 医生随即恭敬地递上报告，说：“老师，这是今早的血检报告，请过目。”

Y 医生皱着眉头，接过了那份报告，才看了片刻便迅速抬眼瞅了下母亲，见她正气喘吁吁地望着自己，而一旁摇扇的父亲已两眼哭红，神色变得越发严肃，于是重新将目光落在报告上。

“啧，哎……”他嘴角刚一发声，紧接着便是一次深吸和叹息，“血色素太低，血钾太低，病人电解质这么紊乱，各项指标都低成这样了，还怎么用药？你们真是一点机会都不给我啊！”说罢，他一脸无奈地把报告塞回到 Q 医生手中，而 Q、T 两位又互相对视了一眼，都默不作声了，病房里陷入死一般沉寂。

我不敢转头看母亲，心想：此刻她的心情恐怕是备受打击的。

我忍不住又问 Y 医生是否还有其他办法，但他表情很是僵硬，也不说话，只是摇摇头，临走前郑重吩咐 T 医生：“记住了，现在只能先给足病人每日所需的热量，明白了吗？”

“好的，好的！”T 医生微微弯下了腰，赶忙笑着答道。

什么！难道就这样等死？！我不甘心！

在 Y 医生下楼的路上，我跟了上去，试图再请他想想办法，而他面色冰冷，一言不发。来到户外时，我打破了僵局，再问道：“Y 医生，谢谢您今天能来看我母亲！下一步，您看怎么治疗比较好？”

Y 一边走着，一边双目直视着前方的停车位，面色依旧冰冷，用带有敷衍意味的语气说道：“该说的我已告诉 T 医生了，你还是自己去问他吧。”

我停下了徒劳的步伐，失落地望着他决绝的背影，见他走到一部崭新的奔驰 E260跟前。随着引擎发动，这辆奔驰即将驶离——带走我们这些日子的希望。

罢了，这种情景又不是第一次了。好歹，他在我求医无果时伸出过援手。

我缓缓来到车前，想向他挥手道别，还望见他透过挡风玻璃也朝我挥了挥手，而那摇摆的手怎么看都像是一种否定和拒绝。只听一记油门声起，他迅速打了一圈方向盘，那辆奔驰便在我面前划过一道白色的弧线，随后朝着大门扬尘而去。

这一刻，我开始反问自己是不是又做错了决定，同时还意识到：T 医生一行人接下来只会像 W 院时那样，每日用维生素和葡萄糖拖时间。但是，我仍想去确认下他的态度。

来到他的办公室，T 医生皱着眉头向我解释说，肉瘤的靶向药现在用不了，而免疫治疗也不是直接抗癌的，仅是有助于提高免疫力，并重复表达了束手无策的立场。

我见多说无益，正准备回病房，忽然跑进来一个护士，神色紧张地向他请示道："T 医生，T 医生！那个15床的老先生快不行了！你要不要去看看？"

"他啊？" T 中断了和我的对话，转过头去，望着那护士随性一笑，"没救了，他要走的话，就让他走吧！"

什么！你知道你在说什么吗？！你这样还对得起身上这件白大褂吗？技术有限可以理解，但是你不能因为麻木丧失了对生命的敬畏和尊重！你是白衣群体里的另类个案，不配让我再以职业来称呼你。不，我更不愿对你多说一个字！

我极度诧异地注视着眼前的这个猥琐男人，气得胸闷了起来，很快就悔意顿生——若不是我轻信他推荐的香菇多糖疗法，母亲现在也许不至于出现发热和心律异常的副作用！不，都怪我！是我又看走了眼，选错了方案，害苦了母亲！

再回病房时，几夜没睡好的母亲在刚才听到 Y 等人的消极评论后，再也打不起精神了，侧头昏睡了过去，病房里只有心电监护仪时不时发出的警报声。

父亲把我叫到门外，一把抓住我的胳膊，十分沮丧道："唉，连 Y 医生都没办法了，你看现在怎么办啊？等死啊？"

"爸，我也……"我想说我也没办法了，可我实在不忍心泼他冷水。

"唉！这里求医，那里求医，到头来白忙活！碰到这么多医生，又有几个是有真本事的？一个个还不是一见面就让我们去拍这个 CT、那个核磁共振的？他们也就比我们看得懂几张片子，会用几个专业名词糊弄家属，趁机推销各种各样的进口药创收！唉，只可怜了你妈，一趟趟拍片，吃了这么多辐射，反而把病越看越重！现在我看不到一丝丝希望了！"

"爸，别这么说，我相信这只是因为我们没找到更多像 P 主任那样的好医生。"我忽然想起还有一个地方没去过，于是向他征求意见，"对了，我读过 Z 教授的书，他是一位医药大学教授，很精通中医治癌。我想现在去找他试试。我想帮妈再争取一次活下去的机会！"

父亲失去理智地连声抱怨了起来，眼泪直流而下："你还要试？！我现在算是看透了，医院是看不好病的，有命进来，没命出去！呜呜……想想去年你妈140斤进来，现在都只有90斤了，你还相信他们看得好这病？呜呜……”

我也很难过，扶着他坚持道：“就让我试试这最后的办法吧，我不想后悔！”

“那好吧，你既然要去，我不拦你，你要试就去试吧。”从前不支持使用中药的父亲无奈地同意了，抽泣着抹着眼角的泪，失落地走回房去。

出发前，我伤感地再望了一眼昏睡中的母亲，心中默念了一声“等我”，便匆匆拿上所有胶片，向着这最后的希望直扑而去。

原来，最初和最后的救星都不是别人，而是我们自己。可惜，我们已错过了最初，也正在错过最后。

27.最后一次求生

随着死神的迫近，生命坠入了倒计时，人若一心求生，或许能从争分夺秒中力挽狂澜。至少，我还相信。

夏日炎炎的中午11点多，我乘着飞驰的出租车赶往虹口区。还没等车停稳，我就迅速推开车门，顶着烈日向南直行，在两条马路交会的丁字路口前停了下来，抬头望见对面那栋高耸入云的大厦，最终将视线聚焦在大厦下方的一处两层楼建筑上。那建筑的门楣上，清楚地刻着“××中医门诊部”七个金光闪闪的汉字。

推开玻璃门后，我来到了一个装潢精良的门诊大厅中央，眼前的景象和我想象中的医院和诊所大不相同，更像是一个古色古香、儒士雅集的厅堂。尽管母亲的病情已经危在旦夕，但我不愿再冒失就诊。出于谨慎考虑，我选择花几分钟时间，先观察下这个机构的环境。

整个大厅的照明系统采用中西灯具并用的思路，天花板被分成两部分，一侧天花板由水泥铺成，镶有两列圆形西式吸顶灯，另一侧则用一条条木栏横架于天花板上，下悬数盏中式复古的实木吊灯，每个吊灯都配有镂空雕花的方形木框。如此中西并用的室内设计，或许正是为了潜移默化地表达门诊开创者中西医结合的从医方略。

挂号处的前台和一般医院相似，只是后方的墙色是浅绿的，上面贴着“现代中医，防止肿瘤”八个亚克力材质的广告字。右边几个服务窗口的墙砖则别具匠心地采用了白、浅灰和深灰三色，并被错位排列，虽然这显得十分简约，但不至于呆板。在服务窗对面，整齐地放置着两排实木质地的沙发椅，上面铺有茶绿色坐垫和靠垫，已有不少老人三三两两地坐在那里闲聊，似乎在等候着抓药。

见我站在大厅中央环视四周，几位老人对汗流浃背的我投来了打量的目光。我低头看了看自己，好不狼狈——上身是一件蓝白格子衬衫，如今已湿了大半，一条蓝色直筒牛仔裤已经几处磨白，肩上斜背的黑色公文包又沉又旧，手上拎着的那袋 CT 胶片也满满当当。这令我觉得，自己的疲态和四周古朴典雅的格调多么格格不入。

穿过大厅，我踩着木质楼梯来到二楼，见到走廊两侧排列着各个中医诊室。站在楼梯最后一级时，我望见前方1号房间的门牌上写着 Z 教授的名字。此时，有一群人正围堵在他的诊室外，其中几个中年男人还伸长了脖子探入房内，看上去听得很入神。

我记得上个月联系这里的客服时，被告知 Z 教授这个月因出国而不出诊，可现在他的诊室却是开放的。莫非消息有误？我带着疑问挤入这堆人群后，好不容易贴着门框探进半个身位，迫切想确认他是否在场。

他真在！

里面的房间中央摆放着一张长长的白色方桌，而 Z 教授内着衬衫、外披白大褂，正严肃地端坐在方桌的一角。只见他拿起一张 CT 胶片，贴在身前的一个荧光屏上，一边指着胶片上的某处，一边对跟前的几位老年病友耐心讲解。讲到重点时，他时不时转过身来，和与他同排而坐的几位青年医生交换意见。

当他说完一段话后，忽然抬眼向我望来，在短暂的目光接触后，他又继续和其对面的患者交谈。我心中急切，本想插一句问问他，但话到嘴边却止住了。

试想：这里的人和我一样，他们中有的人病情也很严重，难道只有我着急，而他们不急吗？况且我既没有预约也还没挂号，这样做的话太失礼了。

我转身向外走，想下楼去先挂号，在楼梯上遇到了一个护士。这位小护士看上去才20岁出头，着一身整洁白净的护士服，脸蛋白净，眉宇间透着一股聪明伶俐的灵气。见我愁眉不展，她热情地询问我的来意，我说自己是因家母病危而来向 Z 教授求助的，而且今天是第一次来，也没提前预约。她遗憾地表示 Z 教授今天的预约人数已满，不再接诊病人，建议我找当班的其他中医。

由于临近中午休息时间，我若去挂号便要等到下午，而母亲的情况已是岌岌可危，我是没这时间去等的。小护士闻后，灵机一动道：“那你跟我来，我请羊哥帮你看看吧，他不用挂号。”

说着，她带我来到旁边的一个诊室，里面的医生是位看上去30岁出头的男士，估计从医时间不会很长。他在看了 CT 胶片后，面色变得异常严肃，直言自己水平有限，愿意开一些膏药贴片，至于能不能缓解胸水，他也没把握。我看出了他满脸为难，于是感谢了他的直言相告，但同时忧上心头。

“羊哥，你就没别的办法了啊？”小护士站在他身边，一手推了推他的肩膀，努着嘴，脸上有些犯愁。

“羊哥”瞧了她一眼，叹了口气，又发现我正注视着他，终于尴尬道：“这个真的有些晚期了，我这边真的无能为力了。”

刚出诊室，小护士见我愁眉不展，连忙鼓励道：“没关系，没关系！今天V教授也在的，他是Z教授的老朋友了，口碑也很好的，但我不知道他现在有没有空。我帮你问问，你在这里等一下哦！”我望着她一路小碎步的背影，忽然感慨这位护士的服务态度和我在某些医院遇见的护士大不相同。

过了一会儿，她回来了，笑着表示V教授愿意用午休时间见我一面。我一听，对这位尚未谋面的医生顿生了几分敬意，连忙对她说了声谢谢，并在她带领下到底楼迅速办完了挂号手续。

事实上，上个月我为母亲准备中药时，在网上收听过一段V教授介绍中药煎制技巧的音频，对他有初步了解。我记得他也是某医药大学教授出身，退休前已从事中药教学研究40余年。今得一见，其人鹤发仁面，虽是花甲之年，却目光如炬，精神抖擞，举手投足间颇有传统老中医的神韵。

V教授见我匆匆步入诊室，微笑了下，淡然地请我坐下再说。他耐心地听我讲完母亲的病程和现状后，拿起胶片仔细端详了起来，时不时选取两张来回对比。良久，他才缓缓放下胶片，原本清澈见底的双眼变得黯淡无光。

“V教授，您看我妈这情况，现在怎么才能救救她？”我焦急地问道。

他的神情变得有些严肃：“已经很难了。你有心理准备了吗？”

见他如此说，我心里一急，额头顿时浮起一阵灼热，苦闷至极，恳求道：“V教授，实不相瞒，在我来这之前，已经有好几位医生这么告诉我了。我妈现在全身多处转移，两肺胸水，心律快而呼吸急，体衰弱而人昏迷，昨天医生还特地用了香菇多糖，说是可能有用。我也知道情况很不乐观，但我这辈子欠她太多了，不懂得回报、来不及回报就要看着她离去，这点让我惭愧，也让我无法接受。无论如何，我还是想救她，哪怕只有万分之一的可能，我仍想争取希望！”

他凝视着我，但又很快移开了视线，侧过脸去眨了眨眼，犹豫了片刻，重新与我保持对视，缓缓道：“都已经转移成这样了，其实那个香菇多糖只是安慰而已。如果你非要放手一搏的话，我可以考虑用重一点的药，但即使这样也未必有转机。你先接着说吧，把她最近的状态说得越详细越好！”

我见他没有把话说死，顿感一丝欣慰，迅速掏出手机道：“V教授，我这有这几天的我妈面部和舌苔的照片。”

“哦？快让我看看！”V教授闻后，顿时来了兴致，只见他从椅子靠背上直起身来，双手再次放回到桌面上，并转脸看了眼小护士，“有这个的话，就能更加准确了！”

在翻看了几张照片后，他带着惋惜的神情判断道：“哦，小伙子，不好意思啊，刚才我下结论太早了，我的话得推翻了。”

此话一出，我心间一凉，预感不妙，刚才还翻涌的脑海很快又成了一潭死水。

“照这么看，你母亲这么虚弱，现在万万不可再用抗癌的重药了。用重了，她吃不消，会危及生命；用轻了，不如不用。这让我怎么……”V 教授说了一半忽然沉默了，身子又向后贴在了椅子靠背上，似乎陷入了深深的惋惜中。

小护士站在 V 教授旁，脸上的微笑渐渐消失了：“V 教授，你再想想，肯定还有办法的！”

“唉，我也想救人啊！”他靠在椅子后背上，抬头望着对面的墙壁，神色有些纠结，“这情形让我想起了很多年前我一个病人，也是生癌，也是像这样又虚弱又昏迷，当时真的命悬一线，几乎所有人都觉得救不活了。”

“哦？那后来呢？”我听出了他话里隐含的一线生机，立马追问道。

“对于这种病危的人，我有一份药方，不到万不得已不会轻易用。那次我虽然用这药方帮他三天后脱离了昏迷，不过我只是救了他一时，过了一个多星期他还是走了啊！”V 教授缓缓吐了一口气，似有感触地回忆道。

“真的？！”我顿时像是抓住了救命稻草，心中又燃起了希望，身子不由得凑上前去，大声确认道。

虽然，V 教授的那位病友最终还是走了，但只要能帮助母亲脱离眼下的危机，后面再寻办法的话，结果也未可知——只要人还活着，就还有希望。

在我的恳请下，他很快开始写下药方，一边写一边说道：“小伙子，现在只能死马当活马医了，用这个药方救得成救不成我不敢保证哦。”

石菖蒲15g，郁金15g，麦冬20g，五味子10g，生晒参15g，瓜蒌12g，枳实12g，葶苈子15g，桂枝7g，丹参12g，川芎10g，莪术12g，附子12g，生甘草9g，煅龙牡各打25g，生黄芪20g，生山楂12g，红景天10g。

我捧起这张药方，仔细辨读着潦草字，发现他的药方和 J 医生的截然不同。

“哦，对了，差点忘了！”他像是想起了什么，又将那张药方取回，用笔圈画道，“记住，这几个药我们这几天刚好缺货，不过都是常用药材，附近那几家药店应该有的。还有这个红景天，比较贵，不是所有店都有的，假如没的话，也可以不加这个。”

我对他详尽的交代有些感动，感谢道：“V 教授您愿意用休息时间帮我想办法，我已感激不尽，无论这药是否有效，我都谢谢您今天的一番好意！”

“这是我应该做的，”他淡淡一笑，转过头望着其右侧的窗外，转回头感叹起来，“你知道吗？我是一个相信医缘的人，我觉得病人能遇到医生正是一种缘分。这种缘分很珍贵，也很沉重，因为它代表责任啊。担着这份责任，我觉得作为一个医生，却没能挽救一条生命是多么痛心啊！”

说的时候，他将拳头紧紧按在胸前，看得出来，他既热爱自己的事业，但也为无法挽救病人而痛惜。也许，像H、T等少数医生在刚刚从医时都会怀有救死扶伤的崇高理念，但在漫长的职业生涯中，这股豪情壮志和责任意识渐渐被耳濡目染的生老病死所磨灭，人也变得麻木和懈怠了。相比之下，这位老中医虽已过了退休年龄，但施药救人的初心丝毫没有减弱，并愿意牺牲午休时间接诊我这位素不相识的人，一谈就是半个小时，想家属之所想，痛病人之所痛，确实难能可贵！且先不说医术高低，仅论从医态度，便已与H、T之流高下立判。

我对他的肺腑之言深有感触，望着他安慰道：“V教授您言重了，医生不是神仙，不可能所有人都能起死回生。您有这样的责任感，已经比我见过的某些医生强上百倍了！”

我看了看表，已经快中午12点半了，我也该尽快取药赶回去了。其实，此次来门诊，我还有另一件事——Z教授研制的AK24（化名），这种药据说是用名贵的中草药提炼制成。我曾在国家药监局官网上查过，该药属于保健品一类，网友们对其抗癌疗效也没有统一论断。对此，我计划先用中药帮母亲脱离危险，再每日试着服用“AK24”增强免疫力。

“你要这个药？”V教授闻后，低头思考了下，没立即作答，过了会儿才答应，“好吧，既然你要，我建议你只买一瓶试试。但以你母亲现在的情况，药量不能大，先吃半粒或一粒，记得帮她用水调开服用。”

我分明听出了他的话中有些弦外之音，可能出于某种原因不便说透，且考虑到他居然建议我先只买一瓶，我更加觉得这其中缘由颇为耐人寻味。

临走时，V教授注视着我，向我确认是否还有什么想问的——他似乎还想帮助我些什么。我欣慰地笑了笑，与他握手道：“V教授，耽误您中午休息了，不好意思！今天有缘相见，无论我母亲最后结果怎样，我都非常感谢您今天的帮助，后会有期！”

他的神色中又掠过了一丝惋惜，郑重地点了点头：“快回去吧！”

待我于楼下取完药后正准备离开时，小护士又出现了，并执意送我到门口。

她和V教授为什么对我这样一位素不相识的来客这么热情？我只是一位再普通不过的患者家属，却得到了其他医院从未有过的待见。我想，是由于这种尽职尽责、逢难施助的言行是他们的一种日常习惯。正是他们崇高而坚定的就业初心使他们即使见过许多生离死别的场面，但绝不至于沦为冷漠或麻木。也正是这份时时重温的初心，在引导着他们继续传递可贵的人间温暖吧！

走到大厅门口，午后耀眼的阳光直射过来，我本能地转过脸去回避。

"怎么了？还有事吗？"小护士莞尔一笑，问道。

"没什么，"我望着她，心中忽然拂过一股感激的暖意，"哦，对了，谢谢你今天一路引荐！你贵姓是？"

小护士闪动着水灵的双眸，莞尔一笑道："我姓喻，家喻户晓的喻。"

"好，我记住了。今天真的谢谢你和V教授！再见！"

与她道别后，我推门而出，向着最近的药房飞奔而去。

留给我的时间不多了，我早一刻赶回去，或许就能争取多一点生机。

28.大痛莫过离别

人这辈子，最怕离别。

我也曾怀疑过，一个凡人在面临死亡时，究竟能靠什么来与之抗衡？

到底是医疗、信仰、权势、名利，还是亲情？

遗憾的是，在还没得到答案之前，我已被现实重重地按倒在问题面前。

2016年7月19日下午约1点，我为配齐剩下的几味药，捏着药方穿过了一条马路，果然望见前方有一家药店，而就在这时，我接到了父亲发来的一串消息。

"很危险了。"

"我想我们再也不要去折腾她了，就让她安详地走，不要带着放不下的事。"

"现在她很难受。"

"心电图不好。"

"你想看你妈的话，就马上回来。"

不！来不及了！

有时候，即使我们事先已有心理准备，人世间的某些噩耗也能像穿墙子弹一样击溃形同虚设的心理防线。

饥悲交加的我绝望地飞奔在燥热的天空下，跑了一长段路也没追上刚才停在前一个路口的出租车，于是颇为沮丧地驻足在斑马线旁气喘吁吁，身上再次大汗淋漓，才刚一抬头，一束刺眼的日光直射而来，人顿时晕眩了起来……

下午1点半左右，我提着刚买的药匆匆赶回病房，见到了昏迷不醒的母亲。和上午不同的是，此时她已被戴上氧气面罩，脑袋歪向一侧，正依靠呼吸机维持着最后的生命！随着呼吸机周期性地送气，她沉重地大口吸气吐气，这种极不自然的强制呼吸使她半个身子一阵阵抽动着，看着都觉得很难受。

我缓缓来到她病榻前，见父亲抹着泪坐守一旁，整个人已哽咽得话不成句。

母亲正在生死边缘苦苦挣扎，而我和父亲在伤心和绝望的汪洋里颠簸，良久无法接受即将发生的现实。

“还拿着药干吗？”父亲半低着头，一手罩在被哀痛扭曲的嘴唇上，眼里闪过两道心酸的泪光，“你妈现在还能喝得下去？”

是的，她现在已粥水难进了，纵使我真的煎好了这服中药又有何用？难道，我上午执意去中医门诊就是个错误？那时，我是不是更应该留在她身边好好守着她？可眼睁睁地守着她，却无力救她，我何尝不会因为自己的无能而自责？我何尝不会因为自己的无为而羞愧？

我来到床边，望着心电监护仪的显示屏，胸膛里急躁的心跳和那几组数据一样居高不下。心跳120次 / 分，呼吸35次 / 分，氧饱和95，血压130/95mmHg——母亲的心肺正在拼尽最后一点力气维持着生命体征，器官已经不堪重负了。若这样下去，岂不是要心力衰竭？

我无法眼睁睁地看着她一点点咽气，连忙说道：“爸，你守着，我去把T医生叫来。”还没等迈出脚步，我就听见他沮丧道：“没用的，求他有什么用？你还没来的时候，我去找过他了，他劝我们放弃。”

“哼！”我顿时又气又急，一时不知如何是好。

“什么医院，什么医生，什么耶稣，全都没用！”父亲握住母亲的手，把脸贴放了上去，抽泣不止，“你妈这辈子没做过啥坏事，年轻时很早就当家照顾弟弟妹妹，等有了你后，又全心全意为了这个家付出。为什么老天总是让好人短命？呜呜……不讲道理啊！”

我不知如何安慰他，其实我的心也同样在流血。一颗流血的心，又怎样为另一颗心止血呢？

在接下来的时间里，我和父亲坐在一旁，互诉起许多关于母亲贤惠持家的点滴往事，这些话既是互相回忆，也是想抓紧时间说给昏迷中的母亲听。

妈，其实您一直在我和父亲心里！令人后悔的是，父亲对您的爱虽然真实，却不够沉稳，也不善于正确表达自己的想法。他非但没化解婆媳矛盾，还多次以偏激和暴躁的态度对您抱怨生活的苦闷。长年累月之下，这些极端的言行举止将您对婚姻的美好期望消磨殆尽，也使您的忧郁情结根深蒂固。而我，对您的爱既不够全面也不够成熟，因为我既没完全独立，也没充分挖掘出男子汉敢作敢当、不畏强武的品质，没能克服稚嫩和软弱的缺点，一直没能在您和父亲之间发挥桥梁作用。您虽抚养我长大，而我却不能为您分忧解难，是我让您失望了！

想着想着，我不禁愧疚而泣，竟看见她的眼角也渗出了一滴泪水！

“叶妹妹？叶妹妹？”

忽然，病房门口传来一声熟悉的老妇嗓音，我和父亲循声望去，竟发现是教会的老人们又来探望了！我已数不清他们是第几次来看望了，也记不清母亲休养在家时他们一共来了多少次慰问电话了。而今，我们不曾通知过他们，他们恰巧赶在最后时刻前来，真像是冥冥之中的某种安排。

望见奄奄一息的母亲，几位白发苍苍的老人们明显神色凝重了起来，眼中流露出一丝哀伤。他们默默交换了眼色，用手抹了抹眼角的什么，纷纷十指相扣，守在床边默默祷告，含着泪唱起了最后一首赞美诗。

老人们悠悠的歌声可以直击人的灵魂，激发人的灵感，不知怎的，竟使我脑海中腾起了悲怆的感慨。

我在赞美诗中守望您

时间，
就像是沙漏中的沙粒，
一分一秒地流失。
生命，
就像是蜡炬的荧光，
一点一滴地消逝。
亲情，
就像是伪装成汗的泪迹，
一层一层地铭记。
回忆，
就像隽永的诗篇，
一遍一遍地想你。

人固有一死，医术留不住天命所归，诗篇也不能。

到了下午5点，心电监护仪上的氧饱和度从97开始下滑，接下来呼吸和心跳也逐渐下降。那个几天几夜不时作响的警报声终于停了。

夕阳西下，光线不再明亮，整个房间渐渐昏暗了下来，四周也比往日安静了许多——医生不再来视察，护士们也不再来换药，只剩下饱尝悲伤的人们学着面对着近在眼前的诀别。

亲情是无法割舍的，心痛是无法抑制的。

不一会儿，只见母亲半露着白眼，开始异常沉重地大口呼吸，每一次深吸都会用力支起上身。她是如此拼尽全力地挣扎，仿佛这样才能挣到下一口氧气。哦不，也许这些动作只是由呼吸机强迫完成的，而母亲此刻可能因此格外难受呢？

看着她如此痛苦，我顿时哀痛难当，俯身在她耳边喊了一声："妈？"

母亲似乎还保留着听觉，只见她异常费力地睁开双眼，微微侧过脑袋，从眼缝中向床榻边的我投来一道依依不舍的目光。

妈，我明白您这一眼的意思。您想再活下去，但残忍的病魔不允许；您想交代的话有很多，但模糊的意识不允许；您想看很久，但衰弱的身体不允许。

我双手紧握住母亲发凉的手背，发现她好几次挣扎着想要抽离，以至于心电监护仪的读数又猛然突破了警戒线，警报声又开始响起。我一松手，她便开始胡乱抓扯身上的那些测量贴片。我想，或许是她非要把胸腔里正在作怪的东西揪出来不可，又或许是呼吸机的确使她很难受，可我们又无法通过沟通去证实。

若任由她抓扯，看着那抽搐曲张的五指，我不忍直视；若不让她动弹，我则倍感伤心。母亲都这样难受了，还限制她的自由，是否是一种变相的残忍？

不，还是让她别动了吧！她的心跳已经上蹿到临界了！为了留得一口气在，她的心率需要稳定下来，而我们的情绪则需要镇定下来。

片刻的思想斗争后，我和父亲选择一人一侧按住她的手。望着她昏迷中挣扎的模样，我忽然想起6月20日那天下午，母亲在W院曾因血色素过低而昏迷，当时她也是这样四肢抽搐。我的手还是渐渐松了下来，同时在心中萌生了最后一个念头——以血换血！

待她稍微平静下来后，我和父亲前往办公室做最后一次争取。今晚的值班医生是D医生，我和父亲向他提出了输血的请求，并表示愿意用我们两人份的血换一袋AB血，只为能延长母亲的生命。很遗憾，D医生婉言拒绝了，他说除非是使用了化疗方案，否则晚期癌症人的输血申请一般是无法通过血库同意的，因为这样做意义不大。

这时，我才恍然大悟，原来6月20日那天，P主任申请到的1800毫升用血是多么不容易！他对我们真的已是尽心竭力了！假如那天他也拒绝输血，那么早在一个月前，我就已和母亲永别了。

但是，从另一个角度想，一个月前我们千方百计地救活她，如今还是改变不了她的结局。虽然，我们是出于善意，可还是让她两次承受了临死的痛苦，这么说来，我们的执念还有没有意义？我们的坚持算不算好心办坏事？我们对生死的理解是不是还太肤浅？可难道，放手等死才是最大的解脱？！

回到病房，父亲望着仍在大口呼吸的妻子，整个人显得万念俱灰，沉沉地哭道："我真是太后悔了，当初怎么会把你妈交给那个H医生？！"

"H医生，我妈情况怎样了？"

"还可以，放心！"

我回想起几次我向H医生问起母亲的情景，心中又气又悔。我忽然想打电话，叫他来现场看看他信誓旦旦主治三次的母亲如今是多么垂危。但我很快打消了这个念头——是我选错治疗方法在先，所托非人在后，况且现在谁也改变不了既定的事实了，怨他又有何用？！

真正该负责的人其实是我们自己。

惭愧和自责使我泪如雨下，既悔不当初，也愧对母亲，害她吃了这么多苦，而今办法都用尽了，环视四周，已然绝路。难道，就只能这样坐以待毙了吗？

“想开点吧，人总是要死的。”

不知是谁在我身后说了一句轻飘飘的话。我心头猛然烧起一团烈火，回头一看，发现正是护工陶阿姨。此时，她正一脸麻木地望着我，若无其事地将手插在口袋里。回想起这几天内她对母亲敷衍般的照料，我气得瞪了她一眼，又转身俯视着母亲血色淡去的脸颊，努力不让悲愤吞没了理性，背对着她缓缓道：“难道，你还不明白吗？即使是一分钟，那也是生命！”

虽然，每个人的阳寿有长有短，但是，每个人对生命的尊重和怜悯却有深浅之分，你万万不可把司空见惯作为漠视生命的理由。

19点后，母亲的氧饱和一路跌到70，不一会儿又回升到90，但不久又开始下降。待氧饱和下降到66时，显示屏上提示着心跳90次 / 分和呼吸20次 / 分，此时她已停止了刚才抽搐般的抓扯，整个人安静地躺在那里，唯有呼吸机的每一次送气会使她头部产生微微的颤动。

心如死灰，虽然不再抱有生的希望，但懂得了接受现实。

我取来那本厚厚的《圣经》，轻轻地放在她身上，将她一只手搭在书上，希望这本书可以在最后一段时光里带给她真切的安详。

妈，事到如今，我和您在人间的缘分已戛然而止，那就允许儿子再为您按摩一次足底吧，我希望您在去的路上不会脚冷。

19点50分，心电监护仪上的心电图不再起落，归为了一条长无边界的直线。父亲一下扑倒在床沿，眼泪夺眶而出，一边哀号，一边使劲推了推守在床另一侧的我，大声恸哭道：“呜哇！你妈就这么没了！”

我不忍对视回去，痛失至亲的悲伤逆流成河，又有谁来止血？

我没有像父亲那样号啕痛哭，而是紧紧咬着牙关默默流泪，生怕自己纷乱的抽泣声惊扰到了母亲的安息。在脑海中几股昏厥的苦潮过后，我忽然想起张阿婆曾多次嘱咐过，假如遇到母亲弥留之际，一定要念诵一段诗文，以便她的灵魂顺利归向天堂。想到这里，我连忙请父亲握住母亲另一只手，和他一起为她祈福。我腾出另一只手，缓缓将那本厚厚的《圣经》翻到诗篇23那页，端起书本，极力平复着被抽泣打乱的呼吸，一字一句地为她念起了大卫的诗。

耶和华是我的牧者。我必不至缺乏。

他使我躺卧在青草地上，领我在可安歇的水边。

他使我的灵魂苏醒，为自己的名引导我走义路。

我虽然行过死荫的幽谷，也不怕遭害。因为你与我同在。你的杖，你的竿，都安慰我。

在我敌人面前，你为我摆设筵席。你用油膏了我的头，使我的福杯满溢。

我一生一世必有恩惠慈爱随着我。我且要住在耶和华的殿中，直到永远。

记得今年6月母亲还在W院接受放疗时，雪曾推荐过这段诗文，说是可以使人重拾希望，我就常读给母亲听。我得知这首诗的作者大卫能在身陷绝境的落魄中创作此诗，颇为钦佩他内心的坚忍不拔。于是，我以此引导母亲要端正心态，试着助她树立战胜肿瘤的勇气，而现在，我再次念起时，兴许只有她还未走远的灵魂在聆听了……

我迷茫地抬起头，注视着床头悬挂着的那页书签。这是母亲第二次手术后，张阿婆附带《圣经》一起送给她的礼物。那雪白的书签上竖着印有一段红字：

神爱世人。求耶稣，救救我，做我保人，免我罪过。奉主耶稣名求，阿门！

神就是爱。凡劳苦担重担的人，可以到我这里来，我就使你们得安息。

看完这两行字，我怅然思索起来：到头来，连那耶稣也挽救不了母亲的生命！

我十分失望，缓缓解下书签一端的红线，将那片书签夹在《圣经》里，把书放回母亲身上。我又托起她的手，将它轻轻放在那本书的扉页上。

我感到，她的手还留有些许余温……

她明明已去，但她仿佛还在……

我擦干了满脸的泪水，准备通知亲戚们前来。关于这件事，我下午问过父亲，但他不忍心看亲戚们大声哭喊着惊扰她。我尊重父亲的决定。于是，从下午到现在，我们没通知亲戚，打算陪她安安静静地走完人生最后一段路。

我走出病房，穿过冷冷清清的走廊，靠在电梯旁的窗边，万念俱灰地等待着亲戚们的到来。虽然才晚上8点多，周围却出奇地安静，我一个人仰望着窗外漆黑无边的夜空，心中升起一阵无力招架的孤独感。良久，我都觉得哀苦像是牢牢扎入心头的芒刺，剧痛难消。

看窗外，那满月像是个刚哭完一场的泪人，借着灰色的云层遮蔽了半张憔悴的脸——漆黑的夜幕是它此刻的保护色。真不知是那丝丝烟云朦胧了今晚的孤月，还是丧母的哀伤模糊了我的双眼。凄凉的心境下，忽然又有几句沉重的文字在我脑海中浮现。

五绝·至殇之别（新韵）

月暗溶孤影，

云沉泣挽歌。

慈悲天地在，

骨肉死生隔。

不一会儿，电梯门缓缓打开，而我的余光中出现了五个人影。我带着矛盾的心情缓缓转过头去，终于看清了一张张忧伤而凝重的面容。

亲戚们有人悲伤，有人震惊，一个个用关切的眼神锁定着我，谁也没开口。

“都到了是吧？”我沉重地叹了口气，面对眼圈发红的他们，极力压制着一触即发的哀号，紧绷的脸庞肌肉开始发酸，“大家一会儿去的时候，都别哭了，让她平静地离开吧。谢谢了！”

在接下来的后事中，我很感谢三姑妈和四姑妈的帮助，是她们为母亲穿戴好几日前我准备的衣物——大红色外套、黑色棉长裤和黑色布鞋。为了扶正歪倒在一边的脑袋，三姑父建议我系上了一条红底白点的丝巾辅助固定。

其间，精神遭受巨大打击的父亲蹲在门外的墙角，双手抱头，悲痛得泣不成声，任凭大伯和伯母如何劝慰也不起来。其实，我也很想放声大哭一回，但考虑到现在不是哭的时候，便努力克制着几欲崩塌的情绪，告诫自己先去处理后事。

没过几分钟，病房外传来了推车的声响，那位运尸员越来越近了。按照不成文惯例，我取了一些酬金递到他手里，托他一路关照。

我一路护送她的遗体，才刚走出肿瘤内科大楼，就有一阵夜风迎面袭来。一个寒战过后，我的目光越过几条昏暗的走道，恰巧望见了左侧树园中央那棵挺拔的松树，不禁再次潸然泪下。

“妈你看，虽然风可以吹折它的树枝，却刮不断它的树干；雨可以淋湿它的叶子，却无法使它的树根腐烂。妈现在得了这病确实吃了很多苦头，但凡事总会苦尽甘来。既然事情都发生了，为何不学学这老松直面风雨和顽强不屈的精神？妈你看这棵松树，它要是向风雨屈服，那它就半途夭折；它要是昂首挺立，那反而是它在呼风唤雨，不是吗？”

“儿子啊，妈妈明白你的苦心。妈妈知道了，我会像它一样坚强，再坚强！”

“这就对了！要有信心！”

昔日我和母亲的对话在我耳边回响——那是去年5月第一次手术后的某个雨天，我们从楼上俯视这棵松树时说的。

坚强，再坚强……

妈，也许是我错了，之前我对生抱着巨大的执念，对死却怀着不敢正视的恐惧。可是，生老病死是大自然的铁律，纵使人的意志再顽强，也无法违背它啊！

一会儿，您到了天堂之后，就再也不用为了活下去苦苦支撑了，终于得到解脱了，而还在地上的我，得为了这份亲情，必须坚强下去，必须克制住这前所未有的哀伤。

29.一生有你

著名作家老舍先生在《我的母亲》中曾说过：“人，即使活到八九十岁，有母亲便可以多少还有点孩子气。失了慈母便像花插在瓶子里，虽然还有色有香，却失去了根。有母亲的人，心里是安定的。”

没错，即使有一天我在某些方面获得了再大的成功，若不能和母亲分享，人生再美好也会徒增几分遗憾。

2016年7月19日的深夜，众人护送她的遗体来到E院2号楼底下的太平间。虽然正值夏季，但我在门外就能感到这里积存着一种透骨的寒意。

太平间的对面开着一家殡葬公司，门面很小，大约十个平方米的样子。此时，正有一位浓妆烫发的中年妇女等候在破旧的门框边，看起来像这家公司的业务人员。只见她一双大而圆的眼珠直溜溜地打量了我们一下，就微笑着迎了上来。

我清楚望见那运尸人员和她打了个照面，显然一副素有往来的模样，便将运尸车停在了冰柜外。那女人便趁此机会，滔滔不绝地向我们推荐她公司的殡葬一条龙业务，并建议今晚就办完手续，后面由她代为处理。父亲等人想了解后事的操办流程，便一边咨询一边随着女人向不远处的墙边走去。而我没有跟去，我还想多陪母亲一会儿，于是就独自留在狭小的太平间里守护遗体——这里虽然阴冷，但若能多给我一些时间和她告别的话，那也是好的。

妈，您最后还是走了，留都留不住。

原来，人伤透心时，竟是欲哭无泪的。

假如天堂真的存在，您在那里定然不会再受苦了！

但假如没有天堂，您又去了哪里？

今生今世，我是不是还有机会再见到您？在什么时候？在什么地方？

一切都太迟了！再也回不去了！

但我宁可相信，人走后是有灵魂的。我更想相信，您的灵魂还没走远，此刻应该正在这里俯视着我。

那么，儿子想对您说，真的对不起！

这么多年，我成长得太慢，懂事太晚，让您太费心！

树欲静而风不止，子欲养而亲不待。假如孝心懂得太晚，都来不及好好报答您，您就不在了，那这还算不算孝心？这么说来，我是个不称职的儿子。

在我的记忆中封存着多次您和父亲吵架的经历。每一次，您的眼泪都委屈得夺眶而出，每一次，懦弱的我都不能好好维护好您受伤的心，甚至没能挺身而出去解决你们的分歧。如果子女是父母关系的桥梁，那么，我仍是个不称职的儿子。

从小到大，您对我嘘寒问暖，恩重如山。在摆满美味菜肴的厨房里，在我的写字台旁，在傍晚的家门口，总有您的身影。我上小学了，是您一路笑答着我天马行空的提问，牵着我送到校门口。我上中学了，是您一路嘱咐我专心上课，目送我乘上清晨的校车。我本科四年期间，您最开心的事就是每周五乘着父亲的车来学校接我，当晚备置一桌丰盛的菜肴虽然辛苦，但您忙得很快乐，因为我回来了，因为我夸你菜烧得味道很好。回想起来，那可能是您最快乐的几年了。大四那年冬天，是您一个人带着热腾腾的鱼汤和汉堡来寝室看望我；我在家二战考研的那半年，是您每天都信心满满地鼓励我专心刷题。我有女朋友了，是您常悄悄在我外套口袋里放钱，希望我请她吃得好点。我分手了，您没有多问我什么，而是劝我不要重蹈覆辙。您生病了，我四处求医，您说一切交给耶稣，然而您真正的想法却是：不希望我们每年忙于焚纸供菜的祭祀。

您不仅是一位温柔善良、勤俭无私的母亲，还是一位贤惠从德的人妻。自从您嫁入徐家后，您为这个家族奉献了太多，太多!

您赡养祖母二十多年，任劳任怨，宁愿隐忍着婆媳不和，也不愿惹丈夫烦心。家里的买菜、做饭、洗衣、打扫等诸多家务都是您一个人承担，而我和父亲多年来都是不懂得为您分担的巨婴，您却从没为此抱怨过半句。

每年祖父的祭祀活动，全家族您出力最多，准备的祭祀物品最周到。每年除夕，您都为家族聚餐忙里忙外，众人谈笑风生，而您却独自在厨房备菜，往往是最后一个入席。即便如此，某亲戚还是常会在饭桌上丢几句不酸不咸的话暗讽您，您从不计较。但是，我和父亲未曾为您鸣不平，现在想来都觉得羞愧，不挺身维护自己妻子 / 母亲的男人恐怕曾让您很失望吧。

多年来，您舍不得买漂亮衣服、名贵首饰和化妆品，把省下来的钱都用在了家用开销上，宁可委屈自己，也不愿给父亲增添财政压力。常年来，您除了自己的工作外，还用晚上休息时间对父亲的事业鼎力相助，他的事业中有一半是您的功劳。

生有此母，人生一幸。痛失良母，悲哀难消，终生缅怀。

七绝·一生有你

病重迷离满面慈，

子骛薄孝上心迟。

红尘苦窄天堂阔，

追念无疆会有期。

妈，您的离开已是事实，却或多或少因为我的过失所致。吾过有六：

一、虽已成年，形同巨婴，没能为您分担繁重的家务；

二、多次没在父亲辱骂您时站出来维护您；

三、前未重视，错失良机，后又粗心，延误病情；

四、盲目投医，所托非人，选错方案，折腾受苦；

五、高校毕业，事业低迷，收入寒酸，家人担心；

六、情路不畅，两度分手，大失所望，婚期遥遥。

我仿佛感觉自己被惩戒的锁链牢牢地囚禁在地上，仰望着您飞往圣洁极乐的天堂。但至少，您终于不会再被病魔折磨了！若这样想，我终于感到欣慰了。

妈，要知道您尚不足57岁啊！真没想到，我们的母子缘分这么快就戛然而止了，这一天至少早来了二十年！

妈，此刻我只能接受现实，但您放心，我答应您三件事：

第一，和父亲好好活下去，照顾好父亲，主动承担家务；

第二，提升工作能力，增加收入，若有机会，考虑成家立业；

第三，一个月前我答应过您，要将您的故事写进一本书出版，我誓要让您以另一种形式永远活下去。

今天只是我们短暂的分离，今后重逢时，我想，会是在天上吧！

再会了，我敬爱的母亲！

砰！

7号冰库的门被重重地关上了，父亲和亲戚们抽泣着围在我身后，默默凝视着一个孤独的人子跪在冰冷的灰色地砖上，饮泪无声地向他的生母叩首道别。

第8章
半梦半醒之间

一颗恒星的崩塌会形成一个黑洞，而一位亲人的离去则会留下一季寒冬。我们在深秋的黑夜里追思着篝火的温暖，却在凛冽的风霜中迷失了自我。随着分歧、抱怨和责怪的接踵而至，最初的哀伤竟冻成了苍白的孤寂。

人生虽然苦短，但只有相信明天会更好，我们才能熬过幽暗的岁月，并寻找到下一个出口。

1.第一周，盼她回家

2016年7月下旬，母亲已经离开整整一个星期了。一想到今后再也见不到她了，父亲和我就会回忆往事，仿佛这样可以获得一种“她不曾离去”的错觉。

中年丧偶的打击使父亲频频垂泪，以致一蹶不振。几日间，他不是在家日夜抽烟，就是一个人呆坐在客厅里以泪洗面。他还吩咐我外出办理母亲的身后事，包括去医院取回死亡证明、去派出所注销户口、去殡仪馆办殡葬手续等。

在外奔波的数天里，我背着公文包，顶着阳光和热浪往返于各个办事处，尽管汗流浃背，但我不觉得很炎热。望着午后蔚蓝的天空，我常常倍感凄凉，此间又收到了雪发来的慰问，不由得两眼发酸。

我：“已经走了。”

雪：“啊？”

她似乎很意外，很快又补上了一个哭泣的表情。

我：“我代我妈和你说声谢谢，谢谢你一直以来的关心和祷告。”

雪：“我不知说什么了，也不知道怎么安慰你了，可是我觉得应该特别感谢上帝，感谢他让你妈妈摆脱这个世上的磨难。就让她开开心心地在上帝身边，然后上帝会保护她，让她永远地远离这个可恶的癌症，所有的痛苦也没有了。所以，你不要过于伤心了，你还有自己的路要走。”

她听上去竟有些哽咽，语音里的呼吸尽已被打乱。

我：“往后，我只能带着这份思念一路走下去了。我也还有一些非做不可的事要完成，我知道她在天上看着我。”

雪：“是的，到时候我们都会在天上相聚的，现在的离开都只是暂时的，你要相信这一点。况且你还在啊，我们还可能在地上再见。”

我对她后半句话不抱有什么幻想，我明白她说的“再见”顶多也只是再次见面而已。然而，她其余的话我是相信的，毕竟我太希望在天上与母亲重逢了。

承认有重逢就意味着承认母亲已去往天上，从此很长一段时间里和我们有天地之遥的隔阂。对此，其实我心中还有另一个不知名的声音在低语：她这几天应该还在地上，并没走远。

从7月22日开始，我发现门外来了一只小狗。一身灰色卷毛的它，见我几次从旁边走过，总是眨着乌黑的眼珠，也不吠叫，就这样乖乖地抬头望着我，有时也会跟着我的步伐小跑上一段路。

这天，我从殡仪馆回来时，又见它伏在楼道里。它一见我，就将下巴贴在地上，并置于两只毛茸爪子之间，耳朵顺势耷拉下来，安静地抬头瞅着我。我忍不住停下了脚步，怀着悲伤的心情望着它，而它眨了眨水汪汪的双眼，低头在地上嗅着什么。

你饿了吧？

我打开背包，掰下几块面包喂它，而它先是向后缩了半步，最终只是嗅了嗅就一溜烟地跑开了。

到家后，我和父亲说起这件事，他也觉得自从母亲走后，这条小灰狗就常在这里出没。在我的建议下，我和他从各自的午饭里取出一部分饭菜，盛在小碟子上，待它再来时，便端去喂它。

小狗下午还是回来了，像是对这里有种莫名的留恋。

父亲小心翼翼地端着碟子来到楼外的草丛边，弯腰在小狗身前轻轻抖了抖，招呼它用餐。但它看上去有些警觉，先保持着距离，稍后才上前闻了闻，最后还是转身离去了。

“它的归来，不是为了食物。”我心中暗暗道。

父亲站在门口，沉默地望着小狗的背影，过了好一会儿，意味深长地叹道：“你老妈回来看我们了。”

“爸，我也有这种感觉。妈妈想再回家来看看，她舍不得走。”我早已有此感觉，却一直没说破，如今听父亲也这样认为，憋了好几天的话终于可以说了。

“嗯。这条小狗浑身的毛脏兮兮的，让我想起你妈妈背后开刀之后的一年里，伤口不能沾水，除了擦身，她就没洗过澡。”说罢，他掏出打火机点上了一支烟。在一呼一吸间，缭绕的青烟像是缕缕愁丝，悄然爬上了他哭红的双眼。

莫非真是母亲的灵魂没有走远？借小狗的眼目回家再看一看，并和我们道别？但若她看到此刻我和父亲失落的瘦影，会不会因此失望而归？

归的已不是我们家，而是天上了吧。

“回去吧！你妈走了，今后我们都要做好过苦日子的心理准备。”父亲干咳了两声，一脸消沉地将残余的半截烟蒂扔在地上，一脚踩灭后，用手拭了拭眼角，转身回家去了。

我也悻悻归去，但又忍不住回头，在午后腾涌的热浪中寻着那只小狗。

妈，我们的家门永远为您敞开，随时盼望您回来！

2.第二周，适应与追忆

母亲离开两个星期后，我不得不学着从最开始的哀痛趋于平静。

秩序与混沌，这对对立面既可用于描述宇宙，也可引申到人生中。是的，一个人纵使经历过重重波折，他最终还是会回到本位，就像是一杯被震荡得浑浊的泥水，若假以时日，还是会沉淀得澄清见底。

可是，人终究是有感情的，这和无生命的事物截然不同。经历过世间的分分合合，记忆会在我们生命中留下永久的烙印——其实，我们不断适应变故的过程，就是一个不断背负历史前行的旅程。

我知道，时间迟早会让我完全接受她的早逝，但它同时也允许我将有关她的回忆留存于心。于是，我在回忆中适应，我也在适应中回忆。

为了让我有时间调整状态，T 公司的近藤女士和 Z 小姐给了我一个星期休假，但我还是提前了五天返回职场。虽然工作还是很忙，但我不再觉得辛苦，反而越发尽力去精益求精。或许，正是因为我刚刚经历过一场惨痛的心路历程，我对工作的繁重劳苦变得更能接受了。

没过多久，我就发现让自己忙于工作的做法还是不能完全缓解低落的心情。因为我不可能做到24小时无缝专注于工作，我仍会在公司台历上每隔七天做个标记，我仍会去翻阅母亲的照片，我仍会在上下班的路上想起什么。

在回家的车上，我开始习惯地望向窗外阴霾的天空，看那远处的乌云从高楼大厦的上空拂过。那片深深浅浅的灰色仿佛是蘸上墨的画笔在天空的画卷上随意泼绘，这不正如我心中的愁丝吗？

深的是血泪，浅的是叹息。

母亲不在了，有很多话我没法再对她说了，而父亲时常训斥我不成器。我不愿和一个悲伤的父亲起争执，这使我更习惯将苦闷锁在心中——相比此刻，母亲已在天堂，听说那里没有烦恼和痛苦，那我又怎么可以将自己的苦闷付诸这片天空呢？

我想，我不能被这场变故打倒，我还要为她处理很多身后事。

接下去的周末，我和父亲决定将她的骨灰暂时寄存在青浦的某家陵园里。父亲问我是否用毛笔写一张悼词放进骨灰盒里。我想了想，还是拒绝了，我不打算让沉重的悼词永远陪着她。但我又不愿让母亲一个人在那边孤独，于是我提议放我的照片进去。父亲和我一样不忌讳这一做法，就含泪默许了，并令我去照相馆打印一张他们的结婚照。我用钢笔在两张照片背后写上了他授意的10个赞美母亲的成语，将它们一起放入了她的骨灰盒。

从陵园回来的那晚，我翻阅着母亲的日记本，忽然想起好几件往事——明明都是平日里的点滴琐事，可它们却使我为母亲无微不至的关怀而感动。

记得我还在托儿所的时候，母亲和外婆知道我喜欢吃新鲜的白斩鸡，常常带我去逛菜市场。有一次在回外婆家的路上，我看中了地摊上一本连环画，当时便求母亲买，但她没立即答应。一旁的外婆笑着劝母亲："你还是买给他吧。"说着，她将一张十元纸币塞到母亲手心。

上幼儿园时，有一次母亲带我乘公交车回家，我趴在车窗上正为刚买的彩色贴纸欢呼雀跃，一时竟模仿电视节目主持人对着窗外开始"播报新闻"。不料，贴纸滑落到车窗缝隙里了。当时我很难过，而母亲下车就给我重新买了一张，但一再表示下不为例。

小学时，我每周五都和她去逛一次学校边的百货店，我在FC红白机的柜台前注视着玻璃下的游戏卡入了神。店员很通融，请我试玩。我看中了某个游戏卡，求母亲买下，但她没立即答应，只是和我约定，假如期末考试可以达到班里前三名才能如我所愿。最后，我做到了，母亲也履行了约定。可是记忆中，付款的最后几块钱竟是她从自己缝制的布钱包里凑出来的。现在回忆起来，当时的我只是沉浸在新礼物的欣喜中，根本不懂得她赚钱的不易。

在这三段回忆中，或许她的教育方式有一部分中国式家长的溺爱成分，但不可否认的是，这里面包含着一位母亲爱子的真切。

身为孩子时，想要什么东西便求母亲买来，而如今我已成年，千方百计地想要母亲活下去，但现实却不允许。因此，不能因为亲情而觉得什么都是应得的，也不能因为亲情而觉得什么都是能够求得的。现实有时很残酷，成年人必须有求而不得的觉悟。

上初中时，我一度很调皮，有一次和同学玩耍时把对方弄伤了，当天放学后就写了封悔过书，托同学送到对方家。对此，母亲应邀和班主任了解了情况，没过几日便带着我拎上一箱礼品去赔罪。一路上她没打我也没骂我，也没告诉父亲，而是耐心地引导我去认识事情的错误性和严重性。上门时，我望着对方家长沉重难堪的表情，又看着正在弯腰致歉的母亲，心里很不是滋味。她对我说，男孩子调皮犯错很正常，但一定要敢作敢当。

刚上大学后的一个周五下午，母亲来学校探望我，并打算和我一起回家。我说我是大学生了，自己来去没问题，请她不必大老远赶来。在回家的地铁上，车厢里都是结伴而行的大学生，唯独我是和母亲同行的。我觉得这样显得自己长不大，于是有意独自站到了一旁，压低了鸭舌帽，生怕被人认出。母亲发现了一个空座位，远远地唤我前去，但我没理睬。后来那位子被陌生人坐了，倒是有几个热心的大学生给她让座。没有对比，就不知道曾经的自己是多么幼稚。这件事让我为自己不体谅母亲而做出的愚行感到自责，每每想起都觉得无比羞愧。

意识到自己曾经的幼稚后，我觉得自己必须做出改变，首先应该痛改不做家务的陋习。于是，我坚持每天洗碗和擦净卫生间，周末做午饭，打扫所有房间，还帮父亲买菜和香烟。除此以外，我还做出了另一个改变。

从夏末开始，我常去下班路过的花店配一束鲜花回家，趁着晚上修剪，插在洗好的瓶子里，最后轻轻地摆在她的遗像前。每天清晨和临睡，我都不忘在遗像前站上一会儿，心中默默对她说几句心里话。

康乃馨，白玫瑰，金菊，百合，苍兰，黄莺，满天星，勿忘我！

闻着客厅里极淡的清香，望着照片上的淡淡微笑，那一刻，我仿佛找到了片刻安宁。

花，迟早是要凋零的，但我还是要买。

因为，从此天上有颗星星叫康乃馨，而地上有个人叫勿忘我。

3.中秋的团圆

2016年9月15日是中秋节，也是母亲的农历生日。在这个别人家团圆或外出游玩的日子里，我和父亲去了城郊某陵园。由于上个月我们把她的骨灰寄存在此，所以这次来，确有三口之家“团圆”的意思。

记得我们上次来时，工作人员在灵位上雕刻完母亲的名字后，我们是用黄色的丝帕衬在骨灰盒内部，再用红色的方巾将那个陶瓷小容器包好，轻放入盒子。正当我们准备合上盖时，那位女员工说了一句戳中我们泪点的话：“摸摸那瓶子，这样她就会知道，你们来看她了。”

“是的，妈，今天是你生日，我们来看您了！”走在通往内堂的走廊上，我心中默默念道。

沿着接待处旁的走廊直走，前方是个光线通亮、庄严肃穆的欧式厅堂。堂内，两旁干净整洁的架子上列置着一个个储物柜，柜门的外面有两处用于插花的凹槽，柜子里则用来盛放灵位和骨灰盒。

父亲在母亲所属的柜子前缓缓蹲下，用钥匙轻轻打开了那扇门，又将准备好的一束鲜花置于灵位前，抬头凝视着她的肖像。不消一会儿，地砖上就已泪迹斑斑。

母亲，我记得去年这天曾买了一个生日蛋糕给您，当时您为此高兴了好几天。可没想到，今年我们却在这里再见！中秋象征的团圆，如今非要在此灵堂里才算聚成一个完整的三口之家。但是，我们已阴阳相隔，不知您在那边过得怎么样了？父亲哭着请您托梦给他，好一解他追念之苦，而我心中只有一个愿望，那就是希望您在天上守护他健康平安。

望着柜门上的肖像，我又想起了母亲临终那晚在病床上挣扎着大口呼吸的悲景，不由觉得眼睛格外发酸，随即气息难平，涕泪俱下。

父亲压低了声音，抽泣道："你老妈很伟大，从不考虑她自己，只知道把一切奉献给这个家。每天早上五点钟起来，帮我们买好早饭，白天忙里忙外，买菜、烧菜、洗衣服、打扫卫生全是她来。我劝她下午小睡一会儿，她不肯。她是个急性子，总是想快点把家里事做完，就算家务做完了也要抓紧织几针毛衣。到了傍晚，她还要烧五六个菜给我们吃。等到晚上该休息了，她又睡不好了。她的睡眠质量一直很差，一有点动静就醒，第二天还要这么早爬起来，长年累月人怎么吃得消？还有，无论刮风下雨还是大冬天，只要我下班晚了，她都会拿把椅子坐在车位附近的小店门口，一边织着绒线，一边和别人闲聊。其实我知道，她只是为了等我！可她这样多累啊！老爸我这些天看了很多网上的评论，发现癌症病人多半都有心理压力重、睡眠时间少或质量差的情况。我估计她就是因为这个才得的这个病的。你去看，那些无忧无虑、躺下一觉睡到天亮的人有几个是得癌症的？"

我感伤地望着他，叹道："是的，那时我身在福中不知福，也没去帮妈分担家务。即使是到了她病了的时候，我们家也是她在做饭！现在想来，我当时真的太不懂事了！"

父亲重重地叹了口气："现在后悔太晚了！你要知道，在 W 院的时候，你妈瘫在病床上，伸出一双手给我看，她眼泪汪汪地说自己这辈子这么要做家务的人现在都做不动了！老爸我觉得她嫁给我就是劳碌命啊，一天也没过上好日子！"父亲一边自责道，一边使劲揉着眼睛，话语中明显带着几分哭腔，已是声泪俱下。

"是我们对不住她，这里面也有我的问题。"我难过地说着，特地用了"我们"二字，试图分担一半父亲的内疚。

他抽泣了几下，呆呆地望着灵位，又哽咽道："你妈的走，是我当时昏了头。你妈在 E 院开好第一刀后，有一次包扎伤口时，一个医生悄悄告诉我说，E 院这里是看不好病的。他还写了个字条给我，推荐我去找中山医院的一个医生，那好像是他的导师。"

我闻后一惊，没想到还有这个细节，立即问道："为什么你当时没告诉我？"

"唉，只怪我糊涂。我误以为这些医生暗地里不合才这么做的，后来日子久了我也忘了这事。现在真的追悔莫及了！"父亲哭着说道，声音有些颤抖。

我选择了沉默，事已至此，我又怎么能去责怪一个悲伤的父亲呢？难道，我自己就一点错误都没有吗？

父亲擦了擦满脸的泪水，继续回忆道："你妈在H医生手上一共开了三刀，我每次都送好几千元的红包给他。他从来不推辞，见了便拿。拿了就拿了呗，那你好好负责啊，可他有过吗？老爸我每次去找他，他都说'情况还可以，还可以'。我看他是骗了我，骗了你，还骗了你老妈！他懂什么？看病全凭仪器的，这些仪器都是科学家发明的，他只是会看片子而已，他真的会治病了？！"

我一听到H医生的大名，顿时愤愤道："是我们都看走了眼，才会犯了这么大的错！"

"嗯……一步错，步步错，到头来苦了你老妈！你妈走前心情一直不好，除了东痛西痛，还有一部分原因是她和你阿姨的心结。很多年前，你外婆过世后，她娘家的人因为分家产的事闹上了法庭。你妈为此寒了心，从此和弟弟妹妹断了来往。"

虽然母亲多年来不会主动提起娘家的往事，但我也曾有耳闻。

舅舅多年来沉迷于书画篆刻，喜好结交形形色色的艺术人士。尽管如此，母亲似乎还是看到了繁华表面后的本质，有时恨铁不成钢地称他不求上进。在得知母亲病重后，舅舅在2016年6月的一晚，曾带全家三口前来探望过。病榻前，姐弟两人回忆着年轻时的往事，一同感叹光阴似箭。经过这次见面，他们多年不联系的隔阂彻底冰雪消融。

至于她妹妹，父亲大约在2013年就电话联系过，并代母亲表达了想恢复姐妹情的愿望，不料却遭到对方的一顿谩骂。母亲闻后，更是将陈年的心结压抑在心，不再提及。虽然她看上去风平浪静，其实心中充满了隐痛和失望。2016年6月，父亲在母亲的授意下，又联系了她妹妹，并在电话中告知对方母亲的病情。不料，电话那头竟然冷冰冰地敷衍了一声，就挂了电话。母亲得知后，对姐妹亲情感到绝望。6月下旬，父亲本想再电话劝说一番，可这次被刚从鬼门关救回的母亲坚决地拒绝了——她看透了那些只认金钱的人。

父亲叹了一声，自责道："是老爸不好，她嫁给我后，这一辈子就没享过福。在W院时，我跟她说，假如你当初不是嫁给我的话，就没今天这样的局面了，但你妈摇摇头说，那也不一定。"

对此，我想母亲心里是矛盾的。自从嫁给父亲后，她确实过得不是很幸福。母亲曾对我说过，若可以重新选择，或许局面会不一样。但若没和父亲结婚，那我也不会来到这世上，如此她也不用为了照顾我和父亲这两个巨婴而劳心劳力了。母亲常年在这种一半后悔一半妥协的心境中默默忍耐，这也促成了她逆来顺受、烦事积压在心的习惯，而正是这种消极的心态成了她后来生病的原因之一。我猜，母亲毕竟还是念及夫妻一场，她这样说是为了宽慰悲伤的父亲。

想到此处，我便劝道："爸，我估计妈当时看到我们为她四处求医，心里也很难过，她这么说也是为了减轻你的内疚吧！"

"你老妈人都走了，后面的日子我只能凄凄惨惨地过了。现在醒着的时候太痛苦，我只好去睡觉，也只有梦里看到你老妈才开心一点，但一觉醒来就觉得天要塌下来了！"父亲哭道。

"可是，爸你不是还有我吗？"我还是忍不住说出了这句话。

他有些不以为然，摇摇头道："你会什么？买菜、烧饭、擦地板你能做得像你老妈一样好吗？你妈有个习惯很好，凡是需要办的事，她都专门记录在小本子或字条上，从来不会忘记。你看看家里的摆设，衣柜上、洗衣机旁、你的写字台，到处都贴满了她写好的标签。我都不敢再去打开她的衣柜，那里面全是一张张她写的字条，我见一次伤心一次！"

我扶了扶哭得微微颤抖的父亲，安慰道："以前是我不懂事，但今后我一定会和老爸一起分担家务事。我可以先从买菜、清灰、擦卫生间开始学，烧饭也可以网上看视频学，这些熟能生巧总能学会的！"

父亲瞅了我一眼，又望着柜子里的灵位，久久未语。

偌大的灵堂内，虽然人流十分稀少，但周围也不乏零散的来客。随着这些人的到来，如此圣洁而静谧的堂里似乎并不完全弥漫着追思的伤感，也还有新鲜血液带来的生机。

不一会儿，我们注意到距离我们几步之外的柜子前也有一行人前来吊唁。但和我们不同的是，其中一个中年男子抱着一个看似三四岁大的男童，他握住孩子的小手用钥匙打开了柜门，教他和里面已故的外公打招呼。那孩子也不吵闹，双眼直视着柜子内熟悉的肖像，脸上没有表情。虽然，他还不具备理解死亡的认知力，但他那几位长辈毫不避讳的做法倒是值得深思。

死亡，无论是三四岁、二十几岁还是五十几岁，我们都得慢慢去理解和领悟这个事实。如果我和父亲对于母亲离去的理解是消亡和永别，那这一行人就正用行动来表达，死亡的另一种意义是传承和新生。

若是将这种意义理解成基因的传承和下一代的新生，那我现在的确无法做到。因为我仍是独身，未恋未婚，而母亲尚未体验到抱孙之乐就已走了，这一事实我无力改写。

可若是将传承理解为对母亲精神品质的传承，将新生理解为母亲永远活在我心中的话，那我完全可以身体力行。

往后，我得好好地活下去，待实现更好的明天时，才能告慰母亲在天之灵。

带着这份决意，我随父亲离开了大厅，待走到外面时，天正下着绵绵细雨。我取下被雨模糊了的眼镜，用纸巾擦干了，又忍不住回望了一眼身后的陵园。

在四周空旷的大地和灰蒙蒙的天空之间，这座建筑悄无声息地立于小雨中，顿时给人一种孤零零的感觉。望着阴霾而飘雨的天空，我不禁在想：母亲，都已经入秋了，您一个人在那边会孤单吗？会觉得冷吗？

"把这些花插在那边的泥里吧！"父亲嘴里叼着一支烟，一只手递来几枝剩下的乒乓菊，嘴里的话似乎没有说完，但表情已显现出难掩的悲伤。

我望着他背过脸去的身影，接过了那几枝金黄色的鲜花，顶着凉飕飕的秋风，将它们插在潮湿的荒地上。就在这时，我抬头望见一只鸟冒着风雨振翅掠过。

七绝·陵外风雨捎家书

颤栽菊梗叶初黄，

潦雨酸呻雀断肠。

一片追思遥问暖，

谨烦鸿雁向天堂。

鸟儿，请等一下，我有东西麻烦你带去！

母亲，愿您安好，我和父亲都很想您！

4.表妹的婚宴

2016年10月，舅舅和舅妈邀我和父亲去杨浦聚餐，顺便送上了表妹的婚宴请帖。但在婚宴前一天，父亲推说自己身体不适，且生怕自己在宴上想起母亲而痛哭失态，让我代他出席。

2016年11月26日晚，气温约8摄氏度，外面飘着冷雨。我乘坐班车，来到了位于嘉定区的一栋酒楼赴宴。

灭灯后的婚宴厅内，已候多时的新郎刚一走上舞台，他英俊潇洒的神姿和器宇轩昂的措辞就给人极深的印象，岂止是“飘飘有出尘之表”，很快赢得了台下一片喝彩。而在另一端，一身旗袍的舅妈正在为女儿披上洁白无瑕的头纱，依依不舍之间，出嫁的喜悦化作了眶下的热泪。

毕竟是继承了叶家温淑秀丽的血统，又有化妆师妙手装扮，今晚的表妹发髻高盘，鬓垂香带，粉黛青眉，玉颜明眸，宛如仙子下凡般圣洁得熠熠生辉，又如出水芙蓉般亭亭得清雅脱俗。莲步方起，她一身素纱上点缀的华美金丝便闪闪发亮，仿佛是一川清流上倒映着的璀璨天星，真可谓高贵而灵动。

聚光灯下，红地毯上，西装革履的舅舅携女走向舞台，最终来到新郎的面前。他闪烁着湿润的眼，缓缓将女儿的手放到对方手心，郑重地嘱咐了几句，望着岳父目光中的重托，年轻的新郎动容地点头允诺。礼毕，两位新人携手来到舞台中央，妹夫迫不及待地紧紧抱住表妹，片刻的含情对视，良久的深情一吻。

舅舅回过头来，眼眶依旧有些红晕，连忙赔笑着对主桌上的宾客们介绍说，男方父亲是做大生意的，在嘉定为儿子儿媳全款购置了一套婚房，女儿今后想必衣食无忧了。我又听司仪介绍说，同年同月出生的他们，从读书时就已是同班同学。虽然当时不曾注意到对方，但命运的红线在冥冥之中从未断过。我不由得羡慕地感慨起来：真是天作之合，好一对有缘的眷侣！

"各位来宾，大家起立，让我们一同举杯，为两位新人送上一声祝福，永结同心，白头偕老！"司仪高声地向宾客们动员道。

大厅内，灯光纷纷亮起，在大家齐刷刷的道贺声中，我远远地望着台上光彩夺目的两人，举杯豪饮。

妹子，祝你们新婚快乐，百年好合！同时我也代表已故的家母和没来出席的家父对你说声，祝你们今后幸福美满！

举杯感忘语，轻叹为何人？

久久望着台上的一幕，我心情忽然变得有些复杂了。原先满是为表妹的出嫁而高兴，但现在却暗自为母亲没能看到这一切感到惋惜，甚至有些忧伤——假如母亲还在，她看到她侄女出嫁了，想必也会很高兴的。

是的，假如她还在的话……

相见欢·赴妹大婚感怀

八方百客千宾，酒温樽。

红毯迎仙齐贺囍良辰。

醉君宴，借余眼，慰伊魂。

座上谁知堂外雨纷纷。

我相信，母亲您一定可以目睹到表妹的幸福时刻！对，借着我身上的血亲，借着我延续的基因，我就是您在人间的眼睛！

晚9点，我带着醉意坐在回家的班车上，默默望着窗外那一盏盏孤独的路灯被行驶的班车甩在后面，朦胧的月光播洒在雨霁的水泥地上，秋风正从枝头剪下一片片枯黄的飘叶。我又忍不住为母亲的早逝而痛心，同时还想起了她和表妹最后一次见面时的情景。

今年6月上旬的一个夜晚，舅舅得知母亲病重，带着舅妈和表妹来W院看望。疲惫不堪的母亲侧过脸，欣慰地望着小家碧玉、亭亭玉立的侄女，目光变得非常柔和，嘴角微微上扬了一下。

"好啊，颖颖长大了啊！"

5.冬至的雨葬

要真正厚葬一个人，若只埋下几份物件，再烧几捧纸钱、几支高香，落葬只需要几十分钟。可她毕竟真实地生活在我的世界里，即使肉身已灭，但对她的记忆却会永存，甚至成为我生命的一部分。

妈，您虽已逝，但在往后的几十年里，您将永远活在我心里。

2016年12月21日是冬至，我和亲人们一同前往陵园扫墓。

这天的天气很阴沉，冰冷的细雨不停歇地下着，道路很湿滑。一进陵园，我们便望见许多访客簇拥在接待大厅门口躲雨，一时间将通往园内的走道堵得水泄不通。我和父亲从寄放室将母亲的骨灰盒领出后，各位亲人便随我步入园内。

沿着两旁植有苍松翠柏的石砖长径，我捧着这份沉甸甸的哀思，来到那块黑色大理石墓碑前，俯视着道路两旁枯萎的野草，又怅然抬望灰色的天边。我忽然留意到，在左侧围墙外那些叶片凋尽的枝头上，还孤零零地残留着破败的空巢。

景色好不凄凉!

阴凉的雨淅淅沥沥地落着，不时从侧面吹来一阵北风，却似乎没想象的寒冷——兴许今年是暖冬吧？兴许是满园访客焚烧锡箔带来的升温吧？抑或是，因为我身前抱着的是人间温暖到滚烫的血脉亲情吧？

“母亲，今后您就要长眠于此了！您看，家里的亲人们都来了。”我心里默念道，抬头望了望身边守候着的亲戚们。

三姑父面色凝重地望着我，像座雕像一般矗立在风雨中；三姑妈倚着三姑父，不时用手帕擦去眼角的泪水；四姑妈一边看看我，一边使劲眨着含泪的眼；大伯和伯母打着伞，一同惋惜地望着墓碑上微笑的遗像。

我的亲人们啊，你们看懂了我眼中的悲，而我读出了大家心中的悯!

父亲蹲在母亲碑前黯然神伤地抽完手中的半截烟，和我将厚重的大理石盖板搬开。我们用布擦干了骨灰室的四壁，小心翼翼地将那个盒子放下去，用硅胶枪将盖板四周的缝隙全部密封。

“妈，这个盒子里不仅仅有您，还有那两张我和父亲的照片。有我们的思念陪伴，请您安息吧！”我凝望着石室里的那只盒子，心中沉痛默哀着，思想变得格外消沉。

这个世界上，常常是笑声留不住欢愉，泪水带不走痛苦，唯有前方那无尽的路，沉默地陪着孤独的芸芸众生。

瞧瞧脚边石头缝隙里的野草，同样曾是一种生命的存在，它们在春夏时想必是那么茂盛过，那现在还不是在凛风中枯萎？

看看围墙外老树枝头那残破不堪的雀巢，同样曾是一种家的存在，它在春夏时想必孕育过新的生命，而现在还不是在季节的交替中废弃？

这个世上，除了历史，还有什么是永恒的？统统都会消散在时光的变迁中。今日的母亲如是，明天的我亦如是。

鼻子早已被强忍的涕泪塞住，愁思中的我短促地呼吸着，嗅到的满是潮湿空气中弥漫的锡箔焚烧后的味道。在周围一尊尊厚厚的墓碑旁，簇拥着一座座沉重的灰色塑像，那一张张悲伤而凝重的脸和我一样，呆呆地望着升腾的热浪把锡箔的灰烬扬到阴沉的半空中，目送着这些尘埃一沉一浮地随风飘散到远处。

原本，基督徒的葬礼是不应焚烧锡箔的。不过，我和父亲现在想明白了：母亲信奉基督的本意是不想让我们忙于祭祀，且她也未去过教堂做礼拜。作为她的亲人，我们不愿看到她在天上还节衣缩食，也不愿看到她的墓前冷冷清清。不如按照中国人的旧俗，焚香烧纸，以寄追思吧！至少，让她能得到人间的温暖。

我们将母亲身前的衣物随同一大袋锡箔放入铁桶中，小心翼翼地用打火机引燃。我蹲在墓碑前，望着越来越旺的火焰，任由热气夹带着破碎的烟灰一阵阵地拂过脸庞。这浓烟好辣眼！我微微起身，并揉了揉眼睛。这时，侧面突然刮起了一阵风，将铁桶内几个燃着的锡箔吹到了邻位的几个墓碑前，令我大为感触。

母亲每到一处总有很好的人缘。小区里，她和街坊邻里们有说有笑，关系十分融洽；公司里，她又是老板和同事信任的骨干成员；医院里，病友和护士们都乐意和她闲聊；而今到了这里，她仍不忘委托这阵风来和“邻居们”分享“财富”。

妈，这真像您的个性啊！我心间一阵突如其来地感动，终于泪如雨下。

锡箔烧完了，我拿起一块干布，来到碑后将它小心翼翼地擦了一遍又一遍，我明知天下着雨，无论我怎么擦，这块碑还是会湿的，但我不愿看到雨水从母亲遗像上滑过。

妈，我再也不愿看到您哭！

我难过地望了眼父亲，见他嘴角抿着一支微微颤抖的香烟，低头蹲在碑前抽泣不止，完全沉浸在悲伤的自责中，而漫天的雨水则淋在他的黑色羊毛西服上——那是母亲生前买给他的。念及于此，我便觉得这雨就像是天上她感触的泪。

七律·雨葬

阴阳隔断再难圆，一捧沉灰地下眠。

雨打寒碑松墓土，风悬悼念锁西天。

道旁冻草皆枯老，墙外残巢几变迁。

劝慰长情缝短痛，丈夫更泣抹青烟。

看，雨又把碑打湿了。

这块碑上的雨水怎么擦也擦不干，而我心头的泪也同样擦不干。

天亦流泪，我亦流泪。那么，到底是这雨化成了我脸上的泪，还是我心中的泪唤来了这漫天的雨？

我合上了眼，迎着冰凉的风雨，好想借此寻得答案。

对于母亲，我们平时既没好好关爱她，认识病情又晚了一步，关键手术还所托非人，就医决策更是草率，我们在每个环节中都做得极不到位。如今，人都不在了，哭又有何用？我们唯有将已逝去的亲人留在心中，让这份温暖的回忆一直延续下去。如此想来，我觉得母亲似乎还没真正意义上地死去，因为除非我也不在了，否则她一直活在我心里。

张爱玲女士说过："一个人一生中会死三次，第一次是脑死亡，意味着身体死了，第二次是葬礼，意味着在社会中死了，第三次是遗忘，这世上再也没有人想起你了，那就是完完全全地死透了。"

同样地，大卫·伊格曼在《生命的清单》中也说过："人的一生，要死去三次。第一次，当你的心跳停止，呼吸消逝，你在生物学上被宣告了死亡；第二次，当你下葬，人们穿着黑衣出席你的葬礼，他们宣告，你在这个社会上不复存在，你从人际关系网里消逝，你悄然离去；第三次死亡，是这个世界上最后一个记得你的人，把你忘记，于是，你就真正地死去。整个宇宙都将不再和你有关。"

我想，活着的人都需要比逝去的人更坚强才行，因为自己不再是为了自己而活。在今后的岁月中，我们要带着这些人的回忆走完一生。我们出生时犹如一张白纸，在随后人海沉浮的百年中，总有人能够触及我们的灵魂，化作我们生命之歌的某个篇章——我们不再是单纯的自己，而是自己和他们品格的融合体。这应该就是人类在生死轮回中的传承吧。

临走前，我望着母亲墓碑上的照片，默默发誓道："妈，愿您能在天上安息！我希望您能以另一种形式活下去！为此，我一定会完成答应过您的事！"

6.父子间的分歧

《礼记·礼运》中有云："父子笃，兄弟睦，夫妇和，家之肥也。"

武则天在《臣轨下·诚信章》中也云："父子不信，则家道不睦。"

家里少了个女人，再大的房子都称不上真正意义的家，它既没家的完整性，也失去了家温馨的味道，恐怕也只能算是一个窝。在这个窝里久了，但凡遇到不顺心的琐事，父亲便会迁怒于我，责怪我当年不留校、不结婚，才会害得家中不幸，害得他现在过苦日子。归纳起来看，我们之间的分歧主要涉及我的工作、婚恋和亲情。

1

工作方面，父亲一直希望我从事教师一职，而我则希望出校园靠自己闯荡职场。在我读研三那年冬天，父亲通过托关系，为我找到了一个留校做教辅的工作。当时我年轻气盛，虽然通过了学院和学校两轮面试，但还是决定去企业工作。对此，母亲是支持我的选择的，但父亲得知后十分恼火，为此一直闷闷不乐，不久便退而求其次，改为要求我考教师证，将来从教也可旱涝保收，不必在企业沉浮不定。如今我已毕业两年多了，每日在T公司画画不算高大上的设计图，拿着很少的薪资，他自然会对我的前途担忧。

2016年8月31日晚饭后，父亲夹着一支烟走到厨房，告诉我他左肺疼痛。我闻后便关切地问了几句，但他还是不愿去看病。在昏暗的厨房内，他望着窗外深深吸了一口烟，烟头瞬时亮起一点黄光，嘴上抱怨着对我择业的失望。

"你懂个屁！跟你说了多少次，留校是金饭碗！别人削尖了脑袋想往学校里钻，为了什么？学校稳定又体面，粉笔灰压不死人的。你要是去社会上混，就是天天红药水加纱布，你去挣个头破血流吧！

"我插队落户时认识的同学里，他们儿子和你差不多大，都比你有出息。李××的儿子现在在国企里弄了个领导当，日子好过啊！张××的儿子才比你大一岁，现在已经是科长了！他儿子说，男的35岁之前混不到正科级就是废物！你再看楼上那家的儿子，泰国一回来就去事业单位混了个位子，年薪二十多万，现在每天下午4点多就能溜回来了。人家这才叫有出息啊，而你呢？搞什么该死的技术，一直加班！我真不想看到你，一看到就来气！我这辈子最大的失败就是你，我怎么会生了你这种笨儿子？"

在父亲眼中，我不仅在职务高低上远远不如对方，而且在职业选择上也低人一等。可我只承认前者，不赞同后者。我仍以自己是一名工程师而感到自豪，但是，我不得不承认，我当前的收入是不足以购置婚房的。因此，父亲眼看我的而立之年将近，房价又持续上涨，心中的急切很快发酵成了尖锐的指责。

10月24日晚饭后，父亲依旧显得萎靡不振，一个人站在厨房的窗前，一根接一根地抽着烟，一边吸烟一边咳嗽。

爸："你看看现在的房价！比你毕业那年涨了整整一倍！叫你留校你不听，否则当时借点钱，早就能买个郊区的首付了！这事都怪你，现在害得家里落到这地步！你一个男孩没房子，拿什么去讨老婆？"

我："爸，我明白。我现在努力工作，争取加工资，日子肯定会好起来的。"

爸："努力工作有什么用？就算你现在月薪过万，就能买得起房子吗？你辛辛苦苦一辈子打工赚钱，比不上人家一次动迁分到的房，比不上人家卖掉一套房赚的钱！你当个工程师每个月可怜巴巴地拿个几千块管个屁用！现在说出去，周围还有几个人欣赏你是搞技术的？跟你说了多少次了，今天你钱多，你就是成功人士，你就是人才。今天你穷光蛋一个，就算你是造原子弹的又怎么样？唉，你还挖空心思地钻在里面学，你值得花这么多精力在技术上吗？你那点本事，不就是在电脑上画画CAD图纸吗？你信不信？我随便找个农民工，培训他几个月，他也能学会，你还当自己是人才了？我走出小区喏，讲出去都觉得丢脸！你还没一个扫垃圾的赚得多，给你读大学真的是白读了！你还谈什么理想，还谈以后会怎么怎么变好，那我也能说啊，我将来肯定会赚一个亿喏，你也相信吗？”

当年高考填报志愿，是父亲建议我选机械专业，而我也有兴趣，因此至今以此谋生。这些年来，随着身边好友经商成功，原本推崇读书为上的父亲变了观念，如今则以赚钱多、社会地位高、国企的体面工作和娶妻生子为衡量一个人成功与否的标准。对此，我并不认同，只不过现在的我还不够强大，无法被他认可。

杂体·驽嗟叹

母骥享天堂，儿驽咀地糠。

至高鞍上令，俯首忍蹄凉。

专横安能逆？鬃绒隐挞伤。

忽惊寒夜醒，独眺越围墙。

南辕玉田少，北辙锦路长？

星沉风戚戚，月落野茫茫。

而立犹催命，虬垂早鬓霜。

平原非我属，何日予松缰？

Crystal 那句“你若盛开，蝴蝶自来”被我一直牢记在心，我相信一切都需要时间来兑现。虽然我现在一手的烂牌，但我相信，功夫不负有心人，时间会把我想要的一点点奖励给我们。到那时，父亲也就不会再对我失望了。

2

婚恋方面，父亲起初是不同意我和露在一起的，但后来结合对方家境考虑，便同意了。一方面，他买了上好的白茶，令我转送给露的父亲以示好意；另一方面，他着力于家里的装修，准备届时迎接露上门做客。但计划赶不上变化，我顶着他反对的压力，决意选雪。好景不长，随着朝露暮雪的变故发生，再加上母亲早逝的雪上加霜，他看到整个家庭不仅破碎，还在没落，这才会绝望地对我指责连篇。

“你看看别人家孩子都结婚生孩子了，而你呢？你不结婚就永远是个小孩，就永远是不正常的人，因为你违背人的本性！

“你妈真的不能走，她要是还有一口气在，哪怕瘫在床上起不来，也比现在好，说起来娘还在。现在她一走，你看看，还有谁家小姑娘愿意理你？家里就一套房子的，和祖母挤在一起的，而且娘死掉的，人家一听全都跑了！难道你让女方家帮你带孩子？帮帮忙哦！老爸我身体不好，要是全让女方带孩子，你觉得人家会愿意？谈得好好的，居然分手了？还在白日做梦呢，你晓得现在小姑娘都在想什么？一看到你没什么花头，理都不想理你，还谈朋友呢！换作我是小姑娘，我宁可选个流氓结婚，好歹能给我个保护伞，而你呢？文不文，武不武的！”

父亲常说，现在家境败落，我只有赶快找一个家境优渥的女人结婚，才能摆脱困境。对此功利的观点，我认为其后患无穷，大为抵触，而他则认为我还不懂事。事实上，他大部分的督促我都能理解，只是咄咄逼人和偏激暴躁的语气让我无法接受。还有，我也不能接受他把母亲视为我结婚与否的砝码。难道为了保全这个家的门面，甚至不惜希望母亲病瘫在家里？若非要如此，我大可不要这样代价惨烈的婚姻。

3

亲情方面，父亲因丧妻之痛而抑郁寡欢了好几个月，每日除了以泪洗面，就是抽烟麻醉自己。对于我戒烟的提议，他一开始是十分抵触的。用他的话说就是，此刻香烟就是他唯一的嗜好了，若剥夺了他吸烟的权利，活着就没意思了。

爸：“我抽几毫克的香烟轮得到你管？都已经要死的时候了，你还谈抽不抽香烟的问题？我都这把年纪了，你老妈都没了，我已经无所谓了！大不了到时候你再去一次火葬场办个追悼会，轰地一把火烧了，我这辈子就结束了！”

我：“爸，既然你嫌我多管闲事，请你也别来管我。我准备下个月就搬出去住，独立起来。”

爸：“这就是你这种智商的人想得出来的！你要么出国了，出去住；要么结婚了，出去住。你现在住出去算什么？”

我：“我也是时候自己独立生活了，不行吗？”

爸：“TMD！你不想想后果？你妈死了，你又出去住，我吃得消外面的舆论压力吗？！你信不信？你真要搬出去，我马上从楼上跳下去！”

那年冬天，我们好几次争得不欢而散，生活的背景色是一望无际的灰色，家里的氛围也越发压抑和冷清。我依旧会帮他买烟，但每次只买两包低尼古丁的，将他每天的包数降低到一包。我也取消了搬出去住的计划，一方面省点租房的钱，另一方面也是互相有个照应。

随着天气渐渐寒冷，父亲心灰意冷、悲观易怒的状态依旧没有改观，有时竟会在埋怨之际把我当作出气筒，说一些我明知是气话，却很令我心寒的话。

“是你克死了她，我看你是不会心疼的！

“你就是家里的鬼，我看你是命太硬了，把你妈逼死了，现在又来逼我了！是不是非要让我看到不好的结局你才死心？

“你这小人就是个扫把星，冤家投胎来的！你不就是在等我 × 的那一天吗？到时候我的钱全是你的！我知道你一肚子坏水，你巴不得这样！”

我明白他是因为母亲的离开特别苦闷，又见我没有出息倍感焦急，所以气恼得用狠话来表达自己强烈的不满。这样糟糕的表达方式虽然可能不是他的本意，而我恰恰很在意，因此一度怀疑人生。

原来，在父亲眼里，我就是这么个扫把星？！母亲生前曾说过气话，她后悔年轻时没和父亲离婚。可她是因为我才没这样做的！如果说，她在婚内隐忍是个错误，那我算什么？我难道不是这个错误的产物？而且，更可笑的是，这种错误的产物还在世上苟存了整整29年？

假如可以对30年前的母亲传达一句话，我只想劝说："请不要生下我！"

舍弃连累你的我，换得你更美满的一生。

七律·裂痕（新韵）

日落霾穹烟烬冷，酸咸凝露默双垂。

渐生长悍催哀魄，骤跳青筋锁怒眉。

忍痛少言非寡义，纵声老泪反虚悲。

强风若把枝头掣，拽下残黄可寄谁？

可是，静下来一想，我又觉得不能抱有这种念头。正是母亲当年下定了决心，冒着风险也要将我产下的。如此来之不易，现在我又岂能辜负这条命的意义？

爸，我们现在相依为命，您何必要用语言刺痛我呢？母亲的离开，您悲伤，我也一样！但我们表达悲伤的方式不同，您是在家时常哭泣、自怨自艾，而我选择一个人望着灰色的天空，默默收拾自己支离破碎的心情。如果您把我的沉默寡言误会成我对母亲的薄情寡义，那么您的大声哭泣也可以被人误会成惺惺作态。您经常在遇到生活琐事时对我一通抱怨，可我不愿为了这些鸡毛蒜皮的小事和您争个高下。您可以试想一下，我为何从来没将丧母之痛和工作压力向您吐露？

其实，父亲用语言刺痛的不止我一人。

"我现在不想看到人，你们劝一个求死的人活下去？我不想说什么，也不想看到这世界，我不想看到这结局！我想跳楼时就跳下去了，这样烦恼一辈子，继续下去就是受罪！看什么看？小叶已经走了，现在你们还要来逼死我对吗？"

父亲几次说过，邻居们都劝他出去走走玩玩，化悲痛为力量，他说这些轻巧的话是无法弥补他严重受伤的心灵的。父亲还说，家族里的所有人对母亲的思念会随着时间淡下去，思念会终于口头，而只有他才会一直记得妻子的贤惠。

从表面上看，他偏激的言辞实属不该，但若换位一想，我又觉得这正是他孤立无援的心境写照。父亲这辈子路走得太不平坦，年轻时因为身怀技术、锋芒毕露吃了亏，中年失业时在母亲一路帮衬下挺过难关，他怎么不会对母亲心怀感激呢？虽然，他太多次对母亲厉声呵斥，的确犯了很多恶语伤人的过错，但绝大多数争吵不外乎缺钱和婆媳矛盾这两个因素。在旁人看来，他呵斥母亲是生性暴躁的表现，而我现在反倒觉得他对生活压力不堪重负，希望母亲可以分担一部分压力，却用一种极不尊重她的方式转移自身的压力。其实，父亲应该是很关心母亲的，否则也不会时常提醒她注意劳逸结合、营养饮食。可惜，母亲的隐忍没有换来父亲的觉悟，反而间接纵容了他错误的沟通方式，以致形成了隔阂加深的家庭关系。从这一点上看，母亲活得太可怜，而父亲又活得太可悲。

想到这里，我忽然觉得自己很可笑——我一度是个生活让母亲操心、事业让父亲失望的巨婴，既平庸又懦弱。此刻，我怀着一份沉重的惭愧，勉强以一个人的模样站在惨红的夕阳下，忍不住去翻阅母亲临终前的照片，心间忽而大悲。

妈，天上的您看得到我吗？记得您还在时，您一直是我郁闷时的倾听者，您也总在我一蹶不振时鼓励我，而现在，我就是个没妈的孩子！我又该如何才能处理好和爸的关系呢？对了，今早您的遗像旁那瓶鲜花有些干枯了，我见有几片花瓣落在了桌上。昨晚您是不是回来过了？

您放心，往后我会自己去解决这些问题的。我相信，他的初衷还是为我好，但他的言辞太过偏激，一时间不能接受我坚持自己的观点走下去。我现在意识到了，我和您一样，当时是为父亲的气话而愤怒，而事后却觉得他也很不容易。现在您走了，他很想找个人诉诉苦，分担心里的压力，所以才用偏激的语言来敦促我前进。这样的方法，不正像是当年他对您的说话方式吗？

7.骨折

祸不单行的时候，我们会惊慌、会伤感、会无助，但最重要的是我们应该怎么去解决它。

2017年的1月18日晚，天下着阴冷的小雨。我刚到两位姑妈家做客，正在闲聊之际，接到了父亲朋友陈先生的电话，他说今晚父亲外出和他聚餐，中途被电瓶车撞伤了！目前他正在某三甲医院骨科接受缝针！

于是我们火速赶到门诊大楼，挤过来往的人群，来到 X 光拍片室外。

当时，父亲由陈先生陪同，正坐在拍片室门外的座椅上。他一看到我，含泪的眼里顿时流露出明显的委屈。他的左眼眶上悬着一片纱布，布的一角已被流下的血染红。可能是担心纱布和伤口粘连，纱布的一角还未固定在皮肤上，这使我还能轻轻掀开纱布观察伤口。

我小心地凑近细看，注意到眼眶上的伤口已被缝上，但皮肤上满是污浊。从伤口褶皱的外表看，这个伤最初估计有两个手指关节长、一根手指宽，且该区域的皮肤已被磨去了。

“除了眼眶，还有哪里伤到了？”我一边问道，一边观察着他那张红肿的脸。

父亲微微动了动满是泥迹的手肘，用左手扶住明显浮肿的右腕，无助地望着我道："这儿，你看，骨头估计断了。"

我见那手腕都已肿大了整整一圈，部分皮肤下映出些许血色，心想：怕是真的骨折了，但打石膏应该可以解决，除此之外，会不会还有别的伤？

经过我询问，又上上下下检查了一番，我迅速在脑海中评估着伤势：左眼眼眶上方1处较大擦伤，外皮红肿，已缝5针；左眼角轻微擦伤1处；右手腕疑似骨折，待拍片；双腿膝盖有瘀青，可行走。

"外伤基本已明确，有解决方案。最好再补个 CT 排除脑震荡，顺便检查下视力。"望着他可怜的样子，我心中担忧道。

对现状了解后，我才注意到旁边一直站着一个瘦小伙。他看上去二十四五岁，皮肤黝黑，鼻梁上架着一副半框眼镜，身材比较单薄，穿着一件旧款的灰色羽绒服。他与我目光接触的瞬间就露出了满脸的愧疚，随即难过地低下头去了。一旁的陈先生介绍说，他就是肇事者，刚才他骑着电瓶车冒雨赶一个绿灯，加速通过十字路口，撞倒了正在等出租车的父亲。出事后，小伙没有逃离现场，而是带着家父来到医院，挂号费和治疗费都是他付的。陈先生也是事后得知，赶来医院并通知了我。

听着陈先生的描述，小伙羞愧地靠着墙根蹲下，低着头含泪自责不已，一再坦言是因为自己大意，深感抱歉。令我没想到的是，父亲丝毫没有责怪他的意思，反而安慰他，说他一个年轻人来上海打工，又刚结婚，生活挺不容易的。小伙子闻言，感动而泣。

我默默琢磨着父亲这番话，想从中揣摩他此刻的心境。我明白，母亲离开半年了，诸事不顺，他又遭遇这样的不幸，可谓身心都受打击。从他近几个月的论调推测，他此时心底可能正在感叹自己多磨多难，又岂会再去责备一个已经深深自责的年轻人呢？

我的猜想是对的。

坐在父亲身边，我和他一起等待 X 光和 CT 检查的结果。其间，他一直念叨说："唉，你妈不在了，这几个月家里一直不顺！"

"爸，别担心，我们会好起来的！"我心中顿时冒出了这么句话来，可话都到了嘴边，我愣是没底气说出来。我也想说些安慰他的话，可又觉得男人说这些有肉麻的嫌疑，还担心一时失言招来他的反讥。就这样，这份纠结在我心中一来一去，便再没想说出来的念头了。

忽然，CT 室门打开了，踉踉跄跄地退出两个青年的背影，其中一个伤员的手指绑着纱布，另一个应该是他的朋友。伤员激动地破口大骂医生无德，气急败坏地挥舞着另一只胳膊，正值冲动之际，便一把被朋友阻止。众人一阵唏嘘，惊讶不已地望着两人，一个都没敢上前劝阻。不一会儿，伤员的朋友对四周大声抱怨说，他朋友的断指再有两个小时就没法接活了，而里面的医生却没及时给他拍片。我估计，这是年轻人就医心切，急着想争取时间，于是插队拍片，双方这才起的争执。那两人走后，我望着地砖上滴了一路的血迹，心中有些发毛。

以前我在新闻中曾见过有关医患矛盾的报道，如今亲眼所见，确实有些震撼。这使我忽然回想起几个月前，病重的母亲在 W 院被多位医生放弃治疗的情景。我心中一叹，忍不住对父亲失望道："爸，我不想再来医院了。"

父亲应了一声，嗓音里带着些许感伤道："老爸我也不想来这里，一到医院就想到你妈！"

一想到母亲临终前大口呼吸的挣扎景象，我苦闷得一时语塞，伤感地拍了拍父亲的肩膀，起身换三姑妈坐在他身边，独自和陈先生去了一旁交谈。

我和陈先生一致认为：这事应该打110报案，让警方记录备案，以防小伙子日后在医疗费等问题上翻脸不认账。不过，令我诧异的是，父亲坚决不同意，他说这小伙挺老实，应该不会耍赖的。对此，我很不放心，最终还是报了警。警官很快赶到，了解情况后，记录下了双方身份证号和案发经过，请我和肇事者第二天前往交通事故中心处理。

警官走后不久，X 光和 CT 的检查结果也出来了。结果显示父亲脑部和眼球均正常，主要是右手手腕粉碎性骨折。在诊室中，骨科医生向我们介绍了两种治疗方案：首选做装钢钉手术，其次是传统的石膏固定。考虑到装钢钉需要经历两次手术，父亲执意不肯，于是我们只得退而求其次。

在一旁的治疗室里，骨科医生建议先剪掉父亲的毛衣袖子，以便打石膏，但被父亲拒绝了。我纳闷地看了看那件深棕色毛衣，顿时明白了！原来，那件毛衣是母亲生前织给他的，父亲怎么会舍得剪掉呢？

为了使断骨复位，那医生用力拉伸着他手腕，父亲顿时疼得大呼起来。望着他被痛苦扭曲的脸，我似乎从他的表情中读懂了他的失望、悲伤、痛惜、不甘、恐惧和怨愤——他也确实挺苦的——我考研成功后，他为我满怀希望和骄傲；我硕士临近毕业时，他托人为我寻得一个留校的机会，而我坚持己见地没有签约；我在 C 和 T 两家公司起点很低，他为此忍受了左邻右舍和部分亲友的暗暗讥讽；我与女友的分手，使他对期待已久的未来一落千丈；母亲在漫长而短暂的一年中油尽灯枯，他承受着丧妻之痛，对随后的生活感到深深的孤独和恐慌；母亲走后半年的现在，他又遭此横祸。这能不痛吗？

晚上将近11点，我和两位姑妈扶着父亲走出了医院大门。我望着迎面飞来的漫天冷雨，不禁心想：母亲现在是不是正在天上看着地上的我们？

落魄？倒霉？悲惨？这些词一个个从我脑海里浮现出来。

不行，这些东西我要把它们全都扔掉。

妈，您放心，遇到这种事，我能处理！

听着出租车外深夜的雨声，我深吸了一口气，振作了一下精神，心中梳理着头绪："第一，明天下午，我先和肇事者去交通事故中心立案，以防他日后不认账；第二，我还要和对方商定一笔合理的治疗费，让他留下字条为据；第三，后面几个月我得好好照顾父亲，让他尽快恢复。"

我相信，困难谁都会遇到，重要的是一个人怎么去接受它、处理它、解决它。

8.触发的回忆

有些人活着，却不曾在他人心中留下回忆。有些人逝去了，却在他人心中刻下了永存的印迹。假如这是指同一个人，那么能将她刻在心中的人，也是和她有共同点的人吧。

2016年12月一晚，我和父亲在家静静地吃着饭，桌上只有一碗昨天吃剩的炒蔬菜和一锅咸肉冬瓜汤。客厅里流动着厨房窗外袭来的穿堂风，冷得我脚踝发麻，但又不敢擦掌跺脚，只得捧着面前的饭碗取暖。

父亲的面色依旧是那么阴郁，沉默了许久，忽然吩咐道："汤里的咸肉吃掉，这还是你妈藏在冰箱里的。"

妈留下的咸肉？想想往年，她每逢冬天就会烧好吃的腌笃鲜汤给我们，里面放满了咸肉、冬瓜和竹笋，味道甚是鲜美。想到此处，我顿时觉得心酸不已，忽然又瞧见碗边的花纹，眼泪顿时夺眶而出。在这只碗的背后，还有一段令我自责至今的故事。

记得上大一那年，有一天晚饭后，我在卧室里上网，父亲躺在沙发上吸烟，祖母在隔间里唉声叹气，而母亲在厨房洗着碗筷。

随着一记清脆而响亮的撞击声，母亲没拿稳的碗掉在了地上，摔成了碎片。她吓得叫了一声，而父亲冲过去开口就训斥道："你到底想怎么样？这日子还要不要过了？！"

"是我不当心啊，湿的碗很滑，我刚才没拿稳。"母亲拿着抹布站在那里，惊愕地解释。

"你别以为我不知道！好好的日子不想过，非要作出来是吗？"父亲训得不依不饶，有意扯响了嗓门，似乎想让祖母听到。

母亲受了委屈，眨着含泪的双眼，哽咽道："我一直好吃好住地服侍她，什么时候作过了啊？"

"你还说！你再说一句试试！"父亲大怒，冲着母亲猛地一指，眼里冒着令人生畏的气焰，这一幕恰好被闻声而来的祖母瞧见。

"好了好了，别吵了，"祖母一把拉住了父亲，想要劝架，"都算我的错。唉，现在人老了，拖累你们了！"

怎奈父亲更加生气，一把挣脱了祖母的钳制，怒道："老娘您别再插进来了，我脑子够烦的了，你快睡觉去！”

我站在卧室门外不知所措，不敢和父亲对视哪怕一秒，仿佛那样会将心中的怯懦放大数倍，只得先去厨房看看母亲。

“妈，我来收拾吧！”说着，我俯身去捡地上的碎片。

“别，有种出种！我在你们徐家辛辛苦苦了这么多年，还是不说我好！”母亲固执地推开了我的手，蹲在冰冷的大理石砖上抽泣不止，眼泪已滴了一地，“到头来，全是白做！”

父亲一听，又怒了：“混账，这算什么话？你最好，意思是说我不好咯？”

“呜呜……我嫁到你们徐家做了多少事，吃了多少苦，你们呢？你们把我当什么了？用人啊！”母亲一边抽泣着，一边抬头喝问道。

“你！岂有此理，我看你今天是存心想惹点事出来是不？！”说着，父亲上身发力，任凭祖母苦求也不理会，眼看就要拦不住了。

母亲见状，哭着对我大喊：“呜呜……你快去请姑妈、姑父来啊，叫他们来评评理啊！”

在冲出厨房的时候，我被绊到了一下，一个踉跄踩到了一块碎片，刚想回头去理会，又听母亲哀呼：“快去啊！”

现在回想起来，我仍然心存深深的愧疚，看不起那时怯懦的自己，也对自己无所作为感到羞耻。

摔破的那种碗本有一对，而现在我面前的就是仅剩的那一只。望着它的某种残缺，我仿佛又听见了母亲那晚委屈的哭声，于是这顿清淡的饭也格外偏咸。

我忽然想通了为什么母亲在临走前总会喃喃地重复“怎么办”，原来她是担心往后我和父亲怎么和睦相处。我也终于明白了为什么母亲对头部的肿瘤只字不提，除了不想让我们担心外，也是因为她在长久压抑的家庭环境下心灰意冷，才试图通过一了百了的念头来缓解自己隐忍艰辛的精神痛苦。虽说，悲观的念头不可取，但若换个别人替她经历一遭，又有多少人会动这样的念头？说到底，人在没亲身经历时容易把磨难看得比较平淡，一旦身临其境便会觉得形同山崩地裂。婚后不久，父亲下岗待业数年，她一人挑起大梁，她忍；嫁入婆家后，由于小家庭生活拮据，明里暗里挨了不少婆家亲戚的冷语白眼，她忍；从娘家晚归，父亲说这样会把鬼带回来，触了霉头，她忍；外婆外公相继离世，父亲却态度冷漠，缺席落葬，她忍；旧房搬迁时，族内推卸公婆给她赡养，她含辛茹苦地照顾了二十年，她忍；一边是婆婆不定期的怄气，另一边的丈夫非但不理解、不作为，还当着孩子面恶语相加，她忍；一边是不成熟、不懂事、懦弱自卑的巨婴儿子，另一边是不做家务、颐指气使的强势丈夫，她忍；工作地点较远，收入平平，于是她身兼数职，勉强持家，她忍；最终，病魔悄至，她再也忍不下去了……可悲！直至今日，家族中还有人认为她的离去是种宿命，却看不到她是被生活所迫，心郁成疾！

时至2017年的2月3日晚，大伯带着外甥小逸来我家做客，这时我刚洗完碗，正准备拖地。

刚上小学的小逸蹦蹦跳跳地跑来，带着童腔问我："舅舅，为什么你在家里还这么忙？"

我停下手中的拖把，低头看着他，刚想随便应付几句，但又考虑到这是个引导他的机会——不能像我和父亲那样沦为巨婴，身为一个家庭成员就得承担相应的家务。于是，我感慨道："以前这都是我妈做的，现在她不在了，舅舅觉得现在必须自己做。"

小逸闻后，呆呆地望着我，显得有些不解。

我重新拖起地来，边干边说道："你还记得我母亲吗？"

他很调皮，扮了个鬼脸说："我不记得了，我全忘记啦，我记性特别差！"说罢，疯似的一溜烟去别的房间玩耍了。

虽说童言无忌，不必深究孩子的淘气话，但我仍陷入了沉思。

我清楚记得，在前几年的除夕晚上，堂姐一家来我家做客。母亲很喜欢年幼的小逸，常常连哄带逗地让他看自己做菜。小逸最喜欢炒菜时的滋滋声，一听到一盆青菜下锅爆炒，顿时乐得笑开怀。当时，大伙围在厨房里好不热闹！

七绝·闻外甥童言有感

吾母安康汝幼时，
慈垂霜鬓乐怜持。
而今谁料三冬过，
再问孩童已不知。

母亲，假如连外甥这样和您相处过几年的孩子都会忘记您，那么我拿什么来让我的孩子明白您的坚强和贤惠呢？

童言无忌是有道理的。或许这话是小外甥的调皮玩笑吧，我又何必当真呢？

那天夜里，我做了一个怪梦。我梦见自己似乎在一家药铺打工，正抓着药。母亲从路边走了过来，这让我欣喜万分。她入堂请大夫诊断，大夫说她有得肠胃病的风险，目前虽然查不出，但若干年后可能会得。我在一旁闻后，担心地望着母亲的脸，却怎么也看不清了。

虽然那晚的梦是结束了，但我对母亲的思念一直没有停止。我总会在生活的琐事中将她想起。

2017年2月6日，我因前一晚忘记调闹钟，上班迟到了30分钟。在急匆匆赶赴W公司的路上，我想起了从前。

冬天里，我总会贪恋那多睡的五分钟。这时，母亲定会来催我起床，她常说上班切不可迟到。洗漱完毕后，我总能尝到她精心烹制的美味早餐。也许是她生怕我挨饿，早餐的量总是很足，而我又吃不多。望着那些残羹剩饭，她总说我浪费，而我总嫌她啰唆。

现在回想起来，当时的我太不成熟，早就应该彻底改变这种巨婴式的陋习，改为路上买早饭。这样，既不劳烦母亲早起准备，也可避免浪费。

由于这天早晨我一反常态没叠被子，中午父亲便微信问我早晨是否迟到了。那时，我正趁午休练字，于是搁笔无奈道："是的，下次不会了。"

他过了会儿，在微信上感叹："没了妈的日子苦啊！"

采桑子·默感念

糯香未尽余羹暖，叨念嫌之。

叨念嫌之，福在朝夕悔不知。

忽惊梦破彷徨醒，痛误班时。

痛误班时，无母孤郎似草皮。

是的，有妈的时候，我不仅身在福中不知福，还没主动为她分担家务。现在没妈了，我才懂得体恤她的不易，但这份悔是不是来得太晚了？

我想：今后自己还会念起母亲的好，但我不能仅停留在回忆，而是要在回忆中反思过去的不足，从而在当下的人生中努力完善自己。这才是对一个人追忆的最大意义吧。

9.新公司年会

2017年1月12日，我换到W公司工作已有一个星期了，刚好赶上年会。下午四点多，同事们陆续前往饭店赴宴。

会场订于二楼一个靠近自动扶梯的宴会厅内。走入播放有轻音乐的会场，我见有两张主桌置于客厅中央，四周七八张圆桌于两侧分列，桌面上已摆满了丰盛的菜肴，不少同事已落座闲谈。再放眼往会场深处望去，可见最前方设有一个红色背景布的小型舞台，两位主持人已经就位。

晚会期间，几个节目都很精彩。既有G女士带领的毛主席《七律·长征》的朗诵，也有小伙青春洋溢的街舞，还有手语表演和情歌独唱。随着砰然作响的低音炮和热情的乐曲，气氛也越发高涨。我作为刚来没几天的新人，性格又比较内向，和同桌的同事们都不熟，见他们聊得热火朝天，只是赔笑，难免有些尴尬。

"来来来，我给大家介绍下，这位是新来的结构工程师，小徐。"谈笑间，技术部经理L总伸出手来，做了个"请"的手势，热情地向大家说道。

迎着同桌众人瞬时会聚而来的目光，我行了半鞠躬，微笑道："大家好，很高兴能和大家一起工作，请多多指教！"

“呵呵，不必拘束，”L 总见我有些腼腆，又见众人有些不解，连忙加以解释，“小徐以前在日企工作，比较拘谨。不过没关系，以后你就知道了，我们这里平时交流都比较随和。”几个同事闻言，友善地向我点了点头，便继续用餐了。

酒过三巡之际，分管技术部的董事会成员 G 总来我们这桌敬酒，众人立即起身，也不说话，只是静候他和 L 总短聊几句。

G 总着一件粉色衬衫，架着一副黑色粗框眼镜，头顶的头发比较稀少，两鬓已有一些银丝，看上去是一位50多岁、临近退休的元老级人物。

“来，大家今年辛苦了！明年再接再厉啊！”

G 总将红酒杯送到圆桌中央，边说边和大家逐一碰杯。轮到我时，他明显犹豫了一下，神色中对我这张生面孔似乎欲言又止。

“哦，G 总，我介绍下，这就是新来的小徐，以后负责我们产品的结构设计。”不到40岁的 L 总反应很快，立即补充了一句，说完又对 G 总耳语了片刻。后者会意地点了点头，随后又向我投来了打量的目光。

“G 总，您好！”我微笑着问候道。

和 G 总碰杯时，他显得很放松，而我倒是有几分拘束。我谨记着三年前 Crystal 曾教导过我的话，在正式场合与重要的人碰杯时，应该将杯口置于对方杯口之下，以示敬意。对方见状，朝我淡淡一笑，继而问候下一位同事。

待 G 总离开后，我一边用餐一边思索起刚才 L 总两次介绍我的事。第一次，他把我介绍给同事们，是为了促进新老员工的沟通，有助于年后开展工作；第二次，他向 G 总介绍我，说明他可能对我有较高的期望。想到这里，我忽然有种预感：在这家公司，我可能会得到比在 T 公司更大的发展空间。

晚九点的地铁上，我拎着这晚抽奖所得的两套进口礼品，独自望着窗外的夜空，静静地在心里对比着过去和现在。

毕业至今已有两年半，这是我参加过的第三家公司的年会了。

2015年初，C 公司的年会设在某个普通餐厅的包间里。老板 Frank 强装笑脸地举杯敬酒，想凝聚两桌人心涣散的员工，但气氛太尴尬，一个多小时便散席了。

2016年初，T 公司的年会设立在一家自助餐厅里。狭长的方桌上，几位老员工靠着老板近藤和主管 Z 女士而坐，我和几个新员工则在方桌的另一头。场面虽不像 C 公司那样尴尬，但我的心情比较低落——事业迟缓，家有病患。

2017年初，在 W 公司的年会上，我感受到的是热闹、温馨和祝福，并对在此的职业发展更有了希望和信心。

我扪心自问：二易门庭后，我满意了吗?

若从我对自己的期望来讲，我仍是不满意的。读硕毕业后两年多了，我才第一次突破年薪税后十万的关卡。记得当时，年薪十万以上是同学们的普遍目标，他们不少人毕业当年或第二年就达到了这水平，而我比他们晚了足足一年多。再说，和上海的高房价和高消费水平相比，十来万真不算多。况且，这样的收入仍然没法和父亲推崇的那些年薪动不动二三十万的别家儿子相比。我还是没法让父亲满意，也没法让他认可我的职业和理想。那我只有继续以高标准来要求自己，加倍磨炼，加速提升，加紧奋斗。

若从我在三家公司的成长来讲，我对自己是持肯定态度的。从 C 公司的税后2500元到 T 公司的税后2950元，再到现在的 W 公司，我的收入在提高；从 T 公司的钣金设计到现在 W 公司的整机研发，我岗位的技术含量在提高；从 T 公司原本十几人的小公司到现在上百人规模的 W 公司，我的工作平台在拓宽。总的来说，我在机械设计的道路上又向前迈进了一小步。

透过玻璃车窗，我望见夜空中有一颗星在闪耀，它像是理解我的内心感受一般，会意地眨着眼。

妈，是您在看着我吗?

去年我还在 T 公司时，虽然您也为我工资低的事担心，但您从不质疑我的选择。您一直支持我、相信我、鼓励我将来可以走到更高的地方发展。

此刻，您能体会到我喜忧参半的心情吗?

此刻，您能体会到我摸黑前行中的迷惘吗?

此刻，您能体会到我继续提升自己的决心吗?

10 朝愁念雪

杯子若不倒空，是不能再倒入水的，而有个人就出现在我最想喝水的岁月里。

2017年的2月9日清晨，我在响彻整个房间的闹钟声中猝醒。一阵急促的心跳后，我忽然意识到，昨晚我又梦见了她。

雪。

那事已经过去一年半了，而我陆陆续续梦见她三十多次。记得刚分开时，几次梦醒的早晨，我都倍感失落，努力思索着梦中的片段。而现在，时间帮了我很多，曾经的痛觉转变成了麻木，使我逐渐站在反省的角度回看过去。

今天上班途中，我来到3号线中山公园站的站台上，惊讶地发现外面正飘着雪花。著名歌手薛之谦在《认真的雪》中曾深情唱道："十几年没下雪的上海，突然飘雪，就在你说分手的瞬间。”的确，在我的记忆中，上海的雪很少见，而开春后的雪更少见。

我停下了脚步，顶着凛冽的寒风，哆嗦地面东而立，越是凝望随风飘下的细雪，心中越是有一阵孤独感油然而生——似乎是从那年起，每次看到外面下雪，心里都会自动铺开一片悲伤凄凉的冷白。隔着脚边的那条黄线，我仿佛看到了回忆在车窗上的倒影——2015年9月，在和她最后一次约会后的第二晚，我一个人望着对面的龙之梦大厦发呆，心结难解之际，拿起手机试图做最后的挽回。

我：“雪，是我。今天你忙吗？”

雪：“我和你说了我要时间。”

我：“我明白……”

雪：“我需要时间思考一些事，关于我自己以及我这几个月来为人处世的表现，我觉得我做得很差劲。”

我：“不，你很好，可有些问题迟早要面对的。”

雪：“我心里话是我喜欢自由，不喜欢为自己的人生设定只有一种可能性。”

我：“我懂了……”

雪：“嗯，人生应该有很多可能性，但最重要的还是要敬畏上帝。”

我：“雪，你真的应该在和前任分手后，尽快遇到一个爱你的男生，而不是宗教。”

雪：“不，你要知道是上帝让我走出了原来的我。那段七八年的感情是对方出轨了，我才说分手的。受过伤害的我，喜欢撒谎的我，虚伪的我……是上帝改变了我的价值观。”

我：“我尊重你的思维方式，但你最需要的是一个不会背叛你的伴侣，而不是把神明当作你爱的对象。”

雪：“无论我做错、做对、生气、调皮、无理取闹、懒惰，或是变成什么样子，他都会爱……”

我：“可是，能做到这些的人，也可以是你的丈夫。”

雪：“不，丈夫可能因为我做错而责怪我，观点不一致而生气吵架。”

我：“有吵有合，求同存异，这不就是婚姻吗？”

雪：“我现在还没预备好自己的心，所以我不能再去犯同样的错误。”

我：“可等你准备好时，你可能已找不到曾经相爱的人了。”

雪：“我的预备不像是你说的。在我看来，祷告和读经就是现在最好的一种预备。你说的这些在我这里并不适用。”

我：“我们真应该早点遇到，早到你遇见前任之前。假如是这样，你可能就不会信基督了，而你要的爱，我会给你。”

雪："不要这样说。因为你没有救赎的爱，你的爱不可以改变我、更新我，而他的爱可以拯救我，他的爱是永恒的爱。"

我："人都需要信仰，只是形式不同……"

雪："好了，你早点休息吧，我要祷告了。晚安。"

我："我……"

我眼前的列车开走了，顺势带起了一阵寒风，卷起的雪末迎面而来，冻得脸皮有些发麻。放眼望去，我看见对面的龙之梦大楼在一片片飘扬而过的漫天雪花中屹立如前。楼外墙上挂的大型广告布早已不知换了多少次。可随着北风的劲吹，今天这块广告布上泛起了一阵阵回忆的涟漪。

那里是我最后一次见到她的地方。

"再过19天，就是你生日了，但我不会再主动联系你，只会默默地、偶尔地、诚心地关注你的一颦一笑，一点一滴。"我望着被列车风高高扬起的雪花，心中不禁一酸，无可奈何地深深一叹。

看，天空是那么阴沉，那片片洁白的雪花纷纷落下，积在那幢上海书城外的大型显示屏上，化作了一层厚厚的白绒毯。

雪，终究是雪，今年的雪和往年一样，还是那么洁白。而我呢？

七绝·朝愁念雪（新韵）

瓴上何方画厚绒，

掀云蔽日护寒琼。

雪无染迹年年皓，

人有衰痕岁岁冬。

她在那边应该过得很不错吧？

无题

作者：晓雪

透过天窗看世界，

有复杂，

有简单。

放的是你最喜欢的歌，

等的是最爱的你。

愿意简简单单地幸福，

只为你。

这是雪最近发在朋友圈的一首小诗。初读时，我不禁惊叹：原来，每个人都是有诗意的一面的，只是还未遇到触发灵感的人或事吧。

现在的她已经和那个叫桐的男人过上幸福美满的新生活了。对方是位帅气高大、月薪丰厚、信奉基督的 IT 工程师，不仅豪车代步，还在西安为她购置了体面宽敞的婚房，还特地设立了家庭音乐室，专供她练习吉他。再过两个多月，她就要披上朋友圈里的那件素纱，和他在教堂办婚礼了，想必她现在是衣食无忧、顺心快乐的。

我扪心自问：阳光乐观的她若是当年选择了我，她又如何能接受现在的我？她又如何能接受我现在破碎的家庭环境？我又凭什么能满足她对未来生活的憧憬？她活得像火热的骄阳，而我活得像沉郁的黑夜，相反的两类人能走到一起？

当年，她想要神恩、爱情、婚姻和兴趣，如今这些都有了。哦，还有救赎。

是的，救赎的爱。试问：我连母亲都救不了，我连自己的快乐都救不了，我又谈何去救赎雪的灵魂？即使我当年勉强如愿以偿，雪现在会幸福吗？难道，要让她陪我走过这一年多的坎坷？我想她不会情愿如此，我也不会愿意见到她被我的困境所拖累，从而失去灿烂的笑容。如此看来，她选择这位叫桐的男士托付终身，可比我靠谱多了。她的选择并没错。

现在，我能看清了。在雪的事件中，我一直耿耿于怀的已经不单单是她这个人，还有无法原谅自己的寒酸和平庸。不够优秀的我即使再遇到其他中意的女人，我也没实力留住对方——因为，我和她不在同一个层面。

当代青年作家江罗在《命运从未亏欠过你的努力》一书中总结道：“花开了，蜜蜂、蝴蝶就会来，游客就会花时间驻足观赏，为你停留，所以你不要急。等到花开，自然会吸引众多色彩斑斓的蝴蝶前来，这时你才有机会选择其中最美丽的那一只。”这话正和 Crystal 曾告诫我的“你若盛开，蝴蝶自来”含义相同。

是的，为了变成更好的自己，我只有继续努力提升自己，把自己磨炼得更强大、更成熟、更富有。到那时，我才有底气对一个人说，这是我为你而绘的晴天。

11.从谷底的仰望

爱情到底是什么？爱情到底是不是人生的必需品？如果爱情带来的悲伤和痛苦比快乐更多，那它是否还有开始的意义？

朦胧诗代表顾城先生在《避免》中写道：“你不愿意种花，你说：‘我不愿看见它一点点凋落。’是的，为了避免结束，您避免了一切开始。”

的确，假如预知有失望的结局，又有多少人仍愿意费尽心力地寻求真爱？

假如，当初对爱没有抱有过重的执念，是否现在就能彻底忘却往事呢？

2017年2月19日，我又独自去了中山公园。但究竟是为了赏景还是故地重游，我自己也说不上来。也许，我仅仅是想排解一天天迫近的糟糕心情。

毕竟是开春了，且热情似火的情人节刚过，大街和地铁站台上满是打情骂俏中的情侣。我站在上行的自动扶梯上，见一对年轻情侣在我前方站着，不一会儿竟旁若无人地搂搂抱抱。这令我觉得扶梯尽头射来的阳光格外刺眼。

不一会儿，女人主动拉起男人搭在她腰间的手，十指相扣后轻轻放在自己左臂后，对男伴细声娇笑道：“这个。”

男人目露喜色，和那女子相视一笑。两人似乎正欲再次亲吻时，忽然注意到了几步之外的我，即刻像触了电似的恢复了一本正经的模样。

我顿时木然了，转而又苦笑了起来，脑海里接连蹦出了许多奇怪的词语。

如梦令·单身狗

萧落空巢良久，春语暗催情窦。

欢抱吻频频，粉黛羞抬花袖。

相扣，相扣，

恩爱虐伤庸狗。

我无奈地摇了摇头，尴尬地侧过身去，心说这碗狗粮味同嚼蜡，但我却还是很羡慕。我羡慕他们的如漆似胶，羡慕那个男人不会像我一样心窍空荡，但转念一想，我又觉得这是他应得的。

是的，单身久了，我从起初的羡慕到现在的自嘲，有时还会默默在心里为陌生人添上一句祝福：“愿汝不似我，携手到白头。”

2017年3月28日晚加班后，我又遇到了一对有意思的情侣。

那时，我乘地铁2号线刚到威宁路站，见一个男青年和女友道别后，匆匆挤上车来。但列车并没立即离去，停靠期间，那两人仍互相注视着对方，有些依依不舍。男人站在我身边，对着车门外的女友用手围成了一个心的形状。那位扮相清纯的女生立即被逗得心花怒放，脸上露出了小酒窝，甚至笑得都弯下腰去了。

我已很久没尝到那种互相爱着的纯粹的温暖，心中的羡慕愈演愈烈。

“看你们这么高兴，恋爱的感觉很令人陶醉吧？我也曾体会过呢，可是……”望着那眉飞色舞的女孩，我心中暗暗感叹着。

不料，女孩似乎被我的目光干扰到了，立即不自然起来，神情显得很拘束。

“对不起，打扰了。”我有些惭愧地收回了目光，心中默默道。

七绝·观某情侣作别（新韵）

叠云羞月夜藏星，
扣指依依信步轻。
佳丽俊才痴对眼，
隔窗未舍也调情。

事实上，要让我为陌生情侣送上祝福很容易，但我在另一对青年男女面前却很难做到心如止水。

2017年春的某晚，雪在朋友圈里发了一首小诗，还配了不少西外校园的美丽春景。

忆译

作者：晓雪

等待905的太乙街道
牵手思念的西区校园
和口语角正对的升旗台
百吃不厌的皇后&红玉炒凉皮
西三宿舍楼下晒的被子，脑补一下
5:30起床陪我晨读的那盏灯
属于宣策的海报栏
西三食堂的砂锅米饭
人满为患的图书馆和自习室
是谁用手机占座来着
和蒙奇奇一起跳舞的网球场
论斤称的书 4本40块
电视塔走不走的大叔们，哈哈哈
无论我在哪里，
只愿你更好……

一个人又岂会只对景物本身留有眷恋呢？其背后必然有难以忘怀的人和事。读着她补充的评论，我突然为自己的后知后觉而伤感——原来，她和桐在2013年的本科时期就已相识相知。

若是如此，那我和雪的相识又有何意义？而我当年对雪来说又算什么角色？可耻、可憎、可悲的第三者？我难道不是多余的吗？

不言而喻。

时至2017年4月底，雪的朋友圈里多了9张喜气洋洋的靓照。照片上，她披着大拖尾素纱走过了肃穆的教堂，和桐一起站在神父前宣誓，身后数十名教友唱着圣歌庆祝。在稍后的喜宴上，雪穿着一身大红色的晚礼服，在宾客满座的会客厅内闪亮登场，一颦一笑都显得高贵典雅。

办完了喜酒，自然少不了去三亚度蜜月。在碧海晴空间，桐梳着清爽的短发，戴着黑色粗框眼镜，穿着灰色的马甲和西裤，将银色的领带系在浅蓝色的衬衫前，气度非凡地站在小艇上远望天际。尽管新郎很英俊，但一旁依偎着的雪更是绮丽多姿。那件镶有银色花瓣的粉色薄纱简直就是衬托她白皙肤色而量身定制的，迎着海风在明媚的阳光下反射着璀璨的光芒。随着她的举手投足，身前的花瓣也一闪一闪，仿佛是布满星辰的银河在海天一色的湛蓝间涓涓流淌。从天涯石下的伉俪情深到椰树林旁的素纱飘舞，从沙滩上画心许愿到抱着吉他即兴一曲，任凭一旁的玫瑰花再怎么香艳绝伦，也不免在雪的光耀下黯然失色。

念奴娇·神游三亚

南疆水暖，满春芳、万里浪滩穹顶。

澄潋沧澜三百顷，嬉弄一方光影。

仰望天涯，醉听海角，忘我痴良景。

沫频飞溅，当歌驰骋游艇。

且歇问路东南，氤氲幽绕，一睹红霞岭。

叠翠流帘藏锦翅，唱彻青山仙境。

楚鬟添英，香遗肩袖，燕语犹初醒。

江山秀丽，三宵难尽游兴。

也好，这才是雪一直想要的，也是她值得拥有的浪漫婚礼。

当晚的地铁上，我想了想，还是为朋友圈点了赞，虽然想遗忘什么，却又觉得很徒劳。孤立在中山公园站的东侧站台上，我犹豫地望着巍然耸立在夜幕下的龙之梦购物大楼和万丽酒店大厦，身边来来回回走过了许多对情侣。这些交织在一起的身影是多么醒目，有的牵手并行、谈笑风生，有的趁着月色你侬我侬、如漆似胶，还有的在自动扶梯上坦然拥抱，贴在耳边说着悄悄话。我转过头来，闭目静思片刻，又睁眼凝望着故地的光景，任那面幕墙上的灯五彩缤纷地闪烁，也照不亮我心底一直封存着的记忆碎片。

雪："我想吃那边的鸡翅，可不可以帮我夹一个？"

我："哦，可以。"

…………

雪："这是我今晚做的菜！"

我："嗯，还挺丰盛。"

…………

我："今天多谢你的蛋糕，生日快乐！"

雪："谢谢，来，再吃一块吧。"

我："不用了，还是留点给他们吧。"

雪："哎，他们都吃饱了，你多吃点哈！"

…………

雪："我手机停机了，你能帮我充值吗？明天还你钱。"

我："停机了你也能发消息？"

雪："有 Wi-Fi 啊。"

我："那试试支付宝。"

雪："不行，支付宝里没钱了。"

…………

雪："姐姐蛮好的，希望你跟她和好。"

我："我会的。"

雪："一会儿为你们祷告，晚安！"

…………

我："不聊了，你早点休息吧，熬夜的女生容易黑眼圈哦。"

雪："好，我睡，你抱着我睡。"

…………

我："假如一定要做出选择，那不可避免会有一个人伤心。"

雪："所以，我给你时间好好考虑，到底想要什么。"

我："我想和你……"

雪："不要说出来，我可以等，这段时间我不打扰你。"

…………

雪："I want to say if I have another chance in my life, I will choose you."

我："莫望轮回烦苦觅，何如琴瑟只今生。"

回忆是会越想越枯竭的，随着时光的反复浸泡，昔日的悲欢离合也终会变成一种残缺的美。基于这种残缺，我不确定爱情对我是不是必需品，但我确信自己此刻仍旧对异性抱着一种蠢蠢欲动的追求欲。一年半过去了，我不想再被各种花式狗粮喂饱，更不想在羡慕中望梅止渴。

当代青年作家芈十四在她的《懂事之前，情动之后》一书中说："组成我们生命的，从来不是枯燥的永恒，而是那些怦然心动的细节，正如定义一段感情的，不应该是一条河流干涸或汇入湖泊、海洋的结局，而是它蜿蜒而过的路程。有胆子享受快乐，也要有骨气承受痛苦。即使河流最终干涸，我也欣喜于途中一切或肆意或坎坷的相逢，和它流过高原丘陵峡谷之后改变的地形。”

诚然，在经历雪的事之后，我已在不经意中融合了一些对方的喜好和习惯，进而成为了一个全新的自己。这不是一个结局，而是一个过程，它的尽头或许是下一个雨季。

12.与求助者的交集

个人能力是有限的，没人可以不需要别人帮助而完成所有的事。我们每个人都在施助者和求助者这两个角色之间不断转换。

走在路上，我曾经遇到过不少处于生活困境中的人，但不是每次都会驻足相助。毕竟中国有句俗话总结得很到位：救急不救穷，帮笨不帮懒。

Part A 长宁路上的吉他手

有些人是人穷志不穷，假以时日，谁说他就一定不会实现自己的理想?

2015年10月的某日傍晚，我在下班回去的路上，远远就听见前面传来了某个男人嘹亮的歌声。由于我那时和雪分手不久，每次听到路边响起吉他的扫弦声，就会好奇地前去多看几眼，脑海里全是被勾起的回忆。

待我走近细看才发现，这位卖唱者的装扮并不像印象中那样潦倒而邋遢，不仅衣着干净整洁，还搭配得很得体。他看上去比我年龄稍长，梳着一头清爽短发，穿纯色的长袖衬衫，配一条黑色休闲裤和皮鞋，肩上挂着一把外接音箱的原木色吉他。在他的脚边，除了那个音箱，还有一只已打开的琴包，里面放着路人们给的钱币和几张A4纸——上面整齐地印着一行行五线谱。我猜，这可能是他平日练习或自编的乐谱。

我驻足在他面前，一边和三四个路人一起聆听，一边在心中思索：以他的琴技和歌喉，大可以去酒吧演出或是开课教人，赚些生活费，又为何会沦落到路边乞讨的境地?再说，从他的装扮和随身物件来看，我也很难将他和“穷困潦倒”四个字联系起来。既然不是为了生活费所困，那他究竟为何而来?

作为一个与他素未谋面的人，这个问题让我有些难以启齿。若真上去唐突地问他，不仅显得奇怪，也很不礼貌。但我逐渐发现了他演奏的一个特点：他并非按原谱一音不差地弹完，而是在中间加入不少自己即兴Solo——他的确是个带着自己想法在玩音乐的人。我开始萌生了一个大胆的猜想：他可能是个衣食无忧、富有创意的吉他爱好者，正在追求着自己的音乐梦，并有意去积累自己在公众场合的演奏经验。

曾梦想仗剑走天涯，看一看世界的繁华……

啊，什么？下一首正是许巍的《曾经的你》！

随着他用略带沧桑的嗓音轻吐歌词，这串红遍大江南北的旋律迅速在我心底触动起了阵阵思绪的涟漪。

曾让你心疼的姑娘，如今已悄然无踪影，爱情总让你渴望又感到烦恼，曾让你遍体鳞伤……

曾经，我很难理解别人会因为听到一首歌而泪崩，现在我切身体会到了！

在歌词的句句戳心下，我的眼眶无法锁住压抑已久的泪水，只得尴尬地从袋里掏出一些纸币，匆匆放进他的琴包里，黯然离去。

DiLiLi..... 走在勇往直前的路上，DiLiLi……有难过也有精彩。

人生没有退路可言。我和你一样，都要走在勇往直前的路上。虽然，有些人的离开会使我变得忧伤，一时的不得志会使你迷惘，但我们除了接受这份难过，还可以拥抱明天事业和梦想的精彩。谢谢你，长宁路上的吉他哥，让我们共勉！

Part B 广东惠州的坚强女孩

海阿姨是雪在上海期间交好的教友，她曾受雪之托，于2016年5月来我家探望病重的家母。我没有忘记她那时的善意来访，一直想表示感谢，但想不到最合适的做法。直到同年8月中旬，我从阿姨的朋友圈得知，有一位广东惠州的女初中生不幸得了癌症，正在募款求医。于是我决定尽一份绵薄之力，既想表达对她的感谢，也想将她曾带给我的温暖继续传递下去。

在阿姨的推荐下，对方加了我微信。由此，我了解到：那女孩患病已有两年，是肩胛骨恶性软骨肉瘤复发，后来出现了左肺多发转移瘤。她先后经历了肺部消融术和化疗，且正在服用靶向药。虽然，女孩不愿向病魔低头，但是她觉得自己的医疗费为这个家庭带来了不堪重负的经济压力，甚至有愧对家人的念头。听到这里，我不禁为她感到惋惜：她年纪太轻，本应像同龄人那样上学读书，而不是在病床上消耗宝贵时光。我觉得她缺少的不仅是物质上的资助，还有精神上的振作。于是，我总结了自己为母求医过程中走过的弯路，提了若干个建议，并写了首小诗，鼓励她勇敢活下去。

七绝·励广东女孩

餐风饮露越危峦，

气定心舒险径宽。

虔信迷羊何所惧，

九霄牧者保平安。

我想：这女孩既然是信基督的，那她一定听过那句“耶和华是我的牧者”。因此，我若引用这句出自《圣经》诗篇23的典故来表达鼓励，或许更能帮助她保持坚强的意志，并引发她强烈的共鸣吧！

写完后，我的内心是五味杂陈的——自己曾经也是一个无助的求助者，并在求医的路上体会过希望和绝望交错的撕裂感，也曾目睹过优劣俱存、品行各异的人，这都是在她这个年龄段不宜深知的东西。所以想来想去，从现实的具象中抽离出来，用鼓励的文字和话语可能更为合适。

我还想告诉她：一个人的求生意志对病情康复的作用是很大的。她的前路还很长很长，我相信她终究能战胜病魔。倘若她觉得现在看病的费用拖累了家人，那不如积极求生，将来一定有更多的时光用来报答家人。

Part C 夏日地铁里的一家人

很多时候，助人也是一种自助。

2019年8月3日晚，我与 W 公司的几位同事聚餐后，乘地铁回去。列车到达中间一站时，门外挤上来了一家三口。走在前面的男人身着一件 T 恤配牛仔裤，满头大汗地背着一只鼓起的双肩包，在人群中费力地争取到了一片空间。在他身后，有一位穿着藏青色连衣裙的妇人紧随，还带着一个四五岁的女娃。

列车驶出站台没多久，女娃扯着妇人的裙角，吵着要位子坐。妇人环视了一下四周，最终还是无奈地原地蹲下，让女娃坐在她的裙子上。

疲母怜幼，屈膝为凳！在这位年轻母亲一个不起眼的举动中，满是已婚人士的艰辛和亲子浓情。

我看得有些伤感，于是就起身走了上去，招呼他们来坐。谁知，待我回头时，位子已被一位中年男人占了。幸好对方愿意配合，那对母女终于得以落座，女娃很快也静了下来。

我本以为此事就这样结束了。出乎意料的是，待到我准备下车时，那一家三口都来和我道谢。妇人牵着女娃小步走近，把头贴在她耳边，一个字一个字地教她道谢。起初，那女娃有些怯生，但见我回以微笑，终于开口说了声“谢谢哥哥”。

哥哥？哈？我顿时心中一快，心想：我这都已经不是二十几岁的小伙子了，并常以老爷叔自嘲着呢。今天居然能在你的口中年轻一把，真是令我倍感欣慰！

我弯腰对女娃一笑，心中暖意升涌，又抬头对她的父母谦辞了两句。

在出站后的昏暗街头，我望着孤独的半月，心中默许它点亮一道夹杂着感伤的光明——曾几何时，我也是母亲的熊孩子，也提过许多要买玩具、要吃零食和去哪里玩的索求。我的存在，曾经也给母亲增添了不少生活压力，长大后的我又几时几次回报过她无私的付出？如今，虽然我已无法对母亲做出弥补，但我或许可以保留这份悔痛，通过行动去向后辈诠释：这个社会一直都是充满温暖的，也是值得人们去感恩的。正因为这份暖意的难能可贵，我会在那个女娃童真一笑的时候莫名感动，心中仿佛流过了一道暖流，缓缓地抚慰着我残存的遗憾。

经过此事，我更加坚信：施助亦是在自助。

是的，在自己能力所及的范围内，一个人暖心的善举不仅仅为他人提供了帮助，还可以引发他们对社会和自我的认可——不是希望他们对某个人产生感激，而是希望他们对社会和人生产生感激，继而开启能传递下去的良性互动。

13.思索中的婚礼

古人云，男大当婚，女大当嫁；古人又云，成家立业。在这一点上，阿杰和阿委比较传统，两人的喜帖如期而至。这使我不禁自问：我究竟为何至今未婚？婚姻和事业都未成型的尴尬期中，我是先成家，还是先立业？

2017年11月，我的大学同学阿杰在黄浦江畔的高级酒店里摆上了数十桌酒席，并邀请我和阿委做他的伴郎。

阿杰果然是懂得营造浪漫的高手。下午，他特地将户外摄影定在了滨江之畔。在这里，一边是绵延数百米的大型绿地，另一边是波光粼粼的长江水，近处是一座跨接两岸的巨大拱桥，而远处则分布着世博展览馆的建筑群。

迎着凉爽的秋风，器宇轩昂的阿杰身穿名牌西装，手持一束鲜艳的红玫瑰，巍然挺立于木质的甲板上，英姿勃发地注视着前方——新娘小张身披蓬裙素纱，头戴钻石花环，颈佩白珍珠项链，笑盈盈地与之对望。随着悦耳的音乐响起，阿杰威风八面地走上前去，抱着她深情一吻。这一刻，宾客们一片欢呼雀跃，数十只彩色气球在绚丽的阳光中纷飞，十几只白鸽向着蓝天拍打起自由的翅膀，就连黄浦江水都泛起了感动的涟漪，久久未平。

望着携妻一览两岸风光的阿杰，我既由衷为他如今的成熟稳重而高兴，也不免有些感慨。从大一至今，我们几乎是看着对方一步步走来的，也都在对方失恋时鼓励过对方。但是，人和人在挫折面前的表现是不同的。情场失意的旋涡中，阿杰显然比我更懂得自我调节，比我更拿得起放得下。更重要的是，他比我更有勇气去追寻未知的幸福，而我的性格使我一直停留在步步自疑、畏首畏尾的低谷。

张灯结彩的晚宴上，我和阿委站在大门两旁，望着台上两个三口之家的团圆，我忽然也在憧憬自己能有类似的一幕。但是，心头跳起的刺痛却在提醒：我的家已不是完整的三口之家了。

试想：换作是我在台上，身边缺少了母亲出席，那场面看起来会多么令人遗憾！但换个角度再试想：若母亲一直在天上看着我，那她的愿望是不是想让我也早日结婚呢？可是，我又能拿什么结婚？论经济，我囊中羞涩，目前既无法应对高额的房价，暂时又没有理想的收入；论专一，我自惭形秽，自己曾经让露伤心失望，后来又移情别恋过雪；论家庭，不少与我相亲过的对象在得知家境后，都婉言谢绝……

还未等我续想，剑眉星目的阿杰已牵着新娘走到我面前，两人的目光中不仅透着一种神圣的庄严，还闪动着对我这位伴郎的某种期盼。我似乎读懂了他们这份善意关切的心声。其实，我又何尝不想早日请他们喝我的喜酒？只是，我自感时机未到，还不具备这份担当的实力，只是心有余而力不足。

“阿杰啊阿杰，这就是你胜过我的地方。我是那种想明白了才敢做事的人，而你是一边做事一边想的人。正因为从你身上看到了这些我没有的东西，所以能有你这样一位挚友使我感到特别欣慰。我仿佛从你身上看到了自己另一种可能的活法。而看着你把这种可能一步步变为现实，我似乎也体验到了某种意义上的自足。祝福你们，愿你和她永结同心、白头偕老！”我心中这样默念着，配合阿委一起缓缓打开了宴会厅大门，目送着这位大学挚友携妻走在幸福的红地毯上，在宾客们的欢呼声中前往化妆间。

2019年2月，阿委在静安区的某豪华酒店里设宴迎宾，并邀请我作为他的主桌来宾。

新娘出身于书香门第，知书达理，早年曾赴英国留学，目前是一所外籍学校的钢琴教师。说起阿委和新娘雁的初见，正是在一年半前阿杰和新娘小张的婚宴上。那时，雁是小张的伴娘之一，而我和阿委则以伴郎身份前去，因此相识。当时，我曾问过阿委，是否看得中两位伴娘，他把头摇得像拨浪鼓似的，而今他竟成功地迎娶了雁。我觉得这不是食言，反而是阿委能够随机应变、把握幸福的体现。我虽然清楚地意识到我们的差异，但我再也没有追求的魄力——有时候，我也渴望和心爱的姑娘甜蜜相处，但脑海里会猛然闪过曾经的温存画面，这又使我顿感羞愧和扫兴。

在上台亮相之前，阿委来主桌找我喝酒，但神情有些紧张。我对他说了不少鼓励的话，心想：如今他已是某著名日系车企部门副经理了，如此当众发言的机会应该很多，所以能让他这样紧张的原因只有一个——幸福来临前的激动。

或许，爱一个人真的可以使人变得自信百倍。当岳父将女儿的手交到阿委手中后，司仪问了他这样一个问题。

“新郎，我想问你，此时此刻，你是不是很激动？”

“是的。”

“那好，在你和新娘走回舞台前，你是不是还有什么话想说？”

“没。”阿委斩钉截铁地答道，顺势牵起了新娘的小手。

“这么急吗？”

“是啊！因为，我爱她！”

随着阿委中气十足、发自肺腑的耿直宣言，台下顿时响起一片热烈的掌声。原本司仪可能是想提醒他上演跪地求婚的一幕，而他偏偏自信地以一句“我爱她”响彻全场。我不禁暗暗吃惊：他已不是本科时那个和我半夜畅谈动漫的大男孩了，他现在已经是一位锋芒毕露、顶天立地的大丈夫了，可以肩负起自己和女方家庭的重任了。而我呢？

我微微摇了摇头，听见司仪忽然话锋一转，将阿杰夫妇请了上来，说是也让他们两位月老来道贺几句。阿杰果然胸有成竹，接过话筒就出口成章。小张虽然临场发挥，但也沉着自若，说得很实在。

发言结束后，我望着阿杰颇有风度地牵着小张的手从右侧下台，又见阿委扶着新娘的腰，随她从左侧离场，顿时心生凄凉——我有种莫名的后怕，生怕这两位大学挚友从此和我渐行渐远——以后，他们会花更多时间在家人身上，且多了一个与我没有交集的话题。这种首次出现的恐惧，使我呼吸着淡淡的酒精氤氲，在独自的拷问中越陷越深。

第1个问题：我到底为何至今未婚？

和露在一起时，我初尝情果而不去展望未来，既不懂得珍惜她的体贴和付出，也不懂得在分歧和冷战时妥善地修复感情。面对订婚一事，我推迟结婚的想法使她十分不满，而她的旧事重提也使我心生抵触。后来，我移情别恋上了雪。如果说我的不成熟造成了她的一次次失望，那我对感情的不忠就成了无法原谅的绝望。对于我的渣，用露的原话说就是：“我要你这样见异思迁的男人有何用？”她是对的，一个对感情不忠的男人，又凭什么结婚呢？

和雪认识后不久，我被她阳光的个性所吸引，逐渐将生活和工作中的烦恼和她分享，而她也一样。几个月下来，我变得很关注她的喜怒哀乐，还很渴望和她有进一步发展。但那时，我还是露的男友，也知道不能脚踏两只船，但竟还是吻了雪。与露分手后，我和雪的热恋曾像是一团熊熊的烈火——我为她的神貌和才艺所着迷，她以我为她写诗为乐。但再炎热的夏季也会被秋风冷却，再你侬我侬的感情也要回归现实。秋风初起之际，雪找到了今生今世的归宿，显然不是我。

扪心自问：一段我用伤透前任的心换来的爱恋，如何让她坚信我对爱的忠诚？一个收入不高、条件甚平的男人，又谈何能实现她对未来家庭的期盼？那时，我只会将自己的实际情况摆在她面前，希望她能接受那个令她失望的我。可是，因为我个人不优秀导致的现实问题，凭什么要让她一个姑娘冒着风险来一同承担？我连自己的问题都解决不好，又如何让她相信和我在一起能够幸福？对于我的不成器，用雪的原话说就是：“因为你没有救赎的爱，你的爱不可以改变我。”是的，她所谓的救赎，不仅仅是我们信仰的不统一，还暗指我没能力带给她想要的生活上的改善。试问：一个没实力兑现未来的男人，凭什么指望女友萌生嫁意呢？再试问：她信奉基督而我崇尚科学，她乐观自信而我沉郁迷惘，她找灵魂伴侣而我却曾移情别恋，世界观、人生观和价值观相左的我们真能够相伴到老？退一万步讲，即便我们三观一致，且当年有幸一路走下去，那么她将会目睹我那段煎熬的求医经历，她会体会到单亲家庭的压抑氛围，那她这样能快乐得起来吗？难道，我愿意看到她原本阳光的微笑就此消失吗？难道，我就一定能比现在陪在她身边的桐更能守护住她对未来的憧憬吗？难道，现在看到她像个精灵一样快乐地活着，不正是我当年的初心吗？

所以，正如雪所说的，现在的局面是上帝的安排，也是最好的安排。

如今我沉浸在工作中，痛并“快乐”着，若长此下去，我确实不会再重蹈覆辙，但也永久地将自己禁锢在了某种戒律之中——至少，我不会再伤了谁的心，也不用再担忧给不了谁幸福，更不用再对谁的背影望而却步。

一个人，其实也好。

第2个问题：先成家还是先立业？

对此，父亲常用“人到了年龄就该结婚”“你不结婚就不是正常人”“你不结婚，就永远是小人”“你看别人家某某结了婚，现在过得多么好”之类的话督促我。我明白他是好意，是在为我后半生着想，但似乎有些越俎代庖。

有时，我真想借用网上一句话反问回去，不立业，何以为家？但最终还是没这么做，我不愿和他有口舌之争，也不愿触怒他，母亲走后他本已备受打击，来自子女的反击只会加剧他的隐痛，隐忍有时倒成了促成“和睦”的权宜之策——相比之下，这样的和睦总比针锋相对、两败俱伤来得强。有时用阿Q精神想想，这个世上至少还有自己是理解自己的，就还能硬着头皮坚持走自己的路。

很多时候，不是现在年轻人不想早点成家，而是没有足够收入的支撑，就没底气去面对成家后接踵而来的一系列问题。我也深以为然，并和自己做了四个约定：决不能榨取父母的血汗钱、养老钱；决不能害另一个人和我颠沛流离；决不能依赖女方家庭解决自家的经济问题；决不能将经济拮据的问题遗留给下一代。

等到拥有足够承担生活压力的实力和勇气后，再去成家，或许才是对自己和对方都负责的体现。

第3个问题：我到底更中意哪种类型的女人？

是露的清丽温淑、体贴入微，还是雪的娇俏明媚、才情怡人？

思考中，我不经意瞥见邻座那位高一女孩正在翻看着手机，而屏幕上是最近人气正火的锦鲤女神。

同样是披着褐色的微卷长发，弯弯的柳眉，目露精光的凤眸，挺拔秀美的鼻梁，抹着口红的香唇，百看不腻的娇笑，率真活泼的个性，还有那即使身处逆境也不屈不挠的坚持……

“我就是我，颜色不一样的烟火！”

我忽然想起有个人曾对我说的话，默然点了点头，自嘲地哑然一笑。

“怎么还想她？这没有意义！”一个理性而沉重的声音忽然又在我心中低语。

可是，就刚才那眼的第一感觉而言，两者是有几分貌似之处。

我使劲摇了摇头，伤感地望着谈笑风生中的伴郎和伴娘们，又瞧着手中摇晃的红酒杯，暗自神伤：一个渣男凭什么挑三拣四？对方能不嫌弃我的过去再说吧。不过话说回来，酒倒不会嫌弃我曾经是谁，又犯过哪些事。

第4个问题：若我将来遇到一个合适的女人，那我做好结婚的准备了吗？

要回答这个问题，我先得回答自己另外一串问题。

论收入，我现在手头有多少钱可以用来建立新家庭？如果不够，我将来凭什么一定能觅得高薪职位？母亲离开后，家庭收入将隐形蒸发多少退休金？而我又要月薪多少才能弥补这个空缺？另外，房子装修、办婚礼、送彩礼、订酒席、金银首饰、度蜜月、父亲养老等费用也得考虑进去的话，我又需要多久才能攒够这数十万？

论贷款，买房后，我需要承担的月供是多少？我一个人能承担得了这些月供吗？月供之后，我的婚后生活水平是否会下降？若按上海每平方米5万来算，70平方米就是350万，三成首付需要105万，我还需要多少年才能攒够？即使攒够了，参考商贷利率4.9%和公积金利率3.25%，剩下的245万减去30万公积金额度，30年间的月供约12700元。而若夫妻二人贷款，公积金额度到60万，30年间也得月供约12400元。届时的压力可想而知，因此我下一阶段的目标之一还是得找一份薪资更高的设计工作才能打开局面。

论生活，以我目前的心境，女方和我在一起会感到快乐吗？若和我结婚，她能得到某种意义上的提升吗？当未来的老丈人将他宝贝女儿的手交到我手心时，我能拿什么东西去确保那口头的许诺保质保量一生？往后，我是否能担负起两个家族对我的期望？婚后，我能百分百保证自己一辈子忠诚如初吗？我有面对三个家庭中油盐酱醋般琐事的心理准备和能力吗？我一直为了工作殚精竭虑，能真正摆得上台面的菜又会有几个？单身时尚且有底气拒绝加班，换工作也没太多顾虑；等我婚后有孩子了，公司里我可能会忍气吞声地接受加班，家里我得养妻育子还贷款，这样的我真的能在工作和家庭之间找到平衡吗？我能使妻子避免出现产后抑郁吗？谁来带孩子？假如我和她都忙着挣钱，而我母亲不在、父亲体弱，长期劳烦岳父岳母带孩子真的行得通吗？随之而来的孩子奶粉、上学、补习班、兴趣班的费用，我届时怎么解决？平心而论，假如我有一天成为了一名父亲，我有担负起一个孩子言传身教的底蕴吗？假如孩子是男孩，我在背负房贷和家用开销的情况下，怎样才能为他准备一套婚房？若长期处于工作和经济的双重压力下，我是否会成为下一个对妻子恶语中伤、发泄不满的丈夫，害得女方像母亲一样婚姻不幸？我知道有其父必有其子，我也知道自己必须青出于蓝胜于蓝，但我到底能不能超越父亲这辈子的局限和桎梏，成为一个有情有义、敢作敢当、带领家庭走向兴旺的好丈夫、好儿子、好女婿和好父亲呢？

论养老，待将来双方父母的年龄都上去了，我届时有没有足够的实力来应对潜在的风险？我若结婚后，父亲和祖母住哪里？假如生病了，我能及时照应到吗？我能处理好自己在医院、公司和小家庭之间的失衡吗？放眼周围亲友，夫妻二人早出晚归地工作是常态，很多时候孩子只能交给祖辈带，从接送去学校到吃住照料，老一辈们却不得不负上抚养两代人的重担，这样的现状又是多么无可奈何。如果我盲目地进入婚姻，而因此影响到了长辈们原可用来享福的晚年，我的所作所为算不算是一种自私？一个人对婚姻的执念，到底是别无选择的妥协，还是对大势所趋的盲从？

眼下是被催婚的深度焦虑，眼前却是迷雾缭绕的层层叠嶂。我摇了摇头，及时掐断了对未来的自问自答，心想：我现在一个人尚且过不好，又谈何组建起一个幸福的新家庭呢？

未雨绸缪虽好，却容易把未来想得太远，而无法好好地活在当下。与其为这么多未解问题烦恼，倒不如再花几年时间好好积累一下，毕竟实干总比空想更接近目标。

当代青年作家卢思浩在《你要去相信，没有到不了的明天》一书中说：“与其担心未来，不如现在就好好努力。在这条路上，只有奋斗才能给你安全感。”的确，除了继续奋斗，我找不到别的解决办法。而令人讽刺的是，即使去奋斗，也未必能在当代残酷的竞争中胜出，那奋斗又有何意义呢？

不，我仍然相信奋斗是必需的！一个人只有变得更优秀，才有可能在生活面前保留一点选择权，才能握紧拳头打破过去的牢笼和现实的枷锁，才不会在晚年回忆时痛惜自己挥霍青春。

第5个问题：既然爱情和婚姻是老一辈们认定要做的事，那其本质是什么？

人类不同于动物的是人类有文明和道德，而动物没有，但这不代表人所做的事脱离了动物性的根源。把动物的性需求修饰为爱情，把交媾繁衍换说成婚姻，于是从前放不上台面的话题便可登上大雅之堂来议论。

著名哲学家叔本华也曾说过，所有两情相悦的情愫，不管表现得多么地缠绵悱恻，都根源于性欲本能。据此推想而知，爱情并不会天长地久，因为随着凡身的衰老，彼此的性吸引也在逐年减弱，原先推波助澜的性欲也终将油尽灯枯。既然性吸引普遍存在，那自然有强弱之分、生腻之别，自然离不开自律和出轨的矛盾，这是人的本性，也是大自然的规律。为了管控两者的尖锐冲突，有些人崇尚自由地及时行乐，有些人用道德理念自我约束，而还有些人则将这个问题抛进宗教信仰的范畴中去解释，从而稳固住了人类对“爱情”一词的质疑。

婚姻一直被认为是爱情的升华和延续，但似乎更像是为情欲的产生和结果所建立的某种族群秩序。事实上，有了婚姻也不等于幸福，有了婚姻也不等于能为爱情保鲜，因为结婚是建立在双方乃至双方家族的利益共享和交换之上的。既然是以共同利益最大化为驱动，自然如同公司里雇主和员工间的契约关系，存在着个体需求和发展差异的摩擦，因此才有太多夫妻熬不过柴米油盐、买车买房养孩子的生活琐事。所幸的是，婚姻的副产物是创造了一个崭新的个体，此间所产生的族群秩序被谓为亲情，它给人以家庭的温暖和归属感，因此每一代人才会在利弊共存的婚姻模式下选择建立和维护。

想到这里，我觉得爱情是人的本性所需，婚姻是现阶段族群稳定长存的最合适形态。人若没有爱情，也就没了鱼水之欢，会觉得痛苦，但若有了爱情，便会头脑发热，一定终身。人若有了婚姻，难免日久生腻，感到疲惫和无聊，但若没了婚姻，也就没了亲情的延续，人又会觉得孤独。于是，只要我还是个人，那就依然会在两者间徘徊，直到找到一个当下阶段最合适的选择。当然也须看到，正如萧伯纳所说的，想结婚的就去结婚，想单身的就维持单身，反正到最后我们都会后悔。

第6个问题：我若一辈子独身，该如何规划好自己的后半生？

其实这个问题我想了很多次，每次都想得很累，而现在脑海里也只剩一个单纯的念头——往后余生，我可以把吉他视为妻子一样相伴，把设计的产品当作孩子一样精益求精，勤练字以求自适，多读写以助自新。就这样做一名与技术、音乐、文墨相伴的工程师，同样能为社会建设出力，无非是缺少恋爱和婚姻。可谁说未婚无子的人就会被未来社会遗弃呢？

若是真的落魄了，那我就去附近的星巴克、COSTA 或是瑞幸咖啡店。独自找一处僻静的角落，点上一杯不加糖的卡布奇诺，聆听悠扬的萨克斯风，呼吸淡咖啡豆的醇香暖气，融入温柔的黄色灯光中，在一口口沉思和沉醉中自我反省吧。

回到现在，我还是一切随缘点，心态佛系点，既要致力于物质积累和精神建设，也要有“注孤生”的自强和觉悟为好。

当晚九点后，阿委的婚宴结束了，宾客们纷纷散去。我忽然从余光中发现有几个人影正朝主桌这边走来，转头一看，原来是阿委夫妇和阿杰夫妇四人。

“委哥、嫂嫂，祝你们百年好合、天长地久！”

“好的，谢谢，你也尽快……”阿委拍拍我肩膀，嘴上虽然不善言辞，眼里却满是殷切的盼望。

“好兄弟，我懂……”

“小徐啊，”新娘小雁穿着一身喜气洋洋的红色礼服，对我嫣然一笑后，又回头瞅了一眼阿杰夫妇，“呵呵，假如今天你有看中哪个女的，记得跟我们说哦！”

“好的，”我朝她和阿委欣慰一笑，又见阿杰和小张朝我点头，“谢谢你们！”

他们四人的微笑是那么真诚，这使我忽然有种错觉——仿佛此刻在这浩渺深邃的宇宙中存在着无数个平行时空，而每个灵魂都源于同质，只是各自经历不同，正是这无数种经历的可能性被无数个灵魂以子集的形式统一于一个庞大的经历集合体。在这之中的某个可能事件里，此刻，另一个雪正陪在另一个我身边，与阿杰和阿委夫妇分享着养儿育女的家长里短。

哦不，这对我来说应该是不现实的，至少现在是这样。我很难想象会有一个女人愿意为了我接受青春流逝和人老珠黄，更是质疑自己现在凭什么让一个女人因为我而接受分娩之痛、哺育之苦和家事之繁？一个“婚”字，是否可以拆解成女人在男人信誓旦旦的甜言蜜语下的“情”令智昏？如果答案是肯定的话，这算不算是一种出于本欲而又裹着糖衣的欺诈？如果答案仍旧是肯定的话，我是不是可以选择不这样做？不这样做的话，是不是就可以不上演类似母亲含辛茹苦、委屈大哭的忧伤？若是可以，我想我要么以不婚的方式将这种可能彻底扼杀在我这一代，要么摆脱自己的劣根性，努力成为一个值得被托付爱的人。显然，后者比前者难多了。

尽管颇为矛盾，可我仍然在心底保留着一丝即将干涸的期盼——因为目睹了阿杰和阿委的婚姻，我相信，至少在这个时空节点的邻域内，这世上应该还是有真爱的。

可是，真爱向来是可遇而不可求的。

我几乎是看着阿杰和阿委从本科时代一路披荆斩棘，其间也曾有过失恋和迷惘，但现在终于得见他们找到了归宿，不禁为他们勇于追求婚姻、面对婚姻、许诺婚姻、经营婚姻和忠于婚姻的决心所感动。于是，我事后写了一首词相赠，祝愿他们在将来的人生中与妻子同舟共济、相濡以沫。

蝶恋花·婚宴赠杰委

梦里情缘逢几度？
百转千寻，刹那韶华去。
幸驾鸾舟蒙雨渡，
天晴水阔西风住。
洋酒香纱红毯路。
海誓山盟，耳畔呢喃语。
平步青云君广裕。
此生莫负妻相许。

阿杰、阿委，祝你们幸福美满，也感谢你们这十多年来的深厚情谊！虽然我经过这番思索，自己今后不一定会结婚，但你们对于婚姻的这份忠诚、勇气和坚信却使我肃然起敬！

14.对幸福的浅理解

人活着，终究是希望得到幸福的。然而，幸福的定义因人而异，其实现路径有时无法复制，甚至不该复制。纵使迷惘，我仍要持续追寻它对我的个人诠释。

事实上，最近某些事使我一度对周围人言行中所谓的幸福产生过困惑。

2019年12月27日下午5点，W 公司的 Y 女士请我去小会议室，代表公司高层同我洽谈续约和今后规划。工作上的事很快便聊完了，Y 女士转而关问起我的个人大事，并建议我早日脱单结婚。我明白她的出发点是善意的，就和她交换了各自的观点。

“真的，时间不等人的，”Y 女士坐在会议桌对面注视着我，继续重申她的观点，“我劝你还是赶紧找个对象，早点结婚，这样你的人生才会幸福。”

我对她的话并不陌生，毕竟自己在至今十几次相亲中，已被长辈们多次这么劝过。但是，我有自己的看法：结婚，并不是通往幸福的必由之路。

望着她充满关切的神情，我有些尴尬，虽然明知会冷场，但还是想表明自己的立场。于是，我微笑道：“谢谢阿姐的提醒！我想，我还得变得更强大一些，才能把握住幸福吧。目前，我还是以工作为重，找女友的事暂缓。”

“我们都看在眼里的，你在工作上投入了很多时间，而且勤奋、有责任感，是很好。但是找对象的事，过了这村就没这店了，明白不？”性格活泼且健谈的 Y 女士顿时侧过脸去，发愁地瞥了我一眼，“哎！那你觉得现在幸福吗？”

我摇了摇头，心中没有答案，望着她苦笑道：“幸福？假如我不够强大，又谈何守得住幸福？”

她听后，立即抛来一问：“那你觉得怎样才算是强大？”

“孤独，”我锁紧眉头，深吸了一口气，“假如一个人可以战胜孤独的话。”

她摇摇头，不以为然道：“这样啊，那你想得太天真了。一个男人的强大，并不是战胜孤独，而是对妻子儿女的责任感。当你履行了对家庭和亲人的责任后，你才会发现你变得强大了，同时你也收获了幸福。”

我无奈地点点头，没有辩驳。的确，谁都有孤独的时候，Y 女士选择的是投入丈夫和儿子的怀抱，用亲情驱散孤独感。而我呢？我只是一个人硬着头皮地死撑。从结果看，她确实得到了幸福。用 Y 女士的话说，夫妻和睦、子女围绕左右的家庭给了她无尽的温暖。她能够当着儿子的面，时常和丈夫拥抱接吻；她能在家里静静望着丈夫，哪怕对方什么都不做，心中也会暖意十足；她能在遇到难题时，得到丈夫乐观和幽默的渲染，从而重新振作。这些使她每日生活在爱的温馨中，对她来说这就是幸福。

听完她的话，我虽然是尊重她的观点的，但依然对所谓的婚后幸福抱有疑虑——人们追寻的幸福感，真的是婚后必得的吗？尽管，我挺羡慕她有如此其乐融融的三口之家，但也只得矛盾地笑笑，不置可否。诚然，身为一个马上要40岁的女人，她是以自己的视角去定义了幸福，同样是以自己的视角定义了强大。不过，这只是她给自己的答卷，并非对现阶段的我适用。我只能继续带着拷问，于茫茫人海中寻找属于自己的答案。

这次谈话结束后，我和同事小风匆匆赶往南京东路步行街上的一家日料店，和前同事彬婕聚餐，庆祝她另谋高就。小风在我公司技术部开发软件，也是我大学的学弟，小我6岁；彬婕是人事，她大学刚好在我母校对面，长我4岁。三人聚在一张摆满关东煮、刺身和梅酒的木桌上，先是聊起了彬婕的离职缘由。原来，八面玲珑的Y女士明知老板在账务上存有猫腻，但还是鼎力协助，职位遂升董秘。而耿直率真的彬婕看不惯作假，便遭受排挤，并被辞退。

听着彬婕滔滔不绝的愤慨，我理解她此刻的心情，于是无奈地举起酒杯，随口道："哎，大家都在职场谋生嘛。你本来处处受制于人，现在去了新单位，反而会有更好的发展！而她要往上爬，就得迎合老板，毕竟身后有个家要照顾。"

"呵呵，她？顾家？"彬婕轻笑着抬眼，忽然透来两道锐利的寒光。

我微微有些吃惊，望了眼一脸疑惑的小风，便问："不是吗？刚才她找我谈话，还提到她和老公孩子感情深厚呢！"

"哎，"彬婕摇了摇头，点亮了手边的iPhone 11，"等一下，我给你们看个东西。"

彬婕推来的手机屏上是一组照片，上面的地点是一处美食广场，而片中有一男一女的身影似曾相识。只见她两指一分，屏幕上的照片也随之放大，我一眼便认出了那两个人——40出头的H经理牵着Y女士的手，并肩而行，谈笑风生。

"难不成，这才是她的真爱？这才是她要的幸福？"我无聊地一笑置之，将手机推还回去，但心里却觉得很失望。

我倒不在意Y女士是否骗了我，但我通过她的案例，对世事倍感困惑。假如，Y女士所描绘的相濡以沫是她想要的幸福，那她为何还会和另一个已婚男人暧昧不明？如果，无论她和丈夫生活，还是她和H经理相处都能得到幸福的体验，那么这两种幸福感哪一种才是真实的？假如，这两者都是真实的，是否意味着我们通过婚姻得到的所谓幸福，并不是牢不可破的，而是会被外界诱惑取代的？若是如此，那人们倾注精力、时间和财富所孜孜追求的婚姻究竟意义何在？那些抱着"婚后即幸福"的前辈们，又有多少是在将来的失望中后悔当初的抉择？

我想，这就是我仍在思索，迟迟不以结婚去谋求幸福的原因之一。

曾听有人说，结婚是为了找到和自己契合的另一半，但我并不完全赞同。找还是要找，但契合一说倒未必能如愿。正如当代著名作家张嘉佳先生在《从你的全世界路过》所说："这个世界上，没有两个真的能严丝合缝的半圆。只有自私的灵魂，在寻找另外一个自私的灵魂。"

我更觉得，无论结不结婚，我一直是独一无二的我，不是因为找到了伴侣才完善了自我，也不是因为缺少爱人才变得孤寂落魄。

我想，真的促使个体获得幸福感的源头，极有可能来自他或她自己。既是如此，那为何还是有很多人过得不幸福呢？或许，他们也和我类似，要么在追寻的途中一时迷惘，要么正甘愿为了某个人或事割舍自己的幸福感。

想到这里，我再回看 Y 女士的八卦事例后，渐渐有种感慨——他所牵起的，并非一个家庭主妇的小手，而是中年困境下迷失自我的前兆；她所搂过的，并非已婚男人的坚实臂弯，而是内心深处对生活现状的潜在不满和厌倦。他俩似乎都徘徊在所谓的幸福边缘，小心翼翼地探寻着新的理解。而这种探寻虽然有触及底线的风险，却也满足了人与生俱来对幸福的贪恋。如此看来，婚姻不光是一场赌博，它比赌博要残酷数倍，因为赌场上的输赢可以立即见分晓，而婚姻需要长年累月方知成败，届时岁月不饶人，多半也再难回头。

“哎，小徐，别走神了，”彬婕说罢，稍作停顿，手指在我面前的木桌上轻轻叩了几下，“你来说说看，我和小风谁说得对？”

“啊？”我将视线从酒杯上猛然抽离，一脸茫然。

原来，他们两人刚才正围绕“女生说不合适就表示根本没喜欢过对方”这一命题在争论。小风和前女友在经历了一个多月的甜蜜后，冷不防被对方发了好人卡，以致他现在都质疑对方投怀送抱背后的诚意，甚至谈情色变。彬婕也是过来人，早年没机会和心仪对象在一起，如今除了麻木地相亲之外，剩下的只有越发明朗的佛系态度。

“那好，我问你，”小风向我复述完刚才的议题后，语气中似乎夹杂着不甘和暗愤，“假如你女朋友一开始说她很喜欢你，你相信了。可是，几个星期一过，她又变了，说你们不合适。那你觉得和她谈恋爱还有意义吗？”

“我……”心头一冷，我忽然想到了一个人。

未等我把话说完，小风又紧跟了一问：“既然没有意义，那当时这种恋爱就根本没必要谈！”

等闲变却故人心，却道故人心易变。

我不禁想起了纳兰容若的这句词，忽感无奈至极，匆匆朝喉咙里灌下半杯冰镇梅酒，心叹他似乎正在经历和我相似的过去，但又不急着回答他。毕竟，我记忆中对恋爱的认定感并非甜蜜，而是苦涩的。

雪：“Darling, what do you like to do on this Saturday？”

我：“Emmm, date with you and your guitar.”

白兰地的浓郁和南高梅的酸淳反复刺激着我的口鼻，而这种从食管到胃慢慢温热的体验像是冬日里的一把火，照亮了我尘封在角落的回忆。

2015年一个夏天的晚上，我和雪约会时路经2号线中山公园站2号口的全家便利店，趁着我津津有味地啃着三明治，她饶有兴致地捧起吉他这样问过我。情侣间的对话，有时即使一直重复同一句话，也能从双方的神情和语气中体会出每次不同的意味。雪轻抚着琴弦，反复问了我三遍，而我也重复回答了三遍，直到她露出了得意的浅笑。

而今的她，还在那家国内著名企业工作，过着时而加班、幸福常在的生活。

雪："22:13了，加班刚回到家，我好累啊！"

桐："你当然累，你已经在我心里跑了一天了！"

（一个幸福的笑脸表情）

恰到好处的妙答！今晚的雪还是这样，通过朋友圈晒着她和桐婚后的点点滴滴。从本科时的青涩合影到婚宴上的红衣新娘，从天涯石下依偎的俊男靓女到平日里打翻糖罐的深情对白，就连我都觉得这些从没有过的经历似乎历历在目。如今，她的桐哥已经晋升为公司里的测试部主管，又换了凯迪拉克代步，出落得越发英姿勃发，而他在事业成功的同时一直不忘定期给妻子一个惊喜，两人的生活可谓小康而浪漫。

我默然按灭了手机屏，忽然觉得对现在的雪而言，幸福就是和一个爱她、懂她、温暖她和忠于她的人相守一生。能够在这世界的一个角落里，默默地看着她过着如此甜蜜的生活，倒也不失为一种欣慰。

也罢，还是别想这些了，小风和彬婕正望着我呢。

我又喝了一口苦涩的酒，感慨即出："我们可以在爱的围城外逗留很久，但是一旦踏入其中，就需要去相信它，哪怕结局并不如意。因为，正是那些不完美的往昔促使我们反思幸福的意义。而我，一直借助这些短暂且难忘的交集，去提醒自己曾经那么热烈地活过，并将继续刻苦地活下去。从这点上说，我得感谢她！感谢她曾经心里有我，感谢她带给我回忆和改变，感谢她渐渐把我遗忘。"

关东煮的火还是热腾腾地烧着，雅座周边的食客们仍在小酌畅谈，旁边的小风变得异常沉默，而我对面的彬婕微微一叹，感性的眼眸中忽然泛起了粼粼波光。

我自嘲似的淡淡一笑，昂首独自喝完了剩下的半杯酒，心叹：其实对我而言，一直独身也是种可行的生活方式。一个人只要能平安地、勇敢地、自由地活下去，就已经算是幸福了。不是吗?

15.相亲，遇见相似的灵魂

有一种以结婚为目的的撮合，在古代被称为媒妁之言，而今被叫作相亲。虽然时代不同了，但这种现象的初衷没变——都是为了避免个体的孤独终老。

虽说相亲可以使人有机会摆脱单身，但现代许多和我年龄相仿的人却有些反感它，甚至更享受一个人独处的时光。除非，我们再遇到那个能与之产生认同感的灵魂。

所幸，网易云音乐上总有能敲响听众心扉的曲目，使一群素不相识的人得以交流自己在情路上的顺逆，从而一定程度上抚慰各自漂泊的灵魂。

光消失于夜幕，残留的温度，在迷雾之都。

醒来在某一个下午，臃肿的城市，已甜得发苦。

当代歌手代鑫和陈鸿宇在歌曲《遇见相似的灵魂》中开篇就是这样两句话。我被这种欲诉且缓、深思犹惘的格调所吸引，作者似乎仅凭那光影换位的笔触，便可引发我对生活迷惘的寻思。

谁在等风来，驱散阴霾？

谁在路灯旁，彻夜未眠？

等的人总是辛苦，醒的人总是孤独。

在这三四年间，我抱着“结婚只是人生的可选项，而非必选项”的观点，在父亲“不结婚的人一辈子就废了”的观念下苦苦坚持。在多少次相亲的前一晚，我明知和对方不投机，但还是选择顺应长辈们“感情可以婚后慢慢培养”的叮嘱，违心地扮着笑脸赴约。

不过话说回来，和我相亲的十几位女士大多都很优秀。雍容华贵的护士、外企的化工技术员、精通古琴和书法的美丽教师、勤勉考证的财务、痴迷韩潮的黄发小护士、公司某领导文静理性的亲妹妹、以3万月薪为择偶原则的海归硕士、坚守异地发展的勤劳教师、事业为重的广告公司经理、年薪25万的三甲医院护士，还有最近这个双方性格不合拍的医药顾问……其实，我和她们一样，都在当今生活节奏日益加快的奋斗之路上，顺便做着筛选伴侣的选择题。

对于我们苦苦寻觅的答案，有人说，来日方长。可有时想想，在茫茫人海中，两个素不相识的人要能够在一起，除了人的三观符合之外，更需要对的时间和地点。从概率上说，恰好满足这些的人其实真的不多，或许还在遥远的未来，又或许正是过去的那一两个。

那些迷惑的光影，重复昨天，今天。

那些苍老的面容，有你和我，从前。

如今到了被迫相亲的年纪，我渐渐理解了当年露为何要多次追问我订婚，为何会绝望地向我抱怨，同时也体会到了雪在四年前毅然离去时的割舍和无奈。

记得在2015年春，那时我和雪只是普通朋友，她有几个晚上找过我诉苦。

雪：“哎……我妈妈又让我相亲，可我不喜欢那男的，不开心！”

我：“你都没见过相亲对象啊，怎么就不喜欢了？”

雪："因为没有感觉，我想要自己心动的。"

我："可以，我支持你。心动了才会想和他说话，想了解他。"

雪："是的，但我还没准备好爱情。"

我："什么意思？"

雪："因为爱情和婚姻都是要附上代价的。如果谈一场没有结局的爱情，那很容易。但是谈一场不离不弃的爱情是真的要附上代价的，婚姻更是这样。所以我没准备好。"

我："我有时也怀疑自己是不是没做好结婚的准备，但因为有些事情既然已经在进行中了，我也只能去面对这种不知所措的困乏，这就是你说的代价吧。不过，今天听你语气有点悲伤，要知道你妈妈也是好意，人总不能因噎废食吧？"

雪，我现在非常同意你那时的看法。第一，自己择偶的事最终还是要自己做主；二，理不清头绪就盲目再爱，很可能误人误己；第三，我们爱一个人，虽然有时选择了成全，但本能上还是希望和对方修成正果的，因为我们输不起年华，耗不起心力。

雪："刚才在接电话，我这周又要去相亲了，小姨安排的。"

我："雪，这次好好相亲，我预祝你早日遇到你喜欢的人。"

雪："我不想相亲了，相亲没意思，不合适我的性格。"

我："好歹去认识下，让长辈放心点，谈不谈你说了算就是了。"

雪："小姨发照片给我了，还发来一大串家庭背景。哎，没感觉，到底要我怎么办嘛！你知道我这个人的，如果感觉不太对，很难和对方相处。"

我："方便问你至今面试了几个相亲男吗？"

雪："加上这个三个了，第一个是超有钱的大胖子，第二个是超有钱的小黑子。"

我："但我看这男的长相还不错，应该是个文艺青年。"

雪："像你……"

我："那……你第一次看到我感觉怎样？我记得我向你自我介绍的时候，感觉声音轻了点，就重复了一次。"

雪："哈哈哈，我记得，当场就有人说你怎么有点紧张呢！不过，我当时觉得你蛮少年气儿的，蛮帅。"

我："其实，我记得你有一件深蓝色的连衣裙，看上去也挺适合你气质的。"

雪："这是你心里话吗？我有时看见马路上有穿白色衬衫的男生，就想到了你。"

我："啊，是吗？其实我路上也见过几次别人穿，我还以为……"

我忽然觉得不对劲，没再说下去，心说自己一股脑都说了些什么。那一刻，我终于明白了你的弦外之音，你也读懂了我的言外之意。

那一整个夏季，是我一直没有忘怀的过去。孤立无援的时候，我时常会想起和你一起躺着望过的浩渺星空，也会在念起你弹出袅袅泛音的片刻会心一笑。

七律·忆雪新感

少年岂惑春华逝，而立催添法令纹。

闲问星痕亲茂草，信敲弦品泛清芬。

昔曾坪卧无孤月，今却街淋有寂云。

且放独身非不孝，红缘自主我知音。

然而，年轻时的爱情好似漂亮的琉璃，既在现实面前闪耀，也在现实面前易碎。事实上，我在和露交往中没能解决的问题，在我和你牵手的过程中依然存在。

嘿雨夜的小丑，宿醉五道口，被野花嘲弄。

青春流逝于指缝，倾城一回眸，消失无影踪。

在我们真正交往后，你失望地发现，那时的我不足以给你想要的明天，于是你明智地选择和我拉开距离。与此同时，令堂和小姨的催婚接踵而来。一边抵触着没完没了的相亲，一边坚持要找令自己心动的另一半，来回几次便使你感到心力交瘁。我猜，就是在那个苦闷的时期，桐的回归为挣扎中的你带来了光明——他的灵魂比我阳光太多，又对基督那么虔诚，的确与你更相似。

斩断无谓的念想，回到2019年12月的今晚，长宁龙之梦依旧在熙熙攘攘的人潮中灯火通明，上海书城长宁店门口的读客还是络绎不绝，中山公园也在静美的夜色尽头敞开着大门，而万丽酒店大楼的幕墙灯效却再也回不到当年的那款。回忆时分，地铁3号线的列车风再次在这个站台吹起，微微掣动着我的大衣立领，仿佛还想将时间翻回到遥远的从前。

写给那一年的我们

四年隔隙，浸透了中山公园的雨，

心碎地听霓虹唏嘘。

记忆可以很薄，却也可以很厚。

捧不起今夜的雨，隐默着不多半句。

是重叠的昔影，是岁月的折痕。

收拢天堂伞，伫望未来路。

前路漫漫，未来可期。有时，一味追寻未来会感到困苦，那不如抽几分钟时间，品一品昔日的甜，再出发。

雪，今晚，我站在你当时的角度考虑，竟对你那时的处境感同身受。知道相亲是高效择偶的正确途径之一，但我反感不尊重个人意见的相亲安排，厌恶打着道德旗帜的催婚，难免产生逆反心理。而与你不同的是，当年你是迅速以远嫁结束了困扰，而我现在既不甘将就，也不认为自己目前足以担负起新家。

也许，我当前不得不独自忍受着催婚的窘迫和未婚的歧视，在矛盾的观念冲突中坚守与挣扎，但终将有那么一天，我会变得不再迷惘。正如歌手代鑫和陈鸿宇所唱的那样：

寻找遗失的章节，半梦半醒，之间。

遇见相似的灵魂，某年某月，某天。

16.挚友不多，仨俩足矣

真正的朋友是怎样的？

当代青年作家刘同曾在《一个人就一个人》中说：“其实朋友不是什么，而是你们心里都有彼此的位置，也愿意去探讨彼此的所有，好的坏的都能直接说出来，不必顾忌太多。”

的确，我们往往在真正的朋友面前更容易流露真情，敢哭敢笑。因为，他们是和我一起经历过一场场人生洗礼，见证过彼此在挫折中精疲力竭的那一刻，并且互相宽慰、不离不弃、一同成长起来的人。

从这个角度说，这样的人必然比较稀少，却不至于嫌少。毕竟，人一辈子可能会结识许多的朋友，但其中若有两三位能称得上挚友的话，倒真不必羡慕他人呼朋引伴的排场和喧闹。很多时候，精简加真心，足矣。

Part A 若互为挚友，会在抉择时提醒和尊重对方

阿委是我在大学本科期间的寝室同学。在我们本科时，我对他的认识还停留在那个大男孩的印象里——日语流利的他，不喜运动，而喜欢宅在寝室追日漫和日剧。而毕业后的每次聚餐，我都会感到他比上一次见面又增添了一份持重。

记得2014年5月底，正值我去C公司报到的前几日，赋闲在家的我就约了阿委和阿杰出来聚餐。在回去的地铁上，阿委问我下一步有何打算，我说原先面试的几家零部件制造商都没有回音，再等下去不是办法，所以准备先去一家教育培训机构参加工作。他听了后，眉头一皱，劝道：“虽然现在工作不好找，但你好不容易读硕毕业，舍弃自己的优势专业去搞陌生的培训，不太合适。你再看看我走过的路。毕业后，我第一份工作是在郊区工厂做生产线，一边要租房，一边还得攻读日语一级。你也看到的，的确很累。而现在，我终于跳到了××公司（某著名日企）做测试工程师。起点低一点咱不怕，首先方向要对。所以，我真的劝你一定要三思而行！”

可惜，当时的我正处于急火攻心的待业焦虑期，没能沉住气，也没采纳他的肺腑之言。我失意地对他感慨道：“委哥，我现在没有选择。无论前面的路怎样，我现在必须出发了。”

“别，”阿委望着我，微微摇了摇头，眼里明显露出了惋惜的神色，“那好吧，我尊重你

的选择。但记得，任何时候想回头，都不算太晚。”

事实证明，阿委的建议是对的。从零开始的我虽然在C公司得到了领导的赞赏，且这份工作也给了我一些锻炼和眼界，但我始终觉得心中有一团挥之不去的迷惘。一年后，为了修正偏离的职业路线，我来到了T公司，重拾了专业技能，这也为我之后跳到W公司奠定了基础。

现在回想起来，当初我若采纳了阿委的建议，耐心地找到一家规模适中的制造业公司，并从基层做设计，也许我可以少走一年弯路。但这并不意味着今后的职业生涯永远扭转不了弯路的影响，正如阿委所鼓励的那样，任何时候想回头，都不算太晚。

Part B 若互为挚友，会在对方失意时及时宽慰

阿杰，人如其名。在本科期间，他就是我一直奋力追逐，但却一直无法超越的“老法师”（当时班里给成绩突出的人的绰号，相当于“大神”之意）。球场上，他是健步如飞的“网球王子”；留洋时，他单枪匹马，以优异成绩从瑞典和英国的高等学府凯旋；在网游《魔兽世界》里，他玩的德鲁伊简直是一面打不垮砸不烂的铜墙铁壁，惹得联盟玩家咬牙切齿；在情场上，他很讨女生欢喜，以至于从未空窗。他曾经三次将当任女友的闺密介绍给我认识，希望我脱单，这使我既为他的义气所动，也对他的女人缘颇为叹服。

但是，像他这样什么都能玩得转的人也会有失意的时候。

2015年10月国庆期间，阿杰约了前女友度假，最终因为两人三观不和而分手。10月9日晚，他第一时间联系到了我，说明缘由，而我推掉了T公司的加班安排，毅然前去赴约。席间，我尚未走出和雪分手的苦闷，又见他那一诉三闷酒的样子，猛然触发了我心中的悲鸣。于是，无须多言，自当双双买醉。

五绝·慰阿杰失意（新韵）

悯默伤难语，

烛昏酒易悲。

但须新酿续，

一笑与风飞。

这天夜里，我醒了一次，起来写了首小诗发给他。句子中，我化“酒一杯”为“酒易悲”，借“新酿”的酒暗指“新娘”，希望他明白：尽管失恋使他心痛，但凭他的魅力，待到下一任依偎在侧，今日的伤对他来说不过是一笑置之。阿杰也明白我的意思，第二天他睡醒后也和了一首诗。

无题

作者：阿杰

与君共饮方消气，豁然明悟桃花烂。

人去楼空物相似，肝胆惺惜抱取暖。

能称得上挚友的，一定是相互的。我能在他最失意时陪伴左右，这使他深感欣慰；而他能在我最伤痛时慨然劝慰，这使我孤悲半消。

2016年7月，母亲辞世，阿杰和阿委决定来参加告别仪式。正午的烈日在万里晴空中肆意地咆哮，而我望着送遗体去火化的面包车顿时热泪难抑。

阿杰站在我身边，才一对眼，倏地眼眶也湿润了，动情地劝道："× 哥，别难过，我们迟早要和父母告别的，这只是时间问题。但你还有别的亲人，还有我和委哥把你当兄弟看。往后，假如我父母那个了，我也请你来……"

他的话说着说着有些哽咽了，但神情很快又恢复到了常态。我明白，刚才若不是他在掏心窝子说话，谁又会在这类话题上拿自己父母说事呢？

从那一刻起，我认定了：阿杰，你已是我这辈子最值得交的朋友之一了！

Part C 若互为挚友，会忧你之所虑，知你之所需

阿舟是我的高中同学，也是我曾经的同桌，更是我在学习上追赶的目标。他身材虽胖，但十分壮实，人又慷慨坦率、重情重义。我们曾一同在颠簸的校车上背单词，一同在物理课上偷偷绘制"二战"时的飞机坦克，一同角逐于一千米考试的最后一圈。大学期间，我们分读两校，毕业后，我选择国内考研，而他赴美读硕。

2016年4月中旬，阿舟回国探亲。第一次聚餐时，他吐露自己在美闯荡，各方面遇到了诸多阻力，萌生了"到底继续考博，还是在美工作"的困惑。此外，他还提到说，若想在所在小镇买几本称心的中文书看看并不方便。我忽然想起家中正好有两本最新的"二战"史，就在书里写了一首小诗以表共勉，并在他回美国的前一晚送到他手里。

五律·丙申春赠阿舟赴美

三载同甘苦，跨洋两地家。

笑谈清酒尽，执嘱晚阳斜。

学子勤为贵，男儿志可嘉。

有朝君复返，仁智报中华。

我对他说，他在我心中一直是既勤奋又有追求的人，其实无论是深造还是工作都是出路，不必太局限于两种选择的得失对比。毕竟一个人的价值要实现，最终还是得将自己融入时代的洪流和国家的建设中去。所以，不妨先将目光放到更高的层面去，再回看当前，可能会更容易看清自己真正需要什么和舍弃什么。

挚友之间的交情是你来我往的。阿舟回美后的三年里，他每年都会凑个长假回国一聚，还带着西洋参等补品来看望我父亲，甚至和我一起劝他戒烟。

2020年2月上旬，我因为父亲喉痛的来势汹汹，每日精神紧绷。晚上，我下意识地拿起手机，想要向好友们询问是否有熟悉的医生推荐。但几次点开微信上的对话框，我又觉得这事应该自己再努力一下，若真走投无路了，再麻烦朋友相助。正当我删着输入框里原已写好的字时，阿舟的名字忽然变成了“对方正在输入……”。

令我印象最深的是，他在得知我父亲的现状后，说道：“你尽量劝他心情放松一些，同时尽量找找有没有减缓病情发展的办法。在激动的时候别急着做决定，需要倾诉的时候记得找我。”其实那一刻，他后面这句话就仿佛凛冽北风中升起的太阳，听起来特别暖心。

我原本以为这晚的对话就此结束了，不料没过多久，阿舟又补充来一段文字：“对了，这几天武汉疫情严重啊，口罩紧缺，我爸让我在美国买一些，他准备捐。我搞到700多个，都是3M 的8200和8210，执行过 N95标准的。我想你后面得经常跑医院，一定用得到，你把收货地址给我吧！”

这一刻，我大为感动，脑海中立即浮现出“忧我之所虑，知我之所需”的感慨。好！阿舟，这份情我铭记在心，待你今年回国效力后，先让我设宴为你接风！

结语

从初识到熟知，从学校到社会，从情场到职场，我和这些挚友并肩走过了十多年的风风雨雨。我们一同刻苦，我们一同成长，我们一同思索，仍会你追我赶，但又惺惺相惜，终于互相融入了对方的故事线中，成为了莫逆之交。

然而，随着个人的成长，我也意识到：自己不可能和他们维持像本科时那样形影不离、望云诉志的日子，因为各人都得续写自己独立的篇章——2019年12月，阿杰的小公主出生了，粉雕玉琢，明亮的小眼睛可爱极了；2020年2月，阿委的千金也来到了人世，其肉嘟嘟的小脸蛋像是一只红透的苹果。而现为单身的阿舟，也打算在今年回国后寻觅一生的伴侣。

的确，我和他们将来会面的机会可能会越来越少，但我很理解、很支持、很乐见他们顺利找到各自的人生方向，并为之勇敢地担负起一个好男友、好丈夫和好父亲的角色。虽然，我们一直都在各自忙碌，但只要互相把对方放在心中，待到把酒小叙之日，我们依旧会像年轻时那样推心置腹、无话不言。

挚友的“挚”，也是“知”的谐音。我知道，这是我们的最佳选择。

第❾章

惊醒，余生物是人非

我们在相依为命的事实面前，更不能忘记唇亡齿寒的道理。

在亲情里，不平等的对话只会加深隔阂，彼此尊重才能海阔天空。

1.从拒绝赴诊到心态崩溃

父亲生性顽固，难纳劝诫，有时甚至到了刚愎自用的地步。他没有对生活的热忱，常借丧偶之痛掩饰自暴自弃的行径。他讳疾忌医，对病症一直用掩耳盗铃的做法自欺欺人。因此，他的就诊过程令我格外费心伤神。

2019年12月中旬，他复发了喉痛咳嗽的症状，还伴有腹泻。那时，他和往常一样，认定这是吸烟导致的咽喉炎，就吩咐姑妈们代他去社区医院配来头孢丙烯分散片服用。至2020年1月，他每日的腹泻非但没好转，喉痛还加剧到吞咽受阻的程度。同时，他每周消瘦，全身乏力，体重一度从120斤跌至100斤。

眼看父亲体质渐弱、萎靡不振，同小区的四姑妈就以春节团聚为由，请父亲和我每晚去她家一起用餐。席间，父亲几乎天天都在抱怨喉有异物、剧痛难咽，以至于只能吃点鱼丸、豆腐和汤水。他又开始疑神疑鬼，觉得这是食管癌的症状。我们一次又一次地劝他去看病，他总是闭口不答，直至2月3日晚才勉强同意。以我对他的了解，若非疼得吃不消，他还是会像往年那样拒绝就诊。

2月4日一早，我和四姑妈陪同他前往某二甲医院，挂了耳鼻喉科门诊。虽说，这期间因为新型冠状病毒肺炎引起的疫情，不少医院陆陆续续关闭了喉镜检查室，但所幸这家医院当日上午还是对外开放的。门诊医生和科室专家反复查了两次后，请父亲在门外回避，而我和四姑妈进门详谈。他们怀疑父亲喉部长了“不太好的东西”，并严肃地叮嘱我高度重视，即刻去三甲大医院问诊。

喉镜报告是这样写的：

咽部黏膜慢性充血，悬雍垂居中，两侧扁桃体无肿大，表面清洁。会厌肿胀，会厌喉面左侧声门上粗糙病变，伪膜附着，抬举可。两侧披裂有肿胀，双声带活动正常，闭合良好，双侧梨状窝未见明显异常。

从四张彩色截图来看，父亲的会厌上满是大大小小的水疱，声门附近的黏膜像个救生圈一样明显肿胀起来，竟把喉咙堵得只剩下一根筷子粗细的通路了。门诊医生指着那个“救生圈”解释说，此处的粗糙肿物看起来像花菜状，怀疑是“坏毛病”。

我拿起那张喉镜报告，心中如同巨石重压，对“粗糙”一词早已不陌生。当年，母亲第一次切除背部肿瘤时，肿块的边缘也是粗糙的。再加上，父亲近期喉痛加剧、进行性吞咽困难、乏力消瘦的症状，这些都令我联想到了喉癌。

走出诊室，父亲坐在灰色的铁椅上，警觉地将目光牢牢锁定在我身上，并要求查看报告。我知道以他的个性以及他对肿瘤的了解，这事不可能瞒住他，索性就递上了报告，直言不讳地表示喉部的病变急需三甲医院确诊性质。父亲面色变得十分凝重，沉默地看了看报告后，也不顾四姑妈的劝说，一言不发地向外走去。

在停车场，我发动了引擎，刚挂上了排挡，手却在手刹杆上犹豫不决，心里考虑着下一步的去向。

“走起来啊！”父亲坐在副驾驶席上，显得有些烦躁，“还愣着干吗？”

“老爸，我觉得医生说得有道理，我们应该赶紧去三甲医院查清楚。这事不能再拖了！”我把排档放到了空挡，还是想再劝他一次。

父亲短短一叹，不屑地反问道：“还有什么可看的？我早就知道喉咙里这个不是好东西，今天我来这里之前，就已经做好心理准备了！”

“什么心理准备？”后座的四姑妈一听，立即将手搭在了我座椅上。

“唉！”父亲的余光中闪烁着什么，语气变得颇为沮丧，“看来我是和你老妈得的一样的毛病！今天那两个医生帮我检查时，当着我的面讨论是不是肿瘤。你们以为我不知道？我自己最清楚自己的毛病！”

我听完一怔，手在方向盘上不禁一抓，再劝道：“现在下结论还太早，所以我们要去三甲医院查清楚啊！要不现在就去S院好了，它是有名的三甲，老爸你之前也在那里做过手术，而且三姑父在里面也有熟人。怎么样？”

“去了有什么用？一会儿排队，一会儿各种检查，还要等报告，来来回回太折腾。我还不如回去睡觉！反而死就死，我现在横竖横了！”

四姑妈对他这番话很失望，立即反对道：“不行！好歹去挂个号问问，或许医生能提醒我们怎么治疗呢？”

父亲情绪忽然又激烈了起来，干咳了几下，急促道：“吃过一趟苦，还不知道学乖啊？一看毛病就纠结！一上来医生叫你开刀，开完刀放疗，放疗不行就化疗，转移了又叫你吃中药，吃完中药人没了！”

见他如此固执，且对就诊这般抵触，我意识到此刻不宜强行带他去S院，否则以他的脾性，非但不会配合治疗，还可能会闹得场面很难堪。

“你到底走不走？回家回家！”父亲不耐烦地调整了下坐姿，催促我道。

无奈的我只得先行车上路，并默默在心间思索：假如他喉部的病变是肿瘤的话，那的确得争分夺秒，但我们决不可在慌乱和匆忙中做决定。

现在，我们要极力避免自乱阵脚，一切要从长计议！

2.被疫情与病情笼罩的新春

2020年的春节假期真是史无前例地长，由于新型冠状病毒肺炎的蔓延，日子也缺了一些年味，多了不少担忧。

对于父亲喉镜查到的那个“粗糙病变”，就连他自己也知道可能是肿瘤。由于他喉痛难忍、全身乏力，且很反感去医院挂号排队，于是吩咐我先去打听是否可以输液来缓解症状。不过，我并不指望单靠抗生素，而是同步在好大夫App上网上问诊。

输液这方面，总体来说是八个字“药效缓慢，浅尝即止”。

2月5日一早，我和三姑妈赶到了市三甲的S院。因受疫情影响，当日的门诊全部暂停，预计到3月才对外开放。于是我转去找急诊的耳鼻喉科，而当班的胖医生在得知病情后也没有把握，就推说应去五官科医院就诊。所幸，急诊内科的医生根据前一天血检报告中80mg/L的C反应蛋白，表示可以先消除炎症。

就这样，从2月5日起的四天内，我和两位姑妈陪同父亲前往S院急诊内科输液，主要用药是头孢西丁和盐酸莫西沙星。疫情背景下，全身防护的医护工作者对来访者设置层层检测关卡，我们依次通过填表登记、测量体温、服务台预检后，这才得以挂号。到第四天时，父亲的喉痛并没缓解多少，且他因为每日排队候诊、输液太久，已打起了退堂鼓。2月8日元宵节那晚，我带他回四姑妈家吃汤圆。饭后，他对我们感慨说，抗生素都不见效，看来考虑为癌症了，而癌症是看不好的，明天他只想待在家里，不去医院了。他既然提到了“坏毛病”，我也正有去一次复旦大学附属肿瘤医院的意思。但现在疫情期间不比平时，各大医院不仅推迟了门诊开放日，还推行网上预约。我告诉他，因为号源有限、竞争激烈，所以我必须提前几天就开始预约了。听我这么一说，姑妈姑父更是劝他再去医院确认下。不料，父亲认定自已得了癌症，去了医院就会被医生牵着鼻子走，用尽各种疗法，最后人财两空。对于他坚持在家干耗的固执决意，大家无可奈何，只好寻机会再劝。

其实，不仅我和四姑妈一家急着劝他去查个水落石出，三姑妈和三姑父也急得像热锅上的蚂蚁，甚至就连楼上的邻居华叔也颇有关心。不过，父亲对三姑妈苦口婆心的劝慰有些不耐烦，还用气话把对方冲得面红耳赤，险些伤了姐弟亲情。至于华叔，他力劝父亲要为自己的健康负责，并要考虑子女的处境，且对喉镜结果提出质疑。但父亲消极应答，一口认定是癌症，对手术和放化疗的三板斧极其抵触，并抱怨喉痛剧烈、苦不堪言。我看在眼里，虽然为他意志消沉而恼火，而也急他之所痛，时时告诫自己要持续关怀、冷静处理。

数日下来，他的喉痛继续加重，早饭只能和着白开水吃半个小蛋糕，中午和晚上也只能吃点稀饭和汤水。有时，他吞咽到一半就疼痛难耐，食物残渣积在咽喉处，吐咽皆不如愿，甚至还引发剧烈的咳嗽，使他喷得桌上、地上全是水。寝食难安的父亲实在抵不住剧痛，要求我去药店找止痛药，而配来的开喉剑喷雾剂、芬必得缓释片和塞来昔布胶囊仍无法镇痛。于他于我，这几天几乎度日如年。

网上问诊这方面，总体来说还是八个字“病理待定，不容乐观”。

从2月4日起，我在好大夫 App 上咨询了3位三甲医院的专家，并将他们的意见整理在 Excel 表格中，每日发到家族的微信群里商定下一步措施。

S 院耳鼻喉科的 E 医生表示：喉部肿物为肿瘤的可能性较大，但还需活检确诊。对于咽喉水肿、较高的 C 反应蛋白，可先进行抗感染治疗。对于喉痛，可饭后服用芬必得，或用双氯芬酸钠喷雾剂。

复旦大学附属肿瘤医院头颈外科的医生表示：不排除肿瘤的可能性。在没有病理结果的情况下，无法确定治疗方案。若没治疗方案，医院不可乱收病人住院。况且，治疗方案需要多学科会诊，这就更要病理报告指证。因此，必须要先用喉镜取到病变组织样本，才能谈下一步。

第九人民医院耳鼻喉科的医生表示：喉部肿物从喉镜照片看，可能是肿瘤，但需要病理才能明确。可先把颈部强化 CT 做了。如不过敏，可用青霉素类药物，积极对症消炎一周。现在身体素质不好，需要加强营养支持。待全身情况稍改善，局部炎症控制后，再做喉镜活检。如果是喉癌，一般首选手术，术后有必要再放疗或同步放化疗。对于没有远处转移的，考虑手术治疗。如果病变范围蛮大的，保喉可能不行，到时候只能造瘘喂食。

三位专家的意见表达得很清晰，汇总起来的意思就是：先做喉镜活检和头颈部 CT，再确定肿物性质和治疗方案，而抗感染治疗可同步进行。

剩下的就是选一家医院预约门诊了。尽管父亲这些天在疼痛中闹情绪，死活不肯去医院，但我预约归预约，大不了到时候我和姑妈们以家属代诊或临时取消预约吧。不过，随着新冠病毒肺炎的病例一天天在增加，各家医院门诊的开放时间也不尽相同。截至2月12日，这三家医院的门诊情况如下：

S院方面，耳鼻喉科的普通门诊已停诊，要到3月2日才开诊。我已预约到了3月4日E主任的专家门诊。喉镜室等内窥镜检查项已暂停，开放日未知。

肿瘤医院方面，最早的头颈外科专家门诊在2月17日，我已预约2月13日的普通门诊。目前，喉镜检查暂停。

第九人民医院方面，最早可预约到2月17日耳鼻喉科的专家门诊，而2月26日前的普通门诊竟已被约满。同样，喉镜检查暂停。

一边是喉痛渐重、水难下咽、拒不复诊的父亲抱怨，一边是雾里看花似的迅猛病情，还有一边是喉镜检查暂停的无奈现状，我的确在夹缝中倍感压力，但又时刻提醒自己，决不可病急乱投医。

父亲的固执终究抵不过喉部的剧痛。2月12日一早，他自叹如此日夜煎熬，怕是拖不到3月，这才同意和我们去肿瘤医院咨询，在不开刀、不化疗的情况下，寻求放疗止痛的可行性。他这一改变使我为之一振，但却又感到事态仍是迫在眉睫，于是当晚在姑妈家召集亲人们开会商议对策。这次会议所达成的共识有5条，归纳起来就是“三个以、两个必须”。

第一，以喉镜的病理报告为最有力的择医依据。现在正值特殊时期，各大医院的喉镜活检都暂时不对外开放，这成了延迟我们明确疾病性质、患病程度、治疗方案的首要原因。我们唯有多方打听，一旦哪家医院开了最早的喉镜检查，就即刻预约挂号。

第二，以多专家、多角度、多总结来厘清思路。当年，我在母亲的病例中犯了轻信H医生一家之言的错误，且目光一直局限在某一处的肿块上，没意识到肿瘤其实是一种全身的疾病。所以，这次我得听取多位医生意见，从全身的视角观察病症，并将每日的记录整理汇总，用于回顾和讨论对策。

第三，以输液和营养补充为观望阶段的生命支撑。尽管父亲对吊针已失去了信心，且抗生素对肿瘤是无效的，但它至少可以缓解一部分喉部的水肿。毕竟，我们应当极力避免喉部的阻塞，确保他至少能把水或一些汤汁喝下去。

第四，必须尽全力优先到专院诊治。当年，母亲患了背部肉瘤，而我对医院的抉择极其糊涂，没能帮助她住进复旦大学附属肿瘤医院规范治疗，最后选的都不是三甲。这是我这些年来一直后悔和反省的，也是我必须吸取教训的。

第五，必须围绕减轻痛苦的宗旨，决不盲目地过度治疗。当年，我曾经一度坚持去除实体瘤、杀灭癌细胞的做法，以致同意让母亲接受一次次手术、化疗和放疗的痛苦。一想到喉癌手术可能会造成切喉造瘘、禁语失声、伤口感染的后果，且接下来就是放疗加化疗等教科书式的“治疗”，我不认为现在消瘦体虚、意志低迷的父亲可以从中减轻痛苦。相反，这样大动干戈可能会使他免疫崩溃，引发转移，届时我又该如何应对？所以，我们从父亲的角度出发，更倾向于使用止痛药、局部的姑息性放疗等做法，维持尽可能高的生活质量。

如此几天忙下来，诚然十分消耗病人和家属的心力。上午照看父亲喝点粥水，然后扶他小睡去，下午和他在医院大排长龙，等候急诊吊针，直至晚八点才回去。日子一长，即使我不辞辛苦，他的病体也难以在每日奔波中支撑，这也使我看在眼中，急在心里。夜晚时分，我一个人躺在漆黑寂静的卧室里，在手机上看着每日抗击疫情的报道以及一连串上升的数字，心情越发沉重。

在这个特殊的春节里，并非我一人苦、一家苦，全国各地千千万万的家庭都承受着病毒带来的磨难，无数年轻的白衣天使冒着生命危险迎难而上、救死扶伤，与他们面对的国痛相比，我此刻所经历的家痛似乎无足轻重了。

是谁在前线坚守，不眠不休，誓要从病魔手中挽救尽可能多的病员？

是谁在民众对疫情产生群体恐慌时挺身而出，传达正气，力辟谣言？

是谁身着厚厚的口罩和防护服，穿过空街冷巷，向着重灾区毅然逆行？

是谁放下了除夕夜的饭碗，冒着冬雨，组队携资，八方驰援？

在这紧要关头，医者们就像这冬日里的梅花般凌霜愈盛。他们有血有肉，有情有义，甘愿为群体牺牲小我，顾全大局，并坚定地守在捍卫人们健康的城墙上。

现在，我终于明白了，这才是救赎的爱！

卜算子·闻医护者力抗新冠遂感怀

骤瘴举国愁，萧暮连城漫。

溅泪银潭涨楚江，一痛八方唤。

妙手振躬虚，累雾逢春散。

四海悬壶万户宁，咏绿南枝岸。

夜很深了，我匆匆写完了当日的所思所想后，又对第二天的看病之路燃起了不弃的斗志！

3.每况愈下，喉肺皆有病灶

对于问诊医院的选择，我是首选肿瘤医院的。这并非因为我也认定父亲得了癌症，而是想从最坏的可能开始排查。从我们的心理上来说，若能除去癌症的可能，那剩下的疾病似乎都没那么恐怖。

2020年2月13日下午1点半，我和四姑妈陪同父亲前往东安路上的肿瘤医院就诊。当班的年轻男医生在听完我的陈述后，表示无法排除肿瘤的可能，并说假如是喉癌，那首选手术切除，紧接着要放化疗。他见父亲咳不出痰，且气息不平，就再三叮嘱我们，若喉部病变继续扩大，可能导致呼吸不畅，届时要毫不犹豫地前往就近医院，切不可非要去三甲而舍近求远。由于肿瘤医院的喉镜室也关了，他只开出了喉部强化CT和核磁共振检查单，并建议我们重回那家二甲医院做完喉镜活检再来复诊。

我猜想，那家二甲医院很可能也已关了喉镜检查，但因为抱着竭尽全力的心态，所以赶在傍晚就前去确认。果不其然，匆匆而去，徒劳而返。

之后的两天里，父亲的喉痛继续加重，以致吞着炖蛋和鸡汤都使他患处剧痛。餐桌上，他每喝一口都要酝酿一番，似乎需要做一场战战兢兢的心理准备似的，然后龇牙咧嘴地缓缓咽下。就在吞咽的一瞬间，随着喉结一起一落，他竟会疼得面目狰狞，眼里陡然闪过惊惧的神色。即使我和姑妈从旁观者的角度看，也能感受到那一刻撕心裂肺的痛。

“小阿姐，我日子不长了……”父亲迟疑地将汤勺送到嘴边，却不敢去喝，只是含着泪光感慨。

四姑妈一听，随即向放下筷子的我一瞅，感伤地眨了眨眼，欲言又止。

沉默的客厅里，只剩下电视上的《新闻坊》在播报当日疫情的进展，随着新增和死亡病例仍在不断上升，饭桌上的气氛显得十分沉闷。四姑父见状，就舀了一勺皮蛋拌豆腐给父亲，劝其多吃点。而父亲摇着头，用沙哑的嗓音委屈道：“我也想吃啊！可是一咽下去，喉咙口就像被钢丝球刷了一样疼啊！我现在才知道，生病是真的苦！”

到了2月15日夜里，父亲的咳嗽更是频繁，喉咙里有痰咳不出，有口水又不敢咽下去，进退两难之下，他甚至咳得口水喷溅而出。为了方便接痰，他在床边的地板上放了一个玻璃瓶。待我半夜3点再去看时，那瓶子里已盛满了白色黏稠的泡沫痰，其间还悬浮着几块黄色的脓痰。望着他气喘吁吁地半靠在床头，我努力不让自己陷入感伤的旋涡，但又忍不住回头望一眼墙头上母亲的遗像，心想：假如母亲在天上有知，她会希望我代她怎么做呢？

第二天上午，我见他早饭和午饭只喝了两杯酸奶，终于下决心对他强硬一次，请他必须立刻和我去S院急诊输液。他烦闷地问我去了又有何用，我大声警告他，去一次尚且可以有缓解疼痛的措施，在家耗着不会有任何改观。父亲闻后沉默了好一会儿，这才不太情愿地动身了。

这天S院急诊耳鼻喉科是一位中年女医生当班。由于她用间接喉镜看不到患处，也就无法弄清病因。她留意到父亲不住地咳嗽，开始将注意力转向了肺部，并开出了肺部CT检查单。我一听，顿感正中下怀——早在2016年秋，我为他在胸科医院预约了胸部CT检查，他执意不去，现在终于可以将我这三年来最担心的事查个水落石出——父亲烟瘾很重，又常说胸痛，我一直生怕肺部有“坏毛病”。

很快，胸部 CT 平扫的报告出来了，上面这样写道：

影像学表现：两肺纹理增多，双肺多发斑片结节影，伴局部轻度支气管扩张，右肺上叶空洞形成，最大截面约3.6*4.0cm。所见各级支气管腔通畅，管腔无狭窄。两侧肺门未见肿大淋巴结，纵隔未见肿大淋巴结。胸廓两侧对称，胸膜无增厚，胸腔内无积液。心脏未见明显增大。附见：胆囊密度不均，左肾楔形稍高密度影。

影像学诊断：双肺感染伴局部轻度支气管扩张，右肺上叶空洞形成，请结合临床及实验室检查。附见：胆囊密度不均，泥沙样结石可能；左肾楔形稍高密度影，请结合临床。

这份报告虽然排除了肺癌的可能，但是肺上巨大的空洞却是出乎预料的。对此，急诊内科的医生怀疑父亲之前可能患过肺结核，再加上血检中高达203mg/L 的快速 C 反应蛋白，就开出了左氧氟沙星、头孢西丁、盐酸氨溴索、葡萄糖、复方氨基酸和奥美拉唑钠的输液单。

两天后的2月18日，我和四姑妈带着父亲再赴复旦大学附属肿瘤医院的门诊，得知了之前做的颈部增强 CT 结果。报告上写道：

临床诊断：会厌占位?

放射学诊断：会厌及咽喉软组织增厚强化，两侧梨状窝闭塞。两侧甲状腺体积稍大，内密度均匀，增强后未见明显异常强化灶。两侧下颈部数枚强化淋巴结，部分稍大，大者短径约8mm，左锁骨上区小淋巴结。右侧上颌窦少许软组织影。附见两上肺多发斑片影。

放射学诊断：会厌及咽喉软组织增厚强化，建议结合内镜检查。两侧下颈部数枚强化淋巴结，部分稍大；左锁骨上区小淋巴结，请结合临床。右侧上颌窦少许炎症。附见胸部病变请结合胸部检查。

而在另一份核磁共振的报告上也有相同的结论：会厌占位?

“占位”一词后加一个问号的用法我并不陌生。著名记者凌志军先生曾不幸患有癌症，他在《重生手记》中“危险的陷阱”一文里感慨过：“以我浅薄的医学常识，也能明白，在医生用语里，‘占位’就是‘肿瘤’。”而根据我的理解，占位应该是被医生高度怀疑为肿瘤，但又尚未被病理所确诊前的一种临时称谓。无论怎样，这个词一出，我已知情况不妙，但见父亲和四姑妈还未对此追问，于是干脆闭口不说。

稍后的门诊是一位30多岁的女医生接诊的，她特地请父亲在外回避，只留我和四姑妈在场。可能是看见我事先将疑问写在纸上的缘故，对方很耐心地逐一做了详尽解答。她根据颈部增强 CT 报告判断，父亲喉部多半是“坏毛病”，且这种病以原发病灶多见。我和她商量，既然现在父亲喉痛难忍，可否先来此住院输液、缓解疼痛。毕竟，现在每天来回跑 S 院急诊对父亲来说也是种消耗。但女医生否认这个可行性，并表示：当务之急就是尽早做喉镜活检，明确病理，接着确认治疗方案，最后才能据此收病人住院。一旦确诊为喉癌，建议做PET-CT检查（不进医保，自费约7000元），彻查全身是否有其他肿瘤病灶。如果有，则要考虑化疗；如果没有，那就首选手术根治。临走前，她还建议我们先继续输液消除肺部感染，等新冠病毒的疫情稳住后，再找机会做喉镜活检。

2月19日是W公司复工第三天，我一早便预约到了S院疼痛科的普通门诊，便麻烦四姑妈陪同父亲去配来了两种止痛药——氨酚羟考酮片和丁丙诺啡透皮贴剂。前者属于阿片类药物，常用于癌症第三级止痛，而后者是一种非吞服的阿片类止痛剂，可贴于臂、胸、背等皮肤上生效。

第二天，出乎我预料的是，两种止痛药并没令父亲的喉痛缓解。确切地说，喉痛促使他很难咽下那个氨酚羟考酮片，还引发了恶心反胃的副作用，把好不容易咽下去的药片和牛奶一起吐了。至于丁丙诺啡透皮贴剂，起效似乎比较慢，据说要到第三天才达到最大药力。

经过这一阵子折腾，父亲瘦得只有98斤了，我既心急，又百般无奈。现在正处于“喉镜不开放，症状在加重，营养又不良”的尴尬困境中，情况非常棘手。我在微信群里告诉各位关心他病情的亲戚们，不必担心，下一步我还是决定围绕三点推进下去。

第一，对于肺部感染，继续坚持在S院急诊输液；

第二，对于喉镜的开放时间和对症处理，我继续和各医生密切联系；

第三，对于饮食，继续以牛奶和输液葡萄糖提供营养。

4.抱怨后的转折

父亲从2月16日重回医院输液后，剧烈的喉痛依旧没有改观，这使他焦躁地敦促我尽快找医生商量住院治疗。但各处喉镜室不开，活检就遥遥无期，多次的碰壁使我每日苦思着困局的突破口。

为了在父亲治病一事上全面掌握实情，几乎每次父亲急诊输液的时候我都全程陪同。

输液方面，我们曾怀疑过开的药是不是没用对，就于2月21日申请血检看疗效。医生见快速C反应蛋白还有171.5mg/L，消炎效果不显著，就调整为头孢哌酮钠舒巴坦钠、左氧氟沙星、盐酸氨溴索、美洛西林钠、复方氨基酸和奥美拉唑钠。医生还说，美洛西林钠是一种青霉素类的药物，有良好的抗感染效果，先使用三五天再复查血指标。

父亲情绪方面，现已被病痛折磨得怨声载道。见我办事进展缓慢，他多次责备我一直在S院和肿瘤医院之间摇摆不定，两家都没有下文。按他的说法，管它是S院、肿瘤医院还是别的医院，现在只要能住进去吊针就好。但我苦口相劝，一来，病理不明，医院不会收治；二来，若真是肿瘤，理应首选肿瘤医院，S院虽也是三甲，但专业性不比前者强。病大更需谨慎，此刻我们哪能不沉住气？

2020年2月22日周六下午，我陪同父亲来到S院的输液室。由于现场空位不多，且院方在邻位上贴了防疫封条，我只得坐在斜对面空位上。不知是因为输液宣肺还是戴着口罩呼吸不畅，父亲每次输液期间都要咳出大量的痰。为此，我准备了塑料袋和纸巾，专在他喉咙不适时前去护理。其间，我没有多说什么，心中还是在为前一晚的对话烦闷。

爸："哎，疼死我了，疼死我了啊！到底什么时候才能住院？！"

我："现在没病理，住不了院。但我一直同S院和肿瘤医院医生保持联系。"

爸："管它哪家医院，住进去再说！现在这病太恶毒，不让人吃东西，还这么疼！"

我："老爸，我三年前就一直劝你去看病，现在小病成了大病，我们更不能病急乱投医，得弄清病因再决定去哪家医院。"

爸："啊哟！不要来和我说这些！我都是快死的人了！其实三年前，你老妈走的时候我就不想活了！"

我："那现在你疼得这么厉害，我们总得想办法啊，这么消极不是事！"

爸："现在一天天疼得我吃不消了，你问问放疗能不能做？当初你老妈一放疗，头上的两个瘤缩小了，既不疼了，也没那么硬了。"

我："好的，但我觉得真要放疗，还是去肿瘤医院吧。"

爸："你真是读书读得都死脑筋了！S院和肿瘤医院的放疗机器都差不多。机器是死的，人是活的，给这个医生看就好了，给那个医生看就治不好。现在过一天算一天，你还纠结这事？"

我："可是，假如是喉癌早期，我还想试试肿瘤医院浦东分院的重离子放疗。你若现在在S院放疗过的话，后面再想转去肿瘤医院就难了。"

爸："TMD，你这小人是蠢！重离子要自费28万，这样你要40岁才赚得回来，到时候你都是个小老头子了！像你这种黄鱼脑子，还不如给我打一针安乐死！"

我："老爸，这不可能的，这药中国法律不允许。"

爸："我知道你这小人心老狠的！假如法律允许，当年你肯定会给你老妈来一针！你现在也想给我来一针，是不是？"

我："别这么说，我不会的！就算法律允许，我也不会替你做这个决定，你自己决定！"

虽说，父亲昨晚这番气话说得既沙哑又费劲，但用词还是冲得我很不悦。而现在，我望着他半头的华发和病恹恹的面色，心中的气顿时又消减了大半。犯愁间，我悄然长叹，干脆任由呼出的热气透过口罩的缝隙，将镜片弄得模糊不清。也好，且以此掩饰我此刻的惆怅。

两个小时后，肿瘤医院的医生通过好大夫App留言给我，说喉镜室还是没开门，让我再等等。这样的话，下周岂不是又毫无进展吗？暗急之下，我忽然心生一念：立即去 S 院的耳鼻喉科急诊问问。

此时的耳鼻喉科急诊室正好没人候诊，我便进门询问。当班医生告诉我，目前喉镜室还未正式对外开放。我有些失望，但见他有些面熟，就询问了其贵姓。原来，他正是网上和我联系过的 E 主任。在得知我就是网上那位病人的家属后，他改变了主意，表示愿意尽其所能提供帮助。随后，我挂了他的号，一只手高举输液瓶，另一只手搀着父亲前去会面。出乎我预料的是，经过一番初诊后，E 主任愿意破例安排父亲于后天一早来此做电子喉镜检查！

回到输液室，我的心情可以说是犹如拨云见日的，但也只是欣慰了片刻。毕竟，若放在没有疫情的平日里，预约一个喉镜检查哪会这么曲折呢？而只要病理一天不明，我们的担忧就不会消失。

“差不多了，嗯……嗯……”父亲望了眼快要见底的盐水瓶，刚用沙哑的嗓音吐了几个字，喉咙里就呛出了一阵阵咳嗽声。

我见状，立即起身去取地上那已积了一下午痰液的塑料袋，撑大了袋口凑到他嘴边。只听他清了清嗓子，费力地从嘴里挤出一口带有白色泡沫的浓痰。可能是他炎症较重的缘故，那痰十分黏稠，大部分明明已落入袋中，却仍有一条唾沫丝悬在半空。我也顾不上那么多，抽出一手取来一张纸巾，迅速朝他嘴边轻轻一抹，又运指将纸一折，最后扔进塑料袋中。

“你儿子不错！”这时，旁边那排也在输液的大叔忽然开口说道。

“啊？”父亲转头望去，似乎想弄清对方是否在对他说话。

大叔瞧了我一眼，提高了音量重复了一遍，又补充道：“你看看我，生了病只能一个人来医院。今天我叫我儿子一起来，他居然不肯！”

“也许，他正在忙工作吧。”我见大叔面黄肌瘦，语气里透着些气愤，而神情又有些尴尬，就想以此圆个场。

谁知，大叔一摆手，转头朝别处一回避，立即又转过来道：“哼哼，他今天在家休息呢！平常时候跟我没一句话的，结婚的时候要钞票买房子车子了，才过来叫我一声爸。今天我生病了，请他来陪一会儿也不肯！”

父亲望着他，似乎也想接话，可一开口居然牛头不对马嘴：“哎，现在来医院看病苦啊，一趟趟跑，真的吃不消！”

大叔闻后一蒙，脸上分明掠过了一丝不解，但很快又接着诉苦道：“哎，你说说看，我生了这样的儿子有什么用？阿拉心也冷掉了！我也想通了，等我病好了，就跟他断了父子关系！”

待护士拔完针，父亲就起身向外走去，而大叔还想继续诉苦。我见父亲丝毫不理会对方的话，自己对那位大叔的处境又存有一些同情，于是就代父亲向他挥手道别。

回去的路上，我在心中默想：也许，天下每个严格的父亲都对自己的儿子不满意，而对别人的儿子多有夸赞。我可以没有他人的肯定，但我时常在意父亲的认可。有时候，我会因为在父亲心烦时多关心一句而遭他反唇相讥，这使我感到郁闷，甚至怀疑我这样做的意义。但反过来一想，在对他尽一个儿子的义务方面，我真的需要这份认可吗？

也许，在我竭尽全力帮父亲求医问诊的过程中，他对生活的态度终会出现转折。他会从丧偶的悲痛中重新振作，不再视烟如命地燃烧健康；他会在生活琐事前学会淡然，而不是将抱怨宣泄于家人；他会正视我对职业的选择，不再颐指气使地贬低我的价值；他会尊重我对婚恋自由的抉择，不再咒骂我的智力和人格。

但至少，在那之前，我有义务和责任去尽全力帮他看好病。

5.活在病情和家境之间

事实上，我已在心中树立起了一道心理防线，去承担那最糟糕的结果。三年半以前，完成类似心理准备的过程是那么漫长，而今我学会了尽早去坦然接受生活中潜藏的冷酷。

2020年2月24日周一上午，我和四姑妈带着父亲前往S院的耳鼻喉科门诊。和想象中不同，这天候诊区的座椅上人烟稀少，只在服务台对面的喉镜室外有一位穿着病服的患者等候。

轮到我们时，E主任先请父亲签署了一份电子喉镜检查知情书，之后麻醉了他的咽喉，顺利取得了三块组织样本。活检做完后，E主任耐心细致地告诉我们，他通过喉镜发现会厌处的病变组织糜烂，有肉芽和伪膜，不像是肿瘤。他结合父亲肺部空洞来判断，高度怀疑喉部肿物是从肺部转来的结核类病变，即要治好喉痛，得先从源头入手。不过，他也没百分百的把握，便建议我拿着样本和病理检验申请单送到S院的病理科，并再去呼吸科或感染科咨询肺部的情况。说罢，他递给我了一份喉镜报告，上面这样写道：

内镜所见：咽喉部慢性充血。

会厌、声门上、双侧声带、披裂见白色不规则伪膜样增厚，会厌游离缘肿胀。

双侧声带充血，左侧后端见白色物，双声带活动正常，闭合欠佳。

双侧梨状窝对称。

镜下判断：喉部病变。

这份报告犹如一粒定心丸使我们精神一振，一扫连日来的阴霾。就连E主任也微笑着宽慰，以他多年的经验，大概率不会是肿瘤。的确，只要不是肿瘤，就相对容易处理许多！

去病理科送完组织样本后，我立即挂了S院呼吸内科的号，而门诊医生表示，疫情期间不对外做呼吸道检查。至于下一步的方向，他建议我们继续输液消除肺部感染，并推荐我们去L院专科治疗。

我听懂了对方的意思，即是指：在喉镜活检结果没出来前，前去L院做完痰检，待两份报告结果出来后对比，即可正式确诊，早日对症下药。

2月28日周五下午，我向公司请了假，前往L院。而三姑妈则带着父亲中午刚吐好的一瓶痰，前来与我会合。门诊医生听完近期的病况，再一看肺部的空洞，当即指出这极有可能是肺结核。但因父亲本人不肯出门，所以无法做皮试，医生便主张以痰检来确诊。在用药方面，由于该院在疫情期间不收除了新冠肺炎外的患者，只提供了两个星期的结核丸、补肺活血胶囊和福多斯坦片，建议父亲即日服用。

我拿着一大袋药，回家向他汇报了此次门诊的进展。他一听闻痰检加药费自费了九百多元，立即勃然大怒，严厉地指责我在尚未确诊肺结核的情况下乱花钱。我很诧异，每个月他舍得派我买香烟的那五百多元钱，却舍不得我听取专家建议后未雨绸缪的医药费。我自叹理解不了父亲的价值观，又见他现在重病在身，于是更加不愿与他争执，一直忍到他主动回房。

第二天中午，正当我在厨房为他煮蛋汤时，煤气熄火了，一时没再点着。父亲见状后走来，一脸烦躁道：“哎，你这小人还是什么狗屁研究生呢！连个煤气灶都不懂！呵呵，你还以为你将来会怎么怎么好起来？做梦哦！”

“可我又不是学燃气维修专业的。”我心里暗暗反驳道，可却说不出口。

他见我沉默不语，扭曲的嘴唇微微一颤，目光中透着怨愤道：“六年前你刚毕业时就是不听话！早就跟你说了，你应该去当官，然后家里请保姆，就不用自己烧饭了！现在你倒好，用钱派头这么大！你拿什么去结婚？假如我是小姑娘的爹，哼哼，我决不会把女儿嫁给你这种小人的！”

“你也不想想，我花钱是为了给你治病，而且是我自己挣的钱！我心甘情愿这么用！再说了，我现在根本没心思谈什么女朋友。”我仍旧在心底默默回应着，一直望着煤气灶旁点不着的火花，嘴上郁然一叹。

父亲的脸上写着明显的嫌弃，继续冲我抱怨道：“你都30多的人了，还不懂事？你知道老爸我怎么会得这个毛病的？就是因为你，不听话不争气，我心理压力重，所以才生病的。像你现在这样一直依赖我，等我死了，你有的苦了！”

我一听，顿时气从心来，终于忍无可忍地大声反击道：“什么？你不要颠三倒四行吧？这个病不是任何人让你生的，是因为你不重视自己的健康，还不听我们的劝。你说我现在依赖你？那这次是谁帮你又是预约又是找医生？是谁一天天带你去吊针？你半夜痰罐子打翻了，是谁爬起来擦干净的？你半夜上厕所摔了，是谁过来搀你起来的？其实你比我更依赖别人。明明你自己的社保卡，你自己不去办，非要两个姑妈代你去跑东跑西，到头来还不是得本人去？你自己要抽烟，以前指挥老妈去买，现在指挥我去买。这就算了，举手之劳。但你要对自己的健康负责，你一周既要抽一条香烟，又不肯去医院看病，还叫姑妈们代你去配消炎药，这像话吗？你现在把生病的原因怪到我头上，合理吗？我工作天天都有烦心事，我哪天朝你发泄过怨气？你一遇到点琐碎的事不顺心，就把我当出气筒，这么消极，你考虑过我的感受吗？当年，你考虑过妈的感受吗？！我不想说话不代表我没话说，都是一家人，干吗弄得伤和气？老爸你都活到这岁数了，这点你都看不明白？”

这番话我憋了许久，但在盛怒之下还是说了。说出来的确畅快许多，但望着他点完烟转身走开的背影，我开始自问是不是把话说得太重了。

其实，我也应该替父亲想想，体会下他的感受。试想：祖父过世后，家族日益颓靡，家风逐渐朝着吹富嫌贫和推卸责任的方向倾倒，父亲怎么会不感到痛惜？二十多年来，他和母亲承担着祖母的赡养义务，心中怎么会没有怨气？三年多以前，母亲走了，留下他和我相依为命，他心中怎么会没有苦闷？母亲走后，在照顾百岁祖母的问题上，他和三姑妈四姑妈一起分担重担，而其他族人有的相助很少，有的不闻不问，他心里怎么会平衡？祖母有时管得较多，家事件件过问，这也导致了她和子女的情感间隙，父亲怎么不会为此心烦？现在，他饱受病痛折磨，寝食难安，怎么不会性情急躁？我事业发展迟缓，没有按照他的意愿入国企、做管理、涨收入，且一直没有像左邻右舍的“优秀儿子”那样结婚，他怎么不会对我恨铁不成钢？这样一想，我又觉得刚才的话没能考虑到他的感受，可能会使他两头受气，不利于尽早康复，于是悔意从生。

随后的几天里，每当我下班回家，父亲还是喋喋不休地埋怨我之前在肿瘤医院的问诊悬而未决，而现今在L院的努力都是瞎忙，只有S院预约到喉镜一件事做得对。我这次不打算再起争执，尽管我也有苦衷，若非疫情背景下处处碰壁，我也不至于为了弄清病情而“曲线救国”。所幸的是，喉镜活检和痰检的结果很快便接踵而至。

痰检报告上只有简短的几个字，写着：

Xpert 结核分歧杆菌，检出：高。

喉镜活检的免疫组化报告则写道：

病理诊断：

（会厌）：炎性肉芽组织增生伴炎性坏死组织，灶性多核巨细胞反应，未见类上皮及干酪样坏死，请结合临床。

免疫组化结果（M20-00825）：CK（腺上皮+），CAM5.2（腺上皮+），CD31（血管+），CD34（血管+），Ki（炎细胞+），Kpl（组织细胞+）。

特殊染色：抗酸（-）。

确诊为肺结核伴喉结核后，父亲开始乖乖地服用我从L院配来的药了。一周后，虽然他仍然咳嗽多痰，但其精神状态和胃口比先前都有了好转，逐步能吃得下姑妈炖的肉汤和我买的水果蛋糕了。

3月7日，我带着他前往L院复诊，医生要求父亲配合院方规范、定时、定量地服药半年左右，直至痊愈。并且，她还开出了两个星期的处方药，含：异烟肼片、利福喷丁胶囊、盐酸乙胺丁醇片、左氧氟沙星片、丁二磺酸腺苷蛋氨酸肠溶片、结核丸和福多司坦片。

此后但凡周末，我除了去姑妈家学学做菜外，常在家打扫卫生。每当我擦拭母亲遗像前的玻璃时，我都会感触一番。是的，在我眼里，相片上母亲时而温和地微笑，时而神色黯淡。

“呜呜……和他在一起过日子，老没劲的！一有不顺心的事，他总是怪别人，他总是想骂人就骂人！”

有时，我的耳边会回荡起母亲在世时哭着对我说过的话，这使我忍不住扪心自问：为什么我总有种感觉，父亲生病了我苦闷，但父亲身体好起来了，我依旧会感到苦闷呢？到底是父亲的疾病本身令我苦闷，还是在他的负面情绪中过日子让我苦闷？当年，母亲也是背负着这样的心境吗？

我想，无论父亲是健康还是患病，我们意识上的分歧始终不会消失，我们言辞上的碰撞也不会终止。我的出生注定了我和父亲在未来有一场较量，这是自然界新老更替的法则，也是人类社会一代胜过一代的需要。正如当代青年作家卢思浩在《父子之间的战争》一文中写道：“所有父子之间都有一场战争，所有的父亲都是输家，可到头来儿子也成了输家。唯一赢的方式是尽力去达成和解。这需要时间，需要儿子慢慢长大，希望全天下的父亲都慢一点老去，希望我们都快快长大。”的确，争斗导致两败俱伤，忍耐化解不了思想差异，埋怨只会筑起隔阂的围墙，唯有和解才是大家的活路。

思索着，我轻轻端起一旁的黑白结婚照，意味深长地望着年轻时的父母。原来母亲曾经笑得那么甜美，原来父亲也曾是相貌堂堂，可如今这个家却没落成了这个样子。

回想当年，让母亲多次目睹我和他有观念上的分歧，她又怎么不会忧心忡忡呢？而有很多次，其实是我不够成熟所引发的。从这个角度来看，我更需要为母亲的逝去负责。这听上去似乎有种命运捉弄的意味，可我又不想把苦境说成是命运，因为那样听起来像是认命了。我相信，人通过努力，是有可能改变命运的。但假如我真的命中注定要历经这样的现状，那我也乐意接受。

磨难纵沉，生而克之；希冀犹远，持以怀之。

正如上个月，雪在朋友圈里分享的电影《肖申克的救赎》中的台词：“Hope is a good thing, maybe the best of things, and no good things ever dies。”因为活着才有希望，才能专注于想做的事，所以，对希望的美好憧憬能让人以此为乐。而活着的前提，就是先得接受现状。往后，除了和父亲好好活下去，我还有许多工程设计想做，还有许多字想写，还有许多曲子想练，还有许多书想读。

如此想来，也许现在磕磕绊绊的生活正是某种意义上的救赎。

6.我也成了病人

自从父亲确诊为肺结核之后，我既有被传染的心理准备，也有避免被感染的防范措施。但是，毕竟是天天同在一个屋檐下，有些微观范畴的事在所难免。

在2020年9月底的公司体检中，X 光胸片提示我左肺上叶有白斑，体检医生表示可能是炎症或结核之类的病变，建议我复查。国庆节后，我忙了两星期项目，其间左胸出现了逐渐加重的闷痛感。一开始，我以为是工作的压力所致，直到10月21日夜里，我被左侧一连串沉闷的刺痛惊醒，醒来后发现无法深呼吸，否则会因胸痛而不得不停止吸气。次日一早，我气喘吁吁地独自赶往 S 院呼吸内科，而肺部的 CT 结果并没有令我感到意外。

检查所见：

两肺纹理清晰，走向自然，左肺上、下叶多发斑片结节灶和空洞灶。右肺中叶内侧段小结节，约5mm。余肺野未见明显异常密度影。所见各级支气管通畅，管腔无狭窄。两侧肺门未见肿大淋巴结，纵隔未见肿大淋巴结。胸廓两侧对称，胸膜无增厚，左侧胸腔少量积液。心脏未见明显增大。

检查结论：

（1）左肺上叶、下叶浸润性结核可能大，建议相关实验室进一步检查；

（2）右肺中叶内侧段小结节，随访。

既然遇到问题，那就解决问题。

我听取了 S 院医生的建议，10月24日去 L 医院挂号咨询。门诊的 G 医生表示，他对我得了肺结核有八成的把握，需要住院检查以便确诊，随即开出了住院单。父亲一听，连声说这如何是好，是他连累了我。我说没关系，只要放松面对，积极治疗就能痊愈。

由于住院只是短短几日，且家属探望须凭核酸检测报告入病房，所以我就请父亲安心在家等候。除了考虑到他的结核尚未痊愈之外，其实我还希望住院期间遇到的琐事不必打扰到他，对于各种检查项的取舍由我做主。

气管镜检查是病房里常讨论到的话题，各病友的立场都是能不做就不做。13床的小哥还是去做了，但回来的时候表情甚是苦涩，不仅痰中带血，还刺激性咳嗽了一下午，说是感觉快要死了。这使得15床大叔和我萌生了退意，于是委托护士向 G 医生商量是否可以免去此检查项。

10月28日早8点，G 医生跟随他的女主任上司前来查房，先是与14床大叔的妹妹商议了下一步的治疗方案。由于此前的家属代表是姐姐，近期不便前来，所以妹妹打算由自己接替其位，同院方签订各类协议。不过，姐妹间的就医意见不尽相同，使得女主任颇感为难。为此，双方沟通欠佳，又都个性要强，很快爆发了医患矛盾，甚至到了保安出面的地步。

早9点，女主任带着 G 医生来找15床大叔。大叔以 CT 报告上写着“肺部感染”为由，只要求用消炎药，坚决不做气管镜。女主任不允，大叔就说气管镜只是一种增加医院收入的“潜规则”。这个词过于敏感，瞬间就点燃了双方愈演愈烈的分歧，双方难免再生口舌之争，最后大叔在承诺书上签字拒绝了检查，并被告知次日出院。

两场喧闹一时、两败俱伤的案例活生生地摆在眼前，使我有必要重新考虑自己的决定。

“G 医生您好，在做气管镜之前，我的情况已经定性了吗？”我坐靠在病床上，未等对方开口就先将问题引到关键点上。

G 医生闻后，脸上丝毫没有波澜，想必对我的病情已成竹在胸，但话却说得留有余地：“哦，你的 CT 片上的确是典型的结核病灶的影像，但现在还没百分百的把握，必须做气管镜才知道。而且，万一你气管哪里不畅通，或是哪里有小问题，我们就可以当场处理掉，一举两得。”

我听后还是有些疑惑，心说前一晚开始便给我用了利福平和异烟肼的注射液，那就说明已经是按照肺结核来治疗了。我猜测，气管镜可能是他们肺病诊疗规章流程中的一个必检项，也是一个教科书式的排查手段。为了不耽误住院时间，提高诊疗效率，他们才不得不采用“先下初步结论，后补检查证实”的做法。

虽然我心中已接受了气管镜检查，但还是想再观察下他们的立场，于是又说：“我看 CT 报告上说我各个气管都是畅通的，要不气管镜就免了吧？让我早点出院，一边吃药一边上班吧。”

“这不行，你是什么原因不做气管镜？”

说话的是 G 医生旁的女主任，其人高瘦干练、神肃目锐，与前者白净儒生的外貌相比，后者显然多了几分中年人的严厉和老成。

“你年纪轻，心电图又没问题，又没有其他基础疾病，你没有不做的理由。你要知道，假如我们收你进来而没有做气管镜检查，那既是对你健康的不负责，也是我的失职，希望你理解。”说罢，女主任在自己心口轻按了一下，说话的态度既显得郑重，也不失秉持原则的恳切。

看来，气管镜检查的确是院内的必检项，好比是工厂车间里盛行的 SOP，于她而言，做了就是遵循规范作业，不做则要被上面追责。于我个人而言，住院后所吊针的药物和父亲的口服药别无二致，若拒绝气管镜检查，那此次住院的意义就很小了。

“嗯，好的，气管镜我做，但肺部CT还是暂缓吧。我上周刚在S院检查过，明天再吃辐射的话，是不是太频繁了？”我想了想，又问道。

“呃，这个……”女主任忽然移开了视线，侧过脸去稍作迟疑，“既然这样，CT下次再做吧。”

望着匆匆赶去下一病房的女主任和G医生，我心想：看来，但凡病人来此，所安排的检查项很可能是基于某种标准化流程的，因此才会对我照搬流程，而忽略了我已做CT的细节。从另一个角度看，毕竟医生精力有限，不可能对所有病人都重新制订个性化方案，于是照搬流程又成了一种高效且不出大错的选择。但回归到患者自身来说，的确有必要确认是否存在过度检查项。

事情到了这一步，我此次的诊疗前景也已明了，那就是住院完成检查，顺便观察输液副作用，出院后配药随访。当晚，我将住院事项摘要向父亲做了汇报，并请他放心，预计三五天后便可回家。

父亲在微信上写道：“我心里难过，是我害了你。我苦命的儿子，我没能给你带来幸福。”

我抬头望了眼半空中的输液袋，无奈地回道：“没关系，这是预料之中的事，合理吃药到治愈就行了。虽然麻烦，但祸福相依，也不全都是不利因素。”

我不会因为被他传染而埋怨他，也不会因为自己遭遇坎坷而责怪他。

谁的人生一点苦都没有？

幸不幸福我自己做主，不是任何人给予的。

7.难忘的气管镜体验

若平时注意预防，有些痛苦本有机会避免，但正因为体验过一次，所以才会印象深刻，从而更加珍视健康。

2020年10月29日早9点45分，我穿着蓝条纹病服，拿着纸巾和痰杯，前往位于地下一层的内镜室。

据医生说，若完成气管镜检查，有利于充分掌握病情和指导用药的准确性。由于该检查毕竟有少量风险，所以护士两次叮嘱我，最好有家属陪同。但我想起2016年7月母亲做胃镜时，父亲在胃镜室外蹲着抽闷烟的样子，就婉拒了父亲要来的建议，谎称该检查基于无痛技术，两分钟即可结束。

穿着宽敞的病服，孤身一人下电梯，信步走在通往内镜室的狭长走道上，数着皮鞋底在地砖上的敲击声，坦然嗅着空气中带着麻醉喷雾的凉意，静静地站到病患和家属混坐的长椅旁，我忽然觉得很喜欢此刻自由行事的自己，也很是享受这种独来独往、心弦稍紧的落单。

进入内镜室前，医生会每人分发一瓶麻醉喷雾，朝喉咙口喷两次，待喉部发麻后即可入室。室内有30平方米大小，左侧有几个护士忙于准备备置物品，右侧是一张躺板，一旁有一个显示屏，旁边围着两三位医生。

G医生一边戴着胶质手套，一边向我简述着流程，并说如果配合得好，两三分钟就结束了。我点点头，将口罩当眼罩用，心想：要做一个配合医生、理解医生、信任医生的病人，只有互相尊重，才有可能形成良好的医患关系。

气管镜的粗细和吊针的胶管相近，直径约5毫米。检查前，他们先在我鼻腔内喷了些许麻药，因此我选择用口呼吸。随着管子被一段段地推入鼻腔，鼻腔深处那部分没打到麻药的黏膜很快就被擦破了，这种刺痛只持续了一秒便逐渐缓解，仅还有管子和鼻腔摩擦的不适感。

"鼻腔内是个类似U字形的通道，而U字的顶点处最容易擦破，刚才完全是靠镜头硬生生捅进去，要是参考滚珠轴承在头端做个导向结构呢？哦不，这样的话就势必要压缩镜头处的尺寸，或是加粗管径。前者影响性能，后者影响体验，不行。那如果通过换材质或加特殊润滑剂，降低管壁和黏膜的摩擦系数呢？加什么润滑剂呢？怎么保持鼻腔深处总有润滑剂呢？会不会对鼻腔黏膜产生刺激呢？润滑剂淤积在鼻腔内，会不会反而导致人体窒息呢？"我一边做着深呼吸，一边发散地思考着，试图让自己的紧张降到最低。

容不得我思考太久，那镜头继续前行着，直到触及喉咙口，方才稍作停留。这时，镜头附近的喷口在我咽喉处喷上了一摊麻药，随即便穿了下去。正如G医生所说，在麻药的作用下，我的喉部只有一些梗塞感，倒是容易忍受。不过，麻药和唾液积在气道和食道的交界口，喉咙不一会儿就开始发痒，使我刺激性地重咳了两下。我意识到若再用口呼吸，会被呛到，便改用了鼻子尽可能平缓地呼吸，努力忍受刺鼻和梗喉的不适。

"现在是左边哦。"一个女医生在我右边说道。

左边响起了G医生的声音："嗯？不对，这是右边！好吧，先看右边。"

除了听觉外，我将剩余的精神全都化作了满脑的一个词：坚持！

我用另一个鼻孔吸着气，下意识地降低呼吸频率，将咽喉部那团发凉的麻药泡沫小心地维持在喉咙发痒和快要咳嗽的边界处。

十秒一过，G医生说："好，接着看左肺的两个病灶，先看下叶。"

话音刚落，鼻腔内又出现了管子摩擦的不适感，先是向外抽出一段，接着是向内捅了一段。

"好的，这里拍到了，换左肺上叶。"G医生说。

女医生沉默着，似乎在专心找位置，那条管子一退一进。我鼻腔又传来一记刺痛，接着是一连串刮擦感，此外，左侧胸腔里像是有条虫子在蠕动。

我有些不知所措，呼吸也被打乱了，忍不住要咳嗽了，但心里又很担心咽喉处的泡沫会吸进气管，引发窒息，于是只得屏住呼吸。

“坚强，再坚强。”

这时，我回想起了母亲说过的话，顿时眼睛发酸了——当时母亲背后切下了拳头大小的瘤体，血流不止，我都从未听见过她吭过一声。与她难以言状的剧痛相比，我今天这点难受又算什么？

“这样不容易进，还是我来吧。”G医生似乎也察觉到了我呼吸的变化，但语气中仍然透着一份使人放心的冷静，“来，放松，马上就好了。”

不得不承认，他对内镜的控制非常娴熟，仅一次机会就探到了那根支气管的位置。随着一连串抽吸声，那内镜微微一震，便从我气管内取走了一些痰液样本。前后不消二十秒，内窥镜就已被轻轻抽出，虽然鼻腔的痛觉消失了，但喉部还残留有微弱的梗物感。

“已经好了，放心，支气管都畅通的，没肿瘤。刚才取样的结果到下午就有了，预计你明天可以出院了。”G医生面色镇定，朝我点点头道。

“好，啊咳……”刚从躺板上下地，我便不住地呛咳了起来，随即朝痰杯里吐了一口带有鲜血的凉唾沫，同时鼻子里的血也流了下来。不过，我对此已有心理准备，只试着喘了几口气，已觉得宽心不少。

“气管镜进去时会擦伤黏膜，有少量出血，是正常现象。”我听见身后的G医生又补充了一句，语气坚定而有力。

我回头望着他和女医生，做了个OK的手势，嗓音还很沙哑：“没事，谢谢医生！”说罢，我忽然望见散落了一地的纸巾，于是折回去一一拾起，这才离开。

检查虽已结束，但鼻腔和喉部的异物感到了晚上还有残留，以致躺在床上时都不免会想起白天的经历。所幸，所有检查都已完成，除了结核灶外并无其他异常，我也就安稳地睡了一觉，还做了个梦。

在一个朦胧的空间内，四周的黄光灯明亮而温暖，中间摆着一张小方桌，桌边围着四把红木靠椅。我坐在面朝门的靠椅上，一看便能望见门外那生意兴隆的大客厅，还不时听见一些西装革履的宾客在举杯高谈。

“亲爱的。”

这时，一记直透心魂的熟悉嗓音忽然响起，伴随着一个清晰的人影缓缓向我走来。

“雪，你怎么……”我顿时又惊又喜，差点从椅子上弹起。

经年未见，她的神采虽不再像从前那么灵动，却反倒增添了不少精致靓丽的成熟美。曾经那一头末梢卷着大波浪的深褐色长发，而今已改成了盘起的发髻，只有那分拨在两侧的垂丝如流苏般轻柔，仿佛还透着年轻时的娇媚。抬眼望去，那淡淡的眼影、柔和的粉底、小巧玲珑的黄金耳环、黑色的圆领毛衣和白底的碎花长裙，无不在她身上散发着别具一格的雅致。

“来，吃虾！”说罢，她莞尔一笑，上身微微一倾，将端着的一盘白灼虾轻轻地放在我面前。

我大为欣慰，凝视着在我对面落座的她，心在快速跳动着，正想问问她近况好不好，可忽然发现侧面的椅子上多了一个男人的身影。

看来不必问了，得益于桐哥的悉心呵护，她比从前更显富贵相了，也好。

半夜，我在昏暗的病房里醒来，随手披了一件风衣，在洒满月光的走廊上徘徊了许久，任那些陈年往事如同放电影似的在脑海重现，心头虽然还残留着些许遗憾，但更多的是萦绕着的欣慰和感激。

谢谢你来梦里看望我，我会多补充点蛋白质，争取早日康复。

8.与父辈的和解

若向周围打听，儿子和父亲和睦融洽的案例相对较少，多的是父子间存在分歧和矛盾的案例。我相信这是上天有意的安排，为的是引导天下的儿子们学会如何同父辈们和解，从而完成超越他们的蜕变。

话虽如此，可我曾经却一直未达成同父亲的和解——这必须得是双方一起促成的。于父亲而言，目前我在为人处世、事业、婚姻等方面，与他的期望相距较远；于我而言，父亲的生活心态和身体情况使我倍感忧虑，且他还未曾听得进我的劝。我们可能还要一些时间才能接受不顺意的彼此，而这一天又是何时呢?

我想，首先我得从自身开始反省这个严肃的问题。

Part A 为人处世

爸您常说，做人要云雾缭绕，让旁人像是透过磨砂玻璃看人，拿捏不准。

在很长一段时间里，我就是学不会这套处世之道，或许我的个性并不适合如此。我认为，做人就该在朋友面前坦率，在同僚面前谦卑。但随着我踏入工作岗位后，越发觉得现实并非如此。

坦率不是无原则的，而要选择性地秉持。

我有一位昔日无话不谈的中学同学，目前担任某大商场经理一职，我们每年都会在三五人的小聚会上见面。饭桌上的他话虽不多，但却总会拐弯抹角地探听大家的经济情况，并以收入多少区别相待。对另一位经理级别的同学，他谈笑风生、迎来送往，对我则言行轻慢、傲睨冷笑。尽管我察觉到了他对我的不屑，但仍会在其问我薪水时如实相告，因为我不打算对老同学撒谎。

然而，人与人交往是要将心比心的，推心置腹不一定换得来以诚相待，它取决于你对面的人是谁。多次失望后，我这才心寒地意识到：与其毫无原则地坦率，倒不如在某些别有用心的套话中学会合理地掩饰。

谦卑是美德，但职场更需要适当地展现自己。

爸您曾说，一个人要在社会上生存就得锋芒毕露，处处胜过别人。

之前，我在T公司做人做事都比较低调，对同事一直谦虚请教，以和为贵。虽然《尚书·大禹谟》中说，满招损，谦受益，但我曾经对谦卑的理解很不到位。部门开会商讨技术问题时，我倾向于保持缄默，担心反驳同事观点会弄得场面难堪，伤了和气。也许就是这个原因，领导在指派重要任务时都不会优先考虑我，甚至有一次在委派一项高难度设计时，公开扬言我无能胜任。现在想来，自己当时确实过度低调了，导致领导对我的能力存有疑虑，因此把机会交给了别人。

意识到自己错了后，我在W公司时就适当修正了行事风格。以谦待人还是继续保持，但对技术讨论和工作汇报等沟通上的事，我则力求观点鲜明、高调论事和求同存异。事实证明，我的做法得到了领导的赏识和同事们的信任。即使在上一次讨论中辩得面红耳赤的对立者，也愿意在下一次任务中和我齐头并进。

爸的观点我虽然不完全赞同，但也有我可取之处，有待我在实践中不断修正和补充您总结得不妥当的地方。

Part B 事业

爸您常说，当年我应该要么留校当老师，要么进国企从事管理类工作。至于什么样的国企，您经常推崇航空、航天等高端领域，因为那适合长期发展，失业风险也相对较低。

记得刚毕业时，我对您在饭桌上屡次督促的话不以为然，认为自己长大了，应该自己拿主意择业。为此，我很反感，甚至回避谈话，让您很失望。如今，虽然我还是希望走自己的路，但必须得承认，当年我的做法既不妥当，也不成熟。

留校的面试机会是爸通过托朋友争取来的，但我那时不愿被束缚在一个后勤岗位上，从事似乎一眼就能看到老的工作，尽管那也被称为老师。在这个人生的重要选择上，我对象牙塔外的好奇点燃了我的倔强，促使我生平第一次违抗您为我定好的道路。于是，您特别失望，所以在烦躁中责备我的叛逆，而我非常想证明自己是对的，不禁落入了眼高手低的误区。

跌倒了再爬起是必需的，但要重回正轨谈何容易？

在T公司，我为了返回机械行业积累初始经验，不惜剑走偏锋，接受了较低的薪资待遇，常被您误判为“读书无用，高材低能”。到了W公司，我从事着民用产品的设计工作，常被您说是“技术陈旧，温水煮青蛙”。

我明白您为何三番五次地否认这两家公司的前景，因为您不愿看到我在发展迟缓的企业里空耗青春；我也明白您为何经常抱怨我的加班常态，因为您不忍看到我在收入和付出不对等的情况下过度劳累；我更明白您为何反感我离开学校去企业打拼，因为您不希望我重复您年轻时就业的坎坷。

希望爸您多一些耐心，我在工作上的进展不会一蹴而就，但也不会停滞不前。机会是给有准备的人的，而准备则需要时间。如今，我已步入社会工作数年，我也的确需要多参考您的意见，将尽可能多的认同项融入我今后的职业生涯中。

Part C 婚姻

爸您常说，一个人到了什么时间就要做对应的事，读书如是，结婚亦如是。并且，您还认为结婚是人生的必选项，人只有结了婚才会成为真正的大人。

我并不完全赞同您的观点。对我而言，婚姻只是人生的可选项，它在新时代背景下，更多地体现为一种生活的自由，而非某种义务、任务或形式。但这并不意味着我天性抗拒寻找另一半，而是不得不结合当前的现实做出短期内的抉择。

买房，是当今婚姻中几乎必备的事项，也常是许多80后、90后男士的巨大困扰。毕竟，丈母娘们都希望宝贝女儿能够风光大嫁，从此衣食住行无忧，且我也不愿委屈了未来的女方，让她没有安全感。然而，如今买一套房意味着掏尽两代甚至三代人的积蓄，只为能还二三十年的房贷。这个代价太沉重了，尤其对于连首付都捉襟见肘的我更是一种无形的压力。听我说，我既不愿耗尽您和妈辛苦挣来的血汗钱，也不愿就此背上房奴的枷锁。

不结婚会活不下去吗？不结婚就不算活着吗？不结婚生命就失去意义了吗？有时，我很想反问您：时间到了就必须结婚，为了结婚而结婚，没钱结婚也要结婚的想法，难道不死板、不幼稚、不愚蠢吗？其实，我也不愿看到自己老来孑然一身，但也不想因为害怕孤独而去草率结婚。未来的事谁也说不准，那么趁早做好不恋不婚的心理准备也是必要的。因为，除了顺其自然、无法强求的婚恋际遇之外，我还有许多有意义的事值得去做。

工作，既紧绷又狭隘。紧绷得使我加班成为常态，对谈恋爱失去了年轻时的兴致，狭隘得使我交际圈逐渐缩小，不容易遇到合适的女孩。有时走在路上，我会思考：现在的我和当年的您相比，是青出于蓝胜于蓝，还是不如您？每每听您畅谈年轻时的壮举，我都觉得自己缺少您当年在单位里的冲劲和锋芒，多的是事业未成的自省和迷惘。一想到自己单单应付工作就耗尽了大部分时间和精力，我就再没多余心力在谈恋爱那盘根错节的纠葛中挥霍。

财富，是最坚实的物质基础。曾几何时，母亲为了维持家庭开支节衣缩食，您和她会因为一些小钱怄气好几天，您不得不日以继夜地加班挣钱。我深深地感到，物质基础对于一个家庭，尤其是一个育有孩子的家庭是多么重要！所以，请理解我将婚姻的优先级置于工作挣钱之后。因为，一想到没实力构建一个舒适的家，不能满足爱人期望的眼神，不能给孩子一个快乐的童年，我会忧心忡忡。我不能拖累别人，也不想被别人拖累，更不想孩子重复我今天的忧虑生活。那么，先一个人活着、活好、活精彩才是出路。

也许，我结婚与否对您而言，是您避免街坊邻里指指点点的解脱，是您对天上母亲的告慰，是您对我的关心。这些我理解，但我已成年了，自己的事以及事后的结果都应该自己负责。对于我自己做出的决定，就如当年我选择不留校一样，我不会后悔，也不气馁，更不会怪别人。我只会顺应当前内心的呼唤，一切随遇而安。希望您尊重我身为一个成年人的思想，不要高举道德的旗帜绑架我意识的自由，也不要颐指气使地对我妄加干预和辱骂，更不要因为我未婚就看不起我。

Part D 身心健康

爸您常告诉我和两位姑妈，您哪里又不适了，但您又不肯听我们的劝去医院诊治。母亲走了以后，您的心态一直是自暴自弃的，认为看病多此一举，“走了”才是最终的解脱。可您这些年有没有想过，您消极的身心状态已使您增添了多少白发，也给我施压了多少无形的精神压力?

三年多来，您因为胸痛，怀疑过肺；因为腰痛，怀疑过肾；因为腹痛，怀疑过胃；因为腹泻，怀疑过肠。对于常年的咳嗽多痰，您都只是委托姑妈们去医院配一些头孢之类的抗生素来吃。尽管我们多次劝说，但您坚持自己的病自己最清楚，拒绝去医院，只认定用抗生素来“对症处理”。

我不明白。既然您愿意告诉我们您的不适，那为何要对我们的建议嗤之以鼻?既然您放弃去医院诊治，那又为何相信那些抗生素呢?

原因就在您多次提到的话里。您常为母亲的病逝感到后悔，认为当初不该听信H医生的话做手术，以致一步步深陷手术、放疗、化疗的迷宫中，进退两难。于是，您才坚持“若不是癌，就吃消炎药；若是癌，去医院反而走得更快”的观点，决定“理性”地在家“顺其自然”。这样的错误想法直接导致了后来的一场患病风波。

2020年春节期间，正值新冠疫情爆发，您在年夜饭上提到近一个月出现腹泻渐瘦、喉痛乏力和吞咽受阻的症状，并怀疑喉部出了问题。对此，您还曾一度讳疾忌医，拒绝赴诊，也曾自暴自弃，悲观至极。所幸的是，经过一整个月的折腾，我们终于弄清了病因，并长期对症服药。这一年下来，从痰中有结核菌到无菌，从肺部多处空洞到空洞缩小，从喉痛难忍到吞咽如常，从体重不足90斤到115斤，从每日烦闷到通过网购自得其乐，您终于认识到：一个人要对自己的健康负责，否则就会拖累身边关心你的人们。

我记得您在病中说过，假如可以逃过这一劫，您一定要彻底地改变生活习惯。对此，上天还是很有慈悲心的，给了您一次重生的机会，希望您格外珍惜！的确，您现在的饮食起居已有了很大的改观，但您还在坚持着吸烟的不良嗜好。您可要知道，一想到这次您好不容易捡回一条命来，却还没有戒烟，我为此经历了多少次湿枕之忧？虽然您的个性很固执，但我会一直劝下去，同时也会密切观察和记录您的近况。

结语

爸，母亲走后，您就是我在这个世上最后的至亲了，我对和您的分歧和矛盾变得格外上心，一直在寻找能够和谐相处的方式。虽然，我仍会因为被您指责而困惑，甚至有时气得郁愤难平，但我觉得您所有言行的出发点都是善意的。

趁着这次大修稿件的机会，我将平日里的感慨整理成文字，以表达一个儿子试图理解父亲、体谅父亲和超越父亲的意愿。

后记

1.关于寻医治癌的反思

癌症，一个让多少中国家庭闻之色变的词，它所带来的恐惧远大于其本身的病痛，大到足以在确诊时就击溃不少家属的心理防线。我也曾溃败过，明白这种挣扎在生与死、希望与绝望之间的窒息感，所以更要将自己失败过的经验教训分享出来，给读到它的人一些借鉴。

心得的内容分为三部分，归纳起来就是“遇决五忌”“诊疗六要”和“良医七征”。不过，由于每位患者情况不全相同，在具体问题前如何抉择，还需仁者见仁智者见智，笔者的个人经验仅供参考。

遇决五忌

（1）不要病急乱投医

大病面前，切忌一个“急”和一个“乱”字。急，则心生恐慌，缺乏冷静；乱，则可能导致决策时出大的偏差。对此，我就曾犯过类似的错。

2015年春，母亲背后的肿块被初步判断为肿瘤，虽然她已预约了床位，但一连很多天都没有空床。父亲对此很焦急，用气话敦促母亲尽快开刀，而我也想“早切除早治愈”，这才会走上那条不归路——母亲背后的肉瘤在某二甲医院切除后多次复发，为控制迅猛的病情，我们接连尝试了放化疗，最终她不幸全身转移，无力回天。

五年多来，我很多次拷问自己：假如我当年更理智一些，不要这么急切地同意她去开刀，而是一边观察一边多咨询几位专家，结果会不会改善一些？可惜没有如果。事实上，肿瘤要长到一定规模，绝非一朝一夕，而是要至少五到十年之久。在这么长的时间里它都没要人命，都没得到应有的控制，难道我非要去争这么几天时间？不如将这几天时间好好地用于寻医问诊，考虑成熟后再做决断。

所以，如果不幸确诊为癌症，选择密切观察并不一定意味着延误最佳的治疗时机，不妨搜集齐尽可能详尽的资料，综合各医生的意见，再有理有据地制定下一步的治疗措施。否则，很容易像我一样，因为在慌乱中做决定而一步步陷入进退两难的境地。

（2）不建议在非三甲医院做首次治疗

这条很好理解，大病就应该首选去三甲医院治疗，而且最好是病患部位所对应的专科三甲医院。一方面，通常三甲医院相比二甲医院的医师水平和诊疗设备更好；另一方面，若先在二甲医院接受首次治疗，今后想请三甲医院接手，会遇到阻力。对此，我又做错了选择。

2016年初，父亲曾托朋友咨询过某三甲医院的大夫，但因为母亲已在某二甲开过两刀，对方便婉言拒绝了。随后，我们一直没能跳出在二甲医院治疗的怪圈，以致错失了许多原本可能在三甲医院遇到的专家、治疗方法和治疗环境。

我只是一介普通老百姓，并没有神通广大的人脉和渠道，一旦在这类问题上犯了决策性错误，后期无论从转院可行性还是病情发展考虑，都是很难扳回来的。

（3）不建议向病人隐瞒病情

虽然，周围也有向病人隐瞒实情的例子，但具体问题还得具体分析。对于天性乐天派、糊涂度日的患者，隐瞒实情或许可以达到减轻不必要忧虑的目的。而对于心思细腻、闻癌惊惧和性格消极的患者，隐瞒病情很可能弊大于利。

2015年6月，我曾一度纠结于要不要将恶性肿瘤的结果告诉母亲。面对她怀疑的目光，我看见她眼眶里含着泪，那是种夹杂着恐惧和失望的神色——对病情的恐惧和对我善意谎言的失望。最终，我还是将实情告诉了母亲，转隐瞒为公开，和她一同面对和讨论病情。我觉得她有权知道自己身上发生了什么，以便她按照自己的想法去度过接下来的日子。对她来说，这是一种尊重。

可见，隐瞒病情虽然是出于善意，但并不一定达到积极的效果。它可能会造成家人间的隔阂、不信任感和压抑感，阻碍家属和病人理性地讨论病情及治疗方案。换句话说，只有一家人信息共享，才能在对抗疾病前形成统一战线，避免在隐瞒的边缘内耗。

（4）不建议盲目信从医生的意见

在太多的案例中，我们往往会对医生的观点和建议坚信不疑，甚至连和他们说话都要思前想后、小心翼翼。尤其在医生宣布了一些不乐观的判断后，我们的底气就更弱了，于是在对病情的惊恐中对他提出的治疗方案唯命是从。

2015年5月，我在没有做足调查的情况下，认可了 H 医生的方案，切除了母亲背后的肉瘤。从事后复发和转移的事实来看，假如我当时多咨询几位专家，先做个 PET-CT 的全身检查，再问问射频消融或冷冻消融术的可行性呢？又或者，我在刚发现小肿块时就态度强硬地带她去看病呢？结果可能真的会不一样。

2016年3月，我那时已对 H 医生“见瘤就割、割完随访”的治疗方案产生了厌倦和怀疑，但还是稀里糊涂地接受了他推荐去做“预防原位复发”的放疗。当时，母亲已在半年内做过三次手术，元气大伤，放疗的本意是杀灭残余癌细胞，实则是摧毁了她本已薄弱的免疫系统，这也为后面全身转移埋下了隐患。假如我当时有自己的立场，从母亲虚弱的体质出发，理性地拒绝做那所谓的“预防性”放疗，她也许还能多活几个月甚至几年。

但是话说回来，真的面对复杂的病情时，又有多少人有这份睿智和胆量，去违背医生建议而坚持走自己的路呢？所以，较为折中的办法还是在保持自己主见的前提下，多听多问多想多总结。毕竟，医生的意见不一定总是正确的，我们不妨多跑几次门诊，结合不同专家的意见和患者的反馈，才能提炼出最合适的决定。

（5）不建议过度治疗

其实，治病的主体是人体，而不是人为施加的过度治疗。过度治疗的弊端很多，它不仅会破坏人体的免疫平衡，还可能会成为促进病情恶化的因素。对此，我也犯过错，执着于“最好的药”和“不惜一切代价杀灭所有癌细胞”，到头来悔之晚矣。

还是举2016年3月我送母亲去做第一轮放疗的例子。当时，既然已知肉瘤对放射线不敏感，且院方也对此把握不大，我们就不该“为了治疗而去治疗”。听起来，选择放疗是为了防止背部残余的癌细胞死灰复燃，实则是在好心办坏事——也许，这一“莫须有”的放疗加重了母亲免疫机能的紊乱。归根到底，我们那时的意识中还有一种不正确的想法，那就是：人得了癌症，就得打针、吃药、开刀和放化疗，万一不用这类措施，就生怕会怎样怎样。

另外举一个身边的例子。2015年12月，笔者时年75岁的三姑父曾在三甲医院做CT时发现两肺多发磨玻璃结节影，最大病灶直径约2.3cm。对此，多家三甲医院的主任医师确诊为肺癌，提议他尽早手术治疗。回家后，姑父的亲戚、朋友、学生全都建议他立即手术，但他冷静地认为这个病灶就像是个马蜂窝一样，一旦开刀，这些“马蜂”就都飞出来了，即使消灭了一部分，总有漏网之鱼，不知又会在哪里造窝了。虽然姑父坚决不开刀，但他没有消极应对，而是定期去一家康复机构，接受一种似乎是基于纳米技术的中药蒸气热疗。起初，我以为这是江湖骗局，但这五年多来，姑父的病灶大小一直很稳定，日常起居与同龄人无异，从而过着粗茶淡饭、看书打麻将的生活。我不知道到底是他乐观镇定的身心状态使他延长了寿命，还是这种热疗起了作用，但倘若当初他选择了开刀，那么故事很可能是另一种结局了。

我目睹了母亲和三姑父截然相反的两种案例后，常想：同样是面对急需治癌的抉择，母亲选择了开刀，结果步步受制，无力回天，而姑父选择了保守方案，至今仍好好地活着。这难道不是一种无为而治的最好结果吗？

我虽然不是学医出身，但作为门外汉，我现在更倾向于这样一种看法：无论开不开刀，目的都是延长寿命，提高生活质量。癌细胞是我们人体的一部分，它就像工厂生产的不良品零件，不可能完全杜绝，除非把生产线停下（但这也就意味着人体的死亡）。所以，癌症治疗不是彻底消灭癌细胞，而是通过有必要性指证的、对人体影响尽可能小的、相对保守的方式，来和它和平共处，达到根治或“带瘤生存”的目的。相信在不久的将来，癌症会像伤风感冒一样，靠吃药就能痊愈，当然，其前提是努力活下去，才能等到那一天的到来。

诊疗六要

（1）预演和总结很重要

说到预约门诊，我是从2016年5月才开始用“好大夫”App的。它就像是一位私人医生，不仅能通过它向各大医院的专家在线咨询，还能完成门诊的预约。在去门诊前，建议先了解下目标医生的从业背景和诊疗专长，并在纸上写下我们要咨询的问题。问题的答案有时不单单为“是”或“否”，而是有一些支线问题的，因此建议也提前写好，做到考虑周详、有的放矢。例如：

主线问题是：从胶片上看，能否确认喉部的肿物到底是肿瘤还是结核？

支线问题就是：如果是肿瘤，已经发展到哪一阶段了？是首选开刀还是放疗？若开刀，能不能保留说话和吞咽的功能？若需要术后放疗，会不会影响伤口愈合速度？如果是喉结核，是原发还是别处转来的？会不会有传染性？短期内，有何办法止痛？等等。

也许一位医生的时间和专业有限，无法答全所有问题，不妨再多问几位专家。回家后，把问诊所得罗列在Excel中，以便在梳理信息中将问诊思路明朗化。以此方法循环，有助于扫清疑点，逐步将问题聚焦到关键节点上。

（2）医德比医术重要

选医生得从医德和医术两方面考量，建议首先考虑医德，因为这是他是否值得我们托付生死大事的重要因素。

例如：2015年5月，母亲在某二甲医院接受了第一次背后肉瘤切除术。主刀医生称手术很成功，已将瘤体外缘2厘米内的组织去除，处理得很干净。如今，在我个人看来，这仅仅是完成了他身为外科大夫的本职工作，属于医术范畴。但是，他是否评估过，如此大面积的创伤会不会削弱免疫机能，间接地引发转移？可能向何处转移？如何及早预防和发现这种情况？假如出现复发，又该如何处理？若手术效果不好，如何调整治疗思路？所在医院技术并无优势，那么推荐病人转院到哪里才能获得更合理、更有效的治疗？每次变更治疗方案后，是否开诚布公地和家属说清楚现阶段的病况和下一步计划？所有治疗措施是否有哪条行业规范做支撑？等等。这些预想的产生和落实，更多的依靠医德来驱动。毕竟，若他是在遇到问题时，才按行业标准去实施的话，虽然没出错，但缺乏对病情发展的洞见，那也称不上是一位优秀的医生。

从另一个层面看，每位医生负责的病人很多，但精力却很有限，如果要做到对每个病人都做得像上述一样全面，实属不易。但若他即使耗费心力也主动去考虑这些的话，反倒体现出他的责任意识，的确值得生死相托了。

（3）首次治疗的时机和地点至关重要

肿瘤的治疗效果通常以病人的五年生存期为评判标准，而这与初次治疗方案的选择、治疗的规范程度密切相关。初期治疗方案会对后续治疗的选择、效果和转院治疗的可行性等问题产生重大影响。

例如：2015年5月的这场手术中，我们就犯了两个错误。一是延误了首次治疗的时机，就诊过晚；二是如此重要的手术没有到三甲大医院评估后执行，决策过于草率。这一错误的决定使我们在后续的治疗中左右为难，到最后病情恶化，回天乏术。

（4）良好的生活品质对患者十分重要

这条主要是讲患者的饮食、作息规律和生活环境的重要性。

老实说，母亲在这方面是有些不尽如人意的，这也成了她体质不佳的原因之一。饮食方面，母亲生前早、中两餐多以馒头、泡饭为食，营养不足，且有时因家务而延误了午饭时间。作息方面，由于当时父亲常看电视到深夜一两点，而第二天母亲又要早起准备一家的早饭，所以她的睡眠时间和质量大打折扣。生活环境方面，父亲自青年时就吸烟，她也不可避免地吸了二十多年的二手烟。

认识到上述三点的重要性后，我改变了我的生活方法。从前，我喜欢大鱼大肉，现在改以清淡营养的饮食，主素副荤搭配；从前，我也喜欢熬夜，现在一到11点就休息；曾经，我在母亲过世后借烟消愁，现在彻底斩断了烟瘾。

须知，防癌远远比治癌简单得多，良好的生活品质胜过任何灵丹妙药。

（5）心情舒畅对患者康复十分重要

现代科学已经很多次证实过，心情对人体免疫力的影响也不容忽视。须知，只有充满和谐、快乐和温馨的生活环境才能使患者的免疫机能得到充分运作。那些走上康复之路的患者们无一不是乐观积极、心怀希望、拥抱生活乐趣的人。

（6）陪伴有时比药物更重要

试问，治病的方式就只能是打针、吃药、手术和放化疗吗？

再试问，当患者病入膏肓时，家属是否还有必要执着于用哪种药物吗？

曾经，我因为一度没有想清楚这两个问题，导致没和母亲说上最后一句话。

2016年7月的那天早晨，距离母亲离开只剩下不到10个小时了。几位医生在病房里会诊，发现除了输营养液之外，别无其他措施可用。母亲备受打击，昏迷在病榻上，而我不顾父亲的质疑，毅然决定去某中医门诊配药救急。三个小时后，当我再次赶回时，发现母亲已不得不依靠呼吸机维持生命体征了。她就这样在昏迷中离开了这个家，除了仅有的一次睁眼瞅瞅我之外，就再没力气说什么了。

事情过去五年多了，我常会想起这一天自己的莽撞决定，心想：假如当时自己没外出，兴许还有机会和她对话几次。难道，和她说几句话就不比那些昂贵的自费药有意义吗？难道，再和她说几句话就不算是一种治疗吗？难道，选择陪伴就会后悔没尽全力，而执着配药就能不留遗憾吗？

其实现在想想，当时有这份亲情在身边，对她本身就是一种治疗，不是吗？

良医七征

（1）表述清晰，有理有据

这样的医生不会给病人做选择题，而是有理有据地给出最合适的建议。

反例比如：当我们问起母亲的病况时，H 医生多次回以“还可以”。而当母亲的肿瘤转移到头部时，他一边闪烁其词，一边以赶去手术为由匆匆回避。

正例比如：P 主任能用通俗易懂的语言，耐心地为我们分析每一阶段的病况，并说明下一步措施的目的和依据。

（2）慈悲为怀，体恤患者

医者仁心，是从事这份圣职的必要条件。

反例比如：T 医生居然会当着我的面，轻慢地拒绝跑来求救的小护士，并对她笑着说：“他啊？没救了，他要走的话，就让他走吧！”现在回想，我都觉得这句话听起来简直令人难以置信，但愿他本意只是想宽慰慌张而来的小护士，但即便如此，措辞也未免欠妥。

正例比如：在制作放疗的定位辅具时，母亲的一条腿疼得只能维持弯曲，而两位年轻医师则命令她伸直，甚至已将手按在她膝盖上。这时，P 主任刚好路过，大声喝止，并告诫下属要懂得换位思考，善待病人。

（3）态度端正，毫不敷衍

试问，我们怎么敢把生老病死这么重要的事托付给一个态度敷衍的医生呢？

反例比如：当患者正与病魔做着艰苦斗争时，宁愿在办公室谈笑、看手机、敷衍家属，也很少主动去病房聆听患者病痛的 K 医生。

正例比如：哪怕在后期的姑息治疗时，P 主任也不会因为希望渺茫而态度怠慢，而是结合当下的局面，将自己深思过的方案和盘托出，以便征求家属的意见。

（4）指明方向，抛砖引玉

很多时候，患者和家属由于不懂医学，对病情的理解和治疗方向的把握能力是很欠佳的。而一位良医则会很负责任地为我们指明大方向，甚至精准推荐合适的问诊去处。

正例比如：疫情期间，就在我为父亲喉部肿物的性质困惑之际，是 E 主任及时提供了喉镜检查，当场精准诊断为喉结核，并建议我们前往专科医院治疗。

（5）坦言错误，及时修正

一位习惯掩饰自己错误、以回避来应对患者的医生，必然是基于名利做出的选择。换言之，如果有一位医生勇于向我们坦言自己的失误，敢于向我们承认自己不懂，并积极修正其论断，那么他这样做的出发点很可能是某种信念、操守或良心——这，是可敬可信的。

（6）尊重同行，从不吹赞

贬低同行，抬高自己，换不来患者和家属的信任。

反例比如：M 主任曾经笑着告诉我，该院的医疗和护理比外面一些大医院都要人性化许多，更懂得病人和家属的不易。一天后，她在得知母亲病重难医后，对我们忽然态度冷漠了起来。只可惜，听时的莫大感动，终成为事后的打脸。

（7）刚正严谨，忠言逆耳

在我们印象中，一位负责任的好医生往往具备一丝不苟的态度、精湛高超的医术和温润如玉的谈吐，其实这也未必。假如我们遇到一位说话耿直，甚至不惜得罪听者也要直抒胸臆的医生，倒不必一上来就将之判定为“难以沟通”或“不可理喻”。先继续交流下去，判断对方是对事不对人，还是纯粹居高临下、宣泄不满。如为前者，则须知忠言逆耳，既然他敢说不好听的话，想必病情已有一定程度的严重性，想必也有他的道理，想必也有他的过人之处。

结语

在求医问诊的过程中，其实我们往往会去反思一个人究竟为了什么而努力活下去。对此问题，有三本抗癌群体所著的书推荐，很值得一读。

第一本是著名记者凌志军先生的《重生手记》。他以自己积极查癌、勇敢抗癌和智慧治癌的个人经历为题材，深刻地诠释了什么是“向死而生”的坚毅，什么是辨伪存真的理智，什么是相濡以沫的亲情，病愈重生的经历使人闻之一振。

第二本是复旦大学教授于娟女士写的《此生未完成》。在该部著作的前半部分，作者讲述了自己辛酸的治病经历及对患病事实的理性思索。中间是写她生活、学业、童年等话题的随笔，文风轻快了不少，使读者仿佛忘却了作者还重病在身，足见作者乐观的人生态度。书的最后是颇具浪漫才情的原创诗歌和一篇让人读之泪目的感人后记。总览全书，年仅32岁的她在生命的最后时光中完成了对人生的深入思考，向所有为生活而劳碌的人们呼吁，不宜舍弃健康去满足买房买车的物质需求，而更应该回归到对亲情的关注上。

第三本是著名主持人敬一丹女士怀念母亲所著的《床前明月光》。该著作文风真挚，字里行间体现着细腻的深情，以感人的笔触反思对生死、悲喜和亲情的理解，带给读者多层面的启示和思索。

最后，由衷地感谢曾在我寻医问诊过程中帮助过我和我家人的医生和护士们，是他们的学识、品行、鼓励、镇定和坚持教我学会如何面对突如其来的巨变，从而写完这篇关于求医问诊的经验总结。

2.叶露寒雪集星河

有一首中国人原创的指弹曲叫《星河》，它是吉他演奏家曹思义先生的名作。虽然曲目有难度，自己又技艺欠佳，但每每学之练之时，我都会沉浸在它浩瀚深邃、空寂幽明的旋律中，向往自己能够投身到那条灿烂闪耀的银河里，重拾起那些写入我生命画卷的熠熠光辉。

若轻轻翻开《星河》专辑的曲谱，便能在扉页背面读到曹老师洋洋洒洒的手写体："传说天上一颗星，地上一个人。于是在我们的生命中，会出现无数个人。有伙伴、有朋友、有恋人、有亲人。有人喜欢你，有人帮助你；有人讨厌你，有人麻烦你；有人恨你，有人伤害你；有人爱你，有人温暖你……每一个人都在我们的生命里书写下一个又一个的故事，这些人与事穿越过我们整个生命，编织成各自的生命之歌，编织成各自独有的灿烂星河"。

是的，从本科毕业至今已十年有余，我经历了许多次印象深刻的悲欢离合，并从不少亲人和朋友那深切地体验到了光和热。他们和我一起走过了坎坷崎岖的道路，引导我蜕变成现在的自己，其间刻下了难以忘怀的人生篇章。感谢他们的陪伴和帮助！

"你若盛开，蝴蝶自来！"

处女座创业强者——奋进乐观的 Crystal。

多少次迷惘的时刻，是你的话使我在孤独的黑夜中仍怀有对希望的期盼。

在机械设计的道路上，虽然前方还有无尽的战斗等着我去面对，但只要我的工作成果能为社会建设添砖加瓦的话，那就是一件非常有意义、有价值的事。这既是我的职业使命，也是我的从业初心。

"呜呜，你今后再也别这么伤一个女生的心了！"

白羊座 Lena——体贴纯情的露。

与脚踏两只船的行径相比，不成熟地固执己见并不算羞耻，因为后者只是在坚持中错过，而前者却是在过错中亵渎。从这点上来说，我那时的渣男行径是很卑劣的，我那时对你所做的事是缺乏应有的担当的。

爱情、职业和兴趣有一个共同点，那就是它们都得用忠诚去对待。这是你警醒我的，也是我曾经没对你做到的，更是我今后时刻要提醒自己的。

我得感谢你当年果断的决定，因为你值得遇到一个比我更忠诚、更有担当、更懂得珍惜你的人。我还得感谢你曾经的鼓励、微笑和赞叹，也会牢记你最后的忠告、眼泪和失望。

有些事，要么一往情深，要么不恋不婚。

“亲爱的，我相信，有一天，吉他会成为你所诠释的生命。”

双鱼座精灵——芳华明媚、玲珑多艺的雪。

若在没有完全了结上一段感情时就进入下一段，这样的开端是不清不楚的。

爱一个人，不能只停留在初见之欢，也不能只沉溺于花前月下，当一切回归到现实的原貌时，剩下的那个人还需要懂得成全对方的双翼。

当年我们有不少不对等、不契合的地方，而热恋的激情虽然可以遮蔽所有现实的障碍和隐患，但到头来，挡在我们面前的也恰恰是它们。

你和我性格迥异，也正是这种反差使我们在好奇中双双陷入自我边界的崩塌，感觉竟是那么刻骨铭心。他和我都是工科男，这份相似使我渐渐明白：我和他最大的差距不是锦衣玉食，而是忠诚和坚定。

你说，丈夫是一个家的头，而你作为妻子是帮助者，无论丈夫什么决定你都会任劳任怨。可是，一个背叛前任在先的人，又如何真正使你心安，使你幸福？

回想起那一张张合影，或是在春意盎然的校园里，或是在被阳光播洒的故乡里，或是在教堂婚礼的十字架前，或是在美丽三亚的天涯石边，又或是在惬意雅趣的居室中，你的微笑是一如既往地明媚而甜蜜，而你背后的身影挺拔而坚实。

我想，正是他矢志不渝的忠诚带给了你这些年来的快乐和安全感，正是他钢铁般的坚定带给了你生活的信心，从而使你如我刚认识你那样笑口常开。

这，就够了。

最后，感谢你那年分享的快乐，感谢你陪我走过那座美丽的公园，也感谢你那年对家母的慰问和祈福！祝愿你和他幸福美满，每日生活在爱和被爱的伊甸园里，也祝愿你们的孩子像你一样健康快乐！

“不管你以前怎么样，你要相信你一直都有追求幸福的权利。”

处女座挚友——果敢机敏的阿杰。

在追求幸福的道路上，一个人是要有勇气、诚意和物质基础的。

曾经的我，没有扎实的物质基础，只是空有一腔莽勇，但也幸得过前任的认可。然而，我却在诚意上走了岔路。

曾经的你，三者皆有，但还是在对的时间遇到了错的人。

感谢你用行动使我相信，当这三者俱全时，人迟早能通过努力换来幸福。

“我劝你不要一遇到困难就跳槽，你在这里没解决的问题，也许别处也有。”

摩羯座挚友——内敛沉稳的阿委。

遇到问题，首选坚持下去，这是你的行事风格。现在我也明白了，要想做好一份工作，就得迎难而上，直至解决；要想有所收获，就得愿意花时间在行业内深耕；要想尽快结束一个不感兴趣的任务，最好的办法就是尽快妥善地完成它。

感谢你曾经说过，任何时候想回头，都不算太晚。其实，回头不是想临阵退却，而是知道身后一定会有你支持我。

“在激动的时候别急着做决定，需要倾诉的时候记得找我。”

双鱼座挚友——慷慨坦率的阿舟。

随着时间的冲刷，昔日里无话不谈的朋友会越来越少，但也不至于一个不留。因为，留下的正是主观和客观因素的综合选择，所以更要懂得珍惜。

关心和挂念也不仅仅局限于当面，即使我们隔着一片太平洋，也不会忘了在对方困惑的时候做一次聆听者，给一个中肯的建议。从升学的压力到情感的颠簸，从工作的顺逆到事业的把握，让我们今后继续一路互相勉励，齐头并进。

“妈妈知道了，我会像它一样坚强，再坚强！”

最后，还有她——我最敬爱的、最怀念的、最愧对的母亲！

惨痛的生离死别曾将我心底的懦弱和自卑放大数倍，而注视着深渊的同时，深渊亦注视着我——避无可避的危机，催生出退无可退的顽抗。可这份顽抗终究抵不过自然的规律。

事到如今，每每独望静悄悄的夜空，我一直都会满怀追思和寄托。当代著名作家张嘉佳曾在《从你的全世界路过》中写道：“每颗星辰镶嵌在天空之中，在你死去之前，都不会看见它们移动一分一毫。”诚然，逝者已化为一颗耀眼的星星，几近永恒。虽然母亲不会再回到这或沸腾或冻结的人间，但却会永远守望着地上的我，看顾着我。怀着这样一份感念，我的生命中已不再只是自己，还肩负着她的期望。

母亲，感谢您当年冒着风险也要坚持生下我！您的坚强我永生不忘，我将继续走在这份期望的延长线上。只要您还“活”在这世上，您的坚强就是我的坚强。

星夜惭想

红酒氤氲的冰冷书房，

窗映着星光和你。

春秋更替容易，

我的过去引遭非议。

有在北方温存，

有在江南匿迹，

天堂遥无声息。

层层叠叠的回忆，

深深浅浅的失意。

独添几笔惆墨，

多问三春残夕。

错落寂寞文字，

我缺的不再是你。

露涸、雪遁、叶落，

寒醉！

沉思着揉灭倦眼，

让我醒在初遇时，

夜幕画你。

随着吉他发出了最后一个治疗的音符，揉弦的指尖又跳起了似痛非痛的触感。我从回忆的醉中醒来，睁开了双眼，再次将惘怀的目光投向云层后的灿烂星河，脑海中的一段段回响久久未歇。

“这样的话，您应该是满意的吧？”